LINA
MAGNUS

THEA
&PAUL

DARF ICH
DICH LIEBEN?

D1670274

1. Auflage, 2022
Copyright © 2022 by Lina Magnus
c/o autorenglück.de
Franz-Mehring-Str. 15
01237 Dresden

Lektorat, Korrektorat: Petra Krumme
Coverdesign: © Cover von Cover Up – Buchcoverdesign / Bianca Wagner
(www.cover-up-books.de) unter Verwendung der Bilder von ©Shutterstock
Buchsatz: LoreDana Arts (www.loredanaarts.de)
Illustrationen: iStock.com/t_kimura und iStock.com/Mellok

ISBN: 9-783-754-66021-8
veröffenlicht über tolino media

Bibliografische Information der Deutschen Nationalbibliothek:
Die Deutsche Nationalbibliothek verzeichnet diese Publikation in der
Deutschen Nationalbibliografie; detaillierte bibliografische Daten sind
im Internet über dnb.dnb.de abrufbar.

Herstellung und Druck über tolino media GmbH & Co. KG, München.
Printed in Germany

Für Susanne und Annabelle.

THEA & PAUL PLAYLIST

Memories – Maroon 5

How to Save a Life – The Fray

Dance Monkey – Tones And I

Another Love – Tom Odell

Someone To You – BANNERS

everything i wanted – Billie Eilish

Dancing In The Moonlight (feat. NEIMY) – Jubël

Believer – Imagine Dragons

Sail – AWOLNATION

Oceano – Roberto Cacciapaglia

If You Believe – Sasha

Perfect Duet – Ed Sheeran & Beyoncé

Stand by My (Re:Imagined) – Denmark + Winter

Legendary – Welshly Arms

Town of Strangers – BOKKA

Whispering Still – Charity Children

Brother Sparrow – Agnes Obel

in my mind – Wallners

Outgrown – Monolink

Oceans of Love – Lstn

Secrets – OneRepublic

Can I Love You – MASKED, ROXANA

Just Give Me a Reason (feat. Nate Ruess) – P!nk

Call Me A Dreamer – Kings Elliot

Beat of My Heart – Lost Frequencies, Love Harder

Perfect (Live from Gasparilla Island) – Music Travel Love

By My Side – Apollo Twins

1

THEA

Laut brummend rast die Hummel auf mich zu. Blitzschnell ziehe ich den Kopf ein. Zu spät. Sie klatscht gegen meine Stirn und fällt auf die Decke.

Langsam strecke ich meine Hand nach ihr aus und lasse die puschelige, dicke Hummel über meinen Handrücken krabbeln.

Vor mir reihen sich Pusteblumen auf der Wiese und der kleine Bach im hinteren Teil des Rosengartens plätschert fröhlich dahin. Obwohl es ein heißer Sommertag ist, bleibt der üppige Duft der Rosen aus. Der große Baum, unter dem ich sitze, spendet mir einen kühlen Schatten. Weit und breit ist niemand zu sehen. Es gibt Bänke und auf den Wiesen ist ausreichend Platz für Decken und Handtücher. Manch einer bringt an sonnigen Tagen sogar seine Hängematte mit und spannt sie zwischen die Bäume. Heute nicht.

Ein Astknacken durchbricht die Stille. Der gutmütige Brummer krabbelt tapsig ins Gras. Langsam hebe ich den Kopf.

Tim!

Ich will zu ihm, aber sein eiskalter, verachtender Blick hält mich zurück. Er ballt die Hände zu Fäusten und öffnet den Mund, um etwas zu sagen. Ich möchte es nicht hören. Nicht von ihm. Schmerzlich zieht sich mein Brustkorb zusammen. Ich ... ich bekomme keine Luft mehr. Er senkt den Blick auf seine Füße, Sekunden ticken vorbei, dehnen sich zu Minuten ... Ich will aufstehen, rennen, doch meine Beine gehorchen mir nicht. Er sieht auf und streicht sich mit der Hand seine nassen Haare aus dem Gesicht ... Aus dem Schatten löst sich

eine Gestalt und verdeckt das Sonnenlicht. Kalt und gleich-
gültig blickt der Mann auf mich herab … Paul?

Ich schnappte nach Luft und schreckte schweißgebadet aus
dem Schlaf hoch. *Verflucht!* Wie ich diesen Traum satthatte.
Er war irreal, fühlte sich aber real an. Ich wollte, dass das
endlich aufhörte. Schwerfällig drehte ich mich zur Seite und
drückte auf den Wecker. Das Display leuchtete kurz auf.
05:52 Uhr. Ich ließ mich zurück ins Kissen fallen, starrte an
die Decke meines Schlafzimmers und atmete tief aus und
wieder ein. Mit jedem weiteren Atemzug verlangsamte sich
mein Herzschlag. *Hello Kitty* auf meinem T-Shirt war
klatschnass geschwitzt und mir wurde kalt.

Ich sah zu Lotti, die mit leicht geöffnetem Mund tief und
fest neben mir schlief. Beim Anblick ihres kleinen Hörgeräts
musste ich schmunzeln. Eigentlich sollte sie es nachts nicht
tragen, aber sie hatte immer Angst, sie könnte etwas verpassen.
Als wir Kinder waren, hätte ich es einmal bei dem Versuch,
ihr eine Haarsträhne abzuschneiden, beinahe ramponiert. Aber
es war noch einmal gut gegangen. Ich hatte mir die blonde
Locke unters Kopfkissen gelegt und gehofft, dass sich meine
kastanienbraunen Haare über Nacht in einen goldblonden
Lockenkopf verwandeln würden. Enttäuscht hatte ich am
nächsten Morgen festgestellt, dass nichts passiert war. Die
Zahnfee wurde an diesem Tag zu meinem größten Mysterium.

Ich schwang meine Beine aus dem Bett und schlich ins
Bad. Am liebsten wäre ich laufen gegangen, wie immer nach
diesem Traum, aber dazu blieb mir keine Zeit mehr. Ich
drehte die Dusche auf, zog das nasse T-Shirt aus und stellte
mich unter den warmen Wasserstrahl. Mit verschränkten Armen vor der Brust ließ ich das Wasser über meinen Körper
rieseln. Das unbekümmerte Trommeln der Tropfen auf meiner

Haut klopfte mir die Schwere von den Schultern und ein sanftes Kribbeln der Vorfreude kroch langsam meinen Bauch hinauf. *Ich fliege nach New York.*

Nach einer gefühlten Ewigkeit stieg ich aus der ebenerdigen Dusche und wickelte mich in ein kuscheliges Handtuch ein, föhnte die Haare, um sie anschließend zu einem flüchtigen hohen Knoten zusammenzubinden. Ich hüpfte, im wahrsten Sinne des Wortes, in meine Skinny-Jeans, gefolgt von einem Ausfallschritt, um diese Hose überhaupt anzubekommen. Dann zog ich ein weißes Shirt über und schlüpfte langsam in meinen dunkelblauen Lieblingshoodie. Wie immer atmete ich für einen kurzen Moment den Duft des Pullis ein, bevor ich den Kopf durch die Öffnung schob.

In der Küche drückte ich auf den Knopf der Kaffeemaschine, schwang mich auf die Küchenarbeitsfläche und ließ meine Beine baumeln. Mein Blick wanderte von der offenen Wohnküche durch das Wohnzimmer, folgte den ersten Sonnenstrahlen, die durch die bodentiefe Fensterfront fielen, hinaus ins Grüne, zum Bach vor dem Haus. Ein Entenpaar und ein Schwan stritten sich mit lautem Geschnatter und Flügelschlägen auf dem Wasser. Es war ein herrlicher Frühlingsmorgen. Die Farben der Bäume und Sträucher waren nach dem lang anhaltenden Regen in den letzten Wochen satter denn je. In den vergangenen Tagen hatte ich beim Joggen an der Isar immer wieder dem langen Gras ausweichen müssen, das weit in den Weg hineinragte.

Draußen war alles ruhig, niemand war unterwegs, die Nachbarn schliefen und das Freibad um die Ecke war noch geschlossen. Um diese Zeit pilgerte auch niemand mit Bierkästen, Grillgut und Bluetooth-Lautsprecher bewaffnet an die Isar. Ich schloss die Augen, um diesen Moment der Stille zu genießen und festzuhalten. In New York würde ich das nicht haben.

Meine Wohnung würde Lotti in den nächsten Monaten eine Auszeit von ihrer stürmischen WG mit ihren launenhaften Mitbewohnern geben. Ich konnte mir keine bessere Zwischenmieterin vorstellen als meine beste Freundin.

Apropos Lotti ... Ich drückte ein zweites Mal auf die Kaffeemaschine, sprang von der Arbeitsfläche und schlich mit zwei Kaffeetassen bewaffnet zu ihr ins Schlafzimmer. Als ich die Tür öffnete, saß sie bereits auf der Bettkante. Verschlafen streckte sie ihre Hand nach der Tasse aus.

»Guten Morgen«, sagte ich leise, reichte sie ihr und setzte mich neben sie aufs Bett.

»Morgen. Bist du schon lange wach?«

Ich zuckte mit der Schulter. »Es geht.«

Sie musterte mich mit gerunzelter Stirn von der Seite. »Du hast ganz kleine Augen. Hast du noch immer diese Träume.« Es war mehr eine Feststellung als eine Frage, dennoch nickte ich knapp. »Thea, du musst endlich loslassen. Das kann nicht ewig so weitergehen.«

Ich wusste, dass sie recht hatte. Wie jeder, der mir das sagte. Meine Mutter hatte mich erst zu einem Schlafmediziner und dann zu einem Therapeuten geschleift. Ich sollte meinen Traum aufschreiben und ihm ein neues positives Ende geben. Aber das konnte ich nicht. Wie auch? Dafür war es zu spät. Stattdessen beherrschte ich nach fünfzehn Sitzungen eine Atemtechnik und hatte den gut gemeinten Rat in der Tasche: Stelle die richtigen Fragen und lasse die Antworten zu. Und darin lag das nächste Problem. Ich wollte die Antwort nicht hören, ich kannte sie bereits und das war schon schwer genug zu ertragen. Aber das verstand wieder keiner.

»Ich weiß«, gab ich resigniert zurück. Meine Standardantwort bei diesem Thema. »Aber heute Nacht war der Traum etwas anders. Das erste Mal seit vier Jahren. Da war

Paul und eine Hummel. Ich kann das nur schwer erklären, aber der Blick … Herzlos. Gleichgültig …«

»Von der Hummel?«

»Nein, von Paul.«

»Das ist doch Blödsinn«, sagte Lotti kopfschüttelnd. »Das weißt du. Wir sprechen schon von demselben Paul, oder? Der Typ, den du besten Freund nennst? Derjenige, der um die halbe Welt fliegen würde, um dich, wenn nötig, vor Silberfischchen zu beschützen? Gleichgültig? Herzlos? Hat er dich schon jemals so angesehen?«

Ich schüttelte den Kopf. »Nein, noch nie.«

»Na, siehst du.«

»Aber diesen Gesichtsausdruck von Tim habe ich auch nie in der Realität gesehen.«

»Dafür hundert Mal in deinen Träumen.« Sie legte ihren Arm um meine Schulter und flüsterte: »Ich weiß. Thea, es ist nur ein Traum. Und wenn wir schon bei dem Thema sind: Diesen Hoodie solltest du hierlassen. Das wäre zumindest ein Anfang.«

»Niemals!«

Sie schnüffelte an meinem Pulli. »Der riecht doch nicht mal mehr nach Tim.«

»Nein, natürlich nicht«, gab ich genervt zurück. »Meine Mutter hat ihn ja auch ungefragt gewaschen.«

»Gott sei Dank!«

Ich warf ihr einen vernichtenden Blick zu, vergrub mein Gesicht in meiner Armbeuge, atmete tief ein und schloss für einen Moment die Augen. *Sonne und salziges Meer.*

»Aber ich rieche Tim trotzdem noch.«

Sie tätschelte meinen Oberschenkel und lächelte mir aufmunternd zu. »Du wirst mir fehlen.«

»Und du mir erst.« Mit einem lauten Seufzen schlang ich die Arme um meine beste Freundin.

»Holt dich Paul vom Flughafen ab?«

»Ja, hat er gesagt. Aber er war in letzter Zeit ziemlich kurz angebunden, wenn wir telefonierten. Weißt du vielleicht warum?«

»Nein«, sagte sie knapp.

Ich beäugte sie misstrauisch. Es fiel mir schwer, ihr diese vermeintliche Ahnungslosigkeit zu glauben.

»Das weiß ich wirklich nicht. Vielleicht hat er im Moment einfach viel zu tun. Aber ich kann es nur immer wieder betonen: Wenn er keine Zeit hat, dann machst du einfach was mit seinem Bruder.«

»Alex?«

Lotti zuckte mit den Schultern. »Ja, warum nicht. Stell dich nicht so an. Ganz ehrlich, ich würde den Kerl sehr gerne *näher* kennenlernen.«

Ich gab ihr einen freundschaftlichen Stoß in die Rippen und stand auf. Sie streckte sich und gähnte demonstrativ. Ich reichte ihr meine Hand und zog sie auf die Beine. Kopfschüttelnd und mit einem Lächeln sah ich ihr hinterher, wie sie ins Bad schlenderte.

Ahnungslos und Lotti. Zwei Wörter, die nicht gegensätzlicher sein konnten. Sie war immer bestens informiert. Schließlich hatte sie den Hang, jede freie Minute in den sozialen Netzwerken zu verbringen. Ich überlegte kurz, ob ich vor meiner Abreise noch eine winzige Recherche über Paul tätigen sollte, entschied mich aber in der nächsten Sekunde wieder dagegen.

Ich konnte mit diesem Social-Media-Hype nichts anfangen und war dort auch nicht mit Paul befreundet. Meine Accounts pflegte ich eher dürftig. Lottis Leidenschaft, Leute zu verfolgen, konnte ich nicht nachvollziehen. Sie erwiderte immer: *Folgen, folgen, Thea. Das hat nichts mit verfolgen zu tun.* Ich sah das definitiv anders. Vielleicht war ich weniger informiert als meine Freunde – allen voran Lotti – und kannte kaum die neuesten

Tratschgeschichten, geschweige denn, dass ich ein umfangreiches Wissen über diverse Schauspieler, Promis und Fußballer besaß. Ich war schon stolz auf mich, dass ich ein paar Songs der richtigen Band zuordnen konnte. Zum regelmäßigen Missfallen seitens Lotti. Aber zumindest musste ich mir nicht ständig Beiträge von Leuten ansehen, die vorgaben, jemand zu sein, der sie in Wirklichkeit vielleicht gar nicht waren. *Mehr Schein als Sein.*

Noch nie hatte ich einen Post gesehen, auf dem sich jemand mit einem astronomischen Pickel zeigte. Und alle hatten Zeit ohne Ende, jede Menge Spaß, waren an den schönsten Orten dieser Erde, lagen in der Sonne, ohne sich jemals einen Sonnenbrand einzufangen, waren aktiv, gestylt ... ich könnte die Liste endlos weiterführen. Wer um alles in der Welt arbeitete eigentlich noch? Dagegen war mein Leben geradezu langweilig. Darüber hinaus war ich ein normales Mädchen, das eben dann einen Pickel hatte, wenn sie gerade am schönsten Ort der Welt war. Ich hatte schon befürchtet, in eine Depression zu fallen, weil mein Leben nicht im Ansatz so aufregend war. Daraufhin hatte ich meine Kontakte bei Instagram und Co. auf ein Minimum reduziert. Ich rief meine Freunde lieber an oder traf mich mit ihnen. Dabei konnten sie mir ihre Fotos genauso zeigen, auch wenn es dafür kein öffentliches Like von mir gab. Nur ab und an scrollte ich durch den Newsfeed bei Instagram oder Facebook und sah mir die Posts in wohlbekömmlicher Dosierung an. Und was Paul betraf: Ich würde lügen, wenn ich behauptete, es juckte mich nicht in den Fingern. Aber ich hatte damals versprochen, nur so viel über ihn zu erfahren, wie er bereit war, mir zu erzählen. Nicht mehr und nicht weniger.

Lotti hievte meinen Koffer in ihren alten, weinroten Ford Fiesta. »Du kannst die nächsten Monate mein Auto nehmen«, schlug ich vor.

Sie schüttelte den Kopf und ächzte. »Was um alles in der Welt hast du da eingepackt?«

»Alles, was man braucht«, antwortete ich schulterzuckend.

»Wenn du mich fragst, ist das viel zu viel«, nuschelte Lotti ins Innere des Kofferraums. Ich warf einen prüfenden Blick über ihre Schulter auf den Koffer. »Hoffentlich hast du deine Schlafanzüge mit *Peanuts & Co.* zu Hause gelassen.«

Bitte! Natürlich hatte ich sie eingepackt. Und so groß war der Koffer jetzt auch wieder nicht. Ganz im Gegenteil. Ich hatte das Gefühl, irgendetwas vergessen zu haben. Gedanklich überflog ich meinen Kofferinhalt. In meinem Kopf hallte die Stimme meiner Mutter wider: *Man kann alles, was man vergessen hat, im Urlaubsort nachkaufen.* Dieser Satz löste sofort die Anspannung in mir. Ich vermisste meine Familie jetzt schon. Meine Eltern und meine Brüder.

»Warum?«

Lotti tauchte aus dem Kofferraum hervor und donnerte schwungvoll gegen meine Handtasche. »Aua!« Sie rieb sich ihren Ellbogen.

Das war die Polaroidkamera. Ich biss mir auf die Unterlippe, um nicht laut loszuprusten. »Kleine Sünden und so … du kennst das ja.«

»Ja, verdammt noch mal! Bei dem Typen würde ich nur mit Handgepäck reisen«, sagte sie kopfschüttelnd. »Völlig ausreichend.«

Ich rollte mit den Augen. Ging das schon wieder los. In regelmäßigen Abständen und zunehmend kürzeren, seit ich beschlossen hatte, nach meinem Studium drei Monate in New York zu verbringen, versuchte Lotti mir weiszumachen, dass Alex eine ausgezeichnete Partie für mich wäre.

»Ja, ja … ich hab's kapiert. Miss Thea steht nicht auf heiße Kerle wie Alex.« Sie schnalzte missbilligend mit der

Zunge, schloss den Kofferraum und schlenderte um das Auto zur Fahrertür. »Gib es doch wenigstens zu.«

Ich atmete tief durch. »Du hast recht, er sieht ganz passabel aus.«

»Dass ich das noch mal erlebe.«

»Gewöhn dich nicht dran.«

»Er sieht nicht *nur* ›ganz passabel‹ aus, er sieht verdammt gut aus und ...«, korrigierte mich Lotti hastig.

»Pure Verschwendung, wenn du mich fragst«, fiel ich ihr ins Wort, umrundete ebenfalls den Wagen und blieb mit ausgestreckter Hand vor ihr stehen. »Schlüssel.«

Sie drückte mir den Autoschlüssel in die Handfläche, trödelte zur Beifahrertür und stieg ein. Sie war eine unfassbar langsame Autofahrerin und ich wollte gerne pünktlich am Flughafen ankommen. Ich öffnete die Tür, setzte mich hinters Steuer und drehte mich zu Lotti. Mit verschränkten Armen vor der Brust saß sie schmollend auf dem Beifahrersitz und starrte stur geradeaus.

Ich atmete tief durch. »Ja, er sieht verboten gut aus.« Sofort hob ich die Hand, um Lottis aufkeimende Freude zu zügeln. »Und das würde er von sich auch behaupten. Er trieft nur so vor Selbstbewusstsein.« Ich nahm meine Finger zur Hilfe und zählte die einzelnen Punkte weiter ab. »Er ist eingebildet, hochnäsig ...« Ich überlegte einen Moment. »Er ist Pauls Bruder und fünftens«, fügte ich hastig hinzu. »Bin ich dort, um ... um Zeit mit meinem besten Freund zu verbringen.«

Lotti schnaubte. »Merkste selber, oder?«

Ich schüttelte den Kopf und warf einen letzten Blick auf das Haus. »Okay, ich werde auch was mit Alex unternehmen, mehr jedoch nicht. Bist du jetzt zufrieden?« Ich setzte den Blinker und ordnete mich in den Verkehr ein.

»Warum?«, fragte Lotti ungläubig.

Ich könnte ins Lenkrad beißen. »Weil er ein Lackaffe ist und ich bereits vor Jahren die Illusion verloren habe, Männer könnte man ändern«, gab ich gereizt zurück.

»Ah, das heißt, du bist nicht abgeneigt. Für eine Nacht oder so?«

Ich warf ihr einen kurzen, aber giftigen Seitenblick zu. Die Ampel vor uns sprang auf Orange. Ich nahm den Fuß vom Gaspedal, rollte an die Ampel, stoppte und zählte innerlich bis zehn. »Du willst es überhaupt nicht kapieren.« Ich sah zu ihr rüber, aber sie würdigte mich keines Blickes und zuckte nur mit den Schultern.

»Grün«, rief sie. Im selben Moment ertönte das Hupkonzert hinter uns.

»Mensch! Die nächste rote Ampel kommt bestimmt«, schimpfte ich in den Rückspiegel. Und da war sie – die nächste rote Ampel.

Lotti strich mir beruhigend über den Oberarm. »Okay, Themenwechsel.«

Ich nickte zustimmend. »Paul würde mich umbringen!«

»Du wirst dazu nie wieder irgendetwas von mir hören – versprochen. Nur …«, fügte Lotti mit verschwörerischem Unterton hinzu. »Egal, was kommt, du kannst es mir jederzeit erzählen.«

»Das weiß ich.«

»Auch wenn du was mit Paul hättest. Hättest!«, sagte sie mit einem breiten Grinsen im Gesicht. Ich lachte lauthals. *Jetzt verliert sie den Verstand.* Ich öffnete den Mund, um Einspruch einzulegen, und schloss ihn gleich wieder, da Lotti bereits aufgeregt weiterredete. »Dann musst du mir alles erzählen. Bis ins kleinste Detail. Ich lass nicht locker, das verspreche ich dir. Der erste Kuss, das erste Mal. Einfach alles.« Sie gestikulierte wild mit ihren Händen in der Luft. Die Aussicht schien sie zu erheitern.

»Sicherlich nicht und mit ihm erst recht nicht«, unterbrach ich ihren Eifer.

Seit drei Jahren ging sie mir damit auf die Nerven, doch heute steuerten wir auf einen neuen Höhepunkt zu. »Er hat eine Freundin«, merkte ich an und warf Lotti einen vielsagenden Blick zu. Sie sah wieder stur geradeaus. »Aber die kennst du ja sicherlich schon, im Gegensatz zu mir«, fügte ich hinzu. Sie schwieg beharrlich. *Die Frau treibt mich noch in den Wahnsinn.* »Tust du doch, oder nicht?«

Sie grinste und zuckte lässig mit der Schulter. *Pah! Natürlich.* Würde mich wundern, wenn ausgerechnet Pauls Freundin bei Lottis Internetrecherchen keine Beachtung gefunden hätte. Sie wusste einfach alles, was das Netz über Paul und Alex hergab.

»Achtung – der bremst!«, schrie Lotti. Ich stieg auf die Bremse und der alte Ford kam quietschend zum Stehen. »Von dir bin ich bessere Fahrkünste gewohnt.«

»Wundert dich das? Du treibst mich heute an den Rand des Wahnsinns«, fauchte ich.

»Ich halte mich nur an eure Vereinbarung.« Sie schloss ihren Mund mit einem imaginären Schlüssel und warf diesen über ihre Schulter. »Du wirst von mir nichts erfahren.«

Immerhin darauf war Verlass. Ich wusste, dass es ihr nicht leichtfiel, aber sie hielt sich an Versprechen, genauso wie ich es tat. Bei unserem ersten gemeinsamen Abendessen zu dritt hatte ich sie kaum wiedererkannt. Meine sonst so toughe Lotti war zurückhaltend gewesen, fast schüchtern. Sie hatte Paul den ganzen Abend nur mit großen Augen angesehen. Irgendwann hatte er sich zu ihr gedreht, ihre Hand gedrückt und gesagt: *Ich wäre dir sehr dankbar, wenn du Theas und meine Vereinbarung nicht torpedieren würdest. Behalte doch einfach die Dinge, die du über mich herausgefunden hast und herausfinden wirst, für dich. Man muss doch nicht immer alles wissen.* Woraufhin Lotti ihm ihr Ehrenwort gegeben hatte.

Endlich hatten wir den Stadtverkehr mit seinen roten Ampeln hinter uns gelassen und fuhren auf die Autobahn Richtung Flughafen.

»Paul ist verdammt heiß und dazu noch nett.« Lotti vergrub ihr Gesicht in beiden Händen. »Kein Wunder, dass der eine Freundin hat.«

Tja, als wäre mir das nicht aufgefallen. Gutaussehend und nett. Ich suche noch den Haken.

»Ich möchte doch nur, dass du es zugibst. Bitte!«, sagte sie energisch.

»Was jetzt genau?«

»Dass er cool und verdammt heiß ist.« Lotti unterstrich ihre Worte mit einem ausgestreckten Finger und einem Zischen, als würde sie sich an etwas Heißem verbrennen.

Sie machte es einem wirklich nicht leicht. Ich nickte knapp, um das Thema endlich zu beenden. Sie warf ihre Arme triumphierend in die Luft und lachte lauthals. *Nein, überhaupt nicht leicht.*

Am Flughafen umarmte ich Lotti ein letztes Mal. »Ich werde dich schrecklich vermissen. Pass auf dich auf, hörst du.«

Sie sah mich aus glasigen blauen Augen an. »Ich dich auch. Drei Monate! So lange waren wir noch nie getrennt.«

Kräftig blinzelnd kämpften wir gegen die aufkommenden Tränen an. In mir herrschte in diesem Augenblick das reinste Gefühlschaos. Ich war traurig, gleichzeitig kribbelte die Vorfreude in meinem Bauch. Lotti und ich kannten uns seit der ersten Klasse. Von dem Moment an, als sie mich gefragt hatte, ob ich neben ihr sitzen möchte, hatten wir uns fast täglich gesehen. Paul und ich versuchten uns auch regelmäßig zu sehen, aber das letzte Mal lag jetzt schon zehn Monate zurück.

Schweren Herzens löste ich mich von Lotti und wischte mir mit dem Handrücken die Tränen aus dem Gesicht. »Ich muss los«, flüsterte ich mit belegter Stimme, griff nach meinem Koffer, drehte mich um und eilte mit langen Schritten in das Flughafengebäude.

Ich hatte einen Fensterplatz ergattert und beschloss, erst einmal meinen verlorenen Schlaf nachzuholen. Neben mir saß ein Geschäftsmann, dessen Finger flink über die Tastatur seines Laptops huschten. Er sah nicht danach aus, als hätte er vor, in absehbarer Zeit ein Nickerchen zu machen. Ich bat ihn, mich zu wecken, sobald es etwas zu essen geben würde. Als er griesgrämig nickte, lächelte ich ihn nur freundlich an, rutschte tiefer in den Sitz und schloss die Augen. Es war nur zu seinem Besten. Mit Hunger war ich eine tickende Zeitbombe. Wehe dem, der zu diesem Zeitpunkt neben mir saß.

Pünktlich zum Mittagessen bohrte er mir eine Fingerspitze in den Oberarm. *Autsch!* Ich widerstand dem Impuls, ihm einen bösen Blick zuzuwerfen, und klappte den Tisch herunter. Während mir die Stewardess Tortellini und einen Obstkuchen auf das Tischchen stellte, rieb ich mir demonstrativ über den Arm.

Die nächsten zwei Stunden vertrieb ich mir mit einem Film. Anschließend sah ich aus dem Fenster und belauschte ein Gespräch zwischen einem Mädchen und zwei Jungen in der Sitzreihe hinter mir. Aus den Wortfetzen tippte ich auf Backpacker. Als das Wort *Rucksack* fiel, war ich mir endgültig sicher.

»Die Freiheitsstatue ist ein Muss«, sagte das Mädchen entschieden.

»Von der Ferne reicht aus«, erwiderte der eine, der andere ergriff Partei für das Mädchen: »Wenn sie es sich wünscht, machen wir das.«

Ich lächelte.

»Zwei gegen einen – gekauft!«, rief das Mädchen vergnügt.

Ich kramte mein Buch aus der Tasche, zog den Zettel bei Seite 176 heraus und benutzte meinen Zeigefinger in der Zwischenzeit als Lesezeichen. Auf dem weißen Blatt Papier hatte ich vorne und hinten alle Sehenswürdigkeiten und Orte, die ich in den nächsten Monaten besuchen wollte, notiert. Darunter diverse Stadtteile wie Manhattan, Brooklyn, den Broadway und die beliebtesten Highlights wie das Rockefeller Center, die Brooklyn Bridge und das Empire State Building. Die Freiheitsstatue stand bei mir auf Platz neun. Ganz oben auf der Liste der Central Park, daneben hatte ich Turnschuhe gezeichnet. Ich war gespannt, ob Paul mit mir meine Liste abarbeiten würde, er war kein Fan von Sightseeing-Touren.

Es war mein erster Besuch in New York, da immer er es war, der nach München kam. Ich kannte die Stadt einzig und allein von seinen Bildern und seinen Erzählungen.

Während ich die drei Backpacker hinter mir weiter belauschte, wanderten meine Gedanken zu Paul. Ich fragte mich, was er wohl gerade machte? Ich sah auf meine Uhr. Wach war er auf jeden Fall. Vielleicht dachte er in diesem Moment auch an mich? Ich hatte keine Ahnung, wie sein Tagesablauf aussah. *Selbst schuld.* Ich hatte nie danach gefragt.

Dass die Freundschaft auf diese Distanz halten konnte und wir uns von Jahr zu Jahr besser kennenlernten, auch wenn ich noch Wissenslücken in Sachen Paul hatte, hätte ich damals nicht für möglich gehalten. Noch heute erinnerte ich mich an unser Kennenlernen und an die Anfänge unserer Freundschaft, als wäre es erst gestern gewesen.

2

Es war ein Samstag gewesen, ein warmer Julitag. Nach einem verregneten Juni war vor zwei Wochen die Sommerhitze in die Stadt zurückgekehrt. Erik hatte an diesem Tag seinen dreißigsten Geburtstag gefeiert. Ich liebte laue Sommernächte und hatte auf alles Lust – nur nicht den Abend in einer stickigen Bar zu verbringen. Lotti, Leonie und Emma hatten meine Widerrede beharrlich ignoriert und tagelang gebenzt, ich solle mit zur Feier kommen. Wie immer hatte ich Lottis Überredungskünsten nicht lange standgehalten. Sie wusste nur zu gut, dass meine vermeintliche Unlust nichts mit der Kombination aus Hochsommer und einer miefigen Bar zu tun hatte. In Wahrheit war mir auch nach einem Jahr noch nicht nach Feiern zumute. Es war erst ein paar Wochen her, dass ich in meine eigene Wohnung gezogen war. Ich konnte nicht ewig bei meinen Eltern wohnen bleiben und der Gedanke, wieder zurück in die WG zu ziehen, war für mich unvorstellbar gewesen. Nicht nach allem, was passiert war. Ich brauchte meinen Rückzugsort, das wussten meine Mutter und mein Vater, auch wenn sie es nie offen aussprachen. Ich war ihnen dankbar, dass sie in eine Eigentumswohnung investiert hatten, damit ich ein eigenes Zuhause fand, in dem ich mich wohlfühlte. Dass es eine gute Kapitalanlage wäre, war dabei nur eine vorgeschobene Begründung meines Vaters, um das Thema nicht weiter zu vertiefen.

Um das Beste aus dem lauen Sommerabend herauszuholen, setzte ich mich auf mein Stadtrad und radelte zur Feier.

Mein Schlachtplan stand fest. Ich würde zwei Stunden in dieser Bar verbringen und dann unauffällig verschwinden.

Die Straßencafés waren voll und auf der Wiese am Gärtnerplatz gab es kein freies Fleckchen mehr. *Wie gerne würde ich hier draußen sitzen.* Ich seufzte, lehnte mein Fahrrad an die Hauswand und sperrte es ab. Für einen Moment beobachtete ich die Menschen, die in Grüppchen zwischen den üppigen bunten Blumenbeeten und um den Brunnen in der Mitte des Rondells beisammensaßen. Sich unterhielten, zuprosteten, flirteten, Musik hörten oder wie ich andere neugierig beäugten. Um den Platz reihten sich vierstöckige Häuser in unterschiedlichen Rottönen aneinander. Ein Theaterbesucher eilte mit großen Schritten die Stufen zum Gärtnerplatztheater hinauf. Die Lichter im Inneren brannten und die Türen waren längst geschlossen. Zwei Typen stolperten barfuß an mir vorbei und schlugen den Weg zum Kiosk an der Reichenbachbrücke ein.

Ich drehte mich um und ging die Stufen in die Bar hinunter. Zu meiner Überraschung wehte mir beim Öffnen der Tür eine kühle Luft entgegen. Trotz des lauen Sommerabends war die Bar gut besucht. In der Ferne sah ich Lotti, die mir mit beiden Händen aus dem hinteren Teil der Bar gut gelaunt zuwinkte, dabei hüpfte ihr blonder Lockenschopf fröhlich auf und ab. Erik hatte einen Bereich an der Bar und die Ecke mit den weißen Sitzwürfeln dahinter reserviert. Das Gewölbe und die Backsteinwände, an denen vereinzelt Strahler hingen, verliehen der Bar durch die goldene Lichtfarbe einen besonderen Charme. Alles wirkte einladend und nicht muffelig, wie ich es erwartet hatte. Ich schlängelte mich zu Lotti, Leonie und Emma durch, die es sich auf den Barhockern bequem gemacht hatten. Und wie immer, wenn wir vier aufeinandertrafen, hatte jede von uns eine Menge zu erzählen. Leonie sprach von ihrem neuesten Flirt und checkte unentwegt ihr Handy.

Aus Emma, liebevoll Chaoten-Emma genannt, sprudelten die Peinlichkeiten, die ihr in den letzten Wochen passiert waren, nur so hervor. Wir lachten, quasselten durcheinander und unterhielten uns mit den anderen Gästen.

»Bin kurz auf dem Klo«, rief ich Lotti, die in der Zwischenzeit mit Emma in einer hitzigen Diskussion über Männer vertieft war, nach dem zweiten Drink zu. Leonie drehte mir ohnehin gerade den Rücken zu, um unserem Geburtstagskind zu gratulieren.

»Entschuldigung!«, brüllte ich dem untersetzten Kerl zu, der mir den Weg versperrte. Er trat zur Seite und ich bahnte mir eine Schneise durch die Menge. Die Bar war in der Zwischenzeit proppenvoll geworden. Beim Öffnen der Tür zu den Toilettenräumen empfing mich eine angenehme Stille. Ich wusch mir die Hände, checkte mein Telefon, lehnte mich gegen das Waschbecken und wartete drei Minuten. Kurz hatte ich den Anflug eines schlechten Gewissens, aber das musste sich hinten anstellen. Lotti würde mich niemals, ohne auf ihren Überredungserfolg aufzubauen, gehen lassen.

Dann öffnete ich die Tür und kämpfte mich wieder durch die Menge, den Blick stur auf den Ausgang gerichtet. Der Geruch von Schweiß und Bier umgab mich. Durch den Mund atmend schob ich einen Hemdträger zur Seite. Sein Rücken war klitschnass geschwitzt. Hektisch wischte ich mir die Hand am Kleid ab. Jemand rempelte mich von hinten an. Ich taumelte kurz und bahnte mir weiter meinen Weg durch die Menge. Den Blick sehnsüchtig auf den Ausgang gerichtet, umrundete ich einen Junggesellinnen-Abschied, der angeheitert die Bar betrat. In diesem Moment starrte mich ein Augenpaar auf Brusthöhe an und versperrte mir den Weg. Der Typ, zu dem die glasigen Augen gehörten, war mit dem Barhocker nach hinten geschaukelt und hielt sich mit einer

Hand am Stehtisch fest. Hilfesuchend sah ich zu seinem Freund, der sich am Strohhalm festgebissen hatte und die Schieflage seines Freundes geflissentlich ignorierte. Ich richtete den Blick wieder auf den Klammeraffen vor mir und hob auffordernd meine Augenbrauen.

»Du wirst doch nicht schon nach Hause gehen? Setz dich doch noch auf einen Drink zu uns«, sagte er auf Englisch.

»Danke, aber ich muss los.«

»Hey, komm schon. Der Abend ist noch jung.« Er schob den Barhocker neben sich zurück und deutete mir an, mich zu setzen. »Du wirst es nicht bereuen. Glaub mir. Du wirst mich heiraten wollen.«

Ich lachte schallend. »Ich wette dagegen.« Mit verschränkten Armen vor der Brust lehnte ich mich an den freien Barhocker.

»Ich bin William und das ist Paul.« Er deutete auf seinen Freund, der es jedoch nicht für nötig erachtete, wenigstens kurz aufzusehen.

»Der Esel nennt sich immer zuerst. Ich bin Thea.«

Kurz sah er mich irritiert an. Dann holte er Luft und im nächsten Moment prasselte ein Monolog von William über mich herein. Ich hatte damit gerechnet, dass er ein Macho war, aber damit … *Unterirdisch.* Ich war um einen interessierten Gesichtsausdruck bemüht und überlegte unterdessen, welche Begründung ich für einen überstürzten Aufbruch vorgeben könnte. *William, du bist der größte Vollidiot auf Erden,* war derzeit die schmeichelhafteste Variante, die mir auf der Zunge lag. So viel dummes, abgenudeltes Geschwätz hatte ich im Leben noch nicht gehört.

Sein Freund übernahm weiterhin die Rolle des stummen Beobachters, während seine bernsteinfarbenen Augen mich über den Rand seines Glases hinweg einer genauen Musterung unterzogen. Alles andere wäre auch schier unmöglich gewesen, er nahm ja keine Sekunde den Strohhalm aus dem Mund. Ich war bemüht, ihn zu ignorieren, und fragte mich unterdessen, in welcher Freakshow ich gelandet war. *Himmel!* Unruhig rutschte ich auf meinem Stuhl hin und her.

Irgendwann stand ich abrupt auf, verabschiedete mich hastig und ging ohne ein weiteres Wort der Erklärung. Sollten die zwei von mir halten, was sie wollten. Ich hörte noch aufkeimenden Protest, als ich die Tür der Bar hinter mir zufallen ließ.

Keine Minute später tauchten die zwei wieder hinter mir auf. Wie Kletten. William torkelte neben mir her und redete unaufhörlich auf mich ein. »Der Abend war doch super. Du hast ja nicht einmal ausgetrunken. Lass es noch nicht zu Ende sein, Süße.«

Süße? Ich geb dir gleich Süße! Ich ignorierte ihn, sah aus dem Augenwinkel, wie er ein vorbeifahrendes Taxi stoppte, und stapfte kopfschüttelnd zu meinem Fahrrad. Plötzlich schnappte er mein Handgelenk und zog mich mit sich in Richtung Straße. Panik und Wut überkamen mich. Mit aller Kraft stemmte ich mich dagegen. Während er den Griff schmerzhaft verstärkte, packte Paul meinen freien Arm und hielt mich fest.

»Lass das, William! Es reicht!«, fuhr Paul ihn an.

Wow, er spricht. Ich verstand nicht, warum er seine sympathische tiefe Stimme so lange geheim gehalten hatte.

William hielt inne, sah Paul finster an, sagte aber kein Wort.

Abrupt ließ er los. Ich kam ins Straucheln und fand mich im nächsten Moment an Pauls Brust wieder. Ich sah nur noch weißen Stoff und eine Sonnenbrille vor meinen Augen baumeln, die im V-Ausschnitt seines T-Shirts hing. Ein Gemisch aus einem frischen, maskulinen Duft, wie ich es von Sportduschgels für Männer kannte, und einem Hauch von Minze stieg mir in die Nase. Er hielt mich noch immer fest und ich spürte seine warme Hand auf meinen Rücken. Ruckartig löste ich mich aus seinen Armen.

»Ist der immer so?«, schnauzte ich ihn an und sah mich nach William um, aber der war bereits ins Taxi gestiegen.

Paul vergrub die Hände in den Hosentaschen seiner dunkelgrauen Jeans. »Nein. Nur wenn er zu viel getrunken hat«, sagte er auf Englisch. »Und nicht bekommt, was er begehrt, und das heute schon zum zweiten Mal. Da kann er durchaus etwas energisch werden«, ergänzte er dann auf Deutsch.

Ich sah ihn kurz verblüfft an und stapfte an ihm vorbei. »Durchaus? Etwas?«

Abwehrend hob Paul beide Hände. »Er ist mein Freund, wie soll ich es sonst nennen.« Er fuhr sich nervös durch das braune Haar. »Er kommt mit Zurückweisungen oder Niederlagen nicht klar. Und wenn du willst, dass ich es schärfer ausdrücke, dann sag mir, welches Adjektiv ich deiner Meinung nach verwenden soll?«

Ich schnaubte abfällig, schüttelte den Kopf und wandte mich meinem Fahrrad zu. »Oh, der arme Junge. Zwei Körbe an einem Abend. Das würde mir ja zu denken geben«, sagte ich mit einem deutlich sarkastischen Unterton.

Er stellte sich zu mir und senkte den Kopf. »Er hat es bei einem Vorstellungsgespräch vermasselt«, murmelte er kaum hörbar.

Mit aller Gewalt versuchte ich das dämliche Fahrradschloss zu öffnen. Paul trat einen Schritt näher. »Kann ich dir helfen?«, fragte er mit sanfter Stimme.

»Nein«, kam es mir schroffer über die Lippen als beabsichtigt. »Danke. Nein«, wiederholte ich freundlicher.

»Du lässt dir nicht gerne helfen?«

Ich seufzte und zerrte erneut an dem verdammten Schloss. »Das zickt nur manchmal«, unterbrach ich meinen Kampf schnaubend und sah kurz auf. Zum ersten Mal an diesem Abend sah er mir direkt in die Augen. Der Kerl grinste schief und schien sich köstlich zu amüsieren.

»Vorstellungsgespräch? Wofür?«

Paul griff nach dem Schloss und öffnete es mit einem festen Zug. »Gern geschehen.« Er lächelte zufrieden. »Du stellst aber viele Fragen.«

»Das waren nur zwei.«

Er lachte. »Gut. Das ist eine längere Geschichte. Möchtest du dein Fahrrad schieben? Dann begleite ich dich ein Stück.«

Nachdenklich wiegte ich den Kopf hin und her und nickte schließlich. »Na gut. Hoffentlich sind du und William nicht aus dem gleichen Holz geschnitzt.«

»Sicherlich nicht«, sagte er empört.

»Sicher.« Ich lachte bitter auf.

Wir umrundeten den Platz, auf dem noch immer vereinzelt Leute um den Brunnen saßen, und bogen in eine Seitenstraße ein. Nach wenigen Schritten befanden wir uns in einem belanglosen Smalltalk über die Bar, den Gärtnerplatz und das Wetter. Wir überquerten die Straße und Paul erzählte von dem Vorsprechen, das die beiden heute für eine Nebenrolle im Gärtnerplatztheater hatten. Sie waren dafür aus New York angereist. William hatte alles gegeben, denn er brauchte diesen Job. Für Paul hingegen war es mehr zum Spaß gewesen, aus reiner Neugierde. Während er erzählte, lachte er auf und mimte den Intendanten, der – irritiert über Pauls Auftritt – nervös die Brille auf der Nase runter- und wieder hochschob, letztendlich seinen Nasenrücken massierte und den Kopf schüttelte.

Wir schlenderten nebeneinander an der Isar entlang in Richtung meiner Wohnung. Durch die dichten Baumkronen drang nur schwach die Straßenbeleuchtung hindurch und auf die eine oder andere Weise war ich erleichtert, dass er mich begleitete. Für was ich an diesem Abend zusätzlich eine Strickjacke in meine Tasche gestopft hatte, war mir ein Rätsel. Das hellblaue Sommerkleid mit Dreiviertelärmeln, in dem ich mich wie ein Sahnebaiser auf Riemchensandalen fühlte, war für die laue Nacht mehr als ausreichend.

»Gehst du gerne ins Theater, Kino oder schaust du gerne fern?«, fragte er.

»Weder noch«, platzte ich vorschnell heraus und setzte hastig hinzu: »Fernsehen schaue ich nur, wenn mich etwas interessiert. Ich habe nicht einmal *Netflix*. Kino gelegentlich. Und Theater? Versteh mich jetzt bitte nicht falsch, die Atmosphäre ist beeindruckend, aber …« Ich starrte peinlich berührt auf mein Fahrrad. »Nein, das ist nicht so mein Ding.«

Ich finde die Atmosphäre beeindruckend. Großes Kino, Thea. Klasse. Gedanklich klopfte ich mir auf die Schultern. Ich war ein Kulturbanause. Durch und durch. *Gehört Theaterspielen eigentlich zur brotlosen Kunst?,* schoss es mir in den Sinn. Ich schüttelte den Gedanken ab. Das sollte ich besser meine Mutter fragen, bevor ich ihn das jetzt fragte.

»Als ich an Weihnachten mit meiner Familie in ›Hänsel und Gretel‹ war, war das … interessant, nur … mit dem Gesang nicht mein Ding.« Ich rümpfte die Nase.

Ein kurzes Lächeln huschte über sein Gesicht. »Ich denke, dann warst du in der Oper. Vielleicht solltest du es mal mit modernen Theaterstücken versuchen.«

»Möglich«, sagte ich schulterzuckend. »Was macht das Theaterschauspielen interessanter, als Filmschauspieler zu sein?«

Anstatt einer Antwort blieb Paul abrupt stehen. Ich folgte seinem Blick, der an einer Menschengruppe, die um ein Feuer an der Isar saß, verharrte.

»Schön hier, nicht wahr?«

Er reagierte nicht und schien mit den Gedanken weit weg zu sein. Es vergingen Minuten, in denen er mit in den Hosentaschen vergrabenen Händen die Leute beobachtete.

Ich hatte zwar null Interesse, über Theater zu plaudern, aber die reizvollen Seiten Münchens waren definitiv keine Gesprächsalternative. Ich für meinen Teil wollte gerne mehr über ihn erfahren.

»Wollen wir weiter?«, unternahm ich einen neuen Versuch. Er drehte sich so, dass ich ihn ansehen konnte. Aber er lächelte nicht und wirkte für einen Augenblick traurig.

»Klar. Warum ich Theater interessanter finde als Filme?« Ich nickte.

»Ein Theaterschauspieler übt seine Rolle direkt vor einem Publikum aus und sieht die Reaktionen. Ein Filmschauspieler sieht diese Reaktion nicht. Ein Theaterbesuch ist für die Menschen ein besonderes Erlebnis. Ein Teil davon zu sein, ist etwas Großartiges. Zuschauer und Theaterschauspieler sind im gleichen Raum und erleben das Theaterstück gemeinsam. Der Schauspieler im Fernsehen bleibt für die Zuschauer eine abstrakte Person ...« Er überlegte kurz. »Gut, nicht alle sehen einen Schauspieler als abstrakte Person, aber das ist ein anderes Thema.«

»Du meinst die Fans, die davon ausgehen, dass der Schauspieler in Wirklichkeit genau so ist wie auf dem Bildschirm?« Paul nickte. »Genau so.«

Wir verließen den Kiesweg an der Isar und schlenderten die gelblich beleuchtete Straße entlang.

»Aber ein Filmschauspieler verdient wahrscheinlich mehr Geld und hat Abertausende Fans. Manche genießen das bestimmt.«

»Sicher, die wird es geben«, sagte er kurz angebunden.

»Und warum hat es bei euch nicht geklappt?«

»Du bekommst keine ehrliche Begründung, wenn sie dich ablehnen. Aber das kann Verschiedenes sein. Du passt vom Typus nicht zur Rolle, ihnen gefällt dein Gesicht nicht, deine Mimik, deine Aussprache, dein Akzent.«

Aus seinem leisen Tonfall schloss ich, dass ihm die Absage mehr zusetzte, als er zugab. Ein Theaterspieler auf der Suche nach dem großen Glück. Ich beschloss, dem Theater eine zweite Chance zu geben und nicht weiter in der Wunde zu bohren. Abgesehen davon blieb mir dazu auch nicht die Gelegenheit, denn auf direktem Weg lenkte er das Gespräch auf mich.

»Und du? Was machst du so? Erzähl mir mehr von dir.«

Ich schluckte. »Was willst du wissen?«

»Alles.«

Nervös kaute ich auf meiner Unterlippe. Ich konnte das nicht. Alles in meinem Leben schien seit einem Jahr so belanglos. Ich hatte nicht einmal ein außergewöhnliches Hobby. Für einen Augenblick beneidete ich meine Freunde, die permanent coole Dinge auf Instagram posteten oder zu erzählen hatten. Ich beschloss, mir ein spektakuläres Hobby zuzulegen. Das könnte diese Art von Gesprächen in Zukunft einfacher und interessanter gestalten.

»Alles?«, fragte ich.

Er nickte. »Ja. Ich helfe dir. Also, was studierst du?«

»Ich studiere Kommunikationswissenschaften und Englisch.«

»Und, macht es Spaß?«

Das hatte es einmal. Jetzt fiel es mir schwer, die Uni-Räumlichkeiten zu betreten. Zu viele Erinnerungen auf engstem Raum.

»Können wir bitte über etwas anderes reden? Ich möchte nicht über mein Studium sprechen.«

»Klar. Dann reden wir nicht über Studium oder Jobs und ganz besonders nicht über verpatzte Vorstellungsgespräche.«

Es tat mir unglaublich leid, dass es mit seinem Vorsprechen nicht geklappt hatte, und ich wollte aus seiner Niederlage keinen Nutzen ziehen, aber ich war dankbar, jemanden kennengelernt zu haben, der sich nicht nur über Beruf und Studium unterhalten wollte.

»In Ordnung. Aber es tut mir leid, dass es bei dir nicht geklappt hat«, sagte ich schließlich.

»Egal«, antwortete er knapp.

Dann löcherte er mich weiter mit Fragen. Er wollte wirklich alles wissen. Angefangen beim Alter, welche Musik ich hörte, meine letzten Reiseziele bis hin zu meinen sportlichen Interessen. Das volle Programm. Ich quasselte einfach drauflos und erzählte ihm alles, was mir in diesem Moment in den Sinn kam. Angefangen damit, dass ich froh war, wieder an der frischen Luft zu sein. Er hörte mir aufmerksam zu, unterbrach mich nicht, nickte und lachte an manchen Stellen auf. Ich hatte keinen blassen Schimmer, ob ihn mein Geschwafel interessierte oder amüsierte. Ich plauderte von den Bergen, von meiner Reiselust und fügte ein paar außergewöhnliche Reiseziele hinzu. Erzählte ein wenig über meine Familie, dass ich das Nesthäkchen war und zwei ältere Brüder hatte, Nepomuk und Noah. Zwei Brüder mit ausgeprägtem Beschützerinstinkt, wenn es um ihre kleine Schwester ging. Als ich ihn fragte, ob er jetzt Angst hätte, verfiel er in einen Lachkrampf. Auf die Frage, wie meine Eltern auf solche Namen kamen, erhielt er keine Antwort mehr.

»Da wären wir«, sagte ich und blieb stehen. Schade, ich hatte keine Gelegenheit gehabt, etwas über ihn zu erfahren.

Er sah auf die moderne Hausfassade mit den großen Fensterfronten. »Und? Hat sich der Abend jetzt gelohnt?«, fragte er.

Ich lächelte. »Ja, zumindest die letzte Stunde, und wie ich sehe, hast du's überlebt. Blutet dir das Ohr?«

Er lachte auf und schüttelte den Kopf. »Nein, auf keinen Fall. Was machst du morgen? Hast du Zeit? Dann hole ich die letzte halbe Stunde wieder auf.«

Ich schlug mit mir ein imaginäres High Five ein. Ich hatte doch noch die Chance, mehr über ihn zu erfahren. »Klar, ich habe noch nichts geplant. Wollen wir frühstücken gehen?«, fragte ich, um einen lockeren Tonfall bemüht.

»Ja, das machen wir. Wann und wo?«

»Passt dir elf Uhr?«

Er nickte und zog sein Handy aus der hinteren Hosentasche. »Wo?«

Ich überlegte einen kurzen Moment. »*Miss Ida?* Soll ich dir die Straße raussuchen?«

Er schüttelte den Kopf und notierte sich den Namen des Cafés in sein Handy. »Nein, das finde ich. Im Zeitalter von Google sollte das kein Problem sein.« Er hob seine Hand zum Abschied. »Hat mich gefreut. Bis morgen, Thea.«

»Bis morgen.«

Als ich am nächsten Morgen das Café betrat, saß Paul bereits in der hintersten Ecke und winkte mich zu sich. Ich ließ die Kellnerin vorbei, ging zu ihm und blieb vor dem Tisch stehen. *Himmel!* Sein frischer Duft hing intensiv in der Luft. Ich musste mich zusammenreißen, um nicht ein weiteres Mal tief einzuatmen.

»Hallo Thea.« Für einen Moment betrachtete er mich vielleicht eine Spur zu gründlich. Scheinbar unbeeindruckt davon, ließ ich meinen Blick über den Holztisch schweifen.

»Wer soll das alles essen?«, fragte ich mit großen Augen und vergaß darüber die Begrüßung. Er hatte sämtliche Frühstücksvariationen bestellt. Eine Etagere mit verschiedenen Wurst- und Käsesorten. Ein Brotkorb, Brezen, Schokocroissant, Butter, Eier, Joghurt mit Obst und Walnüssen, frisch gepresster Orangensaft, zwei Flaschen Wasser, eine mit und eine ohne Kohlensäure.

»Guten Morgen. Freut mich auch, dich zu sehen«, sagte er amüsiert und betrachtete zufrieden sein Werk. »Ich wusste nicht, was du gerne isst. Also habe ich einfach einmal querbeet bestellt.« Er lächelte mich schief an. »Das schaffen wir schon. Wir haben ja Zeit. Ich hoffe, es ist wenigstens etwas Passendes für dich dabei.«

Ich setzte mich auf den Stuhl ihm gegenüber. »Oh ja, auf jeden Fall.«

Eine Bedienung trat hektisch an den Tisch und sah uns nicht einmal an. »Was möchtet ihr trinken?«

»Einen Milchkaffee, bitte.«

»Soja? Mandelmilch?«, fragte sie mich forsch.

Irritiert schüttelte ich den Kopf. »Nein, Milchkaffee. Einen einfachen Milchkaffee. Mit Milch von der Kuh.« Als hätte die ganze Welt nur Intoleranzen. Am liebsten hätte ich noch *drei Komma fünf Prozent* hinzugefügt. Paul warf mir einen belustigten Blick zu. Aber in seinen Augen lag noch etwas anderes, das ich nicht recht deuten konnte.

»Zweimal bitte«, sagte er grinsend.

Es war bereits früher Nachmittag und Paul hatte die letzten Stunden sein Versprechen gehalten. Er hatte ausführlich und bildhaft von seinen Eltern, seinem Bruder Alex und dem Familienhund Lexy erzählt. Wie traurig seine Mutter war, als er von Philadelphia nach New York City zog, obwohl die Städte nur zwei Autostunden voneinander entfernt lagen.

»Du hast keinen Akzent«, unterbrach ich ihn.

»Ja, mein Bruder und ich wurden zweisprachig erzogen. Meine Mutter kommt aus Berlin. Wir sind dann in die Schweiz gezogen und von dort aus in die USA. Mein Vater ist in Amerika aufgewachsen.«

Ich nickte anerkennend. »Erzähl mir mehr von New York.« Er schilderte die Stadt in all ihren Farben und erwähnte in einem Nebensatz seine Hobbys. Da brauchte ich mich nicht zu verstecken, er hatte keine. Abgesehen von Lesen und einmal in der Woche Boxtraining. Und er liebte es, zu reisen – wie ich. Dann fuhr er fort mit seiner Leidenschaft für europäische Kultur und das deutsche Essen und seinem Interesse an Kunst.

Ich hörte ihm gerne zu, auch wenn ich zwischendurch immer wieder den Faden verlor, da ich dabei die Gelegenheit nutzte, ihn mir genauer anzusehen. Im Gegensatz zu gestern Abend standen ihm seine Haare heute kreuz und quer in alle Richtungen. Auch wenn es nicht danach aussah, vermutete ich, dass dahinter ein System steckte. Möglichst unauffällig überflog ich seine markanten Gesichtszüge und betrachtete die feinen Lachfalten um seine bernsteinfarbenen Augen. Sein Blick durch die langen dichten Wimpern wirkte weich. Hätte ich diese Wimpern, könnte ich getrost auf die Extra-Double-Length-Wimperntusche verzichten.

Genüsslich biss ich in mein Schokocroissant. Seine Mundwinkel zuckten. Hatte ich was verpasst? Sein unterdrücktes Grinsen war nicht mehr zu übersehen. Ich schleckte mir die Schokolade von den Lippen und seufzte zufrieden. Sein Lächeln wurde breiter. Etwas, das ich nicht deuten konnte, lauerte dahinter. Ich legte den Kopf schief und lächelte zurück. Das war nie verkehrt.

»Willst du noch Wasser?«, fragte er.

Ich nickte mit vollem Mund. Als er zur Wasserflasche griff, sah ich flüchtig auf seine Hände. Große gepflegte Hände.

Er war aufmerksam und lächelte ausgesprochen oft. Je nach Grad des Lächelns kam kaum merklich ein Grübchen auf einer Seite zum Vorschein. Ich konnte nichts an ihm finden, an dem ich etwas auszusetzen hatte. *Nichts.* Er sah unverschämt gut aus und war obendrein außergewöhnlich nett. Er gehörte definitiv in die Kategorie Traummann.

Seinen Körperbau konnte ich unter dem blauen T-Shirt nicht abschätzen. Ohne Frage, ich stand auf sportliche Typen. Er hingegen boxte nur einmal in der Woche. Das war ja nichts. Obwohl der Aufprall gegen seinen Oberkörper gestern Abend alles andere als weich gewesen war. Ich konnte suchen, solange ich wollte, er gehörte definitiv zur Sorte Mann, die theoretisch mein Interesse wecken könnte. Könnte! Theoretisch. Wenn ich nicht von der Fiktion eines Traummanns abgekommen wäre. Meine Vergangenheit hatte mich gelehrt, dass mein Traummann und ich einfach nicht kompatibel waren. Es wäre egoistisch, eine Verschwendung. Ich würde ihm kein Glück bringen. Außerdem war ich aktuell dabei, mein Beuteschema zu überdenken. Über was machte ich mir eigentlich Gedanken? Er lebte auf einem anderen Kontinent. Erleichtert ließ ich die Luft aus meinen Lungen weichen. Er griff in seine Hosentasche, zog ein silbernes Döschen hervor und steckte sich ein Minzbonbon in den Mund.

Ein mehrmaliges Klopfen gegen meinen Oberarm riss mich aus meinen Gedanken. Ich sah fragend zu meinem Sitznachbarn, der nur mit einem Kopfnicken auf die Stewardess im Gang deutete.

»Hätten Sie gerne etwas zu trinken?«, fragte sie mit einem Lächeln.

»Ja, ein Wasser bitte.«

Sie reichte mir einen Plastikbecher.

»Danke.«

Drei Jahre waren wir nun befreundet und Paul alias Traummann war endgültig in der Schublade gelandet. Er besuchte mich mehrmals im Jahr und darüber hinaus verbrachten wir Wochenenden in Paris, London, in den Bergen oder machten gemeinsam Urlaub. Bei dem Gedanken an unseren letzten Abschied in Apulien unterdrückte ich einen tiefen Seufzer. Er fehlte mir.

Paul war für mich in der Zwischenzeit eine zweite Lotti in männlicher Gestalt geworden. Er durfte sich meine Wutausbrüche über Dates anhören, war immer für mich da und war ein ausgesprochen guter Zuhörer, selbst wenn ihm kein Typ gut genug für mich war. Er hatte leicht reden, er hatte schließlich eine Freundin – Elly. Er redete kaum über sie. Von dem Wenigen, was ich wusste, war ich mir sicher, dass wir Schwierigkeiten hätten, gemeinsame Interessen zu finden. Während sie im Kosmetikstudio oder Nagelstudio saß, würde ich mir meine Knie auf einem Bolzplatz aufwetzen. Was er an dieser Frau fand? Es war mir schleierhaft. Aber dazu sagte ich nichts. Der Drops war gelutscht.

Über die Jahre lernten wir uns immer besser kennen. Na ja, ich kannte ihn und gleichzeitig auch nicht. Er erzählte so viel, wie er wollte, oder eben nicht. Ich hinterfragte nicht und erschwerend kam hinzu, dass er der geborene Themenwechsel-Künstler war. Innerlich brachte er mich damit regelmäßig auf die Palme. Trotzdem biss ich mir jedes Mal auf die Zunge. Ich konnte ihm keine Vorwürfe machen. Ich wollte es so und dadurch hatte er, was er wollte.

3

Kaum hatte ich New Yorker Boden unter den Füßen, vibrierte mein Handy in der Hand.

Herzlich willkommen in NYC, meine Liebe.

Ein Lächeln huschte über mein Gesicht und verschwand in derselben Sekunde wieder.

Sorry. Komme hier nicht pünktlich weg, um dich abzuholen. Sehen uns in der Wohnung. Schlüssel hat Charles.

Gefolgt von einer Nachricht mit der Adresse.

Nicht. Sein. Ernst. Fast hätte ich laut aufgestöhnt. Zuverlässigkeit konnten wir ab heute von der Liste der positiven Charaktereigenschaften streichen. Und wer um alles in der Welt war Charles? Kurz spielte ich mit dem Gedanken, ihm eine Nachricht zu schreiben, ließ es aber sein.

Nachdem ich mit meinem Reisepass bewaffnet die Stempelshow bei der Einreise erfolgreich bestanden und mein Gepäck hatte, durchquerte ich zielstrebig die Ankunftshalle direkt zum Taxistand.

Kaum hatte ich mein zweites Bein in das Yellow Cab geschoben, brauste das Taxi los. Ich zog mich an der Kopflehne vor und hielt dem Fahrer das Handydisplay mit der Adresse unter die Nase. Kopfnickend nahm er meine stumme Anweisung

37

zur Kenntnis. Der Beifahrersitz war übersät mit Fastfood-Verpackungen. Ich ließ mich zurück auf die Rückbank fallen und öffnete das Fenster einen Spalt breit. Mit der Nase an der Scheibe versuchte ich zu begreifen, wo ich war. Das gleiche Kribbeln wie heute Morgen kroch wieder meinen Bauch hinauf.

Mein Ärger war fast verflogen, als wir, begleitet von einem regelmäßigem klack, klack des Bodenbelags, die Queensboro Bridge erreichten. Vor uns erstreckte sich die Skyline Manhattans. Ich schob mich nach vorne zwischen die Sitze und beobachtete, wie die Streben der Brücke über uns vorbeizogen. Der Verkehr wurde dichter und stockte schließlich. Neben uns schwebte eine Gondel der *Roosevelt Island Tramway* vorbei. Das Hupen und die schimpfenden Autofahrer ignorierend, schlängelte sich der Taxifahrer gelassen durch den Straßenverkehr. *Keine Sekunde würde ich hier Auto fahren.*

Links und rechts ragten die Gebäude in den Himmel. Ich kam mir vor wie eine Ameise. An der nächsten Kreuzung verließen wir die Hauptstraße. Die Straßen wurden enger. Links, geradeaus, links, rechts. Keine Ahnung, in welchem Stadtteil wir waren. Der Fahrer bog in eine schmale, von Bäumen gesäumte Seitenstraße ein und stoppte den Wagen am Straßenrand. Er deutete mit dem Finger aus dem Seitenfenster und unterstrich seine Geste mit einem Kopfnicken. Ich folgte seiner Bewegung und sah an der Fassade eines renovierten Brownstone-Hauses hinauf.

Wow! Der typische Sandsteinbau mit seinen großen Fenstern, die in modernen, anthrazitfarbenen Metallrahmen eingefasst waren, hatte bei der Sanierung seinen Charme nicht verloren. Paul war erst vor einem halben Jahr umgezogen und hatte mir gesagt, dass ich mein eigenes Zimmer hätte. Ich war heilfroh, nicht auf der Couch schlafen zu müssen. Für drei Monate war das keine Lösung.

Ich hievte meinen Koffer den prächtigen Treppenaufgang hinauf, auf dem seitlich auf jeder zweiten Treppenstufe dekorativ bepflanzte Blumenkübel standen. Die schwarz lackierte Haustür mit eingelassenen Glasscheiben sah einladend und verdammt teuer aus. Ich umschloss den goldenen Türgriff, öffnete langsam die Tür und betrat den schwarzen Marmorboden der sterilen und modernen Eingangshalle. Mit meinem Hoodie und den Turnschuhen kam ich mir ziemlich fehl am Platz vor.

»Miss, kann ich Ihnen helfen?«, ertönte eine freundliche männliche Stimme hinter mir. Ein älterer Herr mit kugeliger Figur schritt gemächlich auf mich zu. Mit seinem grauen Anzug und den weißgrauen Haaren, durch die er einen ordentlichen Seitenscheitel gezogen und den Rest mit Pomade an den Kopf geklebt hatte, fügte er sich perfekt in die Umgebung ein.

»Hallo«, sagte ich ebenso freundlich.

Er streckte mir seine Hand entgegen. »Ich bin Charles. Sie müssen Thea Kaufmann sein?«

Ah, das war mein Mann. Charles. Ich schüttelte seine Hand und lächelte erleichtert. »Ja, das bin ich, und Sie haben einen Schlüssel zu Pauls Wohnung für mich?«

Er hob seinen Arm und klimperte mit dem Schlüsselbund zwischen zwei Fingern in der Luft. Ich wollte ihn mir gerade schnappen, hielt mich aber im letzten Moment zurück. Sichtlich erfreut über seinen kleinen Scherz legte er ihn mir in die Handfläche.

»Danke.«

»Im vierten Stock, Miss …?« Er sah mich stirnrunzelnd an.

»Nennen Sie mich einfach Thea.«

Er nickte warmherzig, umfasste den Griff meines Koffers und begleitete mich zum Fahrstuhl. Charles drückte die Taste für den vierten Stock und trat zurück. Die Aufzugtüren schlossen sich kaum hörbar und ich winkte ihm zum Abschied flüchtig zu.

Lautlos schwebte der Aufzug nach oben. Das Display war das einzige Indiz dafür, dass er sich überhaupt bewegte. Eins – zwei – drei – ping. Die Türen öffneten sich genauso geräuschlos im vierten Stock, wie sie zugegangen waren. Ich trat heraus und sah mich um. Im gesamten Stockwerk gab es exakt eine Wohnungstür. *Respekt!*

Mit klopfendem Herzen steckte ich den Schlüssel in das Schloss und drehte ihn einmal um. Mit einem leisen Klick öffnete sich die Tür und ich blinzelte durch den Türspalt. Der vertraute Geruch von Paul stieg mir in die Nase. Es war ein bisschen wie Heimkommen. Ich schob die Tür ganz auf, trat in die Wohnung und stand im Wohnzimmer. *Unglaublich!* Grelle Sonnenstrahlen fielen durch die raumhohen Fenster auf der gegenüberliegenden Seite. Ich stellte den Koffer ab, legte die Schlüssel und meine Handtasche neben die leere Vase auf das Sideboard und schloss die Tür hinter mir.

Zu meiner Linken erstreckte sich ein Flur. Rechts führte eine gerade, schmale Treppe mit anthrazitfarbenem Metallgeländer und Stufen aus Walnussholz auf eine Galerie. Ich kickte mir die Schuhe von den Füßen und trat weiter in das Wohnzimmer hinein. Alles war picobello, minimalistisch eingerichtet, kein unnötiger Schnickschnack. Alles hatte seinen Platz. Immerhin gab es eine Kuscheldecke – penibel zusammengelegt – und Kissen auf der grauen U-förmigen XXL-Couch. Eine halb heruntergebrannte Kerze im Glas stand auf dem ovalen Couchtisch. Die unverputzte Backsteinwand mit offenem Kamin verlieh dem Raum mit den sonst nackten weißen Wänden eine heimelige Atmosphäre. Die hohen Decken ließen das Wohnzimmer zudem noch geräumiger erscheinen. Es war mindestens so groß wie ein Beachvolleyballfeld, aber in jedem Fall so weitläufig wie meine komplette Zweieinhalb-Zimmer-Wohnung, vorausgesetzt, ich dachte mir die Wände weg. Ich durchquerte den Wohnbereich und trat durch die Glastür auf den schmalen Balkon. Grün war hier oben nichts mehr. Unter mir erstreckten sich Baumkronen und die Straße. Wenn ich mich ganz, ganz weit über das Geländer lehnte, meinte ich rechts von mir den East River sehen zu können.

Ich ging zurück ins Wohnzimmer und schloss die Tür hinter mir. Unter der Treppe gegenüber der Couch hing ein überdimensionaler Bildschirm an der Wand. *Fast wie Kino.* Vielleicht würde Vor-dem-Fernseher-Sitzen doch noch mein Hobby werden.

Die blütenweiß lackierte Front der offenen Küche blendete im Sonnenlicht. Ich umrundete den langen Esstisch, strich mit den Fingern erst über die Lehne eines *Vitra*-Stuhls, dann über die grobe Naturholzoberfläche des Tisches und schnappte mir einen roten Apfel aus dem Obstkorb. Die Blumenvase vom Sideboard würde sich hier mit frischen Blumen gut machen. Ich fügte gedanklich *Blumenstrauß kaufen* auf meine To-do-Liste und biss geräuschvoll in den Apfel.

Erst jetzt fiel mir die antike Kommode aus Mahagoniholz vor der Wand neben der Küchenzeile auf. Ich kannte das Möbelstück mit den Zierbeschlägen und den Kugelfüßchen von einem Bild, das mir Paul vor einiger Zeit geschickt hatte. Es war die alte Anrichte seines Großvaters. Aber meine ganze Aufmerksamkeit galt allein der Wand. Über der Kommode hatte er drei Leisten angebracht, auf der er eine Vielzahl von Fotoaufnahmen in unterschiedlichen Größen und in verschiedenen Rahmen gestellt hatte. Ich trat näher, um auch die kleineren Fotos sehen zu können.

Paul und sein Bruder blickten mit gerecktem Kinn stolz in die Kamera. Sie waren auf dem Bild um die zehn Jahre alt und trugen Fußball-Klamotten. Paul hatte den Ball unter seinen Arm geklemmt und Alex seinen lässig um Pauls Schultern gelegt.

Während ich an dem Apfel knabberte, wanderte mein Blick weiter über die Fotografien. Seine Eltern an einem windigen Tag am Strand, in einem Goldrahmen. Alex kam mit seinen schwarzen Haaren und den blauen Augen eindeutig nach der Mutter, Paul dagegen nach dem Vater. Außerdem gab es ein Porträtbild seines Großvaters und ein Gruppenfoto mit Paul und seinen Freunden. Daneben stand eine Aufnahme mit ihm und Lexy, dem Collie-Mischling seiner Eltern.

Die zwei auf den Bildern der nächsten Leiste kannte ich. Auf dem ersten Foto schimpfte ich lauthals, während Paul mich mit seiner Hand auf meinen Scheitel auf Abstand hielt. Dabei hatte er seinen Kopf in den Nacken gelegt und lachte schallend. Ich konnte mich nicht mehr genau daran erinnern, warum ich wütend gewesen war. *Nett, dieses Bild hier aufzustellen. Sehr nett.* Bei nächster Gelegenheit würde ich das Foto gegen das tauschen, auf dem er einen roten Kopf von der Laufrunde am Starnberger See hatte.

Beim Anblick des folgenden Fotos überkam mich kurz ein Frösteln. Paul hatte eine Hütte in den österreichischen Alpen gebucht. Es grenzte schier an ein Wunder, normalerweise waren die Berghütten im Sommer bereits für den Winter ausgebucht. Ich hatte ihn am Münchner Flughafen abgeholt und wir waren gemeinsam weitergefahren. Je näher wir unserem Ziel kamen, desto dichter wurden die Schneeflocken. Die Hütte lag ein Stück abseits der Piste und war nur mit der Seilbahn erreichbar. Das Foto hatte Paul von uns gemacht, als wir aus der Gondel gestiegen waren.

Es war saukalt gewesen. Ich hatte mir die Mütze tief ins Gesicht gezogen und den Schal über die Nase. Paul mit seiner kuschligen Fliegermütze neigte seinen Kopf zu mir hinunter und drückte ab. Dann klemmte er mir links und rechts unsere Snowboards unter die Arme, bepackte sich mit den Taschen und wir stapften schweigend durch den kniehohen Schnee. Durch die dicken Schneeflocken konnte ich fast nichts mehr erkennen. Ich war fix und fertig, als wir die Holzhütte endlich erreichten. Paul zeigte keine Spur von Erschöpfung. Ganz im Gegenteil, er grinste zufrieden.

Eine wohlige Wärme empfing uns, als wir die Hütte betraten. Ich trat über den bunten Fleckerlteppich in die Stube und steuerte geradewegs das Kaminfeuer an. Ich rieb die Hände vor dem Feuer aneinander und hielt abwechselnd den linken und den rechten Fuß davor. Vor eisiger Kälte fühlte ich weder meine Zehen noch meine Finger. Er hatte unsere Taschen abgestellt und lehnte an der Holzwand. Sekundenlang spürte ich seinen Blick auf mir ruhen.

»Ich wusste nicht, dass du so eine Frostbeule bist.«

Ich warf ihm einen vielsagenden Augenaufschlag zu. »Pah, mein Po und meine Füße haben Frostbeulen quasi erfunden.« Ich trat an eines der kleinen Fenster und schob den rot karierten Vorhang zurück. Es hörte nicht auf zu schneien. Die dicken Flocken bedeckten alles um uns herum unter einer dichten Schneedecke und hüllten uns in eine wohltuende Stille. Es wäre der perfekte Ort für ein romantisches Wochenende mit der Liebe meines Lebens gewesen. Wenn es die noch geben würde und diese Hütte keine Stockbetten hätte.

Der vertraute Duft von Minze hüllte mich ein und im selben Moment spürte ich Pauls Wärme in meinem Rücken. Er sah über meine Schultern aus dem Fenster. »Gefällt es dir hier?«, flüsterte er an meinem Ohr.

»Mehr als das.«

Die ersten Tage war es kaum möglich, die Berghütte zu verlassen, und es wurde eintönig auf unserer beschaulichen Hütte. Paul, ich und drum herum eine dicke Schneedecke, so weit das Auge reichte. Schnee vor der Tür, Schnee auf den Bergen und eine Tanne mit sehr viel Schnee auf ihren Zweigen. Es war verrückt, dass mir die ständige Nähe auf wenigen Quadratmetern nicht auf die Nerven ging. Ganz im Gegenteil. Die Vertrautheit, die zwischen uns herrschte, konnte ich nicht erklären. Ich genoss jeden Augenblick mit ihm und meinte zu verstehen, warum er Orte abseits von Menschenansammlungen liebte.

Als endlich die Wolken der Sonne wichen, bauten wir ein Wahnsinnsiglu vor der Hütte. Mit stolzer Brust standen wir vor unserem Kunstwerk, als mich Paul unvermittelt so fest an sich drückte, dass ich kaum noch Luft bekam. *Ich bin so froh, dass du hier bist,* hatte er geflüstert. Und das war ich auch gewesen.

Ich war immer glücklich, wenn wir Zeit miteinander verbrachten. Egal, an welchem Ort wir waren. Paul gab mir immer das Gefühl von Geborgenheit. Sobald ich mit ihm zusammen war, spürte ich nichts anderes als Freude und Leichtigkeit.

So war es auch bei unserem Trip nach Paris, an den mich das nächste Foto erinnerte. Es zeigte uns eng umschlungen auf dem Eiffelturm.

Ich lachte schallend auf und verschluckte mich an einem Apfelstück. Superman Paul und Supergirl Thea auf Lottis Faschingsparty. Daneben hatte er noch zwei Fotos von unserem letzten Urlaub in Apulien aufgestellt.

Ich trat einen Schritt zurück.

Auf der obersten Leiste stand ein riesengroßer dezenter schwarzer Rahmen. Noch einen Schritt.

Ich rieb mir über die Augen und schielte wieder zur Wand.

Einen weiteren langen Rückwärtsschritt.

Der Apfel fiel mir aus der Hand. Auf dem Bild – papperlapapp, auf dem Plakat – stand eine Frau in einem weißen Bikini am Sandstrand mit dem Rücken zur Kamera. Ihren Blick hatte sie aufs Meer gerichtet, die Arme vor der Brust verschränkt, wobei die rechte auf der linken Schulter lag. Die braunen Haare fielen ihr offen über den Rücken und sie trug kein Bikinioberteil. Das sah man auf dem Foto nicht, aber ich wusste es. Denn diese Frau war ich. Ich trat noch weiter von der Wand zurück, bis ich unsanft an der Tischkante anstieß. Woher hatte er das Foto? Ich erinnerte mich daran, dass ich in Apulien an einem späten Nachmittag allein an den Strand gegangen war. Ich hatte nicht bemerkt, dass Paul mir gefolgt war. O Gott, wenn ich das gewusst hätte. Das war doch ein schlechter Scherz. *Freundchen, wir haben einiges zu besprechen.*

Ich klaubte die Apfelreste vom Boden auf und wischte mit der Handfläche die Spuren weg. Gerade als ich mich umdrehen wollte, um den Apfelbutzen wegzuwerfen, fiel mein Blick auf den Rahmen auf der Kommode. Der dunkle Holzrahmen hob sich nicht weiter von dem Möbelstück ab. Die Frau auf dem Bild hatte ich noch nicht persönlich kennengelernt, aber auch sie kannte ich. Elly. Abgesehen von den roten Haaren, die ihr in leichten Wellen über die Schultern fielen, hatte ich sie mir genau so vorgestellt. Attraktiv, puppenhaftes Gesicht und perfekt gestylt. Automatisch griff ich mir an meinen unordentlichen Knoten und zuckte mit den Achseln.

Ob sie wusste, wer die Frau war, die fast in Lebensgröße an dieser Wand hing? Sicherlich nicht.

Kopfschüttelnd drehte ich mich um, warf den Apfelbutzen in den Müll und setzte meine Erkundungstour fort. *Der Typ hat nicht mehr alle Tassen im Schrank.*

Ich stapfte über die Treppe auf die Galerie. Hinter einer Tür versteckte sich ein geräumiges Tageslichtbad. Die Armaturen der offenen Dusche, die beiden Waschbecken, selbst der matte Schieferboden schien zu glänzen wie in der *Meister-Proper*-Werbung. Ich wusch meine Hände, schnappte mir ein Handtuch vom Stapel auf dem Badewannenrand und wischte die Wasserspritzer vom Wasserhahn. Daran musste ich mich noch gewöhnen. *Er hat eine Putzfrau – definitiv.* Ich schloss die Badezimmertür, schlenderte über die Galerie und lugte hinter einen Mauervorsprung.

Eine Fensterfront wie in der unteren Etage, nur niedriger und die Einrichtung auf das Nötigste reduziert. Vor der unverputzten Backsteinwand stand das Bett und daneben eine kleine *Artemide Tolomeo* als Nachttischlampe auf dem hellen Dielenboden. Ich wollte mir nicht vorstellen, was Paul auf dieser überdimensionalen Matratze auf dem schwarzen minimalistischen Metallrahmen so trieb. Ich öffnete die kaum sichtbare Tür in der Wand und stand in einem imposanten Kleiderschrank. *Nicht schlecht.*

Ich hüpfte die Treppe wieder hinunter, den Gang entlang. Die erste Tür links. *Waschküche.* Dann die weiße am Ende des Flurs. *Ta-taa! Das Gästezimmer.*

Das Zimmer war zwar beschaulicher als Pauls Schlafzimmer, aber für einen Mann erstaunlich liebevoll eingerichtet. Mit wenigen Schritten hatte ich das Bett umrundet und den Schreibtisch vor dem bodentiefen Fenster erreicht. Ich nahm die Polaroidbilder aus dem Holzblock. Es waren die Aufnahmen von meinem Geburtstag, den wir das erste Mal gemeinsam gefeiert hatten. Er hatte mir eine Polaroidkamera geschenkt, damit ich kostbare Augenblicke einfangen und sofort in den Händen halten konnte. Das Schönste daran: Diese Fotos waren echt und konnten nicht bearbeitet werden. Seitdem hatte ich in meinem Schlafzimmer eine Wand mit Polaroidbildern. Eine Sammlung der wundervollsten Momente des Jahres. Diese hier hatte ich ihm zum Abschied mitgegeben. Ich stellte den Fotoständer wieder auf den Tisch, trat zwei Schritte zurück, bis meine Kniekehlen gegen das Bett stießen. Rücklings ließ ich mich auf die Matratze fallen und schloss die Augen. *Herrlich.*

4

THEA

»Guten Morgen«, hörte ich eine mir vertraute tiefe Stimme aus der Ferne flüstern. »Guten Morgen«, wiederholte die Stimme lauter und kam näher.

Nein. Es ist doch noch mitten in der Nacht. Stöhnend zog ich mir die Decke über den Kopf.

»Guten Morgen«, trällerte es mit einem amüsierten Tonfall erneut irgendwo über meinem Ohr.

Ich unterdrückte ein Schnauben. *Einfach nicht reagieren.* Mein Gehirn fühlte sich an wie in Watte gepackt und hatte noch nicht alle Funktionen übernommen.

»Kaffee?«

Jemand zupfte an der Decke. Hinter meinen Augenlidern wurde es heller. Widerwillig öffnete ich ein Auge, blinzelte in die Sonnenstrahlen und sah verschwommen in das vertraute Gesicht von Paul. Es dauerte ein paar Sekunden, bis ich begriff, wo ich war. Ich öffnete das zweite Auge und sah Paul jetzt ausgesprochen deutlich vor mir stehen. Lediglich in einer grau karierten Schlafanzughose, die ihm lässig auf den Hüften hing. In jeder Hand hatte er eine Kaffeetasse.

»Guten Morgen«, wiederholte er mit einem schiefen Lächeln. Mein Herz begann ein bisschen schneller zu schlagen.

»Morgen«, murmelte ich verschlafen, streckte mich und gähnte herzhaft. Jeans und T-Shirt hatte ich an, nur der Hoodie lag achtlos neben dem Bett auf dem Dielenboden. Mein müder Blick wanderte an ihm herunter und wieder hinauf. Sein Körper war braun gebrannt und die Haare standen ihm

47

zerzaust vom Kopf ab. Es war nicht zu übersehen, dass er in den letzten Monaten härter trainiert hatte. Ich setzte mich auf, lehnte mich gegen das Kopfende und streckte meine Hand nach dem Kaffee aus. Dabei galt mein Blick ausschließlich seinen definierten Bauchmuskeln. Für ein paar Sekunden konnte ich ihn nur anstarren.

»Gibt es in diesem Haushalt keine T-Shirts?«

Er zwinkerte mir zu und reichte mir die Kaffeetasse.

»Diesen Bauch kenne ich eigentlich nur von Typen aus dem Fernsehen und dieses V da vorne …« Ich wedelte mit meiner freien Hand in der Luft.

Er lachte, zog den Stuhl unter dem Schreibtisch hervor und setzte sich rücklings darauf. Sein Bizeps spannte sich an, als er seine Arme auf der Stuhllehne ablegte, wodurch das Tattoo auf der Innenseite seines linken Oberarms deutlich zu sehen war. Er folgte meinem Blick und grinste schief. Ich hob gleichgültig eine Schulter. Sollte er doch an dem Geheimnis um sein Tattoo ersticken.

Er sah mich eine Weile an, bevor er antwortete: »Mein neuer Job ist das beste Fitnessprogramm.«

Anerkennend pfiff ich durch die Zähne. »Jetzt klappt es bestimmt mit unserer Yogaübung«, sagte ich belustigt.

Er zog eine Augenbraue hoch. »Das lag schon damals nicht an mir.«

»Wer's glaubt.«

»Hattest du einen guten Flug und hat mit der Fahrt zur Wohnung alles geklappt?«, fragte er ungerührt.

»Ja. Tipptopp.«

»Gut. Und was hast du heute vor?«

»Ich wollte in den nächsten Tagen ein paar Touristen-Attraktionen von New York abklappern und heute … Ach, ich glaube, bei dem Wetter gehe ich in den Central Park.«

Er runzelte die Stirn.

»Laufen«, fügte ich hinzu.

»Warum gehst du nicht in den Washington Square Park, der ist nicht so groß und du verläufst dich nicht gleich an deinem ersten Tag.« Ein belustigter Tonfall schwang in seiner Stimme mit.

»Wie witzig du doch sein kannst.« Ich schob mit Schwung meine Beine über die Bettkante und stellte fest, dass ich doch einigermaßen ausgeschlafen war.

Er legte den Kopf in den Nacken und lachte lauthals. »Die Gefahr, dass du dich mit einem Jetlag in den Beinen übernimmst, ist dort auch schwindend gering.«

» *Was?* Du solltest besser still sein, wenn es um das Thema Laufen geht.« Er hob die Augenbraue und wollte gerade kontern, aber ich gab ihm nicht die Gelegenheit dazu. »Du darfst gerne mitkommen.«

»Auf keinen Fall.« Er räusperte sich. »Wir müssen ein paar Tage …«, er zögerte für einen Moment, bevor er weitersprach, »ein paar Tage aufholen, das Wetter hat in den letzten Tagen nicht so mitgespielt«, sagte er in einem sachlichen Tonfall.

Schmollend schob ich die Unterlippe vor.

Er beugte sich vor und strich mir bedauernd über den Oberschenkel. »Es tut mir leid.« Dann schwieg er und sah mich nur an.

Da war sie wieder, die geheimnisvolle Seite von Paul Oliver Hoobs. Der seit Neuestem breite Schultern und einen angehenden Waschbrettbauch hatte. Es war zwecklos, *Tage* zu hinterfragen oder nach einer Begriffsdefinition von *Job*. Ich würde ohnehin nur ausweichende Antworten bekommen. Wenn überhaupt. Genau genommen würde er geschickt das Thema wechseln. Ohne Umweg direkt zur Hintertür hinaus.

Wie hätte ich damals damit rechnen können, dass er meinen Wunsch, nicht über mein Studium zu sprechen, derart respektieren würde? Er klammerte das Themenfeld Beruf und Studium gänzlich aus und hielt sich daran, als hätte er einen Eid geschworen, den er bei Zuwiderhandlung mit dem Leben bezahlen müsste.

»Aber danach habe ich länger Zeit. Versprochen. Dann können wir gemeinsam etwas unternehmen«, sagte er.

Ich nickte knapp und machte eine ausschweifende Handbewegung. »Vielen Dank für das Zimmer. Es gefällt mir.«

»Das freut mich.« Er lächelte, stand auf, schob den Stuhl wieder unter den Tisch und gab mir einen flüchtigen Kuss auf die Stirn. »Fühl dich wie zu Hause.«

Mit wenigen Schritten war er an der Tür. Dennoch genug Zeit für mich, um seine Statur von hinten zu begutachten. Das Spiel seiner Rückenmuskulatur bei jeder seiner Bewegungen und seine breiten Schultern. Er musste im letzten halben Jahr ordentlich trainiert haben. Was war das für ein Job? Hätte er nicht diese Wohnung, würde ich auf Baugewerbe tippen. Das würde zumindest seine sonnengebräunte Haut erklären.

»Und Thea …« Sein Kopf erschien noch einmal im Türrahmen. »Nutz die Tage für die Touri-Highlights«, sagte er belustigt. »Ich werde dir Ecken zeigen, die nicht im Reiseführer stehen.«

Ich seufzte missbilligend, griff nach dem Kissen und warf es in seine Richtung. Geschickt fing er es mit einer Hand auf und ließ ein amüsiertes Schnauben hören, bevor er es zurückpfefferte. Pauls Blick hielt meinem stand. Da war etwas in seiner Miene, das ich wie so oft nicht lesen konnte. Verlegen sah ich auf die karamellfarbene Flüssigkeit in meiner Tasse.

»Thea …«, sagte er mit warmer Stimme und hielt sogleich inne, als müsse er sich seine Worte gut überlegen.

Ich sah auf. Was auch immer ich vor ein paar Sekunden noch in seinen Augen gesehen hatte, war wieder verschwunden.

»Mmh?«

»Ich freue mich auf die Zeit mit dir«, fügte er dann in einem neutralen Tonfall hinzu.

»Mmh«, nuschelte ich zustimmend in meinen Kaffee. »Ich mich auch ...« *Sehr,* wollte ich hinzufügen, verkniff es mir aber in letzter Sekunde.

Leise schloss er die Tür hinter sich.

Ich war schier überwältigt von der überschwänglichen Freude, die meine Anwesenheit bei ihm auslöste. Ich ließ die Beine über der Bettkante baumeln, trank meinen Kaffee und summte leise vor mich hin.

Nach endlosen vierzig Minuten hörte ich schließlich die Wohnungstür ins Schloss fallen. Ich ließ mich zurück aufs Bett sinken und sah aus dem Fenster.

5

PAUL

An diesem Morgen erreichte ich die Studios in Queens bequem mit der Metro, dafür eindeutig zu früh. Die Anfahrt hierher war nichts im Vergleich zu dem Verkehr der letzten Wochen. Für die vergangenen drei Tage hatte ein Außendreh im Washington Square Park auf dem Plan gestanden, der aufgrund des anhaltenden Regens nicht stattfinden konnte. Um nicht noch mehr Zeit zu verlieren, hatte die Produktion gestern Abend kurzerhand umdisponiert.

»Hey, da ist ja unser Sonnenschein!« Sarah, der blonde Wirbelwind, musterte mich kritisch. Ich hatte sie vor Jahren bei Dreharbeiten kennengelernt und inzwischen waren wir sehr gute Freunde. »Doch kein Sonnenschein?«

Ich ließ mich neben sie auf die Bank fallen. »Morgen.«

»Dudidu, was hat denn der Kleine?« Sie kniff mir dabei in die Wange, wie man es vielleicht bei einem fünfjährigen Kind machte.

Übellaunig wischte ich ihre Hand von meinem Gesicht. »Ich geb dir gleich *dudidu!*« Ich griff nach ihrem Kaffeebecher.

Sarah verdrehte die Augen. »Was ist los? Du müsstest doch bei bester Laune sein, nachdem deine Thea endlich da ist.«

»Überleg mal. Ich sitze hier, obwohl ich frei hätte. Ich konnte sie gestern nicht vom Flughafen abholen und ...«, ich seufzte laut auf, »... als ich in die Wohnung kam, hat sie bereits geschlafen. Außerdem ist sie nicht *meine* Thea.«

Wie ein Wahnsinniger war ich gestern Nacht nach Drehschluss nach Hause gerast. Hatte einen Zwischenstopp eingelegt, um eine Flasche guten Rotwein zu besorgen, hatte den Aufzug links liegen lassen und war zwei Stufen auf einmal nehmend in den vierten Stock gerannt. Schwungvoll öffnete ich die Wohnungstür und rechnete fest damit, dass Thea auf mich zugestürmt kam. Weit gefehlt. Ich knipste das Licht an, stellte die Weinflasche auf die Kommode und schlich zum Gästezimmer. Vor der angelehnten Tür blieb ich stehen, hielt den Atem an und lauschte. Stille. Langsam schob ich die Tür auf.

In Jeans und Hoodie lag sie zusammengerollt wie eine Katze auf dem Bett und schlief. Ich verharrte einen Moment im Türrahmen, bevor ich mich umdrehte, ihren Koffer aus dem Flur holte und ihn in ihr Zimmer stellte. Dann hatte ich leise die Tür hinter mir geschlossen.

Ich war noch immer enttäuscht und verflucht sauer – auf mich und die Welt. Ich wünschte, sie würde ein einziges Mal so ausflippen wie Elly. Hinterher könnte ich auf *sie* sauer sein und nicht auf mich. Bei Elly wären die Fetzen geflogen. Obwohl ich versuchte, es ihr immer recht zu machen, wäre sie bei so einer Sache ausgeflippt. Hätte mir meine Unzuverlässigkeit an den Kopf geworfen und dass ich Versprechen nicht halte. Ihre Schimpftiraden ließen mich in der Zwischenzeit kalt, was sie wiederum noch mehr zum Überkochen brachte. Thea hingegen sagte einfach nichts. Sie hatte die Einstellung: *Warum soll ich mich darüber aufregen, wenn ich doch nichts daran ändern kann. Schont meine Nerven.* Egal wie – nichts zu sagen war bei Weitem schlimmer.

»Mmh«, murmelte Sarah neben mir. »Und das versetzt den sonst so ausgeglichenen Paul in eine derart schlechte Laune?«

Ich nickte vehement und nippte am heißen Kaffee. Ich war glücklich, dass Thea bei mir in New York war. Doch unter die Freude mischten sich Zweifel und Bedenken. Es war eine überstürzte Entscheidung gewesen, die ich getrieben von Panik getroffen hatte. Aber jetzt hatte ich Angst, dass meine Welt, die ich mir um Thea in München aufgebaut hatte, hier in New York wie ein Kartenhaus zusammenfiel. Und dass ein falscher Schritt mich für immer brechen könnte.

»Möchtest du mir etwas erzählen?«, fragte Sarah.

»Nein.« Ich schüttelte den Kopf, rutschte auf der Bank ein Stück nach vorne und lehnte meinen Kopf an die Hauswand.

»Okay«, sagte sie gedehnt, »dann stelle ich die Fragen.«

Sie brauchte keine Sekunde, um nachzudenken, und feuerte ihr Fragenfeuerwerk ab. »Was hast du mit ihr geplant? Woher kennst du sie überhaupt und wann lerne ich sie kennen?« Sie zwinkerte mir zu.

Ich lachte verzweifelt auf und rieb mir mit der freien Hand über das Gesicht. Ich hatte nicht mit dem Gedanken gespielt, dass sich Thea und Sarah kennenlernten. Hatte ich mir eigentlich irgendetwas gedacht? Mit Thea hatte ich einen Menschen kennengelernt, der keine Ahnung hatte, *wer* ich war. Und das sollte sich auch nicht ändern. Nicht in absehbarer Zeit. Sie war mein Rückzugsort und das sollte sie bleiben. Obwohl wir Meilen voneinander getrennt lebten, gab es niemanden, der mich besser kannte als Thea. Bei ihr konnte ich einfach sein, *wie* ich war. Ich konnte mit ihr das Leben genießen, wie es für Millionen von Menschen normal war.

»Erde an Paul!«, rief Sarah. »Warum erzählst du nichts? Lass dir doch nicht immer alles aus der Nase ziehen.«

Ich sah mich um, die Crew war mit dem Aufbau beschäftigt. Wir hatten Zeit. Über die Jahre hatte ich mir angewöhnt, die Sache Thea für mich zu behalten. Ich hatte Sarah kaum etwas erzählt und sie nur einmal um Rat gebeten. Meiner Mutter hatte ich es anvertraut und Alex hatte sie flüchtig kennengelernt. Das war ein einmaliger Ausrutscher gewesen.

Seitdem erwähnte ich Theas Namen in seiner Gegenwart nie wieder – und das aus gutem Grund.

Sarah boxte gegen meinen Arm und sah mich auffordernd an. »Los, erzähl. Ich nehme sie dir nicht weg.«

Als könnte sie Gedanken lesen.

»Ich weiß«, murmelte ich wenig überzeugend, stützte meine Ellbogen auf die Knie ab und holte tief Luft. »Ich hatte dir ja damals davon erzählt, dass ich mit William in München war, richtig?«

Sarah nickte. »Ja, auch von dem Mädchen in der Bar.«

»Das war Thea.«

»Thea? Ich dachte, die hieß Greta. Meine Fresse! Machst du ein Geheimnis um diese Frau. Wie viel Pseudonyme hast du ihr noch gegeben?«

Ich ignorierte ihre Spitze. »Ich hatte sie in der Bar schon eine ganze Weile beobachtet.« Ich kam gegen das aufsteigende Lächeln nicht an.

»Also hast doch du sie angesprochen?«

Ich schnaubte verächtlich. »Nein, das war wirklich William. Ich hatte zu diesem Zeitpunkt eine Freundin.«

»Elly«, sagte Sarah abwertend.

Ich ließ ihren Kommentar im Raum stehen. »Er hatte bereits ein paar Bier intus. Sie zwängte sich an unserem Tisch vorbei und er versperrte ihr den Weg. Sie hatte überhaupt keinen Bock, sich noch zu uns zu setzen, aber William war so stur.«

»Ah«, rief Sarah dazwischen, »wie du.«

Ich sah von meinem Kaffeebecher auf und erhaschte gerade noch den Moment, in dem sie mir ihre Zunge herausstreckte.

»William bekommt für gewöhnlich, was er will.«

»Ich bekomme nie, was ich will«, warf sie ein und zog einen Schmollmund. »Er hat was von deinem Bruder.«

Ich lachte sarkastisch auf. »Ja, ein wenig …« Ich hielt inne. Levi vom Catering brachte Sarah ihren Kaffee. Ich hatte nicht bemerkt, dass sie einen bestellt hatte. Sie nippte an ihrem Kaffeebecher, legte beide Hände um den Becher und sah mich auffordernd an, weiterzusprechen.

»Na ja, und den Rest kennst du ja schon.«

Sie schüttelte den Kopf.

»Thea hat sich zu uns gesetzt und William hat ihr unzählige flache Komplimente gemacht.« Ich setzte mich aufrecht hin und mimte ihn nach. »Du hast *so* eine tolle Ausstrahlung, dein *Haar,* wunderschönes glänzendes Haar, du hast das Funkeln der Sterne in den Augen … bla, bla, bla.«

Sarah würgte gespielt. »Bei jeder Frau die gleiche Leier.«

Aber was Thea betraf, konnte ich ihm in allen Punkten zustimmen, egal wie abgedroschen sie waren. Ich war von ihrem ansteckenden Lachen, das ich schon seit Stunden beobachtet hatte, fasziniert gewesen. Ich war mir ziemlich sicher, dass *er* an diesem Abend das Funkeln in ihren großen dunkelbraunen Augen nicht zu sehen bekommen hatte. Denn erst später hatte ich festgestellt, dass man die kleinen goldenen Sprenkel darin nur aufleuchten sah, wenn sie sich aufrichtig freute.

»Fremdschämen vom Feinsten. Es war doch so klar, welche Absichten er verfolgte. Eine Nacht, Knickknack.« Ich lachte verächtlich auf. »Ich hätte hundert Dollar wetten sollen, dass er an diesem Abend seine Karten auf das falsche Pferd gesetzt hat. Ich wäre heute um hundert Dollar reicher.« Ich kam nicht umhin, ein bisschen stolz auf Thea zu sein. »Wir verließen gleich nach ihr die Bar. William folgte ihr – wollte, dass sie noch mit ins Hotel kommt.«

»Der ganz Direkte.«

»Das war das erste und letzte Mal, dass ich sie wütend gesehen habe«, unterbrach ich Sarah.

Sie schüttelte den Kopf. »Wenn ich mir vorstelle, ich wäre mit zwei Kerlen auf der Straße, die ich nicht kenne, und einer will, dass ich mitkomme ...« Ich verschluckte mich am Kaffee. »... Na ja, sie wusste damals ja noch nicht, dass du ein anständiger Kerl bist.«

Aus dieser Sicht hatte ich das nicht gesehen. Ich hatte an dem Abend wie ein Tiger, der sein nächstes Opfer ausspionierte, vor ihr gesessen.

»Weiter«, forderte mich Sarah auf.

Ich lehnte mich auf der Bank zurück. »Natürlich ist sie nicht mit ihm mit und mich hat sie auch nicht für einen Psychopathen gehalten. Sie hat überhaupt keine Ahnung, welche Wirkung sie auf Männer hat.«

»Ich kenne nur einen, der von sich behaupten würde, er hätte eine göttliche Wirkung auf das andere Geschlecht.«

Ich seufzte resigniert. »Lass mich raten, mein Bruder?«

»Ach, und die schöne Elly. Hätte ich ja beinahe vergessen. Wie sagte sie einmal zu mir?« Sie räusperte sich und fügte theatralisch hinzu: »Sarah, schau dich doch bitte an. Du wirst mir nie das Wasser reichen können.«

Ich lachte verzweifelt auf und kniff mir in den Nasenrücken.

»Hast du ein Foto von Thea?«

Eins? Ich hatte Hunderte auf meinem Handy. Ich zog das Telefon aus der Hosentasche und suchte nach meinem Lieblingsfoto. »Hier.«

Sarah nahm mir das Handy aus der Hand und vergrößerte die Schwarz-Weiß-Aufnahme. Wir saßen gemeinsam auf der Hängematte. Thea zog an meiner Mütze und lachte dabei schallend in die Kamera.

»Wo war das?«

»Bei ihren Eltern im Garten.«

»Herzlichen Glückwunsch, Mister Geheimnistuer.« Sarah reichte mir mein Handy. »So viel hast du ja noch nie am Stück erzählt. So schwer war das doch gar nicht.« Sie klopfte mir anerkennend auf die Schulter. »Fahren Sie fort.«

»Ha ha! Ich habe sie dann nach Hause begleitet, mehr war da nicht.«

»Und sie hatte wirklich keine Ahnung, wer du bist?«

Ich schüttelte den Kopf. »Nein. Als wir das letzte Stück zu ihrer Wohnung über die von Straßenlaternen erhellte Straße gingen, dachte ich, jetzt kommt der Moment, in dem es ihr auffällt. Du weißt, was ich meine? Dieser Augenblick, in dem die Leute affektiert auflachen, sich eine Haarsträhne hinter die Ohren streifen und mit dem nächsten Wimpernschlag eine andere Person sind als noch vor einer Sekunde. Aber weit gefehlt, es passierte nichts dergleichen. Und das war das Beste, was mir passieren konnte. Es war genau das, was ich wollte.«

Wie immer, wenn ich daran dachte, überschwemmte ein wohliges Gefühl meine Brust. »Und das weiß sie bis heute nicht«, stellte ich erleichtert fest. Und daran würde ich nichts ändern, nicht in absehbarer Zeit.

»Warum hast du es ihr noch immer nicht gesagt?«

»Weil ich es verdammt noch mal genieße. Jede Sekunde einfach nur Paul zu sein. Für Thea ist Paul einfach nur Paul.«

Dadurch, dass Thea in Deutschland lebte und ich in den USA, war das kein Problem. *Bis jetzt.*

»Über was redet ihr dann?«

»Über alles. Über das Hier und Jetzt.«

»Ja klar. Alles.« Sarah lachte laut auf. »Ich kann dich ja verstehen, trotzdem finde ich es nicht richtig. Du lügst sie an. Hat sie denn nie danach gefragt, wie es nach dem Vorsprechen weiterging oder was du gerade beruflich machst?«

»Nie direkt«, gab ich schulterzuckend zu.

»Aber jeder spioniert doch mal bei Mister Google.«

Ich schüttelte den Kopf. »Nein, wir haben eine Abmachung getroffen. Wir googeln nicht, suchen uns nicht in den Social-Media-Kanälen und lernen uns so kennen wie anno dazumal. Kannst du dich noch an diese Zeit erinnern?«

Sarah schnaubte. »Schön blöd.«

Ich trank einen Schluck von meinem inzwischen kalten Kaffee. »Auf die Frage, ob sie gerne Fernsehen schaut, rümpfte sie die Nase und schüttelte den Kopf. Das war genau das, was ich hören wollte.«

»Sarah!«

Wir sahen gleichzeitig in die Richtung, aus der die Stimme kam. Die Regieassistentin winkte Sarah zu sich. »Du bist gleich dran. Paul, bei dir dauert es leider noch«, rief sie rüber.

Sarah stand auf und beugte sich zu mir runter. »Wir zwei sind noch nicht fertig.«

Das war mir klar.

Ich lehnte mich wieder zurück und streckte meine Beine aus. Nur ein falsches Wort – plopp! Meine bunte Seifenblase würde platzen. Gedankenverloren schüttelte ich den Kopf. Auf Sarah war Verlass, sie wusste, was mir das bedeutete.

6

Noch immer lag ich auf dem Bett und starrte aus dem Fenster. Die Mittagssonne schien bereits ins Zimmer und hinterließ eine wohlige Wärme auf meinem Körper.

Ich hatte keine Ahnung, was los war. War er sauer, weil ich nicht auf ihn gewartet hatte? Ich hatte mir das auch anders vorgestellt, aber die Müdigkeit hatte mich einfach übermannt. Ich konnte ja nicht ahnen, dass ich durchschlafe. Egal wie, das war kein Grund, um so drauf zu sein. »Thea, ich freu mich auf die Zeit mit dir«, murmelte ich in tiefer Stimme und im gleichen neutralen Tonfall wie er. Ja klar! Sah ganz danach aus. *Thea! Stopp das unnötige Gedankenkarussell,* ermahnte ich mich. *Du bist in New York. Die Sonne scheint. Und du lässt dir von ihm nicht die Laune verderben.*

Ich schwang meine Beine über die Bettkante, schnappte mir das Handy vom Schreibtisch und öffnete *Google Maps.* Paul wohnte in der Upper East Side, nicht weit vom Central Park entfernt. Aber wer hatte schon Lust, an der Straße entlangzujoggen. Ich definitiv nicht. Ohne lange zu überlegen, bestellte ich mir einen *Uber.*

Fünfzehn Minuten hatte ich Zeit, bis der Fahrer vor der Tür stehen würde. Ich warf das Handy auf das Bett, drehte mich einmal um die eigene Achse und runzelte die Stirn. Hatte ich den Koffer gestern ins Zimmer gestellt? Ich schüttelte den Kopf, riss hastig meine Sportsachen aus dem Rollkoffer, klemmte sie mir unter den Arm und rannte ins Bad.

Ich drehte die Dusche auf eiskalt und war endgültig wach. Anschließend putzte ich mir die Zähne, band mir einen strengen Pferdeschwanz, zog die Laufsachen an und schnürte die Laufschuhe. Zwölf Minuten – *Strike!*

Ich hüpfte die Treppe hinunter, ging fröhlich winkend an Charles vorbei, der mir, hinter einem antiken Tischchen sitzend, lächelnd zunickte und gut gelaunt seinen Kaffee schlürfte.

Als ich den Bordstein betrat, stockte mir kurz der Atem. Mein *man of the day* stand bereits vor dem Wagen und öffnete mir die hintere Tür der schwarzen Limousine. »Madam.«

Irgendetwas stimmte nicht mit dieser Stadt. Warum sahen hier alle Männer so verdammt schnittig aus? Ich schluckte schwer. Ich stand auf dunkelhaarige Typen und auf Anzüge erst recht.

Ich stellte mir vor, ich wäre ein Star, und versuchte, möglichst elegant einzusteigen – soweit dies ohne High Heels und Abendkleid überhaupt möglich war. Nur hatte ich nicht mit der tiefen Rückbank gerechnet und plumpste wie ein nasser Sack in den Sitz.

Mit einem mühsam unterdrückten Lachen schloss der Fahrer die Tür und stieg vorne ein. Er drehte sich zu mir um, noch immer sichtlich bemüht, eine ernste Miene zu wahren.

»Sie möchten zum Central Park South, Columbus Circle?«

Ich nickte. Zumindest klang das nach der Ecke, die ich auf *Google Maps* gefunden hatte.

Durch den Rückspiegel beobachtete ich seine Augen, die gelassen auf den Verkehr gerichtet waren. Für einen kurzen Moment fixierte er mich. Schnell wandte ich meinen Blick ab und sah interessiert durch die Seitenscheibe. Die Straße verlief schnurgeradeaus und außer Häuser gab es nichts zu sehen. Einziges Highlight: eine ältere Dame mit Hut, die mit ihrem ebenso alten Hund spazieren ging.

Der Fahrer bog in eine Hauptstraße ein und rollte in Schrittgeschwindigkeit in der Masse mit.

»Darf ich fragen, was du dort vorhast?« Er fixierte mich noch immer durch den Rückspiegel.

Ich sah an mir hinunter. »Nach was sieht es denn aus?« Seine Augen wurden schmal und feine Lachfalten bildeten sich darum.

»Ich habe vor, durch den Park zu laufen«, fügte ich hinzu und wandte meinen Blick wieder dem umliegenden Verkehr zu.

Er sah an mir vorbei aus dem Fenster. »Rechts von uns befindet sich der Central Park, vor uns das Metropolitan Museum of Art, hinter uns das Guggenheim-Museum. Du bist zum ersten Mal in New York?«, fragte er auf Deutsch mit schweizerischem Akzent.

Überrascht sah ich ihn an. »Ja, ich besuche einen Freund.«

Neidvoll sah ich einem Fahrradkurier hinterher, der sich geschickt durch den stockenden Verkehr schlängelte. Wieder spürte ich seinen Blick durch den Rückspiegel.

»Und du willst den Teil der Halbmarathon-Strecke laufen?«

»Nein, nicht ganz.«

Die Autos neben uns rollten langsam an. Hinter uns hupte es cholerisch. Er sah flüchtig über mich hinweg zum Wagen hinter uns, hob entschuldigend seine Hand und fuhr an. Jetzt war ich diejenige, die die Bewegungen seiner Augen im Rückspiegel beobachtete.

»Wir sind gleich da«, sagte er mit einem Augenzwinkern, ohne meinen Blick im Spiegel zu suchen.

Wenig später setzte er den Blinker und stoppte am Straßenrand. Ich unternahm erste Versuche, von der Rückbank zu klettern.

»Pass auf, ich öffne die Tür.«

Als könnte ich das nicht allein. *Aber gut, ich warte.* Ich konnte überhaupt nicht so schnell schauen, da stand er neben mir und hielt höflich die Tür für mich auf. Zum wiederholten Mal versuchte ich vergeblich, mich aus dem Sitz zu schälen. Mit einem verkniffenen Lächeln reichte er mir seine Hand. Dankbar griff ich danach. Ich hatte kein Interesse, noch länger zu seiner Belustigung beizutragen.

»Danke«, murmelte ich in Richtung Boden.

Er ließ meine Hand los und schloss die Wagentür. »Und wie kommst du wieder zurück?«

Irritiert sah ich auf und überlegte kurz. »Ähm, so wie ich hierhergekommen bin? Ich bestelle einen *Uber* und hoffe, dass er mich verschwitzt mitnimmt.«

»Ich habe jetzt noch eine Fahrt. Wenn du willst, kann ich dich später wieder abholen. Dann würde ich an der Central Park North hinter dem Harlem Meer auf dich warten oder du auf mich. Je nachdem.« Ein Lächeln umspielte seine Lippen.

»Sehr witzig. Aber das wäre sehr nett. Vielleicht so in zwei Stunden?«, schlug ich zögerlich vor.

»So machen wir das. Viel Spaß«, sagte er und drehte sich um.

Ich warf meinen Kopf in den Nacken und sah hinauf zu den Wolkenkratzern. Unvorstellbar, dass hier mittendrin ein Park lag. Fast so groß wie der Englische Garten, aber nur fast.

Langsam trabte ich los und erhöhte allmählich mein Tempo. Ich hatte keine Ahnung, welchen der verschiedenen Wege ich einschlagen sollte, also rannte ich einfach drauflos. Die Stadt um mich herum schien nicht mehr zu existieren. Hier im Park vergaß ich die Wolkenkratzer, das Gewusel der Stadt und Paul.

Ich hatte gelesen, dass die Läufer hier alle gegen den Uhrzeigersinn liefen. Keine Ahnung warum. Es waren Scharen, die neben und hintereinander herrannten, und alle in eine Richtung. Ich hingegen joggte in Schlangenlinien quer durch den Park.

Ich rannte locker an einem Teich vorbei, an einem Spielplatz und einem Karussell, immer weiter in nördliche Richtung, wo der nette Herr *Uber* – mein sexy *man of the day* – auf mich warten würde. Ich hatte nicht einmal nach seinem Namen gefragt.

Hier konnte man wirklich vergessen, dass man in New York war. Ich war froh, dass ich meine Kopfhörer in der Wohnung liegen gelassen hatte, so entging mir nichts von dem Leben um mich herum. Eichhörnchen hüpften neben mir her. Leute lagen auf Decken in den Wiesen oder saßen auf Bänken und genossen die Sonnenstrahlen. Überhaupt gab es hier an jeder Ecke eine Holzbank.

Andere spazierten mit ihren Hunden an der Leine und auf den Betonwegen überholten mich Fahrradfahrer und Inlineskater. Mein Weg führte geradeaus durch eine Ulmenallee. Daneben Wiesen, auf denen Yogis ihren verspäteten Morgengruß zelebrierten und andere einfach nur ihre Zeitung lasen. Darunter mischten sich Kleinkünstler, die ihren Traum vom Broadway nicht aufgaben und kleine Vorführungen gaben – unvermittelt dachte ich wieder an Paul. Ich schlug mir mit der flachen Hand gegen die Stirn. *Von wegen armer Schlucker, dessen größter Lohn der Applaus ist.* Seine Wohnung war alles andere als die eines brotlosen Künstlers.

Ich joggte auf einen verwunschenen See zu, auf dem Ruderboote schipperten. Am Ufer lagen venezianische Gondeln und dazwischen saßen vereinzelt Angler. Ich blieb kurz stehen und sah mir die Burg hinter dem See aus der Ferne an. Jetzt fehlten nur noch die Kutschen.

Langsam nahm ich wieder mein Tempo auf.

Die Umgebung wurde immer natürlicher, je weiter ich in den nördlichen Teil kam. Ich hatte keinen blassen Schimmer, wo ich war. Aber es musste bereits das Ende der Parkanlage sein. Ich rannte die Anhöhe hinauf, deren Steigung nicht aufhören wollte. Mit jedem Schritt, den ich weiter auf den Hügel joggte, verhärteten sich meine Waden. Ich spürte mein Herz an meinem Hals wummern.

Aufgrund der hohen Bäume wurde ich nicht einmal mit einer faszinierenden Aussicht belohnt. Bergab zu bremsen machte die Sache nicht besser. Meine Oberschenkel brannten. Meine Knie schmerzten bei jedem Schritt. Am Ende meiner Kräfte, sah ich endlich einen See vor mir.

»Harlem Meer, Harlem Meer ...«, wiederholte ich wie ein Mantra. Gleichzeitig fing ich an, meine Schritte immer wieder von eins bis zehn zu zählen und mich auf die wenigen Blätter auf dem Weg zu konzentrieren. »... fünf, sechs, sieben«, schnaufte ich. Ich hatte es geschafft. Langsam joggte ich weiter Richtung Straße.

Fix und fertig blieb ich stehen, stützte mich mit beiden Händen auf den Oberschenkeln ab und nahm ein paar tiefe Atemzüge. Jeder einzelne Muskel in meinen Beinen brannte, Schweißperlen tropften vor mir auf den Boden. Unauffällig ließ ich meinen Blick über die Menschen und die parkenden Autos schweifen. Vom namenlosen *Uber*-Fahrer war weit und breit nichts zu sehen.

7

PAUL

Seit dem Abend in der Bar hatte sich Theas Gesicht in mein Gedächtnis eingebrannt und jede einzelne Erinnerung war für mich ein kostbarer Schatz, den ich nicht teilen wollte, um nichts zu vergessen. Erstaunlicherweise tat es gut, Sarah von Thea zu erzählen.

Ich hatte den Spaziergang mit Thea in jener Nacht genossen und konnte mich nicht erinnern, wann ich mich das letzte Mal so unbeschwert unterhalten hatte. Ich hatte noch nie Gefallen daran gefunden, der Gesprächsmittelpunkt zu sein. Ich wollte über sie reden, mehr über sie erfahren. Neidvoll hatte ich auf die Gruppe Jugendlicher gesehen, die um das Feuer gesessen hatten und mich daran erinnerten, was ich verloren hatte. Ich vermisste dieses Leben. Kein Geld der Welt konnte das aufwiegen. Als Thea mir sagte, dass sie nicht gerne über ihr Studium sprach, war das für mich ein Geschenk des Himmels. Ich hatte nicht vor, ihr meinen Job zu verheimlichen, aber damals hatte ich die Hände ausgestreckt und den Ball dankbar aufgefangen.

Am nächsten Morgen war ich schon früher in dem Café gewesen und hatte mir einen Platz in der hintersten Ecke gesucht. Dann hatte ich die Speisekarte rauf und runter bestellt. Immer wieder fand ich etwas noch Besseres darauf. Der Tisch vor mir füllte sich peu à peu, und als Thea durch die Tür kam, gab es kaum mehr einen freien Fleck. Ihre langen, kastanienbraunen Haare hatte sie zu einem Haarkranz geflochten, aus dem ihr vereinzelte Strähnchen ins Gesicht fielen. Erst jetzt bemerkte ich die Sommersprossen auf ihrer Nase. Ich ließ meinen Blick an ihr hinuntergleiten – flüchtig und dennoch langsam genug, damit mir nichts entging. Das schlichte weiße T-Shirt brachte ihre honigfarbene Haut noch mehr zur Geltung. Sie hatte es vorne ein Stück in die hautenge, dunkelblaue Jeans gesteckt. An ihren Beinen blieb ich wohl einen Moment zu lange hängen, denn nervös tippelte sie von einem Fuß auf den anderen. In dem Kleid gestern Abend war mir ihre zarte Figur nicht aufgefallen. Meine Kehle wurde staubtrocken. Schnell sah ich ihr wieder in die Augen. Wie auf Knopfdruck wurden ihre Wangen rot.

Sie warf einen belustigten Blick auf den Tisch und setzte sich mir gegenüber. Sie bestellte sich einen Milchkaffee – einen klassischen Milchkaffee. Ich sah sie an wie ein achtes Weltwunder. Die Frauen, mit denen ich bislang ausgegangen war, Elly eingeschlossen, ratterten erst einmal eine Litanei an Milchsorten runter: *Haben Sie Soja-, Mandel-, Hafer- oder Reismilch, auf jeden Fall laktosefrei?* Thea: *Milchkaffee. Mit Milch von der Kuh.* Fertig.

Wie ich es ihr am Vorabend versprochen hatte, holte ich die letzte halbe Stunde nach und weitaus mehr.

Ich erzählte alles, was mir in diesem Moment in den Sinn kam. Dabei ließ ich Thea keine Sekunden aus den Augen. Zwischen Rührei und einem Joghurt mit Obst und Honig stellte sie Zwischenfragen, nickte und gab zustimmende Laute wie oh, mmh, toll, von sich. Sie war eine geduldige Zuhörerin und gab mir das Gefühl, ihre uneingeschränkte Aufmerksamkeit zu haben. Vielleicht lag es aber auch daran, dass sie permanent etwas im Mund hatte. In dem Moment, als sie genüsslich in ein Schokocroissant biss, hörte ich die empörte Stimme von Elly in meinen Ohren. Ich kam nicht gegen ein breites Lächeln an.

Thea sah mich an und kaute nachdenklich auf ihrer Unterlippe. Ich konnte mich nicht mehr daran erinnern, was ich davor erzählt hatte, aber wahrscheinlich hatte ich einen guten Spannungsbogen eingebaut.

»Wann fliegst du wieder zurück?«, fragte sie mich.

»Am Sonntag.«

»Also noch sechs Tage in München. Was hast du geplant?«

»Nichts Bestimmtes, ich lasse mich treiben. William ist gerade nicht so gut auf mich zu sprechen. Er trifft sich mit alten Freunden. Und du?«

»Ich muss für Prüfungen lernen. Aber wenn du magst, können wir uns noch einmal treffen.«

Nichts lieber als das.

Wir verbrachten die gesamte restliche Woche zusammen. Zumindest jede freie Minute, die sich Thea einrichten konnte. Das sommerliche Wetter hielt weiter an und wir unternahmen viel draußen. Lagen an der Isar, besuchten mit einer Flasche Wein das Open Air Kino und fuhren an den Starnberger See. Sie zeigte mir die Surfwellen in der Stadt, da ich es skurril fand, dass manche Radfahrer Surfbretter an ihre Räder geklemmt hatten.

An unserem letzten Tag wollte Thea mir ihren Lieblingsplatz im Rosengarten zeigen und den Tag in der Sonne liegend verbringen. Pünktlich um drei Uhr klingelte ich an ihrer Haustür, und während sie die Sachen in einen Picknickkorb packte und eine Decke zurechtlegte, sah ich mich bei ihr um. Ihre Wohnung war genauso minimalistisch eingerichtet wie meine. Okay, abgesehen von dem Firlefanz wie Kissen und Wolldecken auf der Couch, einem überfüllten Bücherregal und den frischen Blumen auf dem Esstisch.

Ich überflog die Bücher in ihrem Regal und schob ein Foto von ihrer Familie und eines von Lotti und Thea beim

Snowboarden beiseite, da sie einen Teil der Liebesromane, Fantasy-Geschichten und Klassiker wie *Stolz und Vorurteil* von Jane Austen verdeckten. Eine Lektüre weckte meine Aufmerksamkeit. *Der Prinz auf seinem Gaul kann mich mal*. Ich grinste und griff danach.

»Wenn du glaubst«, hörte ich Thea hinter mir und ließ die Hand sofort sinken, »man könnte bei mir aus Büchern Rückschlüsse auf meinen Charakter ziehen, muss ich dich leider enttäuschen. Hier wirst du lediglich einen Auszug meiner Stimmungsschwankungen finden.«

Ich drehte mich zu ihr um und hob abwehrend die Hände. »Das würde ich nie tun, würde bei mir auch nicht klappen, vorausgesetzt, ich hätte ein Bücherregal.«

»Du hast keine Bücher?«

»Nein. Ich hole sie mir aus der Bibliothek.« Ich ließ meinen Blick über die offene Küche und das Wohnzimmer wandern und blieb an den bodentiefen Fenstern hängen. »Schön hast du es hier.«

»Danke. Jetzt kann's losgehen«, sagte Thea.

Kurz darauf verließen wir die Wohnung. Thea hatte für mich ein Fahrrad organisiert, spannte den Korb auf meinen Gepäckträger und klemmte bei sich die Decke ein. Ihre Augen funkelten, als sie sich auf ihr Rad schwang. Ich musste mir ein Lachen verkneifen.

Zwanzig Minuten später hatten wir den Rosengarten erreicht. Wir sperrten unsere Räder vor der Gartentür ab und spazierten die letzten Meter zu Fuß. Um uns herum blühten zahlreiche Blumen und Rosen, dazwischen standen Bäume, unter denen es sich vereinzelt Leute auf Decken gemütlich gemacht hatten. Keiner schenkte uns seine Aufmerksamkeit. Das war genau mein Ding. Wie alles, was wir bis jetzt gemeinsam unternommen hatten.

»Es ist wunderschön hier.«

»Nicht wahr.« Sie breitete ihre Arme aus. »Ich zeige dir hiermit meinen Lieblingsort. Wo willst du hin?«, fragte sie mit lebhafter Stimme.

»Wo du immer bist.«

Thea schlenderte zielstrebig in den hinteren Teil des Rosengartens und steuerte einen Baum an, dessen dichte Krone einen kühlen Schatten spendete.

»Hier!«

Ich stellte den Korb ab, nahm ihr die Decke aus der Hand, breitete sie aus, streifte meine Schuhe ab und ließ mich wie ein Käfer auf den Rücken fallen. Es war zu schön, um wahr zu sein.

Thea schlüpfte aus ihren Flipflops, holte zwei Flaschen Wasser aus dem Korb, setzte sich neben mich auf die Decke und reichte mir eine.

Hätte ich mir den Spaß für das Vorsprechen nicht gemacht, wäre ich jetzt im heißen New York in einer klimatisierten Wohnung aufgewacht. Hätte mir einen Kaffee gemacht, während Elly das Bad blockierte und eine Stunde benötigte, bis sie gestylt das Haus verlassen konnte. Sie war nicht oft bei mir. Aber wenn, rechnete sie immer mit der Chance, dass Fotografen vor meiner Tür lauern könnten. Tja, bis jetzt ohne Erfolg.

Doch stattdessen lag ich hier – mit Thea. Ich drehte mich auf die Seite und stützte mich auf meinen Unterarm ab. Einer hübschen, lebenslustigen Frau, der es heute Nachmittag ziemlich egal war, wie die Frisur saß. Die kürzeren Strähnchen, die ihr um das Gesicht fielen, strich sie sich in regelmäßigen Abständen hinters Ohr. Für einen Tag im Rosengarten war das mehr als perfekt.

Hier könnte ich es für immer aushalten. Und das lag nicht einzig an diesem Garten.

Sie schob sich ihre Sonnenbrille ins Haar. »Was denkst du?«

Ich schüttelte unmerklich den Kopf. »Nichts.«

»Gut.« Sie legte sich auf den Rücken, schloss die Augen und seufzte zufrieden.

»Sag mal, Thea. Du fährst doch Snowboard.«

Sie blinzelte. »Ernsthaft? Wie kannst du jetzt an Schnee denken. Du musst ...«

»Was hältst du davon, wenn wir im Winter eine Woche Snowboarden gehen?«, fiel ich ihr ins Wort.

»Oh ...« Überrascht zog sie die Augenbrauen hoch, lächelte aber im nächsten Moment. »Das ist eine gute Idee. Wohin?«

»Ich suche uns etwas raus und wir können telefonieren und gemeinsam entscheiden, was uns gefällt. Vielleicht finden wir auch eine Hütte in den Bergen.«

»Du liebst die Abgeschiedenheit?«

»Ja, das tue ich«, gab ich achselzuckend zu. Wenn sie wüsste, wie sehr. Aber das brauchte sie im Moment noch nicht zu wissen.

Wir sprachen über Hütten in Österreich und der Schweiz, während wir die Tomaten, Weintrauben, den Käse und das Baguette aßen. Den restlichen Tag sonnten wir uns, alberten miteinander herum, unterhielten uns, dösten oder lagen nebeneinander auf dem Rücken und beobachteten die weißen Wolken.

»Du hast wirklich kein *Netflix*?«

»Nein. Lotti findet das auch schräg.« Sie deutete mit dem Finger in den Himmel. »Sieh mal, dort. Das könnte ein Schwein sein.«

Ich lachte. »Ja, mit viel Fantasie. Ich hatte nicht erwartet, dass die Zeit in München so schön wird«, gab ich zu.

»Oft kommt es anders, als man es erwartet, daher ist es besser, ohne Erwartungen an die Dinge heranzugehen, dann kann man nur positiv überrascht werden«, sagte sie, ohne den Blick vom Himmel abzuwenden. »Na, vielleicht ist es doch ein Gesicht …« Sie drehte sich auf die Seite und stützte ihren Kopf auf der Hand ab. »Man muss das Leben mit besonderen Erinnerungen füllen.«

»Ich würde dich wirklich gerne wiedersehen und es wäre schön, wenn wir in Kontakt bleiben.« Ich konnte den Gedanken nicht ertragen, sie nie wiederzusehen.

»Das machen wir.«

Ich rollte mich in ihre Richtung und zog sie behutsam ein Stück näher. Sie war so zart, dass ich Angst hatte, sie zu zerbrechen. Dennoch zog ich sie noch ein bisschen fester an mich ran, um den dezenten Duft nach Rosen, der von ihr ausging, und die Erinnerungen an unsere Zeit für immer einzusaugen. Es war, als gäbe es nur noch uns beide. Sie hatte recht, ich sollte mir mehr schöne Momente schaffen. Ich war getrieben und umgeben von Menschen, die mir nicht guttaten. Ich musste irgendeinen Weg finden, um all das, was ich hier erlebt hatte und was ich wiedergefunden hatte, niemals zu vergessen.

In den kommenden Monaten entwickelte sich eine Routine. Wir telefonierten regelmäßig, skypten und schickten uns permanent Nachrichten. Ich hatte das Gefühl mit dabei zu sein, egal ob sie spazieren ging oder mit Freunden feierte. Oft redeten wir stundenlang, bis ich am anderen Ende der Leitung eine gleichmäßige Atmung hörte und wusste, dass sie eingeschlafen war. Wir lernten uns immer besser kennen und zwischen uns herrschte eine Chemie, die ich nicht erklären konnte.

Ich machte es mir zu meiner wichtigsten Aufgabe, Thea so oft wie möglich zu besuchen oder mit ihr zu verreisen und so viel Zeit mit ihr zu verbringen, wie es mein Terminkalender erlaubte. Nach jedem Abschied zählte ich die Monate, Wochen und Tage, bis wir uns endlich wiedersahen. Jedes Mal dachte ich, ich würde verrückt werden vor Sehnsucht.

Ich musste in München nicht mehr ins Hotel und hatte mich an meinen Platz auf Theas Couch gewöhnt. Und ganz nach ihrem Motto, alles aus der Zeit herauszuholen und mit schönen Erinnerungen zu füllen, gehörte auch ein frühes Aufstehen dazu. Genaugenommen um sechs Uhr morgens. Um bereits um sieben die Ersten im See zu sein, die der Sonne entgegenschwammen.

»Das ist so schön«, sagte sie aufgeregt. »Das wirst du nie mehr vergessen.«

Ich fluchte, als der Wecker schrillte. Aber sie behielt recht. Der See lag in einem sanften Nebel. Sie war so fix im Wasser, während ich eine Ewigkeit brauchte. Es war scheißkalt! Nichtsdestotrotz holte ich sie schnell ein, da sie wie eine Ente, mit geschlossenen Augen und der Sonne im Gesicht zwischen den Segelschiffen hindurch auf den See hinausschwamm.

Thea war der Grund gewesen, warum ich mir eine neue Wohnung gesucht hatte. Eine mit großen Fenstern. Letzte Woche hatte ich extra Kissen für die Couch und eine Wolldecke gekauft. Den Holzblock mit unseren Fotos aus meinem Schrank geholt und auf dem Schreibtisch im Gästezimmer postiert. Ich hatte Blumen besorgt und sie in einer Vase auf das Sideboard gestellt. Ich wollte, dass Thea sich wie zu Hause fühlte. Nur leider hatte ich nicht mit Elly gerechnet. Sie hatte gedacht, der Strauß wäre für sie, und hatte ihn mitgenommen. Jetzt schmückte er die Kommode in ihrer Wohnung und auf meinem Sideboard stand eine leere Vase.

»Bin wieder da.« Mit einem lauten Stöhnen ließ sich Sarah neben mich auf die Holzbank fallen und riss mich damit aus meinen Gedanken. »Wo waren wir stehen geblieben?«

Ich seufzte und rutschte auf der Bank ein Stück tiefer.

»Bist du noch glücklich, dass sie hier ist?«

»Natürlich bin ich das.«

Das war ich wirklich. Bis zu diesem Moment hatte ich nicht einmal gemerkt, wie wichtig es mir war, dass Thea in meiner Nähe war. Kein nahender Abschied für die nächsten drei Monate. Ich hatte mich in den letzten Tagen mehr damit beschäftigt, was alles passieren könnte. Aber es ging nicht nur um mich. Thea sollte hier glücklich sein.

»Gut. Dann zeig es ihr. Und rede mit ihr. Ich meine, sie kann eins und eins zusammenzählen, nachdem sie deine Wohnung gesehen hat. Mal ein bisschen weniger egoistisch, Mister Hoobs.«

Sarah hatte recht. Und ich hatte Thea weitaus mehr zu sagen. Es wurde höchste Zeit.

Shit! Ich hatte Elly versprochen, an meinem nächsten freien Abend mit ihr ins Kino zu gehen. Elly … Auch dieses Thema musste ich klären. Ich hatte einiges zu regeln.

Der rundliche George von der Produktion kam mit großen Schritten auf uns zu und winkte aufgeregt mit seinem blauen Klemmbrett. Völlig außer Atem blieb er vor uns stehen. Er hatte hektische rote Flecken im Gesicht und tupfte sich mit einem Stofftuch die Schweißperlen von der Stirn.

»Paul, wir müssen abbrechen. Julien hat sich so erkältet und hat heute Nachmittag Fieber bekommen. Wir mussten ihn wieder nach Hause schicken.«

Ich rieb mir mit den Händen über das Gesicht. *Großartig! Läuft bei diesem Dreh eigentlich irgendetwas nach Plan?*

»Wir besprechen jetzt noch schnell den Drehplan für morgen und dann könnt ihr abhauen.« Mit großen Schritten ging er zurück zum Rest der Crew.

»Jetzt kannst du gleich mit Thea sprechen«, flüsterte mir Sarah zu, während wir George hinterhereilten. Ich nickte stumm. Ich würde mir mein eigenes Grab schaufeln, wenn ich Sarah jetzt sagte, dass ich erst einmal mit Elly ins Kino gehen würde. Alles musste sie ja nun auch nicht wissen.

George erklärte hektisch den morgigen Drehplan. Den Blicken der anderen nach zu urteilen, verstand die Crew ebenfalls nur die Hälfte seines Gebrabbels.

»Paul, zehn Uhr am Set!«, rief mir George, den Blick auf sein Klemmbrett geheftet, zu. Das war die einzige Information, die mich interessierte.

»Sarah! Zehn Uhr!« George klatschte mit der Hand auf das Klemmbrett und die große Aufbruchstimmung begann.

Sarah hüpfte an mir hoch, gab mir einen Kuss auf die Wange und trällerte: »Viel Spaß heute Abend.«

8

»Respekt!«

Ich richtete mich auf und drehte mich um. Da stand er vor mir – der *Uber*-Mann. Seine Haare sahen aus, als hätte er sich durch einen Tornado gekämpft. Er hatte sich umgezogen, trug eine lässige Jeans, Turnschuhe und ein graues T-Shirt, das um den Brustkorb spannte, und streckte mir eine Wasserflasche entgegen. Er sah so viel jünger aus ohne seinen schwarzen Anzug. Meine Kehle wurde noch trockener, als sie ohnehin schon war.

Thea an Sprachzentrum. Bitte wieder auf Position.

Mit einem Lächeln, aber ohne ein Wort schnappte ich mir das Wasser und löschte hastig meinen Durst. Ich setzte die Flasche ab und unterdrückte im letzten Moment einen Rülpser.

»Vielen Dank, das ist genau das, was ich jetzt am dringendsten gebraucht habe.« Er hob eine Augenbraue. »… Und natürlich dich.« Mehr Blut schoss mir in die Wangen, wenn das nach dem Lauf überhaupt noch möglich war.

»Erzähl, wie war es?«, fragte er mit einem Lächeln und winkte mir, mitzukommen.

Auf dem Weg zum Wagen hatte ich Mühe, mit seinen großen Schritten mitzuhalten. Während ich ihm von meiner Route erzählte und dass hier alle in eine Richtung liefen, und zwar entgegengesetzt zu meiner, schnappte ich immer wieder nach Luft. Am Wagen angekommen, öffnete er mir die Beifahrertür. Ich war kein Autoprofi, aber das war definitiv ein anderes Auto als bei der Hinfahrt. Sportlicher. Auf dem Ledersitz lag fein säuberlich ausgebreitet ein dunkelblaues Handtuch.

»Vielen Dank.« Vorsichtig setzte ich mich, bemüht es nicht zu verrutschen, und schnallte mich an.

Er schloss die Tür, umrundete die Motorhaube und stieg ein. Dabei hielt er sich am Lenkrad fest und sein Bizeps trat deutlicher hervor. Schnell starrte ich auf die Wasserflasche und umklammerte sie mit beiden Händen, als könnte ich mich daran festhalten. Er schnallte sich an und drehte sich zu mir.

»Wie heißt du eigentlich?«

»Thea. Und du?«

»Daniel. Freut mich.«

»Mich auch.«

Er startete den Motor und aus dem Radio ertönte leise die Melodie *Dance Monkey* von *Tones and I*. Ich musste mich schwer zusammenreißen, um nicht mit den Hüften im Rhythmus hin und her zu wackeln.

Geschickt ordnete er sich in den fließenden Verkehr ein. Er fuhr einen anderen Weg zurück. Um uns herum erstreckten sich die meterhohen Gebäude in den Himmel. Ich hatte immer die Vorstellung, dass man zwischen all den Wolkenkratzern den Himmel nicht sehen konnte, aber so war es nicht.

Inzwischen dehnte sich das Schweigen unangenehm in die Länge. Doch ich wusste nicht, was ich sagen sollte.

»Was hast du im Central Park alles gesehen?«, durchbrach er die Stille.

»Abgesehen von Läufern, Radfahrern, Hunden und Eichhörnchen, Skulpturen, einem Karussell, einer Burg und einem See und Booten?«

Er lachte. »*Loeb Boathouse?*«

»Möglich«, sagte ich schulterzuckend.

»Es gehört zu den bekanntesten Wahrzeichen auf dieser Strecke.«

»Mach Sachen.«

Er warf mir einen kurzen Seitenblick zu. »Die Burg heißt Belvedere Castle.«

»Interessant.«

»Hast du die Statue gesehen, die an den Märchendichter Hans Christian Andersen erinnert?«

Fragend sah ich ihn an. »Ich glaube nicht.«

»Hast du die Bronzegruppe *Alice in Wonderland* gesehen?«
Ich schüttelte den Kopf. »Nein, ich glaub nicht.«

»Sie wäre dir aufgefallen. Auf dem angrenzenden *Great Lawn* spielen immer viele Kinder. Im Sommer finden dort Aufführungen der New Yorker Philharmoniker statt. Es gibt auch noch das Delacorte Theater, dort werden jeden Sommer kostenlos Open-Air-Produktionen aufgeführt.«

»Oh, das ist toll«, rief ich beschwingt. Ich hatte mich damals schon bei Paul in die Nesseln gesetzt. Das passierte mir kein zweites Mal.

»*Strawberry Fields?*«

Erneut schüttelte ich den Kopf.

»Die *Strawberry Fields* erinnern an John Lennon, der 1980 vor dem Dakota Building ermordet wurde. Auf ein Bodenmosaik legen heute noch Fans Blumen nieder.«

»Okay, okay, ich hab's kapiert …« Ich hob abwehrend die Hände. »Ich habe *nichts* gesehen.« Dabei dehnte ich das Wörtchen nichts in die Länge. Seine Augen funkelten belustigt. Ich schaute aus dem Fenster, während sich Daniel weiter auf den langsam dahinrollenden Verkehr konzentrierte. Vor uns Autos, hinter uns Autos und neben uns Autos. Das Treiben auf den Gehwegen wurde immer geschäftiger, Menschen in verrückten Outfits und Geschäftsmänner in Anzügen überquerten die überdimensionalen Zebrastreifen. Während über uns die Sonne schien, zogen vor uns schwarze Regenwolken auf. An den feinen Fäden in den Wolken sah man, dass es in der Ferne bereits regnete.

»Wie viele Bänke gibt es im Central Park?«, fragte ich in die Stille hinein. Irritiert sah mich Daniel an.

»Ich hatte mal was von über neuntausend gelesen.«

»Wow!«

»Willst du morgen wieder laufen gehen?«

Herzhaft lachte ich auf und schüttelte heftig den Kopf. »Nein, auf keinen Fall.«

»Was hast du vor?«

»Warum?«, fragte ich misstrauisch und biss mir auf die Unterlippe. Dieser Argwohn kam nur von Pauls blödem Gerede, ich wäre zu gutgläubig und sollte hier niemanden vertrauen.

Der Wagen bog in die mir bekannte, baumgesäumte Straße ein und ich sah vor uns das Brownstone-Haus.

»Ich könnte dich wieder fahren, wenn du etwas geplant hast.«

Ich wandte mich auf dem Sitz zu ihm und beäugte ihn genauer. Ich suchte in seinem Gesicht nach Indizien, die meine Alarmglocken klingeln lassen sollten.

»Mein Freund meint ... Also Paul meint, ich soll hier niemandem vertrauen ...« Ich zögerte einen Moment. »Aber du siehst ja jetzt nicht aus wie ein Krimineller.«

Er hob fragend eine Augenbraue. »Wie sehen denn Kriminelle aus?«

Ich hatte keine Ahnung.

»Dein Freund hat nicht unrecht«, fuhr Daniel fort. »Aber ich würde meinen Job verlieren, wenn du mir nicht vertrauen könntest.«

»Das sagen die wahrscheinlich auch.«

Sein Lächeln wurde breiter. »Ja, wahrscheinlich.«

Ich runzelte nachdenklich die Stirn. »Okay, aber lach mich nicht aus. Ich bitte zu bedenken, dass ich ein Touri bin.«

Er presste seine Lippen fest aufeinander.

»Ich würde morgen gerne eine Schifffahrt rund um Manhattan machen, vorausgesetzt das Wetter bleibt so.«

Er stoppte den Wagen, stellte den Motor aus und sah mir in die Augen. »Warum sollte ich lachen? Das Wetter bleibt gut, es soll nur ab und zu kleinere Schauer geben. Eine sehr gute Idee bei schönem Wetter, es ist kühler als in den Straßen und du hast einen tollen Blick auf die Skyline von New York und die Freiheitsstatue.«

»Und wenn du mal Zeit hast ... vielleicht könntest du mir dann die Highlights im Central Park zeigen?« Noch während mir die Idee in den Sinn kam, hatte ich die Frage bereits ausgesprochen und bereute sie gleichzeitig.

Er hatte lediglich gesagt, er würde mich zu meinem nächsten Ziel fahren. Nicht mehr, nicht weniger. Manchmal war erst denken, dann reden doch hilfreich.

»Wenn du nichts dagegen hast, könnten wir die Tour über den Hudson River gemeinsam machen?«

»Oh! Klar, gerne. Wenn du nicht arbeiten musst.«

Er schüttelte den Kopf. »Morgen geht nicht. Aber am Samstag hätte ich Zeit, passt das?«

Ich nickte. Schließlich wartete niemand auf mich und Paul musste ohnehin arbeiten.

»Wann soll ich dich abholen?«, fragte er.

»Um zwölf Uhr?«

»Perfekt.« Er schnallte sich ab, sprang aus dem Wagen und öffnete mir die Beifahrertür.

Ich stieg aus und sah reflexartig am Haus hinauf. *Na toll!* Ich widerstand dem Impuls, die Augen zu verdrehen. Schnell sah ich wieder zu Daniel, der meinem Blick gefolgt war.

»Vielen Dank.«

Er nickte professionell – ganz der Chauffeur –, umrundete den Wagen und stieg ein.

9

Nachdem ich mich von Sarah verabschiedet hatte, hatte ich kurz mit Elly telefoniert und war zur Metro gerannt. Ich hatte vor, wenigstens noch etwas Zeit mit Thea zu verbringen, bevor ich wieder losmusste. Aber als ich die Tür zur Wohnung aufsperrte, drehte sich der Schlüssel zweimal im Schloss. Zu der Zeit, in der ich in einer WG gewohnt hatte, ein todsicheres Zeichen für: sturmfrei. Jetzt ein todsicheres Zeichen für: Thea war nicht zu Hause. Was mir früher ein Magenkribbeln verursacht hatte, löste heute das genaue Gegenteil aus.

Ich ging erst unter die Dusche, dann in die Küche und machte mir einen Kaffee. Obwohl ich lieber ein Glas Rotwein getrunken hätte, um mit einem angenehm benebelten Gefühl Elly am Abend zu ertragen.

Die braune Brühe tropfte in einem stetigen Rhythmus in die schwarze Tasse. Wo wollte Thea heute hin? In den Central Park? War das heute gewesen? Ich stellte mich mit meinem Kaffee ans Fenster und beobachtete das lebendige Treiben auf der Straße, während ich nach ihr Ausschau hielt.

Ein Taxi bog in die Straße ein. Kurz machte mein Herz einen Satz. Aber es fuhr am Haus vorbei, die Straße hinunter.

Bereits seit einer halben Stunde stand ich an diesem Fenster, als ich einen PS-starken Motor um die Ecke biegen hörte. Ein schwarzer BMW M8 Coupé.

Der Sportwagen blieb vor dem Haus stehen und parkte direkt unter dem Baum. Durch die dichte Krone konnte ich kaum etwas erkennen. Ich trank einen Schluck von meinem

Kaffee und wartete, aber es passierte nichts. Minutenlang nichts. Ich musste mich zusammenreißen, um nicht die Treppe runterzurennen und die Person aus dem Auto zu ziehen. Wer auch immer da drin saß. Dann öffnete sich die Fahrertür. Ein dunkelhaariger Typ stieg aus und umrundete den BMW. Da tauchte Thea zwischen den Baumkronen auf. Ihr Blick ging hoch zum Fenster. Ich widerstand dem Verlangen, zur Seite zu springen. Sollte sie doch sehen, dass ich sie sah. Der Typ stieg wieder in den Wagen, während Thea ganz gemütlich zum Treppenaufgang schlenderte. *Jetzt bin ich gespannt.*

THEA

Charles öffnete mir mit einer kleinen Verbeugung die Tür. Flüchtig nickten wir uns zu. Mit seinem runden Gesicht hatte er etwas Tröstliches und Beruhigendes an sich.

Ich schlenderte durch die Halle in den Fahrstuhl und wappnete mich innerlich für das, was mich gleich erwarten würde. *Miesepeter, ich komme!*

Die Szene eben hatte mich an den Moment erinnert, als ich mein erstes Date gehabt hatte und mein Vater aus dem einen Fenster und meine Brüder aus dem anderen auf die Straße geschaut hatten. Mein Vater hatte zumindest den Anstand besessen, sich hinter dem Vorhang zu verstecken, auch wenn ihn das schwebende Rotweinglas verraten hatte. Als ich eine Minute später das Haus betreten hatte, hatte mein Vater neben meiner Mutter auf der Couch gesessen, als wäre nichts gewesen, und meine Brüder hatten unschuldig auf ihren Handys herumgetippt. Klar! Ich hätte sie damals erwürgen können, alle zusammen. Und manchmal war einem auch danach, seinen besten Freund zu erwürgen, zum Beispiel jetzt.

Gerade wollte ich den Schlüssel ins Schloss stecken, da gab die Tür nach und ich flog in hohem Bogen gegen eine harte Brust, frisch geduscht und in einem T-Shirt verpackt.

»Geht's noch?« Er stellte mich wieder zurück auf meine Beine und sah auf mich herab.

Für Sekunden konnte ich ihn nur fassungslos anstarren. Dann reckte ich kämpferisch mein Kinn. »Das frage ich dich.« Ohne seine Antwort abzuwarten, schob ich mich an ihm vorbei und stapfte die Treppe zum Bad hinauf. »Wie war dein Tag? Meiner war bis eben wunderschön. Danke der Nachfrage.«

Mit einem unüberhörbaren Schnauben warf ich die Badtür mit einem lauten Knall hinter mir zu und lehnte mich dagegen.

»Das Gespräch ist noch nicht beendet, das war erst der Vorspann!«, hörte ich Paul von unten brüllen.

PAUL

Scheiße. Ich benahm mich wie ein Spreizdübel. Diesen Spitznamen hatte ich von Thea bekommen und ich verstand den Vergleich bis heute nicht.

Ich setzte mich an den Tisch, um gleich darauf wieder aufzustehen. Diese Szene kannte ich aus Filmen. Der betrogene Ehemann saß mit einer Flasche Bier am Küchentisch und wartete, bis seine vermeintlich untreue Ehefrau nach Hause kam. Am Fenster zu warten schien mir eine bessere Alternative. Ich lehnte mich lässig an die Wand und versuchte, mich wieder auf das geschäftige Leben der New Yorker zu konzentrieren. Es war schier unmöglich.

Sie kapierte es einfach nicht. Und egal wie viel Mühe ich mir gab, ich konnte sie nicht verstehen. Millionen Mal hatte ich ihr gesagt, sie solle sich hier auf niemanden einlassen, scheißegal ob Mann, Frau, Kind, Hund oder Katze. New York war nicht München. Ich fragte mich, welche Synapsen bei ihr manchmal nicht funktionierten. Wie konnte ein Mensch nur so gutgläubig sein? Sie ging mit einer Leichtigkeit durchs Leben, als könnte ihr keine Fliege etwas zuleide tun. Jeder bekam von ihr einen Vertrauensvorschuss. Diesen dämlichen Beschützerinstinkt, den sie permanent kritisierte und jedes Mal mit dem Wort Spreizdübel kommentierte, hatte ich nur bei ihr. Als würde mir das gefallen. Sich ständig um jemanden zu sorgen, war kein Spaß. Sie ließ mir aber keine andere Wahl. Sie hatte doch überhaupt keinen blassen Schimmer, welche Wirkung sie auf Y-Chromosom-Träger hatte. Alle Kerle waren in ihren Augen nur nette Bekannte oder Freunde. *Dass ich nicht lache.* Da brauchte man mir nichts vormachen. Ich wusste, was für Arschlöcher Männer sein konnten. Mit Männern kannte ich mich aus. Seufzend fuhr ich mir durchs Haar.

THEA

Ich ließ mir Zeit beim Duschen. Verdammt viel Zeit. Sollte er sich dort unten erst einmal auskochen. Ging mir dieses Gehabe auf den Keks. Ich nahm zweimal das Duschgel zur Hand, massierte meine Waden, ließ mir kaltes Wasser über das Gesicht prasseln, um mich dann wieder unter den warmen Wasserstrahl zu stellen.

Erst nachdem meine Haut feuerrot war, stieg ich aus der Dusche, rubbelte mir die Haare trocken und schlich aus dem Bad, die Treppe hinunter. Mit verschränkten Armen vor der Brust stand er am Fenster. *Oha!*

Ich huschte in mein Zimmer und zog mir eine kurze Hose und ein Oversized-Shirt über. Dann zählte ich bis fünfzig. Das sollte reichen.

Vermeintlich lässig stand er mit überkreuzten Beinen an der Wand gelehnt und sah nach unten auf die Straße. Fast hätte ich ihm seine Gelassenheit abgekauft, wären da nicht die angespannten Schultern gewesen und der feste Griff um seine Tasse.

Seine Fingerspitzen verfärbten sich bereits weiß. Tat er nur so oder bemerkte er wirklich nicht, dass ich bereits hinter ihm stand?

»Da bin ich«, flötete ich gut gelaunt. Er drückte sich von der Wand ab und drehte sich ruckartig um. »Träumst du von deiner Freundin?«, fragte ich spitz.

Er stieß ein geräuschvolles Schnauben aus. »Nein.«

Wow, hätte ich mal besser bis zweihundert gezählt.

»Können wir kurz reden?« Er zog einen Stuhl vom Esstisch zurück. »Bitte.« Er deutete mir an, mich zu setzen.

Ich reckte mein Kinn und warf ihm einen bedeutungsvollen Augenaufschlag zu. Mit hochgezogenen Augenbrauen schüttelte er kaum merklich den Kopf. »Ich möchte nicht mit dir streiten«, sagte er mit einer Spur von Ungeduld in der Stimme. Er setzte sich auf den Stuhl gegenüber, ein aufforderndes Lächeln im Gesicht.

Ich schlenderte an den Kühlschrank, öffnete die Tür, holte mir eine Flasche Wasser raus und spürte seinen bohrenden Blick in meinem Rücken. Betont gleichgültig ließ ich meine Augen über die Küchentresen gleiten, während ich zu einem Stuhl trödelte.

Kopfschüttelnd sah ich ihn an. »Ich mich auch nicht ...« Ich hätte gerne hinzugefügt, dass mir sein Gehabe dennoch ziemlich auf den Zeiger ging, behielt es aber für mich, als ich merkte, wie die Anspannung von ihm abfiel.

Ich ließ mich auf den Stuhl plumpsen und faltete meine Hände vor mir auf dem Tisch. Er griff über die Tischplatte und legte seine Hand auf meine.

»Hör zu, ich weiß, ich habe mich wie ein Zikadenmännchen benommen.«

Ich nickte zustimmend. »Ein Zikadenmännchen auf Speed.«

Er verzog seinen Mund zu einem schwachen Lächeln. »Was ich sagen will … Ich habe kein Recht, mich einzumischen.«

Ich nickte erneut zustimmend.

»Abgesehen davon, möchte ich doch nur, dass du ein bisschen aufpasst. Nicht alle Typen sind von der guten Sorte. Außerdem ist es nicht München. Es ist New York. Schau zweimal hin, bevor du jemandem vertraust.« Die Luft um uns herum knisterte explosiv, wie immer, wenn es um dieses Thema ging.

Kurz spielte ich mit dem Gedanken, in puncto Daniel Einwände zu erheben, entschied mich aber schnell dagegen. »Das mache ich.«

Er ließ meine Hand los und lehnte sich im Stuhl zurück. »Du hast so eine unbefangene Leichtigkeit, mit der du durchs Leben gehst. Ich möchte nicht, dass du enttäuscht wirst … Daher bitte ich dich nur … pass auf dich auf.«

»Das tue ich. Versprochen. Ich freue mich nur, wenn ich hier auch andere Leute kennenlerne.«

»Was soll das denn heißen?« Seine Stimme überschlug sich fast.

»Was das heißen soll?« Ich funkelte ihn finster an. »Vielleicht dass ich keine Lust habe, jeden Tag allein durch die City zu streifen?«

Er lehnte sich über den Tisch und wollte erneut meine Hände fassen. Schnell zog ich sie in meinen Schoß.

»Keine Sorge, ich werde *ihm* das Herz nicht brechen.«

Eine Zornesfalte bildete sich zwischen seinen Augenbrauen.

Ich tat es im gleich und strich mit dem Mittelfinger über die Stelle zwischen meinen Brauen. »Pass auf, das gibt Falten.«

»Thea, das ist nicht witzig. Du nimmst mich nicht ernst. Sei bitte nicht so naiv.«

Ich biss mir auf die Unterlippe und funkelte ihn an.

Junge, Junge, überspann den Bogen nicht.

»Es geht mir nicht um sein Herz.« Sein Tonfall wurde weicher. »Es geht darum, dass ich nicht möchte, dass *dir* jemand wehtut, emotional wie körperlich.«

Abwartend sah er mich an.

»Ist okay, wird nicht passieren. Du hast es in den letzten fünf Minuten ja mindestens zweimal betont«, gab ich resigniert zurück. *Wenn Blicke töten könnten, wäre ich in diesem Augenblick mausetot umgefallen.*

Ein paar Sekunden starrten wir uns mit reglosen Mienen an. Dann schob er kurzerhand den Stuhl nach hinten, stand auf, ging zum Fenster und kehrte mir den Rücken zu. »Ich rede die ganze Zeit gegen Wände«, sagte er mit leiser Stimme.

Als ich nichts darauf erwiderte, drehte er sich zu mir um und sah mich an. So intensiv, als könnte er mich rein durch Gedankenübertragung an seinen Gedanken teilhaben lassen. Aber da musste ich ihn leider enttäuschen. Dann räusperte er sich.

»Ich wünsche mir nur einen Mann für dich, der dich glücklich macht und der dich auf Händen trägt. Das hast du verdient. Den besten Mann. Und nicht irgendeinen dahergelaufenen Typen mit Sportwagen. Ich weiß, wie Männer ticken.«

Ich prustete in meine Wasserflasche. »Den Mann gibt es nicht. Nicht einmal eine Backmischung gibt es dafür.«

Ein kurzes Lächeln hellte seine mürrische Miene auf.

»Du kannst mich nicht vor jedem falschen Schritt beschützen.«

»Aber ich kann es versuchen«, sagte er leise und drehte mir wieder den Rücken zu.

»Das sollst du aber nicht«, protestierte ich.

Während Paul weiter aus dem Fenster starrte, stand ich auf und ging zu ihm, schmiegte mich an seinen Rücken und lehnte den Kopf zwischen seine Schulterblätter. Kurz zuckte er zusammen, als ich meine Arme um seinen Bauch schlang, und atmete scharf ein. Dann umfasste er meine Handgelenke und drehte sich langsam um. Er zog mich in seine Arme, legte sein Kinn auf meinen Scheitel und flüsterte: »Es tut mir leid.«

So verharrten wir schweigend und ich genoss für einen Augenblick seine Körperwärme, während der verbliebene Rest meiner Wut verebbte. Schließlich löste ich mich von ihm und sah mit einem Lächeln zu ihm hoch.

Mit beiden Händen umfasste er mein Gesicht. »Thea …«
Plötzlich klang seine Stimme verzweifelt. Hilflos. Fremd.

Irritiert trat ich einen Schritt zurück. »Apropos den richtigen Partner finden, wie geht es Elly?«

Er sah mich perplex an.

Bei dem Gedanken an Elly – groß, rotes glänzendes Haar und wie aus dem Ei gepellt – sah ich automatisch an mir hinunter. Kurze Jeans und dieses übergroße Shirt, das immer von einer Schulter rutschte. In solch einem Aufzug lümmelte die Lady sicherlich nicht einmal zu Hause rum. Paul lehnte sich an den Küchentresen und stützte sich mit beiden Händen ab. So wie er mich gerade ansah, dachte er bestimmt das Gleiche. Ich vergrub meine Finger in den kleinen Hosentaschen.

»Gut«, sagte er in einem sachlichen Tonfall. »Ich arbeite im Moment viel und wir haben uns die letzten Wochen kaum gesehen. Wir treffen uns heute. Gehen essen und anschließend ins Kino. Möchtest du mitkommen?«

Ein Kinoabend in Ellys Gesellschaft schrie geradezu nach einem Vergnügen.

»Nein«, wehrte ich ab. »Ich bleibe hier. Ich will morgen früh raus und meine Touri-Pläne in Angriff nehmen.« Ich zwinkerte ihm zu. Sein Lächeln wurde breiter. Und da war es wieder. Das Grübchen, das ich so an ihm liebte.

»Alles klar.« Der spöttische Unterton in seiner Stimme war nicht zu überhören. »Fühl dich wie zu Hause. Ich sollte dann auch mal los.« Ich spürte eine flüchtige Berührung an meinem Arm, aber als ich mich umdrehte, stand Paul bereits auf der ersten Treppenstufe.

»Gut. Dann geh ich mal in mein Zimmer.« Dabei zeichnete ich bei dem Wörtchen *mein* Anführungszeichen in die Luft. »Viel Spaß und grüß mir Elly ... unbekannterweise«, rief ich ihm hinterher. So viel Anstand musste sein.

Ehe er noch etwas sagen konnte, drehte ich mich um und ging in mein Zimmer. Diesmal schloss ich die Tür leise hinter mir. Es war auch sonst nicht meine Art, mit den Türen zu knallen, aber Mister Spreizdübel schaffte es immer wieder, mich auf die Palme zu bringen.

Und wieder saß ich auf dem Bett und wartete darauf, dass Paul die Wohnung verließ. Wenn das jetzt jeden Tag so ablief ... Ich verdrehte die Augen und ließ mich auf die Matratze fallen.

Bereits seit einer halben Stunde starrte ich an die Zimmertür, hing mit einem Ohr an der Wohnungstür und wartete darauf, dass sie ins Schloss fiel. Tat sie aber nicht. Stattdessen sah ich einen Schatten unter dem Türspalt und im selben Moment klopfte es an der Tür. Ohne auf eine Antwort zu warten,

wurde sie einen Spaltbreit geöffnet und ein weißes Taschentuch, an einen Kochlöffel gebunden, schob sich hindurch.

»Spreizdübel kommt in Frieden«, hörte ich Pauls Stimme.
Dann drückte er die Tür ganz auf, bevor sein Kopf im Rah-
men erschien. »Ich bleibe hier. Ich werde Elly am Freitag
treffen«, sagte er mit einem breiten Grinsen. Er ließ den
Kochlöffel sinken und lehnte sich mit der Schulter gegen den
Türrahmen. »Komm, lass uns was essen.«

Mein Magen krampfte sich bei diesem Wort schmerzhaft
zusammen. »Keinen Hunger.« Meine Stimme klang erstaunlich gelassen, doch wie aufs Stichwort knurrte mein Magen
unüberhörbar auf. Paul grinste schief, stieß sich vom Türrahmen ab und ging, ohne die Tür hinter sich zu schließen.

Kurz darauf drangen Musik und lautes Klappern von
Kochtöpfen aus dem Wohnzimmer. Da ich nicht vorhatte,
hier vor Hunger zu sterben, gab ich mir einen Ruck und
schwang mich mit einem tiefen Seufzer vom Bett.

Mit hochgekrempelten Ärmeln stand er in der Küche und
schnippelte das Gemüse. Das Wasser im Topf brodelte bereits
auf dem Herd. Leise setzte ich mich auf einen Stuhl, zog die
Beine ran, klemmte sie an der Tischkante ein, legte meine
Hände auf die Knie und das Kinn obendrauf. Von hier aus
beobachtete ich das Schauspiel, das sich mir in der Küche
bot. Er schob das Gemüse vom Brett in die Pfanne,
schwenkte es und gab die Nudeln in den Topf. Öffnete den
Kühlschrank, holte eine Flasche Weißwein heraus, schubste
die Kühlschranktür mit der Schulter wieder zu, während er
die Schublade daneben aufzog und einen Korkenzieher raus-
nahm. Mit einem leisen *Klick* schloss sich das Schubfach
wie von Geisterhand.

Er öffnete die Flasche, schenkte sich ein Glas ein, trank einen
Schluck, leckte sich über die Oberlippe und nickte. Er gab einen

Schuss aus der Weinflasche in das Grünzeug und rührte es um. Der Duft von frischem Gemüse und Wein stieg mir in die Nase, weswegen mein Magen drohte, erneut verräterisch zu knurren.

Das Wasser im Nudeltopf brodelte gefährlich auf.

Paul hob den Topf an, bis das Wasser nicht mehr bedrohlich am Topfrand schwappte. Dann stellte er ihn wieder ab und regulierte die Temperatur der Herdplatte runter. Er griff nach seinem Weinglas, drehte sich um, lehnte sich an die Arbeitsplatte und überkreuzte seine Beine. Als sein überraschter Blick meinen traf, grinste ich.

»Seit wann sitzt du hier?«

»Lange genug, um deine ungeahnten Fähigkeiten in der Küche zu entdecken.«

Er legte den Kopf schief und grinste zurück. Ich stand auf, tippte eine Küchenschranktür nach der anderen an, auf der Suche nach Tellern.

»Hier oben.« Er deutete auf die Tür rechts über ihm. Mit einem großen Bogen umrundete ich ihn, öffnete die Tür und legte meinen Kopf in den Nacken. Dann sah ich zu Paul. Der hingegen rührte sich keinen Meter und betrachtete grinsend den Wein in seinem Glas. Ich zuckte mit den Achseln, zog mir einen Stuhl ran, kletterte hinauf, holte zwei Teller aus dem Schrank und hüpfte wieder runter.

»Besteck?«

»Hier.« Er deutete auf die Schublade links von ihm.

Ich umrundete ihn abermals und boxte mit dem Ellbogen in seinen Bauch. Gespielt hielt er sich den Magen und lachte auf.

»Servietten?«

»Gibt es hier nicht.«

Ich bedachte ihn mit einem missbilligenden Augenaufschlag, schlenderte an den Tisch, arrangierte die Teller und legte das Besteck daneben.

»Puh, ein schön gedeckter Tisch sieht anders aus«, kommentierte ich das Arrangement mit in die Hüften gestemmten Händen.

Er stellte sein Weinglas ab, holte einen Kerzenständer und eine Kerze aus dem Schrank, platzierte sie zwischen die zwei Teller, zog ein Feuerzeug aus der Schublade und zündete sie an.

»Besser?«

Ich nickte und setzte mich.

Seine Mundwinkel zuckten, während er den Nudeltopf und die Soße auf den Tisch stellte und sich mir gegenübersetzte.

Schweigend drehte ich die Nudeln auf und schob mir die Gabel in dem Mund. Ein zufriedenes Seufzen entwich mir.

Paul grinste.

Ich heftete meinen Blick auf meinen Nudelberg. Ich hätte ja gerne meine Bockigkeit im Zimmer gelassen, aber die wollte da nicht bleiben. Wie schon so oft war sie mir hinterhergeschlichen und hatte sich zu mir gesetzt. Und Paul, der Mistkerl, wusste einfach zu gut, wie er sie wieder vertreiben konnte. Gutes Essen, ein Gläschen Wein und zack – Theas Stimmung würde sich allmählich wieder heben. So simpel war das.

Eine Weile aßen wir noch in einvernehmlichem Schweigen, bis Paul schließlich die Stille durchbrach. »Schmeckt es dir?«

Erneut gab ich mir einen kleinen Ruck, nickte heftig und schluckte den Berg Nudeln samt Bockigkeit hinunter.

»Fantastisch!«

»Freut mich, dass es dir schmeckt. Sag mal, kann ich dich was fragen?«

»Na klar. Alles.«

»Warum nennst du mich immer Spreizdübel, wenn ich versuche, auf dich achtzugeben?«

Ich legte mein Besteck zur Seite und griff nach dem Weinglas. »Das weißt du nicht mehr?«

Er schüttelte den Kopf.

»Als du damals mein Badregal an die Trockenbauwand montiert hast, hast du *so* bewundernd über diesen Dübel philosophiert.« Ich lachte. »Du hast mir lang und breit erklärt, dass eine Schraube nur dank des Dübels in der Lage ist, hohen Belastungen standzuhalten. Er spreizt sich auf und gibt der Schraube Halt. Alleine würde das die Schraube nicht schaffen. Ganz leise hattest du geflüstert: ›Dübel müsste man sein.‹ Und da du schon damals immer Angst hattest, ich könnte den Halt verlieren, war dein Spitzname geboren.«

Er lachte. »Das habe ich gesagt? Okay.«

Die kommenden Stunden saßen wir zusammen, redeten und lachten wieder wie früher. Das war so viel besser als die Zankereien. Allmählich ging die Sonne zwischen den hohen Häusern unter. Es hatte nicht geregnet, nur ab und zu schoben sich Wolken über das Abendrot. Wir räumten gemeinsam die Küche auf und setzten uns mit einer neuen Flasche Wein auf den schmalen Balkon. Paul hatte uns Kissen sowie eine Decke auf den Boden gelegt und hatte die Kerze vom Tisch und die im Glas mit nach draußen gebracht.

Er reichte mir ein Sweatshirt. »Hier, falls dir kalt wird.« Dann setzte er sich zu mir, lehnte sich mit dem Rücken an die Hauswand und streckte seine Beine aus.

»Kannst du dich noch an die sternenklaren Nächte in Apulien erinnern?«

Ich nickte und drehte mich so, dass ich ihn ansehen konnte. »Ja, das kann ich.« Im Flackern der Kerzen sah ich sein Grübchen. Ein eindeutiges Indiz dafür, dass er lächelte. Er rückte ein Stück näher und legte mir seinen Arm über die Schultern. Schlagartig wurde mir warm. Ich legte das Sweatshirt zur Seite, griff nach meinem Glas und erlaubte mir ebenfalls eine Gedankenreise in die Vergangenheit.

10

Apulien – zehn Monate zuvor

THEA

Landed.

Ich trat von einem Fuß auf den anderen und starrte auf die Ankunftstafel des Flughafens Bari.

Baggage.

Die Kombination aus Vorfreude und keinen blassen Schimmer zu haben von dem, was mich erwartete, war die reinste Folter für mich. Paul hatte darauf bestanden, diesen Urlaub zu organisieren, und das Einzige, was ich wusste, war, wann und wohin ich fliegen musste, wo ich auf ihn warten sollte und wie lange wir bleiben würden. Nervös kaute ich auf meiner Unterlippe.

Jemand tippte mir von hinten auf die Schulter. Langsam drehte ich mich um und konnte ihn für einen Moment nur anstarren. Er sah perfekt aus. Dunkelblaue Chinohose, ein weißes Leinenhemd, das er an den Armen lässig hochgekrempelt hatte, dazu farblich passende Sneakers. Seine Haare waren länger geworden und standen ihm zerzaust vom Kopf ab. Wie ich Paul kannte, beabsichtigt und im richtigen chaotischen Winkel gestylt.

Er legte den Kopf schief und grinste mich an. »Willst du mich noch länger anstarren oder bekomme ich eine anständige Begrüßung?«

Glucksend schwang ich meine Arme schwungvoll um seinen Hals. Lachend kam er ins Straucheln und legte seine Hände um meine Taille.

»So ist es schon besser.« Er setzte mich wieder ab und schob mich eine Armeslänge von sich. Sein Blick glitt über meinen olivgrünen Jumpsuit und blieb an den weißen Turnschuhen hängen. »Du hast dich überhaupt nicht verändert.«

Lachend griff ich nach meiner Sonnenbrille, ehe sie mir aus dem Haar segelte. »Sollte ich?«

Paul schüttelte amüsiert den Kopf. »Auf keinen Fall«, sagte er und legte einen Arm um meine Schultern. »Na, dann mal los. Dort vorne wartet unser Fahrer.« Er deutete auf einen Mann im Anzug, der ein Schild mit der Aufschrift *Paul* auf Brusthöhe hielt.

Ich griff nach meinem Koffer. »Ich dachte, wir fahren mit dem Bus.«

Er grinste und drückte mich an sich. »Nein.«

Während der einstündigen Autofahrt entlang der Küste kam mein nervöses Herzklopfen endlich zur Ruhe.

»Wir sind gleich da«, sagte der Fahrer, verließ die Hauptstraße und bog in eine enge Seitenstraße ein. Hinter alten Steintoren holte sich die Natur zurück, was ihr vor Jahren genommen worden war. Dazwischen Ackerland, das in Terrassen an den Hügeln angelegt worden war, und Bauten, die es nicht über das Fundament hinausgeschafft hatten. Unvorstellbar, dass in dieser Gegend ein bewohnbares Hotel stehen sollte. Ungläubig sah ich zu Paul, der von all dem nichts mitbekam, weil er unentwegt auf sein Handy starrte. Der trostlose Anblick wich einer gekalkten Steinmauer. Ich schob mich auf dem Sitz nach vorne und sah zwischen den Vordersitzen hindurch auf die frisch geteerte Fahrbahn. Das Tor am Ende der Straße ging automatisch auf, als wir uns näherten. Der Wagen stoppte auf dem gepflasterten Vorplatz des Hotels. Der Fahrer sprang aus der Limousine und öffnete uns die Autotür.

Blinzelnd traten wir in die Mittagshitze von Apulien. Synchron schoben wir unsere Sonnenbrillen ins Gesicht und Paul sich bei der Gelegenheit gleich ein Minzbonbon in den Mund.

Ein Italiener um die sechzig mit schwarzem Lockenkopf und kugeligem Bauch kam aus dem Hotel geeilt.

»Buongiorno! Herzlich willkommen!« Mit offenen Armen und Schweißflecken unter den Achseln eilte er die Stufen hinunter. »Ich bin Mateo. Il padrone di casa.« Er schüttelte lachend den Kopf. »Ihr Gastgeber«, wiederholte er seine Worte auf Deutsch mit italienischem Akzent.

In großen Schritten kam er auf uns zu, reichte mir im Vorbeigehen flüchtig die Hand, während seine ganze Aufmerksamkeit bereits Paul galt. Nur ein Rückwärtsschritt von Paul verhinderte, dass Mateo ihn in eine Umarmung zog. Dafür drückte Mateo temperamentvoll seine Hand und klopfte ihm auf die Schulter. Ich beobachtete, wie Pauls Fingerkuppen weiß hervortraten und sich seine Mundwinkel schmerzlich verzogen. Mit einem kräftigen Ruck zog Paul seine Hand aus dem Griff und widerstand dem Reflex, sie auszuschütteln. Stattdessen öffnete er mehrmals die Finger und schloss sie wieder zu einer Faust.

Verlegen wischte sich Mateo die Hände an der Hose ab, trat ein Stück zur Seite und gab damit den Blick auf eine Frau frei, die zwei Sektgläser auf einem Holztablett balancierte. Mit ihrer weißen Rüschenschürze sah sie aus wie eine Mama aus der *Mirácoli*-Werbung.

Mit einem strahlenden Lächeln hielt sie uns das Tablett unter die Nase. Ich hätte schwören können, dass sie versucht war, einen Knicks zu machen. Paul und ich warfen uns einen flüchtigen amüsierten Blick zu. Nach Paul griff auch ich nach einem Glas und lächelte höflich zurück. Hinter der Frau versteckte sich ein Mädchen im Teenageralter, das mit offenem Mund und feuerrotem Kopf hervorlugte, um einen Blick auf uns – besser gesagt auf Paul – zu erhaschen. Die Situation wurde von Sekunde zu Sekunde bizarrer. Während sich die Frau immer wieder nervös imaginäre Haare aus dem Gesicht strich und ihre Tochter Verrenkungen hinter ihr anstellte, quasselte Mateo ohne Punkt und Komma auf Paul ein. Ich hingegen konnte ihm kaum folgen, so schnell redete er. Er erzählte, wie sehr er sich freue, dass Paul Gast in seinem Haus sei, dass es ihm an nichts fehlen solle und er bemüht sei, ihm jeden Wunsch zu erfüllen. Mich ignorierte er dabei beharrlich. Er erklärte, dass seine Familie bereits in dritter Generation im Besitz dieser Anlage sei und er es heute zusammen mit seiner Frau Maria führe. Offensichtlich war das die Frau, die neben ihm stand.

»Maria ist eine fantastische Köchin«, lobte er sie und lachte schallend. »Und ... Martha.« Mateo zog das Mädchen hinter Maria hervor und drückte sie an seinen dicken Bauch. »Sie ist sehr begabt in der Schule.«

Dann erzählte er irgendetwas von einem Tuk-Tuk, von der reizvollen Stadt und dem Meer. Ich hatte schon längst den Faden verloren, während Paul weiterhin lächelte und nickte.

»Und wo sind unsere Zimmer?«, schnitt Paul Mateo schließlich das Wort ab.

»Selbstverständlich. Scusi«, sagte Mateo mit einer kurzen Verbeugung.

Puh! Ich kippte den letzten Schluck Sekt hinunter. Paul nahm mir das Sektglas aus der Hand, stellte unsere Gläser auf das Tablett zurück und weckte Maria damit aus ihrer Starre.

Mit einer einzigen Handbewegung scheuchte Mateo Frau und Tochter ins Haus.

»Du glotzt«, murmelte Paul in meine Richtung.

Ich zog eine Grimasse. »Hoffentlich nicht mit offenem Mund.« Als ich mich zu Mateo umdrehte, sah ich gerade noch, wie er Pauls Rollkoffer griff und uns winkte, ihm zu folgen.

Entgeistert riss ich die Augen auf. *Nicht. Sein. Ernst.* Pauls Mundwinkel zuckten leicht nach oben. Dann schnappte er meinen Koffer, zwinkerte mir zu und nahm die Verfolgung von Mateo auf.

Mateo führte uns auf einen schmalen, in Naturstein gepflasterten Weg am Haupthaus vorbei, durch eine weitläufige Grünanlage. Links und rechts säumten Oleandersträucher mit roten und weißen Blüten den Weg. Dazwischen reckten Hotelgäste neugierig ihre Köpfe zu uns rüber. Paul schien das nicht zu bemerken. Ich hasste es, von allen Seiten angestarrt zu werden und im Mittelpunkt der Aufmerksamkeit anderer zu stehen.

Mateo blieb stehen und machte eine ausschweifende Handbewegung. »Non è bellissimo qui?«

Ich nickte Mateo zustimmend zu und schob mich an ihm vorbei. Über eine lange Holztreppe gelangte man hinunter in die Bucht. Segelschiffe und Motorboote schipperten auf der ruhigen See und Kinder hüpften von der Badeinsel ins Wasser. Andere bauten Burgen im Sand und die wenigen Liegestühle, die ich von hier aus sehen konnte, waren bereits besetzt.

Für einen Moment schloss ich die Augen und atmete tief ein. *Sonne und salziges Meer.*

Ich sehe Tim vor mir, der mit seinem Surfboard unterm Arm lachend aus dem Meer sprintet und sich neben mich in den Sand fallen lässt, und spüre seinen salzigen Kuss auf meinen Lippen.

Ein letztes Mal atmete ich tief ein, dann öffnete ich langsam meine Augen und drehte mich um. Von Paul und Mateo keine Spur.

Über das Meeresrauschen hinweg hörte ich die aufgeregte Stimme von Mateo, die wieder unaufhörlich auf Paul einquasselte.

Ich marschierte um den natürlichen Sichtschutz aus hohen Oleandersträuchern und einem jahrhundertealten knorrigen

Olivenbaum herum in die Richtung, aus der die Stimmen kamen, und sah gerade noch, wie Mateo und Paul in einem Bungalow hinter einem kleinen Pool verschwanden. Paul nahm dabei die Kurve so knapp, dass er mit meinem Koffer an der Hausecke hängenblieb. *Ich bringe den Kerl um. Der Trolley ist neu.*

Er drehte sich kurz zu mir um, zuckte entschuldigend mit den Schultern und setzte ein unschuldiges Lächeln auf.

Ich warf ihm einen vielsagenden Blick zu, sauste vorbei am Pool und die wenigen Stufen hinunter zum Bungalow. Auf Zehenspitzen balancierend versuchte ich, über Pauls und Mateos Schultern einen Blick ins Innere zu erhaschen, und gab schließlich auf. Ich holte meine Polaroidkamera aus der Handtasche und knipste ein Foto von der großen grünen Weinflasche neben der Tür und dem Zitrusbäumchen auf der anderen Seite. Gespannt wartete ich darauf, bis sich die Bilder entwickelt hatten, und steckte sie in meine Tasche. Ich schlenderte zum Pool und setzte mich auf eine der vier Liegen. Die Hitze flirrte in der Luft, die Sonne brannte auf meiner Haut. Ich stand auf und fläzte mich auf einen Stuhl an dem massiven Holztisch unter der schattigen Laube.

Ich suchte gerade mein Handy in der Tasche, um Lotti zu schreiben, als ich hörte, wie sich Mateo inbrünstig verabschiedete. Aus der Ferne hob ich mit einem Lächeln flüchtig die Hand zum Abschied und stapfte zu Paul.

Wortlos trat er einen Schritt zur Seite und ließ mich rein.

PAUL

Thea schob sich durch die Bungalowtür an mir vorbei.

Ich hatte mich nicht ganz uneigennützig für einen Bungalow mit privatem Pool abseits des Trubels entschieden.

Einen Ort, an dem wir allein sein konnten, ohne Getuschel um uns herum.

»Wow!« Sie ließ sich auf die Couch fallen, von der man einen atemberaubenden Blick auf das Meer hatte. Im nächsten Moment sprang sie wieder auf, öffnete die Schiebetür zum Balkon und trat hinaus. Die angenehme Meeresluft und das Wellenrauschen drangen durch die offene Tür.

»Paul, komm her. Schau mal, wie schön.«

Ich konnte mir mein Lachen nicht länger verkneifen, löste mich aus dem Türrahmen, schloss die Tür hinter mir und ging zu ihr hinaus. Ich wusste, es würde ihr gefallen, und Theas Anblick war jeden Penny wert.

Der Balkon war so groß wie das gesamte Apartment. Ein Holztisch mit Stühlen, eine überdimensionale Sitzmuschel, und trotzdem wäre noch genügend Platz, um eine Party zu feiern. Ich stellte mich zu ihr an das Geländer.

»Komm, lass uns runter ans Meer gehen«, rief sie aufgeregt. Wie schon so oft bewunderte ich ihre Freude über die Dinge, die für mich inzwischen zur Normalität gehörten.

»Wollen wir erst einmal auspacken? Welches Zimmer willst du?«

»So weit war ich noch nicht.« Sie schlenderte zurück in das Wohnzimmer und blieb stehen. »Egal. Links oder rechts?«

»Thea, schau dir beide an. Ich nehme das Zimmer, das dir nicht gefällt.«

»Ich mag es nicht, wenn du meinen Namen in einen Satz einbaust.« Sie steuerte die rechte Tür an.

Beim Anblick der pastellrosafarbenen Wände flehte ich innerlich, dass sie es nahm. Behutsam strich sie über die Bettwäsche des Himmelbetts. »Das nehme ich.«

Hörbar stieß ich die Luft aus. »Da bin ich aber erleichtert.«

Sie warf mir einen belustigten Blick zu.

»Ich hätte lieber auf der Wohnzimmercouch geschlafen als in diesem Himmelbett«, rief ich über meine Schultern, während ich ihren Koffer holte.

Das andere Schlafzimmer war größer, nicht in Rosa und ohne Himmelbett definitiv besser. Genauso hatte ich mir das vorgestellt, zwei Zimmer und dennoch nahe beieinander. Ich hatte keine Lust, Thea jeden Abend an einer Zimmertür zu verabschieden und mich für eine Uhrzeit zum Frühstücken zu verabreden. Ich hob den Koffer auf das Bett, hängte die Hemden in den Schrank und zog mir meine Badehose an.

»Da hab ich ja alles richtig gemacht.«

Erschrocken drehte ich mich um. Mit der Sonnenbrille im Haar und in einem weißen Sommerkleid stand Thea in der Tür. Ein Handtuch samt Buch unter dem Arm geklemmt.

»Ich auch. Ich im Himmelbett ...« Kopfschüttelnd kramte ich ein Cap aus dem Koffer.

Sie warf mir einen irritierten Blick zu, bevor sie einen Schritt ins Zimmer trat und sich einmal um die eigene Achse drehte. »Hübsch.«

Ich sah sie lächelnd an. »Finde ich auch.«

Sie schnalzte tadelnd mit der Zunge. »Ich meinte das Zimmer.«

»Ah, okay.«

Sie sah an sich runter. »Das Strandkleid?« Ungläubig schaute sie mich an.

Ich zuckte mit den Schultern. *Auch.* Ich schnappte mein Handtuch vom Bett und setzte mir das Cap auf. »Kann's losgehen?«

»Morgen gehen wir aber an den Strand«, zischte sie neben mir, während wir am Meer in die Stadt zum Abendessen spazierten.

»Versprochen.« Ein kläglicher Versuch, die Stimmung einer übellaunigen Thea zu heben.

Meine Überredungskünste, den Nachmittag lieber am Pool zu verbringen, hatten gedroht zu scheitern. Doch nachdem wir gesehen hatten, dass keine Liegen am Strand frei waren, und ich vorgegeben hatte, mich unter keinen Umständen in den Sand zu legen, war sie die Treppen wieder hinauf zu unserem Pool gestapft.

Ich warf ihr einen Seitenblick zu und stupste sie leicht mit dem Ellbogen an, aber sie ignorierte mich weiterhin beharrlich.

Sie verlangsamte ihren Schritt und lehnte sich an das Brückengeländer. Unter uns erstreckte sich ein Kiesstrand umgeben von steilen Klippen, von wo aus Jugendliche ins Wasser sprangen. Gedankenverloren sah sie von der Stadtbrücke über das türkisblaue Meer und in den Sonnenuntergang, während um uns herum Kinder fangen spielten und ein Mann auf seinen Gitarrensaiten klimperte. Tränen traten in ihre Augen, aber sie blinzelte sie hastig weg.

»Hast du so etwas schon einmal gesehen? Mitten in der Stadt?«, fragte ich.

Sie schüttelte den Kopf. »Nein.«

»Können wir bitte ein Restaurant suchen? Ich möchte nicht noch länger einer hungrigen Thea ausgesetzt sein.«

Sie lächelte schwach.

Kurz entschlossen griff ich nach ihrer Hand. »Komm. Wir können die Tage noch einmal herkommen. Vielleicht mit einer Flasche Wein und wenn weniger los ist«, schlug ich vor.

»Meinst du, hier ist jemals weniger los?«

»Ich hoffe.« Ich zog sie ruckartig vom Geländer weg und ließ sie nicht mehr los.

Wir schlenderten durch das Altstadttor von Polignano, vorbei an den dicht gedrängten Häusern und durch das rege

Treiben in den Altstadtgassen, bis ich eine gemütliche Trattoria abseits des Trubels fand.

Anschließend holten wir uns ein Eis und bummelten durch die idyllischen Gassen mit den vielen Souvenirläden und Geschäften.

»Was ist das?« Thea blieb stehen. Ich folgte ihrem Blick zu einem der Balkone, auf dessen Geländer eine bordeaux-rote Keramikfigur stand, die wie eine Knospe aussah.

»Ich schau mal nach«, sagte ich und zog im gleichen Moment mein Handy aus der Hosentasche.

Thea drückte meine Hand nach unten. »Auf keinen Fall. Wir gehen in einen der Töpferläden und fragen.«

Großartige Idee. Konversation mit Fremden. Das ist genau mein Ding. Genervt steckte ich das Handy wieder ein.

Kurz darauf betraten wir einen Töpferladen, der diese Dinger in den unterschiedlichsten Größen, Farben und Formen verkaufte. Der ganze Laden war bis unter die Decke voll damit. Thea wartete, bis die Verkäuferin eine Kundin fertig bedient hatte.

»Buona sera. Können Sie mir sagen, was das ist?« Sie deutete in ein Körbchen auf dem Tisch, in dem die Miniaturausgaben lagen. Die Verkäuferin lächelte freundlich, griff nach einem blauen und hielt ihn Thea vor die Nase.

»Das ist ein Pumo.«

Staubfänger würde ich das nennen.

»Und was bedeuten sie?«, fragte Thea.

Während ich der Verkäuferin mit einem Ohr zuhörte, schaute ich mich in dem kleinen Laden um.

»Sie bringen Glück.«

Ich sah zu Thea und rollte mit den Augen, was sie mit einer hochgezogenen Augenbraue quittierte. Grinsend schüttelte ich den Kopf.

Die Verkäuferin legte den Zapfen zurück und nahm einen größeren aus dem Regal. Ich lachte leise. *Ein Verkaufstalent.*

»Es ist eine Art Knospe und am Sockel gibt es drei Blätter.« Sie fuhr die Blätter nach und drehte den Pumo in ihrer Hand. »Man bringt sie auf den Ecken der Balkone an. Er soll seinen Bewohnern Glück bringen.« Sie lächelte und stellte ihn wieder zurück. »Der Pumo steht auch für einen Neuanfang oder den Beginn von etwas.«

Ich biss mir auf die Lippe, um nicht laut loszuprusten.

»Glück kann doch jeder gebrauchen, nicht wahr?«, sagte sie mit einem Lächeln.

Thea nickte eifrig. »Das ist sehr schön. Vielen Dank.«

Das war mein Stichwort. Ich umrundete schnell den Verkaufstisch, legte Thea sanft eine Hand auf den Rücken und schob sie aus dem Laden.

»Das sind Staubfänger, Thea.« Ich nahm ihre Hand.

Sie nickte. *Oh ja, wir verstehen uns.*

»Schon, aber hübsche Staubfänger mit einer schönen Bedeutung.«

»Glaubst du den Quatsch?«

Thea blieb stehen, ließ meine Hand los und sah mich an. »Ich weiß nicht.« Sie zuckte mit den Achseln. »Irgendwie schon.«

»Wenn du meinst.«

Was mein Glück betraf, hatte ich dieses für heute jedenfalls überstrapaziert. Bis jetzt war ich den ganzen Abend unerkannt durch die Stadt gelaufen und das war mehr Glück, als ich verdiente. Ich sah zu Thea, die ihren Blick wieder auf einen Balkon geheftet hatte.

»Wollen wir zurück ins Hotel?«, schlug ich vor. Sie nickte gedankenverloren.

11

Apulien – zehn Monate zuvor

THEA

Beim Anblick des reich gedeckten Frühstückstisches unter
der berankten Laube knurrte mein Magen laut auf. Ich ignorierte das dämliche Grinsen von Paul.

»Buongiorno«, trällerte Maria gut gelaunt und deutete
uns, uns zu setzen. Ich hätte gerne zuerst das Arrangement
aus grauem Leinentischläufer, weißen Tellern, passenden
Müslischalen, Kristallgläsern und den frischen Blumen fotografiert. Aber dafür hatte ich keine Zeit, mir war übel vor
Hunger.

Während aus den Lautsprechern im Gras leise Lounge-
musik zu uns herüberdrang, platzierte Maria eine Etagere mit
typischem italienischen Gebäck zwischen uns. Gefolgt von
einem Brotkorb und einer Platte mit Käse und Salami. Dann
stellte sie ein Müsliglas, verschiedene Marmeladen und einen
Teller mit frisch aufgeschnittenem Obst vor uns auf den Tisch.
Mein Magen knurrte erneut laut auf.

»Hunger?«, flüsterte Paul mit einem amüsierten Funkeln
in den Augen.

Ich reagierte nicht und unterdrückte den Impuls, meine
Hand nach einer Aprikosenspalte auszustrecken.

Breit grinsend lehnte er sich zurück und breitete seine Stoff-
serviette auf den Oberschenkeln aus, legte sein Handy auf
den Tisch und deutete mir, anzufangen.

Ich schüttelte den Kopf. »Ich warte auf den Kaffee.«

Als hätte Maria mich gehört, brachte sie uns zwei Tassen Cappuccino und warf einen verstohlenen Blick auf Paul. Der bemerkte es überhaupt nicht, da er mit dem Finger flink durch irgendwelche Newsseiten auf seinem Handy wischte. Ich trank einen Schluck und schüttelte erneut den Kopf.

»Buon appetito!«, flötete Maria. Flüchtig sah Paul von seinem Handydisplay auf und lächelte.

»Grazie«, sagten wir synchron.

Maria strich sich die bekannte imaginäre Haarsträhne aus dem Gesicht und ließ uns allein. Ich stellte meine Tasse ab, spießte eine Scheibe Honigmelone mit der Gabel auf und biss genüsslich hinein.

»Ich habe eine Idee für unseren Urlaub«, verkündete ich schmatzend.

Paul sah nicht von dem Display auf, während er an seinem Cappuccino nippte. »Zwei Wochen ohne Handy. Außer Fotos machen. Das ist erlaubt.«

Er verschluckte sich. »Auf keinen Fall«, sagte er entsetzt, stellte die Tasse ab und steckte hastig sein Telefon ein.

»Komm schon.«

Er schüttelte vehement den Kopf.

»Bitte. Versuchs doch mal.«

»Herrgott!« Er fuhr sich mit den Händen über das Gesicht.

»Ich will doch nur, dass wir uns nicht gegenübersitzen und jeder sinnlos am Handy rumdaddelt.«

»Unter einer Bedingung. Anrufe dürfen wir annehmen.«

»Okay. Nur wenn jemand anruft. Und Fotos sind erlaubt.« Ich streckte ihm meine Hand entgegen.

»Scheiße.« Er schüttelte den Kopf. »Auf was lass ich mich hier nur ein.« Dann griff er schließlich nach meiner Hand. »Moment. Nachrichten lesen. Was ist mit Nachrichten?«

Ich legte den Kopf schief. »Zeitung?«

Er schnaubte und ließ meine Hand los. »Klar, Zeitung – was sonst.«

»Früher …«, setzte ich an, aber weiter kam ich nicht.

»Ist schon gut. Ich hab's kapiert.«

Ich grinste zufrieden und stopfte mir eine Scheibe Kiwi in den Mund.

»Dafür bleiben wir heute am Pool.«

Ich seufzte genervt. »Was du immer mit dem Pool hast.«

PAUL

Mit einer Zeitung, die ich mir nach dem Frühstück an der Rezeption geholt hatte, machte ich es mir auf der Liege am Pool bequem. *Was für eine bescheuerte Idee.* Ich musste wissen, wer was wo über mich schrieb. Gott sei Dank hatte ich Sarah vor meinem Abflug ein paar alte Fotos aus New York geschickt mit der Bitte, diese in unregelmäßigen Abständen in den Social-Media-Kanälen zu posten. Falsche Fährten legen, lautete meine Devise für einen ungestörten Urlaub. Jedoch konnte ich so nicht einmal checken, ob das funktionierte.

Stirnrunzelnd sah ich von meiner Zeitung auf. »Das ist nicht dein Ernst?«

»Mein voller«, erwiderte Thea mit einem breiten Grinsen und tänzelte in ihrer engen Sporttight, die keinen Interpretationsspielraum offenließ, vor meinen Augen herum.

»Du lagst doch noch vor zwei Minuten auf der Mauer dort drüben.«

»Los, zieh dich um. Heute gibt es Acro-Yoga. Und bis dato fehlte mir dazu ein williger Partner.«

»Tja, der fehlt dir immer noch.« Ich hob demonstrativ die Zeitung.

»Wohl kaum.« Sie legte ihre Hand auf das Papier und drückte es auf meine Oberschenkel.

»Komm schon.« Thea schob mich weiter in Richtung Grünfläche, auf der sich bereits Menschen in Sportklamotten vor Matten verteilt hatten. Lediglich ein weiterer Mann hatte sich hierher verlaufen.

»Ich meinte es ernst, ich bin für Yoga nicht gemacht«, flüsterte ich ihr zu.

»Das gibt es nicht, jeder Mensch kann Yoga. Stell dich nicht so an.« Sie ging zielstrebig zur letzten freien Matte und winkte mich zu sich. »Wie cool. Ich hab wenigstens einen Typen dabei.« Sie zwinkerte mir zu.

Ich zog eine grinsende Grimasse. Die erste halbe Stunde lief genauso ab, wie ich es mir in meinen schlimmsten Befürchtungen ausgemalt hatte. Ich wischte mir den Schweiß aus der Stirn, während Thea keinerlei Spuren von Anstrengung zeigte.

»So, das war unser Warmyoging, wie ich es gerne nenne. Jetzt sind alle gut gedehnt und hoffentlich warmgelaufen«, rief Beatrix, die Yoga-Lady, und klatschte begeistert in die Hände. »Dann erkläre ich euch einmal kurz die Besonderheiten des Acro-Yogas. Es kommt aus dem Bereich …«

Ich hörte nicht mehr hin, bis mir Thea einen aufmunternden Stups gab.

»Ihr müsst jetzt eurem Partner vertrauen. Ich erkläre die Übung am besten an einem Paar.« Beatrix' Blick wanderte durch die Reihen. »Wie wäre es mit euch beiden?« Sie deutete auf uns.

Bevor ich abwinken konnte, rief Thea fröhlich: »Klar.«

Ich sah sie grimmig an.

Beatrix wackelte zu uns. »Wie heißt ihr?«

»Das ist Paul und ich bin Thea.«

»Gut. Paul, du bist die Base. Leg dich schon einmal mit dem Rücken auf die Matte.«

Ich legte mich auf die Unterlage und verschränkte die Hände unter dem Kopf.

»Thea. Du bist der Flieger. Stell dich hier hin.« Sie dirigierte Thea ans Mattenende. Thea sah zu mir hinunter und grinste.

»Diese Yogaübung stärkt die Verbindung zwischen euch.«

Vielleicht ist Yoga doch nicht so schlecht.

»Paul, nicht rumlümmeln. Arme und Beine nach oben. Und hier …« Beatrix klopfte mir auf den Bauch. »Anspannung bitte.«

Thea lachte leise.

»So, lass die Beine ein bisschen nach unten, damit Thea mit den Oberschenkeln an deine Füße kommt«, forderte Beatrix mich auf. »Und jetzt. Thea, Körperspannung. Paul, langsam die Beine nach oben strecken. Gut.«

Meine Bauchmuskeln fingen unter Theas Gewicht an zu zittern.

»Thea, stütz dich auf Pauls Händen ab.«

Ich umfasste Theas Hände mit einem festen Griff.

»Jetzt schau nach unten«, sagte Beatrix.

Thea senkte ihren Blick und hielt meinem stand. Ich nahm nichts anderes mehr wahr außer sie. Meine Nervenzellen reagierten über. Ich konnte jede Nuance der Sprenkel in ihren dunklen Augen erkennen. Ihre Nähe und der vertraute Geruch drohten mich zu überwältigen. Ich hielt den Atem an, während mein Herz unnatürlich schnell hämmerte.

»Thea. Jetzt löse deine Hände und strecke sie seitlich aus.«

Widerwillig lockerte ich meinen Griff.

»Sehr gut, und jetzt versuche, deine Arme neben den Körper zu legen. Hebe den Kopf leicht an. Bleibt so«, sagte Beatrix. »Ich mache ein Foto von euch.«

Ich zwang mich, an etwas anderes zu denken. *Vergebens.* Thea senkte den Kopf und sah mich an. Ich schluckte hart und riss meinen Blick von ihr los. Im gleichen Moment fiel sie mit weit aufgerissen Augen von meinen Füßen.

»Thea, alles in Ordnung?« Ich umfasste ihren Hinterkopf. Sie strich sich die Haare aus der Stirn und zupfte sich ein paar Grashalme von den Lippen. Dann verfiel sie in einen Lachkrampf.

Ich stand auf und zog sie mit mir auf die Beine. »Freut mich, dass du Spaß hattest.«

»Das lag an deiner fehlenden Körpermitte«, sagte sie noch immer lachend.

»Jaaa klar«, protestierte ich und zog den Bauch ein. »Dafür habe ich jetzt einen Wunsch frei. Wir gehen surfen.«

Theas Lachanfall verebbte.

»Was ist?«

Sie sah mich nicht an.

»Okay, dann Wasserski.«

»Nein, kein Wasserski.«

Ich drehte mich lachend um. »Oh doch.«

Am nächsten Morgen spürte ich jeden einzelnen Muskel in meinem Körper und Muskeln, von denen ich nicht wusste, dass sie überhaupt existierten. Thea machte den Eindruck, als hätte sie keinen Muskelkater. Fröhlich summend schlappte sie in ihren Flipflops neben mir her. Bereits heute Morgen, als sie mit diesem kurzen Kleid aus ihrem Zimmer kam, wurde mir schlagartig heiß. Als wäre die Hitze von Apulien nicht schon genug.

Wir schlenderten über die geschwungenen Wege der weitläufigen Anlage Richtung Strand. Vorbei an zwei runden Pools, um die Urlauber auf Holzliegen lagen und unter Sonnenschirmen aus Stroh Schutz vor der Mittagshitze suchten. Ich ignorierte die Leute, die immer wieder verstohlen zu uns rüberglotzten, die Köpfe zusammensteckten und tuschelten. Dennoch stellten sich die feinen Härchen in meinem Nacken auf. Vielleicht wäre ein Häuschen abseits jeglicher Zivilisation eine noch bessere Alternative gewesen. Ich verfluchte mich innerlich. Ich hatte einfach nicht darüber nachgedacht – wie so oft.

Elly hätte es geliebt. Sie hätte ihren großen Sonnenhut aufgesetzt und wäre extravagant an meiner Seite stolziert. Bei dem Gedanken schüttelte ich unmerklich den Kopf.

Das Summen neben mir verstummte.

»Meinst du, die tuscheln über uns?«, fragte sie, ohne mich anzusehen.

Ich zuckte mit den Schultern und schob das Cap tiefer in die Stirn. »Warum sollten sie?«

»Ich weiß nicht. Vielleicht geben wir ihnen einen Grund. Mein Sommerkleid oder deine Badeshorts.«

»Wie kommst du darauf? Das Kleid ist bunt und meine Shorts sind schwarz. Was soll daran verkehrt sein?«

Sie schubste mich von der Seite, sodass ich kurz ins Straucheln kam. »Hey.« Ich konnte mich gerade noch rechtzeitig fangen.

»Jetzt haben sie einen. Seit wann trägst du überhaupt ein Cap?«

Ich strich mit zwei Fingern über die Krempe. »Ich bin *Pan Tau*.«

Sie lachte herzhaft auf. »Ja klar.«

Wir hätten besser an unserem Pool bleiben sollen, aber jetzt stiegen wir die Stufen hinunter an den Strand und suchten uns zwei freie Holzliegen. Thea legte ihr Handtuch und ihr Buch auf die Liege, griff an den Saum ihres Kleids und zog es sich über den Kopf. Dann streckte sie sich, um es an den Streben des Schirms aufzuhängen. Mein Blick folgte jeder ihrer Bewegungen. Als ich ihr wieder ins Gesicht sah, hob sie provozierend eine Augenbraue. Ich grinste nur.

Sie schüttelte den Kopf, kam aber nicht gegen ihr Lächeln an. »Was ist?«

Ich schluckte schwer. »Nichts.« Schnell drehte ich mich um, breitete mein Handtuch aus und ließ mich der Länge nach auf meine Liege fallen.

»Du?«

»Mmh«, brummte ich.

»Ich weiß von Lotti, dass es von dir und deinem Bruder viele Fotos auf Instagram gibt. Warum, weshalb, wieso sei dahingestellt. Es ist mir egal. Nur ... ich möchte kein Teil davon werden.« Sie sah mich an, als wäre ich ein Fremder.

Ich richtete mich auf, nahm mein Cap ab und fuhr mir mit der Hand durch die Haare. »Ich weiß, und das wirst du nicht.«

Thea war ein Teil der wenigen Dinge, die von meiner Privatsphäre noch übrig waren. Ich hatte es in den letzten Jahren geschafft, sie aus allem rauszuhalten, und das würde ich auch weiterhin.

Mein Job – Fluch und Segen zugleich. Im Vergleich zu anderen war ich noch ein kleines Licht in meiner Berufswelt. Aber das reichte mir schon. Teil meiner Jobbeschreibung war es, eine gewisse Präsenz auf Social Media zu zeigen. Also postete ich ein Landschaftsbild hier, ein Selfie dort, Informationen über ein neues Projekt oder ein anstehendes Event. Es war gut, wenn sich die Fans und die Presse für mich interessierten. Aber mein Privatleben und insbesondere Thea gingen niemanden etwas an. Es reichte schon, dass ich Fotos von mir entdeckte, auf denen ich den Müll rausbrachte oder mir die Nase putzte. Die Leute fanden es gut, wenn sie mich in Jogginghose auf dem Fahrrad sahen, und mir wurde nichts Übles nachgesagt. Das war alles okay. Trotzdem war ein normales Leben dank der Social-Media-Kanäle nahezu unmöglich. Es gab nur wenige Orte, an denen ich mich aufhalten konnte, ohne dass Fotos gemacht und ins Netz gestellt wurden. Manchmal hatte ich es überhaupt nicht mitbekommen. Und was die neuen vermeintlichen Journalisten in einen einzigen Schnappschuss hineininterpretierten, überstieg meine Fantasie bereits seit Jahren.

»Ich kann es wirklich verstehen, wenn du nicht über deinen Job reden möchtest. Ich bin die Letzte, die das nicht verstehen würde. Ich meine, ich ... mein Studium ... ach egal. Aber trotzdem. Ich weiß so wenig über dich. Das verpatzte Vorsprechen ...« Meine Augenbrauen schossen in die Höhe. »Tut mir leid. Das wollte ich nicht. Könntest du, eventuell, möglicherweise, wenn du dazu bereit bist, mir wenigstens ein Fitzelchen erzählen? Ich weiß so wenig über dich.«

Ich stand auf und ging einen großen Schritt auf sie zu. »Thea, vergiss nie, du kennst mich besser als jeder andere«, flüsterte ich ihr ins Ohr, packte sie und warf sie mit einer geschickten Bewegung über meine Schulter. Ich sprintete durch den heißen Sand, während Thea quiekend mit den Beinen strampelte. Das machte die Sache, unbemerkt zu bleiben, nicht einfacher.

Sie trommelte auf meinen Hintern ein. »Lass mich sofort runter.«

Ich lachte. »Dein Wunsch sei mir Befehl.« Dann schmiss ich sie ins Meer und schwamm mit kräftigen Zügen von ihr weg.

Zum Glück machte sie es mir leicht, indem sie nur selten Fragen in diese Richtung stellte, und die wenigen Male kam ich um Antworten herum. Wie jetzt.

Als sie wieder auftauchte, hörte ich ihr Schimpfen nur schwach über die Wellen hinweg.

12

Apulien – zehn Monate zuvor

THEA

»Gehen wir noch an die Poolbar?«, fragte ich Paul, der gedankenverloren auf seinem Löffel kaute. Ich bezweifelte, dass dieser noch immer nach Tiramisu schmeckte.

»Klar«, sagte er abwesend.

Schon wieder huschten neugierige Blicke zu uns rüber. Ich schaute unauffällig an mir runter. Der Ausschnitt des schwarzen Kleides war nicht zu tief, alles saß dort, wo es hingehörte. Die Schuhe waren nicht zu hoch und ich hatte kein Vogelnest auf dem Kopf. Um uns herum saßen weit aus schickere, aber auch weniger trefflich gekleidete Pärchen und Familien. Dem lauthals lachenden Weiberhaufen am hinteren Tisch schenkte niemand Aufmerksamkeit. Obwohl – die sonnenverbrannte Frau im roten Kleid mit übergroßen Blumen, das ihr Hüftgold umspielte, drehte sich in diesem Moment nach der lachenden Meute um und schüttelte die Achtzigerjahre-Dauerwelle. Ihren Mann mit Halbmondglatze und einem T-Shirt mit der Aufschrift *Malle ist nur einmal im Jahr,* das um seine Wampe spannte, schien das alles nicht zu interessieren.

»Komm«, sagte ich zu Paul und zog ihm den Löffel aus dem Mund.

Wir schnappten uns zwei Barhocker an der runden Bar. Der Barkeeper suchte Pauls Blick.

Paul hob die Hand. »Zwei Gin Tonic.«

»Siehst du den Mann mit dem Malle-T-Shirt?«, flüsterte ich.

Paul nickte. »Er sieht aus, als hätte er nur einmal im Jahr mit seinen Kumpels Spaß.«

»Ich glaube, er hört seiner Frau gar nicht zu«, sagte ich. Wir tauschten einen belustigten Blick.

Der Barkeeper stellte uns die Gläser und eine Schale mit Pistazien hin. Es schien ihn ebenfalls zu erheitern. Jeder im Umkreis konnte ihren Monolog mithören. Dabei drehte es sich hauptsächlich um andere Hotelgäste, die entweder nicht passend gekleidet waren – sagte die Frau mit Mann im Malle-T-Shirt –, fünf Mal ans Frühstücksbuffet gingen oder sich zu viel auf die Teller luden. *Dass ich nicht lache. Klar!* Sie war bestimmt ein Spatz am Buffet. Ihr schien nichts auf der Anlage zu entgehen. Sie sah sich suchend um, wohl auf der Suche nach Verbündeten im Kampf gegen die Unsitten der restlichen Hotelgäste. Ihr Blick flog über unsere Köpfe, stockte kurz. Dann wanderte er langsam weiter.

»Schau nicht hin«, brummte Paul und hob sein Glas. »Noch einen Gin Tonic, bitte.«

»Zu spät«, murmelte ich über den Rand meines Ginglases.

Die zwei hatten sich von ihren Stühlen erhoben und schlenderten auf uns zu. Paul schnappte sich die Cocktailkarte und tat, als würde er sich angestrengt mit der Auswahl beschäftigen.

»Wenn wir sie nicht beachten, gehen sie vorbei.«

Ich schnaubte. »Nee, is' klar.«

Keine zwei Minuten später lehnte sich die Dame an den freien Barhocker neben uns, während ihr Mann sich ein Bier bestellte.

»Na super, Jackpot. Viel Spaß«, murmelte Paul so leise, dass nur ich es hören konnte. Er starrte weiter stur in die Karte, obwohl ich seinen aufkommenden Fluchtimpuls spüren konnte.

Die Frau im Blumenkleid schien es ebenfalls zu bemerken, denn sie beugte sich zu Paul.

»Hallo. Wir dürfen uns dazusetzen, oder? Es ist doch gleich viel schöner, wenn man Gesellschaft hat, nicht wahr.«

»Wir kommen ganz gut klar«, nuschelte Paul. Ich stieß ihn unter der Bar mit dem Fuß an.

»Ja, aber natürlich«, sagte er übertrieben freundlich und strafte mich mit einem bösen Blick.

»Ich bin Hannelore und das ist mein Klaus.« Sie mühte sich unbeholfen ab, auf den Barhocker zu kommen, und schaffte es schließlich.

»Das ist Paul und ich bin Thea.«

»Thea, was für ein schöner Name.«

Paul verdrehte die Augen. Ich sah ihn missbilligend an.

»Ist es hier nicht zauberhaft? Einmal im Jahr leisten wir uns einen Urlaub an diesem wundervollen Ort«, trällerte Hannelore.

»Ja, es ist sehr schön«, stimmte ich ihr zu.

»Und die Show heute Abend, war die nicht entzückend?«

Wir warfen uns einen vielsagenden Blick zu und antworteten gleichzeitig: »Vom Feinsten.« Keine Ahnung, von welcher Show sie sprach.

Hannelore klatschte aufgeregt in die Hände. »Morgen gibt es Karaoke, nicht wahr, Klaus.« Sie stupste ihren Mann mit dem Ellbogen an. »Da machen wir mit.«

Klaus nickte desinteressiert.

»Ihr auch?«

Synchron schüttelten wir die Köpfe.

»Nein, aber wir hören euch gerne zu.« Ich hielt die Luft an und biss mir auf die Lippe, um einen Aufschrei zu unterdrücken. Gleichzeitig rieb ich mir über das Schienbein und warf Paul einen finsteren Blick zu. *Aua.*

»Klar«, sagte er mit einem ironischen Unterton und einem breiten Grinsen.

»Ihr seid ja so ein hübsches Paar. Wir haben euch heute schon beobachtet.«

Ich setzte ein unnatürliches Lächeln auf. *Na so was, wer hätte das gedacht.* »Wirklich?«

»Ja, so verliebt waren wir auch einmal.« Sie stieß Klaus erneut in die Seite. »Nicht wahr, Klaus.«

Er murmelte etwas, das man mit viel Glück als *ja* deuten konnte.

Ich wollte gerade die Sache richtigstellen, aber Paul kam mir zuvor. Er legte seine warme Hand auf meinen unteren Rücken und sagte mit einem Flöten in der Stimme: »Wir sind auch sehr glücklich. Ich hoffe, dass das noch lange so bleibt.« Und drückte mir einen sanften Kuss auf die Stirn. Reflexartig schloss ich die Augen, während ein leichtes Kribbeln meinen Körper durchfuhr.

Als ich wieder aufsah, lag ein amüsiertes Funkeln in seinen Augen. Es schien, als würde er seine Show genießen. Aber da war noch etwas anderes. Etwas, das ich noch nie zuvor in seinen Augen gesehen hatte. Er lächelte mich liebevoll an, zog meinen Barhocker ein Stück näher, sodass ich halb zwischen seinen Beinen saß, und legte einen Arm um meine Taille. Eine merkwürdige Hitze explodierte in meinem Bauch.

»Wir sind seit über zwanzig Jahren verheiratet. Führen gemeinsam eine Bäckerei, dort …«

Wie durch Watte drangen Hannelores Worte an mein Ohr. Seine Körperwärme, der Minzduft und sein gleichmäßiger warmer Atem, den ich an meinem Hals spürte, vernebelten mir meinen Verstand.

Hannelore sah mich an. »Dir würden ein paar Kilos mehr nicht schaden.«

»Sie ist perfekt, genauso wie sie hier sitzt«, sagte Paul. Ich hing noch an seinen Lippen, als er mir sanft über den Oberschenkel strich. »Schatz, wollen wir gehen?«, fragte er und sah entschuldigend zu Hannelore und Klaus.

Hannelores Gesicht wurde noch röter, als es ohnehin schon war, und winkte ab. »Aber natürlich, ihr habt bestimmt schönere Dinge zu tun, als euch mit zwei alten Hasen zu unterhalten.«

Ich spürte, wie meine Wangen glühten, und widerstand dem Bedürfnis, nach dem Glas zu greifen und sie zu kühlen.

Wie selbstverständlich nahm Paul meine Hand, zog mich vom Stuhl und winkte Hannelore und Klaus zum Abschied über die Schulter zu.

»Mein lieber Herr Gesangsverein, dass du immer zu jedem so freundlich sein musst«, flüsterte er. Ich wollte gerne etwas Kluges kontern, aber mein Kopf war dazu noch nicht fähig.

PAUL

Ich verflocht meine Finger mit ihren und verstärkte den Griff. Wir gingen vorbei an den Pools, über den Weg, der nachts durch große weiße Kugeln im Gras ausgeleuchtet wurde, bis zu unserem Bungalow. Als ich schließlich die Zimmerkarte aus meiner hinteren Hosentasche holen musste, ließ ich ihre Hand nur widerwillig los. Ich öffnete die Tür und gab ihr den Vortritt.

Sie schob sich an mir vorbei, streifte sich die High Heels ab und hielt sich kurz an der Wand fest. Dann rannte sie los. Sie nahm die Kurve um die Mauer, riss die Tür zum Badezimmer auf und ließ sie mit einem lauten Knall zufallen.

»Thea?«

Ich folgte ihr und tigerte vor der Badtür auf und ab.

Nachdem sie nach zwanzig Minuten noch immer nicht aus dem Bad gekommen war, klopfte ich leise an.

»Thea? Ist alles in Ordnung?«

Ein Würgen drang von der anderen Seite durch die Tür.

»Thea! Sag doch was. Ich komm jetzt rein.« Ohne ihre Antwort abzuwarten, öffnete ich die Tür und blieb wie erstarrt stehen. Sie saß im Schneidersitz auf dem kalten Fliesenboden vor der Toilette, ihre Hände im Schoß verschränkt und den Kopf über der Kloschüssel. Mit zwei langen Schritten trat ich zu ihr, setzte mich hinter sie und hielt ihr die Haare aus dem Gesicht.

»Geh weg.«

»Du bist ganz blass.«

»Ich glaube … der Fisch«, stammelte sie zwischen zwei Würgeattacken.

Sanft strich ich ihr mit der Hand über die Stirn. »Du bist ganz heiß.«

»Mir ist kalt.«

Ich drehte mich um, zog das Duschhandtuch von der Halterung und legte es ihr um die Schulter.

»Danke«, flüsterte sie. »Geh doch raus.«

Ich schüttelte kaum merklich den Kopf, zog sie ein Stück zurück und schloss meine Arme um sie. »Sag mir, wenn es wieder geht, dann bring ich dich in dein Zimmer.«

»Ich glaube, ich muss sterben.«

»So schnell stirbt keiner.«

Wir saßen noch eine Weile schweigend am Boden, ohne dass sie sich ein weiteres Mal übergeben musste. Dann zog ich sie behutsam mit mir auf die Beine, hob sie hoch und trug sie in ihr Zimmer.

Sie wehrte sich nicht, als ich ihr aus dem Kleid half. Ich griff nach ihrem Schlafanzug, hielt stirnrunzelnd den Jumpsuit vor mir in die Luft und warf ihn wieder zurück aufs Bett. Sie lächelte schief, legte sich auf die Matratze und rollte sich zusammen. Ich rannte in mein Zimmer und holte ein T-Shirt von mir.

»Komm noch einmal hoch«, sagte ich, als ich wieder bei ihr war. Langsam richtete sie sich auf. Ich zog ihr das Shirt über den Kopf, fischte ihre Arme durch die Armlöcher und legte Thea wieder zurück aufs Bett. »Okay, das hätten wir. Ich hol dir von der Bar eine Cola und schau mal an die Rezeption, ob sie etwas haben, damit es dir wieder besser geht.«

Als ich zurück in ihr Zimmer kam, war sie bereits eingeschlafen. Ihr Atem ging gleichmäßig und ruhig. Ich holte aus meinem Schlafzimmer die Leinenbettdecke und deckte sie zu. Dann brachte ich den Mülleimer aus dem Bad und stellte ihn neben das Bett. *Sicher ist sicher.*

Sie hatte sich zu einer Kugel zusammengerollt, das braune Haar klebte auf ihrer feuchten Stirn. Ich kniete mich vors Bett, strich ihr sanft die Strähne aus dem Gesicht und verharrte mit dem Daumen an ihrer Wange. Ihre zarte Haut war nach wie vor erhitzt. Schließlich zwang ich mich, aufzustehen und das Zimmer zu verlassen.

Im Türrahmen blieb ich stehen, drehte mich noch einmal zu ihr um, schaltete das Licht aus und zog zögernd die Tür hinter mir zu. Ich massierte meinen Nasenrücken, atmete tief durch und öffnete wieder Theas Zimmertür. Leise zog ich mir die Schuhe aus und legte mich angezogen neben sie aufs Bett. Dann lehnte ich mich an das Kopfende, zog langsam mein Handy aus der Hosentasche und dimmte die Displayhelligkeit. Ich überflog meine E-Mails. Newsletter, eine Mail von meinem Agenten und eine von meiner Mom. Ich scrollte durch die Newsseiten und öffnete schließlich Instagram. Sarah war in den letzten Tagen fleißig gewesen und hatte sogar Kommentare in meinem Namen kommentiert. Man hatte mich auf drei neuen Fotos getaggt.

Ich schloss kurz die Augen, atmete tief durch und wiederholte gedanklich wie ein Mantra *bitte nicht, bitte nicht, bitte nicht*, als könnte das irgendetwas ändern. Ich stieß hörbar den Atem aus, hielt mir im nächsten Moment den Mund zu und sah kurz zu Thea. Gleichmäßig hob und senkte sich ihr Brustkorb. Erleichtert wandte ich mich wieder dem Display zu.

Das erste Foto zeigte Mateo und mich an der Rezeption, als ich die Zeitung geholt hatte. Unscharf und hektisch aufgenommen. Das zweite war ein altes Bild von Elly und mir. Wir waren auf einer Party gewesen. Während ich desinteressiert auf mein Handy gesehen hatte, hatte sie eine perfekte Pose für die Kamera geliefert. Das hatte die Frau wirklich perfektioniert. Den Kopf leicht zur Seite geneigt, ein dezentes Lächeln aufgesetzt und eine Hand in die Hüfte gestemmt.

Kopfschüttelnd scrollte mein Daumen weiter. »Shit«, zischte ich zwischen zusammengebissenen Zähnen. Heute Abend an der Bar. Thea in ihrem schwarzen Kleid und den silbernen High Heels, das Haar fiel ihr locker über die Schultern. Das rote Blumenkleid von Hannelore verschwommen im Hintergrund. Ich war in diesem Moment so auf Thea fixiert gewesen, dass ich nicht auf unsere Umgebung geachtet hatte. Es würde auf jeden Fall schwerer werden, Thea weiterhin aus meinem Strudel rauszuhalten, als ich gedacht hatte. Aber ich konnte es ihr nicht erzählen, noch nicht.

Ich scrollte durch die Kommentare. Fuck.

Wo ist er? Ist das seine neue Freundin?

Wer ist diese Frau?

Ich liebe ihn. Drei Smiley mit Herzaugen.

Ist er nicht mehr mit der Rothaarigen zusammen?

Ich biss meine Zahnreihen so fest aufeinander, dass mein Kiefer knackte. Hektisch überflog ich die sechsundfünfzig Antworten unter dem Kommentar und stutzte. *Elly.* Vor

Wut verkrampften meine Finger, die das Handy immer fester umklammerten.

Nein, das ist nur eine Freundin. Unwichtig. Macht euch keine Sorgen. Sie hat keine besondere Bedeutung für ihn. Wir sind glücklich verliebt und werden hoffentlich bald ... Zwinker-Smiley. Kuss an alle.

Keine Bedeutung? Heiraten? Was sollte das, Elly? Davon war noch nie die Rede gewesen.

Ein einziger flüchtiger Blick zu Thea brachte meinen aufgebrachten Puls wieder in einen normalen Rhythmus und ließ mich den Kommentar für einen Wimpernschlag vergessen.

Sie drehte sich im Schlaf und schmiegte sich an meine Seite. Mit hochgehobenen Armen hielt ich den Atem an. Sie schlief, aber im Licht des Displays registrierte ich die Tränen auf ihren Wangen. Ich schaltete das Handy aus, rutschte ein Stück auf der Matratze nach unten und legte meinen Arm um sie. Schlafend bettete sie den Kopf auf meine Brust. Erleichtert atmete sie auf und erinnerte mich daran, dass ich auch atmen sollte. Vorsichtig fuhr ich mit dem Daumen unter ihren Augen entlang und wischte die Tränen an meiner Jeans ab. Anstatt sie wieder von mir zu schieben, hielt ich sie einfach noch fester.

THEA

Es dämmerte bereits und Paul lag noch immer neben mir. Eine Hand unter dem Kopf und die andere auf seinem Bauch. Ich genoss den Moment, in dem ich ihn unbemerkt beobachten konnte, und studierte seine Gesichtszüge, die Bartstoppeln, den leicht geöffneten Mund und seine wunderschönen Lippen. Er wirkte so entspannt. *Keine Träume, die ihn aufschrecken und den darauffolgenden Morgen unter einer drückenden Wolke aus Last erleben lassen, bis man sie abschütteln kann.*

Ich hatte gespürt, wie er mich heute Nacht sanft an sich zog, seine Arme um mich schloss und mich einfach nur festhielt. Seine Hände hatten langsam und beruhigend über meinen Rücken gestrichen, bis ich wieder tief schlief. Mit seinen zärtlichen Berührungen auf meiner Haut hatte es sich angefühlt, als könnte er die Schwere meines Traums lindern. Vielleicht war es an der Zeit, Fragen zu stellen und die Antwort zu riskieren. Aber was, wenn es alles noch schlimmer machte?

Mit wackligen Beinen stand ich auf, ging kurz zur Toilette und legte mich anschließend wieder zu Paul. Etwas Grelles weckte mich an diesem Morgen endgültig. Die Staubkörner tanzten im Sonnenlicht, das durch das offene Fenster hereinfiel.

»Wie geht es dir?«

Ich rollte mich auf den Rücken, während sich mein Magen gefühlt genau in die entgegengesetzte Richtung drehte. Noch eine Bewegung und ich würde den Eimer brauchen.

Paul saß tief eingesunken im Sessel, die Beine auf der Matratze abgelegt und an den Knöcheln überkreuzt. Sein frisch geduschter Duft drang mir in die Nase.

»Haben wir was zu trinken?«, brachte ich mit belegter Stimme hervor.

Er beugte sich zum Nachttisch und reichte mir eine Tasse. »Das ist Tee. Hat Martha für dich vorbeigebracht.«

Ich setzte mich auf und bereute die schnelle Bewegung sofort. Mein Kopf dröhnte, als würde ich neben einer schlagenden Turmglocke sitzen. Ich griff nach der Tasse und trank einen Schluck.

»Hat das Mädchen ein Glück.« Ich zwinkerte ihm über den Tassenrand hinweg zu. »Endlich einen Augenblick mit dir ganz allein.«

Er lachte verzweifelt auf und rieb sich mit der Hand über das Gesicht. »Schön, dass es dir besser geht.«

»Diese Hotelanlage ist für mich Geschichte. Ich werde hier nie wieder etwas essen.« Bei dem Gedanken drehte sich mein Magen erneut. Der Tee blieb aber an Ort und Stelle. Ich nahm einen weiteren kleinen Schluck, stellte die Tasse ab und rutschte auf der Matratze nach unten.

»Könntest du dir einen anderen Wunsch aussuchen? Ich bin schon gestraft genug.«

Paul grinste schief. »Okay, kein Spaß auf dem Wasserski.«

»Danke«, flüsterte ich. Er lächelte nur.

PAUL

Während Thea den Rest des Tages schlief, studierte ich jeden ihrer Gesichtszüge. Nichts deutete mehr darauf hin, was sie heute Nacht beschäftigt hatte. Ich zählte ihre Atemzüge und beobachtete die flinken Augenbewegungen unter ihren Lidern. Ich könnte sie inzwischen blind zeichnen. Ich kannte sogar jede Sommersprosse auf ihrer Nase. Vielleicht gehörte dieser Tag zu den schönsten in meinem Leben. Thea beobachten, ohne dass sie davon etwas bemerkte.

»Warum bist du nicht draußen und genießt das Wetter?«

Überrascht zog ich die Brauen hoch. »Ich bin gerne bei dir. Hier und …«

»Und beobachtest mich beim Schlafen«, schnitt sie mir das Wort ab. Dabei lag ein schelmisches Funkeln in ihren Augen. Ich legte den Kopf schief und grinste ebenso schelmisch zurück.

Einen Moment zögerte ich, bevor ich die Frage aussprach, die mich schon seit einiger Zeit beschäftigte. »Sag mal, Thea, was hast du heute Nacht geträumt?«

Sie spitzte nachdenklich ihre Lippen und schüttelte dabei den Kopf. »Ich hab nichts geträumt.«

»Sicher? Es muss ein ziemlich beschissener Traum gewesen sein. Du hast geweint.«

Thea ließ ein lautes Schnauben von sich. »Keine Ahnung. Man kann sich ja häufig nicht mehr daran erinnern, was man nachts träumt.« Sie setzte sich langsam auf. »Wusstest du, dass man bis zu vier Mal in der Nacht träumen kann?«

»Nein, das wusste ich nicht.«

»Siehst du. Wie soll ich mich da an einen bestimmten Traum erinnern können?«

Seufzend rieb ich mir über die Augen. »Nur mir laufen nachts keine Tränen über die Wangen, Fräulein. Ich mag Geheimnisse haben. Aber du hast sie auch.«

Sie sah mir fest in die Augen, ohne mit einer Wimper zu zucken. »Möchtest du nicht ein bisschen rausgehen und die Sonne genießen? Ich würde gerne mit Lotti telefonieren.«

Jetzt? Die Frau hatte Gedankensprünge, da kam nicht einmal ich hinterher.

»Gut.« Ich stand auf. »Und was ist mit unserer Regel?«, fragte ich verwirrt.

»Ich bin krank. Es bleibt eine Ausnahme, versprochen.«

Sie hatte bereits ihr Handy in den Fingern und wedelte damit vor meiner Nase herum.

Ich hob abwehrend die Hände. »Schon gut, ich geh ja schon. Das ist der Dank …«

Thea warf mir einen Luftkuss zu. Ich schnaubte und verließ das Zimmer.

13

THEA

»Schrei doch nicht so, mein Kopf …«

Lotti schrie meinen Namen in einer Lautstärke, dass er drohte, in tausend Teile zu zerspringen. »Oh, Entschuldigung. Ich freu mich so, dass du anrufst. Geht es dir gut? Habt ihr eine tolle Zeit?«

Ich erzählte Lotti in allen Einzelheiten von der Anlage, wie wir die letzten Tage verbracht hatten und als krönenden Abschluss und weniger detailliert von einer spuckenden Thea.

Ein Pfiff ertönte am anderen Ende der Leitung. »Und er hat dich wirklich ausgezogen?«

Ich verdrehte die Augen. »Echt jetzt, Lotti.«

»Schon gut, schon gut … Ich weiß ganz genau, welchen Blick du jetzt draufhast. Aber …«

Bevor sie weiterbohren konnte, fiel ich ihr ins Wort. »Was gibt es bei dir Neues?«

Lebhaft erzählte sie mir von einem Typen, den sie kennengelernt hatte. »Und wenn du nur einen klitzekleinen Blick auf Instagram werfen würdest, könntest du ihn dir mal anschauen.«

»Würde ich gerne, aber wir haben Handyverbot. Mach ich, sobald ich wieder zu Hause bin.«

Lotti schnalzte missbilligend mit der Zunge.

»Aber ich freu mich für dich.«

Sie schnaubte. »Die Idee kam definitiv von dir.«

Ich nickte, auch wenn sie es nicht sehen konnte.

»Hör mal, Thea. Ich darf es nicht, aber ich muss. Ich sage es einfach ganz schnell, vielleicht hörst du einfach nicht hin. Aber ich will mir keine Vorwürfe machen, es nicht getan zu haben.«

Bevor ich etwas erwidern konnte, ratterte sie wie ein Stadionsprecher kurz vor dem Tor los. »Es gibt ein Foto von euch.«

Kein Tor. Mir blieb die Luft weg, als hätte Lotti ohne Vorwarnung einen Kübel kaltes Wasser über mich ausgeschüttet. *Eiskaltes.* Auch wenn sie es in rasender Geschwindigkeit ausspuckte, konnte ich jede einzelne Silbe deutlich verstehen.

»Und was sieht man?« Meine Stimme war nur noch ein Flüstern.

»Er sexy wie eh und je und du im knappen Bikini. Heiß!«

Mein Puls erreichte eine neue Rekordfrequenz. Ich schluckte laut.

Herzhaft lachte sie auf. »Quatsch, Thea! Ich mach nur Spaß.«

»Lotti! Was für eine Freundin bist du?«

»Ihr sitzt an einer Bar ... aber er hat zärtlich eine Hand auf deinem Rücken. Willst du mir etwas erzählen?«

»Oh.« Dieser Moment, als ich seine warmen Finger auf meiner Wirbelsäule gespürt hatte. Ich musste zugeben, es hatte sich gut angefühlt und ... Ach, papperlapapp, dieses Kribbeln hatte nicht das Geringste mit Paul zu tun. Ich war darauf einfach nicht vorbereitet. Diese dämliche Show, die er dort abgezogen hatte ... sie hatte mir den Verstand vernebelt. Was war nur mit mir los?

»Thea, bist du noch da?«

Ich räusperte mich. »Schlimm?«

»Nein, man erkennt dich nicht. Das war ein ziemlich schlechter Fotograf.«

Mein Puls normalisierte sich wieder auf ein erträgliches Niveau. Zumindest spürte ich ihn nicht mehr in meiner Halsschlagader.

»Ich will Details«, forderte mich Lotti auf.

»Da gibt es nichts. Erzähl mir lieber von dir.«

PAUL

Ich fläzte mich auf die Sitzmuschel, verschränkte die Arme unter dem Kopf und beobachtete, wie die weißen Wolken am Himmel vorbeizogen. Dann schloss ich meine Augen und lauschte. Egal wie sehr ich mich anstrengte, über das Meeresrauschen und das Grillengezirpe hinweg konnte ich nichts hören.

Unter meinen Augenlidern wurde es schattig. Ich öffnete ein Auge. Thea. Schwungvoll setzte ich mich auf und rutschte ein Stück zur Seite. »Setz dich.« So blass, wie sie aussah, würde sie jeden Moment umkippen.

Thea setzte sich langsam und ließ mich dabei keine Sekunde aus den Augen.

Die Gewitterwolken in ihrem Gesicht waren nicht zu übersehen. Ich nahm ihr Kinn zwischen die Finger, drehte ihren Kopf von einer Seite auf die andere und musterte sie, als hätte sie einen mysteriösen Ausschlag. »Hunger?«

»Mir ist nicht zum Spaßen.« Sie konnte sich das Lächeln gerade so verkneifen. »Lotti hat mir von einem Bild auf Instagram erzählt.«

Seufzend fuhr ich mir durchs Haar. »Ja, ich habe es gesehen. Tut mir leid. Ich hatte nicht mitbekommen, dass wir fotografiert wurden.«

»Du hast es gesehen? Du hast unsere Abmachung gebrochen.« Ihre Augen funkelten mich giftig an.

»Hä? Und was hast du eben gemacht?«

»Zeig's mir, bitte.« Sie funkelte mich noch immer an und streckte mir ihre Hand entgegen.

Ich fluchte innerlich. So wie sie mich gerade anfunkelte, hatte ich keine andere Wahl. Ich zog mein Handy aus der Hosentasche, tippte auf die App, suchte den besagten Beitrag und reichte ihr schließlich das Telefon. Wenigstens hatte das Foto bis jetzt nur wenige Likes.

Schweigend starrte sie auf das Display und öffnete die Kommentare.

Ich massierte meinen Nasenrücken. *Bitte einfach drüberscrollen.* Ihre Augen weiteten sich. *Natürlich nicht.*

»Du willst heiraten?« Ihre Stimme war nur ein Flüstern und die Worte zögerlich ausgesprochen.

Ich stutzte. Das war ihre erste Frage?

»Nein, will ich nicht. Das ist typisch Elly. Ich habe nicht vor, sie zu heiraten.«

»Nur eine Freundin. Unwichtig. Sie hat keine besondere Bedeutung für ihn«, las sie den Kommentar weiter vor und sprach dabei mehr mit sich selbst als mit mir.

Ich zog sie auf meinen Schoß.

»Ich bin dir egal?«

»Nein. Das stimmt nicht. Das weißt du. *Du* bedeutest mir sehr viel und du bist mir alles andere als unwichtig.« Ohne darüber nachzudenken, gab ich ihr einen flüchtigen Kuss auf die Schläfe. »Jedes Wort von ihr ist gelogen.«

»Warum schreibt sie so was? Stört es sie, dass wir zusammen hier sind?«

»Na ja, sie hat jetzt keinen Luftsprung gemacht. Aber das ist jetzt nicht wichtig.«

Thea betrachtete Ellys Profilbild. Das Foto hatte sie passend zu ihrem Kommentar geändert. Ihre Finger mit frisch manikürten Nägeln und einem Ring, der als Verlobungsring durchgehen konnte. Ich nahm ihr das Handy aus der Hand und legte es zur Seite.

»Ist sie hübsch?«

»Ja, aber sie liebt es, sich zu inszenieren.«

Ich hob ihr Kinn an und zwang sie, mir in die Augen zu schauen. Sie wich meinem Blick aus.

Ich hätte ihr gerne gesagt, wie bildschön sie war. Besonders, wenn sie lachte. Ihre Art, wie sie mit Menschen umging. Sie war das Gegenteil von Elly, alles andere als oberflächlich. Sie hatte ja keine Ahnung, was für eine unglaublich attraktive Frau sie war. Aber anstatt meine Worte laut auszusprechen, strich ich ihr eine Haarsträhne hinters Ohr und sagte: »Wenn du sie kennen würdest, wüsstest du, was sich wirklich hinter der Fassade verbirgt.«

Sie sah mich noch immer nicht an.

»Was verdienst du?«

Mein ganzer Körper versteifte sich bei dieser Frage. »Wow, ein rasanter Themenwechsel.«

»Der Betrag, den ich dir für diesen Urlaub überwiesen habe, ist ein Witz. Das ist nie und nimmer die Hälfte. Beim Essen pfeifst du auf die Preise. Ich darf nie zahlen. Immer schiebst du einfach deine Kreditkarte über den Tresen.«

»In den USA ist das so üblich.«

»Dass der Mann immer zahlt oder das vermeintlich unerschöpfliche Limit auf einer Kreditkarte? Du weichst mir aus.«

Ich schwieg.

»Sag's mir doch einfach?«

Ich legte mich zurück und verschränkte die Hände hinter dem Kopf. »Nein.«

Jetzt endlich drehte sich auch Thea um. »Wie nein?« Sie krabbelte von meinem Schoß und sah mich genervt an.

»Das willst du nicht wissen.«

»Doch, will ich schon. Woher willst du wissen, was ich wissen will?«

»Das hat dich doch noch nie interessiert.«

»Ich habe meine Meinung eben geändert.«

»Nein, hast du nicht.« Ich schüttelte den Kopf. »Daher mag ich dich so. Du siehst nicht das Drumherum, sondern nur mich.«

»Und wenn ich sie doch geändert habe?«

Ich zog sie zu mir in eine feste Umarmung. »Dann schläfst du jetzt erst einmal eine Nacht drüber und danach besprechen wir, ob du es immer noch wissen willst«, murmelte ich an ihrem Ohr.

»Das ist doch nicht normal, dass uns alle anstarren. Martha in deiner Nähe nervös wird und Hannelore und Klaus ganz aus dem Häuschen sind. Ganz zu schweigen von Mateo«, nuschelte sie in mein Shirt. »Ich komm mir wirklich richtig dumm vor.«

»Musst du nicht.«

Ich spürte ein Nicken an meiner Brust.

»Nein, du weißt so viel mehr über mich als all die anderen.«

Auf keinen Fall wollte ich aufgeben, was ich mit ihr hatte. Männer wie Frauen, die ich in den letzten Jahren kennengelernt hatte, dachten immer, sie würden mich kennen. Sie glaubten, ich wäre genau wie die Typen, in deren Rolle ich schlüpfte. Einer, der Prügel einsteckte und austeilte. Ein Kerl, der keine Ängste hatte. Furchtlos, mutig und der Typ, der Frauen beschützte und eroberte. Als wäre ich ein Mann der Taten, der richtigen Worte oder der geborene Romantiker. Pah, weit gefehlt. Ich ging Konflikten aus dem Weg und schlug den Weg des geringsten Widerstandes ein. Auch wenn ich dadurch auf das verzichten musste, das ich am meisten begehrte.

Ich wollte, dass Thea mich weiterhin als Paul sah und nicht als Eric, Finn, Ben oder welche Charaktere ich in meinen Rollen sonst noch verkörperte. Ich würde es ihr sagen. Nur nicht jetzt. Nicht so bald.

Thea seufzte. »Ich mag nie wieder etwas im Hotel essen, hatte ich das schon erwähnt?«

Ich nickte kräftig.

»Und auf Hannelore und Klaus kann ich auch verzichten.« Sie löste sich aus meiner Umarmung, drehte sich auf den Bauch und vergrub ihr Gesicht im Kissen.

Ich lachte auf. »Schön, dass es dir wieder besser geht.«

»Mir geht es überhaupt nicht besser«, brummte sie.

THEA

Es dauerte zwei Tage, bis es mir wieder richtig gut ging. Ich hatte die meiste Zeit im Bett verbracht, hatte geschlafen und war nur aufgestanden, wenn es nötig war. Paul war mir nicht von der Seite gewichen – außer wenn ich ins Bad musste. Wäre mir nicht so elend zumute gewesen, hätte ich womöglich weitergebohrt.

»Geh doch raus und genieß deinen Urlaub, ich komm hier schon zurecht«, versicherte ich ihm.

»Wir sind zusammen hier und verbringen die Zeit gemeinsam.« Er machte es sich wieder im Sessel neben dem Bett bequem und seufzte zufrieden. »Ich habe kein Problem damit, im Bungalow zu bleiben, bis es dir besser geht.« Ich schnaubte und ließ mich zurück in die Kissen fallen.

Eine Stunde später beschloss ich, dass es keinen Unterschied machte, wo ich rumlag. Hauptsache weit weg vom Hoteltrubel und raus aus diesem Zimmer. Ich schwang meine Beine über die Bettkante und richtete mich auf.

»Huch.« Ich hielt mich am Holzbalken des Himmelbetts fest.

Paul fuhr hoch. »Was machst du?«

Nach wenigen Sekunden ebbte das Pochen hinter meiner Stirn ab und ich konnte wieder aufrecht stehen. »Wir gehen jetzt an den Pool.«

»Gut, ich bin dabei.«

Ich lachte schallend auf. »Hätte mich jetzt auch gewundert.«

Ich steuerte die zwei Sonnenliegen im Schatten an, breitete das Handtuch auf einer der beiden aus und streckte mich lang aus.

»Mmh, wie schön.«

Paul griff nach seinem T-Shirt und zog es sich mit einer schnellen Bewegung über den Kopf. Dennoch hatte ich genügend Zeit, ihn dabei unbemerkt durch die dunklen Gläser meiner Sonnenbrille zu beobachten. Seine Shorts saßen verdammt tief und seine Bauchmuskeln spannten sich bei der Bewegung an. Achtlos warf er das Shirt hinter sich auf die Mauer. Dabei zog ein schwarzer Schatten auf der Innenseite seines Oberarms meine Aufmerksamkeit auf sich. Ich schob meine Brille ein Stück von der Nase, damit ich besser erkennen konnte, was ich soeben entdeckt hatte.

»Gefällt dir, was du siehst?«

Ich rümpfte die Nase, schob mir die Sonnenbrille wieder hoch und griff nach meinem Buch.

Er ließ sich neben mich auf die Liege fallen, streckte sich und verschränkte die Arme hinter dem Kopf. Zufrieden seufzend schloss er die Augen.

Ich drehte mich so, dass ich den schwarzen Fleck genauer unter die Lupe nehmen konnte. Warum war mir das Tattoo nicht schon früher aufgefallen? Ich rutschte ein Stück näher und strich mit den Fingerspitzen vorsichtig über die Stelle.

Damals auf der Hütte in Österreich hatte ich ihn gefragt, ob er sich tätowieren lassen würde. Es war beim Käsefondue gewesen. Ich weiß nicht, wie er es organisiert hatte, aber Paul hatte alles dafür dabei, inklusive Stövchen, Paste, Spieße und Caquelon. Wir saßen auf der Holzeckbank, während wir mit unseren Gabeln die Baguettestücke in den Käse tauchten. Auf der Bank lagen unterschiedliche Kissen mit Stickereien. Auf einem war ein Pärchen gestickt, das sich weit nach vorne gebeugt gegenüberstand, um sich einen Kuss zu geben. Darüber stand in gestickter Schrift *Moni & Max*.

»Würdest du dir den Namen einer Frau auf den Körper tätowieren lassen?«, fragte ich ihn. Manchmal waren meine Gedankensprünge selbst für mich ein Rätsel.

»Nein.« Er lachte kopfschüttelnd und schluckte das Stück Baguette runter. »Sollte ich?« Paul hob ungläubig eine Braue.

Ich schüttelte den Kopf. »Nein. Ich meine, du kannst machen, was du willst. Du könntest aber dann nur noch Freundinnen haben, die Elly heißen.«

»Ich dachte, du magst keine Tattoos.«

»Das habe ich nicht gesagt. Ich habe gesagt, ich würde mir niemals den Namen einer Frau auf den Körper tätowieren lassen. Aber grundsätzlich könnte ich mir ein Tattoo schon vorstellen.«

Stimmt, das hatte er gesagt. An einer Stelle, die nicht sofort ins Auge fiel.

»Gefällt es dir?«, fragte er grinsend.

Ich zuckte zusammen und zog schnell meine Hand zurück, als hätte ich mich soeben an der Stelle verbrannt. »Schon möglich. Ich weiß wirklich gar nichts von dir. Du willst heiraten …«

»Will ich nicht«, knurrte er dazwischen.

»Und dann erzählst du mir nicht mal, dass du dir ein Tattoo hast stechen lassen. Seit wann hast du das?«

»Ich will nicht heiraten.«

»Das war nicht meine Frage. Seit wann hast du das Tattoo? Und warum hast du es mir nicht erzählt?«

»Willst du, dass ich Frage eins oder Frage zwei beantworte?«

»Eine nach der anderen.«

»Seit Paris.«

»Du hast dir in Paris ein Tattoo stechen lassen?«

»Nein, danach.«

»Und warum?«

Er zuckte mit den Schultern.

»Du musst doch wissen, warum.«

Er zuckte erneut mit den Schultern.

»Rede doch mit mir.«

»Du stellst so viele Fragen, dass ich den Überblick verliere. Ich weiß schon gar nicht mehr, was die zweite war.«

Ich schnaubte. *Das ist so typisch.* »Was bedeutet es?«

Er griff nach seinem Buch und begann ungerührt darin zu lesen.

»Paul!«

»Nein. Das sind einfach so viele, mir ist schon ganz schummrig.« Er lachte und drehte sich auf den Bauch. »Frag doch einfach Lotti.«

»Sehr witzig. Lotti hält sich strikt an deine Regeln.«

»Das hat ja bombe geklappt.«

Ich runzelte nachdenklich die Stirn. »Was um alles in der Welt macht dich so interessant?« Ich wusste nicht, warum ich diese Frage stellte, ich war mir nicht einmal sicher, ob ich die Antwort überhaupt hören wollte. »Lotti verbringt ewig viel Zeit damit, dich zu stalken. Ab und zu ertappe ich sie, wie sie bei ihrer Recherche bei deinem Anblick scharf die Luft zwischen den Zähnen einzieht.«

»Du nicht?« Als Paul sich wieder auf den Rücken drehte, lag ein belustigter Ausdruck in seinen Augen.

»Nein!«, rief ich empört.

»Tust du schon, gib's zu.« Er grinste süffisant.

Als er die Arme hinter dem Kopf verschränkte, unterdrückte ich mühsam das Verlangen, erneut die schwarze Linie der Windrose und die Blütenblätter der filigranen Rose in der Mitte nachzufahren. Vergebens. Ich streckte meine Finger aus und fuhr die Kompassnadel nach.

PAUL

Mit ihren Fingerspitzen strich Thea langsam über die Innenseite meines Oberarms. Die zarte Berührung ihrer Finger hinterließ ein gefährliches Brennen auf meiner Haut. Bedächtig malte sie die feinen Konturen des Tattoos nach. Ich beobachtete sie dabei, wie sie die Kompassnadel nachfuhr und bei einem Blütenblatt verharrte. Nachdenklich biss sie sich auf die Unterlippe. Ich konnte mein Lächeln nicht länger unterdrücken. Behutsam legte ich meine Hand auf ihre und drückte ihre Handfläche sanft auf meine Haut.

»Hat das wehgetan?«

Ich nickte unmerklich. *Aber allein dieses Gefühl ihrer Finger auf meiner Haut war es wert.*

»Was ist das in dem Blütenblatt?«

»Nichts.« Ich erschrak vor meinem eigenen Schwindel.

»Nichts.« Sie seufzte theatralisch. »War ja klar.«

Schließlich fragte sie: »Warum machst du daraus so ein Geheimnis?« Ihre Stimme klang ungewöhnlich streng.

Ich zuckte mit den Schultern. Ich konnte es einfach nicht. Für mich genügte oft schon eine kurze Berührung des Tattoos, um mir wieder ins Gedächtnis zu rufen, auf was es im Leben am Ende wirklich ankam.

Sie zog ihre Finger unter meiner Hand raus und ließ sich zurück auf ihre Liege fallen. »Ich bin froh, dass das Tattoo nur schwarz ist.«

»Da bin ich aber erleichtert«, sagte ich mit einem amüsierten Unterton.

»Warum ist die Gradeinteilung auf einer Seite zerstört?« Sie sah mich fragend an. »*Was?* Warum grinst du so?«

»Zeit für einen Themenwechsel.« Ich beugte mich zu ihr, griff in ihre Kniekehlen, hob sie hoch und ging die wenigen Schritte zum Pool.

»Denk nicht mal daran«, schimpfte sie, klammerte sich um meinen Hals und wandte sich in meinen Armen. »Paul!«

Ich lachte schallend und sprang.

Mit einem lauten Platsch landeten wir im Wasser. Als sie wieder auftauchte und nach Luft schnappte, strahlte ich sie siegessicher an.

»Wie oft willst du das in diesem Urlaub eigentlich noch machen?«

14

PAUL

»Was machst du? Wir hatten doch gesagt, kein Handy?«

Thea saß in der Nachmittagssonne auf der Terrasse, schob ihre Unterlippe nach vorne und pustete eine Strähne aus der Stirn. »Für Fahrauskünfte ist es zugelassen.«

»Du dehnst deine Regeln ja ganz schön weit aus.«

Ohne den Blick vom Handy zu heben, fuhr sie vorwurfsvoll fort: »Und du brichst sie.«

Ich überhörte die Spitze, schnappte mir einen Stuhl und setzte mich zu ihr.

»Das ist die Verbindung nach Alberobello.« Sie drehte ihr Handy so, dass ich mitlesen konnte. »Drei Stunden mit dem Zug.«

Noch einen Ausflug? Die Tagesausflüge in den letzten Tagen wären um einiges entspannter gewesen, wenn wir uns einfach einen Mietwagen gemietet hätten.

»Was gibt's da?«

»Kleine Häuser, die aussehen wie überdimensionale Zipfelmützen.« Sie formte mit ihren Händen einen Hut auf dem Kopf.

»Ohne Handy ist es schon etwas kompliziert, was?«

Thea machte eine wegwerfende Handbewegung. »Papperlapapp.«

»Gut, dann fahren wir nach Alberobello und ich bekomme zehn Freiminuten.«

Sie seufzte laut. »Na gut. Guck, das sind die Häuser.« Sie hielt mir kurz das Handy unter die Nase.

Ich nahm ihr das Telefon aus der Hand und suchte nach alternativen Verbindungen. »Wir können den Bus in Conversano nehmen. Von dort ist es nur eine Stunde Busfahrt. Ich organisiere die Fahrt dorthin.«

Misstrauisch hob Thea eine Augenbraue.

»*Was?* Traust du mir das nicht zu?« Ich wartete ihre Antwort nicht ab, legte ihr Telefon auf den Tisch und verließ den Bungalow.

In der Hotelanlage war es erstaunlich ruhig. Es dauerte nicht lange, bis ich Mateo an der Hotelbar entdeckte. Keine zehn Minuten später war die Fahrt nach Conversano geritzt.

Auf dem Weg zurück zum Bungalow warf ich einen Blick auf mein Handy. Ich wischte die neuen Nachrichten von Sarah und meiner Mutter weg, dazu später. Zuerst … Ein leiser Fluch zischte über meine Lippen. Der Post war keine fünf Minuten alt und zeigte mich, wie ich mich mit Mateo an der Hotelbar unterhalten hatte. Ich war zwar nur aus dem Profil zu erkennen, aber wer mich kannte, wusste, dass ich es war. Dem Aufnahmewinkel nach zu urteilen, hatte der Fotograf hinter der Theke gestanden und war klein, sehr klein. *Sieh mal einer an …*

Ich antwortete schnell meiner Mutter und schrieb Sarah, sie sollte noch mehr Bilder von New York posten, bevor ich das Handy wieder einsteckte.

Thea hüpfte auf die Mauer an der Bushaltestelle, ließ die Beine baumeln und beobachtete die Leute. Mateo hatte uns pünktlich in Conversano abgesetzt, nun musste nur der Bus kommen. Unter normalen Umständen hätte ich jetzt mein Handy herausgeholt, die sozialen Netzwerke durchkämmt oder Nachrichten gelesen. Vielleicht hätte ich mir auch das Baseballspiel angesehen. *Aber, leider nein.* Ich lehnte mich an die Mauer, verschränkte die Arme vor der Brust und folgte Theas Blick, der an einem Brautmodegeschäft hängen geblieben war.

»Willst du einmal heiraten?«

Überrascht sah sie zu mir hinunter. »Ja, schon.«

Wie auf Kommando zog sich mein Brustkorb zusammen. »Warum?«

»Warum nicht? Ein Versprechen, dass man zueinanderhält, egal was kommt. Und noch dazu eine große Feier und ein tolles Kleid.«

»Das geht doch auch alles, ohne zu heiraten.« Ich wünschte Thea, dass sie einen liebevollen Partner fand, aber allein bei der Vorstellung legte sich Panik schwer auf meine Brust.

»Warum willst du nicht?«

»Keine Ahnung. Vielleicht war bisher nicht die Richtige dabei.«

»Was ist mit Elly?«

Ich schnaubte resigniert und sah zu Thea, die immer noch ihre Beine baumeln ließ und dabei ein Pärchen beobachtete, das aus der Tankstelle gegenüber kam. Ich betrachtete sie im Profil, die feinen Lachfalten um ihre Augen und wie sie gedankenverloren auf ihrer Unterlippe kaute. Es war so einfach, sie glücklich zu machen. Wenn ich sie so sah, wurde mir schmerzlich bewusst, was ich begehrte und niemals haben konnte.

»*Was?*« Mit schief gelegtem Kopf sah sie mich fragend an und lächelte. Ihr liebevoller Blick machte das nicht leichter. Ich schüttelte den Kopf.

»Da kommt der Bus!«, rief Thea und hüpfte von der Mauer.

Wir stiegen ein und Thea schnappte sich den Fensterplatz in der vorletzten Reihe. Ich setzte mich neben sie, rutschte im Sitz ein Stück nach unten, stemmte meine hochgezogenen Knie gegen die Lehne des Sitzes vor mir und schob mir das Cap tiefer ins Gesicht. Ich hatte keinen blassen Schimmer, wie das weitergehen sollte und wie lange ich das noch durchhielt.

Während der Bus an Olivenhainen entlangfuhr, vorbei an Kirschbaumplantagen und durch Pinienwälder, versuchte ich die Läuseschar zu beruhigen, die mir, angeführt von einem Läusehäuptling, temperamentvoll über meine Leber trampelte. Aber egal wie sehr ich mich bemühte, mich abzulenken, kam ich gegen die aufkeimende Angst nicht an.

Die ersten Zipfelmützenhäuschen tauchten am Straßenrand auf. *Trulli*. Ich wurde mir langsam selbst unheimlich. Ich kannte inzwischen fast jedes Wort aus dem Reiseführer auswendig.

Kaum waren wir wieder zurück in der Hotelanlage, sprang ich ins Wasser, um mich abzukühlen. Die Mittagshitze war unerträglich und ich hatte vom Zipfelmützen-Lauf Blasen an den Fersen.

Den restlichen Nachmittag genossen wir am Pool. Lesen, schlafen, schwimmen, und das in Endlosschleife. Als die Sonne unterging, organisierte ich alles für unser Abendessen in der Bucht. Ich besorgte uns Wasserflaschen und Wein, rollte zwei Gläser in ein Gästehandtuch und packte alles zusammen mit einem Strandhandtuch in meinen Rucksack.

Nachdem wir uns zwei Pizzen beim Italiener an der Stadtbrücke gekauft hatten, stiegen wir im gelblichen Licht der Laternen die Treppen zur Bucht Carla Porte hinunter und über den Kiesstrand bis ans Wasser. An einem Felsen blieb ich stehen.

»Gut hier?«, fragte ich.

Sie nickte, ohne sich umzudrehen. Ich kramte das Handtuch aus dem Rucksack, stellte mich zu ihr und wartete. Wie vor ein paar Tagen auf der Stadtbrücke wirkte sie melancholisch, während sie hinaus aufs Meer blickte.

Ich räusperte mich, um zu fragen, was sie so traurig stimmte. Aber ich kam nicht dazu. Sie drehte sich zu mir um, lächelte, als hätte sie einen Schalter umgelegt, nahm mir das Handtuch aus der Hand und breitete es aus. *Gut. Dann nicht.*

Ich holte die Weinflasche und das Wasser aus dem Rucksack und präsentierte stolz die zwei Weingläser. Schließlich setzte ich mich neben sie.

»Du hast wirklich an alles gedacht.«

»Klar.« Ich schenkte uns ein und reichte ihr ein Glas.

»Auf uns.«

Schulter an Schulter aßen wir unsere Pizzen und beobachteten das Spiel der Wellen. Während über uns das Leben loderte, Kinder spielten, Erwachsene sich lautstark unterhielten und leise Musik aus den Restaurants zu uns nach unten drang. Nur vereinzelt saßen noch Italiener in der Bucht oder badeten mit den Füßen im Meer. Unweit von uns kam eine Italienerin mit ihrer Großmutter an den Strand. Sie hatten ebenfalls Pizzakartons und eine Picknickdecke dabei. Die ältere Dame lachte und rätselte, wie sie sich auf die Decke setzen sollte. Schließlich ließ sie sich mit einem Plumps fallen, kippte leicht nach hinten und fing sich mit einem Lachen wieder. Thea lachte leise.

»Hast du dir unseren Urlaub so vorgestellt?«, fragte ich sie.

»Nein.«

Ihre Antwort kam wie aus der Pistole geschossen, sodass mein Herz für einen Moment stolperte. »Nein?«

Sie stupste mich von der Seite an. »Er übertrifft meine Erwartungen.«

Hörbar stieß ich den Atem aus. Ich hatte nicht bemerkt, dass ich ihn überhaupt angehalten hatte.

»Dein Interesse an Sightseeing ist ausbaufähig, aber ansonsten genieße ich die Zeit mit dir sehr«, fügte sie hinzu.

Ich trank einen großen Schluck. »Ich weiß gar nicht, wie das werden soll, wenn wir uns jetzt so lange wieder nicht sehen.«

Sie sah mich einen Moment unschlüssig an. »Ich auch nicht«, flüsterte sie dann kaum hörbar.

Stirnrunzelnd suchte ich ihren Blick, während sich eine Schwere in meiner Brust ausdehnte. »Du hast doch was?«

Sie schüttelte den Kopf, sah mich dabei aber nicht an.

Der Gedanke, sie könnte jemanden kennengelernt haben, schob sich beharrlich in den Vordergrund. Allein die Vorstellung löste Übelkeit in mir aus.

Thea lehnte sich zufrieden an den Felsen zurück und nippte an ihrem Weinglas.

Ich schluckte mein letztes Stück Pizza runter. »Hast du jemanden kennengelernt?«

»Nein. Wie kommst du darauf?« Mit einem liebevollen, warmen Ausdruck in ihren Augen hielt sie meinen Blick fest. Für diesen kurzen Moment erhaschte ich eine Sicht hinter Theas Schutzwall – auf eine Sehnsucht, die dahinter verborgen lag. Schlagartig wich meine Panik dem Drang, sie zu küssen. Ich streckte die Hand aus und fuhr sanft mit dem Daumen über ihre Wange. Mit dem nächsten Wimpernschlag veränderte sich ihr Blick, und die Wärme in ihren Augen wich einem Bedauern. Dennoch, diese wenigen Sekunden reichten mir aus. Ich zog meine Hand zurück.

»Nur so. Wenn du eine Prioritätenliste deiner Freunde aufstellen müsstest, wer würde das Rennen machen?«

»Ganz klar, Platz eins Lotti und …«, sie biss sich auf die Unterlippe und überlegte, »… puh, schwierig, schwierig, sehr schwierig.« Mit jedem weiteren *schwierig* kräuselte sich ihre Stirn ein wenig mehr und gleichzeitig wurde mein Magen wieder flau.

»Du?« Ihre Mundwinkel zuckten.

»War das eine Frage?«

Sie schüttelte den Kopf. »Nein, definitiv du. Du bist mein bester Freund.«

»Das will ich ja mal schwer hoffen.«

»Ich verstehe überhaupt nicht, wie du so etwas fragen kannst. Das weißt du doch.«

Ich räumte die leeren Pizzakartons zur Seite und lehnte mich zu ihr an den Felsen. Vorsichtig legte ich meine Hand auf ihre und verschränkte unsere Finger miteinander.

Inzwischen waren wir allein am Strand. Der Mond spiegelte sich auf dem Wasser und erhellte die Bucht, die Lichter in den Restaurants erloschen und die Musik verstummte. Nur die Wellen schlugen seicht gegen die Steine und hinterließen ein leises Klackern der Kieselsteine. Es war, als gäbe es nur noch uns zwei auf dieser Welt.

»Sollen wir eine Runde schwimmen?«

»Was? Ich hab keinen Bikini dabei. Du?«

Ich lachte. »Nein, so was trage ich nicht.«

»Blödmann.«

»Das geht doch auch so. Was macht das für einen Unterschied, ob Bikini oder Unterwäsche?«

»Ich weiß nicht, welche Dessous du so kennst, aber da gibt es definitiv einen.«

»Zier dich nicht so.« Ich stand auf, kickte die Schuhe von den Füßen und zog mir mein T-Shirt und meine Hose aus. Thea rührte sich nicht und folgte jeder meiner Bewegungen. »Du checkst mich ab.«

Im Mondlicht konnte ich das Zucken ihrer Mundwinkel erkennen.

Dennoch riss sie ungläubig die Augen auf und entschied, so zu tun, als hätte sie mich nicht gehört.

»Ich gehe mit dem vollgefressenen Bäuchlein unter.« Mit einem zufriedenen Lächeln klopfte sie sich auf den Bauch.

»Fett schwimmt immer oben.«

»Wie charmant du doch sein kannst. Kein Wunder, dass Elly nur Low Carb isst.«

Ich streckte ihr die Hand entgegen. »Komm jetzt, ist ja nicht so, als hätte ich dich nicht schon in Unterwäsche gesehen.«

Obwohl es dunkel war, konnte ich sehen, wie Theas Gesicht glühte. Ich verkniff mir das Lachen und zwinkerte ihr zu. Dann rannte ich los und sprang ins Meer. Nach ein paar kräftigen Zügen ruderte ich mit den Armen auf der Stelle.

Ich hatte die Hoffnung schon fast aufgegeben, aber dann sah ich, wie sie sich verstohlen umsah und sich vergewisserte, dass sie allein war, ihre Hose und Bluse in rasanter Geschwindigkeit auszog, kurz an sich hinuntersah und ins Meer rannte. Ich schwamm ihr ein Stück entgegen.

»Scheiße, ist das kalt«, rief sie mir glucksend über das Wasser zu.

»Komm her, ich wärme dich.«

Mit hastigen Schwimmzügen kam sie auf mich zu. »Kälteschock.«

»Psst!«

Thea presste ihre Lippen aufeinander und legte reflexartig ihre Arme um meinen Hals, um sich über Wasser zu halten. Für einen kurzen Moment hielt ich die Luft an. Ihre Haut an meiner war wie ein warmer Sommerregen.

»Was ist?«, flüsterte sie.

Zwei Personen stapften tollpatschig über den Kies. Ich wollte gerade Thea loslassen und zurückschwimmen, um unsere Sachen in Sicherheit zu bringen, da erkannte ich die Stimmen. *Na toll!*

»Hannelore und Klaus«, flüsterte ich. »Wir verschwinden besser. Häng dich an meine Schultern.«

Ohne dagegen zu protestieren, legte Thea ihre zarten Finger auf meine Schultern. Mit ruhigen Zügen schwamm ich in eine der Grotten, die von dem sanften Mondlicht erhellt wurde.

»Hier sind wir erst einmal sicher.«

Sie ließ mich los und strampelte vor mir im Wasser. »Ich kann hier nicht stehen.«

»Da hinten sind Stufen.«

Mit hastigen Bewegungen schwamm sie in die Richtung, in die ich deutete. Ich sah ihr zu, wie sie aus dem Wasser kletterte und zitternd die Hände vor der Brust verschränkte. Ich sollte mich dazu zwingen, meine Augen abzuwenden, aber ich konnte es nicht. Das bisschen Stoff war definitiv etwas anderes als ein Bikini. Unsere Blicke streiften sich kurz, sodass ich für einen Moment das Atmen vergaß. Blitzschnell stieg sie die Treppen wieder hinunter und setzte sich auf eine Stufe, darauf bedacht, dass ihr ganzer Körper unter Wasser blieb. Es gab überhaupt keinen Grund sich zu verstecken. Mit ein paar Schwimmzügen hatte ich sie erreicht und verharrte vor ihr im Wasser. Sie wich meinen Blick nicht aus.

Ich trat einen Schritt auf sie zu. Ungewollt stand ich zwischen ihren Beinen. Wir waren uns so nah, dass ich jeden einzelnen Wassertropfen auf ihren Wimpern erkennen konnte. Ich hätte wieder ein Stück zurückweichen können. Aber ich wollte nicht. Stattdessen legte ich meine Hände an ihre Taille und zog sie behutsam näher, bis ich ihren Herzschlag an meiner Brust spürte. Zögernd legte sie ihre Arme um mich. Mein Puls begann zu rasen und ich schluckte den Kloß in meinem Hals runter.

Die Welt um uns herum schien vollkommen stillzustehen. Nicht einmal das Meer bewegte sich. Ohne darüber nachzudenken, wanderten meine Hände über ihren Rücken und wieder hinunter zu ihrer Taille. Ihr ganzer Körper spannte sich unter meiner Berührung an. Kurz sah sie auf. Vorsichtig legte ich meinen Daumen auf ihre Wange. Der Ausdruck in ihren Augen wurde fragend, beinahe besorgt. Ohne weiter darüber nachzudenken, ließ ich meinen Blick zu ihrem Mund wandern. Ich konnte nicht anders, ich wollte wissen, wie sich ihre Lippen auf meinen anfühlten. *Hier und jetzt.* Genauso wie ich eben ihre Haut unter meinen Händen hatte spüren wollen. Langsam senkte ich meinen Mund.

»Hey Jungs. Die Höhle ist schon besetzt.« Der Kegel einer Stirnlampe streifte uns, bevor es wieder dunkler wurde.

Ich legte meine Stirn an Theas und atmete hörbar aus.

Das war vollkommen verrückt.

Ich zwang mich zu einem Lächeln und ließ mich rücklings ins Meer fallen.

»Komm, lass uns gehen«, rief ich ihr zu.

Thea blinzelte irritiert, dann streckte sie ihre Arme aus, sprang ins Wasser und schwamm hinter mir aus der Höhle. Ich sah zum Strand – Hannelore und Klaus waren weg. Ein letztes Mal drehte ich mich zu ihr um, dann kraulte ich weiter bis zum Kiesstrand.

Ich nahm das Badehandtuch vom Boden, trocknete mich ab und zog mir meine Hose an. Ich sollte den Jungs einen ausgeben, schließlich hatten sie mich vor einer großen Dummheit bewahrt. Ich fühlte mich so sehr zu ihr hingezogen, dass ich, ohne zu zögern, in der Lage war, die Grenzen zu überschreiten.

Als Thea endlich aus dem Wasser kam, breitete ich das Handtuch mit beiden Händen vor mir aus, wickelte sie darin ein und rieb ihr über ihre zarten Arme, um sie aufzuwärmen. Ihr entwich ein zufriedener Seufzer.

Es war unmöglich, zu sagen, was in ihrem Kopf vorging. »Ich liebe kuschlige Handtücher. Jetzt fehlt nur noch ein Kakao«, sagte sie.

Sie will so tun, als wäre nichts gewesen? Ernsthaft? Langsam drehte ich sie um und sah ihr in die Augen. Keine Gefühlsregung, kein Lächeln, nichts, das mich erkennen ließ, was sie dachte. Ich ließ meine Hände sinken und strich mir das nasse Haar aus der Stirn.

»Geht auch ein Glas Wein?«

Thea nickte. Ich holte unsere Gläser und setzte mich zu ihr auf die noch von der Sonne erwärmten Steine. »Danke für die schöne Zeit«, flüsterte ich und schob das warme Kribbeln in meinem Bauch beiseite.

15

PAUL

Ich konnte es noch immer nicht fassen. Schon wieder saß ich in einem Zug, anstatt die Zeit in meiner Thea-Oase zu verbringen. Aber zumindest hatte ich sie in meiner Nähe. Sie saß mir schräg gegenüber und hing mit der Nase am Zugfenster. Ihre Augen zuckten hin und her, während die Landschaft an uns vorbeizog. Langsam gingen mir diese Ausflüge von Städtchen zu Städtchen auf den Keks. Wer um alles in der Welt bevorzugte Städtetrips bei vierzig Grad im Schatten, wenn er einen faulen Tag am Pool verbringen konnte? Vorgestern Alberobello, gestern Ostuni, heute im Zug nach Lecce. Jedes meiner Gegenargumente hatte Thea beharrlich im Keim erstickt. Ich hatte bei unseren Diskussionen einem Schnappfisch geglichen – Mund auf, Mund zu.

Sie warf mir über ihre Schulter einen Blick zu, als müsse sie sich vergewissern, dass ich nicht bei der nächsten Haltestelle fluchtartig aus dem Zug springe. Ich erwiderte ihren Blick mit leicht verengten Augen und schüttelte den Kopf. Ein kurzes Grinsen huschte über ihr Gesicht, dann starrte sie wieder aus dem Fenster. Olivenhaine und Weinberge wechselten sich mit Wäldern und Gemüsegärten ab, während ich daran dachte, wie nah ich ihr gestern war.

Ich wollte sie hier und jetzt in meine Arme ziehen, aber stattdessen fixierte ich die Spiegelung ihres Gesichts in der Scheibe. Beobachtete, wie sie sich eine Haarsträhne hinter das Ohr strich und gedankenverloren auf ihrer Unterlippe kaute. *Ich würde zu gerne wissen, was in ihrem Köpfchen vor sich geht.* Mittlerweile war ich mir nicht mehr sicher, ob ich den Jungs dankbar war oder sie doch hätte erwürgen sollen. Es war schwer, das Gefühl ihrer Haut unter meinen Fingern wieder zu vergessen. Ich rutschte auf der Polsterbank hinunter und schloss die Augen.

Eine zarte Berührung an meinem Knie weckte mich sanft. Ich blinzelte. Sie war so nah, dass ich jede Nuance in ihren dunkelbraunen Augen erkennen konnte. Es würde verdammt schwer werden, vor allem wenn sie mich weiterhin so ansah.

»Guten Morgen, die Reiseleitung möchte Sie gerne darüber informieren, dass wir in Kürze in Lecce einfahren. Wir bedanken uns, dass Sie uns für Ihre Reise gewählt haben. Wir hoffen, Sie konnten Ihren Aufenthalt bei uns und die wundervolle Landschaft genießen.« Ein neckender Unterton lag in ihrer Stimme.

Ich streckte meine Arme und Beine aus. »Zzh, ich würde behaupten, ich habe die Zeit sinnvoll genutzt.«

Ausgeschlafen und bei bester Laune schlenderte ich neben Thea durch die lebhafte Stadt, blieb am Amphitheater stehen, spazierte durch die Gassen, vorbei an netten Cafés und Restaurants. Alles schien normal zwischen uns zu sein. Die wortgewandte Thea war zurück. Am Ende der Tour setzten wir uns in ein Straßencafé und beobachteten das Treiben und kommentierten das Geschehen um uns herum. Dabei gab es nur ein Thema, das mir auf dem Herzen brannte. Ich wusste nur nicht, wie ich anfangen sollte. Ich wollte über gestern Abend sprechen und über so viel mehr.

»Hier spitzeln die Leute schon wieder so komisch zu uns rüber. Ich habe kein Eis auf der Bluse kleben. Muss an dir liegen.«

Ich sah zu der Gruppe Teenager, die verstohlen zu uns herüberlugten und kicherten. Der ohnehin dünne Faden, an dem meine Nerven hingen, war zum Zerreißen gespannt.

»Vielleicht, weil du attraktiv bist«, schlug ich vor. »Oder weil du ...« Lange konnte ich nicht darüber nachgrübeln, denn die Gruppe bewegte sich kichernd auf uns zu. Ich packte den Kellner am Arm, als er sich gerade zwischen den Tischen hindurch an uns vorbeischob.

»Il conto, per favore.« Ich stand auf, drückte ihm einen Zwanzig-Euro-Schein in die Hand und winkte ab, als er in seinem Geldbeutel nach Wechselgeld kramte. »Los, lass uns gehen. Unser Zug kommt bald.«

»Klar«, sagte sie zynisch und schob sich die Sonnenbrille auf die Nase.

»Was denkst du?« Ich reichte ihr meinen Arm.

»Nichts Besonderes«, sagte sie und hängte sich bei mir ein.

Nichts Besonderes? Mein Herz und mein Bauchgefühl flüsterten mir beharrlich etwas anderes zu. Ich hatte es gestern in ihren Augen sehen und an meinem Brustkorb spüren können, nur kurz, aber es war da gewesen.

»Einen Penny für deine Gedanken.«

Sie schüttelte den Kopf und schenkte mir ein honigsüßes Lächeln. Ich schob das Gefühl wieder beiseite und konzentrierte mich auf den Rückweg zum Bahnhof.

Auf dem Bahngleis zog ein wohltuender Wind auf. Die frische Brise auf der Haut war eine willkommene Abwechslung zur stehenden Hitze in der Stadt.

Thea starrte auf die Anzeigentafel über uns. »Der Zug hat siebzig Minuten Verspätung.«

»Das glaub ich jetzt nicht«, fluchte ich.

»Was kann ich denn dafür?«, gab sie patzig zurück.

»Ni...«

»Psst.« Sie stellte sich auf die Zehenspitzen und legte mir zwei Finger auf die Lippen.

»Aufgrund eines Unwetters haben die Züge auf der Strecke leider Verspätung«, dröhnte es auf Englisch aus den Lautsprechern.

Ich griff nach ihrer Hand, schob sie nach unten und hielt sie fest. Wie von selbst wanderte mein Blick von ihren Augen zu ihrem Mund. Sie biss sich gedankenverloren auf die Unterlippe, dann wandte sie ruckartig den Kopf ab.

»Da kann ja jetzt niemand was dafür«, fuhr sie mich mit einem warnenden Unterton in der Stimme an.

Abwehrend hob ich die Hände und deutete mit dem Kinn in Richtung der Bar in der Schalterhalle. »Ich hole dir mal besser was zum Essen und Trinken«, sagte ich mit einem schiefen Grinsen.

»Und ich verschwinde auf die Toilette.«

Sehr gut! Damit wären Theas Grundbedürfnisse für die nächste Stunde gestillt.

Mit Focaccias und Wasserflaschen bewaffnet, steuerte ich die Bank an, auf der es sich Thea bereits gemütlich gemacht hatte. Ich reichte ihr die Focaccia und ein Wasser, während sie ein Stück zur Seite rutschte, damit ich mich setzen konnte.

Der Himmel vor uns hatte sich dunkelschwarz gefärbt, Blitze zuckten in der Dunkelheit auf, wohingegen er über der Stadt hinter uns hellblau und wolkenlos leuchtete.

Ein Zug fuhr ein und versperrte mir die Sicht. In der nächsten Sekunde prasselte ein heftiger Regen nieder. Es blitzte und donnerte direkt über uns. Die Wassermassen peitschten ohrenbetäubend auf den Zug und hüllten uns in einen feuchten Nebel ein.

»Ist dir kalt?«

Ohne ihre Antwort abzuwarten, legte ich meinen Arm um ihre Schultern und zog sie ein Stück näher an mich ran. Ihre Haut war feucht und kühl, dennoch wurde ich von ihrem warmen Duft eingehüllt, der sich mit dem Geruch nach Regen vermischte.

»Du hast ja eine Gänsehaut.«

Sie zog ihre Füße auf die Bank und umfasste ihre Beine mit beiden Händen. »Kein Wunder bei dem Wetter.« Sie rieb sich über die Arme.

»Du riechst gut. Weißt du das?«, fragte ich dümmlich.

Sie schüttelte den Kopf und wischte sich die Feuchtigkeit von der Stirn. Ich hielt den Mund, bevor mir noch mehr Schwachsinn über die Lippen kam, den ich am Ende bereute. Mit der Zeit entspannte sie sich in meinen Armen und hörte schließlich auf zu zittern.

Mit einer Verspätung von eineinhalb Stunden fuhr unser Zug endlich ein. Ich griff nach Theas Hand, zog sie mit mir hoch und rannte mit ihr über den Bahnsteig zum richtigen Gleis.

Ich fand ein Abteil ohne Klimaanlage und ließ mich in die Sitze fallen. Thea setzte sich mir gegenüber ans Fenster. Mir wäre es lieber gewesen, sie hätte sich wieder zu mir gesetzt. Aber ich behielt den Gedanken für mich. *Abstand ist gut. Sehr gut.* Ich bewegte mich ohnehin auf überaus dünnem Eis.

Der Zug rollte an, nur um nach zwanzig Minuten mitten im Nirgendwo anzuhalten. Thea starrte in die Nacht, obwohl es nun wirklich nichts mehr zu sehen gab. Langsam hatte ich den Eindruck, sie wich einem Augenkontakt mit mir absichtlich aus.

»Na toll, mir reicht es jetzt endgültig. Ich besitze nicht das nötige Sitzfleisch, das man für eine Zugfahrt benötigt.«

»Jetzt hör schon auf zu nörgeln.« Thea sah mich endlich wieder an, wenn auch grimmig. »Deswegen fährt der Zug auch nicht schneller.«

Ich hob eine Augenbraue. »*Wenn* er wenigstens fahren würde.«

»Jetzt nerv nicht rum. Weißt du, wie mühsam das ist? Die Laune anderer hochzuhalten? Es ist auch für mich anstrengend, wenn du so griesgrämig bist.«

Ja, das kannte ich. Ellys ständige Übellaunigkeit war kein Spaß und sie glücklich zu machen, war so schwer wie eine Operation am offenen Herzen.

Ich schob mir ein Minzbonbon in den Mund. »Okay. Punkt geht an dich. Du hast recht. Eigentlich übernimmt Elly immer den miesepetrigen Part.«

»Du redest wenig über sie.«

Ich zuckte mit den Schultern und fing an, das Etikett von meiner Flasche abzuzupfen.

»Erzähl mir mehr.«

Ich sah verblüfft auf. »Was?«

»Na, von Elly. *Mehr* war in diesem Zusammenhang übertrieben. Erzähl mir von *ihr*. Du sprichst selten von deiner Freundin. Jetzt hätten wir Zeit.«

»Du erzählst mir auch nie etwas über deine Freunde.«

»Ex-Beziehungsversuche, bitte. Und auf jeden Fall mehr als du.«

Ich schnaubte. »Durch die Bank nicht die hellsten Kerzen auf der Torte«, sagte ich und grinste verschlagen. Nur vage konnte ich mich an die Namen ihrer Bekanntschaften erinnern. Die einen glaubten, Thea nach einem einzigen Date bereits zu kennen, und hatten doch keine Ahnung. Und die anderen meldeten sich einfach nicht mehr. »Ich habe recht behalten. Gib's zu.«

»Oh ja! Du mein edler Retter.«

»Hatte ich recht oder nicht?«

»Oft.«

Ich reckte selbstgefällig das Kinn. »Erzähl. Wie ist er, dein Traumpartner? Wie sollte er sein?«

Sie schüttelte lachend den Kopf. »Oh nein, mein Lieber. Du wirst hier nicht das Thema wechseln.«

Seufzend rieb ich mir übers Gesicht. Weder für Elly noch meinen Job gab es Raum, sobald ich mit Thea zusammen war.

»Es ist schwierig.«

Wie sollte ich ihr das erklären? Ich fand ja selbst nicht die richtigen Worte dafür. Ich hatte es noch nie laut ausgesprochen, es einfach totgeschwiegen. Vor mir selbst, als könnte ich dadurch verhindern, dass es der Wahrheit entsprach. Abwartend sah sie mich an. Sie würde nicht lockerlassen, nicht heute. Und hier würde ich ihr nicht entkommen. Kein Pool, kein Meer. Ich wandte den Blick ab und sah aus dem Fenster, als würde es die folgenden Worte weniger bitter werden lassen.

»Sie ist hungrig nach Aufmerksamkeit. Hat oft schlechte Laune und ...« Ich räusperte mich und sah flüchtig zu Thea. »Sie war nicht immer so. Mit ihr wurde mein Leben leichter. Damals war es die einzige richtige Entscheidung. Heute denke ich immer öfter darüber nach, ob das alles wirklich das Richtige für mich ist. Und je enger sie die Zügel spannt, desto mehr weiß ich, dass ich so nicht glücklich werden kann.« Ich hob mein Kinn und sah ihr in die Augen. »Ich möchte eine Frau, die mich begehrt für das, was ich hier bin.« Ich tippte mir mit dem Finger auf die Brust. »Ein Mädchen, bei dem ich so sein kann, wie ich bin, und die mich dafür liebt, dass ich so bin, wie ich bin. Jemanden, bei dem ich meine Schwächen zeigen kann. Ich könnte noch so vieles aufzählen.«

Sie sah mich so traurig an, dass es mir die Luft abschnürte.

»Warum bist du dann mit ihr zusammen?«

Seufzend rieb ich mir über das Gesicht. *Das zu erklären, würde definitiv zu lange dauern.*

»Sie ist ja nicht verkehrt, du musst sie mal kennenlernen«, wiegelte ich ab. Es war schier unmöglich, in Theas Anwesenheit etwas Positives zu finden.

»Paul, warum gibst du dich mit weniger zufrieden? Bei mir war dir keiner recht, keiner war dir gut genug für mich.«

Ich nickte. Das stimmte. Ich konnte es kaum ertragen, wenn ein Kerl sie nicht anständig behandelte. »Ich wollte immer nur das Beste für dich und dass du glücklich bist.«

»Das wünsche ich mir auch für dich.«

Ich hob eine Schulter. »Das wird schon. Es liegt sicherlich nicht an mangelnden Alternativen.« Ich streckte meine Arme über den Kopf aus und zwinkerte ihr zu. Thea verdrehte genervt die Augen und schüttelte den Kopf.

Mir war klar, dass die Beziehung mit Elly ein Fehler war, und die Zeit mit Thea führte mir das deutlich und schmerzhaft vor Augen. Es war nicht richtig, aber es war der einzige Weg, um den Dominoeffekt aufzuhalten, der unaufhaltsam durch mein Leben geklackert war und mir den größten Fehler meines Lebens immer wieder vorgeführt hatte.

Platz eins meiner Fehler-Bestsellerliste war somit bereits belegt und hielt sich dort unangefochten.

THEA

Während Paul weiter über Elly sprach, suchte ich in seinem Gesicht nach meinem besten Freund. Doch davon war nichts zu erkennen. Kein Leuchten in den Augen, kein Lächeln. Alles war mechanisch.

»Liebst du sie?«, platzte es aus mir heraus.

Er presste seine Lippen aufeinander und starrte mich an. Ich gab die Hoffnung auf, eine Antwort zu bekommen, und sah hinaus in die Nacht.

»Ja! Ich liebe sie.« Seine Worte kamen so vehement, als müsste er sich selbst davon überzeugen. Auf unerklärliche Weise verpasste mir das einen Stich. Für einen Moment versuchte ich, dem dumpfen Gefühl in meinem Bauch auf die Schliche zu kommen, aber ich kam nicht weit.

»Zurück zu meiner Frage.« Seine Stimme klang wieder sanft und weich.

Ich stand auf und setzte mich neben ihn. Er legte seinen Arm um meine Schultern und zog mich ein Stück näher. Ich lachte beherzt auf und schmiegte meinen Kopf an seine Brust.

»Ah, so sollte ich das in Zukunft auch machen. Vehement die gleiche Frage stellen.«

Er stützte sein Kinn auf meinen Scheitel ab. »Tust du ja jetzt schon.« Es fühlte sich an, als lächelte er.

»Ja klar. Dass ich nicht lache.«

»Zzh. Noch mal. Was macht deinen Traummann aus?«

Ich ließ ein lautes Schnauben hören. »Ich habe nicht *den* Traummann.«

»Dann eben nicht Traummann. Der perfekte Mann. Was ist das für ein Typ? Du bist Single, da hat man doch eine Vorstellung, wie der perfekte Partner sein soll. Nenn es, wie du willst.«

»Ich fühle mich wie in einer Selbsthilfegruppe. Hallo, mein Name ist Thea und ich bin noch Single.«

Obwohl sich sein Brustkorb vor Lachen anspannte, war es ungewöhnlich bequem. Mein Kopf passte einfach perfekt zwischen seinen Oberarm und seine Brust.

Nachdem er sich beruhigt hatte, legte er sein Kinn wieder auf meinen Scheitel und hüllte mich mit seinem Minzduft ein. Langsam strich er mit seinen warmen Fingerkuppen an meinem Arm auf und ab. Es fühlte sich verdammt gut an, ihm so nahe zu sein. Im selben Moment schob ich das Gefühl entschlossen beiseite.

»Ich will keinen Traummann oder perfekten Mann. Ich bin schon länger dabei, mein Beuteschema grundlegend zu überarbeiten. Meine bisherige Vorstellung eines Traummanns und ich sind nicht kompatibel.«

»Warum? Und wie sieht das neue Beuteschema aus?«, fragte er neugierig.

»Das Warum überspringe ich ...«

»Ach, komm schon«, platzte er dazwischen.

Ich ignorierte den aufkeimenden Protest und redete einfach weiter: »Und das Wie? Das ist noch nicht ganz ausgereift.«

Paul schnaubte.

»Kennst du das bei Filmen? Da gibt es den gutaussehenden Typen, auf den alle abfahren – ich eingeschlossen. Der entpuppt sich dann im Laufe der Geschichte als Arsch und der Sonderling zu einem, auf den alle stehen. Durch seine ganze Art, seinen Charakter, durch seinen Mut und Kampfgeist. Weißt du, was ich meine?«

Er schüttelte den Kopf. »Aber sie können doch auch nett und gutaussehend sein.«

»Nein.«

»Nein? Was willst du dann? Einen Nerd?« Ungläubigkeit und Belustigung schwang in seiner Stimme mit.

»Herrgott nein! Keine Ahnung. Ja, vielleicht.«

»Okay.« Er zog das Wort in die Länge.

»Einen widerstandsfähigen, mutigen Mann. Das will ich. Nerd hin oder her.«

»Wie wär's zum Beispiel mit mir? Ich bin widerstandsfähig.«

Ich verfiel in schallendes Gelächter. »Dass ich nicht lache.«

»Tust du.«

»*Du?*«, fragte ich glucksend.

Er verzog keine Miene.

»Du?« Ich runzelte die Stirn.

Er hob mein Kinn an und sah mir prüfend in die Augen. Er sah so unverschämt gut aus. Ich zwang mich, durch ihn hindurchzusehen, denn sein Blick würde mich auf der Stelle alles vergessen lassen. Er war der Inbegriff eines Traummanns. Seine liebevolle Art und selbst seine nervige Seite und das Spreizdübel-Syndrom. Ich musste lächeln. Einfach alles.

Unwillkürlich musste ich an gestern Abend denken. Wie er mich angesehen hatte, wie sich seine Hände anfühlten, als sie an meinen Seiten bis zur Taille wanderten. Weich und behutsam. Allein bei diesem Gedanken klopfte mein Herz erneut bis zum Hals. Alles war zu nah gewesen, zu intim. Ich wollte weg, an ihm vorbei ins Wasser springen und aus der Höhle schwimmen. Aber irgendetwas hatte mich zurückgehalten. Es wurde Zeit, dass sich endlich wieder mein Verstand einschaltete.

Paul grinste schief, aber er hielt den Mund.

»Du bist mein bester Freund. Der Zug ist abgefahren. Da geht das mit der Liebe nicht mehr.«

Behutsam strich er mir mit dem Daumen über das Kinn. Er sagte noch immer nichts und sah mich nur an. Irgendetwas stimmte nicht mit der Art, wie er mich ansah. Etwas veränderte sich in seinen Augen, wurde dunkler, zugleich zögernd, fragend. Sein Mund war meinem so nah, dass ich seinen Atem spüren konnte. Die Nähe und das plötzliche warme Kribbeln in meinem Bauch ... Mir wurde schlecht.

Mit einem Quietschen ging die Abteiltür auf und der Schaffner betrat das Abteil. Ruckzuck war mein Verstand wieder auf Position und hatte das Zepter an sich gerissen. Paul ließ seine Hand sinken und ich rutschte schnell zurück an das andere Ende der Polsterbank. Ich war gut in Freundschaften, nicht in Beziehungen, und ich beging Fehler in meinem Leben, aber ich machte sie definitiv nur ein einziges Mal.

Der Zugbegleiter sah auf seine Uhr und entschuldigte sich bei uns für die Verzögerung. Kaum hatte er das Abteil wieder verlassen, fragte Paul: »Hattest du schon einmal deinen Traummann kennengelernt?«

»Ja, habe ich. Zweimal«, sagte ich leise und erschrak selbst vor meiner Offenheit.

Er pfiff anerkennend durch die Zähne, rutschte näher und legte mir wieder seinen Arm um die Schultern. »Erzähl. Wie waren sie?«

Meine Kehle schnürte sich zu, aber ich hatte nicht lange Zeit, darüber nachzudenken, da er mir einen auffordernden Stups gab. Also entschloss ich mich für die Wahrheit. Ich schluckte den Kloß hinunter und holte tief Luft.

»Er hieß Tim.« Mein Brustkorb wurde eng. Ich setzte mich kerzengerade auf, damit ich besser atmen konnte, so wie man es mir beigebracht hatte. »Er war mein bester Freund. Sah gut aus und war treu, ein guter Tänzer und hatte eine wunderschöne tiefe Stimme.«

»Was hat gutes Aussehen mit Treue zu tun?«, unterbrach er mich.

»Glaub mir, hat es.« Ich griff nach meiner Wasserflasche. Vielleicht würde es gar nicht so bedrückend werden, es ihm zu erzählen. Er gehörte nicht zu der Sorte Mensch, der gespannt an deinen Lippen hing und dich dann mitleidig ansah. Seine lockere Gesprächsführung tat mir erstaunlicherweise gut.

»Hey, ich lasse mich mit denen doch nicht über einen Kamm scheren.«

Ich verdrehte die Augen und ignorierte das Fishing for Compliments. »Er hat damals an der Kunstakademie studiert.«

»Ah, ein Tänzer in Strumpfhosen.«

Gekonnt fing er meine Faust auf und lachte.

»Nein, kein Tänzer in Strumpfhosen. Er hatte sich auf Bildhauerei, Bühnenbauer und Fotografie konzentriert.«

»Schöne Berufsfelder. Aber ein langer Weg, bis man sich einen Namen gemacht hat und gutes Geld verdient.« Er verschränkte seine Finger mit meinen und legte die Hand auf seinem Oberschenkel ab.

»Und? Ist doch egal. Die Zeiten, in denen die Frau am Herd steht und der Mann das Geld nach Hause bringt, sind vorbei. Und es geht doch nicht immer ums Geld. Geld allein macht auch nicht glücklich.«

Er drückte beruhigend meine Finger. »Da hast du recht.«

»Er hatte viel zu viele Haare, die nicht in Form bleiben wollten.« Bei dem Gedanken daran musste ich lächeln.

Paul fuhr sich reflexartig durch die Haare, die ihm ohnehin schon zerzaust vom Kopf abstanden.

»Hier muss ich häufig an ihn denken. Wir waren jedes Jahr mindestens sechs Wochen am Atlantik. Und wenn nicht am Meer, dann an einem See oder am Fluss.« Ich zwang mich zu einem unbekümmerten Lächeln. »Er hatte breite Schultern, war unglaublich sportlich, liebevoll und ehrlich. Er ließ sich immer wieder verrückte Ideen einfallen und hinterließ mir kleine Papierschnipsel mit lieben Worten. Wir waren glücklich. Waren ein Team und hielten es kaum ohneeinander aus.«

Ich sah aus dem Fenster und hing für einen Augenblick meinen Erinnerungen nach. Paul stupste mich leicht von der Seite an und deutete mit einem Kopfnicken an, dass ich weiterreden sollte. Ich schob seinen Arm von meiner Schulter, stand auf und setzte mich ihm gegenüber. Es passte nicht, über Tim zu sprechen und gleichzeitig in Pauls Armen zu sitzen.

Ich atmete tief durch, erst dann sprach ich weiter. »Ich hatte damals einen Ex-Freund, Marwin. Obwohl wir schon länger als ein Jahr getrennt waren, bevor ich Tim bei einer Uni-Veranstaltung kennenlernte, wollte er nicht akzeptieren, dass es vorbei war.« Verzweifelt schüttelte ich den Kopf. »Er hat wirklich alles versucht«, sagte ich hilflos. »Ich wohnte damals in einer WG. Er lauerte vor der Haustür, wartete, bis ich nach Hause kam. Meine Mitbewohner und ich nahmen nur noch den Kellereingang hinterm Haus. Er rief mich an, beschimpfte mich, ich solle zur Hölle fahren, wenn ich weiterhin ignorierte, dass wir zusammengehörten. Beim nächsten Mal rief er an, weinte und wimmerte, wie sehr er mich liebe, um mich in der nächsten Sekunde wieder als Luder zu beschimpfen. So ging das in Endlosschleife.«

Ich zögerte einen Moment. Erst jetzt fiel mir auf, dass Paul mich nicht mehr unterbrach. Sein Brustkorb hob und senkte sich schnell.

»Tim schlug vor, zu ihm zu ziehen. Das tat ich dann auch und es wurde erst mal ruhiger.« Plötzlich war wieder ein dicker Kloß in meiner Kehle.

Paul drängte mich nicht, er sah mich nur abwartend an.

»Aber mein Ex war wie ein Parasit«, sagte ich mit hitziger Stimme. »Auf unerklärliche Weise nistete er sich im Freundeskreis von Tim ein.« Ich ballte unwillkürlich die Hand zur Faust. »Auf jeder Veranstaltung, auf jedem Fest, auf dem Tim war, war Marwin auch. Monatelang belaberte er Tim, dass ich nicht treu wäre, dass auf mich kein Verlass wäre. Und dass ich nicht die Richtige für ihn wäre.«

Paul ergriff meine geschlossene Faust, löste einen Finger nach dem anderen und legte seine Hand in meine.

»Als das bei Tim nicht funktionierte, tat er auf Verständnis und besten Freund …« Ich blinzelte hektisch die Tränen zurück.

»Tim war stark, hatte alles an sich abprallen lassen. Er war davon überzeugt, wir könnten es aussitzen. Marwin würde sich damit abfinden. Aber dann ...« Ich atmete erstickt ein und legte den Kopf in den Nacken, doch die Tränen kamen trotzdem.

Minutenlang spürte ich Pauls Blick auf mir. Doch dann senkte sich plötzlich das Sitzpolster neben mir und er zog mich in seine Arme.

»Es war ein Mittwochabend«, sagte ich kraftlos. »Tim verbrachte den Nachmittag mit den Jungs an der Surfer-Welle. Als er nach Hause kam, war er distanziert. Redete nicht mit mir und schlief in dieser Nacht auf der Couch. Am nächsten Morgen wachte ich früh auf und Tim war verschwunden. Sein Duffle Bag und Waschsachen fehlten.«

Ich musste gar nicht hinsehen, um zu wissen, dass Pauls Blick auf mir ruhte.

»Ich wusste nicht, was los war. Er hat nicht mit mir geredet. Ging nicht an sein Handy.« Ich wischte mir die Tränen von der Wange.

»Konntest du es mit ihm klären?« Seine ruhige Stimme und das gleichmäßige Auf und Ab seines Brustkorbs beruhigten mich. Schließlich schüttelte ich den Kopf.

»Warum redest du nicht einfach mit ihm?«

Ich holte tief Luft und kämpfte gegen die erneut aufkommenden Tränen an. Vergebens.

»Um acht Uhr erhielt ich einen Anruf von seiner Mutter, ich sollte ins Krankenhaus kommen. Tim hatte mit seiner Vespa einen Unfall. Ein Lkw-Fahrer hatte ihn beim Abbiegen übersehen.«

Ich sprang in mein Auto. Ich hatte keine zehn Minuten bis zum Klinikum. Ich rannte über den Parkplatz, über das Treppenhaus bis zur Intensivstation. Ich rammte die Schwingtüren auf und blieb abrupt stehen. Tims Mutter stand vor mir, lei-

chenblass. Tränen liefen ihr über die Wangen. Tims Vater saß
auf einem der Stühle an der Wand und vergrub sein Gesicht in
beiden Händen. Ich schob mich an Tims Mutter vorbei und
wollte ins Krankenzimmer, aber sie hielt mich zurück und zog
mich in ihre Arme. Ihre Worte waren nur ein Wimmern. Meine
Beine gaben zitternd nach. Pfleger hoben mich hoch und
setzten mich auf einen kalten Stuhl. Dann spürte ich ein Pieks
in meinem Oberarm. Erst danach konnte ich wieder atmen.

Tränen kullerten mir über das Gesicht. Die Worte, die ich
sagen wollte, kamen mir nicht über die Lippen. Es laut auszusprechen, hatte etwas Endgültiges. Ich sah in Pauls warme
Augen. Geduldig wartete er darauf, dass ich weitersprach.

»Als ich vor der Intensivstation ankam ...« Ich stockte
erneut, meine Lunge krampfte sich zusammen. Allein es
auszusprechen, kostete mich alle Kraft. »Ich kam zu spät.
Sie hatten bereits die Maschinen abgestellt.«

Er zog mich in seine Arme und hielt mich fest. Erschöpft
ließ ich meine Stirn an seine Schulter fallen.

»Es tut mir leid«, flüsterte er und drückte mich so fest,
dass ich kaum noch Luft bekam. Aber es war gut. Der
Schmerz, der sich sonst von unten langsam in meine Luft-
röhre schob, blieb aus. Das erste Mal.

»Ein Jahr später erzählten mir Freunde, was passiert
war«, murmelte ich in sein T-Shirt.

Er schob mich ein Stück zurück und wischte mir mit
dem Daumen die Tränen von der Wange.

»An dem Tag an der Welle hatte Marwin Tim ein Foto
von uns auf seinem Handy gezeigt und erzählt, dass zwischen
uns wieder etwas laufen würde. Er habe ihn ja immer gewarnt – mir könne man nicht vertrauen. Das war der Grund,
eine Aufnahme, aufwendig von Marwin inszeniert. Als ob
wir jemals glücklich gewesen wären. Ein Foto!« Ich boxte

mit der Faust gegen Pauls Brust, aber er tat keinen Mucks, ließ es zu. »Tim hatte damals die Runde verlassen und nur etwas von ›ich kann das nicht mehr‹ gemurmelt. Wegen eines gefakten Fotos«, sagte ich verzweifelt.

»Alles eine Frage der Beharrlichkeit. Oft sind es die Kleinigkeiten, die alles zerstören.« Sanft strich mir Paul über das Haar. »Liebe ist so mächtig und gleichzeitig so gefährlich«, sagte er und schwieg für einen Moment.

»Manchmal weiß ich nicht, was überwiegt. Der Zorn, die Hilflosigkeit oder der Schmerz. Es ist …«

»Alles, es ist einfach alles«, sprach er meinen Gedanken aus.

»Man fühlt sich hilflos, wenn ein Mensch mit einem nicht redet, einen schneidet oder ohne ein Wort geht. Es frisst mich auf, dass er mir nicht vertraut hat, ich mich nicht mehr erklären und entschuldigen kann. Ihn nicht mehr berühren zu können oder seine Stimme zu hören …«

»Dieser Traum …«, fragte er zögerlich.

»Seit dem Unfall habe ich immer wieder den gleichen Traum«, sagte ich resigniert. »Er ist schwarz-weiß, aber nicht düster. Es ist ein heißer Sommertag. Ich sitze an meinem Lieblingsplatz unter einem Baum im Rosengarten. Vor mir plätschert ein Bach, den Duft der Rosen kann ich nicht riechen. Ich bin vermeintlich allein, aber ein Ast knackt unter einem Schuh. Traum für Traum hebe ich den Kopf und sehe geradewegs in Tims Gesicht. Er schaut mich voller Verachtung an, ballt seine Hände zu Fäusten und öffnet schließlich seinen Mund. Ich will zu ihm und irgendwie auch nicht. So oder so … ich kann mich nicht bewegen. Selbst atmen scheint unmöglich zu sein.« Ich hielt inne und sah ihn an. »Manchmal halte ich so lange die Luft an, bis ich luftschnappend aufwache.« Ich zuckte mit den Schultern. »Und wie es scheint, weine ich.«

»Was sagt er?«, fragte er mit einem aufmunternden Lächeln.

»Nichts.« Keine Ahnung, ob er überhaupt etwas sagen wollte. Ich machte ja vorher schon dicht. »Nach dem Unfall begann ich täglich zu laufen. Weg von meinem Traum, weg von den endlosen Gedankenschleifen.« *Und weit weg von meiner Angst und den Schuldgefühlen.*

»Du hast mir nie davon erzählt«, flüsterte er.

»Du hast nicht gefragt.«

»Das ist doch kein Grund.«

»Du ...«

Er räusperte sich. »Schon gut.«

»Dein T-Shirt ist ganz nass.« Ich fuhr mir mit dem Handrücken über die Nase.

»Egal.« Er lächelte. »Und Traummann Nummer zwei?«

Ich zuckte mit den Schultern. »Ich habe für heute schon genug erzählt.«

Er saß genau vor mir. Aber ich war nicht so dumm, meinen Fehler ein zweites Mal zu begehen. Ich hatte nicht vor, noch einmal auf einen Schlag beides zu verlieren – meinen besten Freund und meinen Freund. Langsam schüttelte ich den Kopf.

»Möchtest du irgendwann mal wieder eine ernsthafte Beziehung?«

Tim war alles für mich gewesen. Bester Freund und meine große Liebe. Er kannte meine Schwächen und Stärken, er brachte mich zum Lachen und brachte meine besten Seiten hervor. Er hatte mich ein Stück weit zu dem Menschen gemacht, der ich heute war. Ein Teil von mir würde ihn immer lieben.

»Weißt du, wenn man etwas Besonderes kennenlernen durfte, ist es schwer, sich mit weniger zufriedenzugeben.«

Ausnahmsweise war ich dankbar, dass er schwieg.

Ich dachte noch über Theas Worte nach, als wir endlich Monopoli erreichten. Es war bereits kurz vor Mitternacht und der Bahnhof menschenleer. Ich seufzte resigniert, als ich einen Blick auf die Anzeigetafel warf.

»Siebzig. Unsere Zahl«, flüsterte Thea.

»Wir fahren mit dem Taxi weiter«, sagte ich genervt. In weiser Voraussicht hatte sie keine Einwände, andernfalls wäre ich ihr an die Gurgel gegangen. Ich dirigierte sie durch die Gleisunterführung, vorbei am Bahnhofsgebäude, auf den Bahnhofsvorplatz. Auf der großflächigen Werbetafel mit dem Stadtplan von Monopoli prangten in großen Schriftzügen die Rufnummern zweier Taxiunternehmen. Ich holte mein Handy aus der Hosentasche, tippte die erste Nummer ein und legte nach acht Mal läuten wieder auf. Ich wählte die zweite Telefonnummer und wartete erneut.

»Wir brauchen ein Taxi von Monopoli nach Polignano.« Erwartungsvoll sah mich Thea an.

»Zwanzig Euro?«, wiederholte ich aufgebracht. »Dreißig? Wow! Rasante Preissteigerung. Wie kann ein Preis innerhalb von zwei Sekunden um zehn Euro steigen?«

Ich starrte fassungslos auf die Bahnhofsuhr – eine Minute nach Mitternacht. Ich wollte gerade ansetzen, dem Taxifahrer meine Meinung zu geigen, als Thea hektisch an meinem T-Shirt zupfte.

»Da kommt der Zug.«

Ohne ein weiteres Wort legte ich auf und sprintete los. »Lauf, Thea.« Ich rannte über den Bahnhofsplatz, am Bahnhofsgebäude vorbei, die Treppen hinunter zur Unterführung. Ich hörte die Ledersohlen von Theas Riemchen-Sandalen auf den nassen Fliesenboden aufkommen, als sie hinter mir die letzten Stufen runtersprang.

»Vorsicht! Rutschig!«, rief ich ihr über die Schulter zu und nahm die Kurve.

»Ja, lauf weiter.«

Ich sprintete vorbei an den Aufgängen zu den Gleisen drei und vier und die Treppenstufen zum Bahngleis sechs hinauf und zerrte an der ersten Zugtür, die ich erreichte. Ich fluchte laut, rannte weiter und versuchte es an der nächsten und der übernächsten. Verzweifelt fuhr ich mir mit beiden Händen durch die Haare.

Thea blieb neben mir stehen. »Was ist?«

Im selben Moment winkte uns der Schaffner vom hinteren Ende des Zuges zu.

»Komm schnell.« Ich streckte meine Hand nach Theas aus, packte ihre mit einem festen Griff, und wir rannten über den gesamten Bahnsteig, bis wir den Schaffner erreichten.

Ich sprang durch die offene Wagentür und zog Thea die Stufen hinauf. Der Zugbegleiter pfiff durch seine Trillerpfeife und schloss die Tür hinter uns. Wir hatten es geschafft. Völlig außer Atem lehnte ich mich an die kühle Metallwand, zog sie an mich und gab ihr einen Kuss auf die Stirn, während mein Puls noch an meiner Halsschlagader pulsierte.

»Prego.« Der Schaffner hielt uns die Tür zum Abteil auf und zeigte auf zwei freie Plätze. »Ich mache heute nur noch die hintere Tür auf, man weiß nicht, wer um diese Zeit unterwegs ist«, sagte er auf Englisch und verließ das Zugabteil.

Ich ließ mich neben Thea auf die gepolsterte Sitzbank fallen. »Die Kirchturmuhr schlägt Mitternacht und die Taxipreise steigen um zehn Euro. Der hatte doch nicht mehr alle Latten am Zaun.«

»Weil dir das ja sonst so viel ausmacht.« Sie wischte mehrmals schnell mit einer Handfläche über die Innenseite der anderen Hand, wie bei einem *Moneyrain,* und lachte verschmitzt. So gefiel sie mir schon wieder besser.

In Polignano zeigten sich ebenfalls die Spuren des Unwetters. Umgestürzte Bäume, abgeknickte Äste auf der Fahrbahn, Autos mit Hageldellen in der Größe eines Golfballs und Bäche, die die Straße hinunterliefen.

»Na dann, gehen wir mal wieder zu Fuß.«

Thea nickte, nahm Anlauf und sprang in die Pfütze vor uns.

»Was machst du?«

Sie lachte aus vollem Herzen und grinste mich breit an. »Na los. Gehen wir.« Sie tippelte auf der Stelle und sprudelte das Wasser auf. Mit einem langen Schritt war ich bei ihr, packte sie und hob sie hoch.

Lachend legte sie die Arme um meinen Hals. »Gibt dir das Leben Pfützen, mach Sprudelwasser daraus.«

Mein Herz klopfte so heftig gegen meine Brust, dass sie es bestimmt spüren konnte. Ich legte den Kopf zurück und suchte ihren Blick. Ihr Lächeln war verschwunden und für einen Wimpernschlag sah ich es wieder. *Soso, da geht das mit der Liebe nicht mehr.*

Langsam ließ ich sie an mir hinuntergleiten, bis ihre Füße den Boden erreichten, und trat einen Schritt zurück.

Wir gingen entlang der Strandpromenade stadtauswärts. Ich wich jeder Pfütze aus, während Thea schwungvoll durchstapfte. Erst als wir die beleuchtete Straße verließen, um auf die kleine dunkle Nebenstraße zu unserer Unterkunft zu kommen, griff ich nach ihrer Hand und verflocht meine Finger mit ihren. Wie recht sie hatte – wenn man etwas Besonderes kennenlernen durfte, war es schwer, sich mit weniger zufriedenzugeben. Und ich gab mich mit sehr viel weniger zufrieden. Die Beziehung mit Elly war ein Fehler. *Ich liebe sie.* Worte, die ich schon verdammt lange nicht mehr ausgesprochen hatte. Es fühlte sich falsch an und verdammt feige. Aber ich hatte keine Wahl.

»Thea, versprich mir, keine Ausflüge mehr mit dem Zug.«

Sie schüttelte den Kopf. »Versprochen.«

Auf dem langen Weg hinauf zum Hotel hing ich weiter meinen eigenen Gedanken nach und versuchte sie zu sortieren. Über Tim, Elly und welchen Lauf das Leben nahm. Ein Fehler, eine Unachtsamkeit und alles veränderte sich.

Erst als wir am Tor angekommen waren, ließ ich ihre Hand los.

»Hattest du trotzdem Spaß?«, fragte sie skeptisch.

»Über so etwas machst du dir Gedanken?«

Sie sah mich abwartend an.

Ich umfasste ihr Gesicht mit beiden Händen. »Thea, mit dir immer.« Ich gab ihr einen sanften Kuss auf die Stirn, dann schlang ich meine Arme um sie und zog sie fest an mich. Wie konnte sie so etwas fragen, geschweige denn denken? Ich schloss meine Augen und genoss die Stille um uns herum. Nur das leise Zirpen der Grillen war zu hören. Es würde so verdammt schwer werden.

Schweren Herzens löste ich mich von ihr und öffnete die Tür.

»Wenn du heute Nacht wieder schlecht träumst …« Ich deutete mit dem Kopf auf meine Schlafzimmertür. »Du weißt, wo du mich findest.«

16

Apulien – zehn Monate zuvor

PAUL

Mit unserer Urlaubsroutine der letzten Tage war ich mehr als zufrieden. Wir hatten jeden Abend auf der Terrasse gegessen, Wein getrunken und tagsüber hatten wir am Pool abgehangen, geredet, gelacht, diskutiert oder geschwiegen, während wir in unsere Bücher vertieft waren.

Ich drückte mich auf meiner Luftmatratze wieder vom Beckenrand ab. Noch ein paar chillige Minuten, bevor die Action erneut begann. Meinetwegen hätten wir heute ohne Probleme einen weiteren geruhsamen Tag am Pool verbringen können. Ich brauchte nicht mehr. Ich hatte Thea um mich herum und konnte entspannt sein, weil hier niemand von uns Fotos schoss.

Martha hatte ich mir unter einem fadenscheinigen Vorwand vorgeknöpft. Sie gab sofort zu, der Fotograf gewesen zu sein, und hatte sich überhaupt keine Mühe gegeben, es abzustreiten. Ganz im Gegenteil. Ich hatte den Eindruck, sie war stolz darauf. Ich hatte ihr angeboten, ein gemeinsames Foto zu machen. Als Gegenleistung durfte sie mich nicht mehr heimlich fotografieren und erst vierundzwanzig Stunden nach meiner Abreise das Bild posten. Der beste Deal meines Lebens.

Somit war das Foto von Mateo und mir an der Bar das letzte, das veröffentlicht wurde. Damit das so blieb, hatte ich dafür plädiert, die restliche Zeit am Pool zu verbringen.

Aber heute weigerte sich Thea, einen weiteren Tag *zu verbummeln,* wie sie es nannte. Ich gab meinen Protest beim

Frühstück schnell auf, nachdem ihre Augen bei der Idee von einer Bootstour um die Wette funkelten. Ich wollte sie glücklich sehen. Nicht das traurige Mädchen, das ich im Zug oder jedes Mal, wenn sie aufs Meer hinausblickte, erlebt hatte. *Ein kleines Herz geht einfach viel zu schnell kaputt.* Es machte mich unglücklich, sie so zu sehen. Sie war so viel schöner, wenn sie fröhlich war. *Da geht das mit der Liebe nicht mehr.* Was für ein Blödsinn. Natürlich ging das. Ich war nicht Tim und ich würde nie Tim sein. Aber ich wünschte mir, für einen Tag der Mann zu sein, den sie so sehr geliebt hatte.

Eine Stunde später stand ich, mit einer zappelnden Thea in knappen Shorts, weißem Trägertop und Adiletten, am Steg von San Vito. Die bunten Bändchen ihres Neckholder-Bikinioberteils hüpften im Rhythmus ihrer Beine hin und her.

Kurz darauf saßen wir in einem modernen Motorboot mit sieben weiteren Touristen und einem italienischen Skipper. Einem dunkelbraun gebrannten Charmeur mit schwarzen Haaren, dem die Flirtgene bereits in die Wiege gelegt wurden. Durch die blau verspiegelte Sonnenbrille war sein Alter schwer zu schätzen. Er hatte uns auf die Bank direkt hinter sich verwiesen. Und auch wenn er ein T-Shirt trug, konnte man erkennen, dass darin ein durchtrainierter Körper steckte.

»Du gaffst«, flüsterte ich Thea zu.

»Tu ich überhaupt nicht.«

Unser Skipper verteilte Schwimmwesten an zwei Jungs und nahm wieder den Platz hinter dem Lenkrad ein. Dann startete er den Motor und das Boot fuhr langsam vom Steg.

»Woher kommt ihr?«, fragte er auf Englisch. Er hatte sich zu uns umgedreht und grinste macholike.

»München«, antwortete Thea. Ich sagte nichts.

»Oh, Germany. Mein Name ist Nicolas. Wie heißt ihr?«

»Thea.«

Ich legte demonstrativ meinen Arm auf der Rücklehne hinter ihr ab. »*Popeye*«, raunte ich etwas unfreundlich, was Thea mit einem Stoß in meine Rippen bestrafte, bevor sie mich irritiert und belustigt zugleich ansah. Nicolas drehte sich wieder um.

»Was?«, flüsterte ich. »Ich will meinen Namen nicht sagen. *Popeye* war der Held meiner Kindheit. Er hat viele Kämpfe für *Olivia* ausgetragen.« Ich zwinkerte ihr zu. »Und ich esse auch gerne Spinat.« Ich spannte den Oberarm an und zeigte ihr meinen Bizeps.

Nicolas setzte den Hebel auf volle Kraft. Thea rutschte durch die Wucht auf der Bank zurück und mit der anschließenden Linkskurve näher zu mir. Er schnitt die Wellen, Wasser peitschte über die Reling, die Gäste am Bug schrien auf und zupften sich ihre nasse Kleidung vom Körper. Nicolas legte den Kopf in den Nacken und lachte lauthals.

»Das ist wie Tuk-Tuk fahren«, rief sie mir vergnügt über das Schlagen der Wellen zu. Ich schüttelte nur den Kopf.

Macho Nicolas drehte sich zu Thea, grinste sein bescheuertes Grinsen und federte jeden Wellenstoß lässig mit seinen Knien ab. *Herrgott*. Diese Sorte Typen gab es wirklich. Ich fixierte seinen Blick, legte demonstrativ meinen Arm um Theas Schultern und drückte sie an mich. Sie überschlug ihre Beine, schmiegte sich an mich und platzierte ihre Hand auf meinem Oberschenkel. Das hätten wir geklärt.

Nicolas drehte sich wieder zu seinem Lenkrad und steuerte das Boot Richtung Polignano. Wir fuhren an der Bucht unterhalb der Stadtbrücke vorbei. Bei der Erinnerung an den Abend dort mit Thea in der Grotte versuchte ich das Hämmern in meiner Brust zu ignorieren.

Dann verlangsamte Nicolas wieder das Tempo, fuhr umsichtig in eine Felsgrotte und setzte den Anker. Durch zwei Löcher in der Grottendecke fielen die Sonnenstrahlen herein.

»Hier könnt ihr baden«, sagte Nicolas. Das ließ ich mir nicht zweimal sagen, diese Abkühlung war längst überfällig. Ich kickte mir die Flipflops von den Füßen und griff nach meinem Shirt. Keine zwei Sekunden später war ich im Wasser und schwamm ein paar schnelle Züge. Ich tauchte noch einmal unter und drehte mich wieder zum Boot.

Thea packte unsere Badehandtücher aus, nahm ihre Sonnenbrille runter und steckte sie in den Rucksack. Kurz winkte sie mir zu. Das weiße Top gesellte sich zum Handtuch auf die Sitzbank. Nicolas Blick folgte jeder ihrer Bewegungen. Seine Augen wanderten über ihren Bauch bis zu ihrem Bikinioberteil, abermals hinunter zu ihrer Jeans, die sie jetzt aufknöpfte, runterstreifte und zum Top auf die Bank legte. Sie öffnete ihre Haare und band sie wieder zu einem festen Knoten. Sie trug nur noch den knappen bunten Bikini, bei dessen Anblick mir jedes Mal heiß wurde. Wenn sie nicht sofort ins Wasser sprang, würde ich sie höchstpersönlich zu mir runterholen.

Endlich kletterte sie die Leiter hinunter, sprang von der letzten Sprosse ins Meer und kam mit hastigen Zügen zu mir geschwommen. Wie selbstverständlich umfasste ich ihre Taille und zog sie an mich. Lachend schlang sie die Arme um meinen Hals und hielt sich an mir fest. Dabei hüllte mich ihr Duft nach Sonnenmilch ein. Ihr warmer Körper unter meinen Fingern und ihre Nähe verursachten ein Prickeln auf meiner Haut, das mich dazu drängte, sie zu küssen. Das Funkeln in ihren dunkelbraunen Augen machte die Situation nicht besser. Unmöglich zu sagen, was in ihrem Kopf vorging.

Vielleicht nur ein kleiner, flüchtiger Kuss.

Ihr Lächeln verblasste, als ihr Blick von meinen Augen zu meinem Mund wanderte und dort verharrte. Meine Mundwinkel zuckten. *Ich bin doch nicht blöd. Unmöglich, dass ich mir das alles nur einbilde.*

»Alles in Ordnung?«, fragte ich mit einem breiten Grinsen.

»Klar. Machst du einen auf Spreizdübel?«, fragend zog sie die Augenbrauen hoch.

»Ich? Niemals.« Ich schüttelte den Kopf. »Ich fühle mich nur ein bisschen provoziert.«

»Kommt, wir wollen weiter«, rief Nicolas und winkte uns vom Motorboot aus zu.

»Also dann …« Wie selbstverständlich gab ich ihr einen Kuss auf die Nase, löste meine Hände von ihrer Taille und schwamm zum Boot.

Endlich ging es wieder zurück zum Anlegesteg. Aber Nicolas nahm nicht den direkten Weg, sondern steuerte das Boot in Richtung der Felswände. Er drosselte die Geschwindigkeit und stellte den Motor ab. Dann lehnte er sich an das Steuerpult und deutete auf eine höher gelegene Grotte. Holztische mit weißen Tischdecken und Tischlampen reihten sich dort aneinander.

»Das ist das exquisiteste Restaurant in der Stadt«, erklärte er an Thea gerichtet. »Das Essen ist sehr teuer, aber für romantische Dinner der ideale Ort.«

Ich unterdrückte ein Schnauben und versuchte, ruhig zu bleiben. Wahrscheinlich machte er nebenbei Promo für das Luxusteil. Bestimmt hatte er einen Rabattcode für uns: *Swipe-Up – Superflirtmaster10.*

Nicolas wandte sich an Thea. »Ich habe heute einen Tisch für uns zwei reserviert.« Der Gigolo war widerstandsfähiger als eine Kakerlake.

»Welche Uhrzeit?«, fragte sie.

Ich fuhr zu ihr herum.

»Egal«, erwiderte Nicolas.

»20 Uhr?«, schlug sie vor.

175

»Gut«, antwortete Nicolas mit einem bescheuerten Grinsen und drehte sich zu mir. »Und du musst zahlen.«

Ich lachte falsch auf, grinste selbstgefällig zurück und hob meinen Mittelfinger.

Auf dem Weg zum Anlegesteg gab Nicolas wieder Vollgas. Er setzte langsam zurück, dann drückte er den Gashebel nach vorne durch, nahm ihn wieder ein Stück raus und gab beim nächsten Wellenkamm extra Stoff. Die Gischt des Meeres besudelte uns von Kopf bis Fuß.

»Was für ein Angeber«, brüllte ich Thea ins Ohr, die damit beschäftigt war, ihr Gesicht von Haarsträhnen und Wassertropfen zu befreien.

Ich hatte uns für das Abendessen ein kleines Fischrestaurant in der Stadt rausgesucht. Nur über meine Leiche wäre ich mit Thea in dieses Sterne-Restaurant gegangen. Anschließend flanierten wir durch die Gassen und über den Altstadtplatz, als ich bemerkte, wie sich Blicke in meinen Rücken bohrten. Instinktiv sah ich mich nach einem Fluchtweg um. Links von uns führten wenige Stufen in eine Kirche, am Eingang stand ein Schild mit einem durchgestrichenen Fotoapparat. *Perfekt.* Erst dann drehte ich mich langsam um, während ich Thea weiterschob. Mit klopfendem Herzen scannte ich die Umgebung nach dem Blickebohrer ab. Skipper Nicolas. Der Playboy von heute Nachmittag saß mit seiner Gigolo-Gang im Straßencafé. Er hatte tatsächlich ein paar Frauen dabei. Das Geschäft schien sich für ihn an diesem Tag gelohnt zu haben. Ich sah ihm in die Augen, legte meinen Arm um Theas Schultern und zog sie demonstrativ an mich. Irritiert sah sie auf, grinste und schlang ihren Arm um meine Hüften.

»Da hinten sitzt dein Skipper.«

»Oh, ich habe unsere Verabredung vergessen.«

Ich lachte kurz auf, was in meinen Ohren jedoch eher nach einem Knurren klang. »Das macht der mit jeder.«

»Meinst du, ich weiß das nicht?« Sie kniff mir in die Seite. »Der erinnert sich doch gar nicht mehr an meinen Namen.«

Meine Mundwinkel zuckten amüsiert. Ich gab ihr einen Kuss auf den Haaransatz. Das war mein Mädchen.

»Fahren wir mit dem Tuk-Tuk ins Hotel?«, fragte sie. Ohne meine Antwort abzuwarten, griff Thea nach meiner Hand und marschierte durch das Stadttor auf die Tuk-Tuks zu.

Ich blieb stehen, zog sie zurück und wirbelte sie um ihre eigene Achse. »Fahr du doch schon eine Runde und hol mich in zehn Minuten hier wieder ab.«

»Was machst du?«

Ich öffnete die Tür eines Tuk-Tuks und schob sie hinein. »Das ist ein Geheimnis.« Und schloss die Tür. Thea schnaubte, aber bevor sie weiter nachbohren konnte, gab der Fahrer Gas.

17

Apulien – zehn Monate zuvor

PAUL

Der warme Wind blies uns ins Gesicht, Wellen umspielten unsere Füße, während wir in der Nachmittagssonne am Strand spazierten. Von Zeit zu Zeit kletterten wir über Wellenbrecher oder wichen Sandburgen aus. Thea bückte sich nach einer Muschel, strich den Sand ab und steckte sie zu den anderen in ihre Rocktasche.

»Wollen wir hier was trinken?« Ich deutete auf das kleine Strandcafé zwischen den Pinienbäumen.

Thea zog ihre Flipflops aus der Tasche. »Gute Idee.«

Sie suchte uns den besten Platz auf der Terrasse, während ich uns zwei Cappuccinos an der Theke holte.

Ohne etwas von dem Milchschaum zu verschütten, stellte ich die Tassen auf dem Tisch ab und ließ mich auf den Stuhl neben Thea fallen. Ich schnappte mir einen Zuckerbeutel und schüttelte ihn. »Morgen ist dein Geburtstag«, stellte ich fest, riss das Päckchen auf und ließ den Inhalt in meinen Cappuccino rieseln.

»Erinnere mich nicht daran.« Thea streute Zucker über ihren Schaum und löffelte ihn ab.

»Welche Wünsche hast du für dein neues Lebensjahr?«

Sie zog den Löffel aus dem Mund. »Wünsche? Ich hab keine.«

»Irgendwelche Pläne?«

Sie zuckte mit den Schultern und ließ den Kaffeelöffel zwischen ihren Fingern baumeln.

»Okay, dann machen wir jetzt welche. Wohin sollen wir nächstes Jahr verreisen? Vielleicht eine Kreuzfahrt? Dem Alter entsprechend.«

»Danke.« Sie schnitt mir eine Grimasse. »Wie charmant von dir.«

»Also sag, wohin soll unser nächster Urlaub gehen?«

Sie zuckte mit den Achseln. »Weiß nicht.«

»Was ist los?«

»Nichts.«

»Und warum schaust du mir dann nicht in die Augen, seitdem wir aus dem Hotel raus sind?«

Sie umschloss ihren Cappuccino mit beiden Händen und schlürfte den restlichen Milchschaum ab. Als sie wieder aufsah, lachte ich kurz auf, beugte mich vor und wischte ihr den Schaum von der Nase. Ein schwaches Lächeln umspielte ihre Lippen.

»Raus damit. Was bedrückt dich? Bin ich raus aus der Urlaubsplanung? Wer ist der Glückliche?«

Sie sah mich genervt an und stellte ihre Tasse klirrend auf den Unterteller. »Noch immer niemand.«

Abwartend hob ich meine Augenbraue, während Thea unruhig auf ihrem Stuhl hin und her rutschte.

»Ich bin im April mit dem Studium fertig und möchte ab Mai für drei Monate reisen.«

Für einen Moment konnte ich sie nur anstarren. »Seit wann weißt du das?«

»Ich spiele schon eine ganze Weile mit dem Gedanken. Spruchreif ist es aber erst seit ...« Sie überlegte kurz. »... etwa zwei Monaten.«

Ungläubig riss ich die Augen auf. »Zwei Monate? Und wann hattest du vor, mir davon zu erzählen?«, presste ich zwischen zusammengebissenen Zähnen hervor, um nicht laut zu werden.

»Jetzt. Gerade eben.«

Ich atmete hörbar aus, stand auf, schritt vor dem Tisch auf und ab und massierte mir dabei den Nasenrücken.

»Vielleicht …«, sagte sie vorsichtig und warf im nächsten Moment die Hände temperamentvoll in die Luft, »weil ich genau mit dieser Reaktion gerechnet habe?«

Ich starrte sie an.

»Könntest du dich bitte wieder hinsetzen«, sagte sie, um einen ruhigen Tonfall bemüht. Ich wischte mir die Hände an der Hose ab, setzte mich ihr gegenüber und verschränkte die Arme auf dem Tisch.

»Was willst du in der Zeit machen?« Herausfordernd zog ich die Augenbrauen hoch.

Sie sah mich kühl an. »Ich möchte reisen, hab ich doch gesagt.«

Ich stieß ein Schnauben aus. »Reisen. Ja, das habe ich verstanden. Aber wohin?«

»Kanada, Australien, vielleicht Asien. Skandinavien würde mich auch reizen. Island, Norwegen.« Sie funkelte mich an. »Und gegebenenfalls mache ich einen Abstecher zu dir nach New York, wenn du dich wieder beruhigst. Ich habe meine Route noch nicht festgelegt.«

»Einen Abstecher. Wie nett von dir.« Ich lachte bitter auf. »Allein?«

»Ja«, fauchte sie gereizt. Ich war mir ziemlich sicher, diesen Tonfall bei ihr noch nie gehört zu haben. »Lotti hat noch zwei Semester. Und sonst hat ja keiner Zeit. Hast du?«

Ich wusste nicht, was mich mehr in Panik versetzte. Dass sie allein reisen wollte und ihr etwas passieren könnte oder dass sie jemanden kennen und lieben lernen würde. *Reisen verbindet, Erinnerungen verbinden.* Ich wollte derjenige sein, mit dem sie Erinnerungen teilte. Ich massierte meinen Nasenrücken und zwang mich, ruhig weiterzuatmen. »Nein, habe ich nicht.«

»Schade. Also allein. Ich kann nicht immer darauf warten, dass irgendjemand Zeit hat«, sagte sie vorwurfsvoll.

»Und es gefällt dir, allein zu reisen?«

»Sicherlich nicht. Wer ist schon gerne allein unterwegs?« Sie sah mich aus Augen an, die pure Entschlossenheit widerspiegelten, als müsste sie sich selbst etwas beweisen. »Aber das spielt keine Rolle. Ich werde nette Leute kennenlernen.«

Ja, und das ist genau mein Problem. Ich gab mir Mühe, ihr unbefangen in die Augen zu schauen. »Davon bin ich überzeugt.« Ich wog meine Worte gut ab, bevor ich weitersprach. »Hast du Angst?«

»Nein.«

Ich ließ sie keinen Wimpernschlag aus den Augen. »Du bist sehr gutgläubig, umarmst die ganze Welt. Es ist schon viel passiert, wenn Frauen allein reisen.«

Zorn blitzte in ihren Augen auf. »Es wird schon gut gehen. Auch in München kann mir jederzeit etwas passieren. Und wie gesagt, du kannst gerne mitkommen.«

Es war das zweite Mal in meinem Leben, dass ich meinen Job verfluchte.

»Kann ich leider nicht, ich habe mich für ein Projekt vertraglich verpflichtet, da kann ich nicht einfach für drei Monate abhauen.«

Sie funkelte mich mit zusammengekniffenen Augen an. »Dann hör auf, mir Angst zu machen.«

Meine Gedanken überschlugen sich. Für einen Moment schloss ich die Augen und atmete tief ein, aber das half nichts. Die Zündschnur brannte und züngelte langsam auf die Bombe zu.

»Nein, ich will das nicht.« Es kam schärfer über meine Lippen, als ich es beabsichtigt hatte.

Aus weit aufgerissen Augen sah sie mich an.

Ich lachte bitter auf. Pauls Augen verengten sich und plötzlich lag eine merkwürdige Stimmung in der Luft.

»Weil du nicht willst, dass ich allein fahre, soll ich zu Hause bleiben?« Meine Stimme wurde laut. »Ich hatte dich nicht um Erlaubnis gefragt.«

Paul strich sich energisch durch die Haare. »So habe ich das nicht gemeint.«

»Dann hilf mir, es zu verstehen.«

»Ich … ich kann dir das nicht erklären. Ich will es einfach nicht. Ich habe Angst um dich und kann es mir nicht erlauben, mir die ganze Zeit Sorgen zu machen.«

»Was ist denn mit dir los? Du, du und noch mal du. Dann tue es einfach nicht.« Meine Stimme überschlug sich fast.

Paul griff nach meiner Hand und hielt sie fest. »Bitte. Ich meine es ernst.«

»Ich auch. Du führst dich gerade auf wie ein egoistischer Idiot. Es geht hier nicht um dich.«

»Richtig, es geht nicht um mich«, zischte er.

»Dann erklär es mir.«

Paul ließ meine Hand los und lehnte sich auf seinem Stuhl zurück. »Kann ich nicht.«

Ich warf die Arme in die Luft. »Super.« Ich stand auf, packte meine Tasche und beugte mich zu ihm hinunter. »Sperr mich doch nach Fort Knox – wie einen Goldbarren. Komm doch dann und wann mal vorbei und schau nach dem Rechten. Bei der Gelegenheit vergiss bitte nicht, mich abzustauben.«

Paul stand auf und baute sich wie ein Türsteher vor mir auf. Ich wirbelte herum und stapfte an ihm vorbei. Ich musste hier weg. Das war doch lächerlich.

Ich ging an den Strand zurück und ließ mich eine Weile treiben, bis ich mich schließlich in den Sand setze. Ich schleuderte die Flipflops von den Füßen und vergrub meine Zehen in den kühlen Sandkörnern. Normalerweise liebte ich diesen Moment am Strand, wenn sich alle zurückzogen, es still wurde, die Sonnenstrahlen milder auf den Körper schienen und die Sonne langsam am Horizont ins Wasser tauchte. Ich sah hinaus auf das ruhige Meer vor mir. Nur das Rauschen der Wellen war zu hören und entfernt das Lachen einer Menschengruppe.

Wie oft ich in meinem Leben schon allein am Strand gesessen hatte, während Tim im Wasser auf die nächste Welle gewartet hatte. Oft war er so weit draußen, dass ich ihn nur durch mein Fernglas sehen konnte. Seine Lippen schmeckten salzig, wenn er zurückkam, sich neben mich in den Sand fallen ließ, mich sanft zu sich zog und mich küsste. Den ganzen Sommer über hatte er nach salzigem Meer und Sonne gerochen. Ich vermisste ihn. Tränen traten in meine Augen, aber ich blinzelte sie hastig weg.

Die letzten Tage mit Paul waren aufregend gewesen, wir hatten Spaß gehabt. Wir waren ein super Urlaubsteam. Er war alles andere als egoistisch. Er stellte mir zuliebe seine eigenen Wünsche hintan und ließ jeden Trip, jede Zugfahrt über sich ergehen. Er war fürsorglich, als ich mir die Seele aus dem Leib kotzte. Der Abend in der Bucht ... dieses Knistern. Ich wollte, dass diese Spannung zwischen uns wieder verschwand, aber wie er mich manchmal ansah, war wie Zunder. Von seinen Berührungen ganz zu schweigen. Sie verursachten eine Wärme auf meiner Haut, die sich in meinem ganzen Körper ausbreitete. Ich schüttelte den Kopf und verbannte die Erinnerung in die hinterste Ecke.

Seine Reaktion war so vorhersehbar. Ich hatte nicht grundlos so lange gewartet, um ihm das zu sagen. Mister Spreizdübel versuchte wieder einmal, alles zu kontrollieren. Ich hatte nicht erwartet, dass er vor Freudentaumel umfiel, aber das? Wären nicht gleich die Gewitterwolken in seinem Gesicht aufgezogen, hätte ich zugegeben, dass bei dem Gedanken, allein zu reisen, auch ich keine Luftsprünge machte. *Herrgott!* Das mulmige Gefühl schlich sich wieder in meinen Bauch. Ich war so ein verdammter Angsthase. Wenn er es geschickter angestellt hätte, hätte er es vermutlich sogar geschafft, mich davon abzubringen. Aber so?

Ich kramte in der Tasche nach meinem Bikini und fischte das Unterteil heraus. Nachdem ich den gesamten Tascheninhalt im Sand verteilt hatte, sah ich mein Bikinioberteil vor meinem inneren Auge an der Balkonbrüstung des Bungalows hängen. Flüchtig scannte ich den menschenleeren Strand ab. Ohne ein weiteres Mal nach links oder rechts zu sehen, stand ich auf, zog mir meine Pantie unterm Rock aus und meine Bikinihose an. Hastig schlüpfte ich aus dem Top, streifte den Rock ab und flitzte mit verschränkten Armen vor der Brust über den Strand ans Meer.

Was für ein Gefühls-Auf-und-Ab in diesem Urlaub! Die reinste Achterbahn. Ich ließ das Meer über meine Füße rauschen, während sich das Durcheinander in mir langsam wieder legte. Dann rannte ich los, Wellen peitschten neben mir hoch, bevor ich in das kühle Wasser sprang. Nach ein paar Zügen ließ ich mich auf dem Rücken treiben und genoss die beruhigenden Bewegungen des Wellengangs. Gedankenverloren strich ich mit der Zunge über meine Lippen und schloss die Augen. *Salziges Meer.*

Zurück am Strand trocknete ich mich hastig mit dem Gästehandtuch aus unserem Bungalow ab und zog mich in Windeseile wieder an. Anschließend drehte ich mein nasses Haar zusammen, steckte das Ende im Knoten fest und setzte mich mit meinem Buch in den Sand. Schöne Geschichten anderer Menschen lenkten ausgezeichnet von den eigenen Tragödien ab. Ich zog meine Beine an und verschränkte sie zum Schneidersitz.

»Ich komme in Frieden und bringe Wein«, hörte ich Pauls Stimme hinter mir. Mein Herz machte einen unkontrollierten Satz. Ich klappte mein Buch zu und drehte mich langsam zu ihm um.

Mit hängenden Schultern und einer Rotweinflasche in der Hand stand er ein paar Schritte von mir entfernt. Ich schob mir die Sonnenbrille ins Haar und betrachtete ihn für einen Moment. *Mein bester Freund.* Auch er hatte ein bisschen Glück verdient, und das war definitiv nicht ich.

»Darf ich näherkommen?«

Ich lächelte ihm aufmunternd zu und nickte. Mit zwei großen Schritten stand er hinter mir, setzte sich und hob mich auf seinen Schoß.

»Bist du noch sauer?«, fragte er mit einem reumütigen Unterton in der Stimme an meinem Ohr.

»Nein.«

Er seufzte schwer und gab mir einen flüchtigen Kuss auf die Schläfe. »Du musst mir versprechen, auf dich aufzupassen«, flüsterte er zu meiner Überraschung.

»Das werde ich«, sagte ich mit fester Stimme, während ich seinen warmen Atem an meinem Hals spürte.

»Und du kommst mich besuchen, ja?«, setzte er in einem leicht verzweifelten Tonfall nach.

Ich lehnte mich gegen seinen Oberkörper und drückte seine Hände. »Das werde ich.«

»Wann fängst du mit der Planung an?« Er sprach die Frage zwar aus, aber ich hörte in seiner Stimme, wie viel Überwindung es ihn kostete.

»Nach meinem Geburtstag.« Ich drehte mich, damit ich ihm in die Augen sehen konnte, und für ein paar Sekunden sahen wir uns nur an. Da war er wieder – dieser Blick, der auf meiner Haut kribbelte und meinen Verstand vernebelte.

18

Apulien – zehn Monate zuvor

PAUL

Noch drei Tage, zwei Nächte. Dann war unser Urlaub zu Ende und ich hatte keine Ahnung, wann ich Thea das nächste Mal wiedersehen würde. Jeder flüchtige Gedanke daran drohte mir die Luft abzuschnüren. Ich legte mein Buch neben mich auf die Matratze und starrte hinaus. Draußen braute sich ein Gewitter über dem Meer zusammen. Blitze zuckten in der Ferne auf und die Vorhänge wirbelten am offenen Fenster umher.

Sie hatte beim Abendessen müde ausgesehen und ich hatte beschlossen, das Thema nicht erneut anzusprechen. Gleich nach dem Essen hatte sie sich in ihr Zimmer zurückgezogen und ich widerstand dem Impuls, sie am Handgelenk zurückzuhalten, sie an mich zu drücken und bedingungslos zu küssen. Ein Donner grollte durch die Nacht. Es war, als verhöhnte der Himmel meine Feigheit.

Erneut griff ich zu meinem Buch, blätterte an den Anfang des Kapitels und fing abermals von vorne an.

Meine Gedanken waren wieder weit abgeschweift, als ich durch den Türspalt das Licht im Wohnzimmer angehen sah und ein Tappen von nackten Füßen auf dem Fußboden hörte. Von außen wurde die Türklinke nach unten gedrückt und kurz darauf öffnete sich die Tür zaghaft einen Spalt breit.

»Paul?« Es war nur ein leises Flüstern, das ich bis in meine Lenden spürte. *Himmel!* Krampfhaft versuchte ich, an etwas anderes zu denken. *Haben Pinguine eigentlich Knie?*

»Darf ich bei dir schlafen?«, flüsterte sie und schob die Tür weiter auf.

Das war mein Untergang. Ich legte das Buch zur Seite und nickte stumm. In ihrer Shorts und einem schwarzen Trägeroberteil mit einem *Woodstock*-Print tapste sie über den Fliesenboden zu mir ans Bett. Ohne ein Wort rutschte ich ein Stück zur Seite und hob die Leinendecke an.

»Danke«, flüsterte sie und schlüpfte darunter.

Kein Auge würde ich in dieser Nacht zumachen.

Sie drehte sich zu mir, legte den Kopf auf ihren Arm und sah zu mir hoch.

Ich warf mein Buch auf den Nachttisch, rutschte am Kopfende runter und drehte mich zu ihr. »Der Traum?«

»Nein, das Unwetter.«

»Angsthase.«

»Tut mir leid, dass ich heute einfach gegangen bin«, sagte sie aufrichtig. Vorsichtig strich ich ihr eine Strähne hinters Ohr und verharrte mit der Hand auf ihrer Wange. Am liebsten hätte ich sie an mich gezogen, damit kein Millimeter Platz mehr zwischen uns war, aber stattdessen fuhr ich mit dem Daumen über ihren Wangenknochen. »Schon okay.«

Thea betrachtete die Windrose auf der Innenseite meines Oberarms. »Sagst du's mir?«

Ich lachte und schüttelte zugleich den Kopf. »Nein, auf keinen Fall.«

»Ich habe keine Geheimnisse vor dir.«

»Wirklich?«

»Das war ja kein Geheimnis. Ich wusste nicht, wie ich es dir sagen soll. Wir müssen also nur an der Art und Weise unserer Kommunikation arbeiten.«

Ich zog meine Hand zurück. »Gut, aber zu diesem Zweck nutzen wir jetzt nicht mein Tattoo. Nehmen wir doch das

Thema Inkompatibilität von Traummännern«, sagte ich mit einem schiefen Grinsen.

Schmollend schob sie ihre Unterlippe nach vorne. »Schwieriges Thema. Mit Traummännern ist das halt so eine Sache …«

»Wie ist denn die Sachlage?«

»Das funktioniert nicht. Ich bringe ihnen kein Glück. Und ein bisschen Glück kann doch jeder gebrauchen.« Sie zwinkerte mir zu.

»Was?«

Sie verdrehte die Augen. »Mensch Paul. Ist das so schwer zu verstehen? Der perfekte Mann soll eine Frau haben, die ihn glücklich macht und nicht …«

»Aber du sollst doch auch glücklich sein.«

»Ja, aber doch nicht mit einem Traummann. Den sollen andere haben, das ist bei mir doch reinste Verschwendung. Die sind eine Rarität, da muss man schon vorsichtig damit umgehen. Nicht, dass sie eines Tages ganz aussterben. Stell dir das einmal vor.«

Ich sah sie stirnrunzelnd an. »Das verstehe ich nicht.«

»Sag ich ja. Wir brauchen ein einfacheres Thema. Nehmen wir dein Tattoo.«

Ich lachte. »Nein, nein, nein. Wir geben nicht so schnell auf. Traummann hin oder her. Ich will einfach nur das Beste für dich.«

»Gut, dann verrate mir, was das Beste für mich ist. Ich weiß es jedenfalls nicht. Und ein Nerd ist es deiner Meinung nach ja auch nicht.«

»Na ja …« Ich brach ab. Jede Faser meines Körpers schrie: *ich*. Aber ich war nicht das Beste für Thea. Auch wenn ich das wollte. Sie in meine ganze Scheiße mit reinzuziehen, würde uns zunichtemachen.

»Du weißt es auch nicht. Tim war mein Traummann. Jetzt ist er weg.«

»Sag mir jetzt nicht, du glaubst, das war deine Schuld?«

»Doch. Ich hatte Tim nicht erzählt, dass ich mich mit Marwin im Park getroffen hatte, um an seine Vernunft zu appellieren. Das war dumm von mir. Ich wollte einfach nur, dass er uns in Ruhe ließ. Er schien einsichtig und gab mir sein Wort. Sagte, mein Glück läge ihm am Herzen. Ich hätte es besser wissen müssen, ihm fehlte es schon immer an jeglicher Empathie. Das eigene Wohlbefinden stand bei Marwin immer an erster Stelle. Es interessierte ihn noch nie, wie es mir geht. Wie konnte ich nur glauben, er hätte sich geändert? Ein Narzisst ändert sich nicht, wenn es nicht für seine Zwecke dienlich ist. Seine kleine Schwester machte das Foto von uns, als ich ihn zum Abschied noch einmal drückte. Ich hätte es Tim erzählen müssen, dann wäre er Marwin eine Nasenlänge voraus gewesen und das alles wäre nicht passiert. Ich brachte Tim einfach kein Glück.«

Ich stützte mich ruckartig auf meinem Unterarm ab. »Stopp, Thea. Das ist doch Blödsinn. Wie viele Jahre redest du dir das jetzt ein?«

»Spar dir die Mühe. Ich war schon in Therapie.«

Seufzend ließ ich mich auf den Rücken fallen und zog mich wieder auf meine Seite des Bettes zurück.

Wir schwiegen, und je länger sich dieses Schweigen in die Länge zog, desto mehr drohte es mich zu erdrücken.

Ich räusperte mich. »Du kannst dich ja nur in eines von beiden verlieben. Traummann oder besten Freund. Zum Beispiel in so einen Typen wie mich, das reicht vielleicht schon«, sagte ich belustigt, um die Stimmung zu heben.

»Einen Typen wie dich? Ich kann mich doch nicht in einen Mann verlieben, der sich niemals in mich verlieben würde, der jeder Frage ausweicht. In einen Spreizdübel, einem Geheimnistuer ...«

»Warum sollte ich, also ich meine, die Kerle das nicht? Sich in dich verlieben?«, unterbrach ich sie hastig.

»Siehst du. Sogar ›Fragen ausweichen‹ wird ausgewichen.«

Ich ignorierte ihre Spitze wie schon so oft. »Ich verstehe nicht, wie du auf so was kommst. Du bist etwas Besonderes und ...«

»La, la, la ...« Sie hielt sich dabei die Ohren zu und ließ die Hände sinken, als sie bemerkte, dass ich nicht mehr sprach.

»Ich habe schon einen Typen im Paul-Format. Einer von der Sorte reicht.« Sie grinste verschlagen. »Außerdem leben wir auf unterschiedlichen Erdteilen und ... Ach, ich könnte die Liste unendlich weiterführen.«

»Dann tu es, wir haben ja Zeit.«

Sie schwieg.

»Dir fallen keine mehr ein«, flüsterte ich ihr ins Ohr.

Sie schnaubte und schloss die Augen. »Weißt du, Tim war mein Traummann und bester Freund. Puff.« Sie schnippte mit den Fingern in die Luft. »Und Tim als bester Freund oder Tim als mein Freund – beide fehlen gleichermaßen.« Ihre Stimme war kaum mehr als ein Flüstern.

Ich schluckte den schweren Kloß in meinem Hals runter. »Du wirst *mir* genauso fehlen und meine größte Angst ist, dass du jemanden kennenlernst und ...«

»Fang nicht schon wieder damit an. Was soll passieren?«, fiel sie mir ins Wort.

Das erste Mal, dass ich ihr dankbar dafür war. ... *kennenlernst und dich verliebst.* In einen, der keinen Fragen auswich, keine Geheimnisse hatte, nicht auf einem anderen Erdteil lebte.

Ich zuckte mit den Schultern. Es war nicht der richtige Moment, um darauf zu antworten.

»Du hast bisher nie so eine Frage mit einem Schulterzucken beendet.«

»Nein, aber ich weiß nicht mehr, was ich sagen soll.« Ich drehte mich zu Thea und gab ihr einen Kuss auf die Wange. »Schlaf gut.« Dann knipste ich das Licht aus, verschränkte die Arme unterm Kopf und starrte in die Dunkelheit. Es dauerte nicht lange, bis ich Theas gleichmäßige Atemzüge neben mir hörte.

Ich kämpfte innerlich mit meinen Lügen, klammerte mich an meine Seifenblase und widerstand dem Impuls eines Wutanfalls. Ich wollte … ich konnte so nicht mehr weitermachen. Gedankenversunken strich ich mit dem Daumen über das Tattoo auf der Innenseite meines Oberarms. Mit der aufkommenden Sehnsucht keimte gleichzeitig die Angst in mir auf. Denn ich wusste, damit könnte er mich endgültig zerstören. Ich musste mich langsam entscheiden. So konnte es nicht weitergehen.

Ich wartete noch ein paar Minuten, dann stand ich leise auf, blieb auf der Bettkante sitzen und betrachtete sie für einen Augenblick. Das Haar, das ihr über die Schultern fiel, die Sommersprossen und die friedlichen Gesichtszüge. Als wäre diese Welt in diesem Moment vollkommen unbeschwert. Ein fantastisches Mauerwerk hatte sie sich in den Jahren aufgebaut, hinter das ich nur selten für einen Flügelschlag blicken konnte. Ihre Füße hatte sie aus der Bettdecke gestreckt und ihre braune Haut stand im Kontrast zur weißen Bettwäsche. Was würde ich dafür geben, sie berühren zu dürfen.

Als ich ihr heute Nachmittag an den Strand gefolgt war und sie dort stehen sah, wollte ich am liebsten zu ihr laufen, sie umarmen und nie wieder loslassen. Aber stattdessen hatte ich mich dazu entschieden, eine Flasche Wein zu besorgen und sie erst einmal allein zu lassen. Ein letztes Mal hatte ich mich zu ihr umgedreht und den weitläufigen Strand und Thea fotografiert.

Ich beugte mich zu ihr und flüsterte ihr ins Ohr: »Weißt du, oft liegt das, was ein Mensch sucht, direkt vor seiner Nase.« Dann stand ich auf, schlich aus dem Zimmer und schloss leise die Tür. Ich schnappte mir mein Handy vom Tisch, ging ins Bad und wählte Sarahs Nummer.

Ich hatte Sarah ein bisschen etwas von unserem Urlaub erzählt. Das Einzige, was sie mit einem Lächeln in der Stimme sagte und ständig wiederholte, war: »Soso.«

Schließlich kam ich zu meiner eigentlichen Frage: »Wie schafft man es, einen Sturkopf vom Gegenteil zu überzeugen?«

»Vergiss es! Eine Nacht reicht dafür nicht aus. Das müsste der Erfinder der Sturheit eigentlich wissen. Paul, stell dich einfach der Wahrheit. Was willst du?«

»Ich will nicht, dass sie allein um die Welt tingelt.«

»Denk noch mal darüber nach. Was *willst* du?«

»Sarah?«

»Okay, hör zu und dann lege ich auf. Klar?« Sie wartete meine Antwort nicht ab und redete weiter. »Schalte deinen Kopf aus und hör auf dein Herz.«

Auf mein Herz? Genervt schüttelte ich den Kopf.

»Verlass endlich deine bescheuerte Komfortzone, biete deinem Bruder die Stirn und schenk ihr ein Ticket nach New York.«

Ich lachte bitte auf. »Hör auf. Das funktioniert nicht … Sarah?«

Am anderen Ende der Leitung war es still geworden. Ich sah auf das Display. Sie hatte aufgelegt.

Verflucht. Wie lächerlich.

Nachdem ich das Telefon ausgeschaltet hatte, vergewisserte ich mich kurz, ob Thea noch schlief. Sie hatte sich zu einer Kugel zusammengerollt und die Decke bis zur Nasenspitze hochgezogen.

Ich setzte mich auf die Couch, lehnte mich zurück, wiederholte Sarahs Satz und tat, was sie gesagt hatte – auch wenn ich meinen Verstand dabei nicht ausknipsen konnte. Dann rutschte ich an den Couchtisch und öffnete meinen Laptop.

19

THEA

Ich klatschte mir erneut mit der flachen Hand auf die Wange. *Verdammte Fliege.* Die halbe Nacht hatte mich das blöde Ding nicht in Ruhe gelassen.

Wieder kitzelten mich flinke Beinchen im Gesicht. Ich wischte mir energisch über die Backe und kniff meine Augen fest zu. *Ich dreh durch.* Ich zerrte an meiner Bettdecke, damit ich meinen Kopf darunter verstecken konnte, und ließ kraftlos meine Hände sinken. Die Decke hatte sich wie ein Kokon um meinen Körper gewickelt und bewegte sich keinen Millimeter.

Ich öffnete die Augen, um mich aus meiner misslichen Lage zu befreien, und stieß sogleich einen Schrei aus.

Blitzschnell legte mir Paul seine Hand auf den Mund. »Pst, die Leute denken ja, ich bring dich um.«

Mein Herz schlug mir bis zum Hals. Aus weit aufgerissenen Augen sah ich ihn an.

»Kann ich meine Hand runternehmen?«

Langsam nickte ich.

Ich ließ mich zurück in meine Kissen fallen und vergrub mein Gesicht in beiden Händen. »Paul, du hast mich zu Tode erschreckt.«

»Dafür siehst du aber noch ganz frisch aus.«

Mein Herzschlag hatte sich noch nicht wieder beruhigt, als er mich hochzog und fest in seine Arme schloss. Ich spürte seinen warmen Oberkörper an meinem, fühlte die Muskeln an seinem Rücken und der vertraute Geruch stieg in meine Nase. Ich vergrub mein Gesicht in seiner Halsbeuge und atmete einmal tief ein.

»Alles Gute zum Geburtstag.« Er schob mich mit den Händen sanft zurück, gab mir einen Kuss auf die Wange und reichte mir ein Kuvert. »Mach auf.«

Der Briefumschlag trug das geprägte Monogramm des Hotels. Ich drehte ihn und öffnete langsam den mit Seidenpapier gefütterten Umschlag.

»Mach schon«, drängte er ungeduldig und stand auf.

Ich zog das Büttenpapier heraus und faltete es auf. Das Briefpapier trug dasselbe Monogramm. Ich überflog den Ausdruck, atmete einmal tief durch und gleich noch einmal. Dann las ich erneut die geschriebenen Zeilen in meinen Händen und hob schließlich den Kopf.

»Wow, ein Flugticket nach New York.« Ich bemühte mich um ein Lächeln und scheiterte kläglich.

»Jepp.« Er schluckte hart und ließ enttäuscht die Arme hängen. »Und zurück.«

Ich sah erneut auf den Brief. »Hin und zurück«, wiederholte ich. »Hinflug erster Mai und drei Monate später der Rückflug.«

Mistkerl. Das war nicht fair.

Langsam ließ ich das Papier auf meinen Schoß sinken und sah ihn an. »Ich soll die gesamte Zeit in New York verbringen?«

»Genau genommen bei mir.« Er deutete mit dem Finger auf seine Brust. »Du hättest ein Zimmer für dich allein. Und glaube mir, in drei Monaten kann man in dieser Stadt viel erleben. Und wenn du etwas anderes sehen willst, kommst du in kürzester Zeit an die schönsten Ecken der USA und auf die Bahamas, Mexiko …«

»Bahamas?«, unterbrach ich Paul mit hochgezogenen Augenbrauen.

Er setzte sich zu mir auf die Bettkante.

»Weit weg von Skandinavien, oder? Ich wollte etwas von der Welt sehen und nicht New York. Ich dachte an eine Woche bei dir.«

Er starrte mich angespannt und traurig an.

»Ich kann das nicht annehmen.«

»Doch, natürlich kannst du das«, sagte er energisch. »Du musst aber nicht. Ich wollte dir nur eine Freude machen.«

»Mir?«, konterte ich, legte den Umschlag und das Papier zur Seite, drehte mich zu ihm und griff nach seinen Händen. »Paul, das ist nicht fair. Es ist ein wohliges Gefühl zu wissen, dass du dich um mich sorgst. Ich habe genauso Angst, aber ich möchte es trotzdem machen.«

Etwas blitzte in seinen Augen auf, als hätten meine Worte bestätigt, was er ohnehin schon wusste.

»Hör zu Thea, bitte.« Seine Hand schloss sich um meine und drückte sie. »Du bist für mich ein ganz besonderer und wichtiger Mensch und ja, es ist egoistisch …«

»Richtig«, unterbrach ich ihn.

»Jedenfalls … ich will dich nicht verlieren …« Er hielt inne, wohl in der Annahme, ich würde ihn ohnehin unterbrechen. Tat ich aber nicht. »Ich möchte, dass du schöne Dinge siehst, jedoch nicht allein. Ich hatte nicht den Eindruck, dass dir wohl bei der Sache ist. Und da du niemanden hast, der mit dir reist …«, seine Stimme überschlug sich fast, »… dachte ich mir eben … es ist genial, wenn du bei mir bist.« Er atmete tief durch und redete weiter. »Du kommst gut allein zurecht, das weiß ich. Aber es ist doch auch schön, jemandem zu erzählen, was man erlebt hat, seine Erinnerungen zu teilen. Mir würde das zumindest sehr viel bedeuten. Was denkst du?«

»Ich weiß es nicht. Keine Ahnung. Ich bin gerade dabei, darüber nachzudenken.«

Er nickte, während seine Mundwinkel leicht in die Höhe zuckten. »Herz und Verstand im Schlagabtausch?«

Ich nickte.

»Mach weiter.« Er lehnte sich ans Kopfende und verschränkte die Arme vor der Brust.

Mir huschte ein Lächeln über die Lippen. *Spinner.* Ich stellte mir drei Monate allein unterwegs vor. In Stockholm, in Sydney, in Thailand. Thailand? Da wollte ich gar nicht hin. Egal. Es war die gewohnte Unruhe, die Beklommenheit, welche sich bei diesem Gedanken in meinem Bauch ausdehnte. Bei der Vorstellung, in New York und bei Paul zu sein, blieb das Unbehagen aus. Egal wie sehr ich mich bemühte, mir etwas anderes einzureden.

Er zog mit einem kräftigen Ruck an der Decke. »Los, raus mit dir, mach dich fertig, ich habe noch eine Überraschung für dich.«

»Ich brauche noch eine Minute«, sagte ich.

Mit einem breiten Grinsen drehte sich Paul um und schloss die Tür hinter sich.

Er hatte mich durchschaut. Von Anfang an. Ich konnte ihm nicht einmal böse sein. Er hatte mir das geschenkt, was ich mir am meisten gewünscht hatte. Zeit mit ihm.

Ich krabbelte aus dem Bett, ging in mein Zimmer und hüpfte unter die Dusche, packte meine Strandtasche und stand zwanzig Minuten später bei ihm auf dem Balkon. »Fertig.«

»Dann mal los.« Er streckte mir seine Hand entgegen und wartete, bis ich meine in seine gelegt hatte. Dann zog er mich aus unserem Bungalow, am Pool vorbei über die weitläufige Anlage, durch das Hauptgebäude, die Lobby und wieder ins Freie. Erst dann ließ er meine Hand los.

»Ta-taa. Wir fahren heute den ganzen Tag Tuk-Tuk«, verkündete Paul wie ein Showmaster und wartete auf meine Reaktion.

»Wie cool ist das denn?« Ich legte meine Hände um seinen Nacken, stellte mich auf die Zehenspitzen und gab ihm einen Kuss auf die Wange. Sein Grinsen wurde breiter. Er öffnete die Tür und deutete mir einzusteigen. Ich zog den Kopf ein und kletterte in das Tuk-Tuk. Paul folgte mir lachend und kopfschüttelnd zugleich.

»Wohin fahren wir zuerst?«, fragte ich gespannt.

»Frühstücken.« Er zwinkerte mir zu, griff erneut nach meiner Hand und strich mit seinem Daumen über meinen Handrücken. Schnell schob ich das aufkommende Kribbeln in meinem Bauch beiseite. Der Flitzer preschte um die Kurven und nahm jede Bodenwelle mit, es beutelte meinen ganzen Körper durch, während der Wind mein Haar zerzauste.

Als wir das vierte Mal am Altstadttor vorbeisausten, beugte sich Paul zum Tuk-Tuk-Fahrer vor.

»Wir steigen da vorne aus.«

Der Fahrer bremste abrupt. Reflexartig streckte Paul seinen Arm nach hinten und verhinderte damit, dass ich nach vorne krachte.

PAUL

»Hast du dich entschieden?«, fragte ich leise.

Es folgte ein unerträgliches Schweigen, doch dann reckte sie ihr Kinn, sah mich an und nickte.

»Und wer hat gewonnen?«

Sie lachte auf. »Der Bauch sagt …«

Ich unterbrach sie und hob fragend eine Augenbraue. »Der Bauch?«

Thea sah mich irritiert an und nickte erneut. *Und was ist mit dem Herz?*

»Ich komme zu dir. Das heißt aber nicht, dass ich nicht mehr sauer auf dich bin.«

Ich ließ die angehaltene Luft aus meinen Lungen entweichen. »Damit kann ich leben.«

Ich hatte noch keinen blassen Schimmer, wie das alles funktionieren sollte, aber das würde es.

»Warum machst du jetzt so ein komisches Gesicht?«, fragte sie.

»Ich? Ich mach kein komisches Gesicht. Ich habe was für dich.« Ich zog das kleine runde Päckchen aus meiner Hosentasche. »Jeder braucht ein bisschen Glück, oder?«

»Oh, wie hast du das hingekriegt?«

»Das verrate ich nicht.«

Sie entfernte das Papier, umschloss den Pumo mit beiden Händen und drückt ihn gegen ihre Brust. »Danke.«

Der Pumo wird Ihnen Glück bringen, Signore«, sagte die freundliche Verkäuferin in dem Keramikladen direkt hinter dem Altstadttor. Das hoffte ich. Ich lächelte, als würde ich es noch nicht wissen. Vorsichtig packte sie mir den kleinen türkisschimmernden Pumo in Packpapier ein. Dann verließ ich den Laden und wartete auf Thea am Stadttor. Kurz darauf bog das Tuk-Tuk um die Ecke. Ich ließ den Pumo in meine Hosentasche verschwinden, stieß mich von der Wand ab und stieg ein.

Thea stupste mich von der Seite an. »Kann's losgehen?«

»Klar.« Ich zahlte und öffnete die Tür des Tuk-Tuks.

Den Vormittag verbrachten wir mit einem ausgiebigen Frühstück. Anschließend lagen wir am Meer, bis wir die mit Klaus schimpfende Hannelore am Strand entdeckten. Wir packten in Windeseile unsere Sachen zusammen und rannten lachend zurück zum Bungalow. Den restlichen Tag blieben wir am Pool. Martha und Maria brachten uns Brotbälle und Champagner vorbei und gratulierten Thea zum Geburtstag. Bis jetzt hatte Martha ihr Wort gehalten.

Während Thea auf der Mauer lag und ihre Nase in ein Buch steckte, lag ich auf der Liege und machte mir Gedanken über die bevorstehende gemeinsame Zeit in New York. Auch wenn es nicht leicht werden würde, es war genau das, was ich wollte.

Für den Abend hatte ich ein italienisches Restaurant rausgesucht, nichts Besonderes, aber von *TripAdvisor* hochgelobt. Obwohl ich mir den Weg eingeprägt hatte, liefen wir zum zweiten Mal an der gleichen Weggabelung vorbei. Thea blieb vor der kleinen Pasticceria stehen und stierte in die Auslage.

»Willst du lieber hier rein?« Es war als Scherz gedacht, aber sie sah mich mit leuchtenden Augen an. Ich schüttelte den Kopf, kam jedoch gegen das Lächeln nicht an.

»Sollen wir den ganzen Abend nur Süßkram essen?«, fragte sie und biss sich auf die Unterlippe.

Ich legte meine Hand auf ihren Rücken und schob sie zu einem freien Tisch.

»Wir fangen mit der Nachspeise an und hören mit dem Hauptgang auf.« Ich zog den Stuhl für sie zurück und deutete ihr an, sich hinzusetzen.

Dann bestellten wir von allem eine Portion. Jeweils mit einem Teelöffel und einer Kuchengabel bewaffnet, futterten wir uns durch die Vielzahl der überschaubaren süßen Spezialitäten.

»Das hier, würde in New York nicht in mein Diät-Konzept powered by Elly passen.«

»Jeder, wie er meint«, sagte sie schmatzend zwischen zwei Bissen Panna cotta und steckte ihren Löffel in das Tiramisu. »Aber schön dumm, sich so etwas entgehen zu lassen.«

Ich wäre dumm, wenn ich mir das entgehen lasse. Ich konnte mir das Grinsen nicht verkneifen. Noch weniger konnte ich mich gegen meine Gefühle wehren, die Thea in mir auslöste. Ich musste mich regelrecht dazu zwingen, den Blick von ihr abzuwenden, und wischte mir mit der Serviette die Überreste der Vanillecreme von den Lippen.

Wie ein Film liefen die letzten zwei Wochen vor meinem inneren Auge ab. Der Abend an der Bar, als ich Thea als meine Freundin ausgegeben hatte – es fühlte sich echt an. Genau richtig. Nahezu perfekt. Ich war glücklich, stolz und zufrieden. Gefühle, die mir alle fremd waren, aber sie waren da und sie verschwanden auch nicht. Und Thea? Die sanfte Berührung meiner Hand auf ihrem Rücken hatte genügt, dass sie für einen Moment das Atmen vergaß. Ihr Blick, den sie an mir rauf- und wieder hinabgleiten ließ, als ich mich vor ihr in der Bucht ausgezogen hatte, brannte noch immer auf meiner Haut, genauso das Gefühl ihrer zarten Finger auf meinen Schultern. Der Moment in der Grotte und das Knistern zwischen uns. Auch ohne hinzusehen, hatte ich Theas Blick auf mir gespürt, als wir im Zug saßen und sie gedankenverloren auf ihrer Unterlippe kaute. Aber sie tat weiterhin beharrlich so, als wäre da nichts.

Die Art, wie sie mich heute Nachmittag vom Beckenrand aus angesehen hatte, als ich vor ihr im Wasser stand, verriet sie erneut. Ich hatte meinen Blick von ihrem Mund nicht abwenden können. Und um aus einer Laune heraus keinen Fehler zu begehen, hatte ich mich zurück ins Wasser fallen lassen, dabei nach ihren Füßen gegriffen und sie mit mir gezogen. Es ließ sie genauso wenig kalt. Egal wie sehr sie sich dagegen wehrte. Und je mehr ich mich dagegen wehrte, desto stärker wurden meine Gefühle für sie. Stärker als meine höllische Angst.

Oh Mann, schau mich nicht so an. Ihr Lächeln genügte, um zu wissen, dass ich nicht mehr dagegen ankam. Um meinen nervösen Puls zu beruhigen, trank ich mein Weinglas in einem Zug aus. Ich suchte ihren Blick. Sie lächelte mich an und legte fragend den Kopf schief. Kurzentschlossen griff ich nach ihrer Hand. »Thea.«

»Mmh?« Sie leckte sich den Kakao von der Oberlippe.

»Ich l…« Der Rest meiner Worte wurde von einem ohrenbetäubenden Rattern verschluckt. Drei Jugendliche, mit Rucksäcken und Trolleys bewaffnet, knatterten über die Pflastersteine. *Himmel!* Ich schloss die Augen, ließ ihre Finger aus meiner Hand gleiten und mich nach hinten an die Stuhllehne fallen.

Thea lachte und wartete, bis das Knattern verstummte. »Was hast du gesagt?«

Wäre ich in diesem Moment nicht so verzweifelt gewesen, hätte ich womöglich gelacht. Aber stattdessen fuhr ich mir mit der Hand übers Gesicht und versuchte ruhig weiterzuatmen. Ich hatte nichts zu verlieren und zugleich alles. Thea in meinem Leben zu haben, war wichtiger als alles andere. *Danke Jungs.*

Ich schüttelte den Kopf. »Nichts.«

Ich hatte schon so lange gewartet, ich konnte auch noch länger warten. Ich fuhr mir durch das Haar und stellte fest, dass meine Hand leicht zitterte. Eigentlich wusste ich überhaupt nicht, warum ich diese Worte ausgesprochen hatte. Es hätte die Zeit in New York nur verkompliziert. Es war gut so. Ich sah sie an, lächelte und schüttelte erneut den Kopf.

»Nichts Wichtiges.«

20

New York – heute

THEA

Dieser Balkon besaß weder die romantische Atmosphäre der malerischen Bucht von Apulien, noch hatten wir hier eine wundervolle Aussicht. Statt Meeresrauschen und Mondschein entfernte Motorengeräusche und der Lichtkegel über der Stadt. Weder salziges Meer noch der Duft von Sonne auf der Haut, dafür der Geruch nach kühler Stadtluft. Ich hatte keine Ahnung, wie lange wir hier bereits saßen und unseren Erinnerungen nachhingen. Die Kerzen vor uns waren fast heruntergebrannt und das Wachs der Stabkerze überzog den schwarzen Kerzenständer. In den Fenstern der gegenüberliegenden Häuser erloschen nach und nach die Lichter.

An jeder Erinnerung hingen mindestens zehn weitere. Auch wenn ich die knisternde Spannung zwischen uns meilenweit nach hinten geschoben hatte, spürte ich sie erneut in jeder Faser meines Köpers.

»Es war wunderschön, oder?«, fragte Paul.

Seine Haare sahen aus, als hätte er sich in der letzten Stunde mehrmals mit den Fingern durchgefahren. Ein paar Sekunden lang schauten wir uns nur an, bevor mein Blick für einen Wimpernschlag zu seinen geschwungenen Lippen huschte. Mit einem amüsierten Funkeln in den Augen griff er nach meiner Hand, verschränkte seine Finger mit meinen und strich mit dem Daumen sanft über meinen Handrücken.

Eine feine Gänsehaut überzog meinen ganzen Körper, während in mir eine Hitzewelle aufbrodelte. Ich entzog ihm meine Hand, schnappte mir das Sweatshirt neben mir und legte es mir über die Beine. Im selben Moment zog Paul seinen dunkelgrauen Kapuzenpulli aus und reichte ihn mir. Ohne zu zögern, griff ich danach und schlüpfte hinein. Bevor ich meinen Kopf wieder in die kühle Abendluft steckte, atmete ich tief den vertrauten Duft von Paul ein, der mich für einen Moment in das Gefühl von Geborgensein hüllte. Beim nächsten Atemzug überrumpelte mich ein schlechtes Gewissen. Ich schob meinen Kopf durch den Ausschnitt und warf die Kapuze zurück. *Thea an Verstand: Ich spüre Geborgenheit, wenn ich Tims Kapuzenpulli trage, und nicht bei Pauls.* Ich zog die Ärmel über meine Finger, ballte die Hände zu Fäusten und senkte den Blick auf meinen Schoß.

»Was denkst du?«, fragte Paul mit sanfter Stimme, legte seinen Arm wieder um meine Schultern und zog mich an sich.

»Nichts.« *Wenn er wüsste, wie mir der Kopf schwirrt.*

»Nichts?«

Ich zuckte mit den Achseln, drehte mich zu ihm und setzte ein unbekümmertes Lächeln auf. »Nein, nichts.«

Er warf mir einen prüfenden Blick zu.

Ich sah unschuldig zurück. »Was wolltest du mir eigentlich sagen zwischen den ganzen kleinen Leckereien?«

»Nichts«, sagte er mit einem schiefen Grinsen und drückte mir einen sanften Kuss auf die Schläfe. Ein Pochen machte sich in meiner Brust bemerkbar, aber ich ignorierte es mit allen Kräften.

»Nichts?«, bohrte ich nach.

»Nein, nichts. Ich bin froh, dass du da bist.«

»Ich würde nirgendwo anders sein wollen«, sagte ich mit einem spöttischen Unterton.

Ich ignorierte ihre Spitze und schwieg. Die Angst davor, sie an einen anderen zu verlieren, hatte mir damals größere Sorgen bereitet als die, dass sie in meinen Strudel hineingezogen werden könnte. Ich hatte gewusst, dass mein irrationales Geschenk einige Herausforderungen mit sich bringen würde, aber ich war davon überzeugt gewesen, es zu schaffen. Ich dachte, ich hätte genug Zeit, mir etwas zu überlegen und vor allem meine Gefühle wieder in den Griff zu bekommen. Ihr aus dem Weg zu gehen, stellte sich allerdings als die schlechteste Lösung heraus.

Die Wochen nach meiner Rückkehr aus Apulien verliefen wie gewohnt. Es kehrte der Alltag ein. Job, nervige Gespräche mit Alex, Elly, Abende mit Freunden, Telefonate mit Thea. Ich war mit mir und der Welt im Gleichgewicht. Und jetzt? Stand alles kopf. Seit dem Moment, als ich sie in der ersten Nacht gesehen hatte. Ich hatte an ihrem Bett verharrt, die gleichmäßigen Bewegungen ihres Brustkorbs beobachtet und die feinen Linien ihres Profils betrachtet. Die Strähne über ihrem Gesicht und das leichte zufriedene Lächeln auf ihren Lippen. Ich hatte gehofft, sie träumte nicht wieder von Tim. Ihr Anblick war wie ein Funke gewesen, der das Feuer erneut entfacht hatte. Meine Gefühle, die ich mir verboten und in den letzten Monaten verdammt gut im Griff gehabt hatte, hatten mit voller Wucht zurückgeschlagen, als hätten sie nur auf diesen einen Moment gewartet.

Und jetzt, bei all den Erinnerungen und sie neben mir in meinen Armen wissend, war ich verloren. Mehr denn je wusste ich, was ich wollte. Und das, obwohl wir hier in New York auf meinen Balkon saßen. Ich lehnte meinen Kopf an die Wand und schloss die Augen.

Während wir unseren Gedanken nachgehangen hatten, hatte ich sie beobachtet. Da war ein Leuchten in ihren Augen, aber das war nicht alles, was sich darin spiegelte. Sie konnte es so verflucht gut vor sich und mir verstecken. Und das Schlimmste daran: Sie ging davon aus, dass es diese Gefühle nicht gab. Sie machte es mir so verdammt schwer. Wann würde ich diese Nuss endlich knacken? Ihr Blick voll von Traurigkeit, als sie ihr Gesicht durch mein Sweatshirt schob ... *Tim.*

»Ich fange wieder bei null an«, murmelte ich.

»Hast du was gesagt?«

Ohne sie anzusehen, schüttelte ich den Kopf und nahm meinen Arm runter.

Sie stupste mich mit der Schulter von der Seite an. »Einen Penny für deine Gedanken.« Und zwinkerte mir mit einem Lächeln zu.

Ich lachte auf, was in meinen Ohren eher verzweifelt klang. *Ein Schritt nach dem anderen.*

Ich griff zur Weinflasche und hielt sie in das bisschen Kerzenlicht, das wir noch hatten. »Ich hol eine neue Flasche.«

Thea schüttelte den Kopf. »Lass gut sein. Gehen wir ins Bett.« Sie stand auf, zog mir die Decke unterm Hintern weg und legte sie zusammen. »Hast du eigentlich eine Putzfrau?«

Ich lachte auf. Es hatte sich nichts verändert. Nach wie vor die unglaublichsten Gedankensprünge. »Nein, ich mache das selbst.«

»Wow.« Thea sah mit großen Augen auf mich hinunter.

Ich stand auf und streckte mich. »Da staunste, was?«

So chaotisch, wie es in meinem Inneren aussah, brauchte ich die Ordnung und Sauberkeit in meinen eigenen vier Wänden. Ich pustete die letzte Kerze aus, öffnete die Balkontür und knipste das Wohnzimmerlicht an.

»Paul ...«

Ich drehte mich zu ihr um. Mit einem entschlossenen Ausdruck in ihren dunkelbraunen Augen suchte sie meinen Blick.

»Du bist mein bester Freund und du bist mein Lieblingsmensch. Daran wird sich *nie* etwas ändern.« Offenbar sah ich sie verwirrt an, weswegen sie mit den Achseln zuckte und hinzufügte: »Na ja, ich mein ja nur. Wir hatten nicht so einen guten Start, Spreizdübel.« Sie schnappte sich die Kerzen und schob sich an mir vorbei ins Wohnzimmer.

Echt jetzt! Lieblingsmensch? Wenn ich wüsste, was das heißen soll, könnte ich ihr sagen, was ich davon halte. Ich bin ihr Lieblingsmensch? Verflucht noch mal. Was soll das heißen? Lieblingsmensch wie Lieblingsteddy? Lieblings-T-Shirt? Lieblings… Ach verflucht – Lieblingsmensch ist in jedem Fall nicht genug. Wenn ich dieses Wort noch ein einziges Mal höre, raste ich aus.

Ich schloss die Balkontür und ging zu ihr in die Küche. Ich wollte soeben ansetzen und nachfragen, was dann der super Gentleman von heute Nachmittag war, aber dazu kam ich nicht mehr. Thea stand bereits auf der Treppe zum Bad und winkte mir über die Schulter zu.

»Gute Nacht«, flötete sie.

»Gute Nacht, schlaf gut«, rief ich ihr hinterher und fing an, die Küche aufzuräumen. Vielleicht war er ja ihr Lieblingsfahrer. Ich schnaubte laut, holte mir eine Flasche Weißwein aus dem Kühlschrank und setzte mich an den Küchentisch.

Ich erinnerte mich an ihre Worte, wie man idealerweise den Richtigen kennenlernen sollte. Das war am Anfang unserer Freundschaft gewesen. Den Mann, den man zufällig im Club oder in einer Bar traf, das hatte keine Zukunft. *Nein, auf keinen Fall!* Aber den Typen, den man dahingegen bei einer Aktivität kennenlernte, in einem Museum oder im Job, das hatte Zukunft. *Klar! Oder in einem Uber,* ergänzte ich sarkastisch Theas Liste in meinem Kopf. *Ja, genau.* So etwas hatte Potenzial. *Großartig!* Das war nicht meine Intention gewesen, als ich Thea zu mir eingeladen hatte. Im Gegenteil, ich wollte sie von Armleuchtern, Einfaltspinseln und Aufreißern fernhalten. Aber ich hatte diesen Gedanken – ein raffinierter Kasperl in New York, der nicht Alex hieß – überhaupt nicht in Erwägung gezogen. Sie würde wohl kaum einen Typ mit in *meine* Wohnung bringen. Aber ich hatte nicht im Entferntesten an die vier Wände eines New Yorker Kerls gedacht.

»Prost Paul. Wir sollten in Zukunft mehr denken«, murmelte ich zu mir selbst und setzte das Glas an.

21

Seit dem Abend auf dem Balkon hatte ich Paul nicht mehr gesehen. Das war jetzt fast eine Woche her. Er arbeitete und kam spät nach Hause. Wir kommunizierten ausschließlich über einen Zettel auf dem Tisch oder WhatsApp-Nachrichten. Während ich ihm ellenlange Mitteilungen schrieb, in denen ich verriet, was ich gerade unternahm oder was ich vorhatte, und ihm Fotos schickte, trat bei ihm dieses überraschende Phänomen auf. Das Display zeigte: *Paul schreibt* … Dann lange nichts. Wieder: *schreibt* … Und gefühlte fünf Minuten später kam: *Viel Spaß.*

Zwei Wörter. Zwei in fünf Minuten? Nach fünf Minuten rechnete ich mit einer Nachricht aus mindestens sechzig Zeichen. Allmählich hatte ich den Eindruck, er ging mir absichtlich aus dem Weg.

Der Abend auf dem Balkon war bis jetzt der einzige Moment mit ihm gewesen und da hatte jeder für sich in der Vergangenheit geschwelgt. Er hatte einmal zu mir gesagt, wenn man Menschen, die miteinander etwas erlebt hatten, unabhängig voneinander frage, wie es gewesen sei und was davon das Beste, erhalte man meist zwei verschiedene Blickwinkel. Am Ende habe man dann das große Ganze. Es sei interessant, wie jeder das Erlebte unterschiedlich beschreibe und fühle. Jeder empfinde ein anderes Erlebnis als besonders erzählenswert.

Für mich war es der Abend in der Bucht gewesen. Für den Bruchteil einer Sekunde hatte ich es mir gewünscht, seine Lippen auf meinen zu spüren – nur kurz, so flüchtig.

Himmel, Thea! Denk nicht mal daran. Das ist alles so verkehrt. Schnell schob ich den Gedanken wieder beiseite.

Draußen schüttete es aus Kübeln, Regenmassen peitschten gegen die Fenster. In der Zwischenzeit hatte ich meine Nägel lackiert, hatte mit einer pinken Maske im Gesicht auf dem flauschigen Teppich im Badezimmer gesessen. Und war durch die Wohnung auf und ab getigert. Hatte in meinem Zimmer auf dem Bett gelegen und an die Decke gestarrt. Hatte meine To-do-Liste für New York studiert, hinter Central Park ein Häkchen gesetzt, *Hop-on Hop-off* Bustour hinzugefügt, das *Hop* jeweils durchgestrichen und direkt abgehakt. Ich war nur eingestiegen und am Ende der Runde ausgestiegen.

Ich griff zum Handy, um Lotti anzurufen, und legte es gleich wieder zur Seite. Wie ich diese Zeitverschiebung hasste. Schließlich klappte ich den Laptop auf und schrieb ihr eine lange E-Mail, die sie hoffentlich nach ihrem Abendkurs lesen würde.

Abermals schlenderte ich ziellos durch die Wohnung. Noch immer regnete es sintflutartig. Verflucht, war mir langweilig.

Ich steuerte die Kaffeemaschine an, holte zwei Tassen aus dem Regal, schäumte Milch auf, schenkte den Kaffee ein, Milchschaum drüber und klopfte Kakaopulver obendrauf. Dann schlüpfte ich in meine Einhornpantoffeln und verließ die Wohnung.

Charles saß unten am Empfang an seinem Schreibtisch, tief über einen Block gebeugt. Als ich vor ihm stehen blieb, sah er über den Rand seiner Brille zu mir auf.

»Hallo Charles.« Ich stellte die Tasse auf seinen Tisch, »Lust auf einen Kaffee?«, fragte ich und setzte mich, ohne seine Antwort abzuwarten, auf den niedrigen Heizkörper.

Sein Gesicht erhellte sich mit einem überraschten Lächeln. »Danke.«

»Sehr gerne«, sagte ich mit einem Schmunzeln. »Was machst du?«

Er drehte seinen Stuhl in meine Richtung und sah zu mir hinunter. »Kreuzworträtsel. Ich liebe Rätsel. Du könntest mir helfen.« Er beugte sich wieder über den Rätselblock und suchte das Blatt nach einem Kästchen ab.

»Anderes Wort für Fußhebel?«

»Fußhebel?« Ich überlegte. »Wie viele Buchstaben?«

»Fünf.«

»Pedal?«

»Natürlich, dass ich da nicht selbst draufgekommen bin.« Er stellte seine Tasse ab und schrieb die Buchstaben säuberlich in die Felder.

»Ein anderes Wort für ›Art und Weise, sich zu kleiden‹?« Er klopfte mit dem Stift gegen seine Stirn.

»Der letzte Schrei? Trend? Fashion?«

»Nein, fünf Buchstaben. Und als letzten jetzt ein e.«

»Art und Weise, sich zu kleiden?« Ich rieb mir mit zwei Fingern über die Augen. »Style, passt das?«

»Du bist ein Genie.« Seine Lachfalten vertieften sich.

»Wollen wir mal nicht übertreiben.«

Er schrieb die Buchstaben ordentlich in die Kästchen. Dann drehte er sich wieder zu mir.

»Erzähl. Wie gefällt dir New York?«, fragte er mit einem warmen Lächeln.

»Gut«, antwortete ich in einem neutralen Tonfall.

Erwartungsvoll sah er mich an.

Ich zuckte mit der Schulter. »Na ja, ich habe bis dato nicht viel gesehen.« Ich deutete durch die Glasscheibe hinter mir.

Der Regen war in der Zwischenzeit noch kräftiger geworden, wenn das überhaupt möglich war.

»Heute Abend soll es aufhören zu regnen«, beschwichtigte Charles zuversichtlich.

»Wird auch Zeit.«

Er lehnte sich auf seinem Stuhl zurück. »Paul ist im Moment sehr beschäftigt, was?«

»Ja, das kann man wohl sagen. Und heute Abend geht er ins Kino«, sagte ich, ohne ihm dabei in die Augen zu schauen.

»Und der nette Herr, der dich nach dem Joggen hier abgesetzt hatte?« Er lächelte mir verschwörerisch zu.

»Daniel? Wir treffen uns am Samstag.«

»Noch nie kam jemand mit einem Kaffee zu mir«, stellte Charles fest und nippte an seiner Tasse.

»Dann wurde es ja höchste Zeit«, sagte ich und deutete ihm an, den Milchschaum von der Oberlippe abzuwischen. Er zog ein Stofftaschentuch aus der Hosentasche und wischte sich unbeholfen über den Mund.

»Kennst du Elly?«, fragte ich so beiläufig wie möglich.

»Pauls Freundin?« Charles kräuselte die Nase, wobei seine Brille in eine leichte Schieflage geriet.

»Jepp.«

Er sah zur Tür, als müsste er sich versichern, dass wir noch allein waren. Dann sah er eine Weile auf mich hinunter, bevor er antwortete.

»Sie ist eine aufgeblasene Frau«, flüsterte er. »Dackelt immer nur durch die Lobby mit einem hochnäsigen Gesichtsausdruck.« Charles reckte sein Kinn, streckte die Nase ein Stück höher und schnippte sich mit dem Finger gegen die Nasenspitze.

Ich grinste.

»Ich weiß überhaupt nicht, ob sie mich jemals wahrgenommen hat.« Er sah an mir vorbei und überlegte, bevor er weitersprach. »Doch, einmal. Sie hat mich wie eine Hyäne angefaucht, warum ich ihr die Tür nicht aufhalte.« Er schüttelte den Kopf. »Für wen hält sie sich? Die Queen?«

Ich lachte laut auf.

»Und das andere Mal beschwerte sie sich lauthals, dass der Aufzug keinen Spiegel hat. Was kann ich alter Mann dafür? Ich bin ein Portier.«

»Oookay, sie hat bei dir verschissen«, sagte ich mit einem breiten Grinsen.

Charles riss entsetzt seine kleinen braunen Augen auf, bevor er eine strenge Miene aufsetzte. »Thea. So etwas artikuliert man nicht.«

Ich beugte mich ein Stück in seine Richtung und sagte mit leiser Stimme: »Aber du hast es gedacht. Keine Sorge, ich werde es nicht verraten.«

»Du kennst sie nicht?«, fragte Charles und trank einen Schluck von seinem Kaffee.

»Nein.« Ich schüttelte den Kopf und lehnte mich an die kühle Glasscheibe hinter mir. »Nie gesehen. Bin auch nicht scharf drauf.« Ich wippte mit meinen Einhornpantoffeln und brachte Charles damit zum Lachen. Er hatte ein freundliches Gemüt und wirkte in seinem Stuhl wie ein Großvater, der seine Enkel auf den Schoß nahm und ihnen samt Stimmenimitation aus einem Märchenbuch vorlas. Bevor er weitere Fragen stellte, die ich ohnehin nicht beantworten konnte, machte ich mit meiner Fragestunde weiter. »Kennst du seinen Bruder? Alex?«

Charles nickte.

»Wie ist er so?«

»Oh.« Er fuhr sich mit der Hand über den Pomadenscheitel.

»Sag schon.«

Kurz räusperte er sich. »Dazu kann ich nichts sagen.« Er sah mich bedauernd an.

»Bitte«, bettelte ich und schob meine Unterlippe nach vorne. Charles rutschte auf die Stuhlkante und beugte sich zu mir hinunter.

»Ich vernehme häufig Streit. Paul und Alex. Paul versucht, seinen Bruder in allen Angelegenheiten zu unterstützen. Aber Alex ... er ist ...«, flüsterte er, als könnte uns hier irgendwer hören.

»Ein Ekel?«, beendete ich fragend den Satz für ihn.

Er schüttelte den Kopf und nickte zugleich unmerklich. »Was ich sagen wollte ...« Er brach ab und schien nach den richtigen Worten zu suchen. »Er ist undankbar. Ich weiß nicht. Er provoziert Paul ständig, macht schwammige Andeutungen, als hätte er das Recht, so mit ihm umzugehen. Und der Ältere lässt es sich gefallen.«

»Vielleicht einfach nur, weil es sein Bruder ist. Ich habe sogar zwei Brüder und weiß, wie das ist. Man lässt sich so einiges gefallen.«

Unwillkürlich musste ich an Nepomuk und Noah denken und vermisste sie in diesem Augenblick. Auch wenn wir uns stritten – und das taten wir häufig –, waren sie für mich mit das Wichtigste auf dieser Welt.

»Ich habe eine Schwester und mache auch viel mit. Das kannst du mir glauben. Aber bei den zweien ist das etwas anderes.« Er machte eine Pause. »Ungesund.«

Ich wusste nicht, was er meinte, erinnerte mich aber an meine erste Begegnung mit Alex und an die damalige, angespannte Stimmung zwischen den Brüdern.

Es war ein Silvesterabend gewesen, als Paul plötzlich mit Alex vor meiner Tür gestanden hatte. Sie hatten gemeinsam Verwandte in Berlin besucht. Und ich hatte Paul angefleht, auf einen Abstecher nach München zu kommen.

215

»Nur viereinhalb Stunden Zugfahrt«, bettelte ich.

Er sagte, dass die Rückflüge nach New York gebucht seien und er nicht umbuchen könne.

»Thea, da ist jemand für dich«, rief meine Mutter, die Hand an der Türklinke. Ich unterbrach die Unterhaltung mit Emma und ging zur Tür.

»Überraschung.« Mit ausgebreiteten Armen stand Paul mit einer Flasche Champagner vor der Tür, hinter ihm Alex.

Ich sprang mit einem schrillen Aufschrei an Paul hoch. »Du hast mich angeschwindelt.«

Ich war überglücklich, dass er da war. Alles andere war mir egal, Alex war mir egal. Alex nahm Paul die Champagnerflasche aus der Hand und drückte sich an uns vorbei ins Wohnzimmer zu den anderen.

Ich stellte Paul meinen Eltern und meinen Brüdern vor, Lotti kannte er ja bereits. Mit dem Rest sollte er sich dann selbst bekannt machen.

Vor mir tauchte ein Champagnerglas auf.

»Es ist mir ein Vergnügen, dich kennenzulernen«, säuselte Alex mit rauer Stimme und streckte mir das volle Glas entgegen.

Ich nahm es ihm ab, nickte knapp und hielt es zum Anstoßen hoch. Er zog einen Mundwinkel nach oben und räusperte sich.

»Mein Name ist Alex, Alex Hoobs«, sagte er in einem Tonfall, als müsste irgendetwas bei mir klingeln – tat es aber nicht. Und nachdem Lotti bei seinem Anblick nicht vollends ausgeflippt war, konnte er auch keine berühmte Persönlichkeit sein.

»Das hab ich mir schon gedacht, liegt auf der Hand. Der Bruder von Paul«, sagte ich schließlich.

Er grinste süffisant und leerte sein Glas in einem Zug.

Suchend sah ich mich nach Paul um, während Alex mich unverhohlen von oben bis unten musterte. Paul fing meinen Blick auf, kam auf uns zu und stellte sich neben mich. Alex zwinkerte ihm zu, gleichzeitig verzog sich sein Mund zu einem dämlichen Grinsen. Im selben Moment griff Paul nach meinem Arm und zog mich an sich. Sie bombardierten sich mit bösen Blicken, als wäre der andere der Teufel höchstpersönlich. Alex beugte sich ein Stück nach vorne und berührte dabei meine Wange.

»Ruhig, Pauli«, zischte er in Pauls Richtung. Die Lautstärke perfekt dosiert, damit auch ich es hören konnte. Ich konnte Pauls Blick nicht sehen, spürte aber sein Herz an meinem Oberarm hämmern. Dann drehte Alex uns den Rücken zu und schlenderte davon.

Ich wusste bis heute nicht, was in die beiden gefahren war. Als ich Paul darauf angesprochen hatte, hatte er meine Frage in gewohnter Paul-Manier ignoriert.

Ich stand auf und wackelte mit den Beinen. »Mein Po brennt.«

Charles lachte. »Dreh runter. Dort drüben. Jetzt ist es mir auch etwas zu warm. Hier zieht es immer, deshalb drehe ich sogar im Sommer die Heizung auf.«

Ich drehte den Heizkörper auf Stufe eins und lehnte mich an die Wand.

»Paul und Alex sind erstaunlich unterschiedlich«, sagte er und tupfte sich mit seinem Taschentuch über die Stirn.

»Oh ja, wem sagst du das. Lebt deine Schwester auch in New York?«

Seine Augen leuchteten auf. »Meine Schwester hat ein *Bed & Breakfast* in den Hamptons. Wunderschön. Sie hat vor Jahren ein heruntergekommenes Haus direkt am Meer gekauft und wir haben es zusammen renoviert. Das war eine wunderbare

Zeit. Lebhaft, anstrengend und wir haben uns viel gestritten. Ich konnte ihr einfach nichts recht machen. Das kannst du mir glauben.« Er lachte auf. »Aber niemals so abfällig wie die zwei Brüder.« Er deutete mit dem Finger an die Decke.

»Warum bist du nicht bei deiner Schwester geblieben? Am Meer?«

»Das Haus hier braucht mich.« Ich sah ihn fragend an, weswegen er sich räusperte und hinzufügte: »Einen alten Baum verpflanzt man nicht. Ich habe hier eine kleine Wohnung. Dort im Erdgeschoss.« Er deutete auf den schmalen Gang neben dem Aufzug. »Ich habe hier mit meiner Frau Fiona gelebt, bis sie vor acht Jahren verstarb. Sie war mein Ein und Alles. Ratgeberin, beste Freundin und liebevolle Ehefrau. Ihr Verlust war nicht leicht für mich. Ich vermisse sie nach all den Jahren noch immer, aber hier fühle ich mich ihr ein Stück näher.«

Ich knabberte nachdenklich an meiner Unterlippe. »Das verstehe ich.«

Charles winkte mit einer Handbewegung ab. »Du bist noch viel zu jung, um das zu verstehen. Du solltest da draußen sein und einen adretten Lebensgefährten kennenlernen. Stattdessen sitzt du hier mit einem alten Mann und hörst dir seine Geschichte an.«

»Jepp.« Ich blinzelte die aufkommenden Tränen weg, bückte mich, fasste an die Heizung und setzte mich wieder. »Für die Hinterbliebenen bleiben die Fragen und der Kummer. Von wegen der Tod ist endlich«, murmelte ich.

»Ich weiß nicht, was du in deinem jungen Leben erlebt hast. Aber das Leben wird dir für nichts eine Garantie geben. Darum solltest du nicht den Fehler machen, nichts mehr an dich ranzulassen, nur um dem Kummer aus dem Weg zu gehen. Die Gefahr, dein Leben nicht erfüllt und in seiner Ganzheit zu leben, ist einfach zu groß.«

Ich dachte über seine Worte nach und entschied mich für das halbe Leben.

»Du bist ein kleiner Philosoph«, sagte ich mit einem schwachen Lächeln.

»Oh nein.« Er lachte. »Wenn ...« Charles verstummte und sah zur Eingangstür.

Das Klappern von High Heels über den Marmorboden versetzte mich in eine Schockstarre. Ich drehte nur meine Augen in die Richtung des Klackerns. Erleichtert seufzte ich auf.

Charles grüßte die Dame im Business-Kostüm, die schnell im Aufzug verschwand.

»Miss Easter aus dem dritten Stock.« Als er mich wieder ansah, schien er vergessen zu haben, was er sagen wollte.

»Fahr doch irgendwann raus zu meiner Schwester, verbring ein paar Tage am Meer und lass dir deine dunklen Gedanken wegblasen. Es wird dir gefallen. Sie lebt dort mit unserem Neffen Joshua. Mal etwas anderes als die stickige Stadt.«

»Ich überleg es mir. Kannst du mir die Adresse geben?«

Charles nahm einen Block aus der Schublade und schrieb mit geschwungener Handschrift die Anschrift seiner Schwester auf das Papier. Dann reichte er mir den Zettel feierlich.

»Erzähl mir, woher kennt ihr euch? Du und Paul?«

Ich blies mir eine Haarsträhne aus dem Gesicht.

Erst nachdem mein rechtes Bein eingeschlafen war, stellte ich fest, dass ich eine Stunde lang einen Monolog gehalten hatte.

»Das war's.«

Er trommelte mit den Fingern auf seinen Schreibtisch. »Nur eine Freundschaft, ja?«, murmelte Charles mit einem Lächeln im Gesicht.

Ich legte meinen Kopf schief. »Ja.«

»Und du weißt nicht, was er beruflich macht?«

Ich schüttelte energisch den Kopf.

Charles beugte sich auf seinem Stuhl zu mir herunter. »Dir ist das wirklich egal?«

»Ja, hab ich doch gesagt. Mich interessiert das nicht, zumindest meistens«, gab ich kleinlaut zu. Das mit dem Versprechen behielt ich lieber für mich. »Obwohl ich mir Gedanken mache, mit welchem Beruf man sich so eine Wohnung leisten kann.«

»Ja, eine ansprechende Residenz«, stimmte mir Charles zu und lehnte sich wieder auf seinem Stuhl zurück. »Vielleicht solltest du ihn fragen.«

»Dass ich nicht lache. Er würde es nie erzählen. Er würde einfach das Thema wechseln. Irgendwann wird er schon selber damit rausrücken.«

»Er ist verändert, seitdem du da bist.«

»Positiv oder negativ?«

»Ich weiß es nicht genau.« Charles legte seine Stirn nachdenklich in Falten. »Glücklich und permanent angespannt ...«

»Na, das ist ja super.« Ich lachte auf. »Angespannt ist er nur, weil er meint, immer auf mich aufpassen zu müssen. Der kleine Spreizdübel«, Letzteres sagte ich mehr zu mir selbst.

Charles lächelte. »Das ist doch normal. Was man liebt, will man beschützen.«

Ich rümpfte die Nase und schüttelte den Kopf.

»Du kennst ihn ja nicht anders. Aber ich«, fuhr er fort. »Jedes Mal, wenn er auf Reisen ging ... und das war wohl mit dir, nehme ich an. Und seitdem du hier bist, hat er dieses Strahlen im Gesicht, sobald er durch diese Tür schreitet.« Charles nickte zur schwarzen Eingangstür.

»Und wenn er mit Elly kommt?«

»Elly? Dann sieht er aus wie sieben Tage Regenwetter.«

»Bei Alex?«

»Wie Donnerwetter.«

»Okay, dann hätten wir ja jetzt alle Wetterlagen. Aber ich muss dich enttäuschen, im Moment hängen vor dem Sonnenschein Schleierwolken.«

Ich erhob mich schwerfällig von der Heizung und strich über das Muster des Heizkörpers auf meinem Po.

»Es war schön mit dir. Ich komme die Tage noch einmal mit einem Kaffee vorbei. Ist das okay?«

»Tu das, Sonnenschein.« Charles stand auf und verbeugte sich vor mir.

Ich lachte, nahm seine leere Tasse vom Schreibtisch und ging zum Aufzug. Ein letztes Mal winkte ich ihm mit dem Zettel in meiner Hand zu, bevor sich die Türen schlossen.

Im Schneidersitz setzte ich mich auf die überdimensionale Couch und platzierte den Laptop auf dem Schoß. *Dann wollen wir doch mal sehen, was Paul so treibt, um diese Wohnung zu unterhalten.* Ein Ping kündigte eine neue E-Mail an. Dazu später. Ich öffnete den Internetbrowser, führte den Cursor auf die Suchleiste und tippte: *Paul ...*

Energisch klopfte ich auf die Backspace-Taste. Dann gab ich *Theater New York* in das Suchfeld ein und drückte feierlich auf Enter. Wow. 41 Treffer.

Die nächste Stunde verbrachte ich damit, einen Link nach dem anderen zu öffnen und durch die einzelnen Programme auf der Suche nach Paul zu scrollen.

Okay. Neuer Versuch, neues Glück. Ich tippte: *Was verdient man als Theaterschauspieler.* Puh, das einzig sinnvolle Ergebnis war das Einkommen eines Opernsängers. *Lotti könnte mir die Frage aus dem Effeff beantworten.* Bei dem Gedanken wechselte ich auf mein Mailprogramm und öffnete Lottis E-Mail.

Liebe Thea,
ich habe gerade eine Menge um die Ohren und
nicht viel Zeit. Sei bitte nicht böse. Wir telefonieren
am Wochenende, okay? Steck den Kopf nicht in
den Sand. Geh aus und hab Spaß! Versprich mir
das, ja!? Ruf doch Alex an ;-) Er nimmt sich bestimmt gerne die Zeit für Dich.
XXX Lotti

Blöde Kuh. Wie gerne wäre ich jetzt bei ihr. Ich war kaum
eine Woche hier, wäre lieber bei Lotti und vermisste bereits
meine Brüder? Schlimmer konnte es nicht werden. Ich
schnappte mein Handy von der Couch, öffnete Instagram
und sah mir die neuesten Fotos von Lotti an und verteilte
fleißig Herzchen unter ihren Posts. Immerhin steppte bei
ihr der Bär. Dann legte ich das Telefon zur Seite und widmete
mich erneut dem Suchfeld im Internetbrowser auf meinem
Laptop und tippte: *Paul Ho…*

In diesem Augenblick flog die Wohnungstür auf und mit
einem lauten Knall wieder zu. Alles ging so schnell, dass
ich nicht sehen konnte, wer der unverhoffte Gast war. Ich
versteifte mich unwillkürlich und wartete ab.

22

»Ich lasse mir nichts vorschreiben!«, brüllte die maskuline Stimme. Schwere Boots wanderten auf dem Boden auf und ab.

»Wovor hast du Angst?«, fauchte die Stimme erneut voller Verachtung. Dann entfernten sich die Schritte aus meiner Hörweite. Auch wenn ich nicht sehen konnte, wer es war, erkannte ich den arroganten Tonfall. Die tiefe Stimme gehörte der herablassendsten und blasiertesten Person, die ich kannte, und sie telefonierte anscheinend gerade mit irgendjemandem.

An dem Silvesterabend vor zwei Jahren hatte ich mich mit Alex nicht weiter abgegeben. Lotti hingegen war schockverliebt. Er war auf sie zugeschlendert, als hätte er den Fisch längst am Haken. Als er dann ihr Mini-Hörgerät entdeckte, nickte er ihr flüchtig zu, griff nach einem Schnittchen und machte kehrt. Was für ein Penner.

Die schweren Schritte näherten sich wieder. Dann tauchte Alex im Wohnzimmer auf. Er sah nicht auf und tippte energisch auf seinem Handy herum.

»Hallo«, rief ich ihm von der Couch aus zu.

Alex zuckte kurz. Dann drehte er den Kopf langsam in meine Richtung. Ich starrte ihn an. Ich konnte einfach nicht anders. Seine schwarzen Haare trug er länger als beim letzten Mal, seine Augen waren im Licht eisblau wie die eines Huskys. Ein Husky ohne treuen Hundeblick. Dafür lag Zorn darin und eine Spur von Kampflust blitzte auf.

»Hallo Thea«, begrüßte er mich in einem Tonfall, als wäre er überrascht, mich zu sehen.

Ich wartete darauf, dass er noch etwas sagte, aber er grinste nur dämlich.

»Paul ist im Kino«, unterbrach ich die bizarre Situation.

»Ich weiß.« Er trat einen Schritt auf mich zu. Dabei knarrte der Boden unter den schweren Sohlen seiner schwarzen Boots. »Er sagte mir, dass du dir zu Hause einen gemütlichen Abend machen wolltest, und ich sollte doch einmal bei dir vorbeischauen.«

Ich legte meinen Kopf schief und kräuselte misstrauisch die Stirn. »Er hat *dich* also gebeten, mal ›vorbeizuschauen‹?«

»Nein ...« Er lachte bitter auf. »Nicht wirklich.«

Hätte mich auch gewundert. Bei unserem Kennenlernen hatte ich nicht den Eindruck gehabt, dass ausgerechnet Alex die Person war, die Paul um einen Gefallen bitten würde.

Er schüttelte kaum merklich den Kopf. »Ich wollte dich sehen. Ich freue mich, dass du da bist. Du kannst dir überhaupt nicht vorstellen, wie sehr. Habe ich dir einen Schrecken eingejagt?«, fragte er süffisant und grinste so breit, dass ich seine weißen Zähne blitzen sah.

Ich stand auf und verschränkte die Arme vor der Brust. »Nein, aber ich wusste nicht, dass du einen Schlüssel hast.«

»Tja, du weißt so einiges nicht.« Er grinste selbstgefällig. »Paul hat dem kleinen Bruder einen Zufluchtsort verschafft. Was auch immer er damit meint«, sagte er abfällig. »Egal.« Er schüttelte den Kopf, umarmte mich und hob mich ein Stück vom Boden ab. »Schön, dass du hier bist.« Jede Arroganz in seinem Tonfall war verschwunden.

Versteinert wie eine Salzsäule hing ich mit noch immer verschränkten Armen vor der Brust in der Luft.

»Ja, schön, dass du da bist«, nuschelte ich wenig überzeugend irgendwo oberhalb seines Ohrs. Er ließ mich langsam runter, zog die Boots und seine Lederjacke aus und warf sie achtlos über die Stuhllehne. Ohne die schwarze Jacke sah man seinen schlanken, durchtrainierten Körper.

Erwartungsvoll sah er mich an. »Was gibt's zum Essen?«

Irritiert schüttelte ich den Kopf. »Nichts.« Und setzte mich auf den Rand der Couch.

»Okay, wir bestellen Pizza«, sagte er und zog sein Handy aus der Hosentasche.

Bei dem Wort *Pizza* knurrte mein Magen unüberhörbar auf. Sogar bei einem Penner wie Alex fiel er mir in den Rücken. *Zu seiner Verteidigung könnte ich anbringen, dass ich den ganzen Tag noch nichts gegessen habe.* Ich sprang auf. »Ich möchte eine Pizza Margherita mit Extrakäse.«

Er lachte. »Schon mal was von Kalorienzählen gehört?«

Ich schnaubte verächtlich.

Er tippte in sein Handy. »Groß, mittel, klein?«

»Groß! Ich habe Hunger«, verteidigte ich mich.

Alex lachte erneut und stupste mir mit dem Zeigefinger an die Nase.

»Lass das.« Ich fegte seinen Finger mit der Hand von meiner Nasenspitze.

»Natürlich bestelle ich dir eine große. Ich bin ja nicht lebensmüde. Thea. Hungrig. Da habe ich mehr Überlebenschancen, wenn du mich mit einem Tiger in den Käfig sperrst.«

Woher wusste er das?

»Und Eis«, rief ich.

»Und Eis.« Er nickte. »Erledigt.«

Er legte sein Handy auf den Tisch, schlenderte zum Schrank und holte eine Flasche Rotwein und zwei Weingläser heraus. Von der Couch aus beobachtete ich, wie er unter dem Quietschen des Korkens die Weinflasche öffnete. Einen Schluck in das Glas goss, es schwenkte und schließlich daran nippte. *Sie sind doch Brüder.* »Très bien. Mein Bruder versteht was von erstklassigen Weinen.«

Er schlenderte zurück zur Couch und reichte mir ein Weinglas. Ich rutschte nach hinten, bis ich mit dem Rücken an die Lehne stieß, und verschränkte meine Beine zum Schneidersitz. Sein Blick glitt von meiner zerschlissenen Jeans über mein T-Shirt mit dem breiten Ausschnitt zum Glas, das ich ihm zum Anstoßen entgegenstreckte. Unter dem Klirren der Gläser nickten wir uns flüchtig zu.

»Mmh«, entwich mir ein zufriedenes Seufzen und ich stellte das Weinglas auf meinem Oberschenkel ab.

Gierig trank er große Schlucke von seinem Wein und warf sich der Länge nach auf das Sofa. Dann betrachtete er mich unverhohlen von der Seite. Ich griff nach der Decke neben mir und legte sie mir über die Beine.

»Fertig mit der Musterung? Stimmt etwas nicht?« Ich sah an mir hinunter und schob mein T-Shirt wieder anständig über die Schulter.

»Ich unterzieh dich keiner Musterung. Schaut süß aus, was du anhast. Erzähl, wie war deine erste Woche?«

Nee, klar! T-Shirt und Destroyed Jeans.

Ich erzählte ein paar belanglose Details. Von seiner Seite kamen keinerlei Kommentare, lediglich ein unmerkliches, zustimmendes Kopfnicken. Vielleicht war es auch der Ausdruck von Desinteresse. Genau wusste ich das nicht. Ein Klingeln an der Haustür unterbrach schließlich unsere einseitige Unterhaltung.

Ich sprang auf, aber Alex hielt mich am Arm zurück.

»Bleib sitzen, ich gehe.«

Ich ließ mich wieder auf die Couch fallen und musterte ihn, während er im Gehen das Geld aus seiner hinteren Hosentasche zog, die Tür öffnete und lässig gegen den Türrahmen gelehnt auf den Pizzaboten wartete. Man würde zwar bei seinem

Anblick nicht unbedingt denken, dass Alex Pauls Bruder war, aber die Art, wie sich beide bewegten und an der Wand lümmelten, ließen daran keinen Zweifel.

Mit zwei Pizzakartons und einem großen Becher *Ben & Jerry's* oben drauf balancierend, kam er zurück.

Wir saßen auf der Couch, futterten die Pizza und löffelten *Ben & Jerry's Salted Caramel*, bis mir die Hose am Bund spannte. Es war amüsant mit ihm und ich beschloss, für heute Frieden mit dem selbstgefälligen Teil von Alex zu schließen. Er war anders als Paul. Nicht so bedacht. Spontaner. Ein Lebemann. Und er gab sich alle Mühe, diesen Ruf nicht zu gefährden. Er strotzte vor überzogenem Selbstbewusstsein. Man konnte es niemandem verübeln, ihn als oberflächlich zu bezeichnen. Obwohl er mir heute Abend in vielen Momenten zeigte, dass er einen weichen Kern hatte. Wenn er über Paul sprach, schwang eine Spur der Bewunderung in seiner Stimme mit. Vielleicht lag es aber auch an dem Wein. Denn in der nächsten Sekunde war er es leid, der kleine Bruder zu sein.

»Na ja, der kleine Bruder bin ich ja nicht, schließlich bin ich drei Zentimeter größer als Paul und nur zwei Jahre jünger«, sagte er.

Absolut, in diesem Fall ist kleiner Bruder definitiv eine überspitzte Bezeichnung. So oder so, er war der Jüngere, der die Unterstützung des Älteren dankend annahm. Also, er hatte diese selbstverständlich nicht nötig, aber Paul zwang sie ihm regelrecht auf. *Frechheit!* Er hatte das Gefühl, dass Paul im Leben immer mehr erreichte als er. Die Begründung hatte er gleich parat: »Ich bin nicht so besessen und gebe mich durchaus auch mit weniger zufrieden«, sagte er.

Nee, klar!

Je leerer die zweite Weinflasche wurde, desto öfter revidierte er seine Aussagen. Auch wenn ich es später nicht zugeben würde, ich genoss den Abend mit ihm. Unter dem Einfluss von Rotwein war er durchaus ein amüsanter Zeitgenosse.

PAUL

Gelächter empfing mich, als ich nach einem langweiligen Kinobesuch mit Elly die Tür zur Wohnung öffnete. Ich warf meine Schlüssel auf das Sideboard und ging ins Wohnzimmer.

Was zum Teufel –?

Thea bemerkte mich als Erste. Sie hob den Kopf und winkte mir zu. Alex grinste mich mit süffisanter Miene an. Unser Telefonat lag gerade mal zwei Stunden zurück. Niemals hätte ich gedacht, dass er die Frechheit besaß, auch nur in die Nähe dieses Hauses zu kommen, geschweige denn diese Wohnung zu betreten. Womöglich war es bereits meine Wohnungstür gewesen, die ich am Telefon mit voller Wucht zuknallen gehört hatte.

Sprachlos legte ich mein Handy auf den Esstisch und verschränkte die Arme vor der Brust. Auf dem Couchtisch standen die leeren Pizzakartons und im Eisbecher steckten noch die Löffel. Es musste ja sehr harmonisch zugegangen sein. Thea rutschte ein Stück zur Seite und klopfte mit der Hand aufs Polster. Ich setzte mich zu ihr an den Rand. Alex' Augen funkelten mich triumphierend an.

»Hi.« Ich strich Thea flüchtig über das Bein. »Was macht ihr?«, fragte ich, um einen ruhigen Tonfall bemüht.

Bevor sie antworten konnte, ergriff Alex das Wort. »Ich war in der Gegend und diese zauberhafte Person hat mir die Tür geöffnet und mich zum Pizzaessen eingeladen.« Er grinste siegessicher.

Thea lachte. »Klar, ich lasse ja jeden dahergelaufenen Idioten rein.«

Alex grinste noch breiter.

Ich sah ihn finster an. »Egal wie ... Hattet ihr einen schönen Abend?«, fragte ich Alex mit scharfem Unterton, ohne ihn dabei aus den Augen zu lassen.

Alex sagte nichts, er grinste nur dämlich. Ich warf ihm einen vernichtenden Blick zu. Thea beantwortete meine Frage mit einem Kopfnicken.

»Gut, jetzt bist du ja wieder da.« Alex richtete sich auf und stellte sein leeres Weinglas auf den Tisch. »Ich muss dann auch los.« Er klopfte mit den Fingerknöcheln dreimal auf die Tischplatte, stand auf, holte seine Jacke vom Stuhl und stieg in seine Boots.

»Was hast du noch vor?«, fragte Thea.

»Frank ...« Er sah in Theas Richtung. »Ein Freund von mir feiert heute die Eröffnung seines Clubs.«

»Oh.« Thea sprang von der Couch auf. »Nimmst du mich mit?«

Ich traute meinen Ohren kaum. Bevor mein Bruder auch nur ein falsches Wort sagen konnte, stand ich auf und ging dazwischen. »Nein.«

Mir war klar, dass ich ihr nichts vorzuschreiben hatte und sie etwas erleben wollte, aber dass sie mit meinem Bruder ausging, war mit das Schlimmste, was passieren konnte.

Thea sah mich verwundert an. »Warum? Wenn Alex nichts dagegen hat?« Sie zwinkerte mir zu. »Ich habe dann ja einen Beschützer dabei.«

Klar! Ausgerechnet mein Bruder. Dass ich nicht lache.

»Kein Problem, mach dich schnell fertig«, sagte Alex beiläufig und warf mir ein triumphierendes Lächeln zu.

»Cool.« Sie klatschte in die Hände. »Gib mir zehn Minuten.«

Ich wartete, bis sie in ihrem Zimmer verschwunden war, bevor ich mich wieder an Alex wandte.

»Was sollte das?«

Er sah mich gereizt an und verschränkte die Arme vor der Brust. »Was ist dein Problem? Ich habe sie nicht gefragt. Sie hat mich bekniet«, sagte er mit seinem altbekannten arroganten Tonfall in der Stimme.

Manchmal würde ich ihm gerne für seine Ignoranz und Arroganz eine reinschlagen. Sicherheitshalber steckte ich meine Hände in die Hosentaschen.

»Ernsthaft? Ach, vergiss es«, sagte ich im gleichen arroganten Ton.

Er lachte mir frech ins Gesicht.

»Das ist nicht witzig«, fauchte ich. »Was willst du mir damit beweisen? Sag schon«, zischte ich zwischen zusammengebissenen Zähnen. Sein Blick verdunkelte sich. Ich rieb mir über die Augen, bemüht, ruhig zu bleiben. Es war sinnlos, diese Diskussion in diesem Moment weiterzuführen. Thea hatte den Ball ins Rollen gebracht und Alex hatte ihn dankend aufgefangen.

Ich ging einen Schritt auf ihn zu und packte ihm am Kragen seines T-Shirts, damit er auch jedes folgende Wort verstehen konnte: »Lass. Die. Finger. Von. Ihr. Hast *du* das verstanden? Glaub mir, das ist alles andere als eine Bitte.«

»Sie ist nicht deine Freundin. Das ist die rothaarige Zicke, es sei denn, daran hat sich etwas geändert.«

»Ich warne dich nur einmal«, knurrte ich.

»Sie trifft ihre eigenen Entscheidungen, meinst du nicht?«

Ich verstärkte den Griff um den dünnen Stoff und stieß ihn weg. Seine Mundwinkel zuckten, während er sich das T-Shirt glattstrich.

Verzweifelt fuhr ich mir durchs Haar. »Dann pass wenigstens auf sie auf.«

»So gut, wie du damals aufgepasst hast?«, fragte Alex und lachte höhnisch. »Das bekomm ich hin, glaub mir.«

Ich lachte bitter auf.

»Wir können los«, erklang Theas Stimme hinter uns.

Thea stand am Absatz der Treppe, trug eine schwarze enge Jeans und Stilettos. Ihre Hände hatte sie in die hinteren Hosentaschen geschoben und wippte unruhig mit den Schuhspitzen hin und her. Dabei funkelten die Pailletten ihres hochgeschlossenen Oberteils im Licht.

»Mach kein' Scheiß«, raunte ich ihm zu.

Alex sah auf seine Uhr. »Das waren keine zehn Minuten, na dann mal los«, rief er ihr zu und rempelte mich beim Vorbeigehen mit der Schulter an.

Ich ging zu Thea, die noch immer an der Treppe stand, sich zu mir drehte und mich fragend ansah. »Hübsch siehst du aus«, flüsterte ich ihr ins Ohr.

Wie auf Knopfdruck wurden ihre Wangen rot.

Alex sah an ihrem Rücken ab und auf und grinste. »Grandiose Aussichten.«

Ich presste die Zähne so fest aufeinander, dass mein Kiefer schmerzte.

»Bist du sauer?«, flüsterte Thea sorgenvoll.

»Unsinn«, versicherte ich ihr. Sie traf keine Schuld. »Viel Spaß.« Ich gab ihr einen Kuss auf die Wange.

Alex gab ein verächtliches Schnauben von sich.

»Ich pass auf sie auf«, sagte er mit einem unschuldigen Lächeln.

Ich legte den Kopf schief und lächelte ihn selbstgefällig an.

Als sich Thea zum Gehen wandte, erkannte ich, was er mit seiner Aussage ›grandiose Aussichten‹ gemeint hatte. Jedenfalls nicht das, was ich in die Worte interpretiert hatte. Ich zog scharf die Luft ein. Die Aussicht, die ihr Oberteil bot, war tatsächlich grandios. Es gab einen uneingeschränkten Ausblick auf ihre honigfarbene Haut und die ausgeprägte S-Form ihrer Wirbelsäule preis. In diesem Moment legte Alex seinen Arm auf ihren Rücken und schob sie über die Türschwelle. Flüchtig sah er über ihre Schulter und grinste mir frech ins Gesicht. Ich erwiderte seinen Blick, ohne mit der Wimper zu zucken.

»Wir machen heute die Nacht zum Tag«, hörte ich ihn sagen. Dann flog die Tür ins Schloss.

THEA

Alex schob mich in den Aufzug, drückte den Knopf für das Erdgeschoss, holte sein Handy aus der Tasche und lehnte sich in aller Gelassenheit an die Fahrstuhlwand. Ich verfolgte derweilen die elektronische Anzeige des Fahrstuhls. Die Ziffer sprang auf Null und die Türen öffneten sich. Alex stieß sich lässig von der Wand ab, schob sein Handy in die Hosentasche und deutete mir an, voranzugehen.

Charles saß an seinem Tisch, noch immer über dem Kreuzworträtsel gebeugt. Flüchtig sah er auf, lächelte und runzelte die Stirn, als er Alex hinter mir sah.

»Einen schönen Abend, Charles«, sagte ich mit einem Lächeln.

Wir traten auf die von Laternen beleuchtete Straße. Es hatte endlich aufgehört zu regnen, die Luft war warm und der Dampf stand zwischen den Häusern. Ich fragte mich, ob Alex in seiner Lederjacke nicht tierisch schwitzte.

Er hob die Hand und hielt ein Taxi am Straßenrand an. Gentlemanlike öffnete er mir die hintere Autotür. Ich rutschte auf der Sitzbank durch, damit er sich neben mich setzen konnte. Dann nannte er dem Fahrer eine Adresse.

»Findest du nicht auch, dass Paul komisch war?«, fragte ich ihn.

»Möglich«, gab er achselzuckend von sich und tippte weiter auf seinem Handy herum.

Ich sah aus dem Fenster und hing meinen Gedanken nach, während Leuchtreklamen an uns vorüberzogen, Pärchen eng umschlungen aus Restaurants kamen und eine Gruppe Jugendlicher lachend nach einem Taxi Ausschau hielt.

Wie so oft hatte ich den Ausdruck in Pauls Augen nicht deuten können. Seine Mundwinkel hoben sich zum Abschied, aber das angedeutete Lächeln erreichte seine Augen nicht. Es war anders – anders als sein sonstiges Spreizdübelgehabe. Verzweifelt, resigniert. Er sah besorgt aus. Die angespannte, explosive Stimmung zwischen den beiden ähnelte der Situation an Silvester. Obwohl, wenn ich es mir recht überlegte, war heute wie damals nur Paul angespannt gewesen.

»Mach nicht so ein Gesicht«, unterbrach Alex meine Gedanken. »Wir sind gleich da.«

»Was ist los zwischen euch beiden?«

»Zwischen Paul und mir?« Er hob fragend die Augenbrauen, redete aber gleich weiter. »Alles bestens.« Er schob sein Handy in die Hosentasche.

Ich schnaubte und verdrehte die Augen. »Klar, sah ganz danach aus.«

Das Taxi blieb auf einem alten verlassenen Lagerhallengelände stehen. Alex zahlte und ich rutschte über die Rückbank hinter ihm her. Er reichte mir die Hand zum Aussteigen und knallte schwungvoll die Autotür zu. Kurz zuckte ich zusammen.

»Alles okay?«

»Klar«, gab ich schulterzuckend zurück.

23

Eine Menschentraube drängelte sich auf den Stufen zu einer der Lagerhallen. *Bluemoon* stand in großen blauen Leuchtbuchstaben über dem Eingang. Die gestylten Frauen und Männer in der Schlange passten nicht in diese heruntergekommene Gegend und ich passte nicht zu diesen Frauen. Kurze Paillettenkleider, Röcke etwas breiter als ein Gürtel und Kleider, die als Negligé durchgehen konnten.

»Du siehst gut aus«, flüsterte Alex.

Fragend sah ich ihn an.

»Das ist perfekt so.«

»Mmh«, murmelte ich wenig begeistert.

»Bereit?«

Ich nickte. Er griff nach meiner Hand und zog mich vorwärts. Die grimmigen Blicke selbstbewusst ignorierend, ging er an der Schlange von wartenden Menschen vorbei, über die provisorische Baustellentreppe direkt zum Eingang. Der Türsteher baute sich gespielt vor uns auf.

»Hey, Kumpel.«

Auf den Fußballen balancierend, blieb ich neben Alex auf dem löchrigen Blech stehen. Er begrüßte den Typen mit einem Faustcheck, dann umarmten sie sich und klopften sich gegenseitig auf den Rücken. *Was für ein Affentheater.* Ich trat auf die Betonfläche, setzte meine Absätze ab und sah nach oben zur Leuchtschrift, damit keiner sah, wie ich die Augen verdrehte.

»Hey Alex, ich habe gesehen, du stehst auf der Gästeliste«, plärrte der Typ über das Wummern der Musik aus dem Club hinweg und gab ein lautes Hüsteln in meine Richtung von sich. Alex zog mich am Arm zu sich und drehte mich wieder zu ihnen um.

»Sorry Kumpel, das ist Thea. Eine Freundin von Paul und mir.«

Ich nickte ihm, ohne eine Miene zu verziehen, zu.

Er rempelte Alex mit seiner Schulter an und grinste blöd.

»Das ist Matt, wir kennen uns aus der Zeit, als wir beide als Barkeeper gearbeitet haben. Mensch, Junge.« Alex legte seine Hand auf Matts Schulter. »Und heute bist du Türsteher im *Bluemoon.*« Alex lachte.

War das ein Auf- oder Abstieg in dieser Branche?

»Na, dann mal viel Spaß euch zwei.« Matt zwinkerte mir zu und ließ uns durch.

Alex versteifte sich kurz, als ein Pfeifen hinter uns ertönte. Dann schob er mich durch die Tür und hielt mir den schweren schwarzen Vorhang auf.

Dröhnende Musik und wummernde Bässe empfingen uns. Der DJ heizte die unzähligen feiernden Menschen immer weiter an. Nebel stieg auf, die Beats wurden schneller. Die Leute jubelten laut auf und im nächsten Moment schien die Tanzfläche zu explodieren. Jemand rempelte mich von hinten an. Alex packte mein Handgelenk und zog mich mit sich an die Bar. Er hob zwei Finger und keine drei Minuten später standen zwei Gin Tonic vor uns.

»Danke, Jim«, brüllte Alex dem Barkeeper über die dröhnende Musik zu. »Kann ich dich kurz allein lassen?«, schrie er mir ins Ohr.

Ich nickte, zog den freien Barhocker ran, setzte mich, schnappte mir mein Glas und ließ den Blick über die Tanzfläche schweifen. Die Masse bewegte sich mit den Beats, Getränke wurden über meine Schultern gereicht, goldenes

Konfetti aus Kanonen rieselte von der Decke, Menschenmassen grölten. Ein Typ quetschte sich hinter mich, lehnte sich an die Bar und stellte seinen Fuß auf die untere Strebe meines Barhockers. Der Geruch nach kaltem Zigarettenrauch stieg mir in die Nase und ich spürte seinen warmen Atem auf meinem Rücken. Ich zog meinen Haargummi aus den Haaren. Die langen Strähnen breiteten sich über meinen Schultern aus und schlagartig fühlte ich mich wohler, auch wenn mich die Hitze darunter in den nächsten Stunden wahrscheinlich umbringen würde.

»Cheers«, schrie mir der Kerl ins Ohr.

Ich hielt ihm meinen Gin Tonic hin und stieß mit ihm an. »Cheers.«

Er sah mich abwartend an. Fragend legte ich den Kopf schief, aber der Typ grinste nur. Gerade formte ich ein stummes *Was?* in seine Richtung, als Alex mit gewohnt lässigem Schritt auf mich zugeschlendert kam.

Er warf einen kurzen Blick auf den Typen, bevor er mich fragend ansah. Genervt zuckte ich mit den Schultern.

Alex setzte sein schönstes Lächeln auf. »Hi, da bin ich wieder«, sagte er lautstark und warf dem Kerl hinter mir einen vernichtenden Blick zu. »Hey Mann, danke fürs Aufpassen. Jetzt zieh Leine.«

Abwehrend hob dieser beide Hände und zog ab.

Welch furchteinflößende Aura Bikerboots und eine Lederjacke bei dreißig Grad doch hatten.

»Du kannst deine Machomiene jetzt wieder ablegen«, schrie ich Alex über die laute Musik hinweg zu und trank einen Schluck von meinem Gin.

»Der denkt, ich bin dein Lover«, sagte er mit rauer Stimme.

Ich prustete ins Glas. »Ja klar. Träum weiter.« Noch immer lachend stellte ich mein Getränk hinter mir auf dem Tresen ab. »Der angsteinflößende Alex hat ihn in die Flucht geschlagen.« Ich zwinkerte ihm zu.

Mit aufgesetzter finsterer Miene trat er einen Schritt auf mich zu und stand dicht vor mir. Dann zuckten seine Mundwinkel und er grinste. »Lust zu tanzen?«

Ich hob mein halbvolles Glas vom Tresen und schüttelte den Kopf. Er nahm es mir aus der Hand, stellte es wieder zurück, griff nach meinem Handgelenk und zog mich vom Hocker.

»Hey.«

Er ignorierte meinen Protest, zog mich mit sich, vorbei an den Tischen, die Stufen hinab auf die Tanzfläche. Dann blieb er stehen.

»Hier ist es so laut«, brüllte ich. Er nickte kurz und führte mich in eine ruhigere Ecke am Rande der Tanzfläche. Fragend sah er mich an. Ich nickte zustimmend. Erst dann ließ er meine Hand los.

Ich beobachtete die ausgelassene Stimmung und wippte leicht im Takt der Musik.

»Was hast du gemacht?«, fragte ich ihn, ohne brüllen zu müssen.

»Ich werde hier ab kommender Woche als Barkeeper arbeiten und hatte im Büro ein paar Dinge zu klären. Ist nur vorübergehend«, beschwichtigte er. »Dann muss ich mich wieder auf meine Ziele konzentrieren.« Alex zwinkerte einem Mädchen zu, das aufreizend an ihm vorbeischlenderte.

Ich verdrehte die Augen. *Macho.* Ihm war seine Wirkung auf das weibliche Geschlecht nur zu bewusst. Ihre Freundin lächelte ihm verschwörerisch zu. Mir hingegen warf sie einen Blick zu, als wäre ich der Verlierer der Evolution.

Wenn man ihn so sah, würde man nicht denken, dass er auch nur im Entferntesten irgendwelche Ziele hatte, geschweige denn in der Lage wäre, diese zu verfolgen. Aber Paul meinte, wenn seinem Bruder im Leben etwas wichtig war, scheute er keine Mühen, um sein Ziel zu erreichen.

»Was sind deine Ziele?«

Er zuckte mit den Achseln.

»Das musst du doch wissen, wenn du dich darauf konzentrieren willst.«

»Ich will das, was Paul hat.«

»Und was hat Paul?«

Wieder hob er nur die Schultern.

»Lass mich raten. Das darfst du mir nicht sagen.«

Er sah mich nicht an, etwas anderes hatte seine Aufmerksamkeit erregt. Kurz blitzte ein herausforderndes Lächeln in seiner Miene auf.

Als ich mich umdrehen wollte, um zu sehen, wer sein Interesse geweckt hatte, griff er nach meinem Arm und grinste dabei selbstgefällig. »Jetzt lass uns tanzen.«

»Tanz doch mit den zwei Frauen dort drüben.«

Er bohrte mir seinen Finger auf das Dekolleté. »Ich würde aber viel lieber mit dir tanzen.«

»Ich will aber nicht.«

»Oh doch.« Er hatte bereits seine Hände um meine Taille gelegt und bewegte mich im Rhythmus der Musik. Genervt schob ich seine Finger von meinen Hüften und sorgte für einen gesunden Abstand zwischen uns. Er bewegte sich weiter rhythmisch im Takt, ließ mich dabei aber nicht aus den Augen.

Endlich wechselte der DJ die Musik von monotonen Beats, in melodische Klänge. Ausgelassen tanzte ich zu ein paar Liedern. Mir war heiß und ich bereute, dass ich meine Haare offen hatte. Ich drehte sie zu einem Knoten, steckte den unteren Teil fest und passte meine Schritte der jetzt langsamer gewordenen Musik an.

»Nur einen Tanz, dann lass ich dich in Ruhe«, flüsterte er mir ins Ohr und umfasste mein Handgelenk. Ich war so in den Song vertieft gewesen, dass ich gar nicht gemerkt hatte, dass Alex ganz nah bei mir stand. Skeptisch beobachtete ich ihn dabei, wie er meine Hand auf seiner Brust platzierte. Dann legte er mit einem zufriedenen Lächeln seinen Arm um meine Taille. Gemeinsam bewegten wir uns langsam im Takt der Musik. Er konnte tanzen, das musste ich ihm lassen. Belustigt sah ich ihn an. Fragend hob er eine Augenbraue, ehe sich sein Blick auf einen Punkt hinter mir heftete. Sein Mundwinkel verzog sich für den Bruchteil einer Sekunde zu einem siegessicheren Grinsen, bevor er mich wieder ansah und mit seiner Hand den Druck an meiner Taille verstärkte. Plötzlich zog er mich ruckartig an sich, strich mir eine Haarsträhne hinters Ohr und flüsterte: »Ich weiß, warum er auf dich steht.«

Stirnrunzelnd sah ich ihn an. Aber er starrte weiter über meine Schulter hinweg. Abrupt blieb er stehen. Ohne seinen Blick zu verändern, schob er seine Hand in meinen Nacken, beugte sich vor und legte seine Lippen auf meine. Ich wandte meinen Kopf ab und drückte ihn von mir weg.

»Lass das«, fauchte ich ärgerlich und wischte mir mit dem Handrücken über die Lippen. Er grinste selbstgefällig und zog mich wieder an sich. Temperamentvoll drückte ich ihn von mir und drehte mich um. In dem Moment sah ich ihn. *Paul.*

Er lehnte mit verschränkten Armen vor der Brust an der Wand und sah mir direkt in die Augen. Seine Gesichtsfarbe war so blass, dass sie im Schwarzlicht hätte leuchten können. Sein Blick heftete sich mit einer Intensität auf mich, die ein schmerzhaftes Stechen in mir auslöste. Er stieß sich von der Wand ab, drehte sich um und tauchte in der Menge unter.

Kopfschüttelnd und voller Verachtung sah ich Alex an, der nur dastand und grinste. Dann rannte ich los, schubste die Leute zur Seite und lief in Richtung des Korridors, in dem Paul verschwunden war. Ich eilte durch den dunklen Gang zum leuchtenden Exit-Schild. Mit aller Kraft stemmte ich mich gegen die Metalltür und trat ins Freie. Ein angenehmer kühler Wind wehte mir entgegen. Mit einem donnernden *Rums* fiel die Tür hinter mir schwer ins Schloss und schnitt die dröhnende Musik ab.

»Paul!«, brüllte ich verzweifelt und so laut ich konnte über die freie Fläche.

Kurz blieb er stehen, ohne sich jedoch umzudrehen. Dann beschleunigte er seinen Schritt wieder und bog um die nächste Ecke.

Ich rannte die provisorischen Treppenstufen runter, stockte, strauchelte und flog in hohem Bogen kopfüber die Baustellentreppe hinunter. In letzter Sekunde stützte ich mich auf meinen Händen ab, bevor mein Kopf auf den Boden krachte. Ich biss mir auf die Lippen, um vor Schmerz nicht laut aufzuschreien. Ich brauchte ein paar Minuten, ehe ich mich schwerfällig aufrappelte und auf die Stufe setzte. Ich wischte die Kieselsteine von meinen Handflächen und klopfte mir die Hose sauber.

»Verflucht.«

Die Jeans war zerrissen und mein Knie blutete. Das andere war unversehrt, dafür fehlte der Schuh. Ich sah nach links und rechts und lugte zwischen den Spalten der Baustellentreppe hinunter. *Nichts.* Als ich mich umdrehte, sah ich ihn auf einer Stufe, als würde er im Regal eines Schuhgeschäfts stehen. Ich streckte mich vor, packte den Schuh und zerrte mit aller Kraft. Begleitet von einem Knack hielt ich den einen Teil in der Hand, während der Pfennigabsatz weiterhin in dem dämlichen Treppengitter steckte. *Großartig!* Mit zittrigen Fingern öffnete ich die Schlaufe des anderen Stilettos und zog ihn aus. Mit den

Schuhen in der Hand hievte ich mich hoch und humpelte die letzte Treppenstufe hinunter. Barfuß ging ich über den Schotterboden des menschenleeren Geländes und verfluchte jeden einzelnen Kieselstein. Als ich um die Ecke bog, hinter der Paul vor ein paar Minuten verschwunden war, blieb ich ängstlich stehen. Der Weg zwischen den zwei Lagerhallen war stockdunkel. Leise fluchend drehte ich mich um, ging zurück zur Treppe und setzte mich auf die unterste Stufe. *Was für eine Scheiße.* Nicht einmal eine Woche in New York und schon Vollchaos. Schwere Schritte kamen die Treppe hinunter.

Alex ließ sich neben mir auf die Stufe fallen und starrte mich von der Seite an, sagte aber kein Wort.

»Sag was«, fauchte ich.

Er zuckte mit den Achseln. »Er stand da schon länger.«

Ich riss die Augen auf. Es fühlte sich an, als hätte er mir mit seinen Worten die Fallschirmstricke durchtrennt und als wäre ich soeben mit Lichtgeschwindigkeit auf den Boden geknallt.

»Was sollte das?« Ich zitterte vor Wut.

Anstatt einer Antwort streckte er seine Beine aus, überkreuzte sie an den Knöcheln und ließ seine Finger knacken. »Warum interessiert dich das?«

»Weil du ihn provoziert hast!«, schrie ich ihn an. »Warum bist du so?« Ich funkelte ihn wütend an.

»Ich weiß nicht, wovon du sprichst«, sagte er mit einem Grinsen, das ihn Lügen strafte.

Ich konnte den Typen keine Sekunde länger ertragen. Ich sah auf meine ramponierten Schuhe. Einen Absatz hatte ich noch.

Er räusperte sich. »Ich bereue es nicht, aber es war nicht okay, dich, ohne zu fragen, zu küssen«, säuselte er. Wenn er meinte, ich würde ihm das schlechte Gewissen abkaufen, täuschte er sich.

»Alex …«

Er schnitt mir das Wort ab. »Aber es hat dir gefallen.«

Mein Kopf schnellte zu ihm herum. »Nein, hat es nicht!«, brüllte ich hysterisch.

Er legte einen Arm um meine Schulter und beugte sich mit seinem dummen Grinsen zu mir. Ich boxte ihn mit dem Ellbogen in die Seite und sprang auf.

»Deine Arroganz und deine selbstgefällige Art haben mich schon damals angekotzt.« Meine Stimme überschlug sich vor Wut. Aber ich war noch nicht fertig mit ihm.

Er sah mich stumm an, lehnte sich zurück und stützte sich mit den Ellbogen auf der hinteren Stufe ab.

»Der Typ, der beim Anblick des Hörgeräts meiner besten Freundin die Nase rümpft und kein weiteres Wort mehr mit ihr spricht. Für wen hältst du dich? Denkst du … ein Abend mit dem *ach so unwiderstehlichen Alex* und ich liege dir zu Füßen?«

»Möglich. So in etwa«, sagte er in seinem typischen arroganten Tonfall.

Ich warf ihm einen vernichtenden Blick zu. »Ach, halt einfach die Klappe.«

»Okay«, sagte er lahm und grinste.

Ich schäumte vor Wut. Ohne ein weiteres Wort drehte ich mich um und ging.

Zynisch lachte er hinter mir auf. »Ich würde gerne Mäuschen spielen bei deinem Gespräch mit Paul. Bin gespannt, ob er dir glaubt, dass du es nicht wolltest.«

Ich blieb stehen und drehte mich ein letztes Mal zu ihm um. »Du willst es einfach nicht kapieren.«

Er grinste nur und stand leicht taumelnd auf.

Ich wandte mich ab, biss die Zähne zusammen und sprintete über den Kies bis auf die Straße, wo ich nach einem Taxi Ausschau hielt.

Großartig. Natürlich kam nie eins um die Ecke, wenn man eines brauchte. Ich kramte mein Handy aus der Hosentasche, bestellte mir ein *Uber*, setzte mich auf die Bordsteinkante und begutachtete meinen kaputten Stiletto von allen Seiten.

Insgeheim hoffte ich, dass Daniel heute arbeiten musste und mich abholte. Das wäre das Beste, was mir jetzt passieren könnte. Ich wagte keinen Blick mehr in die App, um die Hoffnung so lange wie möglich aufrechtzuerhalten.

Ein schwarzer Wagen blieb neben mir stehen und die Beifahrertür wurde von innen geöffnet. »Thea?«

Ich sah erwartungsvoll auf, aber leider saß ein Mann hinter dem Lenkrad, der definitiv nicht Daniel war. Ich kämpfte mich schwerfällig hoch und ließ mich erschöpft auf den Beifahrersitz sinken. In meinen Ohren summte es noch immer von der lauten Musik.

PAUL

Die Wut hatte mich angetrieben. Ich rannte über das alte Lagerhallengelände und sprang in das erstbeste Taxi, das am Straßenrand stand. Ich hatte Thea hinter mir rufen gehört, aber ich wollte nicht zurücklaufen. Wäre im nächsten Moment auch noch mein Bruder erschienen, wäre es vorbei mit meiner Selbstbeherrschung gewesen, und ich hätte die angestaute Wut der letzten Jahre mit einem Schlag an ihm ausgelassen.

»Junge, wo soll es hingehen?«, fragte der Taxifahrer.

»Wir warten noch.« Ich wollte mich zumindest vergewissern, dass Thea gut nach Hause kommen würde – mehr ging mich nichts an.

Nach zwanzig Minuten sah ich sie barfuß vom Gelände kommen. Sie holte ihr Handy hervor, tippte etwas ein und setzte sich auf die Bordsteinkante. Als ich die schwarze Limousine die Straße herunterfahren sah, klopfte ich an den Sitz des Taxifahrers.

»*Tom's Bar.*«

Ich setzte mich in die hinterste Ecke an den Tresen in der kleinen Bar und bestellte mir einen Whisky. Nach dem zweiten rief ich Sarah an. Und nach dem dritten Glas betrat sie die Bar, setzte sich neben mich auf den Barhocker und bestellte die vierte Runde. Ich sah auf ihre pinke Jogginghose und grinste.

»Halt bloß den Mund. Es ist zwei Uhr in der Nacht.«

Ich nickte stumm.

»Was ist passiert?«

Ich erzählte ihr mit mageren Worten, was ich gesehen hatte. »... Ich stand lang genug in der Dunkelheit an der Wand, um *alles* zu sehen. Erst als ich einen Schritt nach vorne ging, entdeckte mich Alex. Wie er mich ansah. Blanker Hohn und Spott lagen in seinen Augen. Er hielt meinem Blick stand, als er sie ruckartig an sich zog. Er strich ihr eine Haarsträhne hinter die Ohren, grinste mich spöttisch über ihre Schulter hinweg an und flüsterte ihr etwas ins Ohr. Dann küsste er sie.«

Sarah drehte sich auf ihrem Stuhl zu mir. »Du bist dazwischen! Sag mir, dass du dazwischen gegangen bist.«

»Nein.« Ich schluckte schwer. Plötzlich wurde mir bei dem Gedanken übel. »Noch eine Runde«, rief ich den Barkeeper zu.

»Wie hat Thea reagiert?«

»Keine Ahnung, ich sah nur ihn ...« Ich stockte. »Wie er seine Lippen auf ihre legte.« Ich kippte den Whisky in einem Zug runter. Ein scharfes Brennen durchströmte mich, schwächte die Erinnerung aber nicht ab.

»Ich bin erst aus meiner Starre erwacht, als Thea mich ansah und ...«

»Und bist gegangen«, beendete sie meinen Satz. »Wie immer«, fügte sie leise hinzu. Ich nickte und zuckte mit der Schulter.

»Sein dämliches Grinsen und seine Lippen auf Theas Mund.« Ich klopfte gegen meinen Kopf. »Das geht hier nicht mehr raus.«

»Da hilft der Whisky auch nicht. Zwei Wasser«, rief Sarah dem Barkeeper zu.

»Und zwei Whisky«, ergänzte ich.

»Paul. Das muss aufhören.«

»Was soll ich denn tun? Ich habe mich bei ihm schon tausend Mal entschuldigt. Ich war achtzehn, verdammt noch mal.«

Kaum hatte der Barmann die zwei Whiskygläser vor uns abgestellt, griff ich nach einem.

»Sag du es mir. Er wird alles dafür tun, um mein Glück zu sabotieren. Das haben zu wollen, was mich glücklich macht, ist sein einziges Ziel. Dafür würde er Himmel und Hölle in Bewegung setzen. Irgendwann muss man doch alte Kamellen ruhen lassen. Verdammt noch mal.« Ich kippte den Whisky runter und stellte das Glas lauter als beabsichtigt auf den Holztresen. Das braune Zeug rann meinen Rachen hinunter und zeigte langsam seine Wirkung. »Er kann mich nicht mein Leben lang dafür bestrafen«, murmelte ich.

Der Barkeeper stellte zwei leere Gläser und eine Wasserflasche vor uns ab. »Viel trinken«, forderte er uns auf.

»Klar«, brummte ich und goss Wasser in die Gläser ein.

»Ich versuche ihm gute Jobs zu verschaffen. Da sind wirklich gute dabei. Aber er bemüht sich überhaupt nicht, bereitet sich null vor. Er denkt, auf ihn haben alle gewartet. Kreuzt auf, wann es ihm passt, als wäre er der Größte.« Ich trank das Glas Wasser in einem Zug aus und schenkte mir erneut ein. »Ja, er hat einen gewissen Charme, aber das hilft ihm nicht weiter. Andere haben das auch und noch mehr.«

Sarah lachte auf. »Charme würde ich das nicht nennen. Du hast das gewisse Etwas.« Sarah stupste aufmunternd ihre Schulter an meine. »Alex kann Leute nur gut um den Finger wickeln.«

»Er prahlt rum, was für ein geiler Hengst er ist. Denkt, jeder müsste in Ohnmacht fallen, wenn er den Raum betritt ...«

»Und dagegen kippen alle reihenweise um, wenn Paul den Raum betritt.«

»Ja klar. Blödsinn.« Ich lachte verzweifelt auf und rieb mir über das Gesicht.

»Du stapelst zu tief, Paul.«

»Nein«, murmelte ich zwischen meinen Fingern hindurch.

»Dann zieht er seine Spielchen auch noch mit Thea ab.« Ich winkte den Barkeeper ran, um mir einen neuen Whisky zu bestellen.

»Paul ...« Sarah sah den Barmann an und schüttelte kaum merklich den Kopf.

»Wenn er sich etwas in den Kopf gesetzt hat, geht er über Leichen.« Ich schnaubte. »Insbesondere, wenn er mir damit schadet.«

»Das hat er ja diesmal nicht«, sagte Sarah mit weicher Stimme.

»Natürlich. Woher willst du das wissen?«, blaffte ich sie an.

»Woher willst *du* das wissen?«

»Weißt du, warum ich mit Elly zusammen bin?«

»Ja, ich glaube, ich habe es im Laufe der Zeit verstanden ... Weil sie anstrengend ist? Kratzbürstig, egoistisch, eingebildet und übellaunig?« Sarah tippte sich nachdenklich ans Kinn. »Habe ich irgendetwas vergessen?«

Ich schüttelte den Kopf.

»Alles Eigenschaften, mit denen nicht einmal dein Bruder zurechtkommen würde«, stellte Sarah fest. »Aber glücklich macht dich das auch nicht.«

»Und wie soll ich das jetzt herausfinden?«, fragte ich ungehalten.

»Ob Thea angebissen hat?«

Ich nickte energisch.

»Frag sie. Frag sie, ob Alex sie geküsst hat.«

»Das habe ich gesehen. Das brauche ich nicht zu fragen.«

Sarah legte ihre Hand auf meinen Unterarm. »Tu es und du wirst alles erfahren, was du wissen willst«, sagte sie beruhigend.

Ich runzelte fragend die Stirn.

»So sind wir Frauen eben, bei solchen Dingen geben wir nicht einfach eine knappe Antwort. Wenn da Schmetterlinge im Spiel sind, muss das raus.«

Ich strich mir gedankenverloren über die Innenseite meines Oberarms, um mir ins Gedächtnis zu rufen, auf was es wirklich ankam. Wofür es sich zu kämpfen lohnte und dass ich niemals aufgeben würde. *Sein, wer ich bin.* Meine Fehler zu akzeptieren, mir selbst zu verzeihen. Auch wenn es mein Bruder nicht konnte. Andere führten ganze Listen mit Dingen, die sie im Leben erreichen wollten. Ich wollte nur eines, und das Tattoo auf meiner Haut würde mich Tag für Tag daran erinnern.

Sarah musterte mich von der Seite, sagte aber kein Wort.

»Was?«

Sie lächelte mich liebevoll an. »Geh nach Hause und sprich mit Thea. Ich habe dir das schon das letzte Mal gesagt …«

»Da kam was dazwischen …«, schnitt ich ihr das Wort ab.

Sarah redete unbeirrt weiter. »Sag ihr, womit du deine Brötchen verdienst.«

»Meinst du, er hat es ihr erzählt?«, unterbrach ich sie erneut.

Sie zuckte mit den Schultern. »Das weiß ich nicht. Und erzähl ihr, was damals vorgefallen ist.«

»Davon war bis jetzt noch nie die Rede.«

»Richtig, aber die Rahmenbedingungen haben sich etwas geändert.«

Ich schaute in mein leeres Wasserglas und dachte darüber nach, wie ich die ganzen unausgesprochenen Themen geschickt zur Sprache bringen könnte.

Sarah beugte sich ein Stück näher zu mir. »Und sag ihr, dass du sie liebst. Das Leben wird nicht auf dich warten«, flüsterte sie mir ins Ohr.

Mein Herz klopfte bei diesen Worten automatisch ein paar Schläge schneller. »Ich muss dringend auf die Toilette.«

Als ich wiederkam, stand Sarah vor dem Bartresen und streckte mir meine Jacke entgegen. »Komm, los, ab nach Hause.«

THEA

Das Taxi stoppte vor dem mir inzwischen vertrauten Brownstone-Haus.

»Danke.« Ich stieg aus, schloss leise die Fahrzeugtür und ging die wenigen Stufen zur Haustür hinauf, während ich in der winzigen Hosentasche nach dem Hausschlüssel suchte.

»Shit.«

In diesem Moment wurde die Tür von innen geöffnet und ein älterer Herr mit Hut hielt einem grauen Dackel die Tür auf.

»Guten Abend«, sagte ich höflich und huschte unter seinem Arm hindurch.

Charles saß tief eingesunken im Stuhl, hatte seine Hände vor dem kugeligen Bauch verschränkt und gab ein leises Schnarchen von sich. Einzelne Strähnen seiner gepflegten Pomadenfrisur hatten den korrekt gezogenen Scheitel verlassen und fielen ihm in die Stirn. Ich ließ den Aufzug links liegen und ging über die Treppe in den vierten Stock.

Ich hatte keine Ahnung, was mich in der Wohnung erwartete, geschweige denn, was Paul gemeint hatte, gesehen zu haben. Ich konnte nur erahnen, wie es für ihn ausgesehen haben musste. Die eine Thea-Hälfte wappnete sich bereits für die Spreizdübel-Predigt, während die andere von einem schweren Gefühl des schlechten Gewissens übermannt wurde. Ich hätte einfach auf ihn hören sollen. Hektisch wischte ich mir über den Mund, als könnte ich damit das fahle Gefühl und Alex' Lippen auf meinen auslöschen.

Die tiefenpsychologische Konversation mit meinem Taxifahrer hatte mich die letzten zwanzig Minuten nur dazu gebracht, dass ich mir über ganz andere Dinge Gedanken gemacht hatte, anstatt mich auf Pauls Standpauke und Wortgewandtheit vorzubereiten.

Das war ein abgezocktes Spiel von Alex gewesen. Sein Spiel. Wie an Silvester, als er Paul grundlos provozierte. Den Punkt, den er hinter mir fixierte. Er hatte ganz genau gewusst, was er da tat. Was zum Teufel sollte das? Meine Augen brannten und gleichzeitig war mir danach, irgendetwas zu zerstören.

Den vierten Stock erreichte ich mit erstaunlicher Leichtigkeit, aber ohne neue Erkenntnisse. Ich wollte hier viel erleben – Schönes erleben. Jetzt hatte ich gefühlt einen Actionurlaub mit Überraschungsbonus gebucht.

Ich verharrte mit dem Finger auf der Klingel, atmete ein letztes Mal tief durch und läutete. Nichts. Ich legte mein Ohr an die Wohnungstür. Stille. Ich klingelte noch einmal und gleich wieder. Seufzend setzte ich mich auf die Stufen und vergrub mein Gesicht in beiden Händen.

Ich mochte Alex bis zu diesem Abend doch überhaupt nicht, und jetzt noch weniger. Ich war so wütend und traurig – keine Ahnung. Es war so viel passiert, dass mein Kopf drohte zu zerplatzen. Ich musste dringend ins Bett und schlafen. Ich lachte innerlich auf. *Morgen wird die Welt auch nicht besser sein und vor allem ist mein Bett hinter dieser Tür.*

Ich sah auf das Handy. Halb drei morgens bedeutete, es war halb neun in München. Schließlich tippte ich, ohne weiter darüber nachzudenken, auf Lottis Nummer.

»Thea?«, hörte ich ein verschlafenes Flüstern.

»Lotti?«, flüsterte ich in das Telefon. Die Bettdecke am anderen Ende der Leitung raschelte.

»Ist was passiert?« Jetzt war ihre Stimme hellwach.

»Ja, eine Menge«, sagte ich mit klopfendem Herzen.

»Das ist doch super. Du hast doch geschrieben, dass dir langweilig ist. Jetzt ist endlich was los.« Sie lachte aufmunternd.

»Lotti, das ist alles nicht mehr lustig.«

»Ah, erzähl. Ich habe Zeit. Alle Details, her damit.«

Ich erzählte ihr kurz von unserem einzigen schönen Beisammensein, das wir bis dato hatten, vom netten Charles, vom gutaussehenden Daniel, von der unnötigen Diskussion mit Paul diesbezüglich, bevor ich ausführlich über den heutigen Abend berichtete.

»Und wann genau war dir jetzt langweilig?«

Ich lächelte matt. »Lotti«, sagte ich vorwurfsvoll.

»Ich höre, dass du zumindest wieder lächelst.«

»Seitdem ich da bin, geht er mir entweder aus dem Weg oder es ist die reinste Zankerei. Das gab es noch nie.«

»Das gab es vorher auch schon. Ich erinnere dich nur an euren Streit bezüglich: Thea reist drei Monate allein durch die Welt.«

»Wir streiten nicht«, sagte ich schroffer als beabsichtigt.

»Gut, ihr zankt oder zickt euch an. Nenn es, wie du willst, das Ergebnis ist das Gleiche.«

Ich verdrehte die Augen.

»Ich weiß, dass du mit den Augen rollst.«

Ich lachte herzlich auf.

»Heißt es nicht, was sich liebt, das neckt sich?«, fragte Lotti.

»Das ist kein Necken mehr«, korrigierte ich sie.

»Was jetzt?«

»Ach, nenn du es doch, wie du willst«, gab ich genervt zurück.

»Moment mal … gegen Liebe hast du keinen Einwand, aber gegen Necken?« Ich konnte sie praktisch vor mir sehen, wie sie den Kopf fragend schief legte und siegessicher lächelte. »Erzähl.«

»Nein, so ist das nicht«, sagte ich mit leicht aggressivem Unterton.

Lotti lachte.

»Du fehlst mir«, flüsterte ich.

»Du fehlst mir auch.«

Auf der anderen Seite der Leitung wurde es still. Ich hörte nur ein gleichmäßiges Atmen und das Rascheln der Bettdecke.

»Lotti, bist du noch da?«, fragte ich in die Stille.

»Ja. Thea, hör mal – und flipp bitte nicht gleich aus. Lass mich einfach kurz ausreden. Okay?«

»Okay«, sagte ich zaghaft.

»Ich denke, er ist eifersüchtig und …«

Ich schnaubte.

»Und du lässt niemanden mehr an dich ran, seit der Sache mit Tim.«

»Was meinst du damit? Das stimmt doch überhaupt nicht«, fiel ich ihr ins Wort.

»Du wolltest mich doch ausreden lassen.«

»Ja, aber …«

»Nein, jetzt hör mir einfach einmal zu«, unterbrach sie mich. Ich lehnte mich genervt auf den Treppenstufen zurück, stützte mich mit einem Ellbogen auf der oberen Stufe ab und fixierte einen Punkt an der Decke.

»Man weiß immer, woran man bei dir ist. Du bist eine ehrliche Haut und kannst in deiner Mimik nichts verstecken. Dafür mag ich dich so sehr. Aber wenn es um die Liebe geht, machst du dicht. Das perfekte Pokerface. Die Typen haben keine Ahnung, woran sie bei dir sind. Du tust einfach so, als wären sie Freunde, wie ich …« Sie machte eine Pause. »Oder Paul.«

Ruckartig richtete ich mich wieder auf. »Paul? Ja, er ist ein Freund«, sagte ich energisch.

Lotti schnalzte missbilligend mit der Zunge. »Du schnallst es einfach nicht. Meinst du, der zickt nur so rum, weil du seine beste Freundin bist? Ein romantischer Abend bei Rotwein in einer Bucht, baden nachts im Meer. Klingelt da was?«

Ich hatte es gewusst, ich hätte es ihr nicht erzählen sollen. Aber sie hatte das Talent, alles aus mir herauszuquetschen, als wäre ich eine Orange in der Saftpresse. Den möglichen Kuss hatte ich geflissentlich nicht erwähnt, sonst hätte sie diesen auch noch aufs Tablett gebracht.

Ich holte Luft, um etwas zu erwidern, kam aber nicht dazu, da Lotti weiterplapperte.

»Sag einfach nichts, Thea. Denk einfach darüber nach.«
Gut, dann sage ich eben nichts mehr.

Gefühlte fünf Minuten schwiegen wir uns an, bis ich die Stille nicht mehr aushielt.

»Lotti?«, fragte ich vorsichtig.

»Ich habe nichts mehr zu sagen«, sagte sie leichthin.

»Warum sagst du so was?«

»Weil es die Wahrheit ist und du alles abstreiten wirst«, sagte sie energisch.

»Du weißt, was passiert ist. Ich mache meine Fehler nicht zweimal. Das macht mein Herz nicht mehr mit.«

»Egal, was du dir einredest. Das war nicht deine Schuld, Thea, und wir brauchen hier nicht über Fehler zu sprechen. Was passiert ist, ist tragisch und ich weiß, wie schlimm das alles für dich war. Ich war dabei. Das wird nicht noch mal passieren. Paul ist anders. Und ich würde ihm höchstpersönlich seinen süßen Arsch versohlen, sollte er einmal das Haus verlassen, wenn unausgesprochene Dinge zwischen euch liegen. Versprochen! Und du bist stark genug. Keiner wird dir mehr deine Beziehung zerstören. Das ist alles Vergangenheit. Deine Vergangenheit.«

Ich schluckte schwer und kämpfte gegen die aufsteigenden Tränen an. »Aber …«

»Es geht doch nicht darum, was war, sondern was ist. Was aus einer … eurer Freundschaft geworden ist. Manchmal werden aus Freundschaften eben Beziehungen. Es bleibt nicht immer alles, wie es ist.«

Das soll es aber, verdammt noch mal. Sonst kennt sich doch keiner mehr aus.

»Irgendwann musst du auch mal wieder etwas riskieren.«

»Das habe ich heute schon einmal gehört«, murmelte ich.

Im nächsten Moment waren Schritte auf der Treppe zu hören.

»Lotti. Ich glaube, er kommt«, flüsterte ich.

»Gut. Denk darüber nach. Bitte versprich mir das. Wir telefonieren, ja?«

»Ja, versprochen. Das machen wir.«

Ich legte auf, hielt den Atem an und lauschte. Im dritten Stock kamen die Schritte zum Stehen. Ein Schlüsselbund klapperte, dann wurde eine Wohnungstür geöffnet. Langsam ließ ich die angehaltene Luft wieder aus meinen Lungen entweichen.

Das Licht im Treppenhaus ging bereits zum vierzehnten Mal aus. Ich hatte keine Lust, erneut aufzustehen und den Lichtschalter zu drücken, das schwache Licht aus dem Aufzugschacht reichte mir. Stattdessen lehnte ich mich an die Wand, zog meine Beine ran und tupfte mit dem Finger über die Wunde. Sie hatte aufgehört zu bluten und fing auch nicht wieder an, als ich zwei kleine Steinchen rausschnippte. Schließlich verschränkte ich die Arme auf meinen Oberschenkeln und legte meinen Kopf ab. Über Lottis Worte würde ich morgen nachdenken. Heute war mein Gehirn mit anderen Dingen überfüllt und fühlte sich unfassbar schwer an.

Eine warme Hand auf meinem Rücken holte mich aus dem Halbschlaf. Langsam hob ich den Blick und sah in die Augen von Paul. Plötzlich freute ich mich, ihn zusehen, aber bei dem Gedanken an den bevorstehenden Ärger schnürte sich mein Magen zu. Müde blinzelte ich ihn an.

Er bückte sich und setzte sich schwerfällig zu mir auf die Treppe. Eine Mischung von Minze und Whisky stieg mir in die Nase.

»Hi«, sagte ich vorsichtig. Seine Augen sahen aus wie zehn Bourbon auf Eis.

Er lächelte mich schwach an und schwieg eine Weile. Er wirkte deutlich weniger angespannt als erwartet. Ich hatte mit allen gerechnet, aber sicher nicht mit dieser Paul-Version.

»Wie lange sitzt du schon hier?«, fragte er ruhig.

»Ich, ähm …«, stammelte ich vollkommen irritiert von seiner Gelassenheit.

»Ja?«, fragte er betont freundlich. »Was wolltest du sagen?«

»Ich habe den Schlüssel vergessen«, beendete ich meinen Satz.

»Ich werde Charles einen Ersatzschlüssel geben, damit das nicht noch einmal passiert«, gab er in neutralem Tonfall zurück.

»Danke«, flüsterte ich und starrte angestrengt zu Boden.

Ohne ein weiteres Wort nahm er meine Hand, stand auf und zog mich mit sich. Ich beugte mich hinunter und packte meine kaputten Schuhe. Stirnrunzelnd sah er erst auf den

Schuh ohne Absatz, dann auf mein Knie und kommentierte beides mit einer hochgezogenen Augenbraue.

Er ging mit mir die letzten Stufen runter, sperrte die Wohnungstür auf und ließ mir den Vortritt.

Erleichtert ließ ich die Schuhe fallen und steuerte direkt den Kühlschrank an. Ich holte eine Wasserflasche raus, zwei Gläser aus dem Schrank, stellte sie auf den Tisch und schenkte ein.

Ohne mich anzusehen, setzte er sich auf einen Stuhl am Küchentisch und griff nach einem der Gläser. Die Luft knisterte von den unausgesprochenen Worten, die zwischen uns lagen. Ich überlegte kurz, ob ich daran etwas ändern sollte, entschied mich aber dagegen. Stattdessen setzte ich mich ihm gegenüber, umfasste mein Wasserglas mit beiden Händen und zeichnete die Struktur des Kristallglases nach. Es vergingen unerträgliche Minuten, bis er den Blick von seinem Glas hob. Aber er sagte nichts, er sah mich nur an. Seine Augen waren dunkler als sonst. Zwischen dem besorgten Blick seiner whiskygetränkten Augen sah ich eine Mischung aus Wut und Traurigkeit. Alles in allem ähnelte sein Anblick meinem Gefühlszustand. Ich wollte gerade nicht in seiner Haut stecken – und in meiner noch weniger. Er war mein Freund. Mein bester. Ich hielt seinem Blick stand, obwohl ich aufspringen und mich an ihn schmiegen wollte. Diese schwachen Momente gingen weit über Freundschaft hinaus. Da gab es eine Anziehungskraft, die ich nicht erklären konnte. Dabei war es nicht seine äußere Erscheinung. Nicht der definierte Oberkörper, die breiten Schultern, die muskulösen Arme oder seine warmen Augen. Nein, es war seine ganze Art, sein Wesen, selbst sein beschissener Beschützerinstinkt. Er war empathisch, stark, zielstrebig, wortgewandt und wusste, was er zu sagen hatte. Nur heute nicht. Der Paul, der jetzt vor mir saß, wirkte müde und zerbrechlich.

Er räusperte sich. »Ich hatte gewartet, bis du im Taxi sitzt oder mein Bruder dich nach Hause bringt«, sagte er, ohne mich anzusehen. »Ich wusste nicht, dass du keinen Wohnungsschlüssel dabeihast.« Er seufzte. »Tut mir leid.«

Ich sah ihn kopfschüttelnd an. »Wegen vorhin ... im Club. Ich ...«

Er schnitt mir das Wort ab. »Darüber reden wir morgen.« Geräuschvoll schob er den Stuhl zurück, stand auf und verließ ohne ein weiteres Wort die Küche. Unfähig mich zu rühren, sah ich ihm nach.

Ich wusste nicht, wie spät es war und wie lange ich schon am Küchentisch gesessen hatte. Mittlerweile starrte ich die halbvolle Weinflasche auf der Anrichte an, das Überbleibsel eines lausigen Abends. Ich trank mit hastigen Schlucken mein Wasserglas aus, stand auf, schnappte mir die Flasche und lümmelte mich auf die Couch. Paul hatte alles aufgeräumt, während ich mit Alex in diesem dämlichen Club war. Ich schämte mich. So war ich nicht. Ich machte es ihm wirklich nicht leicht. Ich machte es keinem Mann leicht. Niemandem. Lotti hatte recht, auch wenn ich es nie zugeben würde. Nach Tim hatte keiner mehr eine Chance. Das war der einzige richtige Weg für mich. Sie konnte es nicht nachvollziehen, wie es mir in diesen Sekunden im Krankenhaus ergangen war. Mein Körper wie gelähmt. In diesem Augenblick war alles in mir zerbrochen. Noch heute spürte ich den drückenden Schmerz in meinem Brustkorb, wenn ich daran dachte. Der Geruch des Krankenhausflurs, der Steinboden unter meinen Knien. Nie wieder wollte ich diesen Schmerz empfinden. Ich wollte den Mann und damit mein Herz um jeden Preis davor beschützen. Paul war einfach zu gut. Elly durfte sich glücklich schätzen, so einen Schatz zu haben. Ich trank das erste Glas in einem Zug leer und schenkte mir gleich wieder nach. Das dumpfe Gefühl von Neid brauchte Nachschub.

24

Der Duft von frischem Kaffee und das Gefühl, angestarrt zu werden, weckte mich auf. Langsam öffnete ich ein Auge nach dem anderen und blinzelte in grelles Sonnenlicht.

»Du starrst mich an«, murmelte ich verschlafen.

Paul saß auf dem Couchtisch und zeigte mir ein schwaches Lächeln.

»Das ist unheimlich«, brummte ich.

Irgendwann musste ich eingeschlafen sein. Ich warf die Wolldecke zurück und schob mich in eine aufrechte Position. »Aua«, und fasste mir im selben Moment an die Stirn. Mein Kopf drohte in zehntausend Teilchen zu zerspringen.

Stirnrunzelnd sah ich auf die zwei leeren Weinflaschen auf dem Tisch.

»Tja«, sagte er amüsiert ohne einen Funken Mitleid in der Stimme. Seine Laune schien heute deutlich besser zu sein. Zudem wirkte er im Gegensatz zu mir ausgeschlafen. Die Laufhose und das verschwitzte T-Shirt, das durch den halb geschlossenen Reißverschluss seiner Kapuzenjacke zu sehen war, ließen darauf schließen, dass er bereits Sport gemacht hatte. Er zauberte eine Tasse Kaffee hinter sich hervor und hielt sie mir vor die Nase.

»Danke«, flüsterte ich kleinlaut.

»Und hier.« Er reichte mir eine Schmerztablette und deutete mit dem Kinn auf das Glas Wasser auf dem Tisch.

Ich klammerte mich an der Tasse fest und hoffte, dass er sich für seine Standpauke noch etwas Zeit ließ. Ein Kater war nicht die beste Voraussetzung, um sich der Redegewandtheit von Paul zu stellen.

Er schob meine Decke ein Stück zur Seite und setzte sich zu mir. »Nur eine Frage.«

Ich nickte stumm und setzte die Tasse an. Wenigstens bis ich diesen Kaffee leer getrunken hatte, hätte er warten können.

»Hat Alex dich geküsst?«

Ich verschluckte mich im selben Moment und hustete. Somit erübrigte sich meine Frage, was er gesehen hatte. Ich biss mir auf die Unterlippe, damit nicht meine ganze Wut ungefiltert heraussprudelte. Und überhaupt, es war doch einzig und allein wichtig, was ich aus dieser Situation gemacht hatte. Bevor ich antworten konnte, ergriff Paul erneut das Wort.

»Hat es dir gefallen?«, fragte er mit ruhiger Stimme. Ich sah ihn an, schwieg und versuchte, seinem Blick standzuhalten. Es vergingen gefühlt Minuten, bis ich begriff, was er mich da gefragt hatte. Das meinte er doch nicht ernst. Schließlich schüttelte ich verwirrt den Kopf.

Er lächelte erleichtert, berührte mit dem Zeigefinger mein Kinn und hob sanft meinen Kopf an. »Danke«, sagte er leise.

»Ich weiß nicht, was du alles gesehen hast.«

»Genug, glaub mir.«

»Hast du von der Ecke aus auch mitbekommen, dass ich den Mistkerl von mir weggeschubst habe? Zwei Mal!«, sprudelte ich los, ohne ihn dabei aus den Augen zu lassen. Er schüttelte kaum wahrnehmbar seinen Kopf und gab meinen Blick reglos zurück.

Keine Spur mehr von den dunklen Augen, mit denen er mich gestern Abend angesehen hatte. Ganz im Gegenteil, es schien, als blitzte darin etwas auf. Aber er sagte noch immer nichts und starrte mich nur an.

»Alles in Ordnung?«, fragte ich ihn.

Er blinzelte. »Klar.« Ein Lächeln umspielte seine Lippen. »Ich habe Charles einen Ersatzschlüssel gegeben, damit so etwas wie gestern nicht mehr passiert.« Sofort wurde er wieder ernst. »Und Alex wird den Schlüssel abgeben.«

Ich nickte und räusperte mich, um meiner Stimme die nötige Kraft zu verleihen. Ich wollte es wissen, und zwar jetzt.

»Sag mir, was zwischen euch los ist. Diese Spannung ...«

»Keine Ahnung, was du meinst.«

»Tu nicht so, sogar Charles ist das aufgefallen.«

Er sah überrascht auf. »Woher weißt du das?«

»Ich war gestern bei ihm, mit einer Tasse Kaffee. Er ist nett.«

»Ja, das ist er. Ich saß schon häufiger abends bei ihm. Mit Whisky«, sagte er und grinste verschlagen.

»Weich bitte einmal meiner Frage nicht aus.«

Er rutschte an die Couchlehne und zog seine Beine ran. Abwartend sah ich ihn an. *Das wird doch nicht so schwer sein.* Er erwiderte meinen Blick mit einer Falte zwischen seinen Augenbrauen und schüttelte kaum merklich den Kopf. Ermutigend strich ich ihm über den Oberarm. Kurz zuckte er zusammen, umfasste meine Hand und drückte sie. Dann holte er tief Luft.

»Ein anderes Mal ...«

»Er wollte dich provozieren, stimmt's?«, bohrte ich nach. »Wie an Silvester.«

»Er hat seine Gründe«, sagte er matt.

»Welche?«

Er antwortete nicht.

»Und du lässt es dir gefallen?«

»Thea! Hör auf, ich erzähle es dir, aber nicht jetzt.«

Wir sagten lange nichts, während Paul gedankenverloren seine Hände knetete und ich mit dem Daumen entlang des

Tassenrands Kreise zog. Ich hatte es so satt, dass ich nie Antworten auf meine Fragen bekam.

»Das muss aufhören, hörst du! Diese explosive Stimmung zwischen euch. Man hat ja Angst, jeden Moment geht eine Bombe in die Luft. Du darfst dir nicht alles gefallen lassen. Weswegen fühlst du dich schuldig? Du kannst dir nicht lebenslang Vorwürfe machen und in seiner Schuld stehen. Irgendwann ist gut.«

Er lachte verächtlich auf. »Thea, hörst du, was du da sagst? Fass dir an die eigene Nase.«

Ich knallte die Tasse auf den Tisch und stand auf. »Ich gehe duschen.«

Mit wenigen Schritten hatte er mich eingeholt. »Thea, bleib stehen. Bitte.«

Bevor ich die Treppe hochsprinten konnte, umfasste er meine Taille mit den Händen und zog mich mit einem kräftigen Ruck an sich. Er umschloss mich mit beiden Armen und hielt mich fest, bis sich mein aufgebrachter Puls wieder beruhigte.

»Für dich ist es doch das Schlimmste, wenn man geht, obwohl etwas in der Luft liegt.«

Ich schnaubte, drehte mich in seinen Armen um und sah ihn ärgerlich an.

»Es liegt nichts in der Luft. Du hast recht, okay! Das wolltest du doch hören, oder?« Ich schüttelte energisch seine Hände ab. »Lotti, Charles und du. Ihr alle habt die Weisheit inhaliert. Jeder sagt es in anderen Worten, das Ergebnis ist immer das Gleiche.« Ich stockte und sah ihm fest in die Augen. »Wir zwei brauchen darüber nicht reden, ich kann auf deine Meinung verzichten.«

Er legte mir die Hand in den Nacken und strich mit dem Daumen über mein Kinn. »Thea …«, es war kaum mehr als ein Flüstern.

»Nein. Jeder redet es sich leicht, aber keiner sagt mir, wie das geht. Wie soll ich Schuldgefühle ablegen? Du scheinst ja Experte darin zu sein«, unterbrach ich ihn. »Sag es mir.«

»Thea …« Er legte seine Stirn an meine und flüsterte: »Ich weiß es nicht. Versuch es. Liebe ist so mächtig und gleichzeitig so gefährlich. Sie macht die Menschen verwundbar, man wird verletzt. Aber es ist auch das großartigste Gefühl von allen, verzichte nicht darauf.«

Ich drückte ihn weg, drehte mich um und rannte die Stufen zum Badezimmer hinauf. Leise schloss ich die Badezimmertür hinter mir und lehnte mich mit dem Rücken gegen die kühle Tür. Ich hatte die Nase gestrichen voll. Sollten sich doch alle um ihre eigenen Probleme kümmern. Ich stieß mich energisch von der Tür ab, drehte die Dusche an und ließ das Wasser laufen, während ich mir die Klamotten vom letzten Abend auszog. Im Spiegel sah mir ein Gesicht entgegen, das keinen Zweifel an Gin Tonic und Unmengen Wein ließ.

Ich stellte mich unter die Dusche, verschränkte meine Arme vor der Brust, während heißes Wasser über meine Schultern plätscherte. Mit geschlossenen Augen legte ich meinen Kopf in den Nacken. Pauls Reaktion hatte mich ehrlicherweise überrascht. Ich hatte erwartet, dass er mir Vorwürfe machte, weil ich nicht auf ihn gehört hatte und mit Alex mitgegangen war.

Liebe, Liebe … ich wusste genau, wie sich dieses Gefühl anfühlte. Und Paul sollte verdammt noch mal aufhören, mich so anzusehen. Ich konnte damit nicht umgehen. Da fielen mir Alex' Worte wieder ein. *Ich weiß, warum er auf dich steht.* Ein kleiner Schmetterling mit gestutzten Flügeln wagte einen Flatterversuch. *Lass das!* Ich schaltete das heiße Wasser ab und ließ eiskaltes über mich rieseln, damit mein Verstand wieder klar denken konnte. Keine Ahnung, an welcher Stelle in meinem Leben sich die Rangordnung in meinem Innenleben verändert hatte. *Ich, Thea, gehe kein Risiko ein. Basta.*

Ganz die alte Thea, stieg ich aus der Dusche, putzte meine Zähne und sah in den Spiegel. Na, das sah doch schon besser aus.

In ein flauschiges Handtuch gewickelt, hüpfte ich die Treppen mit meinen Klamotten unterm Arm runter und sah flüchtig zu Paul hinüber. Er saß wieder auf der Couch und scrollte auf dem Display seines Handys. Er sah auf, als hätte er bemerkt, dass er beobachtet wurde, und legte seinen Kopf schief. Die Bartstoppeln ließen ihn älter wirken, das zerzauste Haar jünger und die Kapuzenjacke breiter. Er sah so verdammt gut aus. *Herrgott, Thea!* Sein Blick, der an mir hinab- und wieder hinaufwanderte, verursachte ein Prickeln auf meiner Haut. Schlagartig wurde ich rot. Er lächelte und zog seine Augenbraue nach oben. Ich drehte mich auf den Fersen um, warf meine Klamotten in die Waschküche und rannte in mein Zimmer.

»Shit!« *Daniel.* Hektisch suchte ich mein Telefon. Ich eilte in die Wäschekammer und holte das Handy aus der Hosentasche. 11:32 Uhr. *Jetzt schnell.* Wieder im Gästezimmer zog ich Unterwäsche, ein knielanges Kleid mit Blumenprint und Tims blauen Pulli aus dem Schrank. Zog mir in Windeseile die Klamotten über, stopfte Schal und Geld in meine Handtasche, stürmte aus dem Zimmer, rannte den Flur entlang und wieder zurück, um meine Polaroidkamera zu holen. Als ich erneut Richtung Treppe sauste, sah ich Paul aus dem Augenwinkel, der wieder belustigt eine Augenbraue hob. Ich ließ Pulli, Tasche und Kamera auf die unterste Treppenstufe fallen und rannte die Stufen hinauf ins Badezimmer. Zum Föhnen blieb keine Zeit. Stattdessen rubbelte ich meine Haare so gut wie möglich mit einem Handtuch trocken. Wimperntusche, Puder, Lippenstift. *Okay.* Hastig band ich mir meine Haare zu einem Knoten auf dem Kopf zusammen, zupfte ein paar feuchte Strähnen an den Seiten raus und strich mir über das Kleid. Als ich die Treppen wieder hinunterhüpfte, lehnte Paul am Geländer und lachte.

»Lachst du mich aus?«

Er schüttelte den Kopf und hob abwehrend die Hände. »Niemals.«

Mit einem Seufzer setzte ich mich auf die Treppenstufe, zog mir meine Boots an und schnürte eine Schleife.

»Fertig.« Ich legte meinen Kopf in den Nacken und sah ihn an. »Wie viel Uhr ist es?«

Er hob sein Handy. »Sieben Minuten vor zwölf.«

»Yes.« Ich rappelte mich hoch und sah ihm in die Augen.

»Was hast du vor?«, fragte er gezwungen beiläufig.

»Jetzt stehst du mal auf Augenhöhe mit mir«, sagte ich.

Er rollte die Augen, aber das belustigte Aufblitzen darin war nicht zu übersehen. Sein Blick wurde ernst. »Das war keine Antwort auf meine Frage.«

»Und wie ist das so?« Ich legte meine Finger um seinen linken Oberarm und versuchte, sie zu schließen. »Respekt!«, sagte ich und spitzte die Lippen.

Er legte seine warme Hand auf meine und in seinen Augen blitzte Entschlossenheit auf. Ich hob fragend meine Augenbraue. Sekunden vergingen, bis er sich räusperte, meine Hand losließ und einen Schritt zurückging und einen weiteren. Ich hob meine Handtasche auf, hängte sie mir quer über die Schultern und schnappte mir die Kamera.

»Mach jetzt bloß nicht wieder einen auf Spreizdübel.«

Er rührte sich nicht und sah mich abwartend an.

Ich griff nach dem Schlüssel auf der Kommode und bereitete mich auf einen Sprint vor. Er verzog noch immer keine Miene.

»Ich treffe mich heute mit dem netten *Uber*-Fahrer, sein Name ist Daniel.« Dann rannte ich los und rief ihm ein »Tschüss« über die Schulter zu. Aber just in diesem Moment stand er bereits vor der Wohnungstür, stützte eine Hand an der Wand ab und versperrte mir meinen Fluchtweg.

»Ernsthaft?« Ich verschränkte die Arme vor der Brust.

»Warum?«, fragte er mit ernster Miene, aber erstaunlich gelassen.

Kämpferisch reckte ich das Kinn und schob mir eine feuchte Haarsträhne hinters Ohr. »Warum was?«

»Du bist seit einer Woche in New York und hast schon ein Date?«

Ich seufzte resigniert. »Das ist kein Date.«

»Aha, wie nennt man das? Bin da vielleicht ein bisschen aus der Übung.«

»Es sind zwei Menschen, die etwas zusammen unternehmen, weil es gemeinsam schöner ist.« Ich sah ihn vorwurfsvoll an. *Soll er nur ein schlechtes Gewissen haben.* »Ich habe keine Lust, alles allein zu machen. Und der eine, mit dem ich es gerne machen würde, hat weder Zeit noch Interesse an Sightseeing. So einfach ist das.«

Ohne seine Miene zu verziehen, senkte er den Arm, drehte sich um und ging wieder Richtung Couch.

»Ich habe dir gesagt, dass ich mir vorgenommen habe, etwas zu erleben. Es gibt drei Optionen. Entweder ich mache es allein, ich mache es mit dir oder ich mache es mit jemand anderem.«

»Mit mir.« Seine Antwort kam wie aus der Pistole geschossen.

»Kannst du das bitte wiederholen? Ich glaube, ich habe noch Wasser im Ohr.«

Er drehte sich um und stand mit wenigen Schritten wieder vor mir. »Ich mache es mit dir. Ich habe die nächsten Tage frei und dann nur kleinere Aufgaben zu erledigen, die nicht den ganzen Tag dauern.«

Anscheinend sah ich ihn verdutzt an, weswegen er sich räusperte und unsicher hinzufügte: »Ist das okay für dich?«

Ich kniff die Augen zusammen und versuchte noch immer zu begreifen, was er da soeben gesagt hatte. Nur sehr langsam sickerten seine Worte durch.

»Natürlich ist das okay für mich. Nichts lieber als das. Aber ich werde deswegen Daniel nicht absagen.«

Abwehrend hob er die Hände. »Klar, das sollst du auch nicht. Versprich mir einfach, dass du vorsichtig bist.«

»Versprochen. Mach dir keine Sorgen, ich kann auf mich aufpassen.«

»Das weiß ich. Und ab Montag gehört die Zeit uns.«

Ich stellte mich auf die Zehenspitzen und drückte ihm einen Kuss auf die stopplige Wange. »Das ist alles, was ich will.«

PAUL

Ich schloss die Tür hinter Thea und ging duschen. Ich hatte keine Ahnung, wie lange ich noch dem Drang widerstehen konnte, sie nicht zu küssen. Ich dachte, ich hätte es im Griff, aber es wurde von Tag zu Tag schwerer, mich zurückzuhalten.

Und dann taucht dieser Daniel auf. Ich wusste, was ich wollte, und zu wissen, wie sich ihre warmen, zarten Finger auf meiner Haut anfühlten, machte die Sache nicht leichter. Ich stellte die Dusche aus, trocknete mich ab, verzichtete auf das Rasieren, ging ins Schlafzimmer und zog mich an. Dann schlenderte ich wieder nach unten. Ich bückte mich und hob Theas dunkelblauen Pulli hoch, der ihr mindestens zwei Nummern zu groß war. Langsam strich ich mit dem Daumen über den kleinen weißen Aufdruck auf der rechten Brust. Eine Welle, auf der die Silhouette eines Surfers ritt. Tim. Klar, es war sein Pulli.

Ich warf mir den Hoodie über die Schulter, ging in ihr Zimmer und legte ihn zusammengelegt auf ihr Bett. Die Liebe konnte so viel Gutes und konnte weitaus mehr zerstören. Sie konnte das Beste aus den Menschen holen und das Schlimmste.

Ich setzte mich auf die Matratze und ließ mich nach hinten fallen. Als ich heute Nacht ein leises Schluchzen aus dem Wohnzimmer gehört hatte, war ich zu ihr hinuntergeschlichen, hatte sie zugedeckt und ihr beruhigend über den Rücken gestreichelt. Es hatte nicht lange gedauert, bis ihr Atem wieder gleichmäßig geworden war.

Ich konnte mich nicht daran erinnern, dass Alex je von einer Frau zurückgewiesen worden war. Thea – die Erste, die er nicht mit seinem aufgeblasenen Charme einwickeln konnte. Eine Welle des Stolzes wallte in mir auf. Als sie mir das erzählt hatte, hätte ich sie am liebsten gebeten, es noch einmal zu wiederholen. Jedoch hatte ich mich nicht getraut zu fragen.

Möglicherweise hatte ich doch noch ein Fünkchen Glück. Aber was half das alles? Sie hatte mich in eine Truhe mit der Aufschrift *Freundschaft* gepackt und sie mit einem dicken Vorhängeschloss versehen. Abgesehen davon, gab es noch immer diese seltenen Momente, in denen ich es erkannte. Ich war ihr alles andere als egal. Eine hirnrissige Idee, nichts an sich ranzulassen, um seelischen Schmerz zu vermeiden. Das funktionierte nicht. Mir reichte eine Freundschaft jedenfalls nicht mehr, ich konnte das nicht mehr ewig durchziehen. In Apulien hatte ich bereits gedroht zu platzen. Ich wollte, dass sie wusste, dass ich sie liebte. Ich musste diesen Schlüssel finden.

Verzweifelt lachte ich laut auf. Damals hatte ich das noch für ein Selbstmordkommando gehalten. Aber nach gestern Abend lagen die Dinge vollkommen anders.

Als sie vorhin an der Treppe mit ihren zarten Händen meinen Oberarm berührt und ihr Daumen auf dem Tattoo verharrt hatte, war ich kurz davor gewesen, meine Worte zu wiederholen. Aber es war zu früh, es war noch zu früh. Ich fuhr mir energisch durch die Haare. Erst musste ich Theas eingefrorene Gefühlswelt auftauen. Ich stand mit einem Ruck auf, strich die Decke glatt und wollte gerade aus dem Zimmer gehen, als mir ihr Zettel auf dem Schreibtisch auffiel. Ich setzte mich hin und überflog ihre lange To-do-Liste. Ich lachte leise, als ich die durchgestrichenen *Hops* sah. *Na dann, wollen wir sie mal abarbeiten und Thea glücklich machen, bevor es ein anderer tut.* Ich legte den Zettel wieder zurück und hörte, wie die Wohnungstür aufflog.

Leise schloss ich Theas Zimmertür hinter mir.

»Hallo Alex.«

Er drehte sich in meine Richtung und grinste mich blöd an.

»Hattest du jemand anderen erwartet?« Ich streckte ihm die offene Hand entgegen. »Den Schlüssel«, sagte ich ruhig.

»Was ist denn jetzt kaputt?«, keifte er ungehalten.

»Fragst du mich das wirklich?«

Er reagierte nicht. Stumm wartete ich ab, bis er mir endlich den Schlüsselbund zuwarf und in Richtung Wohnzimmer schlenderte. Ich steckte ihn in meine Hosentasche und folgte ihm.

»Wie lange soll das noch gehen? Wie lange hast du noch vor, mein Glück zu sabotieren?«

»Sabotieren …« Alex verfiel in boshaftes Gelächter. »So würde ich das nicht nennen, aber wie du meinst.«

Er ließ sich auf die Couch fallen und verschränkte die Hände hinter dem Kopf. »Mit Thea gab es kleinere Anlaufschwierigkeiten. Wärst du im Schatten geblieben, hätte ich sie so weit gehabt.«

Ich schnaubte verächtlich. »Lass einfach die Finger von ihr.« Meine Stimme klang schärfer, als ich es beabsichtigt hatte.

»Na, hast du Angst, ich schnappe dir die Kleine weg? Deine große Liebe.« Er lachte sarkastisch auf. »Die erste große Liebe in deinem Leben überhaupt?«

»Thea ist nicht meine große Liebe.« Eine Lüge, die wie ein Blitz durch mein Knochenmark schoss.

»Ja, genau. Danke, dass du mich daran erinnerst. Du hast ja keine Ahnung von der großen Liebe ...« Er beugte sich vor und legte seine Unterarme auf den Knien ab. »Aber wie man sie zerstört ... Ja, das ist eher dein Ding.« Bitter lachte er auf. »Ich werde ...« Den Rest ließ er im Raum stehen. Er brauchte nicht weiterzureden. Ich kannte jede einzelne Silbe, die ihm auf der Zunge lag und die er in der Vergangenheit millionenfach ausgesprochen hatte. Ausdruckslos erwiderte ich seinen belustigten Blick.

»Bleib doch bei Elly, die bleibt dir.«

»Das habe ich vor.« Die zweite Lüge an diesem Tag.

Ich trat einen Schritt auf ihn zu. »Hast du Thea erzählt, was ich beruflich mache?«

»Nein, ich habe mich auf etwas anderes fokussiert«, gab er mit einem dämlichen Grinsen zurück. »Wie steht eigentlich Elly dazu, dass Thea hier wohnt?«, fragte er mit heuchlerischem Unterton in der Stimme.

»Lass Elly da raus.«

»So viele Geheimnisse, mein Bruder.«

Ich trat einen weiteren Schritt auf ihn zu und packte ihn am Kragen seines Shirts.

»Na, na, na. Wer wird sich denn da nicht mehr unter Kontrolle haben? So kenne ich dich ja überhaupt nicht«, sagte er sarkastisch. Ich wollte ihn anschreien und meine Faust in seine dumme Visage schlagen. Aber stattdessen atmete ich tief durch, löste meine Finger und fuhr mir durch die Haare.

»Bis du aufgetaucht bist, hatte ich hier alles im Griff«, schnauzte ich ihn an.

»Was hattest du im Griff?« Er machte eine Pause und richtete sich auf. »Gar nichts«, sein Tonfall wurde beißend, wie immer, wenn wir auf dieses Thema zusteuerten.

»Wie viel Zeit hast du bis jetzt mit Thea verbracht, seitdem sie in New York ist? Ich denke, ich bin dir eine Nasenlänge voraus und den Vorsprung baue ich weiter aus. Versprochen.« Er suchte meinen Blick und sah mich herausfordernd an. »So schnell gebe ich nicht auf.«

»Mach das … Gib alles. Das hast du doch schon immer getan.« Meine Worte versetzten mir selbst einen Stich.

Er lachte höhnisch auf. Ich hatte dazugelernt. Alles, was ich je begehrte, begehrte mein Bruder zehnmal so sehr. Gleichgültigkeit hingegen bremste seine Verbissenheit bei der Mission, die sich Paul-Zerstörung nannte.

»Gut. Dann hätten wir das ja geklärt.« Er stand auf und blieb vor mir stehen. »Eigentlich bin ich nur gekommen, weil du gesagt hast, du hast eine Rolle für mich.«

Ich ging an die Kommode, öffnete die Schublade und zog das Manuskript heraus. »Hier.« Ich hielt ihm das Skript unter die Nase. »Schau es dir an und versau es nicht wieder.«

Ohne seinen Blick von Theas Bild an der Wand abzuwenden, nahm er es mir aus der Hand. »Sie sieht in echt noch viel besser aus.«

Ich schluckte meine neu aufkeimende Wut hinunter und deutete ihm den Weg zur Tür. Er grinste mich mit seiner typischen

Arroganz an und verpasste mir mit der Schulter im Vorbeigehen einen Stoß. Als ich die Tür ins Schloss fallen hörte, stieß ich hörbar die Luft aus und mit ihr die ganze Anspannung der letzten zwanzig Minuten.

25

Wir betraten das Schiff und Daniel dirigierte mich aufs Oberdeck Richtung Bug auf die linke Seite.

»Von hier aus hat man die beste Aussicht über Manhattan.« Er deutete mit einem Lächeln auf eine der Stuhlreihen. »Ich hole uns etwas zu trinken«, sagte er und verschwand im Oberdeck.

Heute Mittag hatte er bereits vor dem Haus gewartet, als ich auf den Gehweg getreten war. Seinen Anzug hatte er gegen ein lässigeres Outfit getauscht, trug Jeans und ein Langarm-Shirt. Seine dunklen Haare sahen aus, als wäre er gerade erst aufgestanden, und es wurde auch nicht besser, da er sich permanent durch die Haare fuhr. Wir waren mit der Metro zum Pier 83 gefahren, und als ich die Menschenmassen an den Ticketschaltern gesehen hatte, wäre ich am liebsten auf der Stelle umgedreht. Er hatte mein Zögern bemerkt und gesagt: *Ich habe unsere Tickets gestern schon besorgt.*

Rechtzeitig als sich das Schiff in Bewegung setzte, kam er zurück, ließ sich auf den freien Stuhl neben mir fallen und reichte mir eine der kleinen Wasserflaschen.

Wir schipperten über den Hudson River Richtung Financial District – so weit kannte ich mich aus. Er deutete auf diverse Gebäude und ich hatte Mühe, seinen Worten zu folgen. Ich lachte und schüttelte den Kopf. Er legte seinen Arm hinter mir auf der Stuhllehne ab und beugte sich zu mir, damit ich ihn besser hören konnte. Obwohl aus den Lautsprechern Erklärungen auf uns hinabprasselten, die ohnehin niemand über den Wind hinweg verstehen konnte, lauschte ich lieber meinem persönlichen Guide. Er hatte recht, von dieser Bootsseite hatten wir einen fantastischen Blick auf die Skyline Manhattans.

Er zog mich hoch. »Komm, gleich sind wir an Ellis Island.« Es schien ihn nicht zu stören, dass einer nach dem anderen in unserer Sitzreihe aufstehen musste, damit wir rauskamen. Er nahm meine Hand und schob die Menschen auf dem Gang sanft zur Seite. Am Bug blieb er stehen und drehte sich zu mir um.

»Bevor das große Gewusel ausbricht«, sagte er mir ins Ohr und grinste verschmitzt.

In diesem Moment stoppte auch schon das Schiff und auf den Sitzplätzen wurde es hektisch. Das Stimmengewirr wurde lauter, Kameras wurden gezückt, Leute aus dem Weg geschubst, um die beste Sicht auf die Freiheitsstatue für ein Foto zu erhaschen.

Ich holte ebenfalls mein Handy aus der Tasche, knipste ein paar Aufnahmen von der Statue und von Daniel. Dann kramte ich meine Polaroidkamera hervor. »Komm her, Selfietime.«

Er drehte sich um, lehnte sich an das Geländer und rückte ein Stück näher.

»Siehst du den Spiegel dort vorne? Über dem Objektiv?«, schrie ich ihm über das laute Geschnatter um uns herum zu. Er nickte. »Siehst du dich darin?«

»Geht so.«

»Dann rutsch näher«, forderte ich ihn auf.

Er lachte herzhaft. »Ich bin oben abgeschnitten. Gib mir die Kamera und stell dich vor mich.« Ich gab sie ihm und quetschte mich zwischen Daniel und einer Frau hindurch, die sich gleich auf den freigewordenen Platz am Geländer stellte.

»Siehst du dich?«, fragte er.

Ich balancierte auf meinen Zehenspitzen. »Jetzt.«

Er legte einen Arm um mich und hielt mich still. »Okay, auf drei. Eins, zwei, Cheese.« Die Kamera surrte und ich zog das

Foto heraus. Mit zusammengesteckten Köpfen warteten wir darauf, dass sich das Bild fertig entwickelte. Ich lachte laut auf. Daniel mit seinen wuscheligen Haaren grinste breit, wohingegen mein Gesicht zur Hälfte mit Haarsträhnen verdeckt war.

»Möchtest du auch eins?«, fragte ich ihn.

»Klar.« Ich steckte notdürftig die gelösten Strähnen wieder im Haarknoten fest und stellte mich erneut vor Daniel. Er drückte ab, zog das Bild aus der Kamera und steckte es in seine hintere Hosentasche.

»Hey, ich will das auch sehen!«

»Hier.« Er hatte eindeutig den besseren Schnappschuss. Dann schoben wir uns durch die Menge zurück auf unsere Plätze.

Er deutete auf den Freedom Tower und beugte sich wieder zu mir. »Das One World Trade Center. Und siehst du die orangene Fähre dort hinten?« Er zeigte noch immer in die gleiche Richtung, jedoch diesmal aufs Wasser. Ich nickte.

»Das ist die Fähre, die vierundzwanzig Stunden am Tag die New Yorker von Manhattan rüber nach Staten Island bringt.«

»Davon habe ich schon gehört«, rief ich ihm über den Wind hinweg zu und deutete in den Himmel. »Sieh mal, ein Heli. Ist das auch ein Shuttle?«

»Das sind die Rundflüge über Manhattan. Das kannst du dann mit deinem Freund machen.«

Ich sah ihn irritiert an. »Erstens ist er nicht *mein* Freund, sondern mein *bester* Freund und zweitens: Wie meinst du das?«

Na, super. Alle meine faden Gedanken an Pauls Geheimnisse und Paul und Alex im Allgemeinen waren bis zu diesem Zeitpunkt verflogen gewesen.

Daniel zuckte nur mit der Schulter. »Ich denke, er wird sich das leisten können.«

»Ich verstehe noch immer nicht, was du meinst.«

Jetzt war er es, der mich verblüfft ansah.

Wir bogen in den East River ein und fuhren unter der Brooklyn Bridge hindurch.

»Siehst du dort …« Ich folgte seiner ausgestreckten Hand. »… das Gebäude mit der Spitze, mit der Antenne?«

Ich nickte. »Empire State Building«, antwortete ich knapp.

»Ich kann mir nur eine Kreuzfahrt entlang des Hudson River leisten«, sagte er, ohne mich dabei anzusehen.

»Ich weiß einfach nicht, wovon du redest.«

»Ist schon gut«, wiegelte er ab.

»Nein, wirklich. Erklär es mir doch bitte.«

»Später.«

»Nein, jetzt«, protestierte ich. So schnell würde ich mich auf keinen Fall abspeisen lassen. Er ignorierte meine Worte und zeigte auf das Chrysler Building und weiß der Himmel was alles, aber ich war mit den Gedanken schon wieder weit weg.

»Schau mal nach rechts.«

Ich beugte mich über ihn.

»Nicht da, dort drüben.« Er legte seinen Arm auf meinen Rücken, schob mich weiter vor und drehte mein Kinn in die richtige Richtung. »Da, das alte Fabrikgebäude. Siehst du das *Pepsi-Cola sign*?«

Ich richtete mich wieder auf. »Ja. Ist das schön?«, fragte ich genervt.

Er lachte. »Nein, aber man sollte es gesehen haben.«

Blödsinn. Der Hinweis auf das Schild verfolgte lediglich den Zweck, von seiner Aussage abzulenken. Diese Masche kannte ich zu gut.

Das Schiff wendete.

»Die Roosevelt Island«, sagte ich, um ihm zuvorzukommen und um mich von meinen eigenen Gedanken abzulenken.

»Wow, sie kennt was«, spottete er amüsiert.

»Sehr witzig.« Ich lachte auf. »Auch nur wegen der Seilbahn«, gab ich kleinlaut zu.

Wieder zurück am Pier überredete ich Daniel erfolgreich, mit mir neue Schuhe zu shoppen, und trieb ihn durch die Stadt auf der Suche nach einem Laden, in dem ich ein Foto entwickeln lassen konnte. Schließlich musste ich noch das Bild von der schimpfenden Thea-Version an Pauls Fotowand austauschen, aber wir fanden keinen und meine Fußsohlen brannten. Also betraten wir stattdessen ein Café und setzten uns an einen Tisch am Fenster.

In dem Moment, in dem die Bedienung uns die Cappuccinos und eine Flasche Wasser brachte, lärmte mein Handy in der Handtasche. Reihum drehten sich die anderen Gäste zu uns um. Hektisch zog ich den Schal aus meiner Tasche und kramte nach dem immer lauter werdenden Ding. Ohne aufs Display zu schauen, nahm ich ab.

»Hallo«, flüsterte ich.

»Wo bist du?«, fragte Paul am anderen Ende der Leitung.

»Wir waren Schuhe kaufen und sitzen jetzt im Café.«

»Okay. Und? Hast du Spaß?« Er schien etwas nervös zu sein. Ich sah zu Daniel hinüber, der den Schaum in seinem Cappuccino totrührte.

»Ja, das habe ich. Warum rufst du an?«

»Nur so. Dann viel Spaß noch.«

»Danke.« Irritiert starrte ich auf das Display, er hatte bereits aufgelegt. Ich stellte den Klingelton leiser und steckte das Handy zurück in die Tasche.

Daniel sah mich fragend an. »Paul?«

Ich nickte knapp, griff zum Zucker und gab zwei Kaffeelöffel davon auf den Schaum.

»Was meintest du vorhin damit? Mit dem Heli-Flug?« Ich löffelte den Zuckerschaum ab und steckte mir den Löffel in den Mund. Das war das Beste an Milchschaum. Abwartend sah ich ihn an. So einfach würde er mir nicht davonkommen.

Er räusperte sich.

»Ich meine … Noble Gegend, nobles Haus. Der Junge hat es geschafft.«

Ich zuckte mit den Schultern. Also, er war ahnungslos. Er wusste genauso viel wie ich. *Nichts.*

»Was macht er beruflich?«, fragte er.

»Ich glaube, er ist am Theater.«

Er lachte ungläubig auf. »Klar, am Theater und so eine Hütte.«

»Herrgott, so genau weiß ich das nicht«, sagte ich genervt. Fragend sah er mich an, weswegen ich hinzufügte: »Na ja, ich habe keine Ahnung.«

»Hast du nie danach gefragt?«

Ich lachte verzweifelt auf. »Nein, nie direkt. Ich habe ihn einmal gefragt, was er verdient. Zumindest habe ich es versucht, glaub mir. Oder auch nicht. In jedem Fall ist er der geborene Themenwechsler. Er muss es erfunden haben.«

Mein Handy klingelte erneut. Ich holte das Telefon aus der Tasche, drückte den Anruf von Paul weg, stellte es auf lautlos und warf es zurück.

»Ist das nicht ein bisschen wie anlügen?«, fragte er, als ich ihn wieder ansah.

»Wenn man etwas nicht erzählt, ist das nicht wie anlügen.«

»Ich glaube die Grenzen zwischen Verheimlichen und Anlügen liegen sehr dicht beieinander«, gab er zurück. »Meine Ex-Freundin hat mich auch nicht angelogen, sie hat mir nur verheimlicht, dass sie einen Lover hat.«

Ich sah ihn entsetzt an. »Oh.«

Er lächelte schwach, griff zur Wasserflasche und schenkte uns ein. »Herausgefunden habe ich es, nachdem mir mein Sohn Mason immer wieder von einem Ethan erzählt hat.

Ich dachte, er wäre ein Freund aus dem Kindergarten, der nachmittags zum Spielen vorbeikommt.« Er lachte zynisch auf. »Aber Ethan spielte lieber mit Mama.«

»Shit. Das tut mir leid.«

Er zuckte resigniert mit den Schultern, trank sein Wasserglas in einem Zug aus und stellte es energisch auf den Tisch. »Jetzt streiten wir darum, wann, wer und wie lange Mason sehen darf.«

»Wie alt ist Mason?«

Er rieb sich mit den Fingern verzweifelt über die Augen. »Drei Jahre. Mason war nicht geplant. Ich hatte in den USA ein Auslandssemester und lernte Abigail kennen. Dann kündigte sich Mason an und ich bin hiergeblieben.«

»Woher kommst du?«

»Aus der Schweiz. Ich arbeite hier an der Universität. Nebenbei bin ich Fahrer bei *Uber*. Aber das weißt du ja schon.« Er sah mich an. »Siehst du, eigentlich erzählt man so etwas frei raus, ohne dass jemand nachfragt.«

Ich nickte. Er hatte recht, so lief Kommunikation.

»Erzähl mir von dir«, holte er mich aus meinen Gedanken.

»Von mir?«

Er nickte.

Ich räusperte mich kurz und fing an zu erzählen. Ich führte keinen Monolog, es war ein schöner Austausch, der sich zu einem kurzweiligen Gespräch entwickelte.

»Also, wie heißt er?«

Fragend legte ich den Kopf schief. »Wie heißt wer?«

»Na Paul, mit ganzem Namen.«

Ich runzelte die Stirn. »Paul Hoobs«, antwortete ich zögerlich. Er legte den Kopf in den Nacken und lachte schallend.

»Was soll das jetzt wieder?«

»Na ja, ich würde sagen, man kennt ihn.«

»*Du* kennst ihn?«

Er lachte noch immer und schüttelte belustigt den Kopf. »Nein, viele kennen ihn. In Deutschland und in der Schweiz ist er nicht so bekannt, aber hier ...«, sagte er, als er sich wieder gefangen hatte.

Ich sah ihn mit großen Augen an. Er beugte sich über den Tisch und flüsterte: »Das wusstest du nicht?«

Ich schüttelte langsam den Kopf. Peinlicher ging es wohl nicht.

»Jeder erzählt nur so viel, wie er will, und wir suchen einander auch nicht im Internet«, verteidigte ich mich und kam mir vor, als hätte ich einen Vertrag unterschrieben, ohne das Kleingedruckte gelesen zu haben.

»So viel, wie *er* will ...«, sagte er und betonte dabei das Wort *er* besonders scharf. Er lehnte sich wieder an die Stuhllehne zurück und verschränkte die Arme vor der Brust.

»Dann halte ich mal besser auch die Klappe, ich will es mir nicht mit deinem besten Freund verscherzen.«

Ich wollte protestieren, aber er war schneller.

»Weißt du, vielleicht kann ich ihn ein Stück weit verstehen. Ich möchte nicht in seiner Haut stecken. Mit dir hat er möglicherweise etwas gefunden, was ihm fremd ist. Jemanden, für den er unbekannt ist.«

»Du kannst mich doch jetzt nicht so hängen lassen. Erzähl mir, was du weißt.«

Er schüttelte den Kopf, grinste und nippte an seinem Cappuccino. Es wurde höchste Eisenbahn, dass ich meine Wissenslücken schloss.

Bei Daniel kam ich in der folgenden Stunde auf jeden Fall nicht weiter. Egal wie oft ich ein und dieselbe Frage wiederholte, jedes Mal hatte er geschickt ein neues Thema eingefädelt. Mein Ziel war es, bis zu unserem nächsten Treffen mehr über Paul herauszufinden. Wenn mir niemand helfen wollte, dann eben nicht. *Ich schaffe das auch allein.*

Als ich die Wohnung betrat, war Paul nicht zu Hause. Ich schrieb ihm eine kurze Nachricht, dass ich wieder zurück war, damit er sich keine Sorgen machen musste. Er hatte am Telefon so nervös geklungen, obwohl er Daniel überhaupt nicht kannte.

Tims Pulli lag akkurat zusammengelegt auf meinem Bett. Für einen Moment vergrub ich mein Gesicht darin, bevor ich ihn mir überzog. Ich spannte mit Reißzwecken einen Faden an die schwarze Wand hinter dem Bett und befestigte das Foto mit Daniel mit einer Foldback-Klammer daran. In der obersten Schreibtischschublade hatte ich alles gefunden, was ich dazu brauchte. Dann telefonierte ich erst mit meinen Eltern, wobei meine Mutter wieder mit den Tränen kämpfte, weil ihr Mädchen weit weg von zu Hause war. Während ich froh war, dass sie nicht sehen konnte, wie ich die Augen verdrehte. Anschließend rief ich erst Nepomuk an, der wie immer auf dem Sprung war. Und dann Noah, dem ich versprechen musste, auf Paul zu hören, denn es sei richtig, dass er ein Adlerauge auf seine Schwester habe. Eine Stunde redete er auf mich ein. Den restlichen Abend nutzte ich dazu, um wieder einmal über einen längeren Zeitraum einen gleichmäßigen Puls zu haben. Bis mir schließlich die Augen vor Müdigkeit zufielen. Die frische Luft, die mir auf dem Schiff um die Nase geweht hatte, machte mich auf eine angenehme Weise erschöpft.

26

Am nächsten Morgen wachte ich mit den ersten Sonnenstrahlen auf und zog meine Laufschuhe an. Ich lief durch die Straßen, durchquerte den Central Park Richtung Manhattans West Side und joggte über den Hudson River Greenway. Nach einer Verschnaufpause an den Kais des Hudson River Park drehte ich um und rannte zurück. Ich liebte diese Momente am Morgen, wenn ich beim Laufen die drückende Wolke aus Last von der Nacht abschütteln konnte.

Ich sprintete die letzten Meter bis zum Haus und lief zwei Treppenstufen auf einmal nehmend die wenigen Stufen zur Haustür hinauf. Charles hielt mir bereits die Tür auf und feuerte mich an: »Go Thea!«

Zwischen zwei Atemzügen schnaufte ich etwas, das: »Guten Morgen, Charles« und »bin ich etwa die Queen?«, heißen sollte. Hinter mir hörte ich ihn lachen, ehe ich mit letzter Kraft die Stufen in den vierten Stock hinaufrannte und völlig außer Atem vor der Wohnungstür stehen blieb. Ich lehnte mich für einen Augenblick an die Wand, bevor ich meine Oberschenkel dehnte. Die Nacht im Club, der Gin, der Wein und die Aufregung in den letzten Tagen waren ein Desaster für meine Kondition. Nach ein paar tiefen Atemzügen kramte ich den Schlüssel aus dem schmalen Schlitz der Laufhose und öffnete leise die Tür. Alles war ruhig. Ich zog meine Schuhe aus und wollte gerade die Treppe hinauf zum Bad gehen, als ich Stimmengewirr auf der Galerie hörte.

»Ich bin gleich wieder da, Pauli-Schatzi.«

Ich biss mir auf die Unterlippe, um nicht laut loszuprusten. *Pauli-Schatzi. Ich dreh durch!*

»Ich hole uns was zu trinken«, säuselte die Stimme in Englisch. Schnell bückte ich mich nach meinen Schuhen und huschte hinter die erstbeste Tür. Ich verhedderte mich in etwas, das am Boden lag, und konnte mich in letzter Sekunde an einem Gegenstand festhalten, der sich nach Waschmaschine anfühlte. Ich tastete blind mit den Händen über den Dielenboden, bis ich die Stolperfalle fand, roch an dem Stoff und steckte Pauls Pullover in den Wäschekorb. Durch den Türspalt fiel Licht herein und erleuchtete das goldene Horn meines Einhornpantoffels. *Geht's noch! Hat der meine Hausschuhe hier reingepfeffert. Warte nur ab!* Ich wandte mich dem offenen Spalt zu und schielte mit einem Auge durch. Eine große Frau mit rot glänzenden, langen wallenden Haaren, die ihr in Locken über die Schultern fielen, tänzelte barfuß auf Zehenspitzen in einem schwarzen Negligé die Stufen hinunter. Sie sah aus, als würde sie in den nächsten Minuten in einen Club gehen und unmöglich gerade aus dem Bett kommen. Ich hielt den Atem an. Auf diese peinliche Begegnung konnte ich getrost verzichten. Das hässliche Entchen – *moi* – und der schöne Schwan. Nur über meine Leiche.

Wann um alles in der Welt war die hier aufgetaucht? Ich hörte, wie sie den Kühlschrank schloss, und das Scheppern von Gläsern. Dann tänzelte sie genauso geschmeidig, wie sie heruntergekommen war, wieder hinauf. Tja, das musste man ihr lassen: Anmutig bewegen konnte sie sich. Ich dagegen tappte morgens verschlafen umher und bekam meine Augen nicht auf. Von den Schlafanzügen, die ich trug, ganz zu schweigen. Im Moment prangte nachts *Micky Maus* auf meiner Brust und weiße Punkte auf der roten Shorts.

Zur Sicherheit wartete ich noch ein paar Minuten und wollte gerade aus dem Wäschezimmer schleichen, als ich wieder Schritte auf der Treppe hörte. Dieses Mal kein leichtes Tänzeln, sondern die gewohnten festen Schritte von Paul.

Ich öffnete langsam die Tür und streckte meinen Kopf durch den Türspalt.

»Guten Morgen, Thea, hast du die Nacht im Wäschezimmer verbracht?« Ein amüsiertes Funkeln lag in seinen Augen.

»Nein, ich habe mich vor deiner Freundin versteckt«, gab ich funkelnd zurück. Ich griff nach dem Ärmel seines schwarzen Pyjamas und nahm den Stoff zwischen Daumen und Zeigefinger. »Rrrhh, ein Seidenpyjama. Pauli-Schatzi, was für ein feiner Zwirn.« Ich zwinkerte belustigt.

»Gefällt er dir?«, fragte er mit rauer tiefer Stimme.

»Neein.« Ich ließ den Stoff los, als hätte ich mich daran verbrannt und rümpfte die Nase. »Dir etwa?«

Er grinste auf mich herab und schüttelte den Kopf.

»Warum trägst du den dann?«

»Weihnachtsgeschenk von Elly«, antwortete er knapp mit einem Schulterzucken. »Sie liebt es, wenn ich ihn trage.« Er zwinkerte mir zu.

Ich schauderte und hielt mir die Ohren zu. Ich wollte mir Paul nicht mit ihr im Bett vorstellen.

»Grüne Wiese, weißes Pony. Grüne Wiese, weißes Pony.« Er griff nach meinen Händen und schob sie sanft nach unten.

»Ach, ich möchte nicht wissen, wie solide es bei euch im Schlafzimmer zugeht, wenn du so einen spießigen Pyjama trägst. Bestimmt legt sie ihn gleich zusammen, nachdem sie ihn dir ausgezogen hat. Stimmt's?«

Er lachte.

»Machst du immer alles, was andere wollen?«, fragte ich und sein Lachen verstummte abrupt.

»Nein.«

Ich hob eine Augenbraue.

»Vielleicht. Manchmal. Scheint so.«

»Na dann, Pauli-Schatzi … meinst du, ich kann ins Bad, oder soll ich warten, bis der Schwan sich geputzt hat?«, flüsterte ich.

»Paul, ich geh duschen«, rief Elly just in diesem Moment von der Galerie.

»Die Frage hat sich erledigt«, murmelte ich und drehte auf den Fersen um. »Und über meine Einhornpantoffeln im Exil sprechen wir noch«, zischte ich ihm über meine Schulter zu und tippelte auf Zehenspitzen in mein Zimmer.

Ich zog mir Tims Pulli an und wanderte im Raum auf und ab, während der schöne Schwan das Bad eine halbe Ewigkeit blockierte. Was um alles in der Welt machte sie da so lange? Sie hatte doch schon vorher ausgesehen wie aus dem Ei gepellt. Aus dem Schwanenei.

Inzwischen spürte ich schon einen aufkommenden Schnupfen in den Knochen und machte Hampelmänner, um nicht mehr zu frieren. Nach einer geschlagenen Stunde hörte ich ein Abschiedsgemurmel im Flur. Dann fiel endlich die Tür ins Schloss.

Als ich frisch geduscht und mit dicken Socken ins Wohnzimmer kam, stand dort wieder mein gewohnter Paul. Zerzauste Haare, Jogginghose und ausgewaschenes T-Shirt. Ich stellte mich an die Wand und beobachtete, wie er im Raum auf und ab ging und irgendetwas auf dem Handy tippte. Als er mich bemerkte, schob er das Telefon in die Hosentasche und fuhr sich mit einer Hand durch die Haare.

»Gefällt dir das besser?«

»Viel besser«, sagte ich mit einem Lächeln und schlenderte zur Kaffeemaschine. Sogar der Paul, der die Angewohnheit hatte, morgens ohne T-Shirt rumzulaufen, war mir lieber. Wenngleich mich das immer etwas nervös machte. Er lehnte sich an den Küchentresen und stützte sich mit beiden Händen ab.

»Warum hast du mich gestern weggedrückt?«

»Weil ich keine Zeit hatte.« Ich schenkte mir Kaffee ein und gab Milch dazu. »Ich wusste nicht, dass Elly da ist.«

Er verschränkte die Arme vor der Brust. »Ich wusste auch nicht, dass sie vorbeikommen wollte. Aber sie hatte bereits unten am Eingang auf mich gewartet, als ich nach Hause kam.«

Ich stellte mich neben ihn und pustete in meine Kaffeetasse. »Stört es sie, dass ich hier bin?«

»Nein, denke nicht. Ich habe ihr erzählt, dass du keine Beziehung mit deinem besten Freund anfängst.« Er schubste mich von der Seite und ich hatte Mühe, den Kaffee nicht zu verschütten.

»Hast du das?«

»Ja! Stimmt doch.« Er sah mich auffordernd an.

Ich zögerte für einen Moment. »Ja, genau. Das stimmt.« Ich pustete erneut in meinen Kaffee. »Außerdem bist du überhaupt nicht mein Typ.« Mein glühendes Gesicht entlarvte meine Lüge. Ich legte meinen kühlen Handrücken auf meine Wange. »Hui, mir ist noch ganz warm vom Laufen.«

Er sah auf meine dicken Socken und grinste schelmisch.

»Wie dem auch sei, ab morgen Abend gehört die Zeit uns.«

»Ja, ich freu mich.« Ich setzte mich an den Tisch und sah ihn für einen Moment skeptisch an. Er schien sich darüber nicht so sehr zu freuen wie ich. Seitdem ich in New York war, war Paul nicht mehr der Gleiche. Irgendetwas stimmte nicht mit ihm.

Kurz darauf verabschiedete sich Paul, und wie die Zeit zuvor würde er für den restlichen Tag nicht mehr zu sehen sein – und das war mir heute nur recht. Schließlich musste ich herausfinden, womit er sein Geld verdiente. Ich setzte mich an meinem Rechner, checkte meine E-Mails, öffnete mehrmals den Internetbrowser, fuhr mit der Maus auf die Suchleiste, um gleich darauf meinen Laptop wieder zuzuknallen – und dann das ganze Spiel noch mal von vorne.

Als ich es kaum noch aushielt, befreite ich meine Einhornpantoffeln aus dem Exil und schlappte zu Charles ins Erdgeschoss, mit dem festen Vorsatz, ihn auszuquetschen.

Nach einem kurzen Geplänkel über das Wetter steuerte ich langsam in die Richtung, die mich im Moment interessierte.

»Paul hat einen tollen Beruf, nicht wahr?«

»Jeder Beruf hat seine Vor- und Nachteile«, antwortete er.

»Wie viel er wohl verdient?«, fragte ich möglichst beiläufig.

Charles zuckte mit den Schultern.

Okay, subtil hilft hier nicht viel.

»Was macht Paul beruflich?«, platzte ich heraus.

Er lachte. »Na, wenn du das nicht weißt, woher soll ich das wissen?«

Er wurde dabei nicht mal rot. Nein, im Gegenteil, er schaute nicht einmal von seinem Sudoku auf. Hinsichtlich Elly und Alex hatte ich ihm zumindest ein paar Informationen aus der Nase ziehen können. Aber in Sachen Paul war er eine extraharte Nuss.

Nach zwanzig Minuten gab ich kläglich auf und wechselte das Thema.

»Hast du Elly heute Morgen gesehen?«

»Na klar. Sie tut doch alles dafür, damit man sie nicht übersieht«, sagte er lachend.

»Ich habe sie heute zum ersten Mal live gesehen.«

Er hob fragend eine Augenbraue.

»Sie mich nicht. Ich stand in der Wäschekammer und habe sie beobachtet.«

»Thea, so was macht man nicht«, rügte mich Charles, konnte sich sein Grinsen aber kaum verkneifen.

»Pah! Was hätte ich denn tun sollen? Ich verschwitzt in Laufklamotten und sie im Negligé. Na, vielen Dank auch. Auf diese Begegnung konnte ich getrost verzichten«, verteidigte ich mich. »Ich finde sie schrecklich und Paul auch, wenn er mit ihr zusammen ist. Er hatte einen Seidenpyjama an, kannst du dir so etwas vorstellen?«

»Ich denke, es steht mir nicht zu, mir so etwas vorzustellen.«

»Och, Charles.«

»Ich möchte es mir nicht vorstellen, weder Elly in einem leichten Gewand noch ...«

»Leichtes Gewand ...«, ich lachte schallend. »Charles, du bist zum Knutschen«, brachte ich glucksend hervor.

Er wurde rot.

»... noch Paul in einem Pyjama«, beendete er seinen Satz etwas verlegen. Er räusperte sich kurz und sah sich um, bevor er leise weitersprach. »Er ist nur so, wie er tief in seinem Kern ist, wenn er mit dir zusammen ist. Ist dir das noch nicht aufgefallen?«

Ich sah ihn irritiert an. »Nein, wie denn? Ich kenne ihn ja nur so.«

»Da hast du recht, meine Liebe.« Er lehnte sich auf seinem Stuhl zurück, verschränkte die Arme vor der Brust und wippte mit der Stuhllehne. »Du machst dir viele Gedanken über Paul, seitdem du in New York bist.« Seine Frage klang eher wie eine Feststellung. Wie ein Kommissar, der den Schuldigen in einem Verhör durch bloße Behauptungen zum Geständnis bewegen wollte. Es funktionierte.

»Ja, aber doch nur, weil hier so viele Dinge sind, die ich nicht begreife. Das ist alles so kompliziert. Mir schwirrt der Kopf«, verteidigte ich mich.

»Bist du in ihn verliebt?«

»Was? Wer? Ich?« Ich spürte die Hitze in meinen Wangen aufsteigen.

Er sah sich in der Eingangshalle um und machte eine ausschweifende Bewegung. »Ich sehe hier niemanden sonst.«

»Nein!« Ich lachte kopfschüttelnd.

Er legte seinen Kopf leicht schief, sagte aber nichts.

»Herrgott, Charles. Nein. Wenn du meinst, irgendwelche Schwingungen diesbezüglich bei mir wahrgenommen zu haben, dann war das eine vorübergehende Erscheinung.«

Er löste seine Hände aus der Verschränkung und klopfte sich mit einem siegessicheren Lächeln auf die Oberschenkel.

Aber ich war noch nicht fertig. »Jetzt lassen wir mal bitte die Kirche im Dorf.« Ich griff mir in meinen zottligen Haarknoten, deutete auf mein T-Shirt, auf dem eine Strichzeichnung von einem Papierflieger prangte, der in die Richtung eines alten Schokoladenflecks flog, und auf meine Jeans mit Löchern an den Knien. Und zur Krönung wackelte ich mit meinen Einhornpantoffeln. »Und dann hätten wir da noch den schönen Schwan. Sie ist heute bestimmt äußerst elegant an dir vorbeigerauscht.«

Charles lachte. »Das liegt jetzt ganz im Auge des Betrachters, wer hübscher ist.«

Ich ließ mein Gesicht auf die Knie fallen und schüttelte den Kopf. »Sie passen äußerlich einfach perfekt zusammen.«

Er tätschelte mir den Hinterkopf. »Fürchte weder Tod noch Teufel, mein Mädchen, und folge deinem Herzen.«

»Da ist nichts, Charles«, maulte ich. »Ich geh jetzt.«

Genervt stapfte ich über das Treppenhaus in den vierten Stock. *Ich. Bin. Nicht. In. Paul. Verliebt. Verdammt noch mal.* Daran änderte auch Charles warmes Lächeln nichts.

Energiegeladen schnappte ich mir meine Turnschuhe, band eine feste Schleife, hängte mir die Tasche um die Schultern und verließ erneut die Wohnung.

Mit der Metro erreichte ich kurz darauf den Time Square. Alles um mich herum war bunt, laut und schrill. *Olaf der Schneemann* blieb neben mir stehen und wich mir nicht mehr von der Seite, bis ich nachgab und er ein Foto von uns machte. Dafür musste ich ihm fünf Dollar in den Ast drücken.

Dann schob ich mich durch die Menschentrauben mit dem Ziel, mir alle Plakate innerhalb des Theater District anzusehen.

In der Zwischenzeit hatte ich kapiert, dass Theaterstücke und Musicals hier mehrmals täglich aufgeführt wurden. Das würde erklären, warum er sowohl tagsüber wie oft nachts nicht zu Hause war. Doch keines der überdimensionalen Plakate zeigte das Konterfei von Paul. Ich blieb vor jedem Poster stehen und studierte das Kleingedruckte, für den Fall, dass er nur namentlich erwähnt wurde. Hunderte Plakate und Aufsteller hatte ich in den letzten Stunden gelesen.

Mit schmerzenden Füßen ließ ich mich auf die Stufen der roten Freitreppe auf dem Times Square fallen. Ich beobachtete die Menschenmassen, die sich über den Platz schoben, und nuckelte an meiner Wasserflasche, die ich mir auf Höhe des Empire Theatre gekauft hatte. Ich war alle Theater im Theater District abgelaufen, die Off-Broadway-Bühnen noch nicht. Aber das Ganze war eine Sisyphusarbeit. Um den gesamten Broadway abzulaufen, würde ich den Rest des Tages brauchen, und die Seitenstraßen dabei nicht eingerechnet.

Ich rappelte mich hoch und klopfte mir mit den Händen meinen Hintern ab. *Okay, Lotti! Du musst dich jetzt entscheiden. Wessen Freundin bist du? Ich mache bei dem Spiel nicht mehr mit. Versprechen hin oder her.*

Kaum hatte ich die Wohnungstür aufgerissen, kramte ich mein Handy aus der Tasche und lümmelte mich auf die Couch.

»Lotti, ich bin's«, sagte ich hektisch.

»Alles gut bei dir? Habt ihr euch wieder gestritten?« Lottis Stimme klang besorgt.

»Nein. Aber ich habe Elly kennengelernt.«

»Elly? Und ...«

»Erzähl ich dir, aber das muss jetzt kurz warten«, sagte ich bestimmt. »Hör mal, wie hoch würdest du den Bekanntheitsgrad von Paul einschätzen?«

»Hä?« Lotti hielt einen Moment inne und ergänzte dann trocken: »Ich denke, das gehört auch zu den Themen, die ich dir nicht sagen darf.«

Ich verdrehte meine Augen, und da sie das nicht sehen konnte, schnaubte ich laut und schnalzte gleich noch missbilligend mit der Zunge hinterher. »Du musst dich jetzt entscheiden. Wessen Freundin bist du? Pauls oder meine?«

»Thea, was soll der Blödsinn?«

Ich tat so, als würde ich ihren Einwand nicht hören, und redete weiter. »Ich will gar keine Details, nur diese eine Auskunft«, knurrte ich. »Du kannst mich nicht noch länger so blöd dastehen lassen. Jeder weiß mehr über Paul als ich.«

»Du kennst ihn besser als alle anderen«, versuchte Lotti der Frage auszuweichen.

»Darum geht es doch jetzt nicht«, sagte ich schroff.

»Ihm aber schon ...«

»Lotti ...«, unterbrach ich sie mit einer Spur von Ungeduld in der Stimme. »... entscheide dich jetzt. Ich oder Paul.«

»Ich verstoße damit auch gegen deine Regel. Das ist dir bewusst, oder?«

»Ich weiß, ich weiß ... hiermit aufgehoben. Bitte.« Lotti seufzte theatralisch. »Von einer Skala von null bis zehn?«

»Mmh«, murmelte ich zustimmend.

»Bei jungen Leuten acht.«

»Acht?«, schrie ich hysterisch ins Telefon und setzte mich kerzengerade auf.

»Jepp.« Ich konnte das Grinsen in ihrer Stimme hören. Ich stand auf und schritt im Raum auf und ab.

»Acht? Das wusste ich nicht. Wie peinlich ist das bitte?« Frustriert ließ ich mich wieder aufs Sofa zurückfallen.

»Natürlich nicht. Das solltest und wolltest du ja auch nicht.«

»Das hat sich jetzt geändert«, verteidigte ich mich. »Aber ist auch egal«, schimpfte ich. »Ich bin so dumm.« Ich boxte mit der Faust in die Polster. »Das ist doch nichts Schlimmes, das kann er doch erzählen? Ich verstehe das nicht.«

»Er hat wahrscheinlich nichts gesagt, weil er es genießt – so wie es ist«, sagte Lotti sanft.

»Und wusstest du auch vor mir von seinem Tattoo?« Wenn wir schon dabei waren, dann konnten jetzt alle Karten offen auf den Tisch.

»Ja«, antwortete Lotti zaghaft.

»Warum hast du mir *das* nicht erzählt? Ach, vergiss es!« Ich richtete mich auf. »Und weißt du, was es bedeutet?«, fragte ich leise.

»Nein«, maulte sie, ohne lange zu zögern.

»Aber es wird darüber geredet?«, bohrte ich weiter. »Lotti, ich sehe nicht, wenn du nickst.«

»Ja«, sagte sie knapp.

»Lotti, kannst du auch etwas anderes sagen außer Ja und Nein?«

»Ja.«

Wir brachen beide in Gelächter aus.

»Hast du drüber nachgedacht?«, fragte sie, nachdem wir uns wieder beruhigt hatten.

»Über was?«

»Über unser letztes Gespräch.«

»Ja, mit dem Ergebnis, dass ich mir darüber keine Gedanken machen werde. Du bildest dir da etwas ein. Alles ist gut so, wie es ist. Ich habe dafür kein Händchen«, redete ich drauflos. »Ja, er hat mir gefallen, als ich ihn kennenlernte, aber das ist jetzt doch schon Jahre her. Und dann entwickelte sich daraus eben eine Freundschaft. So laufen die Dinge nun mal. Gutaussehend, anziehend, sexy, rein in die Schublade. Ab und zu stopfe ich noch was dazu. Wenn mir der Schuft mit seinem Lächeln, dem komischen Blick und seinen Fingern auf meiner Haut den Verstand vernebelt. Alles – ab, rein und zu. So ist es für alle das Beste.« Ich machte eine Pause. »Was gibt's da zu lachen? Ich würde ihn nur ins Unglück reißen oder noch schlimmer. Wahrscheinlich schlechtes Karma. Nein, alles bleibt so, wie es ist. Genau. Ich …«

»Kannst du mal kurz Luft holen? Du explodierst gleich.«

Ich holte Luft, aber sie gab mir nicht die Möglichkeit, weiterzureden. »Sind das die ganzen Gedanken, die dir seit unserem Gespräch durch den Kopf gehen?«

Ich dachte kurz nach und schüttelte den Kopf. »Nein, nur ein Bruchteil …«

»Also denkst du noch darüber nach?«

»Nein, Entscheidung getroffen«, sagte ich mit fester Stimme. »Für hässliches Entchen gibt es keine Veränderung und Paul ist mit dem schönen Schwan zusammen. Unglaublich, auf was für Frauen er steht.«

»Hä? Du bist das hässliche Entlein und Elly der schöne Schwan, oder wie? Hast du etwas auf den Kopf bekommen?«

»Moment …«, protestierte ich und erzählte ihr anschaulich von meinen Beobachtungen aus dem Wäschezimmer. Von ihrem anmutigen Gang, dem wallenden Haar, ihrem Negligé, Paul im feinen Zwirn und was sie für eine aufgeblasene Tussi war. Zum Leid meiner Einhornpantoffeln im Exil kam ich nicht mehr, da

Lotti nur lauthals lachte und mich entsetzt fragte, ob ich ernsthaft meine gesamte Comic-Nachthemden-Kollektion eingepackt hatte.

»Komm schon, wem willst du hier noch länger was vormachen? Du bist eifersüchtig«, sagte sie schließlich. Sie ignorierte meinen aufkeimenden Protest und redete, ohne zu zögern, weiter. »Du bist verliebt.«

»Ach, papperlapapp. Deine blühende Fantasie galoppiert mal wieder mit dir durch«, fiel ich ihr ins Wort. »Wie soll ich bitte in jemanden verliebt sein, den ich anscheinend überhaupt nicht kenne und dessen Typ ich überhaupt nicht bin und außerdem ...«

»Und überhaupt ... Bist du dir da sicher?«, unterbrach Lotti meinen aufgebrachten Monolog.

»Außerdem, noch einmal zum Mitschreiben. Ich möchte keine Beziehungen. Ja, ich bin mir da *sehr* sicher«, sagte ich mit betont fester Stimme.

»Deine Stimme klingt aber nicht so.«

Ich verdrehte die Augen und schnaubte missbilligend. »Ich bin mir sicher. Du machst mich nur wahnsinnig mit deinem Gerede, da werde ich ganz nervös«, sagte ich genervt.

»Willst du wirklich in deinem ganzen Leben keine Beziehung mehr?«

»Doch. Natürlich will ich das, aber nicht mit meinem besten Freund. Bester Freund bleibt bester Freund.« Ich versuchte, die aufkommenden Tränen hinunterzuschlucken, aber es gelang mir nicht.

»Ist schon gut, Thea«, sagte Lotti mit sanfter Stimme.

Ich rutschte auf der Couch nach unten und starrte an die Decke. »Ich will das nicht noch einmal erleben.«

»Ich weiß. Aber nenne mir einen Grund, warum dir das noch einmal passieren sollte? Das wird es nicht«, redete sie mit leiser Stimme auf mich ein.

»Woher willst du das wissen?«, fragte ich ungehalten, aber sie ignorierte meine Frage.

»Dein Problem ist, dass du dich weder der Vergangenheit noch der Zukunft stellen willst. Was deine Vergangenheit angeht, bist du die Einzige, die sich Vorwürfe macht. Keiner sonst macht dir welche. Nicht einmal Tims Eltern geben dir die Schuld. Wann geht das endlich in dein Erbsengehirn?«

»Ich habe kein Erbsengehirn«, schniefte ich und wischte mir mit dem Handrücken die Tränen aus dem Gesicht.

»Dann beweise es mir«, sagte Lotti. Jede Spur von Sanftheit war aus ihrer Stimme verschwunden. »Glaubst du wirklich, Tim hätte nur eine Sekunde gewollt, dass du für immer allein bleibst?«

Ich schwieg. Keine Ahnung. Ich konnte ihn ja nicht fragen. Ich verzichtete aber auf den Hinweis.

»Niemals, Thea. Die Menschen, die uns lieben, wollen, dass wir glücklich werden. Tim möchte, dass du glücklich wirst und nicht noch länger in deiner selbstauferlegten Schuld badest. Es wird Zeit loszulassen.«

»Ich muss aufhören«, sagte ich forsch.

Sie seufzte resigniert.

»Hab dich lieb.«

»Ich dich auch, Thea, und mach dir nicht so viele Gedanken.«

Ich legte auf, warf das Telefon neben mich auf die Polster, vergrub mein Gesicht in beiden Händen und ließ meinen Tränen freien Lauf. Die letzten Tage waren schlichtweg zu viel für mich gewesen. Der Abend im Club mit Alex. Pauls verletzter Gesichtsausdruck, leichenblass. Das Gespräch mit ihm am nächsten Morgen. Die Unterhaltung mit Daniel. Der schöne Schwan. Der Seidenpyjama. Dann wieder der alte Paul, in Jogginghose und ausgewaschenem T-Shirt. Der Tag mit Daniel.

Die Erinnerungen an Tim. Das hier war doch das reinste Chaos. Wer war Paul nun wirklich? Der Seidenpyjama-Spießer, Pauli-Schatzi oder der unrasierte, ein ausgewaschenes T-Shirt tragende, heiße Feger. Ich schlug mit der Hand auf meinen Mund, als hätte ich es soeben laut ausgesprochen.

Und zu guter Letzt fiel mir Lotti erneut in den Rücken. Nach ungefähr vier Jahren langweiliges, durchwachsenes Leben war das ein bisschen viel auf einmal.

»Bitte in Portionen«, murmelte ich in die Luft.

Ich rappelte mich hoch und ging in mein Zimmer. Auf der Suche nach einem Taschentuch in meiner Handtasche fiel mir das Bild von *Olaf dem Schneemann* in die Hände. Ich setzte mich aufs Bett und strich über das Gesicht von *Olaf. Von einer Skala von null bis zehn. Acht. Acht!* Das war unmöglich. Wie hatte er es geschafft, das vor mir die ganzen Jahre zu verheimlichen? Die neugierigen Blicke in unserem letzten Urlaub. Deswegen waren wir immer nur am Pool gewesen. Die nervöse Martha. Plötzlich ergab das alles einen Sinn. Die kichernden Jugendlichen in Lecce vor dem Café. Ich war so dumm gewesen. Aber was genau machte er? Na, toll. Über das ganze Gerede von Lotti hatte ich vergessen, zu fragen. Ich stand auf, holte eine Foldback-Klammer vom Schreibtisch, sprang auf die Matratze und steckte das Foto von *Olaf dem Schneemann* neben das Bild von Daniel und mir. Dann hüpfte ich runter, schnappte mir Tims Hoodie aus dem Schrank und zog ihn mir über.

Für den Rest des Tages badete ich in Selbstmitleid und stöhnte in regelmäßigen Abständen laut auf, wenn mir erneut etwas in den Sinn kam, was dort nichts verloren hatte. Ich zählte lautstark von dreizehn bis null, damit meine Gedanken verschwanden. Bei null waren sie wieder da. So ging das den restlichen Tag. Um sieben Uhr bereitete ich dem Elend ein Ende, zog mir meinen Schlaf-Jumpsuit mit riesigem *Snoopy* an und öffnete eine Flasche Rotwein. Nach dem dritten Glas fühlte ich mich entschieden besser. Meine innere Stimme lallte nur mehr unverständliche Dinge, bis meine Lider schwer wurden. *Herrlich!*

Ich sitze im hinteren Teil des Rosengartens unter einem Baum, der mir einen kühlen Schatten spendet. Vor mir plätschert der kleine Bach fröhlich dahin. Obwohl es ein heißer Sommertag ist, bleibt der üppige Duft der Rosen aus. Weit und breit ist niemand zu sehen. Es gibt Bänke und auf den Wiesen ist ausreichend Platz für Decken und Handtücher. Manch einer bringt an sonnigen Tagen sogar seine Hängematte mit und spannt sie zwischen die Bäume. Heute nicht. Ein Astknacken durchbricht die Stille. Langsam hebe ich den Kopf. Tim! Ich will zu ihm, aber sein eiskalter Blick hält mich zurück. Er ballt die Hände zu Fäusten und öffnet den Mund … ich möchte es nicht hören. Nicht von ihm. Schmerzlich zieht sich mein Brustkorb zusammen. Ich …
Sanft schob jemand seinen Arm unter meinen Rücken und griff unter meine Kniekehlen. Dann wurden meine Gliedmaßen schwerelos und der vertraute Duft von Minze stieg mir in die Nase. Ruhig atmete ich weiter, schmiegte meinen Kopf an die muskulöse Brust und seufzte erleichtert. Ein leises Lachen ließ den Brustkorb beben. Kurz darauf spürte ich eine weiche Matratze unter mir, drehte mich auf die Seite und rollte mich ein. Was für ein wundervoller Traum. So war er besser.

27

THEA

Ich wachte mit den ersten Sonnenstrahlen auf, die ins Zimmer schienen, und kuschelte mich tiefer in das weiche Daunenkissen. Verzweifelt versuchte ich, zurück in meinen Traum zu finden. Das wirklichkeitsnahe Gefühl von längst vergessener Geborgenheit hüllte mich anhaltend ein. Ich wollte noch nicht zurück in die Wirklichkeit.

Das Handy vibrierte auf dem Dielenboden. Seufzend drehte ich mich auf den Bauch und tastete nach dem Telefon. Halb neun und vier Nachrichten von Paul.

Guten Morgen.

Die Sonne scheint. Raus aus den Federn.

Hallo?

Schon wach?

Ich ließ mich zurück aufs Kissen fallen und schmunzelte. Erneut vibrierte das Handy in meiner Hand.

Frische Pancakes?

Ich sprang aus dem Bett, griff nach der Strickjacke, schlüpfte in meine Einhornpantoffeln und zog mir auf dem Weg in die Küche die Jacke über.

Der Duft von frisch gebackenen Pancakes hing im ganzen Raum. Obwohl ich wieder meinen Traum gehabt hatte, fühlte ich mich, als hätte ich zwölf Stunden durchgeschlafen. Ich stellte mich mit dem Rücken an die Arbeitsplatte, stützte mich ab, zog mich hoch und kam mit einem eleganten Schwung neben dem Herd zum Sitzen.

»Guten Morgen«, murmelte ich mit verschlafener Stimme.

Paul lachte herzhaft, griff zur Kaffeemaschine und reichte mir eine Tasse duftenden Kaffee.

»Guten Morgen, hast du gut geschlafen?«

»Und wie«, sagte ich fröhlich.

Er sah auf meine Pantoffeln und lächelte schief. Dann wendete er einen Pancake und warf den anderen aus der Pfanne auf den Stapel neben dem Herd. Er sah müde aus und als könne er eine Rasur vertragen.

Er deutete mit dem Wender zum Tisch. »Los, setz dich.«

Ich sprang von der Arbeitsplatte und setzte mich mit der Kaffeetasse an den gedeckten Platz.

»Servietten. Sieh an, sieh an.«

Er schnappte sich den Teller mit dem Pancake-Turm und stellte ihn zwischen uns.

»Hat dich der Wein gut schlafen lassen?«

Tröpfchenweise kamen die Erinnerungen an den gestrigen Tag und den Abend zurück. Und daran, wie mich jemand von der Couch gehoben und ins Bett gelegt hatte. Das war kein Traum gewesen. Mit aller Kraft versuchte ich, das hartnäckige, wohlige Gefühl, das mir von der Nacht geblieben war, abzuschütteln. Ich zog die Füße auf den Stuhl, umschloss meine Knie mit beiden Armen und strich gedankenverloren über den Schorf.

Paul wartete meine Antwort nicht ab. »Was willst du heute machen?«

»Hast du wirklich Zeit?«, fragte ich ungläubig.

»Hab ich doch gesagt. Die nächsten vier Wochen gehören dir.« Ich sprang auf und gab ihm einen Kuss auf die Wange. Er lachte herzhaft und legte mir einen Pancake auf den Teller.

»Nur an zwei Tagen muss ich arbeiten. Also, was sollen wir unternehmen?«

»Ich habe keine Ahnung.«

»Du hast doch einen Plan«, erwiderte er und goss sich Ahornsirup über seinen Pancake.

Ich griff nach dem Zuckerstreuer und verteilte großzügig Zucker auf meinen. Stimmt, den hatte ich. Aber seit gestern hatte ich eigentlich eine andere Mission. Das hieß, die Recherchearbeit musste erst einmal warten.

Mit zwei Gabeln hatte ich den ersten Pancake verputzt.

»Ich habe einen sehr langen Zettel«, sagte ich und streckte mich, um mir einen weiteren vom Stapel zu ziehen. Dann platschte ich Sahne obendrauf und verzierte sie mit roter Grütze und Erdbeeren, bevor ich mir ein Stück abschnitt und in den Mund stopfte.

»Schmeckt's?«, fragte er mit einem breiten Grinsen.

»Fantastisch«, murmelte ich mit vollem Mund und nickte.

»Ich habe noch nie mit Elly Pancakes gegessen«, stellte er fest und schob sich ebenfalls ein Stück in den Mund.

»Wirklich? Sie hat ja keine Ahnung, was sie da verpasst.« Ich lehnte mich auf meinem Stuhl zurück und rieb mir über den Bauch.

»Ja, jede Menge Kalorien«, er lachte sarkastisch auf.

Ich verdrehte die Augen. »Da ist doch nichts dran. Eier, Milch und Mehl.«

Er hob eine Augenbraue und sah anklagend auf meinen Pancake. »Zucker.«

»Brauche ich, sonst macht mein Kreislauf schlapp. Na ja, Kalorienzählen passt zum Schwan.« Das Wort rutschte mir flinker über die Lippen, als ich es hätte aufhalten können.

»Schwan?«

Ich winkte ab. »Ach vergiss es. Auf jeden Fall: heißes Negligé.« Ich zwinkerte ihm zu und träufelte Ahornsirup über die Sahne, als es an der Tür klingelte.

Paul sprang auf. »*Snoopy* ist besser«, und ging zur Tür.

Kopfschüttelnd sah ich auf meinen Schlafanzug. *Nee, klar!*

Ich hörte nur Stimmengemurmel und hatte mir soeben ein gewaltiges Stück in den Mund geschoben, als der Boden unter schweren Sohlen knarrte. Ich hätte mich fast daran verschluckt, als Alex am Tisch auftauchte.

Mit weit aufgerissenen Augen sah ich erst zu ihm hinauf, dann irritiert zu Paul, der neben ihm stehen blieb. Paul stieß Alex mit der Schulter an. »Los jetzt, wir haben nicht ewig Zeit.«

Alex räusperte sich kurz. »Ich bin nur gekommen, um mich bei dir zu entschuldigen«, sagte er und vergrub seine Hände in den Hosentaschen. Wie ein Bub, der sich entschuldigte, weil er mit dem Fußball das Fenster vom Nachbarn eingeschlagen hatte.

»Ist schon gut«, sagte ich kurz angebunden.

Paul drehte sich zu Alex und zeigte auf die Tür. »Gut, hätten wir das geklärt. Bitte nach dir.«

Aber Alex machte keine Anstalten zu gehen. »Ich würde mich freuen, wenn wir wieder etwas gemeinsam unternehmen. Kein Club … tagsüber …«

Paul schnaubte verächtlich und hob misstrauisch eine Augenbraue.

Alex drehte sich zu ihm und fragte: »Ist das okay für dich?«

Paul öffnete den Mund, um etwas zu sagen, aber ich kam ihm zuvor. »Jetzt geht's aber los. Klar. Machen wir.«

Paul schloss seinen Mund und sah mich finster an. Ich lächelte honigsüß zurück.

»Klar, kein Ding«, murmelte Paul so beiläufig wie möglich und ohne mich dabei aus den Augen zu lassen.

»Gut, dann gehe ich jetzt wieder.« Alex lächelte mich an. Keine Spur von seinem arroganten Grinsen.

Paul begleitete ihn zur Tür und kam kopfschüttelnd zurück an den Tisch. »Musste das sein?«, fuhr er mich an.

»Ich kann ... Du kannst doch nicht so nachtragend sein.«

Paul warf seinen Kopf in den Nacken und lachte sarkastisch auf, bevor er mich wieder ansah. »Sag ihm das mal.«

Ich schob den Stuhl geräuschvoll zurück und stand auf. »Ich hol den Zettel.«

Ich konnte mir Besseres vorstellen, als meine Zeit mit Alex zu verbringen. Aber er hatte sich entschuldigt. Das war mehr, als ich von ihm erwartet hatte. Jeder hatte eine zweite Chance verdient. Viel übler war, welche Spielchen er mit Paul trieb. Mich hatte er jedenfalls nur in dem bestätigt, was ich ohnehin schon wusste: Er war ein eingebildeter Macho. Aber ich würde mich mit ihm treffen, vielleicht überzeugte er mich doch noch vom Gegenteil – und mit etwas Geschick würde ich herausfinden, was damals zwischen ihnen vorgefallen war.

Ich schnappte den Zettel vom Schreibtisch und sah mein Handy auf dem Bett aufleuchten. Es war eine Nachricht von Daniel, in der er mir schrieb, dass er leider wegen Mason unsere Verabredung absagen musste. Ich tippte eine kurze Antwort, legte das Telefon wieder auf die Kissen und ging zurück zu Paul in die Küche.

PAUL

Alex hatte sich noch nie für irgendetwas entschuldigt. Er gehörte zu der Sorte Mensch, die von sich behaupten, keine Fehler zu machen. Aber vielleicht täuschte ich mich. Es bestand ein Funken Hoffnung, dass er sich eines Tages änderte. Womöglich war das heute Morgen der Anfang gewesen.

Als Thea mit dem Zettel in der Hand und in ihrem *Snoopy*-Pyjama wieder zurückkam, sah ich das lang vermisste Leuchten in ihren Augen. Es war nicht zu übersehen, wie sie sich auf die nächsten Wochen freute. Und das tat ich auch. Als ich gestern Nacht das Foto von ihr und Daniel gesehen hatte, hatte mir das einen gewaltigen Stich versetzt. Ich wollte derjenige sein, der ihr diese Stadt zeigte und Momente schaffte, die es verdienten, an ihre Bilderwand zu kommen. Kein Daniel. Da fiel mir *Olaf der Schneemann* ein.

»Was ist los?«, fragte sie und setzte sich wieder auf ihren Stuhl.

»Nichts?«

»Nichts sieht anders aus.«

Ich zuckte mit den Schultern. »Was hast du eigentlich auf dem Broadway gemacht?«

»Ich?« Thea wurde rot. »Ähm, ich hab mir die Zeit ein bisschen vertrieben. Steht auf meinem Zettel.« Sie hielt mir das Blatt unter die Nase und deutete mit dem Finger auf Punkt vierzehn. Ich griff nach dem Stück Papier und überflog es.

»Was sagt eigentlich deine Freundin dazu, dass hier so viele Bilder von uns hängen?«

Ich pfiff anerkennend durch die Zähne. »Was für ein eleganter Themenwechsel.«

Zufrieden lehnte sie sich auf ihrem Stuhl zurück und verschränkte die Arme vor der Brust. »Ich hatte einen guten Lehrer.«

»Sie ist nicht so oft bei mir«, sagte ich achselzuckend und überlegte unterdessen, was ich ihr sagen sollte.

Sie hob abwartend ihre Augenbraue.

Ich sah auf die Wand und nickte mit dem Kinn in die Richtung. »Das Zeug dort oben sei ein einziges Durcheinander. Aus diesem Grund hat sie mir das Porträt von sich geschenkt. Der Rahmen Ton in Ton mit der Kommode.« Ich deutete auf das Porträtbild.

Sie schüttelte den Kopf. »Und das war alles, was sie dazu gesagt hat? Ein Durcheinander? Weil die Rahmen unterschiedlich sind?«

Ich nickte.

Nein, gewiss nicht. Elly hatte an diesem Abend getobt. Sie war eine walzende Dampflok gewesen. Wie eine Hyäne hatte sie vor den Bildern gestanden. An keinem einzigen Foto mit Thea hatte sie ein gutes Haar gelassen. Sie könne mehr aus sich machen. Warum ich mir so eine Frau an die Wand hängte? Dass mir das nicht peinlich sei. Unfassbar, auf welches Niveau ich mich herablassen könne. Thea sei durch und durch ein Kindskopf. *Sobald wir zusammenziehen, kommt der Schund in den Müll!*, hatte sie mit hochrotem Kopf gebrüllt. Über die Frau auf dem großen Bild hatte sie kein Wort verloren. Sie konnte nicht ansatzweise erahnen, wer das auf dem Foto war. Diese Aufnahme sah aus wie aus einer Bildergalerie in der Stadt.

Ich wollte Thea nicht mit Ellys Boshaftigkeit verletzen, daher schwieg ich. Aber mein Blick strafte mich Lügen, also fügte ich mit einem Lächeln hinzu: »Okay, sie ist nicht begeistert. Das ist meine Wohnung und ich wollte auch eine Wand mit unvergesslichen Erinnerungen haben. So wie du eine hast.« Und das war die Wahrheit.

»Aber da bin ja fast nur ich«, sagte sie empört.

»Ja, so ist das. Das große Bild wollte ich dir eigentlich zum Geburtstag schenken. Wollen wir uns jetzt um deine To-do-Liste kümmern?«

Sie stopfte sich einen weiteren Pancake in den Mund und nickte.

28

Seit der letzten Woche war wieder alles wie früher. Abgesehen davon, dass Paul angespannt wirkte und mir am liebsten ausschließlich Orte abseits von Touristen gezeigt hätte, war er wieder ganz der Alte. Er hatte nach unserem Frühstück meine Liste mit Magneten an den silbernen Kühlschrank geheftet und ab diesem Zeitpunkt die Planung und Organisation übernommen. Jeden Tag hatte er sich eine Sehenswürdigkeit, einen Stadtteil oder ein Bauwerk herausgepickt und hatte mir darüber hinaus Orte gezeigt, die nicht auf meiner To-do-Liste standen. Morgens hatte ich neben Pancakes den Tagesplan auf dem Tisch liegen, inklusive Vorgabe für die richtigen Schuhe. Es waren immer Turnschuhe, da wir kilometerweite Fußmärsche vor uns hatten. *So lernt man die Stadt am besten kennen,* hatte er abgewiegelt, wenn ich um eine Fahrt mit der Metro gebettelt hatte.

»Heute machen wir noch einmal die Bootstour und steigen bei Ellis Island aus«, verkündete Paul an diesem Nachmittag. »Der Banause Daniel hat dir etwas sehr Wichtiges vorenthalten. Weltgeschichte«, tönte er.

Ich schüttelte müde den Kopf und knetete weiter meine Fußsohlen.

»Was willst du dann heute machen?«

Ich wollte nur eins. Hier auf dieser Couch liegen bleiben, meinen brennenden Füßen eine Auszeit gönnen und meine Augen mit einem starren Blick an die Decke entspannen.

»Nichts«, murmelte ich. »Meine Beine streiken und meine Fußsohlen brennen immer noch.«

»Wo ist die Liste vom Kühlschrank?«

Ich hob meine Oberschenkel leicht an, zog den Zettel unter mir hervor und wedelte damit wortlos in der Luft. Er schnappte sich das Blatt, griff nach dem Stift auf dem Tisch und ließ sich neben mich auf die Couch fallen. Ich rutschte ein Stück zur Seite.

»Also, wir haben besucht …« Über das Papier gebeugt fing er an, die Punkte, die wir besichtigt hatten, abzuhaken.

In den vergangenen Tagen hatte ich mich mehrmals täglich dabei ertappt, wie mein Blick auf seinen Lippen verharrt und ich mir darüber Gedanken gemacht hatte, wie sie sich wohl anfühlten. Aber er benahm sich wie immer. Paul stand nicht auf mich. Lotti redete sich hier etwas ein und Alex war nur fies.

»Kannst du dir einen Helikopter-Flug über Manhattan leisten?«, platzte es aus mir heraus.

Er sah von der Liste auf. »Was?«

»Du hast mich schon richtig verstanden. Daniel sagte mir, du könntest das bestimmt.«

Er schüttelte den Kopf. »Der Typ kennt mich doch überhaupt nicht.«

»Doch, irgendwie schon.«

Er runzelte kurz die Stirn und sah wieder auf die Liste.

»Okay, keine Antwort … verstehe.« Ich seufzte. »Würde ich sowieso nicht machen wollen.«

»Wie wäre es heute mit dem Empire State Building?«

Ich schüttelte den Kopf und streckte mich auf der Couch ganz lang. Keine zehn Pferde würden mich heute von diesen Polstern wegbringen. »Nein, einfach hier liegen bleiben.«

Er klemmte sich den Stift hinters Ohr und beugte sich über mich. »So müde?«

»Müde und reizüberflutet. Ich hatte noch keine Gelegenheit, alles zu verarbeiten. Ich brauche heute einen Pausentag.«

»Ich muss morgen wieder arbeiten.«

»Aber doch nur zwei Tage«, beschwichtigte ich.

Er warf den Stift auf den Tisch, schob mich noch weiter zur Seite, legte sich neben mich und schob einen Arm unter meinen Kopf.

»Na gut. Wir bleiben erst einmal auf der Couch liegen. Aber heute Abend gehen wir auf das Empire State Building.«

Ich drehte mich auf die Seite und legte meinen Kopf auf seine Brust. »Gehen? Wirklich?«

»Nein, wir fahren mit dem Lift.« Ich spürte sein Lächeln an meinem Scheitel.

»Dann ist ja gut«, murmelte ich leise.

Die gleichmäßige Auf-und-ab-Bewegung seiner Brust und sein ruhiger Herzschlag wirkten auf seltsame Weise beruhigend auf mich, sodass mir im nächsten Moment die Augenlider schwer wurden.

PAUL

Theas Kopf wurde schwerer. Sie hatte ihre Finger in den Ärmeln des dunkelblauen Pullis vergraben und rührte sich nicht.

»Ist das ein Pulli von Tim?«, fragte ich leise.

Aber ihr gleichmäßiger Atem verriet mir, dass ich für die nächsten Stunden keine Antwort auf irgendwelche Fragen bekommen würde. Sanft strich ich ihre Haare hinters Ohr, streichelte ihr über den Arm und zog sie ein Stück fester an mich.

Es war die letzte Woche alles besser gelaufen als erwartet. Ich hatte befürchtet, die Touri-Touren mit Thea würden mich auffliegen lassen. Dass meine bunte Seifenblase für immer platzen würde. Ich war noch nicht bereit dazu, meine heile Welt mit ihr aufzugeben.

New Yorker waren es gewohnt, dass sie bekannten Gesichtern über den Weg liefen. Sie sprachen dich nicht an, gingen an dir vorbei, taten so, als wärst du einer von vielen. Die einen schickten Freunden nur eine Nachricht: *Du glaubst nicht, wer zwei Reihen weiter sitzt.* Die anderen knipsten heimlich Fotos von dir, unter den Tischen in Cafés oder Restaurants, von Straßenecken mit Zoom oder aus Schaufenstern. Das Schlimmste waren die Aufnahmen, die anschließend unerwartet im Netz auftauchten. Aber erstaunlicherweise kam es nicht dazu.

Entweder hatten die Leute das Interesse an mir verloren oder Elly befeuerte weiterhin die Gerüchteküche mit einer bevorstehenden Hochzeit. Aber auch das hatte ich in der letzten Woche nicht weiterverfolgt. Darauf hatte ich meinen Agenten angesetzt. Bis jetzt hatte er sich nicht gemeldet und er war genial in seinem Job. Option Nummer drei: Ich hatte einmal in meinem Leben einfach nur verdammt viel Glück.

Die einzigen Fotos, die es von unseren gemeinsamen Ausflügen gab, waren demzufolge die Bilder aus Theas Polaroidkamera, und diese hingen, abgeschieden von der Öffentlichkeit, in ihrem Zimmer. Neben *Olaf* und Daniel. Dabei war ich unangefochten auf Platz eins der wundervollsten Momente.

Ich gab ihr einen Kuss auf den Scheitel und grinste wie einer, der nicht mehr richtig tickte. Mit Thea an meiner Seite war ich der überglücklichste Mensch. Bei diesem Gedanken überkam mich ein schmerzliches Gefühl. Wie viele Jahre hatte ich wegen Alex darauf verzichtet, glücklich zu sein? Ich tat nicht das, was die Leute von mir wollten, sondern ich nahm den Weg des geringsten Widerstandes. Elly diente einzig und allein als Schutz, damit ich meine Ruhe vom Single-Gerede der Presse hatte und keine erneuten Tiefschläge durch Alex erleiden musste. Ich hatte nicht vor, mich je wieder in jemanden zu verlieben, den ich wirklich liebte.

Ich sah auf die kleinen Fingerspitzen auf meinem Bauch.

»Du bist der wichtigste Mensch in meinem Leben«, flüsterte ich an Theas Haar und gab ihr einen Kuss auf den Scheitel. *Wenn man das Beste in seinem Leben in Händen hält, kann man sich nicht mehr mit weniger zufriedengeben.*

Ich schnappte eines der Kissen hinter mir, platzierte es behutsam unter ihrem Kopf und stand auf. Anschließend verfasste ich eine kurze Notiz und legte sie ihr auf den Couchtisch. Dann verließ ich das Haus.

THEA

Als ich aufwachte, dämmerte es bereits. Ich richtete mich auf und entdeckte eine Notiz von Paul auf der Rückseite der Liste.

Muss etwas erledigen. Bringe uns was zum Essen mit.
Empire State Building holen wir nach.
Paul

Ich nahm den Zettel und den Stift vom Tisch, stand auf und holte mir eine Cola aus dem Kühlschrank. Dann setzte ich mich an den Küchentisch und vollendete die Arbeit, mit der Paul begonnen hatte, und hakte die Punkte weiter ab. *Rockefeller Center, One World Trade Center.* Zeichnete hinter Brooklyn Bridge ein Fahrrad und fügte unseren Stopp im Brooklyn Bridge Park hinzu. Ich malte einen Baum und zwei Strichmännchen daneben. Er hatte mir die Lower East Side und East Village gezeigt. Bei Lower East Side fügte ich *bei Nacht* hinzu. Hinter *Shopping* setzte ich das letzte Häkchen. Ich hatte das schönste schwarze Kleid ergattert, was man sich vorstellen konnte. Elegant und sexy zugleich.

Während unserer Shoppingtour hatten wir endlich auch ein Foto entwickeln lassen. Meinen ersten Bildvorschlag hatte Paul vehement abgelehnt. Daraufhin hatte ich mich für mein Lieblingsfoto entschieden.

Kaum waren wir wieder in der Wohnung gewesen, hatte ich das Bild mit der schimpfenden Thea gegen das neue Foto ausgetauscht.

Ich warf einen Blick auf die Fotowand und den kleinen Bilderrahmen. Auf dem Foto saßen wir nebeneinander in der Hängematte im Garten meiner Eltern. Lotti hatte damals immer wieder gerufen: *Leute, hört doch mal auf, so albern zu sein!* Dann hatte sie einfach mehrmals hintereinander abgedrückt, mir das Handy zurückgegeben und gesagt: *Ihr seid manchmal echt anstrengend. Mit etwas Glück ist was dabei.* Der beste Schnappschuss zeigte uns, wie wir uns lachend ansahen und ich an seiner Mütze zog. Kurze Hose, barfuß und Wollmütze. Bei dreißig Grad!

Ich schüttelte den Kopf und wandte mich wieder der Liste zu, ergänzte sie um ein paar Museen, die mir aufgefallen waren, um Rooftop-Bars und den Hudson Yard. Von welchem Park hatte er noch gesprochen?

Eine weiße Plastiktüte senkte sich vor meinen Augen und der Duft nach frischem Curry lag in der Luft.

Ich sah auf, aber Paul drehte sich bereits um, warf seine Jacke über die Stuhllehne und holte Teller aus dem Schrank und Besteck aus der Schublade.

»Sag mal, von welchem Park hattest du noch erzählt? Der mit den alten Bahngleisen ...«, fragte ich.

»High Line Park«, sagte er kurz angebunden.

Ich ergänzte den Park auf meiner Liste und legte den Zettel zur Seite.

»Ist dir eine Laus über die Leber gelaufen?«

»Nein«, gab er knapp zurück und drehte das Papier auf dem Tisch mit einer Hand in seine Richtung. »Na, da ist ja einiges dazugekommen.«

Ich nickte und strahlte ihn an.

»Bin das ich?« Er deutete auf das Strichmännchen mit den abstehenden Haaren.

»Jepp.«

Paul lachte. »Hübsch, danke. Sehr gut getroffen.« Dann schob er den Zettel zur Seite. »Zweimal Enten-Curry und einmal Garnelen-Curry.« Er sah mich an. »Was willst du?«

»Von allem.«

Er zeigte mir sein schiefes Lächeln. »War klar.«

»Ich habe Hunger und wir haben den ganzen Tag noch nichts gegessen«, verteidigte ich mich und griff nach dem Besteck.

Er nickte. »Du hast einen guten Stoffwechsel.«

»Sagt wer?«

»Elly.« Er setzte sich mir gegenüber und gab mir etwas Ente und Garnelen auf den Teller.

»So ein Quatsch. Ich mache Sport und nichts zu essen ist ungesund. Lass da meinen Stoffwechsel raus.«

Er schob mir den Reis rüber. »Stimme für den Angeklagten.«

»Bei Ellys Figur ist eindeutig sie die mit dem besseren Stoffwechsel.« Ich seufzte und pikte ein Stück Ente mit der Gabel auf. »Sie ist eine Gazelle«, ergänzte ich mit vollem Mund.

»Was? Sie isst zwei Salatblätter am Tag. Sie hätte dir bei jedem Schokocroissant vorgerechnet, wie viele Kalorien das sind«, knurrte er.

»Hast du mich deshalb so irritiert beim Frühstück angesehen?«

»Nein, voller Bewunderung.«

Fragend zog ich die Augenbrauen hoch.

»Weil ich es mag, wenn eine Frau isst, was ihr schmeckt, und so viel, bis sie satt ist«, sagte er schroff.

»Du bist aber leicht reizbar.«

Er schüttelte mit vollem Mund den Kopf.

»Wann lerne ich die hübsche Elly mal kennen?«, fragte ich scheinheilig.

Paul schluckte. »Gar nicht«, antwortete er knapp.

»Oookay«, gab ich kleinlaut von mir, schnappte mir den Take-away-Becher mit Garnelen und schaufelte mir ein paar auf meinen Teller. *Wow, super Laune heute, der Herr.*

»Wir haben uns getrennt.«

Autsch. Ich sah ihn entgeistert an, aber er rührte keine Miene.

»Geht es dir gut?« Ich legte meine Gabel zur Seite und beugte mich zu ihm vor, damit er mich ansah. »Paul, das tut mir leid.«

»Ich! *Ich* habe mich getrennt«, korrigierte er sich.

»Ich dachte, du liebst sie.«

»Das tue ich nicht«, sagte er mit fester Stimme.

»Oh. Das ist neu für mich.«

Er zuckte mit den Schultern.

»Ich dachte, ihr wollt heiraten.«

Seufzend lehnte er sich in seinem Stuhl zurück und kniff sich in den Nasenrücken. Dann sah er mich warnend an. »Das habe ich dir damals schon gesagt, dass dem nicht so ist.«

»Okay, ja. Du willst nicht heiraten. Aber du liebst sie.«

»Ich wollte *sie* nicht heiraten«, seine Stimme war aufbrausend geworden.

»Okay, ich hab's kapiert«, schnauzte ich. »Trotzdem verstehe ich es nicht. Möglich, dass sie dir manchmal auf den Keks gegangen ist. Aber das ist normal in einer Beziehung ...«

»Ist es das?«, unterbrach mich Paul und lachte hämisch.

»Komm mal runter. Ich bin einfach davon ausgegangen, dass sie deine große Liebe ist. Warum wärst du sonst so viele Jahre mit ihr zusammen gewesen?«

Unweigerlich musste ich auf das Porträt schauen. Er schob seinen Stuhl geräuschvoll zurück, humpelte zur Kommode und legte das Bild mit einem lauten Knall um.

»Warum humpelst du?«, fragte ich vorsichtig, um nicht den nächsten Wutausbruch zu riskieren. Er kam zurück und setzte sich wieder an den Tisch.

»Sie hat mit ihrem Absatz gegen mein Schienbein getreten.«

Ich nickte langsam und biss auf meine Unterlippe, um mein Grinsen zu unterdrücken. »Die Laus ist ein Ninja«, murmelte ich.

Paul lachte leise.

»Gut, dass wir das Bild mit der schimpfenden Tussi, die du auf Abstand halten musstest, ausgetauscht haben. Wie war ihr Name gleich noch einmal?«

»Thea«, sagte er belustigt.

»Thea, stimmt. Die wäre auch beinahe zum Ninja mutiert.«

Er schüttelte den Kopf. »So bist du nicht.«

»Bekomme ich noch eine Antwort? Warum hast du Schluss gemacht?«

Er schwieg beharrlich.

Ich schnaubte. »Nicht ... Okay.«

Er beugte sich zu mir vor und sah mir in die Augen. »Bist du schon einmal auf die Idee gekommen, dass ich eine andere Frau liebe?«

Wie so oft konnte ich diesen Ausdruck in seinen Augen nicht deuten. Heute erst recht nicht. Ich lehnte mich zurück, verschränkte die Arme vor der Brust und hielt seinem Blick stand. »Du hast mir nie davon erzählt. Also: nein. Die Antwort ist nein«, sagte ich trotzig und fügte hinzu: »Ich bin nicht auf die Idee gekommen, dass du eine andere Frau liebst.«

Er nickte knapp, sagte aber nichts dazu.

»Wer ist es?« Ich war mir nicht sicher, ob ich es wissen wollte, aber die Frage kam mir schneller über die Lippen, als ich darüber nachdenken konnte.

Er lachte verzweifelt auf und sah zur Decke.

Was sollte das schon wieder? Konnte dieser Kerl nicht einfach einmal eine Frage beantworten?

»*Was?*«, fragte ich genervt.

Er schüttelte den Kopf, griff nach dem Reis und häufte sich seinen Teller voll.

Ich verdrehte die Augen. *Der Kerl macht mich wahnsinnig.*

»Weißt du, was mir auf den Keks geht?«

Er sah mich nicht an.

»Unsere Art der Kommunikation. Nie bekomme ich eine Antwort«, schimpfte ich. Er sah nicht auf und vermanschte den Reis auf seinem Teller mit der Currysoße.

29

PAUL

»Cut! Paul! Nimm dir einen Kaffee und wiederhole deinen Text. Sam. Tom. Wir machen weiter«, rief Nils, unser Regisseur.

In all den Jahren war mir das nicht passiert. Ständig mussten wir abbrechen, weil ich mich nicht auf den Dreh konzentrieren konnte. Weder konnte ich meinen Text noch anständig laufen, dank des lilablassblau leuchtenden Blutergusses auf meinem Schienbein.

Ich hatte gewusst, dass das Gespräch mit Elly so enden würde. Sie schrie, wurde hysterisch. Dann trommelte sie mit den Fäusten gegen meinen Brustkorb. Erst wehrte ich mich nicht, doch irgendwann nahm ich ihre Hände und hielt sie fest. Weinend hatte sie sich auf den Boden sinken lassen und mir kurz darauf den Absatz ihrer High Heels ans Schienbein gedonnert. Aber das war nicht das Einzige, warum es mir heute so schwerfiel. Am liebsten hätte ich Thea gestern an den Schultern gepackt und mal geschüttelt. War das wirklich alles so schwer zu verstehen?

An der Kaffeemaschine wartete bereits Sarah auf mich. Sie lehnte lässig am Wohnwagen und sah mich stirnrunzelnd an. »Was ist denn heute los mit dir?«

Ich deutete ihr an, sich mit mir auf die Paletten zu setzen, die auf dem Gelände standen.

»Ich habe mit Elly Schluss gemacht«, sagte ich nüchtern.

»Hey! Herzlichen Glückwunsch. Die beste Entscheidung in den letzten vier Jahren.« Sarah klopfte mir auf die Schulter.

»Thea hat es nicht verstanden. Als ich sie fragte, ob sie schon einmal auf Idee gekommen ist, dass ich eine andere Frau liebe, sagte sie Nein.«

»Paul, ernsthaft? Hast du erwartet, dass dir Thea um den Hals fällt und sagt: Oh Pauli-Schatzi, ich liebe dich.«

Ich gab ihr einen Schubs. »Blöde Kuh.«

»Nein, im Ernst. Was hast du dir vorgestellt?«

»Sarah! Vielleicht habe ich mich doch getäuscht. Ich hatte das Gefühl, sie liebt mich so wie ich sie.«

»Jetzt hör mir mal zu. Für Thea ist das eine Freundschaft. Richtig?«

Ich nickte.

»Du hast eine Freundin …«

»Hatte«, unterbrach ich Sarah.

»Wir sprechen von der Vergangenheit.«

Ich nickte erneut.

»Wie um alles in der Welt hätte Thea deine Signale werten sollen, wenn nicht freundschaftlich?«

»Im Urlaub. Ich wollte sie küssen. Was kann man da falsch verstehen?«

Sarahs Augenbrauen schossen in die Höhe. »Ah, und?«

»Wir wurden von Kids gestört und danach tat sie so, als hätte es diesen Moment zwischen uns nie gegeben.«

Sarah brach in schallendes Gelächter aus. Es dauerte ein paar Minuten, bis sie sich wieder beruhigt hatte.

»Ich kenne Thea nicht. Ich denke, dafür kann es nur diese zwei Gründe geben. Du warst vergeben und du bist ihr bester Freund.«

»Ja, aber wenn man sich verliebt … dann wirft man solche Dinge doch über Bord«, erwiderte ich griesgrämig.

Sarah tätschelte meinen Arm. »Wow, ich habe den Eindruck, du hattest noch nie etwas mit einer grundanständigen Frau zu tun.«

»Warum muss mit ihr immer alles so kompliziert sein«, fluchte ich laut.

Sarah schnalzte missbilligend mit der Zunge. »Du hast es doch erst kompliziert gemacht. Gib ihr nicht die Schuld«, sie schüttelte den Kopf. »Es ist nicht kompliziert. Wenn du …«

»CUT!«, brüllte George über den gesamten Park.

Sarah und ich sprangen gleichzeitig auf und sahen zum Set. Julia, die Regieassistentin, rannte an uns vorbei, während Levi lachend auf uns zuschlenderte. »Da ist ein Mädchen ins Set gelaufen. Die Security war gemeinschaftlich beim Pinkeln und George flippt gerade komplett aus. Das arme Ding versteht die Welt nicht mehr.«

Sarah und ich warfen uns einen amüsierten Blick zu und gingen ein Stück näher. Der halbe Set tummelte sich bereits um George.

»Hey Leute. Ich bleib mal besser hier«, rief uns Levi nach.

George fuchtelte wild mit dem Klemmbrett in der Luft herum. Tupfte sich mit der anderen Hand mit einem Taschentuch über die Stirn, während er abwechselnd die Security beschimpfte und sich in einem bemüht freundlichen Tonfall bei dem Mädchen für seine Lautstärke entschuldigte. Als wir näherkamen, erkannte ich die Turnschuhe und die Silhouette. Ich hätte sie auf eine Meile Entfernung erkannt. Dieses Mädchen würde ich überall erkennen. Mit großen Augen sah sie zwischen George und der Security hin und her. Sie sah aus, als würde sie am liebsten im Erdboden versinken.

»Thea!«, rief ich, ohne darüber nachzudenken, und ignorierte Sarahs verwunderten Augenaufschlag.

Theas Augen glitten suchend über die Köpfe der Menge. Ich winkte. Unsere Blicke streiften sich. Wie angewurzelt blieb sie stehen und sah mich irritiert an. Aber im nächsten Moment hellte sich ihre Miene auf.

»Ist sie das?«, fragte Sarah neben mir.

Ich nickte.

»Das Spiel ist vorbei«, trällerte sie.

Ja, das Spiel ist ein für alle Mal vorbei.

Sarah drückte mein Handgelenk. »Das ist Schicksal.«

Thea bahnte sich einen Weg durch die Crew. George fiel es nicht einmal auf, dass sie nicht mehr vor ihm stand.

Ich ging einen Schritt auf sie zu, zog sie kurz an mich, bevor ich sie wieder eine Armeslänge von mir schob. »Was machst du hier?«

»Wenn ich das wüsste«, Thea lachte verlegen auf und sah sich um. »Ich habe keine Ahnung. Du sagtest, ich sollte doch mal in den Washington Square Park zum Laufen gehen.«

Ich ließ sie los und fuhr mir durch die Haare. *Ich bin so ein Idiot.*

»Ich war so in Gedanken, dann hat dieser Typ da«, sie deutete auf George, »so laut geschrien, dass ich es sogar durch die Kopfhörer gehört habe. Was machst *du* hier?«, fragte sie und sah flüchtig zu Sarah.

Thea warf mir einen vielsagenden Blick zu und für einen Sekundenbruchteil meinte ich eine Spur von Verzweiflung in ihren Augen zu sehen.

Ich setzte an, um ihr alles zu erklären, aber dazu kam ich nicht.

»Verstehe«, sagte sie und schaute bedeutungsvoll zwischen Sarah und mir hin und her.

Ich stutzte einen Augenblick, sah flüchtig zu Sarah und lächelte triumphierend, bevor ich wieder eine neutrale Miene aufsetzte. *Sieh mal einer an.*

»Hey, ich bin Sarah.« Sie streckte Thea die Hand entgegen.

Thea ergriff sie zaghaft. »Hallo. Thea.«

»Ich weiß, ich habe schon viel von dir gehört.«

Thea sah mich irritiert an und ließ mich nicht aus den Augen, als sie sagte: »Ich hoffe nur Gutes.«

Sarah nickte, lächelte verschwörerisch und beugte sich zu ihr. »Und mehr als das.«

Thea sah ungläubig zu Sarah und runzelte die Stirn, bevor sie sich verstohlen umsah. Erst zu George, dann auf die Kameras. Und zu Levi, der auf den Stufen meines Wohnwagens stand. Ihre Augen blinzelten kurz ins Licht der grellen Scheinwerfer, bevor sie mich von oben bis unten betrachtete. Ich hörte den Groschen förmlich fallen und brauchte ihrem Blick nicht zu folgen, um zu wissen, wie ich im Moment aussah. Dreckige Boots, dunkle Hose und ein schwarzes Shirt mit abgerissenen Ärmeln. Meine Arme hatten Schrammen, an meinen Hüften hing eine Schwertscheide und Kunstblut lief mir über die Schläfe. Ihre Augen weiteten sich. Es vergingen Minuten, bevor sie ihren Mund öffnete.

»Am Broadway konnte ich nichts herausfinden.« Sie hob ihre Arme und machte eine Bewegung, die die gesamte Umgebung einschloss. Dann nickte sie knapp. »Siehst du, ich hätte einfach früher auf deinen Rat hören sollen.« Sie klang nicht wütend, nur überrascht.

Ich streckte meine Hand nach ihr aus, aber sie trat einen Schritt zurück.

»Ich möchte es dir erklären …«, sagte ich hastig.

Thea schüttelte nur den Kopf. »Nicht jetzt.« Dann drehte sie sich zu Sarah.

Ich griff nach ihrer Hand. »Thea. Bitte …«

Energisch zog sie die Finger aus meinem Griff und straffte die Schultern.

»Paul, ich verstehe es nicht und ich will jetzt keine Erklärung. Entscheidend ist für mich im Moment nur, dass ich vor Freunden und Daniel nicht länger treudoof dastehe.«

Überrascht zog ich meine Augenbrauen hoch.

»Daniel? Was zum Teufel …« Ich wusste doch, warum ich den Kerl nicht leiden konnte.

Thea nickte nur und wandte sich ab, ohne mich ein weiteres Mal anzusehen. »Das war Schicksal«, murmelte sie.

»Meine Worte«, sagte Sarah grinsend.

Ich verdrehte die Augen.

»Ich mache mich jetzt besser aus dem Staub, bevor die Wutader des Typen platzt.« Thea nickte in Georges Richtung. »Hat mich gefreut, dich kennenzulernen, Sarah.« Noch einmal winkte sie uns über die Schulter zu. »Wir sehen uns zu Hause.« Dann trabte sie langsam los.

»Schicksal?« Ich schüttelte verzweifelt den Kopf.

Sarah lachte.

»Ihr seid euch ähnlicher, als ich dachte. Trägst du auch *Micky-Maus*-Pyjamas?«

Sie schüttelte belustigt den Kopf.

»Jumpsuits mit *Pu der Bär* oder Nachtshirts mit Glitzer pupsendem Einhorn?«, fragte ich weiter.

Sarah lachte noch immer und schüttelte dabei den Kopf.

»Nein? Einhornpantoffeln?«

»Nein. Aber interessant«, sagte sie glucksend.

Ich sah Thea hinterher, wie sie hinter den Bäumen verschwand, und ließ mich seufzend auf die Paletten sinken. Ich wünschte, ich wäre nicht zu einem Zeitpunkt aufgeflogen, wo ich keine Chance hatte, es ihr zu erklären.

»Wow, wer war denn der heiße Feger?«

»Klappe, Levi!«, raunte ich.

»Jetzt ist die Katze aus dem Sack«, sagte Sarah und setzte sich wieder neben mich.

»Super! Große Klasse! Ausgerechnet so …« Ich fluchte leise und knetete meine Hände.

Sarah legte ihren Arm um meine Schulter. »Das ist ein bisschen so, als hätte sie dich in flagranti erwischt.«

»Ha ha.«

318

Sie legte ihre Hände in den Schoß und warf mir einen Seitenblick zu. »Sie hat keine Szene gemacht. Elly hätte dich vor uns allen zerrissen. Ich finde sie klasse.«

»Das ist sie«, flüsterte ich kaum hörbar.

»Wie waren deine freien Tage mit ihr?«

»Großartig! Einzigartig. Ich habe jede Sekunde mit ihr genossen«, sagte ich mit einem Lächeln.

»Du bist wie ausgewechselt, wenn du von ihr sprichst. Euch umgibt so eine Aura«, schwärmte Sarah.

»Aura?«, ich sah sie ungläubig an.

»Na ja, so eine Vertrautheit ...«, sie überlegte kurz. »Du bist nicht mehr so steif.«

»Steif?«

»Ja, bei Elly war immer alles korrekt. Lachen nur hinter vorgehaltener Hand und so. Thea ist das komplette Gegenteil. Sie schaut einen schon liebevoll an.«

Ich fuhr mir durch die Haare und verfluchte mich im selben Moment. Das bedeutete wieder zehn Minuten stickiger Wohnwagen, um die Frisur und die Kopfwunde zu richten.

»Sie *ist* liebevoll«, sagte ich bestimmt.

»Junge, tu was«, flehte Sarah neben mir.

»Und was?« Ich rieb mir das Kunstblut von der Handfläche.

»Du musst ihr auf die Sprünge helfen. So wie sie dich ansieht, liebt sie dich.« Sarah bohrte mir ihren Finger in die Brust. »Sie liebt genau den Paul, der du hier drin bist.« Sie nickte in die Richtung der Kameras am Set. »Ohne das Drumherum hier.«

Ich kniff mir in den Nasenrücken. »Es ist kompliziert.«

»Definiere kompliziert?«

»Sie geht nicht davon aus, dass ich sie lieben könnte«, sagte ich genervt.

»Na, das wird wohl das kleinste Problem sein. Zeig es ihr.«

»Und wenn ich ihr zeige, dass ich sie liebe, und sie tut es wirklich nicht, dann war's das mit der Freundschaft …«

»Hör endlich auf damit«, unterbrach sie mich aufgebracht. »Du weißt genau, was du willst. Also greif endlich danach, wenn es schon vor deiner Nase liegt. Jetzt. Mit allen Konsequenzen, bevor …«, sie senkte ihre Stimme, »… es jemand anders tut.«

Bei dem Gedanken, ein anderer könnte Thea haben, wurde mir übel. »Und was mache ich mit Alex?«

Sarah verdrehte die Augen und seufzte genervt. »Jetzt hör schon auf, verdammt noch mal! Dann erzähl es ihr.«

Ich schnaubte resigniert.

»Perfekt. Dann sind wir uns ja einig.« Sie verschränkte die Arme vor der Brust. »Sei endlich mutig. Nur so werden wir überleben«, sagte sie mit dunkler Stimme.

»Du zitierst meinen Text …«

»Na, sie mal einer an. Jetzt kann er seinen bescheuerten Text auch wieder.«

Ich lachte gequält auf. »Glaubst du wirklich, sie liebt mich?«

Sarah nickte energisch. »Ja. Sie will es sich nur selbst nicht eingestehen.«

Also war ich doch nicht komplett bescheuert. Ich hatte mir das Knistern in der Höhle nicht nur eingebildet. Sie hatte kalte Füße bekommen. Sie konnte mir nicht länger etwas vormachen, und hinter meiner Beziehung mit Elly konnten wir uns jetzt auch nicht mehr verstecken.

»Mein Leben ist echt noch komplizierter, seitdem ich sie kenne«, sagte ich mehr zu mir selbst.

»Und daran ist Thea schuld, oder was?«, fragte Sarah schnippisch und stand auf.

»Nein, natürlich nicht«, gab ich kleinlaut mit genervtem Unterton zu.

30

Kaum war ich aus Pauls Sichtweite, steigerte ich das Tempo und rannte so schnell ich konnte.

Er arbeitete beim Film und in diesem Aufzug sah er nicht danach aus, als gehörte er zur Crew. Und er war definitiv kein Statist, ich hatte seinen Namen an einem der Wohnwagen gesehen. Ich war nicht annähernd so ruhig gewesen, wie ich vorgegeben hatte zu sein. Das Herz hatte in meiner Brust gehämmert, als ich Paul in diesem Park gesehen hatte. Sarah neben ihm. Als mein Kopf schließlich eins und eins zusammengezählt hatte, war er blass geworden.

Ich lief die Fifth Avenue entlang an geschäftigen Menschen vorbei, wich Kinderwagen aus und rannte über Zebrastreifen, ohne auf den Verkehr zu achten. Ich hatte keine Ahnung, wo ich war. Auf dem Weg zum Washington Square Park war ich irgendwie anders gelaufen, aber ich konnte mich nicht mehr daran erinnern.

Ich hatte mir heute Morgen meine Turnschuhe mit dem festen Vorsatz gebunden, meinen Verstand endgültig wieder auf Kurs zu bringen. Charles hatte mich mit seinem Gerede ganz durcheinandergebracht und Lottis Munkeleien waren das Sahnehäubchen auf Alex' Geschwätz. Und als wäre das alles nicht schon aufreibend genug, hatte Paul auch noch mit Elly Schluss gemacht … *Die Kirsche auf der Sahne. Schublade überfüllt.*

Aber egal wie schnell ich gerannt war, ich war gegen das aufkeimende Kribbeln in meinem Bauch nicht mehr angekommen. Ich war kurz davor gewesen, die Kontrolle zu verlieren. Das Kitzeln hatte sich in immer höher werdenden Wellen bewegt, hatte meinen Puls bis zum Anschlag gebracht und mich immer weiter angetrieben, noch schneller zu laufen. Das erste Mal war es nicht das Schuldgefühl gewesen, was mich angetrieben hatte, sondern ein Gefühl, das ich nicht mehr kannte. In dem Moment, als ich tief eingeatmet hatte, damit sich mein Brustkorb wieder mit dem notwendigen Sauerstoff füllte, hatte mir ein wohlgenährter Mann mit knallroter Birne, Schweißperlen und einer pulsierenden Ader auf der Stirn *Cut* ins Ohr gebrüllt. Als wäre ich ein wildgewordener Groupie. Der Vergleich war im Nachhinein treffender. Es summte noch immer in meinen Ohren.

Endlich sah ich das Brownstone-Haus vor mir. Die Tür zur Eingangshalle stand offen und ich sprintete die letzten Stufen hinauf. Beinahe hätte ich Charles umgerannt, der mit einer Gießkanne um die Ecke bog. Ich kam ins Schlittern. Mit einem ungewohnt kräftigen Griff um meinen Oberarm brachte er mich zum Stehen. »Thea!«

»Alles gut«, sagte ich schnaufend und wischte mir mit zwei Fingern die Schweißperlen von der Oberlippe.

»Nimmst du Pauls Post mit?«

»Klar.«

Er stellte die Gießkanne ab und ich folgte ihm zum Schreibtisch und nahm ihm den Stapel an Kuverts und Zeitschriften ab.

In der Wohnung legte ich die Post auf die Treppe und rannte ins Bad. Zehn Minuten später schnappte ich mir die Fernbedienung vom Tisch, lümmelte mich auf die Couch und schaltete den Fernseher ein. Nervös knabberte ich an meiner Unterlippe und verharrte auf der *Netflix*-Taste. Schließlich ließ ich die Fernbedienung sinken.

Der aktuelle Sender *BBC* zeigte eine Tierdokumentation. Ein Leopard pirschte sich in der Wildnis an eine Gruppe grasender Antilopen heran. Die Stimme des Sprechers kommentierte die Szene: »Ein Sprint und in weniger als sechs Sekunden ist alles vorbei.«

Der Leopard hatte seine Beute erledigt und zerrte sie mit sich in einen angrenzenden Graben. »Wenn es denn vorbei wäre«, sagte der Sprecher. In diesem Moment sprang die Antilope wieder quicklebendig aus der Grube. Der Kommentator weiter: »Vollkommen benommen kann sich die Impala retten.«

Das arme Tier taumelte zur Herde zurück. »Die Jagd ist beendet und trotzdem kein Erfolg«, sagte der Sprecher.

Ja, ja, ja! Ich zappte weiter. Reportagen, Talkshows, alte Filme und jede Menge Kochsendungen. Das war's. Ohne darüber nachzudenken, drückte ich den Knopf für *Netflix,* bewegte den Pfeil auf das Suchfeld und gab Vor- und Nachnamen von Paul ein. Ich rutschte ein Stück auf der Couch nach vorne und beugte mich vor. Ich hüpfte mit dem Cursor in der Auswahl auf den ältesten Film. Da war er sechzehn Jahre alt. Bevor ich es mir noch einmal anders überlegte, drückte ich schnell auf Start.

Herrlich. Ein Weihnachtsfilm im Sommer.

Danach sah ich mir einen typischen Teenie-Film an. Trotz des rundlichen Gesichts sah er schon damals ziemlich gut aus.

Nach zwei aktuelleren Filmen, zwei Pizzen, die ich mir bestellt hatte, wovon eine halbe Pizza auf der Küchenablage ihr Dasein fristete, drei Liter Wasser und einem Becher *Ben & Jerry's* stand ich auf und ging ins Bett.

Ich versuchte zu schlafen, aber meine Gedanken kreisten unaufhörlich. Unruhig wälzte ich mich hin und her, bis ich schließlich nach meinem Handy auf dem Nachttisch griff und das Display anschaltete.

Mit einem leisen Seufzer stieg ich aus dem Bett, nahm mir meine lange Wolljacke vom Stuhl, tappte durch den dunklen Flur und stolperte über Pauls Schuhe, die er achtlos vor dem Sideboard stehen gelassen hatte. Bevor ich ins Wohnzimmer ging, sah ich kurz zur Galerie hinauf. Alles war dunkel.

Ich ließ mich auf die Couch in meine Stammecke fallen. Die Sitzpolster waren noch warm. Klar, er hatte nachgesehen, was ich mir angeschaut hatte. *Ja, nur alte Kamellen … aber damit ist jetzt Schluss. Der Leopard Thea bringt die Jagd zu Ende.* Ich griff nach der Fernbedienung und schaltete den Fernseher wieder an. Ich hielt die Bedienung in das hereinfallende Mondlicht und drückte auf den Knopf, um *Netflix* zu starten. Ich wählte den jüngsten Treffer aus. Eine Serie, vier Staffeln mit je zwanzig Folgen. Und zack … War ja gar nicht so schwer.

Der Vorspann lief an und ehe ich mich versah, waren zweiundvierzig Minuten vergangen. Auch wenn ich mir bei etwa dreißig Prozent der Szenen die Augen zugehalten hatte, entging mir das geballte Testosteron auf dem Bildschirm nicht. Paul alias Vincent – die Hauptfigur der Serie – und sein Freund Derek waren hübsch anzusehen. Ich inhalierte die nächsten Folgen und hielt mir gerade wieder einmal die Augen zu, als die Couch neben mir einsank.

»Gefällt dir nicht, was du eigentlich sehen wolltest?«, fragte Paul. In seiner Stimme hörte ich, dass er lächelte.

Ich spreizte meine Finger ein Stück auf und blinzelte ihn an. »Ihr seid so brutal.«

Er lachte auf, lehnte sich an die Couchlehne zurück und verschränkte die Hände hinter dem Kopf.

»Aber ein bisschen Romantik ist doch auch dabei.«

Ich nahm die Finger vom Gesicht. »Bis jetzt noch nicht.« Ich drehte mich ganz zu ihm und verschränkte meine Beine zum Schneidersitz. »Warum schläfst du nicht?«

»Das Gleiche könnte ich dich fragen«, gab er zurück.

Etwas veränderte sich in seinem Blick, wurde zögernd, aber auch fragend. »Willst du jetzt darüber reden?«

»Schon, nur …« Wo sollte ich anfangen? Das ganze Warum war mir für den Moment nicht wichtig. Viel mehr beschäftigte mich die Frage, in wen er sich verliebt hatte? War es Sarah? Man konnte sie nur mögen. Aber ich war mir nicht sicher, ob ich es von ihm hören wollte. Ich war so verdammt feige, wie bei Tim. Schließlich schüttelte ich langsam den Kopf.

»Warum?«, fragte er ungläubig und rieb sich mit der Hand über die Stirn.

Ich zuckte mit den Achseln. Er erwiderte meinen Blick verständnislos und schüttelte den Kopf. »Okay. Für den Moment. Aber irgendwann möchte *ich* darüber reden.«

»Du hast ein T-Shirt gefunden«, sagte ich belustigt, griff nach der Wolldecke und wickelte meine Beine darin ein.

Paul ließ sich entspannt nach hinten in die Couch sinken. »Warum schaust du dir Filme an, bei denen du die Hälfte der Zeit nicht hinsiehst?«

»Na ja, ich will jetzt Bescheid wissen.«

Es war zu schummrig, um sein Gesicht zu erkennen, aber in der Zwischenzeit kannte ich ihn zu gut, um zu wissen, dass er definitiv nicht lächelte.

Er hob die Hände über den Kopf und streckte sich. »Okay, erzähl. Wie findest du's? Nicht die alten Kamellen.«

»Ich weiß, dass du mir nachspioniert hast.« Ich bestrafte ihn mit einem anklagenden Augenaufschlag, den er mit einer hochgezogenen Augenbraue erwiderte.

»Abgesehen von den brutalen Szenen … gut«, sagte ich knapp. »Machst du die Stunts selbst?«

Er verschränkte die Arme vor der Brust und nickte zaghaft. »Nicht alle, aber so siebzig Prozent.«

Ich pfiff leise durch die Zähne, legte meine Finger um seinen Bizeps und drückte zu. Er spannte seine Muskeln an.

»Jetzt verstehe ich.«

Seine Mundwinkel zuckten amüsiert. »Und abgesehen von den brutalen Szenen, die dir nicht gefallen, was gefällt dir?«

»Derek.«

Er stützte seine Ellbogen auf den Oberschenkeln ab und fuhr sich über sein glattrasiertes Kinn. »Tom?«

»Tom?« Ich begriff, bevor er es erklären musste. »Ja, Derek sieht gut aus. Heißer Typ.« Auch ohne hinzusehen, spürte ich seinen Blick auf mir.

»Okay. Tom alias Derek sieht gut aus?«

»Du machst mich ganz kirre. Du siehst auch nicht schlecht aus. Passt das?«

Wieder zuckten seine Mundwinkel. »Nicht schlecht?«

»Jetzt hör schon auf.«

Lässig legte er seine Hände an den Hinterkopf. »Also, du findest mich attraktiv?«

Unsere Blicke kreuzten sich, schnell sah ich wieder weg, rollte mit den Augen und schnaubte genervt. »Vergiss es. Du gehst mir auf die Nerven.«

»Nein, nein. Erzähl mal. Wie würdest du mich einer Freundin beschreiben?«

Ich lachte verzweifelt auf. »Das ist jetzt nicht dein Ernst ...«

»Mein voller.«

Ich atmete tief durch, zog meine Knie an und schob die ersten Gedanken zur Seite, dabei schoben sich immer wieder die gleichen in die erste Reihe.

»Denk nicht so lange nach, lass es raus. Du bist doch sonst nicht auf den Mund gefallen.«

Ich bemerkte aus dem Augenwinkel, wie er mich mit einem amüsierten Gesichtsausdruck beobachtete.

»Das ist nicht so einfach. Ich gebe dir die Worte von Lotti wieder. Wenn du möchtest, kann ich Alex gleich im Effeff hinterherlegen.«

Er hob eine Augenbraue, was ich mit einem Schulterzucken quittierte.

»Lottis Beschreibung oder wir beenden das Gespräch. Ich lasse die Punkte weg, die meiner Meinung nach nicht zutreffen.« Ich wusste, Lotti würde nicht lange rumfackeln und es ihm ungeschminkt ins Gesicht sagen.

»Okay. Los jetzt.«

Ich holte tief Luft und schloss die Augen. »Du bist stur, wortgewandt, ein Themenwechsler, ein Spreizdübel ...«, rasselte ich herunter, öffnete ein Auge und sah, wie er eine Augenbraue hob. Ich lächelte ihn schelmisch an. »Gutmütig, herzlich, zielstrebig, gutaussehend ...«

Ein zufriedenes Lächeln umspielte seine Lippen. »Und?«

Einfach perfekt. Ich schüttelte den Kopf und lachte verzweifelt.

»Lottis Beschreibung?« Er beugte sich zu mir, warf mir einen zweifelnden Blick zu, sagte aber nichts.

Ich nickte knapp. Seine Mundwinkel zuckten erneut.

Blöder Mistkerl. Ich konnte es nicht verhindern, dass ich rot anlief.

»Na gut, nachdem *du* so ehrlich warst, kommen wir zu dir.« Dabei betonte er das Wort *du* mit einem sarkastischen Unterton. »Du bist eine unglaublich attraktive Frau. Ich genieße jede Sekunde, die ich mit dir verbringen darf, fühle mich bei dir wohl. Du hast ein zu gutes Herz. Hörst aber einfach nicht auf mich.«

Ich holte aus, um ihm in den Oberarm zu boxen, aber er fing meine Faust geschickt mit einer Hand auf.

»Hör zu. Alles, was ich soeben gesagt habe, stimmt. Du bist eine unglaubliche Frau, hast eine verdammt gute Figur, bist athletisch wie eine Antilope …«

»Hör mir auf mit Antilopen«, unterbrach ich ihn.

Kurz sah er mich fragend an, fuhr aber dann fort: »Es gefällt mir, wie du bist und nicht jeden Morgen stundenlang im Bad verschwindest, als wäre hinter der Tür ein schwarzes Loch. Deine Augen leuchten, wenn du glücklich bist …«

»Gut, gut … du kannst wieder aufhören.«

Er griff nach meinen Händen, hielt sie sanft, aber bestimmt fest und sah mir in die Augen, als wollte er seine Worte in mein Gehirn meißeln. »Ich habe jedes Wort ernst gemeint.«

Ich zog meine Hände aus seinem Griff. »Ich will so was nicht hören. Nicht von dir.«

»Du bist Single. Wie lange willst du das bleiben?«

Das war nicht fair.

»Das Gespräch hatten wir doch schon mal. Warum denken alle, ich sterbe einsam und allein?«

»Aber wir waren nicht der gleichen Meinung.«

Gedankenverloren zuckte ich mit den Schultern. Er fuhr sich mit dem Daumen über die Innenseite seines Oberarms, während ich seiner Bewegung folgte. Mein Blick blieb an seinem Tattoo kleben.

»Ich habe dir schon einmal gesagt, dass das, was man sucht, oft vor der Nase liegt.«

Mein Herz stolperte einen kurzen Moment unkontrolliert.

»Das ist der Punkt. Ich suche nicht.«

Er fuhr sich mit der Hand energisch durch die Haare. »Du machst mich fertig.« Er stand auf und wuschelte mir über den Kopf. »Gute Nacht, Thea.«

Ich schnaubte genervt. »Gute Nacht.«

Dann rappelte ich mich ebenfalls hoch, stellte den Fernseher aus, schrieb Daniel und Lotti eine Nachricht mit den Worten: *Ich weiß es,* und schaltete das Handy aus. Ich rutschte auf der Couch tiefer, zog mir die Decke bis unter Nase und schlief endlich ein.

Am nächsten Morgen machte ich dort weiter, wo ich gestern aufgehört hatte. Ich machte mir nicht die Mühe, mich zu duschen, geschweige denn meinen Schlafanzug mit dem Glitter pupsenden Einhorn auszuziehen. Ich band mir lediglich die Haare wie *Pebbles Flintstone* zusammen.

Mit einer großen Tasse Kaffee setzte ich mich vor den überdimensionalen Screen und tauchte in die Welt der Guten und Bösen von Derek und Paul ein. Sie lebten in familiären Clustern, Fremde stießen dazu, Kämpfe wurden ausgetragen, Liebesbeziehungen entstanden, es gab Eifersucht und Trennungen. Sarah hatte ich in der Zwischenzeit unter den Guten entdeckt. Und ich glaubte, in einer der ersten Folgen Elly im Cluster der Verräter gesehen zu haben. Der Charakter schien ihr auf den Leib geschnitten zu sein, allerdings überlebte sie die erste Staffel nicht.

Ich stoppte meinen Serien-Marathon für einen kurzen Moment und putzte mir die Zähne. Als ich die Treppe wieder hinunterschlenderte, griff ich nach dem Stapel Post, der noch immer auf der untersten Stufe lag, und legte ihn auf den Esstisch. Ich holte mir eine Wasserflasche und schlurfte zurück zur Couch. Hinter mir hörte ich Papier und Magazine auf den Boden flattern. Ich seufzte, drehte mich um und bückte mich genervt nach dem Stapel Post. Zwischen den vielen Briefumschlägen entdeckte ich eine Frauenzeitschrift und die *GQ*. Ich legte die Umschläge zurück auf den Tisch, klemmte mir die Zeitschriften unter den Arm und ging zu meinem Stammplatz auf der Couch. Wasser, Magazine, Handy und Fernbedienung hatte ich in Reichweite um mich herum platziert und startete die vorletzte Folge der ersten Staffel.

Als es wieder das reinste Gemetzel auf dem Bildschirm gab, tastete ich nach den Magazinen und hielt die *GQ* in den Händen. Entgeistert riss ich meine Augen auf. Von der Titelseite sah mir Paul entgegen. Hastig blätterte ich durch die Zeitschrift, bis ich wieder eine Seite mit ihm entdeckte. Mein Mund blieb offen stehen. Über die folgenden acht Magazinseiten erstreckte sich eine Modestrecke mit ihm. Paul lässig an einer Hauswand gelehnt, die Hände in der Hosentasche vergraben. Paul in verschiedenen Outfits und nur mit Jeans vor einem Ganzkörperspiegel. Sein durchtrainierter Oberkörper braun gebrannt. Ich fuhr mit den Fingern seine muskulösen Arme und breiten Schultern nach. Im Spiegelbild spiegelten sich seine Bauchmuskeln und das V, das unter dem Stoff seiner Jeans verschwand. Für einen Moment verlor ich mich in seinem Anblick ohne den lästigen Kommentar: *Gefällt dir, was du siehst?* Was war nur los mit mir? Ich klappte die Zeitschrift energisch zu und setzte mich drauf.

Mitten in Staffel zwei flog die Wohnungstür auf.

»Nicht dein Ernst. Du sitzt noch immer vor der Glotze?« Paul pfefferte seinen Schlüssel auf das Sideboard, kam zu mir und warf beim Vorbeigehen einen kurzen Blick auf den TV-Screen.

Ich nickte und drückte auf Pause.

Er setzte sich auf die Couchlehne, verschränkte die Arme vor der Brust und sah auf das Glitzer pupsende Einhorn.

»Nicht einmal geduscht?«

Ich schüttelte den Kopf. »Aber Zähne geputzt.« Ich zeigte ihm meine sauberen Zahnreihen.

Er zog seine Schuhe aus und warf sich der Länge nach auf das Sofa. »Wie weit bist du?«

»Erst bei Staffel zwei.«

»*Erst* bei Staffel zwei.« Er lachte verzweifelt auf und massierte sich den Nasenrücken.

»Hast du Elly beim Dreh kennengelernt?«, fragte ich vorsichtig. Er runzelte kurz die Stirn, bevor er mir die Frage beantwortete.

»Ja, hab ich. Sie war nur bei der ersten Staffel dabei. Dann hat man sie aus dem Drehbuch geschrieben. Es war ihre erste und einzige Rolle.«

»Warum konntest du bei ihr nicht so sein, wie du wolltest?«

Schlagartig wurde er wieder ernst. »Ich konnte es eben nicht.«

Ich bohrte nicht nach. So wie er es sagte, voller Schuldgefühle, konnte ich nicht anders.

»Okay«, ich dehnte das Wort in die Länge. »Aber was ich mit Gewissheit sagen kann: Meinen Paul mag ich viel lieber als Pauli-Schatzi im Seidenpyjama oder den Typen hier in der Glotze.«

Er atmete geräuschvoll aus, sah mich an und sagte lange nichts, bis er vorsichtig fragte: »Was denkst du jetzt über mich?«

»Es hat sich nichts geändert. Ich frage mich nur, wann du es mir erzählt hättest.«

»Ich wusste, dass ich es dir sagen muss. Ich wusste nur nicht wann und wie. Und verdammt noch mal …« Er fuhr sich energisch mit der Hand durch die Haare.

»Lass doch mal die Finger aus deinen Haaren.«

In seinen Augen funkelte es amüsiert. »Ich wollte nicht, dass es aufhört. Noch nicht.«

»Tja, passiert …«, sagte ich achselzuckend.

»Magst du mich noch?«, fragte er mit leiser Stimme.

»Was ist denn das für eine Frage? Ja klar. Das heißt, ich mag nicht alles an dir, aber trotzdem bist du mein Lieblingsmensch. Mein Lieblingsmensch ist zwar berühmt, aber er bleibt mein Lieblingsmensch.«

Thea schlang ihre Arme um meinen Hals und drückte mich. Für eine Sekunde atmete ich den vertrauten Duft ihrer Haut ein und schloss die Augen. Lieblingsmensch war noch immer nicht genug. Ich wollte ihr Herzensmensch sein.

Sie löste ihre Hände von meinen Hals. »Schön blöd, dass du mich nach New York eingeladen hast, sonst wäre dein Geheimnis wahrscheinlich nicht aufgeflogen.« Sie lachte auf.

»Diese Entscheidung bereue ich nicht.«

»Ich möchte keine Geheimnisse mehr. Ich habe es satt«, sagte sie, schnappte sich ihr Handy und öffnete Instagram. Kurz sah sie fragend zu mir rüber.

»Mach, die Vereinbarung ist ja unlängst hinfällig geworden.«

Dann gab sie meinen vollen Namen ein, tippte das Profil an und stockte.

»Vierzehn Komma fünf Millionen Follower?«, brüllte sie neben mir. Mit offenem Mund starrte sie mich an.

Ich zuckte mit den Achseln. »Das ist nicht so viel.« Ich legte meine Hand auf das Handy und drückte es sanft nach unten. »Du musst mir etwas versprechen, bevor du weiterschaust.«

Sie schnaubte. »Schon wieder?«

Ich nickte. »Du wirst viele Dinge über mich lesen. Die Menschen erfinden so einigen Schwachsinn. Du wirst unschöne Sachen lesen und Gerüchte. Bitte lass uns immer darüber sprechen, egal was es ist. Versprich mir das.«

Sie nickte energisch. »Das Versprechen kann ich halten«, und wedelte mit ihrem Handy in der Luft. »Los geht's.«

Sie rutschte neben mich und öffnete erneut die App. Ich schaute ihr über die Schulter, während sie den Newsfeed durchscrollte.

Ich zog mein Handy aus der Hosentasche, öffnete die App und tippte Theas Namen in das Suchfeld. »Da ist sie ja.« Und drückte auf *Follow.* »Das ist mein privater Account. Den kennt nicht mal Lotti.«

»Was soll das denn heißen?« Thea deutete auf die kryptische Reihenfolge der Buchstaben meines Profilnamens. »Das werde ich mir morgen ansehen. Ohne dich.«

Sie legte das Handy zur Seite und griff nach der Fernbedienung. »Willst du mit mir weiterschauen?«

Ich stöhnte verzweifelt auf. »Oh nein.« Ich hasste es, mich zu sehen. Irrwitzig mit anzusehen, wie man versuchte, jemand anderes zu sein.

»Bitte«, flehte sie mit vorgeschobener Unterlippe.

»Okay, eine Folge«, gab ich klein bei. »Aber heute Abend gehen wir auf das Empire State Building.«

»Deal!« Im gleichen Moment drückte sie auf die Playtaste. *Na toll!* Es war die Szene, in der ich Sarah den einzigen und letzten Kuss gab, denn in den nächsten Minuten würde ich herausfinden, dass sie meine Halbschwester war. Im dunkelblauen Anzug betrat ich auf dem Bildschirm das Hotelzimmer.

»Mmh, scharf«, rutschte es ihr leise über die Lippen.

»Heißt das, *du* findest mich scharf?«

Thea antwortete nicht, aber ihre Wangen glühten.

»Yesss.« Ich stieß die Faust in die Luft.

Sie verdrehte die Augen.

»Seit wann?«

Sie zuckte mit den Schultern und starrte weiter auf den Bildschirm.

Ich grinste breit, und obwohl sie es bemerkte, sah sie hartnäckig auf den Bildschirm. Sie griff neben sich, fischte die *GQ* hervor und hielt sie mir unter die Nase.

»Hast du schon gesehen?«

»Nein, du hast ja draufgesessen.« Ich nahm ihr die Zeitung aus der Hand.

»Dir spielten die letzten Tage ja viele Zufälle in die Karten.« Ich blätterte das Magazin bis zur Fotostrecke durch. Die Seiten waren abgegriffen. Besonders die Heftseite, bei der ich vor dem Spiegel stand. Ich schmunzelte und klappte die Zeitschrift zu.

Als ich wieder aufsah, stoppte Thea, rückte auf der Couch ein Stück nach vorne, spulte zurück und ließ mich in Slowmotion erneut ins Zimmer laufen. Sie bemerkte nicht einmal, dass ich nicht mehr durch die Zeitschrift blätterte. Ich biss mir auf die Unterlippe, um mir ein lautes Lachen zu verkneifen.

Während ich sie von der Seite betrachtete, sah sie stur geradeaus in den Fernseher. Ich beobachtete Thea amüsiert dabei, wie sie ihren Kopf unmerklich schief legte und sich die Kussszene ansah, bevor sie wieder zurück auf die Couch rutschte. Ihre Unterlippe leuchtete tiefrot, weil sie auf ihr herumgeknabbert hatte.

»Ist Sarah die Frau, in die du dich verliebt hast?«, platzte es aus hier heraus.

Ich tat, als hätte ich das Magazin soeben erst zur Seite gelegt.

»Was?« Ich brach in schallendes Gelächter aus.

Sie warf mir einen vernichtenden Blick zu. »Ist es Sarah? Deine neue Liebe?«

»Sarah?« Ich krümmte mich auf der Couch. »Nein. Wie kommst du darauf?«

»Nur so«, sagte sie mit neutraler Stimme. Aber wie ihr in diesem Moment der Stein vom Herzen gefallen war, konnte man noch auf den Bahamas hören und ließ sich nur schwer in ihrer Mimik verstecken.

»Nein«, wiederholte ich. Noch immer schwang ein belustigter Tonfall in meiner Stimme mit.

»Du bist dir sicher?«

Ich nickte kräftig und zog sie so dicht neben mich, dass ich ihre Wärme spürte.

»Ja, das bin ich. Das ist durch und durch ein Filmkuss.«
Ich würde ihr ja nur zu gerne einmal den Unterschied zeigen.

»Ja klar. Das dachte ich mir schon.«

Wie gut, dass sie mein Gesicht in diesem Moment nicht sah. Ich konnte mir das breite Grinsen einfach nicht verkneifen.

Die restlichen zwanzig Minuten sahen wir uns noch gemeinsam an. Als der Abspann losging, streckte ich mich und ließ die Schultern knacken, dann schnappte ich mir die Fernbedienung von Theas Schoß und schaltete den Fernseher aus.

»Für heute sind wir fertig.« Ich stand auf und klatschte in die Hände. »Los, fertig machen!«

Thea rappelte sich ebenfalls hoch und verschwand in ihrem Zimmer.

31

Es war die perfekte Zeit, als wir am Empire State Building ankamen. Der Besucherstrom, der sich tagsüber in langen Warteschlangen vor den Ticketschaltern staute, war abgeebbt. Thea sah sich die glitzernden Sterne der Lobby an, während ich die Tickets besorgte. Kurz darauf stiegen wir in der 80. Etage aus dem Fahrstuhl und schlenderten durch die *Dare to Dream*-Ausstellung, bevor wir weiter in die 86. Etage fuhren.

Unter den Klängen eines Saxophonisten betraten wir die offene Aussichtsplattform. Die Sonne war bereits untergegangen und vor uns erstreckte sich das bunte Lichtermeer der Stadt. Ich blieb neben Thea stehen und lehnte mich gegen den Mauervorsprung.

»Alles okay bei dir? Du bist so still.«

»Klar. Das ist ein bisschen wie damals auf dem Eiffelturm. Findest du nicht?«, sagte sie, ohne den Blick von der Stadt unter uns abzuwenden.

»Nicht wirklich.«

Ein flüchtiges Lächeln huschte über ihre Lippen. Heute wie damals würde ich alles für eine Kurzzusammenfassung ihrer Gedanken geben.

»Möchtest du noch weiter nach oben?«

Endlich sah sie mich an. »Nein, auch wenn der Saxophonist langsam mal eine Pause einlegen könnte.«

»Moment! Das haben wir gleich.« Ich kramte meine Bluetooth-Kopfhörer aus der Hosentasche und verband sie mit meinem Handy. »Was willst du hören?«

Sie zuckte kurz mit den Schultern und sah wieder auf die Stadt unter uns.

»Gut. Dann musst du dich auf meinen Musikgeschmack verlassen.« Ich steckte ihr die Kopfhörer in die Ohren. Ich wollte den perfekten Song für einen perfekten Abend.

THEA

Dancing in the Moonlight von *Jubël feat. NEIMY.* Ich liebte diesen Song. Rhythmisch wippte ich im Takt der Musik. Die Welt unter uns drehte sich wie gewohnt weiter. Und wenn sich nichts an unserer Freundschaft änderte, war auch für mich alles in bester Ordnung. Egal, womit er sein Geld verdiente oder wer seine neue Liebe war. Er hatte ein Recht darauf, glücklich zu sein.

»Was hörst du da eigentlich?« Er zog mir einen Stöpsel aus dem Ohr und hielt ihn sich an die Ohrmuschel. Dann setzte er ihn mir wieder ein.

Ich drehte mich um und streckte ihm einen Kopfhörer hin, damit er das Gedudel des Saxophonisten ebenfalls nicht mehr hören brauchte. Er trat einen Schritt rückwärts und schüttelte stumm den Kopf.

»Jetzt nimm schon«, forderte ich ihn auf.

»Nein.« Er griff nach dem Stöpsel und setzte ihn mir erneut ins Ohr. Als seine Finger dabei meine Wange berührten, zuckte ich kurz zusammen. Schnell zog er seine Hand zurück und ließ sie sinken.

Durch meine Ohren rauschten etliche Anfänge von Musiktiteln, die ich nie zuvor gehört hatte. Schließlich hämmerten die Anfangsbeats von *Believer* von *Imagine Dragons* durch die Kopfhörer. Gerade als ich in den Song einstimmte, spielte er das nächste Lied an. Ich verdrehte die Augen, als er wieder ein Song weiterhüpfte. Langsame Klavierklänge hallten in meinen Ohren und verursachten eine wohlige Stimmung in meinem Bauch, während mein Puls plötzlich in die Höhe schnellte, weil Paul so dicht vor mir stand.

Scheinbar gedankenverloren griff er nach meiner Hand und strich mit seinem Daumen über mein Handgelenk. Ich biss mir auf die Unterlippe. Sekundenlang rührten wir uns beide nicht. Bis er sich langsam zu mir runterbeugte, seine Stirn gegen meine lehnte und ich meine Augen schloss. Ich verlor mich in seiner Körperwärme, die mich einhüllte, und dem mir so vertrauten Geruch. Alles um mich herum schien stillzustehen. Er atmete tief ein, löste sich und strich mir vorsichtig eine Haarsträhne hinters Ohr, die mir der Wind ins Gesicht geweht hatte. Noch immer unfähig, meine Augen zu öffnen, fühlte ich seinen Atem auf meiner Haut. Ich spürte ein Streifen seiner Lippen auf meinen. Flüchtig, aber dennoch vorhanden. Wie eine Feder, die ein leichtes Vibrieren hinterließ. Und genug, um ein warmes Gefühl in meinem Bauch zu entfachen. Bevor ich darüber nachdenken konnte, was mit mir passierte, legte er seine Hand in meinen Nacken und strich mit dem Daumen über meine Wange. Leicht neigte er meinen Kopf zurück. Ich blinzelte. Sein Blick veränderte sich, wurde mit jedem Atemzug dunkler, intensiver, entschlossener. Wie in Zeitlupe beugte er sich zu mir runter. Federleicht legte er seine warmen Lippen auf meine. Er rührte sich nicht – zwei Herzschläge lang. Dann küsste er mich. Sanft, behutsam. Der Funke entfachte ein Feuer in mir, mein Herzschlag überschlug sich und ließ die Musik in meinen Ohren nur noch aus der Ferne zu mir durchdringen. Wie von selbst öffnete ich leicht meinen Mund. Er seufzte gedämpft und zog mich sanft an sich. Sein Kuss wurde leidenschaftlicher, drängender. Beinahe schwerelos verlor ich mich im Spiel unserer Zungen. Krallte mich mit den Fingern an seinem T-Shirt fest. Jeden Moment würden meine Beine nachgeben. Schon lange hatte mich niemand mehr so geküsst.

Er umfasste mein Gesicht mit beiden Händen und lächelte schwer atmend an meinen Lippen. Benommen öffnete ich die Augen und sah geradewegs in Pauls dunkle Augen, in denen eine ungeahnte Begierde flackerte. Schlagartig war ich zurück in der Realität. Als hätte ich soeben, ohne Anmeldung, an einer Ice-Bucket-Challenge teilgenommen. Er war mein bester Freund.

Als wollte er mich davon überzeugen, das Richtige getan zu haben, küsste er mich erneut. Abermals war ich kurz davor, die Kontrolle zu verlieren und meine Arme um seinen Hals zu schlingen. Gleichzeitig rasten tausend Gedanken in Lichtgeschwindigkeit durch meinen Kopf. Panik explodierte in mir. Energisch presste ich meine Hand gegen seine Brust und schob ihn weg. Ich trat einen Schritt zurück und noch einen, bis ich mit dem Rücken an der Absperrung stand. *Gefangen wie die Antilope.* Ich konnte ihn nur anstarren, während ich mir mit den Fingern über meine Lippen fuhr.

»Warum hast du das gemacht?«, stieß ich atemlos hervor, zog die Kopfhörer aus den Ohren und legte sie ihm energisch in die Hand. Ich wollte mich an ihm vorbeidrängen, doch er hielt mich am Handgelenk fest.

Eine Weile sah er mich an, bevor er sich zu mir runterbeugte. »Warum?« Das Dunkle in seinen Augen war purer Verzweiflung gewichen. Das war mein Untergang.

Ich wartete seine Antwort nicht ab und zog an meiner Hand. Widerstrebend ließ er sie los. Ich drehte mich um und lief los. Er rief mir etwas hinterher, aber ich hörte nur das Rauschen meines Blutes in den Ohren. Ich rannte über die Plattform und sprang in den Aufzug. Noch immer schwer atmend vergrub ich mein Gesicht in den Händen. *Nicht heulen, Thea.* Ich holte tief Luft und drehte mich um.

Auf der anderen Seite stand Paul. Er machte keine Anstalten, in den Fahrstuhl zu steigen, sondern sah mich nur an. Verzweifelt fuhr er sich durch die Haare und vergrub seine Hände in der Hosentasche, als sich die Türen langsam schlossen.

Ich rannte, ohne nach links und rechts zu sehen. Rannte, so schnell ich konnte, aus dem Gebäude in nördliche Richtung und bog um die nächste Ecke. Mit zittrigen Knien blieb ich stehen und lehnte mich mit dem Rücken an die kühle Hauswand. Mein Herz hämmerte so laut, dass Paul es bestimmt noch auf der Aussichtsplattform hören konnte. *Ich bin doch nicht mehr ganz dicht.* Erst vor ein paar Stunden, als ich gesehen hatte, wie er Sarah küsste, hatte ich mir nichts sehnlichster gewünscht, als seine Lippen auf meinen zu spüren – nur ein einziges Mal. Ich konnte nicht ahnen, dass es sich so anfühlen würde. Geschweige denn, dass ich mich dabei so fühlen würde. Ich fuhr mir mit der Zunge über meine Lippen. Ich konnte ihn noch immer schmecken und meine Haare rochen nach ihm.

»Scheiße«, murmelte ich kopfschüttelnd. Für einen Moment schloss ich die Augen und atmete tief durch. Meine Sinne spielten verrückt. Mein Verstand arbeitete nur noch rudimentär. Als hätte jemand anderes die Kontrolle übernommen. Der Kuss war völlig falsch. Ich vergrub mein Gesicht in den Händen und versuchte, den Tumult in meinem Inneren zu bändigen.

Plötzlich wurde alles um mich herum dunkel. Menschen rannten auf die Straßen, der Verkehr vor mir kam zum Erliegen. Aufgebrachtes Stimmengewirr, Rufe und Jubel wurden laut. Ich sah mich um. Bei den Wolkenkratzern in der Ferne waren die Fenster hell erleuchtet, während um mich herum alles düster war. Selbst das Empire State Building wechselte seine Farbe nicht mehr. Ich stand in einem schwarzen Loch. Als hätte Tim die Lichter ausgeknipst, schoss es mir durch den Kopf.

Ich stieß mich von der Hauswand ab und lief los. Ich rannte raus aus der Dunkelheit. Trieb mich immer weiter an, bis sich mein Körper nur noch auf die Atmung konzentrierte. Aber egal wie schnell ich rannte, mein Herz weigerte sich beharrlich, diesen Kuss zu vergessen. Jetzt, da es wusste, wie sich seine Lippen anfühlten, schrie es nach mehr.

PAUL

Ich lehnte mich an die Wand neben dem Haupteingang des Empire State Buildings. Am liebsten hätte ich laut gelacht, wäre ich nicht so verzweifelt gewesen. *Warum? Ernsthaft!* Das fragte sie noch, schwer atmend, beinahe taumelnd? Ich hatte sie küssen wollen. Um jeden Preis. An diesem Abend. Auf dem Empire State Building. Genau so war es geplant gewesen. Diese Frau und ihre flüchtigen Berührungen hatten mich in den vergangenen Tagen schier um den Verstand gebracht. Ich hatte heute die letzten Zweifel beiseitegeschoben. Gott verdammt, ich war mir so sicher gewesen.

Ich hatte alles Mögliche erwartet. Dass sie mich zurückweisen oder sich fallen lassen würde, dass der Kuss in einem Desaster enden oder phänomenal werden würde.

Als ich ihre Lippen streifte, hatte ich gewartet, ob sie zurückweichen würde. Eigentlich hatte ich damit gerechnet, aber es kam anders. Besser. Sie erwiderte den Kuss leidenschaftlicher, als ich es je zu träumen vermocht hätte, bis zu dem Moment, als sie mich mit großen Augen anstarrte. Wäre es nach mir gegangen, hätten wir damit nie wieder aufgehört.

In der nächsten Sekunde sah sie mich an, als hätte ich das Schlimmste auf dieser Welt verbrochen. Es gab in meiner Gedankenwelt nur entweder oder. Schwarz oder Weiß. Aber ich hatte nicht damit gerechnet, dass ein einziger Kuss süchtig machen könnte und Thea wegrennen würde.

Als sie mich vor der Tür des Fahrstuhls stehen sah, wich ich ihrem verzweifelten Blick nicht aus. Ich wollte ihr stumm zu verstehen geben, dass ich nicht bereute, was ich getan hatte. Doch das hatte es wahrscheinlich nur noch schlimmer gemacht.

Nach diesem Kuss, der mir den Boden unter den Füßen weggerissen hatte, würde es noch härter werden, sie nicht lieben zu dürfen. Härter, als ich es zu diesem Zeitpunkt auch nur im Entferntesten hätte erahnen können.

Auf einen Schlag erloschen die Lichter über Manhattan.

»Blackout«, rief mir die Security am Eingang zu.

Ich lachte schallend auf. *Welch Ironie des Schicksals. Läuft heute.* Zu Fuß machte ich mich auf dem Weg in die Upper East Side.

THEA

Das Haus lag im Dunkeln, nur durch das Fenster in der Eingangshalle schien ein schwaches Licht auf die Straße. Ich ging die wenigen Stufen zur Haustür hinauf und klopfte. Langsam machte ich es mir zur Gewohnheit, den Schlüssel zu vergessen. Es dauerte ein paar Minuten, bis mich Charles bemerkte und die Tür öffnete.

»Guten Abend, Thea. Komm rein.«

»Danke, Charles.«

»Wo ist Paul? Hattet ihr einen schönen Abend?«

»Ich will nicht darüber reden.«

Er sagte kein Wort, sah mich nur bedauernd an. Ich seufzte. »Paul hat mich geküsst.«

Er lächelte warmherzig und murmelte: »Mmh.«

»Nichts, mmh.« Ich funkelte ihn an. »Ich war darauf nicht vorbereitet.«

»Aber meine Liebe, so blind kann man doch nicht sein.«

Ich holte tief Luft, um etwas zu erwidern, biss mir aber auf die Zunge und stapfte an ihm vorbei.

Im vierten Stock ließ ich mich auf die Treppenstufen fallen, zog die Knie an und legte meine Stirn auf die Unterarme. Keine Ahnung, wie ich diesen Kuss in eine Schublade verstoßen konnte. Auf jeden Fall nicht, solange Pauls Geschmack an meinen Lippen klebte. Wie kam er auf diese hirnrissige Idee? Es drehte sich in meinem Kopf doch ohnehin nur noch um das Thema *Küssen,* seit ich ihn bei diesem Filmkuss gesehen hatte. Wie küssten diese Lippen, war das Einzige, das seit diesem Zeitpunkt in Endlosschleife durch meine Gedanken kreiste.

Ich holte das Handy aus der Tasche und wählte Lottis Nummer. Mein Leben lag in Schutt und Asche, da konnte man seine beste Freundin auch um den Schlaf bringen.

»Und das hat er wirklich getan?« Lotti war in einem Sekundenbruchteil hellwach. Ich glaubte sogar, ein freudiges Quieken am Ende der Leitung zu hören.

Dann holte sie zu einem Monolog aus. »Okay, hör zu. Du hast was empfunden, als er dich geküsst hat. Das ist doch fantastisch. Ich wusste, dass du dich noch verlieben kannst. Er musste nur das richtige Knöpfchen drücken. Er ist so clever.«

Ich rollte mit den Augen.

»Küsst er gut?«

Ich fuhr mit der Zungenspitze über meine Lippen. Gut? Diese weichen Lippen küssten unglaublich.

Ohne meine Antwort abzuwarten, prasselte sie weiter auf mich ein. »Das macht dir alles Angst. Du bist nicht weggelaufen, weil du es nicht wolltest … Nein, du wolltest es.«

»Lotti ...« Als hätte *mir* ein einziger Kuss nicht schon den letzten Rest gesunden Menschenverstand geraubt, zweifelte ich jetzt endgültig an Lottis Verstand.

»Ich bin noch nicht fertig.«

Ich klappte meinen Mund wieder zu.

»Was ich dir jetzt sage, wird dir nicht gefallen. Aber das ist ja heute auch schon egal. Das Stichwort lautet: Tim.«

Ich schluckte schwer.

»Du spitzt jetzt deine Ohren. Es ist an der Zeit loszulassen. Das brodelt doch schon die ganze Zeit in dir. Paul hat endlich die Herdplatte eine Stufe höher gedreht. Alles ist gut so, wie es jetzt läuft.« Sie machte eine Pause. Aber ich konnte ohnehin nichts mehr sagen, ohne nicht laut aufschluchzen zu müssen. Ich war inzwischen eine richtige Heulsuse.

»Na und? Dann ist es halt wieder dein bester Freund. Dann weißt du wenigstens, was du bekommst. Das ist die beste Basis für eine Beziehung.«

Die gemeinsame Zeit mit Tim zog vor meinem inneren Auge vorbei. Die Jahre unserer Freundschaft, die Richtung, in die sie sich entwickelt hatte, schon lange bevor wir es selbst bemerkten. Ich war damals auf Wolke sieben. Es war einfach perfekt gewesen, bis zu diesem Abend, der alles veränderte. Der mich veränderte.

»So hart das auch klingt ...«, holte mich Lotti aus meinen Gedanken, »Tim ist Vergangenheit. Hör endlich auf, vor deinen Gefühlen davonzulaufen. Im wahrsten Sinne des Wortes. Ich denke, das Risiko ist es wert.«

Woher wollte sie das wissen? Für mich fühlte es sich an wie der freie Fall ins Nichts. Ohne Fallschirm. Aber da war dieses Kribbeln in meinem Bauch. Schmetterlinge, die ihre Runden durch alle düsteren Gedanken drehten und zu einem High Five einschlugen, wenn ich daran dachte, mit ihm zusammen zu sein.

Die Vorstellung, er würde eine andere lieben, trieb meine Eifersucht an ihre Grenzen und Verzweiflung legte sich über meine Falter.

»Du weißt, dass ich recht habe.«

Die kommenden zehn Minuten wurde Lotti einfühlsamer und versuchte mich mit allen Mitteln aufzuheitern. Als wir das Telefonat beendeten, fühlte ich mich dennoch wie durch den Reißwolf gezogen. Ich trötete wie ein Elefant in ein Taschentuch, wischte mir die Wimperntusche unter den Augen weg, atmete einmal tief durch und lehnte mich zurück.

PAUL

Ich hatte vergessen, wie gut ausgedehnte Spaziergänge taten. Ich sollte wieder öfter joggen gehen. *Den Kopf frei pusten,* wie Thea es nannte. Erst jetzt wurde mir bewusst, wie oft und lange sie in New York laufen gewesen war. Da gab es offenbar einiges, das ihr Tempo antrieb und das verpackt, aussortiert oder verräumt werden musste.

Ich betrat das Haus mit der festen Absicht, alles wieder in Ordnung zu bringen und ihr keinen weiteren Grund zu geben, vor mir weglaufen zu müssen.

Ich ging durch die Eingangshalle und spürte, wie sich Charles' Blicke in meinen Rücken bohrten. Ich konnte mir ausmalen, was er dachte. Vor ein paar Stunden waren wir fröhlich an ihm vorbeigeschlendert und hatten ihm zum Abschied gewunken. Jetzt kamen wir mit schlecht gelaunten Mienen getrennt voneinander zurück.

»Sie ist oben.« Er sah verschwörerisch zur Decke und stand auf. Gemächlich schlenderte er zu mir rüber und klopfte mir freundschaftlich auf die Schulter.

»Gut gemacht, mein Junge.«

»War das ironisch gemeint?«

Er schüttelte den Kopf. »Nein, Paul. Ich bin froh, dass auch du endlich nach dem Glück greifst. Manchmal muss man dafür ins kalte Wasser springen, ohne zu wissen, was einen erwartet. Das erfordert Mut. Du warst dir ihrer Gefühle sicher. Rede mit ihr.« Er gab mir einen ungewöhnlich kräftigen Schlag auf die Schulter.

Ich rannte zwei Stufen auf einmal nehmend in den vierten Stock und stieß die Wohnungstür so temperamentvoll auf, dass sie gegen die Tür der Waschküche schlug. Die Wohnung lag im Dunkeln, nur die Beleuchtung aus den gegenüberliegenden Häusern schien durch die Fenster herein. Das Licht im Treppenhaus erlosch. Ich drehte mich um, um die Tür zu schließen, und sah die Silhouette von Thea auf den Stufen sitzen. Langsam trat ich hinaus in den Flur und schloss leise die Tür hinter mir.

Ich setzte mich neben sie und verschränkte die Arme auf den Oberschenkeln. Keiner rührte sich, während sich unser Schweigen unerträglich in die Länge dehnte.

»Willst du es dir zur Gewohnheit machen, den Schlüssel zu vergessen?«, fragte ich schließlich in die Dunkelheit. »Charles hat doch einen Schlüssel.«

»Hab ich vergessen«, nuschelte sie neben mir.

»Hör mal ... wegen eben.«

Sie versteifte sich und ich hatte den Eindruck, sie auch nicht mehr atmen zu hören.

»Es tut mir leid. Mir wäre es wichtig, dass wir darüber reden.« Ich drehte mich zu ihr und versuchte, in der Dunkelheit ihr Gesicht zu erkennen.

Sie bewegte sich unmerklich, schwieg aber beharrlich.

»Wenn du gerade den Kopf schüttelst: Ich kann das nicht sehen.« Mein Versuch, die Stimmung zu heben, scheiterte kläglich.

»Warum machst du so was?« Sie klang nicht wütend.

»Ich dachte, du fühlst wie ich.« Seufzend lehnte ich mich auf den Stufen zurück, streckte die Beine aus und stützte mich mit den Ellbogen ab. »Es ist leichter, um Verzeihung zu bitten, als um Erlaubnis.«

Jemand knipste das Licht im Treppenhaus an. Erst jetzt sah ich, dass Thea geweint hatte. Ich stand auf und hielt ihr die Hand hin. »Es wird langsam zur Gewohnheit, dass wir hier unsere Gespräche führen. Lass uns reingehen.« Sie legte ihre Hand in meine und ließ sich von mir hochziehen.

Ich betrat die Wohnung und warf meine Jacke auf die Couch. Thea ging, ohne mich anzusehen, an mir vorbei.

»Gute Nacht.«

Ruckartig drehte ich mich um, ging ihr nach und versperrte ihr den Weg. »Hiergeblieben.«

Mit großen Augen sah sie mich flehend an.

Ich schüttelte den Kopf. »Wir reden. Jetzt. Schön, wenn du vor Antworten und deinen Gefühlen davonläufst. Ich aber nicht. Setz dich! Bitte.«

So einfach würde sie mir nicht davonkommen. Ich war niemand in einem Traum und ich war nicht blöd. Erst spät wurde mir klar, dass diese ganze Vereinbarung nur so viele Jahre hatte überstehen können, weil Thea Angst vor Antworten hatte. Sie stellte nur Fragen, bei der sie nicht Teil der Antwort war. Und ich hatte recherchiert. Es gab Möglichkeiten, ihren Traum loszuwerden. Aber es lag auf der Hand – sie hatte eine Scheißangst vor Tims Antwort.

Ich drehte sie vorsichtig um und schob sie vor mir her in Richtung Esstisch. Sie fegte meine Hände weg und steuerte die Küche an. Ich behielt sie im Auge, aus Angst, sie könnte wieder die Flucht ergreifen. Sie schnappte sich eine Flasche Wein, öffnete sie, schenkte sich das Glas voll, hüpfte auf die Arbeitsfläche und ließ mit gesenktem Blick ihre Beine baumeln.

Langsam ging ich auf sie zu. Mit einem nach meinem Empfinden gesunden Abstand blieb ich vor ihr stehen. Ich weiß nicht, wie lange wir so dastanden, bis sie endlich kurz zu mir aufsah, aber durch mich hindurch, als wäre ich Luft. Ich holte mir ein Glas aus dem Schrank, schenkte mir ebenfalls ein und schwang mich neben sie auf die Arbeitsfläche. Eine weitere gefühlte Ewigkeit sagte keiner von uns etwas. Die Stille wurde von Minute zu Minute unerträglicher.

Sie seufzte tief und sah mich endlich an. »Okay.«

»Okay was?«

»Lass uns reden. Es tut mir leid.« Sie sah mich mit glasigen Augen an.

»Was?«, fragte ich mit leiser Stimme und einem aufmunternden Lächeln.

Kaum merklich schüttelte sie den Kopf. »Heute.«

»Was meinst du?«

»Auf dem Empire State Building.«

Ich sprang von der Arbeitsplatte und stellte mich vor sie. Es gab nichts, was sie mir nicht hätte sagen können, ohne mir dabei in die Augen zu schauen. Ganz egal, was sie mir zu sagen hatte. Es war okay. Alles war okay. Wenn sie nur mit mir redete. Sie blinzelte und versuchte, meinem Blick auszuweichen, aber ich folgte ihren Augen beharrlich.

»Als du mich geküsst hast …« Sie stockte und suchte nach den richtigen Worten. Als sie weitersprach, senkte sie ihren Blick auf meine Zehenspitzen. Meine Mundwinkel zuckten.

»Ich will nicht die Konsequenzen für meine Gefühle tragen.«

Ich legte einen Finger unter ihr Kinn und hob ihren Kopf an, damit sie mich wieder ansah. Sie griff nach meinem Handgelenk und drückte meine Hand weg. Ich lehnte mich neben sie gegen den Küchentresen, stützte mich mit den Händen ab und bemühte mich, Abstand zu halten.

»Ich mache nie den gleichen Fehler zweimal.«

»Du sprichst von Tim.«

Ich wusste nicht, ob sie gerade nickte oder den Kopf schüttelte. Es war von beidem etwas.

»Du bist mein bester Freund. Ich will diese Gefühle für dich nicht haben.«

Mein Herz filterte und machte einen Satz.

Sie sprang von der Arbeitsfläche, wischte sich mit dem Handrücken über die Nase, stellte sich ans Fenster und wandte mir den Rücken zu.

»Wie oft muss ich das noch sagen. Ich bin mit meinem Traummann nicht kompatibel. Ich bringe einfach kein Glück. Glaub mir, das willst du nicht.«

»Das solltest du mir überlassen.« Ich schwang mich auf die Arbeitsplatte, was mich daran hindern sollte, einen Schritt auf sie zuzugehen, sie an mich zu ziehen und nie wieder loszulassen.

»Ich habe Angst. Angst dich zu verlieren, meinen besten Freund. Dass du eines Tages gehst, ohne ein einziges Wort, und nie wiederkommst. Ich habe Angst davor, Angst zu haben.«

»Das verstehe ich, aber die Angst sollte nicht dein Leben beeinflussen. Dein Ex-Freund Marwin ist weit weg und ich kann mit dieser Sorte umgehen, glaub mir.«

Kurz drehte sie sich zu mir um und runzelte die Stirn. »Wie geht das?«

»Ich habe keine Ahnung, wie es geht. Aber es geht. Bitte, schau mich doch an. Vertraue mir. Bitte.« Sie rührte sich nicht, also sprach ich weiter. Alles war besser, als ein Nein zu hören. »Mir wird nichts passieren und ich verspreche dir, dass ich niemals einfach gehen werde. Wir werden nie auseinandergehen, bevor Unklarheiten, Missverständnisse aus dem Weg geräumt sind.« Ich versuchte, meine Stimme wieder ruhiger werden zu lassen. »Und ich verspreche dir, sollte eine Beziehung zwischen uns nicht funktionieren, was bleibt, ist unsere Freundschaft. Vielleicht klappt das nicht sofort. Womöglich braucht einer von uns beiden mehr Zeit. Aber dann wird es wieder so wie früher.« Ich war nicht Tim und ich würde nie wie Tim sein. Aber ich würde sehr viel Zeit brauchen. Verdammt viel Zeit.

Endlich drehte sie sich um, wischte die Tränen aus den Augen und kam langsam auf mich zu. Ich rührte mich keinen Millimeter. Sie blieb vor mir stehen. Ich spreizte meine Beine, damit sie näherkommen konnte, wenn sie denn wollte. Mein Herz setzte einen Schlag aus, als sie nähertrat und ihre kalten Finger auf meine Oberschenkel legte. Ich hatte große Mühe, meine Hände länger bei mir zu behalten, um sie nicht noch näher ranzuholen und sie zu küssen.

Ich zögerte. »Du willst mich nur als besten Freund? Ist es die Angst oder ist da noch mehr? Liegt … liegt es vielleicht an meinem Beruf?« Keine Ahnung, wie ich darauf kam. Aber ich wollte es einfach verstehen.

Sie erwiderte meinen Blick mit weit aufgerissenen Augen. »Nein! Wie kommst du auf so was? Das ist der Grund, warum du es mir nicht erzählt hast?«

Ich stieß hörbar den Atem aus. Bis zu diesem Zeitpunkt war mir nicht bewusst gewesen, dass ich ihn überhaupt angehalten hatte.

»Nein.« Ich schüttelte den Kopf.

»Aber warum ich? Ich bin nicht perfekt. Ich bin kein Glamourgirl. Ich bin nur deine beste Freundin … Ich bin nichts Besonderes.« Es war nicht mehr als ein Flüstern.

Wie hatte ich das nur vergessen und annehmen können, dass sie Ellys Worten keine Beachtung mehr schenken würde?

»Für mich schon. Und kein Mensch ist perfekt. Ich bin es auch nicht.«

»Aber nahezu.«

Ich schüttelte lächelnd den Kopf. »Nein, das bin ich nicht. Weiß Gott nicht.« Ich lachte leise. »Ich will kein Glamourgirl. Das wollte ich noch nie. Ich will dich.«

Sie wandte den Blick ab.

»Thea, schau mich an ... Schau mich doch bitte an.«

Langsam drehte sie ihren Kopf wieder zu mir.

»Das sind doch alles fadenscheinige Ausflüchte. Hast du auch nur die geringste Ahnung, wie sehr ich dich liebe?«

»Du kannst doch jede haben.«

»Ich will nicht jede. Ich will nur dich. Ich liebe dich. Reicht das nicht?«

Ich beugte mich langsam zu ihr vor und nahm ihr Gesicht in beide Hände. Als sie sich zurücklehnen wollte, hielt ich sie fest und küsste sie einfach. Sanft und behutsam. Für einen kurzen Moment zögerte sie, dann endlich schlang sie ihre Arme um meinen Rücken und erwiderte den Kuss. Erst zaghaft, dann voller Leidenschaft. Ich zog sie enger an mich, bis kein Zentimeter Platz mehr zwischen uns war. Hitze explodierte in mir. Ich wollte, dass es niemals endete. Doch dann löste sie sich von mir und lehnte ihre warme Stirn an meine. Ich rührte mich nicht und wagte es nicht, meine Augen zu öffnen, während sich nur langsam mein Atem beruhigte.

»Warum hast du mir das nicht früher gesagt?«, flüsterte sie.

Ich lachte verzweifelt auf.

»Schon gut, vergiss die Frage.«

Ich sah in ihre großen braunen Augen.

»Ich bin nicht so gut darin.« Und ich hatte eine Scheißangst, aber diesen Punkt ließ ich geflissentlich aus. Stattdessen zog ich sie zwischen meine Beine, schloss sie fest in meine Arme und legte mein Kinn auf ihren Scheitel. Das war allein mein Problem.

Ich zögerte, aber ich musste es endlich hören. So lange hatte ich auf diesen Moment gewartet. »Liebst du mich?«

»Ja.« Es war nur ein leises Flüstern und sie sah mich dabei nicht an, aber das reichte mir. Vielleicht spielten mir meine Ohren auch einen Streich. Aber mein Herz stolperte in einem unkontrollierbaren Rhythmus weiter. Ich schob sie zurück, strich ihr eine Haarsträhne aus dem Gesicht und küsste sie erneut. Ein amüsiertes Funkeln lag in ihren Augen. *Okay, was kommt jetzt?*

»Und wo bleibt die Spreizdübel-Warnung? Risiko? Nebenwirkungen?« Sie sah mich auffordernd an. »Hat der Spreizdübel mit übersinnlichem Weitblick seinen Verstand verloren?«

Ich begann mit ihren Fingern zu spielen und lächelte sie an. Sie hatte recht. Ich hatte meinen Verstand verloren.

»Ich bin Experte. Das passt perfekt.«

Sie legte den Kopf schief. »Was ist ... wenn es nicht so wird, wie du es dir vorstellst?«

»Ich kenne dich seit drei Jahren. Ich weiß nicht, was mich überraschen soll.«

»Ich schon.«

»Dann lass es raus. Ich denke, ich komme damit klar.«

Sie wurde puterrot und räusperte sich. Zwanghaft suchte sie nach den richtigen Worten. Ich biss mir auf die Lippe, um mir ein Grinsen zu verkneifen.

»Du kennst mich eben nur freundschaftlich.«

Ich wollte etwas erwidern, aber sie legte mir einen Finger auf die Lippen. Ich packte ihn und hielt ihn fest. »Du sprichst von Sex.«

Jetzt stand sie feuerrot vor mir und ich konnte mein Lachen nicht mehr zurückhalten.

»Das ist nicht lustig.«

Ich schloss meine Arme um sie und zog sie fest an mich. »Doch, das ist es.«

Sie hob den Kopf von meiner Brust. »Du verstehst den Ernst der Lage nicht.«

Ich nahm ihr Gesicht in beide Hände und flüsterte: »Doch, das denke ich schon.«

»Du bist mein bester Freund. Stell dir vor ... also wenn das in einem Desaster endet. Wir könnten uns nie wieder in die Augen schauen.«

»Ich glaube nicht, dass das passiert, aber ich schlage vor, wir finden das schnell heraus, bevor wir für eine Beziehung mit schlechtem Sex ...«, ich zwinkerte, »... unsere Freundschaft verkaufen.« Ich legte meine Lippen an ihre, nur so weit, dass ich noch Platz für meine letzten Worte hatte. »Ich liebe dich und es gibt nichts, was daran etwas ändern könnte.« Dann küsste ich sie leidenschaftlicher als je zuvor, rutschte von der Arbeitsfläche und hob sie hoch. Sie schlang ihre Beine um meine Hüften und hielt sich an mir fest. Ihre Sorge war unbegründet. Ich wusste, es würde gut werden.

32

Ich schlug nicht den Weg über die Treppe zu meinem Schlaf-zimmer ein, sondern steuerte ihr Zimmer an, ohne den Kuss auch nur eine Sekunde zu unterbrechen. Und ich hatte nicht vor, es jemals wieder zu tun.

Ich gab der Tür mit dem Fuß einen Schubs, während ich das gedämpfte Licht der Nachttischlampe anknipste. Behutsam ließ ich sie hinabgleiten, bis ihre Füße den Boden erreichten.

»Hast du sonst noch irgendwelche Gründe auf Lager, warum es zwischen uns nicht funktionieren sollte?«

Sie schüttelte den Kopf.

»Ach, dir fallen bestimmt noch welche ein.«

Sie lachte leise. »Nein, das Wichtigste hätten wir geklärt.«

Behutsam küsste ich ihre Wangen und schmeckte das Salz ihrer Tränen auf der Haut. Bis meine Lippen den Weg zu ihrem Mund fanden. Sanft strichen meine Finger an ihren Armen hinunter bis an den Saum ihres Shirts und darunter wieder hinauf. Hörbar zog sie die Luft ein, als ich ihre Rippenbögen nachzeichnete. Ich spürte ein feines Lächeln ihrer Lippen auf meinen, was mich ermutigte, weiterzumachen. So oft hatte ich mir diesen Moment erträumt, ihre warme Haut auf diese Weise zu berühren. Aber in der Realität war es noch besser. Fragend zupfte ich an ihrem Shirt, sie nickte kaum merklich. Ohne dabei den Blick von ihr zu nehmen, schob ich es ihr über den Kopf und ließ es auf den Boden fallen. Schon einmal hatte ich sie ausgezogen, aber ich hätte nicht sagen können, welche Unterwäsche sie getragen hatte. Nur

354

kurz nahm ich meine Hände von ihr, zog mir das T-Shirt aus und warf es achtlos hinter mich.

»Willst du es nicht zusammenlegen?«, fragte sie mit einem frechen Grinsen. Anstatt einer Antwort gab ich ihr einen Kuss.

Ihr Blick heftete sich auf meinen Bauch. Zaghaft, als könnte sie sich verbrennen, legte sie ihre kühlen Finger auf meine Schultern und wanderte über meine Brust hinunter. Sanft zeichnete sie Linien auf meiner Haut bis zu meinem Bauchnabel. Als sie mit beiden Händen die Muskeln an meinen Leisten nachfuhr, zog ich scharf die Luft ein und schloss die Augen. Mein Puls raste. Alles um mich herum schien nicht mehr zu existieren. Ich schlang meine Arme um sie und küsste sie. Das Spiel unserer Zungen wurde leidenschaftlicher, drängender, als würden wir in jedem Augenblick die Kontrolle verlieren.

Ohne den Kuss zu unterbrechen, griff sie nach meiner Gürtelschnalle und versuchte sie zu öffnen. Ich grinste an ihren Lippen, nahm ihr die Schnalle aus der Hand und öffnete sie mit einem festen Ruck. Sie senkte den Blick und knöpfte einen Knopf nach dem anderen an meiner Jeans auf. Bevor sie weitermachen konnte, umfasste ich ihre Hände, legte sie an meinen Rücken und zeichnete eine Spur von Küssen über ihren Hals bis zu ihrem Schlüsselbein. Ein leises Seufzen entwich ihr. Ich war mir nicht sicher, ob ich träumte. Wenn das alles wirklich gerade passierte, sollte es niemals enden.

Ich öffnete die Häkchen an ihrem schwarzen Spitzen-BH, schloss die Augen und fuhr langsam mit meinen Fingern die geschwungene S-Linie ihrer Wirbelsäule hinunter und an ihren Armen wieder hinauf. Ich strich ihr die Träger von den Schultern und ließ ihn zu ihrem T-Shirt fallen. Blind zeichnete ich langsam mit dem Daumen die Kurven unter ihrer Brust entlang. Erstickt schnappte sie nach Luft. Erst jetzt wanderte mein Blick über ihren Körper. Niemals würde ich davon genug bekommen. Nicht in diesem Leben. Ich zog sie an mich und musste mich zurückhalten, damit ich sie nicht erdrückte. Das Gefühl ihrer warmen nackten Haut an meiner sollte sich für immer in meinen Erinnerungen festsetzen. Ich hatte Zeit. Alle Zeit der Welt. Tief atmete ich durch und zog dabei ihren Duft ein.

Thea glitt mit ihren Händen in die Rückseite meiner Jeans. Als sie den Bund an meiner Haut entlangfuhr, hatte ich das Gefühl, in Flammen zu stehen. Im nächsten Moment gesellte sich meine Jeans zu ihrem T-Shirt.

Ich strich über die feine Gänsehaut auf ihrer Haut, glitt an ihrem Bauch hinunter bis zum Bund ihrer Hose. Mit einer Handbewegung zog ich die Schleife auf und grinste. Ich öffnete den Reißverschluss, lächelte und nahm meine Hände vom Hosenbund. Mit einem leisen Rascheln rutschte sie auf den Boden.

»Super Hose.«

Thea lachte ein Lachen, das mein Herz noch mehr anschwellen ließ. Dann hob ich sie hoch. Sie schlang ihre Beine um meine Hüften, während ich ein paar Schritte rückwärtsging. Meine Kniekehlen erreichten das Bett. Ich setzte mich mit Thea im Arm auf die Bettkante, drehte mich mit ihr um und ließ sie auf die Matratze sinken. Langsam fuhr ich jeden Zentimeter ihres Körpers nach, verteilte Küsse auf ihrem Dekolleté, über ihre Brust, hinunter bis zum Bauchnabel und entlang ihres schwarzen Spitzenhöschens. Ein zufriedener Seufzer entwich ihr, der mein Blut in Wallung brachte. Davon würde ich erst recht nie genug bekommen.

»Ich hatte fest damit gerechnet, dass ein fliegendes Einhorn auf deinem Höschen sitzt oder mir *Bamm-Bamm Geröllheimer* mit seinem Knüppel droht.«

Sie lachte leise. »Nope.«

Ich packte sie, drehte mich mit ihr um und schaute in das schönste Gesicht, welches ich jemals gesehen hatte. Ihre Wangen waren gerötet und die vom Küssen geschwollenen Lippen glänzten himbeerrot. Dieser Augenblick, ihr Lächeln und ihren Körper auf meinem zu spüren, war das Wunderschönste. Das leichte Gewicht, aber dennoch vorhanden. Sanft strich ich ihr die Haarsträhnen hinters Ohr, hob meinen Kopf und küsste sie. Thea grinste an meinen Lippen und drückte ihren Zeigefinger in meine Bauchmuskeln. Ich biss ihr gespielt in die Unterlippe. Sie lachte kurz auf, bevor ich meine Finger in ihrem Haar vergrub, sie wieder an mich zog und sie sanft weiterküsste. Nie zuvor in meinem Leben hatte ich das empfunden, was ich in diesem Augenblick empfand. Wir unterbrachen den Kuss noch lange nicht, während meine Finger über ihren Rücken auf und ab strichen. Ihre honigfarbene Haut fühlte sich genauso samtig an, wie sie aussah. Sie hob ihren Kopf und sah mich mit glasigen Augen an. Ich winkelte ein Knie an und drehte uns auf die Seite.

»Alles in Ordnung?«, flüsterte ich.

Sie nickte und gab mir einen zärtlichen Kuss. Gedankenverloren zeichnete sie mit ihren warmen Fingern die feinen Linien meines Tattoos nach. Ich liebte es, wenn sie das tat.

»Darüber müssen wir auch noch reden«, sagte sie leise und legte ihre Lippen darauf.

Mein Herz machte einen unkontrollierten Satz, bevor es in gleichmäßigem Tempo weiterschlug. Ihre Finger glitten über meinen Bauch hinunter zu meinem Bauchnabel und strichen unerträglich langsam meine Leiste entlang.

Ich hielt den Atem an, versuchte mich auf mein pochendes Herz zu konzentrieren, bemühte mich mit aller Kraft, diesen Augenblick in die Länge zu ziehen, während ihre kleinen Finger Zentimeter für Zentimeter sanft über meine Haut strichen.

Aber das Gefühl ihrer Hände auf mir war ein miserabler Gegenspieler. Mein Untergang. Ruckartig drehte ich mich um und drückte sie auf die Matratze. Ich verteilte eine Spur von Küssen über ihren ganzen Körper und hielt mich an manchen Stellen etwas länger auf. Ich war einzig und allein auf sie fokussiert und nur ihr hörbarer Atem ließ mich sicher sein, dass ich das alles nicht träumte. Ihr leises Stöhnen brachte mich um den Verstand. Gierig bahnte ich mir einen Weg über ihren Bauch, das Dekolleté bis zu ihrem Hals. Ihr Puls raste in Lichtgeschwindigkeit an meinen Lippen. Als hätte sie New York in dreißig Minuten durchquert. Ich richtete mich auf und suchte ihren Blick. Ich suchte nach Anzeichen, die mir verrieten, was sie soeben dachte. Doch wie immer konnte sie das Eigentliche mühelos vor mir verstecken.

»Würdest du jetzt gerne laufen?«, fragte ich.

Sie sah mich stirnrunzelnd an, aber ich wusste, dass ihr klar war, was ich damit gemeint hatte. Ich würde ihr sicherlich keinen Grund mehr geben zu rennen, bis ihr Kopf die Pausetaste drückte.

»Wollen wir schlafen?«, fragte ich erneut.

»Nein!«

»Mmh, ich will mein Glück nicht ausreizen.«

Ich ignorierte ihren aufkeimenden Protest und zog sie in meine Arme. Ich hatte ihr kleines Herz heute schon genug durcheinandergebracht. Eng umschlungen lagen wir nebeneinander, ohne ein weiteres Wort zu wechseln, bis sich mein Herzschlag allmählich wieder beruhigt hatte.

Als ich die Nachttischlampe ausknipste, war Thea bereits eingeschlafen. Ich gab ihr einen Kuss auf die Schläfe und schlief als der glücklichste Mensch von ganz New York City ein.

Als ich am nächsten Morgen aufwachte, tauchte die Sonne das Zimmer in ein warmes Licht und feine Staubkörner tanzten im Sonnenlicht. Ich wollte mich aufrichten, konnte mich aber nicht rühren. Paul hielt mich fest und unsere Beine waren samt Decke ineinander verknotet. Ich spürte sogar seinen gleichmäßigen Herzschlag an meinem Rücken. Das Licht, seine Wärme und der Druck seiner Arme um meinen Körper hüllten mich in eine längst vergessene Geborgenheit. Mein Herz überschlug sich fast bei der Erinnerung an die vergangenen Stunden. So viel war passiert. Ich sollte ihn dafür hassen, aber das konnte ich nicht. Es war, als hätte ich einen Wettkampf verloren. Einen Kampf, bei dem der Sieg von Anfang an aussichtslos gewesen war. Er hatte meine guten Vorsätze einfach weggeküsst. Mich mit seinen Gefühlen so überrollt, dass alles, was ich in mühseliger Kleinstarbeit jahrelang aufgebaut hatte, um mich genau vor dieser Situation zu schützen, mit einer Gefühlsexplosion in sich zusammengebrochen war. Ich hatte überhaupt keine Zeit gehabt, meine Gefühle wieder in die hinterste Ecke zu verbannen.

Ich wollte nicht *rennen*. Ganz im Gegenteil. Er hatte Konfetti zwischen meine negativen Gedanken gepustet. Das gewohnte Grau wich einem sonnigen Gelb, hüllte mich mit Wärme ein. Samtweich, wohlwollend. Weit weg von der Dunkelheit, der Schwere. Ich fühlte mich schwerelos, lebendig. Was mit Tim passiert war, konnte ich nicht ungeschehen machen. Ich würde ihn immer lieben und die Schuldgefühle würden nicht verblassen. Aber ich würde es dieses Mal besser anstellen.

Ein sanfter Kuss auf meiner Schulter holte mich wieder in das Hier und Jetzt. Ich lächelte und drehte mich in seinen Armen zu ihm um. Er hatte seine Augen noch geschlossen und seinen Kopf tief in das weiße Kissen vergraben. Seine zerzausten Haare und sein verschlafenes Lächeln ließen ihn viel jünger wirken. Daran änderten auch die feinen Lachfältchen und der leichte Bartschatten nichts. Ich strich über seine Schulter und spürte die harten Muskeln unter meinen Fingern. Ich rutschte ein kleines Stück tiefer und betrachtete das Tattoo auf der Innenseite seines Oberarms. Ob es überhaupt eine Bedeutung für ihn hatte?

»Gefällt dir, was du siehst?«

»Wie oft willst du das eigentlich noch fragen?«

Er hatte sein rechtes Auge leicht geöffnet und lächelte schief.

»Guten Morgen.« Er zog mich an sich und gab mir einen leidenschaftlichen Kuss.

»Ich habe dich heute Nacht beim Schlafen beobachtet.«

»Unheimlich.« Er grinste verschlafen, rollte sich auf den Rücken und zog mich mit sich. »Wollen wir da weitermachen, wo wir gestern aufgehört haben?« Seine Hände fanden ihren Weg über meine Wirbelsäule bis zu meinem Po.

»Wir können nicht den ganzen Tag im Bett liegen bleiben.«

»Oh doch.« Er drehte sich und im nächsten Moment lag ich unter ihm. Mit seinen Fingern strich er meinen Bauch hinunter und umfasste den Bund meines Slips. Fragend hob er eine Augenbraue.

Ich nickte.

Er schüttelte den Kopf. »Sag es.«

»Ja.« Meine Stimme war nur ein Flüstern, aber das reichte ihm.

Er schob ihn in Zeitlupe an meinen Beinen hinunter und warf ihn aus dem Bett. Er scannte jeden Zentimeter meines Körpers ab, als müsste er später ein Gemälde von mir zeichnen. Behutsam setzte er einen Kuss auf das dunkle Muttermal in meiner Leiste.

»Das ist mir gestern gar nicht aufgefallen.«

»Das war ja auch unterm Höschen versteckt.« Ich griff unter seine Arme und versuchte, ihn wieder hochzuziehen. Doch er schüttelte nur den Kopf, hörte nicht auf, mich zu liebkosen, bis ich am Gummi seiner schwarzen Shorts zupfte. Er reagierte nicht, aber ich ließ mich nicht davon abhalten, weiterzuzupfen.

Er sah auf und gab mir einen Kuss auf die Nasenspitze. »Sicher?«

»Mehr als das.«

Er bewegte sich keinen Zentimeter, wohl um mir Zeit zu geben, um meine Meinung zu ändern. Aber das hatte ich nicht vor.

»Bist du schüchtern?«, fragte ich.

Er blinzelte irritiert und im nächsten Moment flog seine Shorts aus dem Bett. Schließlich rollte er sich zur Seite, öffnete die Schublade meines Nachttischs und holte ein Kondom hervor.

»Wie kommen die in mein Zimmer?«

»Ich habe überall welche verteilt.«

Ich hob fragend eine Augenbraue.

»Oh nein, nicht was du jetzt denkst. Das ist eine Macke von mir, schon immer«, wiegelte er ab. »Vorsicht ist die Mutter der Porzellankiste.«

»Elly?«, fragte ich zögerlich.

»Abgesehen davon, dass der Namen in diesem Raum nichts verloren hat ...« Er gab mir einen Kuss. »... ist die Antwort Ja. Auch bei ihr.« Ehe ich noch weitere Fragen stellen konnte, machte er dort weiter, wo er aufgehört hatte, bevor seine Shorts auf dem Boden gesegelt war.

Die Morgenhitze im Raum wurde unerträglich. Am liebsten hätte ich ein Fenster geöffnet, aber ich war wie gelähmt.

Alle meine Sinne spielten verrückt. Meine Haut prickelte unter seinen Berührungen, während mein Puls in die Höhe schoss. Ein leiser Laut des Protests entwich mir, als er aufhörte. Ich rührte mich nicht und sah ihm zu, während er sich das Kondom überstreifte, dann beugte er sich wieder über mich und legte seine Lippen auf meine. Vorsichtig, behutsam, als wäre es das erste Mal. Für einen Moment hielt er inne. »Bist du dir sicher?«, flüsterte er. Die federleichte Berührung seiner Lippen auf meinen, als er die Worte aussprach, überschwemmte meine Haut mit einer wohltuenden Gänsehaut. Mit noch geschlossenen Lidern schüttelte ich kaum merklich den Kopf und lächelte. »Wage es nicht, jetzt aufzuhören.«

Er küsste mich, drängender und schob mein Bein mit dem Knie sanft zur Seite.

»Schau mich an, Thea. Nur das eine Mal.« Ich schüttelte den Kopf und lächelte, aber ich tat ihm den Gefallen. Er suchte meinen Blick und hielt ihn fest, bevor er sich behutsam weiterwagte. Ich hielt den Atem an, abrupt stoppte er in seiner Bewegung. Erst als mir die Atemluft entwich, traute er sich weiter. Er ließ sich Zeit, unerträglich viel Zeit. Ich zog ein Bein an und schlang es um seine Hüfte. Kurz schnappte er nach Luft. Dann bewegten sich unsere Körper, als wären wir eins. Wir fanden einen gemeinsamen stetigen Rhythmus. Alles wurde drängender, intensiver, haltlos. Er packte meine Hände, legte sie hinter meinen Kopf und verflocht unsere Finger miteinander. Er stöhnte auf und wurde unnachgiebiger. Mein Kopf war leergefegt, kein einziger Gedanke – da waren nur noch wir. Es gab keinen Halt mehr. Ich drängte mich ihm entgegen, löste meine Hand und krallte meine Finger in seinen Oberarm. Seine Haut war feucht, sein Atmen kam stoßweise. Ein tiefer kehliger Laut entfuhr ihm und im nächsten Moment wurde mein Körper von einer angenehmen Welle überschwemmt.

Schwer atmend senkte sich Paul und vergrub sein Gesicht in meiner Halsbeuge. Es dauerte eine Weile, bis sich unsere Herzschläge und unsere Atmung wieder beruhigten.

Er sah auf, lächelte und gab mir einen Kuss. Dann rollte er sich langsam auf die Seite.

Mein Kopf lag entspannt auf seiner Brust und ich schloss meine Augen. Keiner von uns rührte sich, minutenlang hielt er mich nur fest, bis er nach der Decke griff, uns zudeckte und mir einen zärtlichen Kuss auf die Schulter gab.

»Geht es dir gut?«

Ich hob meinen Kopf und sah ihm mit einem Lächeln in die Augen. »Ja. Und dir?«

»Noch nie ging es mir besser.«

Wir verbrachten den restlichen Tag im Bett, standen nur auf, um etwas zu trinken, Zähne zu putzen und um zu duschen. Aber auch dort blieb ich nicht lange allein.

Abends bestellten wir Pizza. Wir saßen uns gegenüber, jeweils an die Couchlehne gelehnt, hatten unsere Pizzakartons auf dem Schoß und die Flaschen Wasser zwischen die Kissen geklemmt. Nebst fröhlichem Geplänkel über Gott und die Welt stand er mir Rede und Antwort. Er zeigte mir, wie ein Filmkuss funktioniert, und erzählte Anekdoten aus seiner Schauspielerei. Alles war wie früher und dennoch bei Weitem besser.

»Bekommst du damit keine Probleme? Ich meine, das passt ja nicht immer zu einer Rolle«, fragte ich ihn und deutete mit einem Kopfnicken auf sein Tattoo.

Er strich gedankenverloren mit der Hand darüber. »Mal mehr, mal weniger«, sagte er und zuckte mit den Schultern. »Zur Not gibt es Camouflage-Make-up.«

»Was bedeutet es?«

Paul lachte. »Sie lässt einfach nicht locker.«

»Nein, tut sie nicht.«

Er warf seinen leeren Karton auf den Boden und kam auf mich zu. Er stützte seine Hände zu beiden Seiten meines Körpers ab und beugte sich hinab, um mich zu küssen. Hastig stopfte ich mir das letzte Pizzastück in den Mund. Er griff nach meinem Pizzakarton und warf ihn, ohne mich aus den Augen zu lassen, ebenfalls auf den Boden. Plötzlich packte er mich an meiner Hüfte und in der nächsten Sekunde hatte er mich der Länge nach unter sich gezogen. Vergeblich versuchte ich, etwas Abstand zwischen uns zu bringen, und drehte hastig meinen Kopf zur Seite. »Vergiss es.«

Mit hochgezogenen Augenbrauen sah er mich an. »Hat es dir nicht gefallen?« Er fuhr sich mit den Händen über das Gesicht. »O Gott, dass ich jemals diese Frage stelle. Spulen wir kurz zurück … Sollen wir so tun, als wäre nichts gewesen?«

Ich lachte. »Nein, auf keinen Fall. Aber darum geht es jetzt nicht. Wir haben Wichtiges zu besprechen.«

»Das finde ich auch.« Seine Augen wanderten über mein T-Shirt, als könnte er mich allein mit seinen Blicken ausziehen. Ich ignorierte das Gefühl, das meinen Puls erneut in die Höhe trieb, während seine Hand unter mein Shirt glitt, und drehte mich auf die Seite.

»Ich denke noch immer, ich träume«, flüsterte er und gab mir einen Kuss auf die Stirn. »Und jetzt bekomme ich nicht genug von dir.« Er quetschte sich zwischen mich und die Lehne und fuhr sich durchs Haar. »Tief in mir wollte ich schon immer mehr als nur Freundschaft.«

Ich sah ihn verdutzt an.

»Ich habe so etwas noch nie empfunden.« Mein Herz stolperte bei seinen Worten. »Immer wieder redete ich mir ein, die Gefühle würden wieder abflauen. Aber in unserem Urlaub wurde mir klar, dass dem nie so sein wird. Und seitdem du hier bist, wurde es unerträglich. Ich konnte keinen einzigen Tag länger warten. Und du?«

Ich überlegte, zu welchem Zeitpunkt ich begriffen hatte, dass ich mich in ihn verliebt hatte. Seinem Gesichtsausdruck nach zu urteilen, dauerte meine Antwort entschieden zu lange. Aber ich konnte es nicht mit Gewissheit sagen.

»Wann hast du dir verboten, dich in mich zu verlieben?«, bohrte er nach.

Das war einfach. »An dem Tag, an dem wir das erste Mal frühstücken waren.«

Er drehte sich auf den Rücken und schubste mich dabei fast von der Couch.

»Hey!«

Reflexartig packte er mich am Arm und hielt mich fest, ohne seinen Blick von der Zimmerdecke abzuwenden. Als ich wieder eine bequeme Position eingenommen hatte, ließ er meinen Arm los und legte seinen Unterarm auf die Stirn.

»Dein Lachen, deine Gestik, wie du mit deinen Händen lebhaft erzählt hast. Als ich dich nach Hause begleitet habe, wurde mir bewusst, dass du keine Ahnung hattest, wer ich war, und ich fühlte mich frei. Es war das gleiche Gefühl, wie wenn ich bei meinen Eltern die Haustür aufsperre. Ich konnte Paul sein. Als wir im Rosengarten waren, wusste ich, dass ich dich wiedersehen wollte. Am liebsten jeden einzelnen Tag.«

Ich strich über sein Tattoo. Über die Blütenblätter der kleinen Rose in der Mitte der Windrose mit der zerstörten Gradeinteilung. Er sollte es mir erzählen, wann immer er dafür bereit war.

Dann küsste ich ihn und versuchte, in diesen Kuss all meine Gefühle zu legen. Er umschlang mich mit beiden Armen und drückte mich so fest an sich, als hätte er Angst, ich würde fortlaufen.

»Du kannst dir sicher sein, auch wenn es mit uns als Paar nicht gut geht: Ich werde alles dafür tun, dass unsere Freundschaft bleibt.«

Seine Worte räumten meine letzten Zweifel aus.

33

Es war ein wunderschöner sonniger Sonntagnachmittag. Hier auf unserer blau-weiß karierten Picknickdecke im Halbschatten, mitten im Central Park, lag mein eigenes besonderes Glück. Mit verschränkten Händen unter dem Kopf und geschlossenen Augen hinter seiner Sonnenbrille. Während sich um uns herum Menschen tummelten, die lebhafte Unterhaltungen führten oder miteinander herumalberten, und Kinder fangen spielten. Das leichte Lächeln auf Pauls Lippen verschwand seit jenem Morgen nicht mehr aus seinem Gesicht.

Nach Laufen stand mir in den letzten Tagen nicht der Sinn, genug Kilometer war ich die vergangenen Jahre gerannt. Und ich hatte auch keinen Grund. Seit ich in Pauls Armen schlief, hatte ich nicht mehr schlecht geträumt. Vier Nächte in Folge. Das war ein Rekord.

Charles war heute Morgen extra hinter seinem Schreibtisch hervorgekommen, um uns zu begrüßen, nachdem wir seit Tagen das erste Mal wieder die Wohnung verlassen hatten. Als Paul dann einen Arm um meine Schultern gelegt hatte, hatte er seine Lesebrille von der Nase genommen und uns zugelächelt.

Mein Handy vibrierte neben mir.

»Lotti schickt mir all ihre Recherche-Erfolge über dich. Ich glaube, sie hat ein schlechtes Gewissen.«

Aber während ich auf Paul hinunterblickte und ihn betrachtete, rührte er sich nicht. Nicht einmal das Lächeln verschwand von seinen Lippen.

»Hast du es Lotti erzählt?«, fragte er schließlich.

»Klar«, sagte ich mit einer Traube im Mund.

»Was hat sie gesagt?«

»Nichts. Sie hat geschrien und ist auf und ab gehüpft.«
Er rieb sich mit den Händen über das Gesicht und lachte.
Bestimmt fünf Minuten lang hatte sich Lotti nicht mehr
eingekriegt. Als sie sich dann endlich beruhigt hatte, verglich
sie mich mit ihrem Meerschweinchen, das sie hatte, als wir
sechs Jahre alt gewesen waren. Fridolin wäre einfacher zu trainieren gewesen, als mich Sturkopf von etwas wirklich Gutem
zu überzeugen, hatte sie geschimpft.

»Und jetzt ignoriert sie meine Drohung und erzählt dir
alles.« Er griff nach meiner Hand und verschränkte seine
Finger mit meinen.

»Na ja, *alles* ...?« Ich hob eine Braue und wackelte leicht
mit dem Kopf.

»Was hat sie denn gegoogelt?« Er spuckte das letzte
Wort förmlich aus und richtete sich auf.

»Keine Ahnung. Nach Paul Oliver Hoobs?«

»Mmh«, murmelte er.

»Ich habe hier ...«, ich scrollte durch Lottis Nachrichten,
»... Infos von Instagram und Facebook. Deinen Wiki-Ein-
trag hat sie quasi auswendig gelernt. Deine Filmografien
und dass du für irgendeinen Award nominiert warst.«

Er setzte sich auf und zwinkerte. »Ich habe gewonnen,
steht das da nicht? Ich muss mit meinem Agenten sprechen.«

Ich boxte ihn in die Seite. Er ließ sich gespielt umkippen.

»Sie war gründlich«, sagte er lachend und rappelte sich
wieder auf.

»Ja, das ist meine Lotti.«

Er stützte sich mit den Händen wieder auf, zog mich zwischen seine Beine und legte sein Kinn auf meiner Schulter ab.

»Du hast wirklich nie nach mir gesucht?«, fragte er mit gesenkter Stimme an meinem Ohr.

»Nein, nie.«

»Warum?«

Ich zuckte mit der Schulter. »Ich weiß nicht. Ich habe es so hingenommen. Ich kannte deine Beweggründe ja nicht. Aber vielleicht wollte ich dir auch einfach nur die Chance geben, auf einer unberührten Wiese neue Samen zu säen, bei null anzufangen. Das Internet vergisst nichts. Menschen können sich ändern und verändern, aber immer wieder wird ihnen die Vergangenheit vorgeführt. Keine Ahnung. Vielleicht bin ich aber auch nur ein Mensch, der sich gerne an Versprechen hält.«

Egal, was mich dazu bewegt hatte, ich würde es wieder tun. Social Media machte ein Kennenlernen zwar leichter, aber nicht schöner.

Paul stützte sich mit beiden Händen hinter seinem Rücken ab und ich ließ mich zurück an seine Brust fallen.

»Gibt es einen Grund, warum du es mir nicht erzählt hast?«, fragte ich. Mir war es vielleicht vor einer Woche nicht wichtig gewesen, aber heute war es das.

»Es klingt bescheuert, wenn ich dir das sage«, presste er zwischen seinen Lippen hervor.

»Ich verurteile dich nicht«, sagte ich und wartete ab.

Er atmete tief durch, bevor er weitersprach. »Ich mache es mir bequem. Nehme den Weg des geringsten Widerstandes. Alle Menschen um mich herum haben Erwartungen an mich. Der große Bruder, der auf den kleinen achten soll und als der Ältere einzustecken hat. Die Freundin, die erwartet, dass ich mich dem Beruf und den finanziellen Mitteln entsprechend kleide und benehme. Fans wollen eine gutgelaunte Version von dir sehen. Es gibt Leute, die denken, du bist so wie die Kerle, deren Rolle du spielst. Freunde, die versuchen, aus dir einen Vorteil zu ziehen, und du lächelst ihnen trotzdem ins Gesicht. Das Management. Einfach jeder.« Er hielt inne. »Bis auf du.«

Ich drehte mich um und sah ihn an wie ein Blinder, der zum ersten Mal Farben sah. »Deswegen das Versprechen?«, fragte ich mit leiser Stimme.

»Nicht nur. Aber ja, ich wollte ein normaler Junge sein. Hätte ich einen anderen Beruf, hätte ich dir diese Sache, einander nicht zu googeln, wahrscheinlich nicht vorgeschlagen. Ich wollte, dass du mich durch andere Augen siehst. Erst mich, dann das Drumherum. Dass du den Paul kennenlernst, der ich früher war. Bevor der ganze Trubel begann. Ich habe diese Zeit mit dir unheimlich genossen. Es tut mir leid, dass ich dich dadurch habe dumm dastehen lassen.«

Ich wandte mich ab, zog meine Beine ran und verschränkte sie zum Schneidersitz. »Ich hätte keine Erwartungen gehabt und habe sie auch heute nicht.«

»Vielleicht nicht. Aber wer sagt, dass du dich nicht verändert hättest, weil du gedacht hättest, du müsstest meinen Erwartungen entsprechen?«

»Warum sollte ich das tun?«

Er drehte mich so, dass ich ihn ansehen konnte.

»Weil das alle tun, die wissen, wer ich bin.«

Ich schluckte.

»Du wärst nicht mehr du gewesen.« Seine Stimme wurde hitzig. »Du hättest dir Gedanken darüber gemacht, was du anziehst, hättest nicht jedes Mal einen Zwergenaufstand angezettelt, wenn ich zahlen wollte.« Er fuhr sich energisch durch die Haare. »Du wärst nicht so locker gewesen. Hättest dir hochtrabende Unternehmungen überlegt und wärst mit mir niemals in den Rosengarten gefahren.«

»Und das weißt du woher so genau?«, fragte ich ruhig.

»Weil es alle tun«, fauchte er. »Mein ganzes Umfeld. Nur du, meine Eltern, mein Bruder und Sarah nicht.«

»Okay«, sagte ich kleinlaut.

Er gab mir einen besänftigenden Kuss auf die Schläfe. »Es war perfekt, weil du mich nur aus der Perspektive gesehen hast, mit den Informationen, die dir durch unsere Gespräche zur Verfügung standen. Ich war Paul, ich bin Paul, einfach nur Paul. Alles schien so einfach. Du wolltest nicht über dein Studium sprechen, also habe ich das Themenfeld Beruf und Studium weitreichend ausgeklammert. Dein Desinteresse an Social Media, deine Abneigung gegen Oberflächlichkeit und schließlich der Umstand, dass mich in Deutschland kaum einer kennt, machten die Sache dann leicht für mich. In München kann ich mich bewegen, ohne dass an jeder zweiten Ecke eine Kamera lauert. Ich konnte einfach einmal jemand sein, den keiner kennt. Aber es gab auch einen Nachteil: Ich konnte weder meine Erfolge noch meine Misserfolge mit dir teilen und auch die schönen Seiten, die mein Beruf mit sich bringt, musste ich für mich behalten.«

»Ist das so in den USA? Das mit den Kameras?«

»Ja und nein. Es gibt immer Phasen. Mal stehst du mehr im Interesse der Öffentlichkeit und mal weniger.«

»Und wie ist es im Moment?«

»Mit dem Start der neuen Serie – mehr.«

»Lotti sagte, bis auf das verschwommene Foto an der Bar hat sie nie ein Bild von uns gefunden.«

Er lachte auf. »Klar, das hat sie auch gecheckt. Lotti ist sehr gründlich.«

Ich nickte zustimmend.

»Das hier …« Er schlang seine Arme um mich und drückte mir einen Kuss auf die Wange. »Gehört mir ganz allein. Nur mir. Und dir. Und ich entscheide, wer davon erfährt und wer nicht. Wirst du deine Recherche jetzt auch ausdehnen?«

Ich schüttelte den Kopf. Ich brauchte nicht mehr zu wissen. Am Ende wusste ich Sachen von Paul, die andere nicht kannten. Wie sich seine Finger auf meiner Haut anfühlten, wie er roch und seine Lippen schmeckten. Und noch so viel mehr. Bei dem Gedanken bekam ich trotz der sommerlichen Temperaturen eine Gänsehaut. Wie hatte ich nur so lange darauf verzichten können?

»Bist du sauer, dass ich es dir nicht gesagt habe?«

Ich seufzte leise und schüttelte erneut den Kopf. »Das war mein Fehler. Es war nicht richtig, mein Studium und damit deinen Job aus unseren Gesprächen auszuklammern. Man muss nicht immer darüber sprechen, aber es ist ein Teil von dir. Also nein. Ich bin nicht sauer. Ganz und gar nicht.«

»Weißt du … ich wollte es dir erzählen, sobald ich mir sicher sein konnte, dass du mich so sehr liebst wie ich dich.«

Ich drehte mich zu ihm um und gab ihm einen Kuss, in den ich alle Gefühle, die ich über die Jahre unterdrückt hatte, legte. Paul entwich ein leises Knurren. Ich schmeckte die Minze auf seinen Lippen, atmete seinen Duft nach Sommer ein und fühlte seine warmen Hände an meinem Rücken und an meinem Hals. Beinahe hätte ich vergessen, dass wir auf einer Wiese im Central Park saßen. Ich blinzelte, sein Blick wurde dunkler und verursachte ein angenehmes Kribbeln in meinem Bauch.

»Wir sollten schleunigst hier verschwinden«, raunte er. In seiner Stimme schwang ein frustrierter Unterton mit und ich kam nicht umhin zu grinsen. In der nächsten Sekunde riss er seine Augen weit auf und stieß einen leisen Fluch aus. Er schob mich von sich und drehte sich ruckartig um, griff mit einer Hand nach einem Fußball und sah sich suchend um.

Ein kleiner Junge mit Rotzglocke unter der Nase, dunklem Lockenkopf und aufgeschlagenen Knien stand ein paar Meter von uns entfernt und winkte zu uns rüber.

Im gleichen Moment trat ein Mann vor die Sonne. »Sorry.«
Ich sah irritiert auf und geradewegs in Daniels Gesicht, der
seine Hand nach dem Ball ausstreckte.

Ruckartig sprang ich auf und strich meinen Rock glatt.
»Daniel!« Verlegen schob ich mir meine Haare aus dem Gesicht, ging einen Schritt auf ihn zu und umarmte ihn flüchtig.

»Wie schön dich zu sehen. Wie geht es dir?«

»Thea!« Er sah ungläubig zwischen Paul und mir hin und
her.

Paul stand auf, klemmte sich den Ball unter den Arm
und reichte Daniel die Hand. »Hey, ich bin Paul.«

Daniel nickte knapp und sah wieder zu mir.

»Geht es dir gut?«, fragte Daniel misstrauisch.

»Ja. Was machst du hier?«

Er deutete auf den kleinen Jungen, der uns eben noch zu-
gewunken hatte. »Das ist Mason. Wir verbringen das Wochenende miteinander.«

»Das freut mich.« Ich winkte Mason kurz zu. Die Situation war so bizarr, dass ich nicht wusste, was ich noch sagen
sollte. Daniel sah weiterhin skeptisch zwischen Paul und mir
hin und her, während Paul Daniel misstrauisch einem Check-
up unterzog.

»Hast du mal wieder Zeit für ein Treffen?«, fragte ich
zögerlich.

»Ja, lass uns telefonieren. Vielleicht klappt es nächste
Woche?«

»Cool.«

Paul sah Daniel auffordernd an und warf den Fußball
Richtung Mason, ohne Daniel dabei aus den Augen zu lassen. Daniel drehte sich um, hob die Hand zum Abschied
und ging zu seinem Sohn, der bereits den Ball vor die Füße
fallen ließ und ihn wieder zu seinem Papa schoss.

»Was sollte das? Du hast ihn behandelt wie einen Hund. Los, hol das Stöckchen. Reg dich ab, Spreizdübel.«

Paul sah noch einmal kurz zu Daniel und funkelte mich zornig an. Dann beugte er sich nach der Decke. »Lass uns gehen.« Er legte sie penibel zusammen und klemmte sie mir unter den Arm. Schließlich warf er die Reste unseres abrupt beendeten Picknicks in die Tasche und hängte sie sich über die Schultern. Er legte seinen Arm um mich und schob mich an.

»Bist du sauer?«

Als ich keine Antwort bekam, blieb ich stehen und stellte mich ihm in den Weg. »Was ist los?«

»Nichts.« Sein Ton strafte ihn Lügen.

Missbilligend schnalzte ich mit der Zunge. »Spuck's schon aus.«

»Warum hast du Daniel nicht gesagt, dass wir zusammen sind?«

»Wann? Gerade eben? Hey Daniel, übrigens, das ist Paul, wir sind jetzt ein Paar? Das war ganz bestimmt nicht der richtige Zeitpunkt.«

»Tja, den gibt es selten, wenn man flirtet.«

Ich brach in so schallendes Gelächter aus, dass sich die Leute auf dem Weg irritiert nach uns umsahen. »Du bist eifersüchtig?«, brachte ich lachend hervor.

Ich beruhigte mich wieder, stemmte die Hände in die Seiten und setzte eine ernste Miene auf. »Und ich flirte nicht mit Daniel.«

Paul legte mir den Arm um die Schulter und schob mich weiter. »Aber er mit dir.«

»Ja klar!«

»Da bin ja jetzt wohl ich der Experte.«

Ich ignorierte seine Anspielung und holte zum Gegenschlag aus. »Hast *du* es denn schon Alex erzählt?«, fragte ich anklagend, legte meinen Arm um seinen Rücken und vergrub die Finger in seiner hinteren Hosentasche.

»Habe ich vor. Wenn er sich meldet. Aber lenken wir nicht ab.«

»Von deiner Eifersucht?« Grinsend hob ich eine Augenbraue.

»Du kleiner Naseweis«, sagte er scherzhaft und damit war das Thema vorerst beendet.

»Alex hat sich bei *mir* gemeldet«, stellte ich beiläufig fest. Ich konnte Pauls Blick nicht sehen, da wir gerade unter einer Steinbrücke durchgingen, aber seine ganze Haltung veränderte sich, wurde angespannt und er verstärkte den Griff um meine Schultern. Nachdem ich Lotti und Daniel nach meinem *Netflix*-Marathon geschrieben hatte, hatte ich mein Telefon ausgeschaltet. Als ich am nächsten Morgen mein Handy wieder eingeschaltet hatte, war zwischen den unzähligen Ein-Wort-Mitteilungen von Lotti eine Nachricht von Alex aufgeploppt.

»Und?«, fragte er kühl und verlangsamte seinen Schritt.

»Er will sich mit mir treffen.«

Seufzend blieb er stehen. »Lass es.«

Ich schnaubte. »Warum nicht? Man kann ja nicht ewig nachtragend sein.«

Paul lachte sarkastisch auf. »Ja, sag ihm das mal.« Er rollte genervt mit den Augen und nickte knapp. »Okay.« Dann blieb er stehen, zog sein Handy aus der Hosentasche, überlegte es sich dann aber wohl doch anders, steckte es wieder ein und schob mich weiter. »Ich mache das später.«

»Okay.« Ich kickte einen Stein aus dem Weg.

»Ich würde vorschlagen, ihr trefft euch erst einmal und ich sage es ihm danach.«

»Was macht das für einen Unterschied?«

»Einen großen, glaub mir.«

»Und ich habe mir gerade gedacht, wir könnten Daniel zum Essen einladen. Dann lernt ihr euch kennen. Ihr werdet euch bestimmt blendend verstehen. Er ist ein toller Typ.«

Er blieb stehen, sah mich an und hob eine Augenbraue.

»Nicht, wie du denkst. Ich koche.«

»Das kann was werden. Ich sage Sarah Bescheid.«

»Sehr witzig. Dann laden wir Charles auch ein.«

Er nickte. Ich holte mein Handy aus der Rocktasche und tippte im Gehen eine Nachricht an Daniel.

Als wir das Haus betraten, luden wir Charles gleich ein.

Paul weigerte sich, auch nur eine weitere Nacht im Gästezimmer zu schlafen. Mein Argument, dass sich in mir alles sträubte, in dem Bett zu liegen, in dem Seidenpyjama-Pauli-Schatzi und Negligé-Elly weiß Gott was für anständige Dinge getrieben hatten, wurde schlichtweg weggeküsst. Ebenso der Einwand, dass *Winnie Puuh* mit Honigtopf und ich nicht in sein stylishes Schlafzimmer passten. Nach jedem weiteren Argument grinste er und gab mir einen Kuss. Als ich ihm schließlich erklärte, dass ich in diesem übergroßen Bett völlig verloren war, schloss er seine Arme um mich und ließ mich keine Sekunde mehr los.

Es war bereits zwei Uhr nachts und noch immer lag ich hellwach neben Paul, während er sich an meinen Rücken schmiegte, einen Arm fest um meinen Bauch geschlungen hatte und den anderen oberhalb meines Kopfes ausstreckte. Nicht nur, dass er mich fast zerquetschte, er schnarchte. Unüberhörbar. Er rodete an meiner Seite den gesamten Central Park nieder. Ich wartete nur darauf, dass einer der Nachbarn wegen Ruhestörung klingelte. Jedes Mal, wenn ich versuchte, mich einen Zentimeter wegzuschieben, verstärkte er den Druck in seinem Arm. Vorsichtig drehte ich mich in seiner Umarmung um und kraulte ihn an der Brust. Für einen Moment schnurrte er wie ein Kater, griff nach meiner Hand und gab erneut ein tobendes Geräusch von sich. Schließlich hielt ich ihm die Nase zu. Kurz schnappte er auf, ließ mich los und drehte sich auf den Bauch. Endlich herrschte wohltuende Ruhe. Erleichtert atmete ich aus. Keinen Wimpernschlag später setzte er sein Schnarchkonzert fort. Völlig entnervt schwang ich meine Beine aus dem Bett, schlich aus dem Schlafzimmer, stapfte hinunter in mein Zimmer und schloss die Tür. *Herrlich. Himmlische Ruhe.* Ich kuschelte mich in die Bettdecke, zog sie mir bis unter die Nase und schlief ein.

»Chrrr.«

Das glaub ich jetzt nicht. Seine Brust hob und senkte sich an meinem Rücken, ein schwerer Arm lag auf meiner Taille. *Ich heule gleich!* Hörbar atmete ich aus, zog mein Kissen unter meinem Kopf hervor und schob es unter Pauls Arm, während ich nach vorne aus dem Bett rutschte. Genervt stapfte ich wieder in sein Schlafzimmer.

Ein ohrenbetäubendes Schnarchen weckte mich erneut. Ich zog das Kissen über meinen Kopf und lachte leise hinein. *Himmel!* Der Kerl brachte mich um den Verstand. Ich blinzelte zum Wecker auf dem Boden. Fünf Uhr. Wieder stand ich auf und tappte verschlafen ins Bad, putzte mir meine Zähne und schlurfte hinunter in die Küche. Während die Kaffeemaschine meinen Kaffee aufbrühte, ging ich in mein Zimmer und zog meine Laufsachen an. Ich stellte mich mit der Kaffeetasse ans Fenster und sah dem Sonnenaufgang zu. Das ganze Viertel schlief, nur eine nicht.

Ich stellte die Tasse in die Spüle, stieg in meine Laufschuhe und schloss leise die Wohnungstür hinter mir.

Auf meinem Weg zurück in die Wohnung erwachte auch New York aus seinem Schlaf. Die Straßenlaternen erloschen, Menschen kamen aus dem Supermarkt oder eilten zur Metro. Alle mehr oder weniger frisch und ausgeruht. Was man von mir nicht behaupten konnte.

Ich sprintete die letzten Stufen zur Wohnung hinauf, öffnete leise die Tür, zog meine Schuhe aus und schlich nach oben ins Bad. Ich drehte das Wasser auf, warf die verschwitzten Klamotten auf den Boden, schnappte mir das Handtuch vom Heizkörper und stieg unter die warme Dusche. Mit einem entspannten Seufzer legte ich den Kopf in den Nacken und genoss das sanfte Plätschern über meinen Ohren.

»Wo warst du?«

Erschrocken riss ich meine Augen auf. Mit verschränkten Armen vor der Brust lehnte Paul am Waschbecken. Sein Blick glitt über meinen Körper, was ein Brennen in meinem Inneren auslöste. Meine Wangen glühten.

»Was machst du hier?« Ich stellte das Wasser aus, schnappte mir das Handtuch und wickelte mich ein.

»Du bist doch sonst nicht so schüchtern.« Er stieß sich lässig vom Waschbecken ab und kam einen Schritt auf mich zu.

»Paul! Du machst mich wahnsinnig.«

Er küsste mich hinter dem Ohr. »Wusste ich es doch.«

Ich stieß ihn ein Stück von mir weg. »Du hast den gesamten Central Park niedergeforstet.«

»Wirklich? Steht dort kein Baum mehr? Das müssen wir uns anschauen.«

»Paul! Das ist nicht witzig.« Ich griff nach einem kleinen Handtuch und rubbelte mir energisch die Haare trocken. Er sah auf meine Laufsachen am Boden.

»Und da hast du keine schöneren Dinge neben dir, mit denen du dir die Zeit vertreiben könntest?«

»Nein, das Ding schläft wie ein Bär und …«

»Schnarcht«, beendete er meinen Satz.

Ich nickte. »Genau.«

»Jetzt nicht mehr.« Er grinste mich schief an, hob mich hoch und automatisch schlang ich meine Beine um seine Hüften.

Im nächsten Moment ließ er mich aufs Bett fallen, wickelte mich aus meinem Handtuch, beugte sich über mich und küsste mich. Erst behutsam und leidenschaftlich, dann wurde sein Kuss drängender. Mein Herz klopfte mir bis zum Hals und kurz darauf vergaß ich alles um mich herum.

Paul lehnte sich ans Kopfende und zog die Decke über uns. »Viel besser, als dir die ganze Nacht hinterherzulaufen«, sagte er mit einem schiefen Grinsen. »Mach das nie wieder.«

Ich bettete meinen Kopf auf seine Brust und lauschte seinem Herzschlag, der nur langsam zurück in einen gleichmäßigen Takt fand. »Schnarch nicht so, dann muss ich auch nicht Reißaus nehmen.«

Scheinbar gedankenverloren kämmte er mit seinen Fingern durch mein zerzaustes Haar. *Meinetwegen könnte er ewig damit weitermachen.* Kaum hatte ich den Gedanken zu Ende gedacht, schlug er, wie vom Blitz getroffen, die Decke zurück und stand auf. Stirnrunzelnd sah ich ihm nach, wie er im begehbaren Kleiderschrank verschwand.

Als er wieder rauskam, hatte er eine Shorts an und einen dunkelgrauen Hoodie in der Hand. Lässig warf er mir eine Packung Ohrstöpsel zu.

»Sehr witzig.«

Er setzte sich auf die Bettkante und hielt mir den Hoodie hin. »Hier, für dich.«

Fragend sah ich ihn an, rutschte mit dem Rücken ans Kopfende und verschränkte die Beine zum Schneidersitz. Ich breitete den Pulli vor mir aus und strich mit dem Daumen über das eingestickte weiße P auf der Brust. Es war derselbe Hoodie, den ich an unserem ersten Weinabend übergezogen hatte.

»Du kannst ihn behalten.«

Im selben Moment hatte ich eins und eins zusammengezählt. Der Ausflug mit Daniel, Tims Hoodie auf der Treppe und schließlich sorgfältig zusammengelegt bei mir auf dem Bett. Ich ließ das Sweatshirt in meinen Schoß sinken. »Du weißt es?«

»Ja, war nicht schwer, mit dem Surfer drauf.«

»Du willst, dass ich ihn nicht mehr anziehe?«

»Nein, er war deine große Liebe. Ich will nur, dass du auch einen von mir hast.«

34

THEA

Hastig hatte ich vor einer halben Stunde meine letzten Utensilien in die Clutch gequetscht, nur um jetzt an der Treppe zu stehen, meine feuchten Handflächen im Minutentakt an meinem schwarzen Kleid abzuwischen und von einem Fuß auf den anderen tippelnd auf Paul zu warten.

»Schwing deinen Hintern von der Couch, wir gehen aus!«, hatte er mir vor einer Stunde zugerufen. »In dreißig Minuten müssen wir los.« Gott sei Dank hatte ich nicht lange Zeit gehabt, um darüber nachzudenken. Aber je länger ich hier rumstand, desto unerträglicher wurde meine Nervosität.

Während Paul die Treppe hinunterschlenderte, krempelte er die Ärmel seines weißen Stehkragenhemds hoch, das er vorne lässig in seine schwarze Chino gesteckt hatte, und lächelte mir zu. Er gab mir beim Vorbeigehen einen flüchtigen Kuss, schnappte sich seine ausgelatschten weißen Sneakers und zog sie an. Stirnrunzelnd sah ich an mir runter.

Paul hielt mir die Wohnungstür auf und ich schob mich an ihm vorbei. Wir nahmen den Aufzug nach unten. In meinen Schuhen wäre Treppensteigen die reinste Tortur gewesen.

»Dein Outfit gefällt mir«, sagte ich und ließ meinen Blick genüsslich an ihm hinunterwandern.

Er hob seine Mundwinkel zu einem schiefen Lächeln. »Wie sehr?«

»Kein Anzug, aber heiß.«

Er legte einen Arm um meine Schulter und drückte mich an sich. »Zeig's mir später«, flüsterte er und gab mir einen Kuss.

Super, jetzt glühte ich wie ein Feuerball.

»Mach ich dich nervös?«, fragte er grinsend.

Ich schnaubte genervt. Die Aufzugtüren öffneten sich und Paul sah auf mich hinunter. »Bereit?«

»Wenn du das dämliche Grinsen aus dem Gesicht nimmst: ja«, sagte ich und blies mir eine Haarsträhne aus dem Gesicht.

Mit den obligatorischen fünf Minuten Verspätung trafen wir vor dem Restaurant ein. Paul blieb auf der Treppe stehen, ging wieder eine Stufe zurück und sah mir fest in die Augen. Zum wiederholten Mal wischte ich meine Handflächen an meinem Kleid ab.

»Du siehst heute Abend wunderschön aus.« Er küsste meinen Nacken. Mir blieb nichts anderes übrig, als die Augen zu schließen und den Augenblick zu genießen, aber es machte das Trommeln in meiner Brust nicht besser. Ich biss mir auf die Unterlippe, bevor er mir erneut einen Kuss gab.

»Sie werden dich mögen. Alle mögen dich.«

»Ach, ich kenne schon einige, die das nicht tun.«

Er lächelte mir ermutigend zu, griff nach meiner Hand und öffnete die Tür. Auch drinnen ließ er meine Hand nicht los, während er sich im Raum suchend umsah. Ich hingegen wusste überhaupt nicht, wo ich hinsehen sollte. Noch nie hatte ich beim Betreten eines Restaurants so viel Aufmerksamkeit erhalten. Aber er tat so, als wäre nichts, und steuerte den Tisch in der hintersten Ecke an, von wo aus uns Sarah zuwinkte. Schließlich ließ er mich los und lenkte mich mit der Hand auf meinem Rücken durch das Restaurant. Blicke folgten uns und an vielen Tischen wurden die Köpfe tuschelnd zusammengesteckt.

»Hey Paul!«

Er blieb abrupt stehen und sah hinunter zu drei Frauen, die an einem der Tische saßen. Vor ihnen standen eine Flasche Prosecco und Weißwein in einem Kühler, das Essen hatten sie kaum angerührt. *Was für eine Verschwendung.*

»Oh, Paul!«, sagte eine der drei, wobei sie so tat, als würde sie uns gerade erst bemerken.

»Elly«, begrüßte er die Rothaarige freundlich. »Ich wünsche euch einen schönen Abend.« Dann schob er mich weiter.

»Hey Paul!«, rief uns ein Mann mit Kochschürze und einem Geschirrtuch über der Schulter entgegen und kam lachend auf uns zu.

»Thea, das ist Luca. Ihm gehört das Restaurant«, erklärte mir Paul. Ich lächelte Luca zu, während die beiden belanglosen Smalltalk führten.

»Thea, setz dich doch schon zu uns.« Ich sah mich nach der Stimme um und entdeckte Sarah. Neben ihr saßen vier weitere Freunde am Tisch. Ich erkannte sie von dem Foto an Pauls Wand, aber ich wusste nicht, wer sie waren.

Paul tauchte hinter mir auf und schob mich ein Stück vor. »Darf ich mich auch setzen?«

Sarah verzog das Gesicht zu einer Grimasse.

»Das ist Thea«, sagte Paul zu den anderen.

»Sam«, sagte der Typ am Kopfende und hob flüchtig die Hand.

»Sarah, mich kennst du ja schon.«

»Ich bin Naomi, freut mich, dich kennenzulernen.«

»Mike.« Er zwinkerte Paul zu.

»Und das ist Tom«, sagte Paul. Tom hob sein Glas und musterte mich von Kopf bis Fuß. Dann zwinkerte er Paul ebenfalls zu. Ich schluckte, das war der scharfe Derek. Live.

»Glotz nicht so«, sagte Sarah zu Tom. Für einen Moment hatte ich gedacht, sie hätte mich gemeint.

Paul warf Tom einen warnenden Blick zu und deutete mir an, auf die Bank zu rutschen. Sarah stand auf, damit ich zwischen ihr und Naomi Platz nehmen konnte. Paul setzte sich auf den Stuhl mir gegenüber.

»So, was darf es für euch sein?«, fragte Luca. »Schön, dass du mal wieder reinschaust«, sagte er zu Paul.

Kaum war Luca wieder verschwunden, waren wir inmitten einer ausgelassenen Unterhaltung. Zwischen der Bestellung und dem Servieren des Essens hatte sich der Tisch in ein Männergespräch und eine Frauenunterhaltung gespalten. Die Jungs sprachen über das letzte Basketballspiel, während Naomi, Sarah und ich uns über alles Mögliche unterhielten. Ich verabredete mich mit Sarah zu einer Laufrunde, und obwohl Paul augenscheinlich ins Gespräch vertieft war, handelte sich Sarah einen ärgerlichen Blick von ihm ein.

»Ernsthaft, Paul? Du wirst jetzt nicht auch noch auf mich eifersüchtig sein.« Sie funkelte ihn böse an. Der ganze Tisch verfiel in schallendes Gelächter, bis auf Paul. Schließlich machte sich eine ausgelassene Stimmung breit.

Ich bat Sarah, mich kurz rauszulassen. Fragend sah mich Paul an. Ich legte den Kopf schief, lächelte ihn zuckersüß an und formte mit meinen Lippen stumm das Wort *Klo*.

PAUL

Als sie aufstand, erhaschte ich tiefe Einblicke in ihr Dekolleté. Das Kleid, das sie trug, war nicht so unschuldig, wie es auf den ersten Blick den Anschein machte.

Sarah beugte sich über den Tisch zu mir und legte den Kopf schief. »So kenne ich dich ja gar nicht. Seit wann bist du so eifersüchtig? Sogar auf mich.«

Ich antwortete nicht und sah sie nur an.

»Ach, egal. Auf jeden Fall eine schöne Überraschung mit dir und Thea.«

»Sie ist der Hammer. Wie kommst du an so eine Frau?«, fragte Tom. Ich erinnerte mich nur zu gut daran, wie Thea vor dem Bildschirm gesessen und ihn angeschmachtet hatte. Innerlich kämpfte ich gegen die aufbrodelnde Eifersucht. Sie ist *deine* Freundin, flüsterte mir meine innere Stimme zu und schon ebbte das erdrückende Gefühl ab. Ich räusperte mich. »Das frage ich mich auch – jeden Tag.«

»Hat ja lange genug gedauert«, flötete Sarah. »Erzähl, wie läuft's?«

Kurz war ich von einer Berührung neben mir abgelenkt. Eine flüchtige, dennoch mir vertraute Geste. Aber ich konnte nur noch blonde Haare um die Ecke biegen sehen.

»Besser, als ich mir erträumen konnte.«

THEA

Draußen vor den Toiletten wurden Stimmen laut.

»Er sieht so gut aus«, fiepte eine Frau mit unerträglich hoher Stimme. »Du wirst sehen, das renkt sich alles wieder ein.« Wasser plätscherte.

»Sie ist auch da«, säuselte eine näselnde Frauenstimme, mit extravagantem Tonfall.

»Wer? Dieses Flittchen? Wie war ihr Name?«, fragte die hohe Stimme.

»Thea.«

Ich? Flittchen? Ich schluckte meine aufkommende Wut hinunter. *Ich glaub, es hackt.* Wer waren diese zwei Biester? Papiertücher wurden energisch aus dem Papierhalter gezogen.

»Hast du das Mädchen mit den braunen Haaren und dem schwarzen Kleid gesehen?« Das Wort *Mädchen* spuckte sie förmlich aus.

»Die Vogelscheuche?«, piepte die hohe Stimme. Unwillkürlich fasste ich mir ins Haar. *Vogelscheuche? Das hat sie nicht gesagt.*

»Ja, das ist Thea. Diese Best-Friends-Nummer von Paul«, bestätigte die andere näselnd.

»Nach *nur* einer Freundin sah mir das aber nicht aus. Wie er sie ansah und mit ihr durch den Raum stolzierte.«

»Geht's noch! Was redest du da?«, fauchte die näselnde Stimme.

»Tschuldigung«, nuschelte die andere. Und selbst nuschelnd taten die hohen Frequenzen in meinen Ohren weh.

Die Piepsstimme fuhr fort: »Schau dich doch bitte an. Das ist doch keine Konkurrenz. Also bitte!«

Beide lachten affektiert. Ich lehnte mich von innen gegen die Klotür und atmete tief durch.

»Paul kriegt sich schon wieder ein, du wirst sehen.«

»Ich hoffe doch.«

Ich hörte ein Klacken, das Geräusch, wenn man einen Lippenstift aufmachte. Dann ging abermals der Wasserhahn an und ich verstand nur noch Bruchteile.

»Fantastisch ... geht gar nicht ... kaum Make-up ... peinlich ... toll siehst du aus ... Kleid ...«

Ich kotze gleich.

Der Wasserhahn ging aus.

»Möchtest du gehen? Dann musst du dir das heute nicht mehr antun«, sagte die hohe Stimme mit einem lieblichen Unterton. Dann folgte Stille.

Ich hielt den Atem an und lauschte. Nichts war zu hören. Ich war allein. Ich zählte bis zehn, schloss die Toilettentür auf, trat aus der Kabine und bog um die Ecke.

Zwei Augenpaare starrten mich an. Ich drückte mich an den beiden vorbei, drehte den Wasserhahn auf und hielt meine Hände unter das Wasser. Als ich den Blick hob, musterten wir uns ein paar Sekunden stumm durch den Spiegel. Puppenhaft, perfektes Make-up, in Form gezupfte Augenbrauen, wallendes rotes Haar. In dem Augenblick, in dem ich noch überlegte, wie ich reagieren sollte, machte das Nachbar-Spiegelbild den Mund auf.

»Hi, du bist Thea.«

Ich zog mir ein Papierhandtuch aus dem Ständer und trocknete mir die Hände ab, ohne den Blick abzuwenden. Auf diese Situation war ich nicht vorbereitet. Ich kochte innerlich wie eine Dampflokomotive. Alles Mögliche ging mir durch den Kopf, aber da war kaum Gutes dabei. Ich drehte mich langsam um, lehnte mich an den Rand des schwarzen Marmorwaschbeckens.

»Ähm ja, und du bist …«

»Elly«, kam mir die näselnde Stimme zuvor. Jetzt klang ihre Stimme nicht mehr vornehm.

»Elly, natürlich.« Ich warf das Papiertuch in den Mülleimer und streckte ihr meine Hand entgegen. Ich wartete darauf, dass sie mir ihre gab und sich ihre vollen Lippen zu einem Lächeln formten. Aber sie rührte sich nicht. Stattdessen stand sie mit einer geschmeidigen Bewegung direkt vor mir. Sie war so nah, dass ich die Klümpchen in ihrer Wimperntusche zählen konnte. Da stand er nun, der Schwan. Mit rotem Haar im roten Kleid, das kein Spielraum für Spekulationen offenließ und knapp unterm Po endete. Der Schwan, der heute mit den dunkel geschminkten Augen und dem dicken Rouge auf den Wangen eher einem Schwan im Karneval glich.

Sie sah mich an, als ob ich ein mutierter Nacktmull wäre.

»Du glaubst doch nicht, dass ich meine Hände an dir schmutzig mache«, zischte sie.

Ich blinzelte. *Echt jetzt?*

»Wow, da steht sie ja.« Die hohe Stimme gehörte dem Mädchen, das genauso aufgetakelt wie Elly aussah. Sie hatte wasserstoffblondes Haar, ihr Kleid war dunkelblau und ihre Möpse drohten jeden Moment aus dem Ausschnitt zu springen.

Elly nickte. »Ja, sieh sie dir an«, sagte sie abfällig. Kurz zuckte ich zusammen. Die beiden kicherten wie kleine Mädchen auf dem Schulhof.

»Was bildest du dir eigentlich ein?«, fauchte Elly mit Elan und feuerte mit jedem Wimpernschlag einen weiteren Giftpfeil auf mich ab. »Glaubst du, er könnte so etwas wie dich lieben?« Sie trat einen winzigen Schritt zurück, blickte an mir hinunter und lachte hysterisch.

Ich stutzte kurz.

»Schau dich doch bitte einmal an.« Elly sah mich mitleidig an. »Ich gebe dir … zwei Wochen?« Sie lachte laut auf und schmiss dabei ihren Kopf in den Nacken. »Dann steht er wieder bettelnd vor meiner Tür.« Sie reckte das Kinn und warf ihre roten Prachthaare über die Schulter.

Ich sagte nichts, aber mein Körper zitterte leicht. Ich hatte keine Angst vor ihr und ich glaubte ihr kein Wort. Dennoch trafen mich ihre Worte. Sie zog ihre Clutch unter dem Arm hervor und umklammerte sie mit der Hand. Während ich die weißen Fingerknöchel auf der schwarzen Tasche anstarrte, versuchte ich mich zu sammeln und wollte gerade etwas in die Richtung: *Das werden wir ja sehen,* nur cooler, sagen. Aber dazu kam ich nicht. Im nächsten Augenblick wirbelte Elly ihre Clutch durch die Luft und traf mich im Gesicht. Ich kam ins Taumeln und hielt mich rechtzeitig an der Wand fest. Etwas Feuchtes rannte mir über die Wange. Bevor ich fragen konnte, was das zur Hölle sollte, drehte sich Elly mit einem schadenfrohen Blick um und ging Richtung Tür. Sie stieß ein boshaftes Lachen aus, in das ihre Freundin piepsig einstimmte. Das Surren in meinem Ohr wurde unerträglich und meine Beine gaben nach.

PAUL

»Hast du es Alex erzählt?«

Ich schüttelte den Kopf und verdrehte die Augen, in weiser Voraussicht, was die nächste Frage sein würde. »Hast du es *ihr* erzählt?«

»Nein«, sagte ich knapp.

Ich sah auf meine Uhr. Thea war schon zu lange weg. Ich nippte an meinem Wein und warf einen unauffälligen Blick an den Tisch, wo Elly mit ihren Freundinnen gesessen hatte. Nur eine von ihnen saß noch dort und bestellte bei Luca die nächste Flasche Prosecco.

»Sarah, könntest du bitte mal nach Thea schauen?«

»O mein Gott.« Sarah rollte mit den Augen und zog gleichzeitig ihre Augenbrauen tadelnd nach oben.

»*Was?*«

»Paul, meinst du nicht, du übertreibst immer ein bisschen, wenn es um Thea geht?«

Gut möglich, aber es war mir egal. Ich kannte diesen heuchlerischen Gesichtsausdruck in Ellys Gesicht, den sie gehabt hatte, als ich mit Thea an ihrem Tisch stehen geblieben war. Es war der Ausdruck von Boshaftigkeit, die langsam in ihr aufkeimte und nur darauf wartete, abgefeuert zu werden.

»Sie wird schon nicht in die Toilette fallen, festhängen und mit der Klobrille am Po wieder aus der Toilette stürmen.« Sie lachte und fuchtelte mit ihren Fingern vor meinem Gesicht herum. »Oder glaubst du an die Ratten, die von unten die Toilette heraufkriechen und ihr in den Po beißen?«

Ich nahm ihre Finger in die Hand und beugte mich zu ihr vor. Unsere Nasenspitzen berührten sich fast.

»Glaub mir, um diesen Po wäre es sehr schade«, flüsterte ich, damit nur sie es hören konnte. »Aber nein. Ich glaube, ein viel größeres Problem ist vor ein paar Minuten Richtung Toilette gegangen und hört auf den Namen Elly.« Ich seufzte und sah sie flehend an. »Bitte.«

Sarah legte zwei Finger an die Stirn, als würde sie salutieren. »Jawohl, Sir!«

Ich zeigte ihr meinen Mittelfinger, was sie nur noch breiter grinsen ließ, aber schließlich stand sie auf.

THEA

Im nächsten Moment flog die Toilettentür auf und verfehlte Elly nur knapp. Sarah sah mit weit aufgerissenen Augen zwischen Elly und mir hin und her. Ohne ein weiteres Wort schlüpfte Elly unter Sarahs Arm hindurch.

»Was zur Hölle ...« Sarah kam auf mich zu und kniete sich zu mir hinunter. »Scheiße, Thea.« Sie nahm meinen Kopf in beide Hände. »Oh, scheiße«, flüsterte sie, streckte sich, zog ein Papierhandtuch raus und hielt es mir auf die Wange.

»Aua«, zischte ich.

Erneut flog die Tür auf und Luca stand im Türrahmen. Mit großen Schritten kam er auf uns zu.

»Alles in Ordnung?« Er musterte mich besorgt. »Weiber!«

Ohne ein weiteres Wort griff er unter meine Arme und Kniekehlen und hob mich hoch.

In der Küche setzte er mich auf einen Kartoffelsack.

»Diese verdammten Weiber«, schimpfte er, kniete sich vor mich, legte seine großen Finger an mein Kinn, drehte mein Gesicht und sah sich die Wunde unter dem Lichtkegel an. Das Licht brannte in meinen Augen und sie fingen an zu tränen. Er schüttelte den Kopf und sah mich bedauernd an.

»Oh, mein Fräulein, das gibt ein blaues Auge.« Er wandte sich an das Mädchen, das uns bedient hatte und das sich jetzt vollkommen verschreckt an die Wand drückte.

»Olivia, hol was zum Kühlen aus dem Kühlfach.«

Sie stieß sich von der Wand ab und rannte davon. Er zog sein Geschirrtuch aus dem Gürtel und tupfte mir das Blut aus dem Gesicht.

»Ist ein frisches Tuch«, sagte er mit einem aufmunternden Lächeln. Mir schwirrte der Kopf und ich sah weiterhin nur verschwommen.

»Was hat sie dir da nur übergebraten?«

Ich taste nach der Wunde. »Ihre Clutch. Fühlte sich nach einem Schlüsselbund an.«

»Hier«, sagte Olivia.

»Ja, danach sieht es aus.« Luca sah irritiert zu Olivia, nahm ihr die Packung Tiefkühlerbsen aus der Hand und legte sie mir auf das Auge.

PAUL

Sarah war keine zwei Minuten weg, da sah ich Elly mit ihrer Freundin Rachel aus dem Augenwinkel an mir vorbeistolzieren. Abermals spürte ich eine mir vertraute flüchtige Berührung an meiner Schulter, rührte mich aber nicht. Erleichtert wandte ich meine Aufmerksamkeit wieder dem Gespräch zwischen Tom und Naomi zu. Tom sah auf und runzelte die Stirn.

Sarah stand mit roten Flecken im Gesicht an unserem Tisch. Wer fehlte, war Thea. »Paul!« Sie sah sich verstohlen um und senkte ihre Stimme. »Komm mit.« Sie griff nach meiner Hand und drängte mich, aufzustehen.

»Was ist los? Wo ist Thea?«

Ohne eine Antwort zog sie mich mit sich zu den Toiletten. Vor den Damentoiletten wollte ich abbiegen, aber Sarah packte mich am Arm und zog mich vorwärts, den Gang entlang bis zur Küche. Dort blieb sie stehen.

Entsetzt sah ich hinunter auf Thea. Ich ging langsam vor ihr in die Hocke und legte meine Finger sanft unter ihr Kinn. Jegliche Farbe war aus ihrem Gesicht gewichen. Mit zusammengekniffenen Augen sah sie mich an.

»Hey ... Alles in Ordnung, was ist passiert?« Ich hob die Erbsenpackung ein Stück hoch und verzog den Mund. Die Schramme blutete nicht mehr, aber ein dunkelrot-lila schimmerndes Jochbein leuchtete mir entgegen.

»Scheiße!« Ich gab ihr einen Kuss auf die Stirn.

»Keine ernste Verletzung«, beschwichtigte Luca.

»Wie ist das passiert?«, fragte ich, obwohl ich das Gefühl hatte, die Antwort bereits zu kennen. Sie erzählte mir im Schnelldurchlauf, was soeben auf der Toilette passiert war. Näselnde Stimmen, hohe Stimmen, eine Furie und der Schwan. Es war amüsant, ihr zuzuhören, aber zum Lachen war mir nicht zumute.

»Scheiße, das tut mir so leid.« Behutsam legte ich ihr eine Hand in den Nacken.

»Es ist ja nicht deine Schuld.«

»Eine Vogelscheuche?«, brüllte Luca neben mir. Er stützte sich mit einer Hand auf meinen Schultern ab und schob sich in eine aufrechte Position. »Olivia, kassierst du bitte ab, die Damen am Tisch fünf wollen gehen.«

»Und wie gerne ich das mache«, flötete Olivia und stapfte wild entschlossen in das Restaurant zurück.

Luca sah auf Thea hinunter und stopfte sich ein neues Geschirrtuch in den Gürtel. »Du bist keine Vogelscheuche. Das weißt du, ja?«

Bei ihrem Versuch zu lächeln, stöhnte sie kurz auf. »Autsch! Die roten Karos auf dem Tuch ordnen sich langsam wieder in ein gleichmäßiges Muster«, sagte sie.

Ich lächelte ihr aufmunternd zu.

»Du wartest hier, bis sie weg sind.« Luca erhob seinen Finger. »Du bist keine Vogelscheuche. Elly ist ein mageres hässliches Entchen. Was für eine aufgeblasene unverschämte Person.« Er sah mich anklagend an. »Ich konnte sie noch nie leiden.«

In diesem Moment stürmte Olivia wieder in die Küche.

»Luca, die wollen nicht gehen!«, rief sie aufgebracht.

»Mit Freundlichkeit geht da doch nichts, Olivia.« Mit energischen langen Schritten ging er an ihr vorbei hinaus ins Restaurant. Luca brüllte so laut, dass wir jedes einzelne Wort in der Küche verstehen konnten.

»Die Damen werden jetzt zahlen und werden mein Restaurant nie wieder betreten, haben wir uns da verstanden!«

Olivia zuckte bei jedem Wort zusammen.

Alle Gäste schienen verstummt zu sein, denn dann war Ellys Stimme zu hören. »Nein, ich bleibe.«

»*Sofort!*«, Lucas Tenorstimme donnerte durch das Lokal, gefolgt von einem dumpfen Schlag auf die Tischplatte. »Olivia! Die Rechnung!«, brüllte er.

Olivia sah uns mit weit aufgerissenen Augen an. »Ich habe ihn noch nie so wütend erlebt.« Sie drehte auf den Fersen um und rannte hinaus.

»Ich auch nicht. Wenn Elly weg ist, gehen wir auch, okay?« Ich strich Thea die Haarsträhnen aus dem Gesicht.

»Auf keinen Fall, ich brauche jetzt einen Nachtisch.«

»Ich mag diese Frau!«, sagte Luca, der in diesem Moment zusammen mit Olivia zurück in die Küche kam.

Er klopfte mir auf die Schulter und lächelte mich zufrieden an. »Die Luft ist rein. Ich bring dir gleich deinen Nachtisch, Thea.«

Ich gab Olivia die Erbsenpackung und half Thea hoch.

Inzwischen waren nur mehr vereinzelt Tische besetzt und von den wenigen verbliebenen Gästen schenkte uns niemand mehr Beachtung.

THEA

Wir hatten noch einen schönen Abend mit Pauls Freunden verbracht und das Drama mit Elly war für mich schnell vergessen. Zumindest nachdem das Melodrama nicht mehr unsere Tischunterhaltung bestimmte. Ich hatte ihnen bis ins kleinste Detail erzählen müssen, was passiert war. Paul sah mich dabei immer wieder bedauernd an, bis Sarah ihn anpfiff: »Ist gut jetzt!«

Als Luca das Lokal schloss, gesellte er sich zu uns und spendierte uns flaschenweise Rotwein.

Als wir in den frühen Morgenstunden in die Wohnung kamen, dröhnte mein Kopf noch immer. Ich verschwand geradewegs ins Bett. Paul folgte mir kurz darauf mit einer Eispackung.

»Kühl noch ein bisschen, das kann nicht schaden.« Er reichte mir eine Schmerztablette, dann ein Glas Wasser und legte eine Salbe neben das Bett.

»Kennst du dich mit so was aus?«

Er lachte. »Na klar, ich habe einen jüngeren Bruder. Du solltest die Hausapotheke meiner Mutter sehen.«

Ich ließ mich auf das Kissen fallen und schloss die Augen. Ich spürte nur eine leichte Bewegung der Matratze, als er aufstand und das Schlafzimmer verließ. Kurz darauf hörte ich ihn brüllen.

»Was hast du dir dabei gedacht? ... Ernsthaft! ... Komm auch nur noch ein einziges Mal in Theas Nähe ... Vogelscheuche? Dass ich nicht lache! ... Hörst du dich selbst reden? ... Sie ist das bezauberndste Geschöpf, das ich jemals in meinem Leben gesehen habe. Sie ist bildhübsch und fröhlich ... Ja, albern. Und genau das ist es, was ich an ihr liebe ... Ja, ich liebe sie! So sehr, wie ich noch keinen Menschen geliebt habe ... nein, Elly. Ich habe dich nie geliebt.«

Stille.

Wow. Mein Herz hämmerte wie wild gegen meine Rippen. Ich hörte Schritte auf der Treppe, dann kam er ins Schlafzimmer. Ich beobachtete, wie er sich auszog und sich zu mir ins Bett legte. Behutsam nahm er mich in die Arme und gab mir einen Kuss.

»Schlaf gut.«

»Ich liebe dich auch«, flüsterte ich und spürte, wie sich seine Lippen zu einem Lächeln formten.

35

»Alex, Daniel, Charles, deine ganzen Männer«, schimpfte Paul und fuhr sich verzweifelt durch die Haare.

Spätestens als der Name *Charles* fiel, konnte ich meinen aufkeimenden Lachanfall nicht länger zurückhalten. Paul musste heute ins Tonstudio und ich hatte mich für den Nachmittag mit Alex verabredet. Ich konnte mich wieder unter Leute wagen. Meine Wunde war nahezu verheilt und das gelblich schimmernde Jochbein konnte ich überschminken.

Seufzend lehnte er sich auf dem Küchenstuhl zurück. »Mir wäre es lieber, du würdest dich nicht mit ihm treffen. Nicht allein.«

»Hör schon auf«, sagte ich genervt, nachdem ich mich wieder beruhigt hatte. »Und sag es ihm endlich.«

Er nickte nur. Ich wusste, er hatte mehrfach versucht, seinen Bruder zu erreichen, aber Alex tauchte nur auf, wann es ihm passte oder wenn er etwas brauchte. So viel hatte ich in der Zwischenzeit begriffen.

»Ich mache das nicht.«

»Das ist auch besser so«, sagte Paul resigniert, stand auf und gab mir einen Kuss zum Abschied.

Während Paul den Tag im Tonstudio verbrachte, traf ich mich mit Alex im Central Park. So, wie er aussah, hatte er die letzten Nächte durchgefeiert. Trotz dreißig Grad im Schatten trug er seine schweren Boots, abgewetzte schwarze Jeans, aber zumindest nur ein T-Shirt. Anscheinend passte nichts anderes zu seinem Image. Wir suchten uns eine schattige Bank mit

Blick auf den See. Es dauerte etwas, bis unsere Unterhaltung in Schwung kam. Die erste halbe Stunde lobte er sich über den grünen Klee. »Ich hab's einfach raus und Frauen können mir früher oder später nicht widerstehen. Ist immer das Gleiche.«

Genervt rollte ich die Augen. »Du magst vielleicht gut aussehen, aber vertrau mir, nicht alle Frauen liegen dir zu Füßen.«

Er grinste süffisant.

»Du bist so verdammt selbstverliebt. Das macht dich megaunsympathisch. Weißt du das?«

»Autsch! Ich habe auch Gefühle.«

Ich funkelte ihn böse an.

»Reden wir nicht länger über mich. Paul arbeitet heute?«, fragte er vermeintlich beiläufig und starrte auf den See.

»Ja«, antwortete ich knapp.

»Na ja, wer was werden will, muss schuften«, sagte er mit geheimnisvollem Unterton.

Ich murmelte ein zustimmendes: »Mmh.«

»Aber er hat Glück. Unglaublich, wie weit er es geschafft hat.«

»Alex, spar dir deine kryptischen Anspielungen, ich weiß, womit Paul sein Geld verdient.«

Er sah mich über den Rand seiner gespiegelten Sonnenbrille an. »So, weißt du das? Oder glaubst du nur, es zu wissen?«

»Ich weiß es.«

»Wow, hätte ich nicht von ihm erwartet.«

»Lass es einfach, Alex«, sagte ich genervt.

Er hob beschwichtigend seine Hände. Dann stützte er sich mit den Ellbogen an der Banklehne ab und streckte seine Beine aus. »Gut, dann kann ich ja die Katze aus dem Sack lassen.« Er lachte arrogant. »Ich bin auch Schauspieler.«

Sein dämliches Grinsen hatte ich schon ganz vergessen.

»Okay. Und was machst du so?«

»Wirklich? Du hast dich nie gefragt, warum ich so bekannt bin?«

Kurzzeitig verschlug es mir die Sprache. »Ähm, nein …
ist mir nicht aufgefallen. Ich dachte, die Tussis im Club kennen dich, weil du bereits mit jeder im Bett warst.«

»Nicht abwegig«, sagte er ungerührt.

»Hör mal, entweder schaltest du jetzt deine Arroganz
einen Gang zurück oder wir beenden unseren Plausch. Entscheide dich.«

»So forsch kenne ich dich ja gar nicht.« Er rieb sich mit
der Hand über den Nacken. »Gefällt mir.«

»Genau das ist dein Problem«, fauchte ich. »Du kennst
mich überhaupt nicht. Das einzige Gesprächsthema, das du
kennst, bist du. Alles dreht sich nur um dich.« Ich holte kurz
Luft und senkte wieder meine Stimme. »Leg einfach dein arrogantes Machogehabe ab. Vielleicht hast du dann eine Chance,
dass ich mein Bild von dir änder.«

Er sagte eine Weile lang nichts, sah fiebrig einer Joggerin
in knappen Shorts hinterher, bis er schließlich die Beine anzog, sich mit den Unterarmen auf den Oberschenkeln ab-
stützte und sich räusperte. »Ehrlich gesagt, bin ich nicht
annähernd so erfolgreich wie Paul. Die Frauen im Club
kennen mich genau aus dem von dir genannten Grund und
weil ich dort als Barkeeper gearbeitet habe.«

Ich drehte mich zu ihm und zog meine Beine auf die Bank.

»Paul unterstützt mich. Gibt mir immer Tipps oder verschafft
mir Rollen. Aber ich vermassle es immer wieder. Spätestens
beim Vorsprechen. Entweder war die letzte Nacht länger als
geplant, ich bin unkonzentriert, komme zu spät oder …«

»Du lässt das selbstsichere Arschloch raushängen.«

Er sah mich nicht an, nickte aber. »Könntest du dich wenigstens bemühen, es zu umschreiben?«

»Vielleicht.« Ich hob kurz eine Schulter und lächelte ihn schief an.

Nach seinem flüchtigen Anflug von Ehrlichkeit sah ich für eine Millisekunde wieder einen anderen Alex. Kurz darauf befanden wir uns in einer ausgelassenen Unterhaltung über sein letztes Vorsprechen, seinen Job an der Bar, das Leben im Allgemeinen und unsere Zukunftspläne. Während ich mir Vorschläge aus den Fingern zog, wie er sein nächstes Vorsprechen nicht vermasseln könnte, hörte ich eine gleichmäßige Atmung neben mir. Ich sah auf ihn hinunter. Er hatte sich auf die Bank gelegt, die Beine angezogen und bedeckte mit einem Arm seine Stirn. Der andere ruhte auf seinem Bauch und bewegte sich synchron mit seinen Atembewegungen. Ich schnaubte, griff in meinen Rucksack, holte die Zeitschrift heraus, die mir Paul bereits vor einer Woche gekauft hatte, und blätterte sie von hinten durch.

»Du weißt, wie viel du Paul bedeutest?«, fragte Alex, ohne sich zu rühren.

Ich sah ihn stirnrunzelnd an, auch wenn er es nicht sehen konnte.

»Bedeutet er dir auch so viel?«

Ich sah nicht von meiner Zeitschrift auf. »Er ist mir sehr wichtig«, sagte ich in neutralem Tonfall. *Und weit mehr als das.* Hätte Paul es ihm erzählt, wäre meine Antwort definitiv überschwänglicher ausgefallen. Am liebsten hätte ich der ganzen Welt davon erzählt. Er bedeutete mir alles. Ich war mehr als glücklich und zugleich stolz auf mich. Eine Beziehung mit meinem besten Freund. Ein flüchtiges Lächeln huschte über meine Lippen.

Ich sah zu Alex. »Was ist los zwischen dir und Paul?«

»Das hat er dir nicht erzählt? Na klar.« Er richtete sich schwungvoll auf.

»Grob«, flunkerte ich. Grob war die Übertreibung des Jahrhunderts. Er hatte die Antwort auf unbestimmte Zeit vertagt.

»Er sagte, dass euer Verhältnis nicht so gut sei.« Das war meine Umformulierung von Charles Worten. Als Alex nicht reagierte, sagte ich: »Ungesund.« Und bereute es im selben Atemzug. Niemals würde Paul ›ungesund‹ sagen.

»Ungesund?« Er legte seinen Hals in den Nacken und lachte schallend. Ich sah ihn finster an. Er schüttelte den Kopf.

»Wenn er es so nennen will, bitte. Keiner kommt auf dieser Welt ungeschoren davon. Ungesund!«, er spuckte das letzte Wort förmlich aus. »Wie kommt er auf so eine dämliche Umschreibung.«

Ich zuckte mit den Schultern.

Alex fuhr sich durch die Haare. »Ich denke, ich hatte meine Genugtuung. Mehrmals. Nur …«

»Nur was?« Ich hoffte, ich glotzte nicht dümmlich, aber ich verstand nichts von seinem Gerede. Das hatte man davon, wenn man flunkerte.

»Ich kann damit nicht aufhören. Es ist wie eine Sucht. Das Einzige, in dem ich wirklich gut bin.«

»Du hast doch nicht mehr alle Pfefferkörner in der Mühle.«

»Möglich«, gab er resigniert zu.

»Was hat er getan?«, fragte ich forscher als beabsichtigt.

»Klar, das hat er dir nicht erzählt. Frag ihn. Es ist schon Jahre her … Eigentlich ist es nicht mehr wichtig.«

»Dann hör auf damit«, sagte ich schließlich. Wenn er auch nur einen Funken von Pauls Sturheit besaß, würde ich mit ziemlich hoher Wahrscheinlichkeit nicht viel mehr erfahren.

Er schob seine Sonnenbrille nach oben und fuhr sich über die Augen. »Ich versuch's.«

Überrascht sah ich ihn an und schmunzelte. Das war ja einfach gewesen.

»Was ist das zwischen *dir* und Paul?«

Ich schluckte hart und tat so, als hätte ich ihn nicht gehört. »Wusstest du, dass hier über neuntausend Parkbänke stehen?«

Er schüttelte den Kopf und lächelte schief. »Gut ausgewichen.«

Ich setzte eine unschuldige Miene auf. »Ich liebe Bänke und das hier ist genau der Grund dafür.«

»Für was jetzt?«

»Na, dieses Gespräch. Bänke haben etwas Magisches, findest du nicht? Hier kann man tolle Gespräche führen, innehalten, nachdenken, das Leben in Ordnung bringen. Hast du dir noch nie überlegt, warum ein Mensch eine Inschrift auf einer Bank hinterlässt? Welche Geschichte dahintersteckt? Stell dir nur mal vor, was diese Bank in ihrem Dasein schon alles gehört hat. Streitigkeiten, Liebeserklärungen, es wurde geweint und gelacht. Egal wie, am Ende steht man auf und fühlt sich ein Stück leichter.«

»Oder jemand sitzt neben dir auf der Bank und blättert durch eine Zeitschrift«, sagte er trocken.

»Weil du eingeschlafen bist, während ich mir den Mund fusselig geredet habe.«

Er lachte. »Und was hast du gelesen?«

»Ein Artikel über die Häuser in den Hamptons. Das hier …« Ich blätterte wieder ein paar Seiten zurück und deutete auf das Bild eines blauen Strandhauses mit weißer Veranda direkt am Meer. »Da will ich hin. Die Schwester eines Freundes hat dort auch ein Haus.«

»Gute Idee, lass uns das machen.«

Ich schüttelte den Kopf und kaute auf meiner Unterlippe. »Verstehe!«

Ich klappte die Zeitung zu. »So war das nicht gemeint.«

»Ist schon gut. Paul wäre nicht begeistert, wenn du mit mir ein paar Tage in den Hamptons verbringen würdest. Ist ja schon großzügig, dass er mir diesen Tag gestattet.« Er grinste mich schief an. »Wäre eine Runde Bootfahren möglich?«

Ich sah rüber zum Bootsverleih und nickte. »Du bist ja viel eleganter als dein Bruder in Sachen *Themenwechsel*.«

Er zuckte mit den Schultern, stand auf und reichte mir seine Hand. »Dann mal auf in die Nussschale.«

Wir ließen meinen Rucksack sicherheitshalber beim Bootsverleiher, kauften uns zwei kühle Wasserflaschen und stiegen in eines der wackligen Holzboote.

In einvernehmlichem Schweigen ruderten wir gemächlich über den See. Schweißperlen glitzerten auf Alex' Stirn. Nicht auszuschließen, dass wir beide heute Abend mit Sonnenbrand und Sonnenstich in abgedunkelten Wohnungen liegen würden. Er stellte das Rudern ein und griff nach seiner Flasche.

»Kurze Pause, Madame.«

»Selbstverständlich, Sir.«

Das Boot bewegte sich friedvoll auf dem See, nur aus der Ferne waren die Stimmen vom Ufer zu hören. Es war zu schön, um wahr zu sein.

»Autsch!« Ich streckte mein Bein aus, zog die Zehenspitzen ran und konnte mir das Lächeln nicht verkneifen.

Stirnrunzelnd sah er mich an. »Was jetzt, *autsch* oder kein *autsch*?«

Ich lachte schallend. »Beides«, gluckste ich. »Ich hatte ein Stechen und musste zeitgleich an meine Mutter denken.«

»Ah, interessanter Zusammenhang. Erzähl.«

»Ich habe hier«, ich deutete auf meine Leiste, »ein Muttermal. Etwa so groß wie die Kuppe von meinem Finger.« Ich streckte ihm meinen Zeigefinger unter die Nase.

»Meine Brüder haben an exakt der gleichen Stelle auch eines. Meine Mutter behauptete früher felsenfest, sie hätte uns den angeklebt. Wenn es uns an dieser Stelle zwickt, sagte sie immer, hat sie auf einen Knopf in ihrer geheimnisvollen Schatulle gedrückt und denkt gerade an uns.«

»Passiert das öfter?«

»Als wir Kinder waren: ja.« Ich lachte auf. »Wahrscheinlich bildeten wir uns das nur ein, aber immer, wenn ich sie vermisste, hat es gezwickt.«

»Ich habe auch ein Muttermal«, sagte er und schob den Ausschnitt seines T-Shirts ein Stück nach unten. Auf seinem Schlüsselbein saß ein klitzekleines Muttermal, in der Form eines Halbmondes. Dann leerte er den Rest des Wassers in einem Zug.

»Das ist aber kein Garant dafür, dass man unwiderstehlich ist«, scherzte ich.

»Nicht?« Er grinste verschlagen. Er warf die Flasche auf den Boden und rutschte auf seinem Sitzbrett nach vorne. Bevor ich realisieren konnte, was er vorhatte, legte er seine Hände in meinen Nacken, zog mich ein Stück näher und öffnete leicht seine Lippen. Mit weit aufgerissenen Augen starrte ich ihn an. Dann ging plötzlich alles ganz schnell. Ich sprang reflexartig hoch, das Boot geriet gefährlich ins Schwanken und im nächsten Moment landete ich mit einem lauten Platsch im kalten Wasser. Alex beugte sich über den Rumpf und streckte mir den Arm entgegen. Ich strich mir die nassen Haarsträhnen aus dem Gesicht und schwamm zum Boot. Er reckte sich weiter vor, damit ich seine Hand zu fassen bekam. Im nächsten Moment rumste etwas gegen meinen Kopf. Reflexartig ließ ich los und fasste mir an die Stirn. Das Ruder schnappte zurück und Alex zog es hastig ins Boot.

»Alles okay, Thea?«

Aua! Ich rieb mir über die schmerzende Stelle. *Nichts war okay.* »Passt schon. Lass gut sein. Ich schwimm zurück«, rief ich ihm zu. Ich hörte ihn fluchen, drehte mich aber nicht mehr um und schwamm Richtung Ufer. Dort wartete bereits der Bootsverleiher mit einem Handtuch auf mich und half mir aus dem Wasser.

»Alles in Ordnung bei dir?«, fragte er besorgt.

»Ja, danke. Das passt schon.«

Er legte mir das Handtuch über die Schultern und reichte mir meinen Rucksack.

»Danke!«

Ich kramte mein Handy raus und wählte Pauls Nummer, erreichte jedoch nur die Mailbox. Ich fluchte leise. Ich wollte einfach nur weg, ich hätte auf Paul hören sollen. Ich sah an mir hinunter. So konnte ich unmöglich mit der Metro zurückfahren. Ich sah aus, als hätte ich an einem Wet-T-Shirt-Contest teilgenommen.

»Paul, Thea hier. Bitte ruf mich zurück.« Ich legte auf und schickte eine Nachricht hinterher: *Bin im Central Park. Kannst du mich abholen? Kann nicht mit der Metro fahren.* Um das Ganze zu erklären, knipste ich ein Selfie und drückte auf *Senden*. Erst als ich das Bild genauer ansah, sah ich das blaue Horn am Haaransatz.

Ich fluchte laut. So langsam machte ich es mir zur Gewohnheit, mit Blessuren nach Hause zu kommen. Ich hatte aber auch gerade einen Lauf.

Während ich noch immer darauf wartete, dass die Nachricht als gelesen markiert wurde und das magische *Paul schreibt …* im Display erschien, tauchte Alex hinter mir auf.

»Tut mir leid.«

Ich drehte mich energisch um. »Du änderst dich wohl nie«, gab ich schroff zurück.

»Doch, das habe ich vor, aber eine Marotte kann man nicht von heute auf morgen ablegen. Ich tue das seit zehn Jahren. Hallo!« Er hob entschuldigend die Hände.

Ich konnte ihn nur anstarren.

»Komm, ich bring dich nach Hause«, sagte er mit versöhnlicher Stimme.

Ich sah auf mein Handy, Paul hatte die Nachricht noch immer nicht gelesen, und steckte es zurück in meinen Rucksack. »Okay, aber nur weil ich meine Kreditkarte vergessen habe.«

PAUL

»Was ist passiert?«

Alex lehnte an der Wand, als ich die Wohnung betrat. Ich brauchte keine Sekunde, um zu sehen, dass Thea nicht im Wohnzimmer war.

»Wo ist sie?« Bevor er den Mund öffnen konnte, lief ich zwei Stufen auf einmal nehmend die Treppe zu meinem Schlafzimmer hinauf.

»Sie ist im Gästezimmer«, rief er mir hinterher.

Ich blieb abrupt stehen und musste mich am Geländer festhalten, damit ich nicht ins Taumeln kam. *Shit.* »Klar, wo sonst«, sagte ich mit gelassener Stimme, drehte um und sprang die Stufen wieder hinunter. Ich sah flüchtig zu Alex und ging weiter in Richtung Theas Zimmer, da stellte er sich mir mit vor der Brust verschränkten Armen in den Weg.

Kämpferisch hob er das Kinn. »Wie lange geht das schon?«

»Was?« Ich sah ihn stirnrunzelnd an. Ich wusste genau, was er meinte.

»Sag du mir lieber, was heute passiert ist«, zischte ich zwischen zusammengebissenen Zähnen.

Er sah mich auffordernd an. »Thea wollte direkt in dein Schlafzimmer«, er deutete die Treppe hinauf, »überlegte es sich dann aber kurzerhand anders und ging ins Badezimmer.« Er grinste mich dämlich an. »Und jetzt kommst du, stürmst hier in die Wohnung und rennst auch direkt in dein Schlafzimmer.«

Ich schob mich an Alex vorbei. »Lass uns morgen darüber reden.«

»Gehst du mit ihr ins Bett, ist es das? Die Freundschaft mit gewissen Vorzügen?« Er folgte mir.

Am liebsten hätte ich mich umgedreht, ihn am T-Shirt-Kragen gepackt, gegen die Wand gedrückt und es ihm laut und deutlich ins Gesicht gebrüllt: *Ich liebe sie und lasse mir von dir nicht mehr mein Leben verwüsten!* Aber ich tat nichts davon.

»Sag es mir!«, brüllte er in seinem arroganten Befehlston. *Nein, ich will das Gefühl noch ein bisschen für mich behalten.* Eigentlich hatte ich überhaupt nicht vor, es ihm in absehbarer Zeit zu sagen. Erst jetzt wurde mir bewusst, wie erleichtert ich war, dass er nie zurückrief und meine Mailboxnachrichten ignorierte. Ich holte tief Luft und versuchte, mich zu beruhigen. Es war weder der richtige Zeitpunkt, diese Unterhaltung zu führen, noch hatte ich im Moment Lust auf diese Art von Gespräch. Ich wollte es dieses Mal cleverer angehen und nicht, wenn wir uns beide hitzig gegenüberstanden.

Ich drehte mich kurz zu ihm um. »Nein, das ist es nicht«, sagte ich, um einen ruhigen Tonfall bemüht, und ging weiter. Alex hielt mich mit einem festen Griff am Arm fest.

»Wie dachtest du, dass ich es erfahren soll?« Er warf mir einen vielsagenden Blick zu. »Mmh? Lass mich raten. Du hast so eine Scheißangst, dass du es mir überhaupt nicht sagen wolltest.«

Ja, das brachte es auf den Punkt. Aber ich hatte es auch so satt.

»Verdammt. Nein!« Ich funkelte ihn böse an. »Aber du …«

Er lachte kurz auf, als würde er über einen schlechten Witz von mir lachen. »Daran bist allein *du* schuld und das weißt du genau«, sagte er kalt.

Ich ignorierte seine Anspielung und ging einen Schritt auf ihn zu. »Aber *du* …«, ich packte sein freies Handgelenk, »… hältst es ja nicht für nötig, zurückzurufen. Nur wenn du etwas brauchst, dann kann es dir nicht schnell genug gehen.« Dann riss ich mich von ihm los. »Wir reden morgen. Vorausgesetzt, du lässt mich nicht wieder hängen.«

Seine Augen funkelten mich wütend an. Ich drehte mich um und öffnete die Tür zu Theas Zimmer. In dem Moment, als ich den Kopf durch die Zimmertür streckte, hörte ich, wie die Wohnungstür mit einem lauten Knall ins Schloss fiel. Thea zuckte zusammen.

»Scheiße, das tut mir leid«, sagte sie mit leiser Stimme. »Ich habe einfach nicht nachgedacht.« Sie saß auf dem Bett und schaute zu mir hoch. Sie hatte ihre nassen Klamotten gegen trockene getauscht und trug meinen Pulli.

»Der beruhigt sich schon wieder. Ich bin ja auch gleich hochgerannt.« Ich kniete mich vor ihr auf den Boden und nahm ihr Gesicht in beide Hände.

»Sieht schlimmer aus, als es ist«, wiegelte sie ab. »Sehr viele wildgewordene Menschen in deiner Umgebung.«

Ich stand auf, wandte mich ab und strich mir durchs Haar. Jepp, das war in der Tat verrückt. Aufgeschürfte Knie, kaputte Absätze, ein blaues Jochbein, ein Horn auf der Stirn. Hatte ich was vergessen? – Willkommen in meiner kleinen beschissenen Welt.

90ouh

Sie zeigte auf ihre Einhornpantoffeln auf dem Boden. »Ich mache ihnen fast Konkurrenz.«

Ich lachte leise, beugte mich zur Schublade am Nachttisch und reichte ihr eine Salbe.

»Hast du die jetzt auch überall deponiert?«

Verzweifelt lachte ich auf und schüttelte den Kopf. »Erzähl, was war los?«

Sie ließ ihren Kopf hängen. »Es ist nichts passiert.«

Ich stand wieder auf und kniete mich vor ihr hin. »Könntest du *nichts* definieren?« Behutsam legte ich einen Finger an ihr Kinn und zwang sie, mich anzusehen. »Ich bin nicht sauer auf dich.«

»Es war ein schöner Tag mit ihm. Ich glaube, er ist sich seiner Fehler bewusst.«

Ich lachte bitter auf. *Ganz sicher nicht.*

»Wir sind Ruderboot gefahren. Alex stoppte auf dem See, sah mich so komisch an. Wie du das früher immer gemacht hast.«

Ich hob fragend eine Augenbraue.

»Na ja, so ein bestimmter Blick halt. Egal. Er kam mir so nah.« Thea hielt sich die Handfläche vor das Gesicht. »Ich habe mich erschrocken, hatte den Eindruck, er wollte mich küssen. Wahrscheinlich habe ich da was Falsches reininterpretiert.«

»Sicher nicht«, sagte ich verächtlich.

»Ich bin hochgesprungen, hab das Gleichgewicht verloren und bin ins Wasser gefallen. Das war's.«

Ich sah sie misstrauisch an. »Und das Horn?«

»Das war das Ruder. Dann bin ich zurückgeschwommen und habe versucht, dich zu erreichen …«

»Sorry«, unterbrach ich sie. »Ich hatte keinen Empfang. Als ich deine Nachricht gelesen habe, war ich bereits auf dem Weg hierher.«

»Dachte ich mir schon. Deswegen habe ich dir geschrieben, dass es sich erledigt hat und ich zu Hause auf dich warte.«

Ich grinste. »Du machst mich sehr glücklich.«

Thea sah mich irritiert an.

»Das ist jetzt schon das zweite Mal, dass er einen Korb von dir einstecken musste.«

»Was ist daran besonders? Ich will ja nichts von ihm. Er sollte lieber mal damit aufhören.«

Ich stand auf, stützte mich mit einem Knie auf der Bettkante ab, presste meinen Mund auf ihren und drückte sie sanft nach hinten auf die Matratze. An meinem Kuss war nichts Behutsames oder Sanftes, ich war hemmungslos, ich küsste sie ohne Zurückhaltung. Sie konnte nicht im Ansatz erahnen, wie glücklich mich das machte. Ich entfernte mich gerade so weit, dass meine Worte beim Sprechen an ihren Lippen kitzelten. »Ich liebe dich«, flüsterte ich. Sie erwiderte meinen Kuss voller Leidenschaft. Dabei lief mir ein angenehmes Prickeln über die Haut. Gierig schob ich meine Hand unter ihr T-Shirt und wollte es ihr gerade ausziehen, da löste sie sich von mir.

»Ihr müsst euch vertragen.« Ihre Worte trafen mich wie eine unerwartete kalte Dusche. Ich stöhnte gequält auf und vergrub mein Gesicht in ihrer Halsbeuge. »Ihr sollt euch nicht meinetwegen streiten.«

Ich drehte mich auf den Rücken und starrte an die Decke. Wir stritten nicht ihretwegen. *Streiten wäre perfekt. Hitzig diskutieren, sauer sein, sich vertragen, Gras drüber wachsen lassen und alles ist gut.* Aber Alex verfolgte sein ganz eigenes Ziel. Jahr für Jahr, Tag für Tag, und ich fragte mich, wann das jemals enden würde. Schwungvoll stand ich auf. »Ich hol dir ein Kühlpack.«

36

Das Wetter in New York war genauso prächtig wie meine Stimmung. Es hatte seit Tagen nicht geregnet, Hitze flirrte in der Luft und legte sich tropisch über die Stadt. Paul hatte inzwischen die Herrschaft über die Küche übernommen. Die Überlebenschance unserer Gäste stieg damit exponentiell. Mich hingegen hatte er zum Gemüseschneiden abgestellt.

Der Duft von frischem Ofengemüse und Coq au Vin hing in der gesamten Wohnung, als es endlich klingelte. Charles war der Erste, der an diesem Abend mit einer Schüssel Obstsalat vor der Tür stand. Kurz darauf trudelten auch Daniel und Sarah ein. Daniel nahm mich unter Pauls misstrauischen Blicken beiseite. Ich warf Paul einen missbilligenden Augenaufschlag zu. Einen kleinen Knall hatte er ja schon. Wenn er so weitermachte, würde dieser Abend in einem Desaster enden.

Daniel musterte mit zusammengekniffenen Augen mein Gesicht. Lediglich ein zarter weißer Streifen auf meinen Wangenknochen und ein roter Fleck auf meiner Stirn erinnerten noch an das Zusammentreffen mit der Clutch und dem Ruder.

»Bist du glücklich?«, flüsterte Daniel.

»Ja«, antwortete ich ihm ehrlich und kam gegen ein breites Lächeln nicht an.

Er nickte und lächelte. »Gut. Nichts anderes habe ich mir für dich gewünscht.«

In der Zwischenzeit wurden Namen ausgetauscht, und bevor ich mich versah, waren wir inmitten einer ausgelassenen

Unterhaltung. Es dauerte seine Zeit, bis Paul und Daniel ihr Gockelgehabe ablegten. Bei einer banalen Plauderei über Sport schmolz das Eis, als hätte jemand den Strom abgeschaltet. Während sie sich enthusiastisch über ein Basketballspiel unterhielten, hingen Sarah und ich gespannt an Charles' Lippen und lauschten seinen alten Geschichten über New York, seine Kindheit und seine Frau Fiona. Sarah schluchzte gerührt auf. Ohne hinzusehen, reichte Daniel ihr seine Serviette. Paul lachte belustigt auf. Schließlich ergaben sich fröhliche Gespräche quer über den Tisch. Ich hatte schon lange nicht mehr so viel gelacht und diese unbeschwerte Version von Paul brachte mein Herz fast zum Platzen.

Charles verabschiedete sich als Erster und ging leicht taumelnd nach unten in seine Wohnung. Je später der Abend wurde, desto mehr versuchte Daniel, Sarah und Paul über die kommende Staffel auszuquetschen. Aber die beiden warfen sich nur verschwörerische Blicke zu.

»Dann will ich jetzt eine aktuelle Folge sehen«, verkündete Daniel und stand auf.

»Oh nein, das willst du nicht«, rief Sarah ihm hinterher.

»Oh doch, und wie ich das will. Ist mal was anderes, wenn die Schauspieler danebensitzen.«

Sarah verdrehte die Augen, stand auf und fing an, den Tisch abzuräumen. Paul stand ebenfalls auf und half ihr. »Daniel, ich fand dich vor zwanzig Minuten echt noch sympathisch.«

»Jetzt habt euch nicht so.« Daniel fläzte sich auf die Couch und wählte auf der Fernbedienung *Netflix* aus. Er klopfte neben sich auf die Polster. »Kommt schon, holt das Popcorn!«

Sarah lachte und schubste mich vom Stuhl. »Dann mal los.«

Während wir gemeinsam auf der Couch lümmelten und uns eine Folge reinzogen, räumte Paul auf und putzte penibel die Küche.

»Thea, du kannst dir nicht die ganze Zeit die Augen zuhalten«, motzte Daniel.

Ich spreizte meine Finger und lugte hindurch. »Oh doch, dieses Gemetzel ertrag ich nicht.« Ich hielt mir wieder die Hände vors Gesicht.

Paul lachte auf. »Das macht sie immer.«

»Vincent, kommt, rettet Eure Lady«, rief Daniel ihm lallend zu.

Paul warf das Geschirrtuch auf die Arbeitsfläche und hielt einen Kochlöffel in die Luft. Er wieherte kurz auf und galoppierte zur Couch, als würde er auf einem Pferd sitzen. Dann tat er so, als würde er von seinem Hengst hüpfen, sprang mit dem nächsten Satz hinter mich auf die Polster, nahm mich zwischen seine Beine und legte einen Arm um mich. »Wo ist der Verräter!«, rief er und hielt den Kochlöffel zum Kampf bereit.

Sarah verfiel in einen nicht enden wollenden Lachkrampf. Paul küsste mich sanft am Hals. »My Lady, Sie brauchen sich nicht zu fürchten, es ist nur ein Film.«

Im nächsten Moment schoss er hinter mir hoch, griff unter meine Kniekehlen, hob mich vom Polster und sprang von der Couch.

»Daniel. Sarah.« Er verbeugte sich. »Ich bringe Lady Thea in Sicherheit.«

Verzweifelt lachte ich auf und rieb mir übers Gesicht. Dann galoppierte er mit mir die Treppe hinauf ins Schlafzimmer und ließ mich aufs Bett fallen. Ich lachte schallend.

»Hier bist du sicher.« Er warf den Kochlöffel auf den Boden und machte einen Satz zu mir auf die Matratze.

»Und die zwei da unten?«

Er zuckte kurz mit der Schulter. »Mach dir keine Sorgen. Ich denke, die wissen, wie sie sich beschäftigen können.

Oder glaubst du etwa, Daniel wollte *mich* auf dem Bildschirm sehen?«

Er stützte seinen Kopf auf seiner Hand ab, zog mir meine Bluse aus der Hose und fuhr mit seinen warmen Fingern über die Haut an meinem Bauch.

»Wie kommst du darauf?«

Er gab mir einen Kuss. »Das merkt man doch.«

»Ich nicht.«

Und noch einen. »Ja, das war mir klar.«

Ich drehte mich auf die Seite, damit ich ihn ansehen konnte. »Was soll das wieder heißen?« Er lächelte, küsste meinen Hals und öffnete meinen BH. Unerträglich langsam schob er seine Hand unter den dünnen Stoff. Ein leises Stöhnen entwich mir.

»Psst, wir sind nicht allein«, flüsterte er.

Er gab mir einen Schubs, damit ich wieder auf den Rücken lag, und beugte sich zu mir. »In Apulien …«, sagte er und verteilte Küsse auf meinem Bauch. Das Gefühl seiner Lippen auf meiner nackten Haut bescherte mir am ganzen Körper eine Gänsehaut. Er richtete sich auf und schob mir meine Bluse über den Kopf. »An deinem Geburtstag …« Er griff nach seinem T-Shirt, zog es sich in einer fließenden Bewegung aus und legte sich wieder zu mir. »… wollte ich dir das erste Mal sagen, dass ich mich in dich verliebt habe. Aber da kamen mir diese Vollidioten mit ihren Trolleys dazwischen.« Er gab mir einen Kuss auf die Nasenspitze.

Ich war unfähig, mich zu rühren, geschweige denn etwas zu sagen. Ich war so dumm gewesen. Wie viel Zeit hatte ich nur vergeudet. Unsere Blicke trafen sich und plötzlich ging alles ganz schnell. Keine Ahnung, wie er es schaffte, in Nullkommanichts unsere Klamotten loszuwerden. Im nächsten Moment schien es, als hätte er die Welt um uns herum vergessen. Vergessen, dass wir nicht allein waren. Paul unterdrückte einen kehligen Laut und erstickte mein Wimmern mit einem leidenschaftlichen Kuss, als der aufkommende Schauer meinen Körper durchfuhr.

Die kommenden Wochen zogen sich wie Kaugummi, wenn Paul beim Dreh war, und die wenige Zeit, die wir gemeinsam hatten, rauschte dagegen vorbei wie eine Rennmaus auf Speed.

In der Zwischenzeit hatte ich genug vom Central Park gesehen, aber aus einem mir unerfindlichen Grund verschlug es mich doch immer wieder hierher.

Während Paul drehte, verbrachte ich meine Zeit entweder im Park, bei Charles, mit Sarah – vorausgesetzt, sie stand nicht mit Paul vor der Kamera – oder mit Daniel. Ich hatte Freunde und ich hatte Paul. Ich war von Glück erfüllt, auch wenn ich ihn schon vermisste, sobald er die Türklinke in der Hand hatte. Unsere Beziehung wurde von Tag zu Tag intensiver. Ich konnte einfach nicht genug bekommen. Es war die reinste Zeitverschwendung gewesen, sich so lange gegen meine Gefühle zu wehren. Die Erlebnisse mit Paul erinnerten mich von Zeit zu Zeit an vergessene wundervolle Momente mit Tim. Alte Erinnerungen, die in den letzten Jahren hinter Dunklerem verschwunden waren und sich peu à peu wieder ans Tageslicht wagten.

PAUL

Die ersten Tage beim Dreh zogen sich quälend in die Länge. Mein Herz wollte bei Thea sein, in ihrer Nähe, sonst nirgendwo. Inzwischen hatte ich mich damit arrangiert, sie nicht jede Minute um mich herum zu haben. Es freute mich, dass sie Freunde gefunden hatte. Daniel war ein cooler Typ. Ich mochte ihn.

Dass ich das einmal sagen würde, hätte ich auch nicht gedacht.

Auf allen Fotos, die in letzter Zeit auf diversen Kanälen auftauchten, war eine glückliche Version von mir zu sehen. Ich musste oft zweimal hinsehen, um zu begreifen, dass ich der Typ auf dem Foto war.

Meine Herzschläge überschlugen sich bei dem Gedanken an Thea. Ich konnte nicht genug von ihr bekommen und ich würde nie ausreichend von ihr bekommen. Es schien, als würde es mein Leben wieder gut mit mir meinen. Ich wusste, dass die Beziehung mit Thea meine Erwartungen übertreffen würde, aber ich hatte bis dato keine Ahnung, in welchem Maße.

Ich hatte den Anspruch, so viel Zeit wie möglich mit ihr zu verbringen. Auch wenn ich an manchen Tagen lange arbeiten musste, dann wenigstens für ein paar Stunden. Wir gingen viel öfter aus und verbrachten die gemeinsamen Stunden außerhalb der Stadt. Die Wand hinter ihrem Bett war inzwischen voll von unvergesslichen gemeinsamen Augenblicken.

Es gab nur eine Kleinigkeit, die wir noch in den Griff bekommen mussten. Wenn es bei mir später wurde, schlief Thea nicht in meinem Schlafzimmer, sondern im Gäste-zimmer. Lange würde ich das nicht mehr in dem kleinen Bett durchhalten. Eine Schlaf-Spannweite von einem Meter vierzig brauchte ich gewöhnlich für mich allein.

Sie hatte mich nie wieder auf Alex angesprochen und ich ging dem Thema geflissentlich aus dem Weg. Ich war nicht mal sauer, dass er mich abermals versetzt hatte. Ich hatte seine Vorwürfe satt und kein Interesse an einer hitzigen Auseinan-dersetzung. Sie hatten noch nie zu etwas Sinnvollem geführt.

Sarah war heute Morgen wieder wie das blühende Leben am Set erschienen. Keine Ahnung, wann Sarah und Daniel an dem Abend bei uns gegangen waren, geschweige denn, was Daniel mit der sonst so morgenmuffligen Sarah angestellt hatte.

Nach einem langen Drehtag stieg ich aus dem Taxi und sah hinauf zur Wohnung. Das ganze Haus lag bereits im Dunkeln. Ich schloss die Wohnungstür auf, streifte meine Schuhe ab, holte eine Wasserflasche aus dem Kühlschrank und ging in Theas Zimmer. Ohne das Licht anzuknipsen, stellte ich die Flasche auf den Boden, zog meine Hose aus, kroch zu ihr ins Bett, schloss sie in die Arme und gab ihr einen Kuss auf die Wange.

»Hallo«, flüsterte ich.

Auf Theas Gesicht zeigte sich ein verschlafenes Lächeln im Mondlicht.

»Hallo. Wie spät ist es?«

»Ein Uhr. Kannst du noch ein Stück rutschen?«

Ich bekam keine Antwort mehr. *Na schön.* Ich stand auf, zog die Decke weg, griff unter ihre Knie und hob sie hoch.

»Was machst du da?«, murmelte sie.

»Wir schlafen heute Nacht im großen Bett«, flüsterte ich. Sie gab nur eine verschlafene Zustimmung von sich. »Ich habe morgen frei und möchte mit dir ausschlafen.«

»Wie schön.«

Mit Thea in den Armen bückte ich mich und griff nach dem Wasser. Ein leises Glucksen entwich ihr, als sie mir beinahe vom Arm glitt. Dann stieg ich die Treppen zu meinem Zimmer hoch, stellte erst die Flasche ab und ließ sie sanft aufs Bett hinuntergleiten.

»Ich bin gleich wieder da.«

Als ich nach dem Zähneputzen das Schlafzimmer betrat, saß eine quicklebendige Thea auf der Matratze. Ich nahm Anlauf, sprang zu ihr ins Bett und gab ihr einen Kuss. »Wie war dein Tag mit Daniel?«, fragte ich fröhlich.

»Schön«, antwortete sie kurz angebunden, ohne den Blick von ihrem Handy zu heben.

»Schön? Mehr nicht?«

Sie nickte und sah vom Telefon auf. »Sehr freundlich von deinen Fans, dass sie dich auf deinem Instagram-Account darauf hinweisen, dass du nicht mehr mit Elly zusammen bist. Warum machen die das?«

»Interessante Frage. Ich habe darüber noch nie nachgedacht.« Ich lehnte mich mit dem Rücken gegen die Wand und versuchte, meinen Arm unter ihren Nacken zu schieben.

»Hier wurde ein Zeitungsartikel gepostet. Ich zitiere …« Thea richtete sich ein Stück auf und senkte ihren Kopf wieder auf meinen Arm. »Paul Hoobs and Elly L. have split for the second time. ›This was the right decision and the separation was overdue‹, a source told the magazine.«

»Mmh.« Ich kannte den Artikel. Es war nicht länger ein Geheimnis, dass ich nicht mehr mit Elly zusammen war, und natürlich spaltete sich die Community in eine Paul- und eine Elly-Fanbase. Aber es war mir scheißegal.

»Stimmt das? Hattet ihr euch schon einmal getrennt?«, fragte sie und warf mir einen flüchtigen Blick zu.

»Mehrfach«, gab ich zu.

»Da steht, dass du treu warst, ihr euch aber auseinandergelebt habt.«

»Ja, das stimmt. Das war ich.«

»Wer ist diese Quelle?«

»Ich weiß es nicht. Frag mich nicht, wie die Klatschpresse immer an Informationen kommt oder wer sich aus unserem Umkreis die Taschen aufbessert.«

Sie scrollte mit dem Daumen im Newsfeed weiter.

»Zeig mal …« Ich griff nach ihrem Handy. Blitzschnell zog sie ihren Arm weg.

»Schau doch selbst«, sagte sie und deutete mit dem Kinn auf den Boden, wo mein Handy lag. Nein, dazu hätte ich sie loslassen müssen, stattdessen sah ich ihr lieber über die Schulter. Bilder von Elly und mir, mit einem Riss zwischen unseren Gesichtern oder mit einem gelben Blitz durchtrennt, huschten flink über ihr Display. Sie stoppte und scrollte wieder zurück. Mein Herz setzte einen Schlag lang aus.

»Leg das Handy weg, Thea!« Meine Stimme war lauter als beabsichtigt. Jedes Leuchten war in ihren Augen erloschen. Es war ein Bild von uns auf dem Empire State Building. Ich hatte an diesem Abend nur Augen für sie gehabt, hatte alles um mich herum vergessen und nicht auf unsere Umgebung geachtet. *Verdammt, Paul!* Der Text darunter: *Ist das etwa seine Neue?*

»Willkommen in meiner kleinen beschissenen Welt«, murmelte ich.

Thea sah nicht auf und las jeden einzelnen Kommentar unter dem Bild. Ich könnte mich selbst ohrfeigen, warum ich das nie tat.

Ja, seht sie euch an. So etwas soll besser sein als ich?, kommentierte Elly. Die böse Schlange konnte es einfach nicht lassen. Diese Bemerkung bedeutete: Feuer frei auf Thea.

Elly, du bist so viel schöner, stand dort. Ich lachte bitter auf.

Du bist großartig.

Das hast du nicht verdient.

Er wird es bereuen.

Mit jedem weiteren Kommentar wurde es boshafter.

Warum lässt man eine Frau wie dich wegen solch einem Besen sitzen?

Und es ging schließlich derber: *Bitch.*

Was für eine Hackfresse.

Du wirst nie genug sein.

Ich hasste Menschen, die sich versteckt hinter einem Profilbild die Mäuler zerrissen. Feiglinge, schüchterne Mäuschen, die zum Leid anderer ihr Selbstwertgefühl aufpeppten. Und Elly, die andere vor ihren Karren spannte.

»Thea ...«

»Sag nichts ...«

»Wir müssen darüber reden.«

»Müssen wir nicht.«

Ich schüttelte verzweifelt den Kopf, gleichzeitig schäumte ich vor Wut. Ich hätte damit rechnen müssen, ich kannte Elly einfach zu gut. Es wunderte mich, dass sich die Dramaqueen so lange Zeit gelassen hatte. Das hatte Thea nicht verdient. Ich wusste, wie es sich anfühlte, wenn alles um einen herum drohte, zusammenzubrechen.

Ich ließ Thea kurz los, um mein Handy zu holen, tippte eine scharfe Nachricht an Elly und drückte auf *Senden*. Dann legte ich mein Telefon zur Seite, nahm Thea ihres aus der Hand, rutschte ein Stück nach unten und breitete die Arme aus, damit sie sich an mich kuscheln konnte. Ich umschlang sie und zog sie eng an mich.

»Ich bekomm keine Luft mehr«, nuschelte sie.

»Wenn du nicht reden willst, muss ich den bitteren Geschmack der Worte aus dir rausdrücken.« Ich lockerte meinen Griff. »Du solltest das gar nicht erst lesen. Du weißt, dass das alles nicht stimmt.«

Sie zuckte mit den Schultern.

»Thea!«

»Würde dir das gefallen?«, fragte sie leise.

»Nein.«

Das Vibrieren neben mir schreckte Thea auf.

Ich schnappte mir das Handy und setzte mich auf die Bettkante. Es war Elly. Für einen kurzen Moment verharrte mein Daumen auf dem grünen Hörersymbol.

»Lass es«, sagte Thea, während sie über meine Schulter aufs Display schaute.

419

»Nein. Auf keinen Fall.«

Ich wartete nicht auf ihre Begrüßung und ersparte mir meine. »Was hast du dir dabei gedacht?«

»Das ist mein gutes Recht«, fauchte Elly. *Wow! Recht?* Dazu hatte niemand ein Recht.

Ich atmete kurz durch, um nicht zu brüllen. »Kannst du nicht einmal in deinem Leben ohne Drama aus einer Sache gehen?« Ich wartete ihre Antwort nicht ab, die Frage war ohnehin rhetorisch gemeint. »Elly, hör einfach auf, es weiter anzufeuern …«

Sie lachte affektiert auf. »Das meinst du doch jetzt nicht ernst. Das braucht die Kleine, damit sie dich in Frieden lässt.«

Für einen kurzen Moment verschlug es mir die Sprache. »Du hast ja keine Ahnung, wie ernst mir das ist … Ich sage es kein zweites Mal«, stieß ich zwischen zusammengebissenen Zähnen eisig hervor. Ich starrte auf mein Display. Sie hatte aufgelegt.

Ich öffnete die App und aktualisierte meinen Bildschirm. Wieder und wieder. Aber es änderte sich nichts, gehässige Worte prasselten im Minutentakt unter dem Bild ein. Elly setzte sogar noch eins drauf und verlinkte das Foto in ihrem Feed.

Thea gab mir einen Kuss auf den Nacken, drehte sich um und legte sich ohne ein weiteres Wort schlafen.

Ich öffnete mein Profil und suchte ein Bild von Thea. Ich wählte ein Foto in der Abenddämmerung. Man sah nur ihr angeschnittenes Profil von hinten, einen Teil ihrer Flechtfrisur, aus der sich einzelne Strähnen gelöst hatten, und im Hintergrund die Lichter der Brooklyn Bridge. Darunter schrieb ich: *Niemand brachte jemals so viel Liebe und Lebendigkeit in mein Leben wie du. Es gibt niemanden, bei dem ich mehr ich selbst sein kann als bei dir. Du bist alles für mich. Noch nie habe ich jemanden so sehr geliebt wie dich.* Kurz hatte ich darüber nachgedacht, Thea zu verlinken, ließ es aber bleiben. Ich deaktivierte die Kommentarfunktion und postete das Bild.

37

Ich hatte uns Karten in der angesagtesten Rooftop-Location der Stadt gekauft, um mit Thea den 4. Juli zu feiern. Wir wollten uns schon vor einer halben Stunde dort mit Sarah und Daniel treffen. Aber Thea skypte seit Stunden mit Lotti. Ein Ende war nicht in Sicht. Ich öffnete die Tür zu ihrem Zimmer, lehnte mich gegen den Türrahmen und versuchte sie, durch puren Blickkontakt zum Auflegen zu bewegen. Sie hob zwei Finger und formte mit ihren Lippen stumm: *noch zwei Minuten.* Das Gleiche hatte sie vor einer halben Stunde gesagt. Ich trat auf sie zu, setzte mich neben sie aufs Bett und winkte in die Kamera.

»Paul!«, kreischte Lotti. »Dein Post war so romantisch.«

»Lotti, ich muss jetzt deine Freundin entführen. Sie ruft dich wieder an.«

»Aber klar doch. Viel Spaß«, trällerte sie und war schon offline.

»Geht doch«, sagte ich zu Thea und grinste breit.

Sie sah umwerfend aus. Ich war mir nicht sicher, ob ich sie mit diesem kurzen nachtblauen Kleid überhaupt auf die Straße lassen sollte oder wir besser gleich zu Hause blieben. Als könnte sie meine Gedanken lesen, sprang sie auf, schnappte sich ihre Handtasche und ging zur Tür.

»Ich werde mich nicht noch einmal umziehen«, sagte sie energisch.

Schon am Fahrstuhl hörten wir die dröhnende Musik und laute Stimmen. Anders als an üblichen Abenden war die Bar vollkommen überfüllt. Ich nahm Thea bei der Hand und bahnte uns langsam einen Weg durch die Menge, schob Leute entschuldigend zur Seite, während mein Blick suchend über die Köpfe glitt. »Sorry.« Das Mädchen sah mich flüchtig an und riss ungläubig die Augen auf. An einem der Hochtische auf der Dachterrasse direkt an der Glasbrüstung entdeckte ich Sarah und Daniel. Jemand rief meinen Namen. Ich hob kurz die Hand, ohne mich danach umzudrehen.

»Hey, wo wart ihr denn so lange?«, brüllte Sarah über die Musik hinweg. Ich sah hinunter zu Thea, die schuldbewusst die Hand hob.

»Wir haben schon gedacht, wir müssten uns das Feuerwerk ohne euch anschauen«, rief Daniel und begrüßte mich mit einem festen Handschlag.

»Die Befürchtung hatte ich auch.« Thea strafte mich mit einem missbilligenden Blick. Ich hob die Schultern. »*Was?*«

»Ich habe mit Lotti telefoniert«, versuchte sie sich zu erklären.

Im nächsten Moment quetschte sich Alex wie selbstverständlich zwischen mich und Thea. Was um alles in der Welt hatte er hier zu suchen? Es gab über vierzig Rooftop-Bars in der Stadt.

»Wer ist Lotti?«

»Das süße Mädchen mit dem blonden Lockenkopf. Das du nicht einmal mit dem Arsch angeschaut hast, weil sie ein Hörgerät trägt.«

»Doch, doch. Ich erinnere mich. Sie war süß!«

»Vergiss es«, fauchte Thea genervt.

Er nickte mir zu, dann wandte er sich an Daniel. Ich machte mir nicht die Mühe, ihn vorzustellen. Alex hatte solch Auftritte über die Jahre perfektioniert und badete in diesen Momenten. Aufgeblasen wie eh und je übertraf er sich heute selbst in seiner übertriebenen Selbstdarstellung.

Sein Blick heftete sich auf Sarah. Sie verschränkte demonstrativ die Arme vor der Brust. Er zog nur einen Mundwinkel ganz leicht nach oben.

»Glotz nicht so doof«, schnauzte Sarah ihn an. Thea und ich tauschten einen belustigten Blick.

Dann wandte er sich Thea zu, legte einen Arm um sie, zog sie an sich und küsste sie rechts und links auf die Wange. Er trat einen Schritt zurück und ließ seine Augen an ihr auf und ab wandern. Dann räusperte er sich. »Du siehst fantastisch aus«, sagte er mit rauer Stimme.

Thea verzog ihr Gesicht zu einer Grimasse. Ich ignorierte seinen provozierenden Blick, was ihn kurz auflachen ließ. Dann lehnte er sich lässig gegen den Tisch. »Das Horn ist gut verheilt.«

»In der Tat«, gab Thea trocken zurück.

Ich kannte meinen Bruder, ich kannte diesen Blick. Um diesen Abend zu überleben, brauchte ich etwas zu trinken.

»Ich geh an die Bar«, sagte ich und strich Thea über den Rücken.

»Ich komm mit«, rief Sarah und drängte sich hinter Daniel vorbei.

Ich bahnte uns einen Weg durch die Menge.

»Warum ist er hier?«, fragte Sarah, als wir außer Hörweite waren. Bei der Musiklautstärke hätte sie sich die Mühe sparen können. Ich bestellte zwei Flaschen Weißwein.

»Alex geht nicht auf eine Party, auf der du bist, weil ihm langweilig ist. Der will doch was.«

Da hatte sie recht. »Mach drei«, rief ich dem Barkeeper zu.

Sarah lehnte sich neben mich und beugte sich so weit über die Theke, dass ich sie ansehen musste.

»Du bist erstaunlicherweise ziemlich gelassen.«

»Glaub mir, das bin ich ganz und gar nicht.«

Vielleicht war es meine ständige Eifersucht, wenn es um Thea ging. Aber mein Bauchgefühl in Bezug auf Alex hatte mich bis jetzt noch nie im Stich gelassen. Irgendetwas führte er im Schilde. Ich gab mir alle Mühe, das Gefühl zu ignorieren, aber es hielt sich beharrlich.

Ich schnappte mir den Eiskübel mit den Weinflaschen und marschierte mit Sarah im Schlepptau zurück an unseren Hochtisch. Der Tisch war lang und es gab genügend Platz, aber Alex stand so dicht bei Thea, dass sie seine Wimpern hätte zählen können. Es entging Alex nicht, dass ich Thea wieder ein Stück an mich ranzog. Spöttisch grinste er mich an. Ich musste mich dazu zwingen, meinen Blick nicht von ihm abzuwenden. Um die aufkochende Wut zu besänftigen, griff ich blind nach einem Glas, trank es in einem Zug aus und stellte es lauter als beabsichtigt zurück auf den Tisch.

Die Menge grölte, zählte einen Countdown. Bei eins explodierte der Himmel über dem Hudson River in bunten Farben. Der DJ stimmte die Musik perfekt auf das Feuerwerk ab. Ich stellte mich hinter Thea, legte meine Hände um ihre Taille und atmete erleichtert aus. Während Thea mit großen Augen und dem Kopf im Nacken das Spektakel bestaunte, streiften meine Lippen die warme Haut an ihrem Hals. Sie schnappte nach Luft, drehte sich aber nicht zu mir um. Stattdessen neigte sie ihren Kopf leicht zur Seite und schmiegte sich an mich. Auch ohne hinzusehen, spürte ich Alex' Aufmerksamkeit, die in diesem Moment nicht auf dem Schauspiel am Himmel lag.

»Ich liebe dich«, erinnerte ich Thea leise.

Erst als das Feuerwerk zu Ende war, drehte ich sie langsam zu mir um, beugte mich zu ihr runter und küsste sie haltlos. Als ich meine Lippen von Thea löste, sah ich direkt in Alex' blaue Augen. Er lehnte noch immer lässig am Tisch, grinste dämlich und strich mit dem Finger über den Rand seines Glases.

Mein Puls begann zu rasen.

»Premiere! Das erste Mal, dass ich dieses Feuerwerk sehe«, sagte Daniel triumphierend und hob sein Weinglas.

»Wie lange bist du schon hier?«, fragte Sarah entgeistert.

»Thea ...«, Alex stellte sein Glas ab. »Lust zu tanzen?«

Als sie sich weder rührte noch ihm antwortete, griff er wie selbstverständlich nach ihrer Hand. »Also dann ...«, sagte er und verflocht seine Finger mit ihren. Thea riss erschrocken den Kopf hoch. Ich hatte keine Zeit zu reagieren, denn im nächsten Augenblick verschwand er mit ihr im allgemeinen Tumult.

»Ich kotze bei so viel Arroganz«, fauchte Sarah. »Sein Gelaber stinkt zehn Meilen gegen den Wind.«

Ich ließ ihn keine Sekunde aus den Augen, als er Thea hinter sich her in Richtung Tanzfläche zog. Thea warf mir einen verzweifelten Blick über ihre Schultern zu.

Mein Unbehagen verstärkte sich, je weiter er sich von uns entfernte. Es war vollkommen unnötig, so weit in die Menge zu gehen. Für einen kurzen Moment verlor ich sie aus den Augen, bis ich Thea zwischen den tanzenden Paaren wiederentdeckte. Ich griff nach meinem Glas und kippte den Inhalt in einem Zug runter.

»Du kleine Saufnase«, sagte Sarah. Ein kläglicher Versuch, meine Stimmung zu heben.

THEA

Paul hielt Alex nicht zurück, dabei konnte ich ihm ansehen, dass die Wut in ihm tobte.

Alex umschloss meine Finger so fest, dass es schmerzte, und dirigierte mich durch das Lokal. Er bahnte sich mit mir im Schlepptau einen Weg durch die Menge und schob Leute unwirsch zur Seite. Immer weiter in das Gedränge und weiter weg von Paul.

Er positionierte uns am Rand der Tanzfläche, legte eine Hand auf meine Taille und hob die andere. Mit einem auffordernden Kopfnicken deutete er mir an, meine Finger in seine zu legen.

»Ein Tanz. Mehr nicht«, fauchte ich. Ich musste endlich lernen, Nein zu sagen.

Er nickte knapp und streckte seine offene Handfläche aus. Ich legte genervt meine Hand in seine und die andere auf seine Schulter. Dann bewegte er mich langsam im Takt der Musik.

Er beugte sich ein Stück zu mir herunter. »Und was sagst du dazu, dass du jetzt Mittelpunkt in Pauls und Ellys Rosenkrieg bist?«

»Ich lese keine Klatschpresse.« Mein Interesse, mit Alex meinen Gefühlszustand diesbezüglich zu besprechen, lag weit unter null.

Er strich mir über den Rücken. »Tja, es tut mir leid.«

Durch eine Lücke in der Menschentraube warf ich einen Blick zu unserem Tisch hinüber. Die anderen standen nebeneinander und beobachteten uns. Während Sarah am Weinglas nippte und Daniel die Stirn in Falten legte, knetete Paul nervös seine Finger. Alex' warmer Atem streifte meinen Hals, dann senkte er seine Lippen an mein Ohr.

»Du hast dich in den Falschen verliebt.« Seine Stimme war rau, sein Tonfall eisig.

Ich trat einen Schritt zurück und versuchte, ihm unbefangen in die Augen zu sehen. »Was meinst du?«

»Ich wäre vorsichtiger, hätte ich ein Herz zu verschenken«, sagte er in einen sachlichen Ton.

»Ich habe dich schon verstanden, nur verstehe ich dein Gerede nicht.«

»Er ist nicht der, für den du ihn hältst. Er wird dir nicht guttun.« Ein warnender Unterton lag in seiner Stimme.

Ich hob eine Augenbraue. »Man sollte nicht von sich auf andere schließen.« Wenn einer der beiden mir nicht guttat, dann definitiv er.

Alex kratzte sich am Kopf. »Hör zu, ich habe nachgedacht.« Er räusperte sich. »Nach unserem Gespräch im Park.«

Er griff nach einer Haarsträhne, die sich aus meiner Frisur gelöst hatte, und drehte sie auf seinen Finger.

»Du tust mir gut.« Seine Stimme war tief und kratzig.

Hilfesuchend sah ich zu Paul, aber der schien sich in dem Moment dazu entschieden zu haben, neue Getränke zu holen.

»Ich dachte, du hast kein Herz zu verschenken.«

Er ließ seine Hände sinken und trat einen Schritt zurück.

»Komm mal mit.« Noch während er die Worte aussprach, packte er meine Hand und führte mich über die Tanzfläche, Richtung Ausgang.

Ich entriss ihm temperamentvoll meine Finger. »Ich muss auf die Toilette«, sagte ich und schob mich an ihm vorbei weiter durch die Menge.

»Hey, wo willst du hin?« Jemand umfasste meine Taille und zog mich rücklings an sich. Ich trat energisch einen Schritt vor, wirbelte herum und funkelte zornig.

»Paul!« Meine Miene hellte sich schlagartig auf.

Er hielt mich mit beiden Händen fest. »Was ist los?«

»Nichts.«

Er sah mich zweifelnd an. Ich beschloss, für heute den Mund zu halten. Sein Bruder blieb ein arrogantes Arsch, ein hoffnungsloser Fall und er hatte eindeutig *keine* Tasse mehr im Schrank.

Fragend legte Paul seinen Kopf schief.

»Lass uns einfach einen schönen Abend haben.«

Er überlegte kurz, nickte dann aber und wartete, bis ich meine Hand in seine gelegt hatte. Er lächelte schwach, bevor sein Blick einen Punkt hinter mir fixierte. Ich sah über meine Schulter. Dort lehnte Alex an der Wand.

Er stieß sich ab und schob sich an uns vorbei. »Du wirst noch an meine Worte denken.«

Ich funkelte ihn wütend an.

»Was hat er jetzt wieder getan?«, fragte Paul, während er Alex einen vernichtenden Blick hinterherwarf. »Was hat er zu dir gesagt?«

»Ist doch egal.« Mit diesen Worten schob ich alle Fragen, die durch meine Gedanken schwirrten, beiseite.

Paul sah mich an und schüttelte den Kopf. »Es gefällt mir nicht.«

Ich seufzte tief und sah ihn eindringlich an. »Können wir Alex für den Rest des Abends vergessen?«

Er ließ seine Augen langsam über mein Gesicht wandern.

»Wichtig ist doch nur, dass wir uns haben. Oder nicht?« Ich legte den Kopf in den Nacken und suchte seinen Blick.

Er lächelte auf mich herab. »Ja, das stimmt.« Dann küsste er mich.

Als er sich von mir löste, lag etwas Reizvolles in seinen Augen, auf das mein Körper mit einer Gänsehaut reagierte. Ich biss mir auf die Unterlippe. Am liebsten hätte ich sofort die Party verlassen, aber er grinste nur, legte seine Hand sanft auf meinen Rücken und schob mich zurück zu den anderen.

Sarah und Daniel waren so in ihr Gespräch vertieft, dass sie gar nicht bemerkten, dass wir wieder bei ihnen waren. Ich war mir gar nicht sicher, ob es eine Unterhaltung war oder ob Daniel an ihrem Ohr kaute – so vertraut standen sie sich gegenüber.

Wir tauschten einen vielsagenden Blick. Schließlich räusperte sich Paul laut. Sarah und Daniel sahen erschrocken auf. Ich biss mir auf die Unterlippe, um mir das Lachen zu verkneifen.

»Hey, da seid ihr ja wieder«, sagte Sarah fröhlich und leicht taumelnd. Sie hatte eindeutig zu viel getrunken. Daniel beugte sich zu Paul vor.

»Nimm's mir nicht übel, aber ich kann deinen Bruder nicht ausstehen.«

»Da bist du nicht der Einzige«, lallte Sarah.

Die restliche Nacht hatten wir verdammt viel Spaß. Wir tanzten ausgelassen auf der Tanzfläche, bestellten noch mehr Wein und lauschten eine Weile Sarahs lallenden Flirttaktiken. Wir waren die letzten Gäste, als wir im Morgengrauen die Location verließen.

Wir schoben Sarah in das erste Taxi, das um die Ecke bog.

Sie kurbelte das Fenster nach unten und streckte ihren Kopf raus. »Theeaaa! Wir sehen uns morgen, ja?«

»Ja klar.«

Als Nächstes verabschiedeten wir uns von Daniel.

»Sehen wir uns morgen?«, fragte er Paul mit einer gespielt lallenden Stimme.

»Klar, das machen wir«, sagte Paul und klopfte ihm freundschaftlich auf die Schulter.

»Wir könnten doch morgen Abend alle zusammen kochen«, schlug ich vor.

Paul nickte. »Daniel?«

»Ja, klingt gut. Dann bis morgen.«

38

Wir hatten den letzten freien Platz unter einem Sonnenschirm in einem kleinen Café ergattert.

»Es war ein toller Abend gestern«, nuschelte Sarah, während sie ihren Latte macchiato durch den Strohhalm zog. Ich war froh, dass sie überhaupt mal etwas sagte. Für ihre Verhältnisse war sie heute schon den ganzen Tag ausgesprochen wortkarg. Normalerweise plapperten wir immer gleich drauflos, wenn wir uns sahen, aber heute zog sich unsere Unterhaltung eher schleppend dahin.

»Du hast doch was?« Gut möglich, dass sie einfach einen Kater hatte, aber ich konnte durch die dunkle Sonnenbrille ihre Augen nicht sehen.

Sie sah kurz auf. »Ich? Nein! Wie kommst du darauf?«

»Na ja, alles muss ich dir aus der Nase ziehen.«

Sie schwieg erst beharrlich, entschied sich dann aber doch dafür, zu reden. »Daniel gefällt mir.«

Leise pfiff ich durch die Zähne und grinste. »Sieh mal einer an. Und wo ist das Problem?«

»Ich habe ihm meine Telefonnummer gegeben, aber er hat sich noch nicht gemeldet.«

»Wann?«

»Gestern Abend.«

Ich lachte schallend. »Sarah! Du bist ja noch ungeduldiger als ich. Es ist gerade mal vier Uhr nachmittags. Er wird sich schon melden. Oder *du* rufst ihn an.«

»Ich habe seine Nummer nicht. Außerdem hat er mir zu verstehen gegeben, dass er von ›Persönlichkeiten des öffentlichen Interesses‹ nicht viel hält.« Sie fasste ihre Worte mit den Fingern in der Luft in Anführungszeichen. »Es seien ›arme Schweine‹, weil sie nicht einmal unbemerkt in der Öffentlichkeit niesen können.«

»Das hat er nicht gesagt!«

»Jawohl«, sie schob ihre Sonnenbrille ein Stück nach unten, damit ich ihre Augen sehen konnte. Sie hatte gestern Abend definitiv zu viel getrunken.

»Für dich ist das kein Problem?«

»Nein. Ich liebe Paul. Sehr. Egal, ob er bekannt ist oder nicht.«

Sarah lächelte und schob ihre Sonnenbrille wieder auf die Nase. »Wie geht es dir nach dem Post von Elly?«

»Gar nicht gut. Es macht mich traurig, dass Menschen über mich urteilen, ohne mich zu kennen. Sie wären alle nicht so forsch und mies, wenn sie es mir direkt ins Gesicht sagen müssten. Am liebsten würde ich sie alle zu einer persönlichen Gesprächsrunde einladen. Mal sehen, wie sie sich dann geben würden. Zwischen den abfälligen Kommentaren finden sich aber auch ein paar nette. Daran halte ich mich fest. Und an Paul.«

»Irgendwann werden sie dich alle lieben.«

»Ich muss von denen nicht geliebt werden, es reicht mir, wenn es Paul tut.«

»Mmh, ich habe seinen Post gesehen. Sehr romantisch. Er würde für dich durchs Feuer gehen.«

»Alex sagte gestern zu mir, Paul sei nicht der, für den ich ihn halte.«

»Was für ein Bullshit! Siehst du, das ist genau der Punkt, warum Paul nicht mit dir zusammen sein wollte.«

Ich sah sie irritiert an. »Was meinst du?«

»Pah, er hat es dir noch immer nicht erzählt?«

Ich schüttelte den Kopf. »Erzählst du es mir?«

»Das kann ich nicht. Das muss Paul machen.«

431

Ich sah sie flehend an.

»Thea, hör schon auf, mich so anzusehen. Ich kenne nicht jedes Detail. Es gab da einen Vorfall, als sie Jugendliche waren, seitdem ist ihre Beziehung toxisch. Ich glaube, so etwas passiert am laufenden Band. Nur dass Alex daraus eine riesige Sache macht – seine Mission! Manchmal denke ich, das ist das Einzige, für das er Ehrgeiz aufbringen kann.«

»Alex deutete im Park so etwas an. Er sagte, er habe seine Genugtuung gehabt, aber es sei wie eine Sucht.«

»Wow! Das hat er gesagt? Der Typ braucht wirklich Hilfe …« Sarah verstummte, kippelte mit ihrem Stuhl gefährlich zurück und tippte der Bedienung auf den Rücken. »Eine Cola und ein Wasser, bitte.« Dann kippte sie wieder nach vorne und verschränkte die Arme auf dem Tisch.

»Aber jetzt erzähl. Du und Paul. Wie läuft es? Warum um alles in der Welt hast *du* dir so lange Zeit gelassen?«

Das letzte bisschen Hoffnung, herauszufinden, was damals geschehen war, zerplatzte in diesem Moment wie eine Seifenblase. Ich stöhnte innerlich auf. *Herrgott!* Konnte nicht einmal jemand Klartext mit mir reden?

»Sehr gut. Er war mein bester Freund. Dann gab es da Elly und Tim.«

»Du hattest einen Freund?«

Ich schüttelte den Kopf und erzählte ihr von Tim und dem Unfall. Sie nickte, griff nach meiner Hand und drückte sie. »Du weißt, dass das nicht deine Schuld gewesen sein kann.«

Ich schüttelte erneut den Kopf. »Nein, es war meine Schuld. Ich war nicht ehrlich. Und das kann ich mir nicht verzeihen. Wenn er von dem Treffen mit Marwin gewusst hätte, wäre das alles nicht passiert. Er hätte anders reagieren können, aber ich hatte ihm den Vorteil gegenüber Marwin verwehrt. Ich kann es ihm nicht mehr erklären und das ist das Schlimmste. Man darf nicht auseinandergehen, ohne dass Dinge geklärt sind. Paul hat mir versprochen, dass das bei uns niemals passieren wird.«

»Nein, das sollte man nicht«, pflichtete sie mir bei. »Paul hat mich mit dir zur Weißglut getrieben. Ist dir das bewusst?«

Ich schmunzelte.

»Aber jetzt verstehe ich ihn. Kein Jahr, keinen Monat, keinen Tag früher wäre der bessere Zeitpunkt gewesen. Manchmal brauchen die Dinge einfach seine Zeit. Müssen wachsen. Aber man darf nicht den Moment verpassen.«

»Warum hat es jeder kapiert, nur ich nicht?«

Sarah lachte und zuckte mit den Schultern. »Weil du es überhaupt nicht sehen wolltest. Auch er hat es vehement abgestritten. Aber ich konnte es in seinen Augen sehen, als er damals aus München zurückgekommen ist. Er hatte sich verliebt. Auch wenn ich dachte, du heißt Greta, und dann warst du doch Thea …« Sie runzelte die Stirn. »Ich bin verwirrt.«

Ich sah sie fragend an.

Sie schüttelte den Kopf. »Egal … Wo war ich? Ach ja, ab diesem Zeitpunkt war die Beziehung mit Elly zum Scheitern verurteilt …« Die Bedienung stellte uns die Getränke auf den Tisch. Als sie wieder außer Hörweite war, sprach Elly mit gesenkter Stimme weiter. »Ach, was rede ich, schon in dem Moment, als die zwei zusammengekommen sind.«

»Paul deutete an, dass er mit Elly nicht unbedingt aus Liebe zusammen war, sondern weil sie eben so ist, wie sie ist. Was meinte er damit?«, bohrte ich nach. Ich wollte endlich verstehen, was hinter den ganzen nebulösen Worten steckte. Paul vertröstete mich jedes Mal, wenn ich das Thema ansprach.

»Ja, weil Alex ihn mit Elly in Ruhe gelassen hat. Weil sie eben so ist, wie sie ist …« Ich verstand noch immer kein Wort. »Wie findest du eigentlich Alex?«

Ich seufzte genervt. »Er ist ein arroganter Typ, mit übertriebenem Selbstbewusstsein. In sehr seltenen Momenten denke ich: Sieh mal an, der kann auch nett. Aber im nächsten Moment ist er schon wieder ein Arsch.«

»Ich kann ihn nicht ausstehen«, sagte Sarah und rümpfte die Nase. »Eingebildeter Macho. Er denkt, die Frauenwelt läge ihm zu Füßen. Solche Typen braucht die Welt nicht.«

»Ich würde ihn nicht mal mit einer ... anfassen.« Ich schnippte mit den Fingern in der Luft und suchte nach dem englischen Wort, aber es wollte mir auf die Schnelle nicht einfallen. »Kneifzange«, sagte ich schließlich auf Deutsch und sah Sarah erwartungsvoll an.

Sie schüttelte verständnislos den Kopf. »Kneifzange?«

Ich lachte schallend. »Das ist eine deutsche Redewendung.« Ich nahm einen Kaffeelöffel und eine Kuchengabel aus der Dose mit Besteck auf dem Tisch, legte sie zwischen meinen Fingern zu einer Zange zusammen und kniff sie in den Arm.

»Aua!« Sie lachte herzhaft. »Hab ich noch nie gehört, aber verstanden. Und was geht dir an Paul auf den Keks?«

»Sarah, ich fühle mich wie in einer Therapiestunde. Liebe Frau Kaufmann, jetzt erzählen Sie mal. Also, ich bin Thea, achtundzwanzig Jahre alt und in einen eifersüchtigen Mann mit Beschützerinstinkt verliebt.«

»Liebe Frau Kaufmann, vielen Dank für Ihre offenen Worte. Das haben Sie gut gemacht. Ich will ihn nicht in Schutz nehmen, aber er hat einfach höllische Angst, dich zu verlieren. Er ist schon so oft tief gefallen. Ich bin ja froh, dass er sich endlich wieder auf die Liebe einlässt. Und er liebt dich wirklich abgöttisch.«

Ich deutete mit dem Kinn hinter Sarah. Dicke schwarze Wolken zogen auf und es würde nicht mehr lange dauern, bis der Himmel über uns ein Sommergewitter entlud. »Was meinst du? Sollen wir zahlen?«

»Ja, lass uns zahlen. Wir sehen uns um sieben Uhr, richtig? Was kocht Paul?«

»Es gibt Lasagne und ich besorge noch schnell etwas für den Nachtisch. Tiramisu!«

Sarah leckte sich mit der Zunge über die Lippen.

»Hat dir Paul gesagt, dass er Daniel eingeladen hat?«, fügte ich möglichst beiläufig hinzu, zahlte unsere Rechnung und stand auf. Sarah schob sich ihre Sonnenbrille ins Haar und sah mich mit weit aufgerissenen Augen an. Ich klopfte ihr aufmunternd auf die Schulter. »Du wolltest ihn doch wiedersehen.«

»Aber doch nicht in diesem Zustand.«

»Das wird schon.«

Ich winkte ihr zum Abschied zu und machte mich auf den Weg, um die restlichen Zutaten zu besorgen.

Durch die Straßen zog ein kräftiger Wind auf. Ich schloss den Reißverschluss meiner Jacke und umklammerte die Einkaufstüte. Ich hatte alles bekommen, was ich für den Nachtisch brauchte. Nur schien das jetzt nicht der direkte Weg zurück in die Wohnung zu sein. Ich verfluchte meinen nicht vorhandenen Orientierungssinn. Als ich in die nächste Straße einbog, versetzte mich der Anblick eines französischen Cafés schlagartig nach Paris. Rot-weiß gestreifte Markisen überdeckten den Gehweg, auf dem sich Bistrotische und Stühle aus Rattan aneinanderreihten. Es erinnerte mich an den sonnigen Morgen in Paris, als Paul und ich im Straßencafé gesessen hatten, Croissants aßen und einen Café au Lait schlürften, während um uns herum Franzosen ihre Zeitung lasen.

In diesem Augenblick wurde die Tür aufgestoßen und der buttrige Duft nach frischen Croissants wehte mir entgegen.

Kurzentschlossen ging ich die drei Stufen zur Eingangstür hinauf. Ein Glöckchen klingelte beim Öffnen der Tür.

»Ich bin gleich bei Ihnen!«, rief eine Frauenstimme mit französischem Akzent aus der Backstube. Die unterschiedlichsten Arten von Croissants lagen in der Theke vor mir. Ich konnte es nicht glauben. Ein echtes französisches Café, hier in New York.

»Bonjour Madame.« Eine ältere Frau tauchte hinter der Theke auf und wischte sich die Hände an der weißen Schürze ab. »Was darf es sein?«

»Zwei davon.« Ich deutete auf die Schokocroissants. »Und zwei Buttercroissants, bitte.«

»Très bien. Frisch aus dem Ofen. Woher kommen Sie?«

»Aus Deutschland.«

»Oh, ein Nachbar sozusagen«, sagte sie und packte die Croissants liebevoll ein.

Das Glöckchen an der Ladentür läutete auf. Die Frau sah kurz zur Tür, lächelte freundlich und wandte sich dann wieder mir zu. »Ich packe Ihnen noch ein Pain aux raisins dazu, das müssen Sie probieren.«

»Das ist sehr nett. Vielen Dank.«

»Was für eine Überraschung. Wen haben wir denn da?«, trällerte ein mir bekannter Tonfall hinter mir.

Ich drehte mich flüchtig um. »Was willst du denn hier?«, fragte ich und wandte mich wieder der netten Dame zu, zahlte und nahm ihr die braune Tüte ab. »Danke.«

Ich stapfte an Alex vorbei, ohne ihn ein weiteres Mal anzusehen, und verließ die Bäckerei. Mit schnellen Schritten ging ich die Straße hinunter.

»Warte doch mal. Was machst du?«

Es dauerte nicht lange, bis er mich eingeholt hatte. Ich drehte mich flüchtig um, blieb aber nicht stehen. »Ich gehe nach Hause. Paul wartet auf mich.«

»Das ist aber ein weiter Weg.«

»Möglich.«

»Soll ich dich fahren?«

»Nein, danke.« Ich blieb stehen und sah auf meine Uhr. »Ich habe Zeit.« Ich hatte alles andere als Zeit, wenn ich den Nachtisch noch vorbereiten wollte, bevor die Gäste kamen.

»Du bist jetzt sicherlich eine Stunde unterwegs, wenn du zu Fuß gehst.«

»Was kümmert dich das? Zur Not kann ich immer noch die Metro nehmen.« Alles wäre besser, als mit Alex einen engen Raum zu teilen.

Er hob abwehrend die Hände. »Gut, wie du willst.«

»Gut!« Ich stapfte an ihm vorbei.

»Sicher?«, rief er mir hinterher.

»Ja!«, brüllte ich genervt.

Ich hörte Schritte hinter mir, drehte mich aber nicht um. Ich würde ihm raten, weit, weit weg von mir zu bleiben, sonst konnte ich für nichts mehr garantieren. Auch meine Geduld hatte mal ein Ende. Ich beschleunigte meine Schritte, bis er meinen Ellbogen packte und mich damit zum Stehen brachte. Ich wirbelte herum und funkelte ihn zornig an. Aber er ignorierte es und zog mich ein Stück näher. Sein Blick lag forschend auf mir.

»Es fängt gleich an zu regnen.« Er strich mir eine Haarsträhne hinters Ohr. »Wir können zu mir und dann fahre ich dich zu Paul. Was meinst du?«, sagte er mit rauer Stimme. Ich zog meinen Ellbogen aus seinem Griff und trat einen Schritt zurück.

»Lass den Scheiß! Deine Wohnung interessiert mich nicht und das bisschen Regen stört mich auch nicht.«

Wieder kam er näher und umfasste meine Taille. »Sei doch nicht so stur. Lass uns dort anknüpfen, wo wir gestern Abend aufgehört haben.«

Ich versuchte, seine Hände von mir zu fegen, aber er packte noch fester zu. »Wir haben gestern nichts angefangen, an dem wir heute anknüpfen könnten.«

»Unser Tänzchen hat dich doch auch nicht kalt gelassen?« Fassungslos sah ich ihn an. »Wie bitte?«

»Deinen Körper an meinem zu spüren, war der Wahnsinn.« Ich lachte verzweifelt auf, drückte meine Hände gegen seine Brust und stieß ihn mit aller Kraft von mir. Er taumelte zurück und konnte sich in letzter Sekunde auf den Beinen halten. »Hast du getrunken?«

»Auch.« Er sah mich herausfordernd an.

»Am helllichten Tag«, zischte ich.

»Na und? Lenk jetzt nicht von uns ab. Das zieht nicht.« Zorn brodelte in mir auf. Ich sah ihn mit zusammengekniffenen Augen an. »Alex! Was kapierst du nicht? Da gibt es kein *uns!* Ich liebe Paul, ich bin mit ihm zusammen und ich habe auch nicht vor, daran etwas zu ändern.«

»Stört mich nicht weiter.« In seinem Blick lag etwas Düsteres. Mein Magen krampfte sich zusammen.

»Was soll das, Alex? Du interessierst mich nicht. Ich bin die Freundin deines Bruders«, fauchte ich und betonte jedes Wort, damit es endlich in seine Birne ging.

»Ich weiß, das macht es umso spannender«, sagte er und lächelte süffisant.

Ich drehte mich um, kramte mein Handy aus der Tasche und schickte Sarah meinen Standort mit der Bitte, mir zu sagen, wie ich nach Hause fand. Während ich die Straße hinunterging, wartete ich auf ihre Nachricht. Ich sah mich noch einmal flüchtig um, um mich zu vergewissern, dass er mir nicht folgte. Aber Alex war bereits verschwunden.

Was für ein Vollidiot.

»Sarah, öffnest du die Tür? Das muss Daniel sein.«

Sie funkelte mich an. »Das hättest du mir auch sagen können, dass du ihn eingeladen hast«, zischte sie. Ich grinste nur. Sie schnaubte und ging zur Tür. Ich schob die Lasagne ins Backrohr und stellte die Umluft an.

»Hi!«, ertönte Alex' Stimme hinter mir.

Stirnrunzelnd drehte ich mich um. Meine Ohren hatten mir keinen Streich gespielt. Vor mir stand Alex, mit in den Hosentaschen vergrabenen Händen. Sarah blieb hinter ihm stehen und stemmte die Hände in die Hüften. Wie immer gab sie sich keine Mühe, ihre Abneigung gegenüber Alex zu verstecken.

»Hey. Wir hatten Daniel erwartet«, sagte ich.

»Tja, der ist es nicht.« Alex drehte sich zu Sarah, die ihm eine Grimasse zuwarf und an ihm vorbeistapfte.

»Was willst du?«

»Würde mich auch interessieren«, blaffte Sarah und blieb neben mir stehen.

»Ich wollte gar nicht lange stören. Ich wollte dir nur kurz etwas sagen.«

»Dann schnell.«

Alex taumelte leicht und lehnte sich gegen die Wand. Noch nicht einmal sieben Uhr und er hatte schon getrunken. Ich sah ihn missbilligend an.

»Schieß los«, sagte ich ungeduldig. Er sollte verschwinden, bevor Thea kam. Ich wusste nicht, was gestern Abend zwischen den beiden vorgefallen war. Aber als ich sie an der Taille gepackt und sie sich temperamentvoll zu mir umgedreht hatte, war mir für einen kurzen Moment so gewesen, als hätte sie, wen auch immer sie erwartet hatte, eine scheuern wollen.

»Ähm, es ist mir etwas unangenehm.«

»Zzh, was ganz Neues. Seit wann ist dem etwas unangenehm«, fauchte Sarah neben mir und verschränkte die Arme vor der Brust.

»Ich habe heute Thea getroffen. Bei mir in der Ecke. Bei dem französischen Bäcker«, stammelte Alex.

Ich stieß ein freudloses Schnauben aus. »Und?«, fragte ich mit hochgezogenen Augenbrauen, lehnte mich an die Arbeitsplatte und stützte mich mit den Händen ab.

»Tja, das ist jetzt nicht so leicht ...« Er machte eine Pause und räusperte sich. »Wie du weißt, kann ich hübschen Frauen nur schwer widerstehen ...« Er lachte falsch auf und rieb sich mit der Hand über den Nacken. Ich knirschte mit den Zähnen.

»Ich wollte es nicht. Ehrlich! Aber es ist einfach passiert.« Er warf mir einen vielsagenden Blick zu. Ich schluckte hart und trat einen Schritt auf ihn zu. Er hob abwehrend die Arme.

»Nichts Romantisches. Glaub mir. Eine schnelle Nummer. Hinter der kleinen Bäckerei ... zwischen den Kisten ... auf einem Tisch. Ich erspare dir die Details.«

Ich war mir nicht sicher, ob ich ihn richtig verstanden hatte. Mein Herz schlug schneller und meine Gedanken überschlugen sich in einem Bruchteil von Sekunden.

»Sie wird sicher bald kommen. Sie brauchte einen Moment für sich. Ich dachte, ich erzähle es dir, bevor du es von ihr erfährst. Ich möchte schließlich an unserem Verhältnis arbeiten.«

Ich hörte ihm schon gar nicht mehr zu. *Auf keinen Fall.* Das ergab überhaupt keinen Sinn.

»Das kann nicht sein.« Ich schüttelte den Kopf. »Das würde sie nie tun. Du ...« Meine Stimme war hitzig geworden, und bevor ich weiterreden konnte, schnitt mir Alex das Wort ab.

»Sie hauchte mir ins Ohr, dass sie bereits lange auf diesen Moment gewartet hatte. Gestern Abend wollte sie schon mehr als nur tanzen.«

Sarah schnaubte verächtlich. »Ich kotze bei so viel blödem Geschwätz«, sagte sie wohldosiert, sodass nur ich es hören konnte.

»Das ist dir doch auch aufgefallen, oder nicht? Du hast sie schließlich davon abgehalten, mit mir mitzukommen.«

Ich sah ihn zornig an und drohte ihm mit dem Finger. »Was? Du hast sie angegraben und sie ist mal wieder vor dir weggelaufen«, schrie ich ihn an. »Meinst du, ich habe dich auch nur eine Sekunde aus den Augen gelassen?«

Alex sah mich finster an. »Hab ich nicht. Meinst du, ich hätte mir freiwillig eine dritte Abfuhr abgeholt?« Er lachte selbstgefällig auf. »Das hätte selbst mein Ego nicht verkraftet.«

»Paul …« Ein warnender Unterton lag in Sarahs Stimme.

»Misch dich nicht ein«, blaffte ich sie an.

Sie öffnete erneut den Mund, überlegte es sich dann aber doch anders. Keine Ahnung, was ich glauben sollte. Thea hatte gestern Abend verzweifelt ausgesehen und sie hatte mir keine Antwort gegeben, als ich sie gefragt hatte, was los gewesen war. So oder so, das konnte nicht sein. Ich wusste zwar nicht, warum sie Alex böse Blicke zugeworfen hatte, aber sie tat so etwas nicht ohne Grund.

»Sie hat ein Muttermal in der Leiste«, sagte Alex aus heiterem Himmel. Meine Beine drohten jeden Moment nachzugeben. Ich starrte ihn sprachlos an.

»Wie groß?« Meine Stimme war nicht mehr als ein Flüstern.

Er sagte lange nichts, dann streckte er seinen kleinen Finger nach oben. »Etwas kleiner als meine Fingerkuppe.«

Ich zitterte vor Wut, stieß einen leisen Fluch aus und fuhr mir verzweifelt mit der Hand durch die Haare.

Ich hörte schon das Stimmengewirr von drinnen, bevor ich die Wohnungstür geöffnet hatte. Ich erkannte Alex' Stimme, auch wenn es kaum mehr als ein Flüstern war, und ich hörte Pauls aufgebrachten Tonfall. Ich verdrehte die Augen. *Herrgott, was will Alex jetzt schon wieder?* Als ich schließlich die Tür zur Wohnung öffnete, war die dicke Luft deutlich zu spüren.

»Hallo, wie geht's euch?«, flötete ich gut gelaunt, um die Stimmung zu lockern, und stellte die Einkaufstüte ab.

»Geht so«, sagte Sarah und spielte nervös mit dem Geschirrtuch in ihren Händen.

Ich hielt die braune Tüte mit den frischen Croissants hoch und ging, Alex ignorierend, direkt auf Paul zu. Er sah mich nicht an, sondern starrte zu seinem Bruder. In seinen Augen lag eine Mischung aus Wut, Verzweiflung, Fassungslosigkeit und Schmerz. Ich sah zwischen Paul und Alex hin und her und warf Sarah einen fragenden Blick zu. Sie zuckte kaum merklich mit den Schultern. Was um alles in der Welt war hier los?

»Ich hab dir was mitgebracht«, trällerte ich fröhlich. Paul sah mich nur an. Kein Kuss, kein Lächeln. Also fuhr ich fort: »Eine kleine französische Bäckerei hat mich so sehr an unseren Trip nach Paris erinnert ...« Er sah mich noch immer an wie eine Fremde. »Die Croissants sind ganz frisch.« Eine Falte bildete sich zwischen seinen Brauen. Dann trat er einen Schritt zurück, bis er mit dem Rücken an die Küchenschränke stieß. Sein Blick wurde distanziert und ausdruckslos.

»Pack deine Sachen. Du solltest besser gehen«, zischte er zwischen zusammengebissenen Zähnen. Sarah zuckte bei seinen Worten zusammen und sah ihn mit weit aufgerissenen Augen an. Ich war mir nicht sicher, ob ich ihn richtig verstanden hatte. Und ehe ich begriff, was er eben gesagt hatte, wiederholte er seine Worte. »Pack. Deine. Sachen«, dabei betonte er jedes Wort barsch. Seine Worte trafen mich wie drei Fausthiebe in den Magen.

Ich ließ die Tüte mit den frischen Croissants sinken und sah ihn entsetzt an. »Was?«

»Du hast mich richtig verstanden. Pack deine Sachen und verschwinde.«

Etwas in mir zerbrach. Mein Herz schlug mir bis zum Hals und mein Bauch zog sich schmerzhaft zusammen. Meine Hände fingen an zu zittern.

»Was?«, stammelte ich ungläubig und sah zu Sarah.

Sarah drehte sich zu Paul. »Paul!«

»Sarah, lass es«, schnitt er ihr forsch das Wort ab, ein warnender Unterton in seiner Stimme.

»Paul ...« Wie in Zeitlupe näherte ich mich ihm. Ohne mich anzusehen, drehte er sich um, stützte sich mit den Händen auf der Arbeitsfläche ab und starrte auf einen imaginären Punkt auf dem Herd.

»Paul, sieh mich an. Rede mit mir«, flehte ich. »Bitte.«

Er reagierte nicht und starrte weiter.

Vorsichtig legte ich meine Hand auf seinen Rücken.

»Thea, lass uns nicht diskutieren. Pack einfach deine Sachen und verschwinde aus meiner Wohnung«, sagte er mit eiskalter Stimme.

»Du schmeißt mich raus?« Ich gab mir alle Mühe, den scharfen Tonfall in meiner Stimme zu bremsen, aber es gelang mir nicht.

Paul nickte nur.

»Einfach so!«, schrie ich ihn an.

Er drehte sich um und fegte dabei mit einer einzigen Handbewegung alles von der Mitteninsel. Nudelpackungen flogen auf die andere Seite, Teller zerbrachen klirrend auf dem Boden.

»Paul!«

Er stieß ein hartes Lachen aus. Zum ersten Mal sah er mich wieder an und richtete einen anklagenden Blick aus seinen braunen Augen auf mich. »Ich habe dir vertraut.« In seiner Stimme schwang Bitterkeit mit. Ungläubig sah ich ihn an. Er erwiderte meinen Blick kühl und schüttelte den Kopf.

Ich schluckte, weil ich plötzlich einen Kloß im Hals hatte, und sah verzweifelt zwischen Sarah und Alex hin und her. »Kann mir einer von euch sagen, was hier los ist?«

Paul drehte mir wieder den Rücken zu und schaltete den Ofen aus. Alex stand an der Tür, hatte seine Hände in den Hosentaschen vergraben und betrachtete die abgeranzten Schuhspitzen seiner schwarzen Boots. Sarah holte tief Luft.

»Misch dich nicht ein!«, zischte Paul, bevor sie etwas sagen konnte. Sie klappte den Mund zu und hob bedauernd ihre Schultern. Ich kämpfte gegen die aufkommenden Tränen an, pfefferte die Tüte mit den Croissants auf den Tisch, drehte mich um und ging in mein Zimmer. Mit einem lauten Knall ließ ich die Zimmertür ins Schloss fallen. Ich zerrte den Trolley aus dem Schrank, riss meine Klamotten von den Bügeln und warf sie aufs Bett. Leerte die Schubladen, schmiss die Sachen vom Schreibtisch dazu, kniete mich auf den Boden und quetschte alles in den Koffer. Ich hörte Sarahs Stimme aus dem Wohnzimmer, die beharrlich auf Paul einredete. Ich stand auf und ging aus dem Zimmer. Sarah verstummte augenblicklich. Blind vor Tränen stolperte ich die Treppe zum Badezimmer hinauf, warf meine Waschsachen in den Kosmetikbeutel und rannte wieder nach unten. Ich stopfte den Beutel in den Koffer und zog den Reißverschluss zu. Als ich mit gepacktem Trolley ins Wohnzimmer kam, stand Paul immer noch mit dem Rücken zu mir im Zimmer. Sarah biss sich nervös auf der Unterlippe herum und Alex stand wie angewurzelt an der gleichen Stelle wie vor zehn Minuten. Wäre die Situation nicht schon skurril genug, hätte ich vermutet, seine Mundwinkel zuckten leicht zu einem Grinsen. Mein Blick bohrte sich in Pauls Rücken, in der Hoffnung, er würde mich ansehen. Als könnte ich ihn allein durch meinen inneren Willen zum Reden bringen, wiederholte ich innerlich immer wieder: *Rede mit mir, rede mit mir.*

Als könnte er meinen Blick spüren, drehte er sich langsam um.

»Es tut mir ... verflucht«, murmelte er, massierte mit zwei Fingern seinen Nasenrücken und sah dabei so hilflos aus, wie ich mich in diesem Moment fühlte.

Ich wollte gerade einen Schritt auf ihn zugehen. Da wandte er sich wieder ab. »Mach's gut, Thea«, flüsterte er.

Sarah formte mit ihren Lippen ein stummes: *Tut mir leid,* und deutete mir mit zwei Fingern an, dass sie mich anrufen würde.

Ich blinzelte hektisch die Tränen weg, dann straffte ich die Schultern. »Tschüss«, sagte ich mit brechender Stimme, drehte mich um und verließ die Wohnung.

Mit einem leisen Klick fiel die Tür hinter mir ins Schloss. Die plötzliche Stille trat eine Walze los, die den Schmerz in mir von unten langsam hinaufschob und mir den Brustkorb zusammendrückte.

Ich erwachte erst aus meiner Bewegungslosigkeit, als ich Paul hinter der Tür kurz sarkastisch auflachen hörte, als hätte Alex oder Sarah gerade einen schlechten Witz gemacht.

Ja, ein schlechter Witz. Anders konnte es nicht sein. Ein verdammt schlechter Scherz war das alles. Mein Verstand weigerte sich, eine andere Erklärung dafür zu finden. Die Tür ging erneut auf. In der Hoffnung, Paul würde hinter mir stehen, drehte ich mich um. Alex. Ich wich zurück, als

445

er seine Hand nach mir ausstreckte, wischte mir mit den Handrücken über die Nase, schnappte meinen Koffer und ging mit großen Schritten zum Aufzug.

»Thea, warte!«

Ich entschied mich kurzerhand für die Treppe. Die Luft in dem kleinen Fahrstuhl würde für uns zwei nicht ausreichen. Ich ließ den Trolley hinter mir die Stufen hinunterpoltern. Rannte in der Eingangshalle an Charles vorbei, der aufgeschreckt vom Lärm in der Halle stand und sich besorgt über seinen Scheitel strich.

Ich riss die Eingangstür auf, hob meinen Koffer an und sprang die Stufen runter. Ich rannte durch den Regen die Straße hinunter zur nächsten Kreuzung. Weit kam ich nicht, dann hörte ich Alex wieder hinter mir rufen.

»Thea, bleib stehen. Bitte.«

Ich sah kurz über meine Schulter, ohne den Schritt zu verlangsamen. Er versuchte, meine Hand zu greifen, aber ich wich seinen Griff aus. Er überholte mich und stellte sich mir in den Weg. Ich wollte mich an ihm vorbeidrängen, doch er hielt mich fest.

»Ich muss dir etwas sagen …«

Kämpferisch reckte ich das Kinn. »Was hast du getan?«

»Ich?« Er sah mich mit unschuldiger Miene an. »Nichts! Was auch immer gerade mit Paul abgeht, ich habe nichts damit zu tun.«

»Was willst du?«, fauchte ich und drängte mich an ihm vorbei. Ich rannte, aber er hielt mühelos Schritt.

Er räusperte sich. »Das mit uns hat sich wirklich gut angefühlt.«

Abrupt blieb ich stehen. Ich war so verwirrt, dass ich für eine Sekunde aufhörte zu weinen. Entsetzt starrte ich ihn an. Ich konnte seinen Anblick kaum ertragen.

»Zwischen uns gab es nichts, nichts! Nichts, was sich nur im Ansatz gut anfühlen könnte. Ich liebe Paul! Wann geht das in deine verkorkste Birne?«

»Gestern ...« Er packte mein Handgelenk.

Ich schnaubte wütend. »Halt einfach den Mund, Alex.« Sein Griff um meine Hand verstärkte sich. Ich schüttelte seine Finger ab und rannte wieder los. In meinem Kopf herrschte das reinste Chaos. Da war kein Platz mehr für Alex' Hirngespinste.

Nach wenigen Schritten lief er wieder neben mir her. Ich stoppte abrupt und hielt nach einem Taxi Ausschau. Durch den Regen konnte ich die Taxis kaum erkennen. Ich strich mir die nassen Haare aus dem Gesicht.

»Thea!« Er blieb neben mir stehen und versuchte, mich erneut an der Hand zu fassen.

»Welchen Teil von *halt den Mund* hast du nicht verstanden?«

»Weißt du ...«, Alex senkte seine Stimme, »... Paul ist nicht der, für den du ihn hältst. Er weiß nicht, was es heißt, eine Frau zu lieben. Ihm sind sein Leben und der Erfolg wichtiger als die Menschen, denen er etwas bedeutet. Er ist nicht fähig, feste Bindungen einzugehen ...«

Mein Mund klappte auf.

»Ich habe dich gewarnt«, raunte er mit einem selbstgefälligen Grinsen.

»Halt einfach den Mund!«, schrie ich aufgebracht.

»Er trampelt auf den Gefühlen anderer herum. Ich kenne das Gefühl, und jetzt du ...«

»Alex, du beschreibst gerade dich. Dich allein. Nicht Paul!« Ich trat einen Schritt auf ihn zu und stieß ihn meinen Finger in die Brust. »Was hast du getan?«

»Ich ... ich liebe dich«, stammelte er. Ich musste aufpassen, dass ich nicht schallend loslachte.

»Ich ertrage dich nicht, Alex. Du hast keine Ahnung, was es heißt, zu lieben. Du wolltest dich ändern?« Ich lachte hysterisch auf. »Glaub mir, du brauchst dringend Hilfe! Und hör mir gut zu. Ich. Liebe. Dich. Nicht. Noch nie, und das wird auch nie passieren.«

»Egal, das wird schon wieder.«

Ich schnaubte verächtlich. »Hörst du mir überhaupt zu?«

»Klar …« Er grinste mich schief an. »Wohin willst du jetzt?«, fragte er unverfänglich.

»Das geht dich nichts an.«

»Du kannst mit zu mir kommen.«

Ich stieß ein hartes Lachen aus, stoppte das heranfahrende Taxi, drückte dem Taxifahrer meinen Koffer in die Hand und ließ mich kraftlos auf die Rückbank fallen.

Alex räusperte sich. »Es … es … es tut mir leid.«

Ich sah ihn nicht mehr an, als ich die Tür schloss und das Taxi beschleunigte. Ich nannte dem Fahrer das erstbeste Hotel, das mir in den Sinn kam. *Soho Grand Hotel*. Dort wollte ich schon immer eine Nacht schlafen, wenn auch nicht unter diesen Umständen.

Ich warf einen Blick auf mein Handy. Kein Anruf von Paul oder Sarah.

»Danke«, stammelte ich, als das Taxi anhielt. Dann stieg ich aus, wischte mir die Tränen von den Wangen und betrat das Hotel.

PAUL

»Hörst du mir zu? Paul!«

Natürlich hörte ich Sarah zu. Ich hörte ihr schon seit fast einer Stunde zu. Sie wiederholte ihre Worte immer und immer wieder. Wie ein alter Plattenspieler, bei dem die Nadel in einer Schallplattenrille hängen geblieben war. Verdammt noch mal, ich konnte es mir doch auch nicht vorstellen. Aber ich kannte Alex und seine grenzenlose Kreativität, Frauen rumzubekommen. Er konnte seinen ganzen widerlichen Charme bündeln und auf ein einziges Ziel ausrichten. Er schaffte es bei jeder. Egal wie oft sie beteuerten, dass das niemals so sein würde. Woher hätte er sonst von dem Muttermal wissen können? Er hatte wieder einmal erreicht, was er wollte. Ich schüttelte den Kopf, versuchte das Bild aus meinem Gedächtnis zu verjagen, aber es hielt sich so hartnäckig wie eine Zecke. Die kalte Lasagne stand auf dem Herd, die Kerzen waren bereits zur Hälfte runtergebrannt. Die Tüte mit den Croissants lag unangetastet auf dem Tisch und Daniel hatte noch kein einziges Wort gesagt, seitdem er da war. Er hatte Thea nur knapp verpasst. Monoton drehte ich die leere Flasche Bier vor mir zwischen meinen Fingern. Eine beruhigende Tätigkeit, stellte ich fest.

»Paul! Schau mich an.« Sarah griff nach der Bierflasche und zog sie mir aus den Fingern. Ich lehnte mich auf meinem Stuhl zurück und verschränkte die Arme vor der Brust.

»Thea würde so etwas nie tun.« Sarah machte eine Pause. Sie hatte wohl damit gerechnet, dass ich aufstehen und gehen würde. Was ich in jedem Fall gerne getan hätte, doch ich war einfach nur froh, dass sie noch hier neben mir saß. »Ich kann es nur wiederholen. Ich rieche dummes Geschwätz zehn Meilen gegen den Wind.«

Daniel pflichtete Sarah mit einem Raunen bei und trank ein Schluck von seinem Bier.

»Und wie soll das alles zeitlich funktioniert haben?« Sie sah mich fragend an.

»In der Tat, eine interessante Frage«, sagte Daniel. Ich warf ihm einen bedeutungsvollen Blick zu und verdrehte die Augen.

»Noch einmal. Thea war bei mir, ging laufen und hat bei mir geduscht. Dann waren wir in Evas Café. Du kannst Eva gerne fragen. Wir haben uns vor dem Café verabschiedet, weil sie die Sachen für den Nachtisch besorgen wollte.«

Sehr gut. Theas Tagesablauf bis zum Abschied von Sarah kannte ich inzwischen in- und auswendig. Ich stützte mich mit den Ellbogen auf dem Tisch ab.

»Und dafür hat sie wie lange gebraucht?« Sie machte eine theatralische Pause. »Lass mich kurz überlegen ...« Ich hob auffordernd eine Augenbraue und vergrub dann mein Gesicht in den Händen. Sarah schob mir ihr Handy über den Tisch.

»Hier schau, sie hat mir ihren Standort geschickt und mich gefragt, wie sie jetzt am schnellsten nach Hause kommt.« Sie scrollte durch den Nachrichtenverlauf.

»Hier, ich habe ihr geschrieben: *Nimm am besten ein Taxi.* Thea schrieb: *Ich rufe Daniel an. Vielleicht hat er Zeit.*«

»Und hatte er?« Ich sah zu Daniel.

»Nein, hatte er nicht«, gab er knapp zurück.

»Was ist los mit dir, verdammt noch mal?«, fragte Sarah ungehalten.

»Er hat gewonnen.« Ich schob den Stuhl geräuschvoll zurück, stand auf und ging zum Fenster.

»Du hast ihr ein Versprechen gegeben. Du hast sie genau an ihrem wunden Punkt getroffen. An dem sie bei Tim beinahe zerbrochen wäre. Du hast ihr nicht die Wahrheit über Alex gesagt und lässt sie einfach gehen, ohne ein Wort der Erklärung. Das ist doch scheiße.«

»Ach! Jetzt ist es meine Schuld, oder was?« Ich drehte mich energisch um, sodass ich sie ansehen konnte. »Sie hat mich beschissen!«

»Hat sie nicht!« Sarah wurde laut und schnaubte.

»Hat sie nicht«, sagte Daniel genervt.

Ich ging im Wohnzimmer auf und ab.

»Ich kann das einfach nicht glauben. Du glaubst einem Lügner wie Alex und wirfst Thea in einer Stadt wie New York auf die Straße. Einer Stadt, in der sie vollkommen allein ist, nicht weiß, wo sie hinsoll. Ist dir das alles egal?«, fragte Sarah.

Nein, natürlich nicht. In dem Moment, als sie durch die Tür ging, war das mein erster Gedanke gewesen.

»Paul, ich verstehe dich nicht. Das bist nicht du!«

Ich setzte mich wieder auf meinen Stuhl.

»Was soll die Scheißegal-Attitude?«, pflichtete Daniel ihr bei. »Warum hast du sie nicht gefragt, ob das alles stimmt?«

»Ich war wütend, verletzt und habe vielleicht etwas überreagiert.«

»Etwas?«, schnaubte Sarah.

Ich stand wieder auf und fuhr mir mit den Händen grob durchs Haar. Daniel lachte verzweifelt auf und schüttelte den Kopf.

»Dein Bruder wird sich nie ändern. Und ich weiß, dass Thea nichts mit Alex hatte. Sie hat nicht einmal mit dem Gedanken gespielt. Sie liebt dich so sehr, wie dich wahrscheinlich noch nie eine Frau geliebt hat.« Sarah lächelte mich aufmunternd an.

»Das stimmt, sie liebt dich. Glaub mir, ich kann es auch nicht verstehen, aber sie tut es«, sagte Daniel kopfschüttelnd.

Ich stutzte kurz. *Hab ich's doch gewusst.* »Das hatte ich auch geglaubt«, murmelte ich schließlich und schnaubte verächtlich.

»Sie sagte, sie würde Alex nicht einmal mit einer Kneifzange anfassen. Ich hatte keine Ahnung, was das ist.«

Ich lachte auf, ging zu ihr und kniff ihr in den Arm.

»Genau. Mit einem Löffel und einer Gabel hat sie es mir dann gezeigt. Ich glaube ihm einfach nicht«, sagte Sarah, schob trotzig die Unterlippe vor und verschränkte die Arme vor der Brust.

»Dein Bruder zieht Ärger an wie Kuhfladen Fliegen«, murmelte Daniel.

Frustriert ließ ich mich aufs Sofa fallen. Ich verfluchte Sarah für ihre Hartnäckigkeit und Loyalität gegenüber Thea. Und ich verfluchte Daniel. Beide schürten in mir die Angst, einen riesigen Fehler gemacht zu haben. Seufzend rieb ich mir über die Stirn. »Ich glaube, ich habe einen Fehler gemacht.«

Sarah und Daniel stimmten mir synchron kopfnickend zu.

»Was willst du jetzt machen?«, fragte Daniel.

Ich zuckte mit den Schultern. *Eine sehr gute Frage.*

Nachdenklich starrte ich auf die Tür, nachdem sie hinter Sarah und Daniel zugefallen war. Ich wollte es selbst nicht glauben und Sarah hatte sich wirklich Mühe gegeben, Argumente zu finden, warum das alles nicht zusammenpassen konnte. Es klang in ihren Worten so plausibel, aber die Tüte mit den Croissants auf dem Esstisch erzählten eine andere Wahrheit. So viele Fragen fegten mir durch den Kopf, dass es mir schwerfiel, auch nur den Funken eines klaren Gedankens zu fassen. Ich wusste, das mit Thea war ein Tanz auf dem Rasiermesser. Ich hätte es ihr erzählen müssen. Vielleicht war mein Bruder ja doch schlauer, als ich ihm zugetraut hatte. Ein blöder Zufall, den er ausgespielt hatte. Mehr nicht. Aber das Muttermal – woher kannte er es? Man konnte es nicht sehen. Nicht einmal, wenn Thea einen Bikini trug. Man sah es nur, wenn sie eben nichts trug. Wie es aussah, hatte er gewonnen. Ich rutschte auf der Couch nach unten. Ich wünschte, Sarah hätte recht und ich würde mich gerade nur in ein Hirngespinst hineinsteigern.

39

Ich betrat das Zimmer, streifte die nassen Klamotten ab und ließ mich vornüber auf das Bett fallen. Ich hatte das Gefühl, mein Brustkorb schnürte sich von Sekunde zu Sekunde enger, während meine Glieder vor Kälte zitterten. Tränen rannen mir in Sturzbächen die Wangen hinunter. Ich rollte mich zusammen, als könnte mich das zusammenhalten. In mir zerbrach eine ganze Welt. Von einer Sekunde auf die andere implodiert. Wie bei Tim. Nur dass ich dieses Mal keine Ahnung hatte, was ich getan hatte. Merkwürdigerweise war es einfacher, die Schuld auszuhalten, die man sich selber gab, als nicht zu wissen, welche Schuld man aus Sicht der anderen trug. Alle meine Gefühle von damals krochen wieder an die Oberfläche und vermischten sich mit Pauls eiskalter Art. Ich zerrte an der Bettdecke, die unter der Matratze feststeckte, und gab letztendlich kraftlos auf. Von oben kletterte ich zwischen Decke und Matratze und rollte mich wieder zu einer Kugel zusammen. *Es soll aufhören. Warum hilft mir keiner?* Ich drehte mich auf den Bauch, drückte mein Gesicht in das Federkissen und schrie. Hämmerte mit den Fäusten auf das Kissen, bis ein leises Klingeln in meiner Handtasche meinem Wutausbruch dazwischenfunkte. Ich wischte mir mit dem Handrücken über die Nase, zog die Tasche vom Boden aufs Bett und kramte nach dem Handy. Als ich es endlich in der Hand hielt, verstummte es. Zwei verpasste Anrufe von Sarah und einer von Daniel. Aber keiner von Paul. Ich schaltete das Telefon auf lautlos, drehte mich auf den Rücken und vergrub mein Gesicht in den Händen. Mein Verstand lehnte es ab, zu arbeiten.

Ich sitze im hinteren Teil des Rosengartens unter einem Baum, der mir einen kühlen Schatten spendet. Vor mir plätschert der kleine Bach fröhlich dahin. Obwohl es ein heißer Sommertag ist, bleibt der üppige Duft der Rosen aus. Weit und breit ist niemand zu sehen. Es gibt Bänke und auf den Wiesen ist ausreichend Platz für Decken und Handtücher. Manch einer bringt an sonnigen Tagen sogar seine Hängematte mit und spannt sie zwischen die Bäume. Heute nicht. Ein Astknacken durchbricht die Stille. Langsam hebe ich den Kopf. Tim! Ich will zu ihm, aber sein eiskalter, verachtender Blick hält mich zurück. Er ballt die Hände zu Fäusten und öffnet den Mund. Ich schüttle den Kopf, möchte es nicht hören. Nicht von ihm. Schmerzlich zieht sich mein Brustkorb zusammen … Ich bekomme keine Luft mehr. Er senkt den Blick auf seine Füße, Sekunden ticken vorbei, dehnen sich zu Minuten … Ich will aufstehen, rennen, kann mich nicht rühren. Tim sieht auf, streicht sich mit der Hand seine nassen Haare aus dem Gesicht … Aus dem Schatten löst sich eine Gestalt, verdeckt das Sonnenlicht. Paul! Er klopft mit seinen Fingerknöcheln an einen Baumstamm …

Das Klopfen wurde lauter. Ich schnappte nach Luft. *Shit!* Ich brauchte eine Sekunde, um mich zu orientieren.

»Nein!«, schrie ich. Das Türklopfen verstummte. Dann tropften die Ereignisse langsam in mein Bewusstsein. Eins nach dem anderen. Mit jeder Erinnerung wurde mein Brustkorb schwerer. Wie gelähmt blieb ich auf dem Bett liegen. Warum? Diese Frage hatte ich mir die ganze Nacht gestellt, bis zum Morgengrauen, aber die Antwort war ausgeblieben. Dann war ich endlich eingeschlafen. Mein Telefon auf dem

Nachttisch brummte. Ich nahm mir das zweite Kissen und drückte es mir über die Ohren. Ich wollte niemanden hören und sehen. Die nächsten Wochen und Monate. Jahre.

Ohne auf das Display zu schauen, schaltete ich das Handy aus, stand auf und holte mir eine Flasche Wasser aus der Minibar. Meine Kehle war so trocken, dass jeder Schluck im Hals schmerzte. Dann legte ich mich wieder auf das Bett und zog mir die Decke bis unter die Nase. *Warum,* hallte es unaufhörlich in meinem Kopf. Wie ein Metronom, bis sich eine Müdigkeit über mich legte. Pausetaste für mein Gedankenkarussell.

Klopf, klopf ...

Das grelle Licht der Morgensonne schien durch die Vorhänge. Mit schweren Augenlidern stellte ich fest, dass ich einen weiteren Tag und eine Nacht verschlafen hatte. Ich zog mir die Decke über den Kopf. Ich wollte weiterschlafen – für immer.

Klopf, klopf ...

»Zimmerservice.«

Es dauerte ein paar Sekunden, bis ich begriff, wo ich war, und sich die Erinnerungen langsam von hinten nach vorne schoben. *Ich muss schlafen.* Vergeblich kniff ich die Augen zusammen. Ich starrte an die Decke und wagte es nicht zu atmen. Das Klopfen an der Tür verstummte.

Es war bereits später Nachmittag. Noch immer lag ich auf dem Bett und starrte an die Zimmerdecke. Inzwischen kannte ich jede Faser der Tapete. Den rot-schwarzen Fleck einer erschlagenen Mücke oberhalb des Fensters, den Verlauf der Farbrolle an der Decke. Hinter mir saß eine Spinne in der Ecke, die sich in den letzten Stunden genauso wenig bewegt hatte wie ich. Und während ich das Tapetenmuster an der gegenüberliegenden Wand studierte, kreisten meine Gedanken unaufhörlich. Ich kannte diesen Paul nicht. Er hatte nicht einmal angerufen. Im nächsten Moment brodelte eine Wut in mir auf. Ich ließ mich von niemandem aus der Wohnung werfen, ohne den Grund zu kennen. Gleichzeitig schäumte der Kessel mit der Aufschrift *Alex* in mir über. Ich wusste nicht, auf wen ich mehr wütend war. Ich entschied mich für beide gleichermaßen. Ruckartig setzte ich mich auf. Ich musste hier raus.

Mit wackligen Beinen stand ich auf und stellte mich unter die heiße Dusche, bis meine Haut ganz rot war. Kraftlos ließ ich mich an der kalten Fliesenwand auf die Knie sinken. Als nur noch lauwarmes Wasser aus dem Duschkopf floss, rappelte ich mich auf und wickelte mich mit einem Handtuch ein. Nur um mich gleich darauf wieder auf den Boden zu setzen. Ich musste was essen. Ich brauchte Luft. Ich musste hier raus. Aus dem Hotel, aus dieser Stadt. Ich musste mich bewegen, ich musste laufen.

Das Strandhaus!

Ich sprang auf, hielt mich kurz an der Wand fest, bis sich das Badezimmer nicht mehr drehte, ging zurück in das kleine Zimmer und wühlte die Zeitschrift aus meinem Koffer. Hektisch blätterte ich durch die Seiten. *Hier.* Ich strich über das Bild mit dem alten Haus, der weißen Veranda und dem Meer. Dann schnappte ich mir meine Handtasche und leerte den Inhalt auf dem Bett aus. Ich zog den Zettel von Charles unter einer Kaugummipackung hervor, strich das zerknäulte Papier glatt und betrachtete seine geschwungene Handschrift. Meine Augen brannten. Wie gerne hätte ich jetzt bei ihm auf der Heizung gesessen und in sein vertrautes Gesicht gesehen. Er hatte eine Art an sich, mit der er meine Sorgen weniger schwer auf den Schultern lasten ließ.

Thea! Reiß dich zusammen! Heute keine Heizung, sondern Strandhaus, in den Hamptons. Sonne, Strand und Meer.
Ich blinzelte hektisch die Tränen zurück und wischte mir mit den Fingern über die Augen. Dann schlüpfte ich in frische Klamotten, band meine nassen Haare zu einem hohen Dutt, packte meine Sachen in die Tasche, schnappte mir mein Handy vom Nachttisch und schaltete es wieder an. Sechsundvierzig verpasste Anrufe. Zwölf von Sarah, vier von Daniel, zweimal von einer Nummer, die ich nicht kannte, und neunundzwanzig von Lotti. Und Alex. Ich schnaubte verächtlich. Er war hartnäckiger als ein Sekundenkleber. Ich steckte das Handy in die hintere Hosentasche meiner Jeans und verließ das Zimmer. Erst einmal musste ich hier raus. Raus aus diesem bescheuerten Leben.

»Auschecken bitte.«

Die dunkelhaarige Dame am Empfang nahm meinen Zimmerschlüssel entgegen und lächelte mich aufmunternd an.

»Hatten Sie etwas aus der Minibar?«

Ich schüttelte den Kopf. »Oh, doch, ein Wasser.«

»War alles zu Ihrer Zufriedenheit?«

»Ja, danke. Könnten Sie mir bitte noch ein Taxi bestellen?«

Mein schweigsamer Taxifahrer schlängelte in unerträglicher Schrittgeschwindigkeit durch den zunehmenden Nachmittagsverkehr von New York. Ich war ihm dankbar, dass er mich nicht in einen belanglosen Smalltalk verwickelte. Geschäftig liefen die Menschen über die Straße, eine genervte Mutter zog ihr Kind hinter sich her.

»Wie lange brauchen wir?«, fragte ich.

»Zu den Hamptons? Noch circa zwei Stunden.«

Ich zuckte zusammen. Auf diese Taxirechnung war ich gespannt. Seufzend lehnte ich mich auf der Rückbank zurück.

Ein Pärchen begrüßte sich mit einem leidenschaftlichen Kuss vor einem Café. Ich verdrehte die Augen und sah hastig auf meine Finger. Zu spät, schon kullerten Tränen über mein Gesicht. Ich starrte an die Deckenverkleidung des Taxis, in der Hoffnung, sie würden wieder zurück in die Tränensäcke fließen. Was passiert war, brachte mich schier um den Verstand. Da sollte noch einmal jemand sagen, es gebe nicht nur schwarz und weiß. *Von wegen.* Der liebevolle Paul und seine eiskalte Art, als wäre von einem Moment auf den anderen alles vergessen, was uns verband. Alles, was wir gemeinsam erlebt hatten. Alles Blinzeln half nichts. Die Tränen liefen mir über die Wangen, den Hals hinunter. Dass er mir nicht einmal sagte, warum. Ich schluchzte auf. Ein Papiertaschentuch baumelte vor meinem Gesicht und der Taxifahrer sah mich mitleidig durch den Rückspiegel an. Ich hatte nicht mitbekommen, dass wir mittlerweile den Stadtverkehr hinter uns gelassen hatten und auf dem Highway fuhren. Ich griff nach dem Taschentuch, stammelte: »Danke«, und putzte mir geräuschvoll die Nase. Dann holte ich mir mein Buch aus der Handtasche und versuchte, die Zeit mit Lesen zu überbrücken. Immer wieder las ich dieselbe Seite, ohne zu verstehen, was dort überhaupt geschrieben stand.

»Wir sind gleich da.« Ich sah von meinem Buch auf und aus dem Fenster. Wir hatten den Highway verlassen, fuhren an einer Windmühle vorbei, an einer Gruppe, die Croquet spielte, durch eine Einkaufsstraße mit Cafés, Geschäften und natürlich *Tiffany*. Keine Spur der Hektik aus der Stadt. Sommergäste in den Hamptons. Eine Sommerparty in einer Bar, glücklich scheinende Menschen, die unter den Sonnenschirmen an ihren Gläsern nippten und die Gesellschaft der anderen genossen. Dahinter das Meer.

Das Taxi stoppte vor einem alten, in Hellblau gestrichenen Holzhaus, mit Spitzdach und weißen Holzbalken. Es sah aus wie das Haus aus der Zeitschrift.

»Sind wir hier richtig?«

Der Taxifahrer nickte. »Das ist die Adresse. Wollen Sie nachsehen, ob jemand zu Hause ist? Ich warte auf Sie.«

Ich schüttelte den Kopf und löste den Sicherheitsgurt. »Nein, danke. Das ist nicht nötig.« Und wenn ich hier auf der Terrasse kampieren musste, ich würde an diesem Ort bleiben.

Die Fahrt hier raus kostete ein Vermögen. Kaum hatte ich einen Fuß aus dem Taxi gesetzt, zog ein Sturm auf. Ich hatte große Mühe, meinen Koffer hinter mir herzuziehen. Das Klappern der Rollen über den Steinboden war unnatürlich laut. Ich steuerte die Gartentür an und ging die wenigen Stufen zur Veranda hinauf. Sie erstreckte sich um das ganze Haus und wurde von einer weißen Balustrade umschlossen. Ich klopfte und wartete. *Nichts.* Ich trat einen Schritt zurück und sah zu dem kleinen Balkon oberhalb der Eingangstür. Auch dort rührte sich nichts. Dann klopfte ich erneut.

Schließlich spähte ich durchs Fenster. Es war niemand zu sehen. Ich ließ meinen Koffer stehen und schlich über die Veranda hinter das Haus. Die weißen Sonnenschirme waren zugezogen und alles windfest gemacht. Der Strand war menschenleer und die Wellen peitschten auf die Küste. Die Wolken und das Meer verschwammen am Horizont zu einer dunklen Fläche. Nur die Fischadler ließen sich von den Winden tragen. Ich schloss die Augen und atmete tief die salzige Meeresluft ein und dachte an Tim. Es wäre das perfekte Wetter für ihn.

»Kann ich dir helfen?«

Langsam drehte ich mich um. Vor mir stand eine ältere Frau, die Ähnlichkeit mit Charles war nicht zu leugnen. Sie musste etwas jünger als er sein. Ihr langes silbergraues Haar fiel ihr locker über die Schultern. Sie trug eine moderne dunkelblaue Hose und eine dicke graue Wolljacke. Der grüne Seidenschal passte zu ihren Augen. Ich ging einen Schritt auf sie zu und streckte ihr meine Hand entgegen.

»Entschuldigen Sie bitte, ich wollte hier nicht … Ich hatte geklopft«, stammelte ich. »Aber es hatte niemand geöffnet.«

»Soso, und da hast du dir gedacht, du schaust dich einfach mal um.« Die scharfe Stimme passte nicht zu ihren weichen Gesichtszügen. Ich sah sie verunsichert an und ließ meine Hand sinken. Schließlich lächelte sie und streckte mir ihre entgegen.

»Ist schon gut, ich bin Molly. In deinem Alter war ich auch ein neugieriges Mädchen. Kein Gartenzaun konnte mich aufhalten.«

Erleichtert griff ich nach ihrer Hand. »Ich bin Thea.«

»Komm erst einmal rein, heute ist es extrem windig. Das Wetter ändert sich hier rasant.«

Ich nahm meinen Koffer und folgte Molly ins Strandhaus. Der Wohnbereich war warm und behaglich eingerichtet. Ich dachte an zu Hause und blinzelte hastig die Tränen weg. Die weiße Einrichtung kombiniert mit dunklen Holztönen gab dem Ganzen den gewissen Charme, um sich hier wohlzufühlen. Die Fensterfront mit Blick auf das Meer und der lodernde Kamin ließen mich erahnen, wie schön es hier an diesen regnerischen Tagen sein musste. Ich spähte um die Ecke und entdeckte einen Frühstücksraum. Vier Tische mit dunklen Holzplatten, weißen Tischbeinen und die passenden Stühle dazu.

»Setz dich doch.« Molly deutete auf die cremefarbene Couch. Ich setzte mich und versank in zahlreichen Dekokissen.

»Ich mache uns einen Tee.« Molly verschwand in der Küche.

Ich spürte plötzlich einen Anflug von Heimweh. *Wie gerne würde ich jetzt im Schneidersitz neben meiner Mama auf der Couch sitzen, während ich eine heiße Schokolade schlürfe, meine Mutter mit überschlagenen Beinen bei mir sitzt und ihre*

Kaffeetasse mit beiden Händen umfasst. Sie würde mir zuhören, mich ein Stück zu sich ziehen und flüstern: Mein Mädchen, alles wird wieder gut. Ich bezweifelte das in diesem Fall.

»So ...« Molly betrat mit einem Tablett, zwei Teetassen und einer Schale mit Keksen den Raum. »Und jetzt erzähl. Was hattest du auf meiner Terrasse verloren?« Sie stellte die Tasse Tee vor mir ab. Beim Anblick und dem Duft der Schokoladenkekse knurrte mein Magen unüberhörbar auf, obwohl ich keinen Hunger hatte.

Molly lachte. »Greif zu.«

»Das riecht köstlich, danke.«

Mühsam rappelte ich mich aus den Kissen hoch, nahm mir einen Keks und die Tasse vom Tisch. Dann sank ich wieder zurück in die Couch.

»Charles hat mir die Adresse gegeben.«

»Charles?«, fragte sie mit einem Lächeln und runzelte die Stirn.

»Ich hatte in einer Zeitschrift einen Artikel über die Hamptons gelesen und ich glaube auch über dieses Haus. Ich fand es so schön und wollte hier ein paar Tage verbringen. Eigentlich wohne ich bei meinem Freund. Oder bestem Freund oder keins von beiden. Und da gibt es Charles. Er gab mir die Adresse, er meinte, hier würde es mir bestimmt gefallen. Ich sollte ruhig mal raus aus der Stadt. Und danach habe ich den Artikel gelesen. Und eigentlich wäre ich gerne mit meinem Freund gekommen. Aber er hat mich vor die Tür gesetzt, jetzt bin ich allein hier. Und ich weiß nicht mal, warum.« Ich holte tief Luft. Das war das erste Mal seit drei Tagen, dass ich wieder einem Menschen gegenübersaß, und ich redete wirres Zeug.

Sie lehnte sich im Sessel zurück und sah mich nachdenklich an, während ich an meiner Teetasse nippte und mir dabei die Lippen verbrühte.

»Du weißt nicht, warum du hier bist?«

461

»Doch, ich weiß nicht, warum er mich vor die Tür gesetzt hat.«

»Okay. Und mein Bruder hat dir die Adresse gegeben?«

»Ja, aber das eine hat mit dem anderen nichts zu tun.« Sie hob fragend eine Augenbraue.

Ich schob mich aus dem Kissenberg auf die Couchkante. »Haben Sie ... hast du noch ein Zimmer frei?«

Sie sah mich bedauernd an. Schließlich schüttelte sie kaum merklich den Kopf. »Ich habe geschlossen. Einmal im Jahr schließe ich für drei Wochen meine Pension. Meistens in der Hauptsaison.«

»Oh! Ähm ...« Ich stellte meine Tasse auf das Tischchen vor mir. »Kein Problem, dann suche ich mir eine andere Bleibe.« Ich stützte mich auf meinen Oberschenkeln ab und machte Anstalten aufzustehen.

»Du machst mir nicht den Eindruck, als hättest du im Moment sagenhaft viele Alternativen.«

Ich wischte mir mit den Händen über die Oberschenkel, kämpfte gegen die aufsteigenden Tränen an und schüttelte den Kopf. Sie sah mich eine Weile an, dann bewegten sich ihre Lippen zu einem leichten Lächeln.

»Gut. Ich bin ohnehin nicht gerne allein. Mein Neffe kommt mich zwar jeden Tag besuchen, aber das ist nicht dasselbe, wie wenn man ein volles Haus hat.« Sie stellte ihre Tasse ab und stand auf. »Du trinkst erst einmal in Ruhe deinen Tee und ich mache in der Zwischenzeit oben ein Zimmer fertig. Dann sehen wir weiter.«

Ich stieß hörbar die Luft aus. Ich hatte nicht gemerkt, dass ich sie angehalten hatte, und ließ mich zurück in die Couch fallen.

»Thea!« Ich hörte Molly die Treppen nach unten kommen und stand seufzend auf.

»Bleib nur sitzen, wenn du magst. Dein Zimmer ist fertig. Du hast das schönste im ganzen Haus, mit Blick auf das Meer. Soll ich es dir zeigen?« Ich nickte, griff nach meinem Koffer und folgte ihr die Stufen der schmalen Treppe hinauf.

»Ich habe hier oben vier Gästezimmer mit Bädern. Meine Wohnräume befinden sich im Erdgeschoss. Das Wohnzimmer und die Terrasse sowie der Frühstücksraum stehen jedem zur Verfügung. Den hast du ja bereits gesehen. Frühstück gibt es ab sieben Uhr ...« Molly hielt inne. »Das ist egal, wir sind ja nur zu zweit. Frühstück gibt es, wenn du wach bist, und in der Küche.« Sie öffnete eine Tür und ließ mir den Vortritt. »Bist du ein Langschläfer?«

Ich schüttelte den Kopf. »Im Moment eher nicht.«

Sie lächelte mit einer Mischung aus verständnis- und liebevoll und nickte. »Gut.«

Molly blieb im Türrahmen stehen, während ich mich im Zimmer einmal um die eigene Achse drehte. Der Raum war durch die große Fensterfront lichtdurchflutet. Das großzügige Bett mit einer flauschigen Bettwäsche war so ausgerichtet, dass man einen direkten Blick auf das Meer hatte. Sie hatte nicht zu viel versprochen. Auch hier stand die helle Einrichtung im Kontrast zum dunklen Dielenboden. Ein Schreibtisch und ein Schrank in einem Shabby Chic-Stil machten das Gästezimmer perfekt.

»Gefällt es dir?«

»Gefallen? Das trifft es nicht annähernd. Das ist der Wahnsinn!«

Sie trat ins Zimmer und zeigte auf eine Tür.

»Hier findest du das Bad. Ich habe dir einen Bademantel und Handtücher bereitgelegt.« Sie wandte sich zum Gehen. »Ich lasse dich jetzt allein. Und mach uns etwas zum Essen.«

»Molly! Vielen Dank für alles. Aber ich habe wirklich keinen Hunger.« Sie drehte sich noch einmal zu mir um.

»Oh doch, den wirst du haben. Die Meeresluft macht hungrig und du siehst aus, als hättest du in letzter Zeit kaum etwas gegessen.«

Sie verließ das Zimmer und rief über ihre Schultern: »Und, Thea? Das ist eine Anordnung.«

Na, das kann ja heiter werden. Ich packte meinen Koffer aus, setzte mich auf das Fensterbrett mit seinen zahllosen bunten Kissen und beobachtete die Wellen und die wenigen Vögel, die über dem Meer ihre Kreise zogen. Es war ein wunderschöner Ort. Beruhigend. Das erste Mal seit Tagen fühlte ich mich wieder für einen Moment im Gleichgewicht.

Als ich wenig später die Treppe runterspazierte, umspielte ein köstlicher Geruch meine Nase. Ich ging zu Molly in die Küche.

»Was ist das? Es riecht fantastisch.«

Sie drehte sich zu mir um. »Mollys Gemüseeintopf. Genau das Richtige bei so einem Wetter.«

Ich nahm die Suppenteller von der Anrichte und folgte ihr zum Esstisch. Sie stellte den Kochtopf auf dem Rost ab. »Setz dich«, sagte sie und schöpfte mir Suppe auf meinen Teller. »Guten Appetit, lass es dir schmecken. Und vielleicht hast du danach Lust, mir ein bisschen mehr zu erzählen. Ich bin eben nicht ganz mitgekommen.« Sie sah mich aufmunternd an. »Natürlich nur, wenn du willst.«

Nach dem Essen erzählte ich ihr, wie ich Charles kennengelernt hatte, von meiner Zeit in New York und den letzten Nächten im Hotel. Dabei umschiffte ich das Thema *Paul* so gut wie möglich.

»Ja, und jetzt bin ich hier.«

»Es weiß keiner, dass du hier bist?«

Ich schüttelte den Kopf. Sie sah mich an, als hätte sie zwischen meinen Worten auch alles andere verstanden. Alles, was ich die letzte Stunde geflissentlich ausgelassen hatte.

40

Es fühlte sich wie eine Ewigkeit an, dass ich Thea das letzte Mal gesehen hatte, dabei war es nicht einmal eine Woche her und nichts im Vergleich zu sonst. Sie fehlte mir. Erst heute Nacht hatte ich begriffen, dass es sich nicht lohnte, neben mir nach ihr zu tasten. Die Matratze blieb leer und kalt. Selbst ihre Kaffeetasse in der Spüle fehlte mir. Bei der Erinnerung an den Abend, als ich sie aus der Wohnung geworfen hatte, schüttelte ich abermals den Kopf. Sie wollte einfach nicht verschwinden, hielt sich beharrlich.

»Halt still, Paul«, schimpfte Nadja.

»Sorry.«

Egal, wie oft ich mir selbst versicherte, dass es die einzig richtige Entscheidung war, blieb die Ungewissheit, ob ich ihr nicht unrecht getan hatte.

Ich drehte mein Gesicht von links nach rechts und betrachtete es im Spiegel. Ich sah übermüdet aus, aber dennoch besser, als ich erwartet hatte. Nadja hatte gute Arbeit geleistet. Was man mit ein bisschen Make-up alles anstellen konnte. Die Drehtage waren lang und die wenigen Stunden, in denen ich zu Hause war, versuchte ich zu schlafen und nicht an Thea zu denken. Wenn ich an sie dachte, konnte ich noch immer ihre weichen Hände auf meiner Haut spüren. Fortwährend strich ich über mein Tattoo, als könnte das alles ungeschehen machen.

»Danke, Nadja.«

Ich verließ den Caravan und setzte mich draußen auf die schattige Bank, lehnte meinen Kopf an das kühle Metall des

Wohnmobils, schloss die Augen und versuchte mich auf meinen Text zu konzentrieren. Aufgrund des Schlafmangels fühlte sich mein Gehirn wie Watte an. *Eigentlich genau richtig.* Für den Dreh eine Vollkatastrophe.

»Und wie geht es dir heute? Ich hoffe, du hattest die fünfte beschissene Nacht in Folge.« Sarah blieb mit in die Hüften gestemmten Händen vor mir stehen.

»Kann man wohl so sagen.«

»Und was gedenkt der Herr dagegen zu tun?«

Ich wusste es nicht. Ich fühlte mich wie unter einer Nebelglocke und mir fiel es schwer, mir aus den Ereignissen einen logischen Reim zu machen. Ich versuchte, ihr unbefangen in die Augen zu schauen. »Abwarten.«

Sie riss die Arme in die Luft. »Abwarten? Großartig!«

Ich rieb mir über das Gesicht und schnaubte.

»Wenn du Mitleid von mir erwartest, vergiss es«, sagte sie barsch. Dabei funkelten ihre Augen mich zornig an.

»Will ich nicht«, gab ich resigniert zurück, streckte die Beine aus und verschränkte die Arme vor der Brust.

»Ich habe dir gesagt, erzähl ihr die Scheiße mit Alex. Aber hast du ja nicht. Hätte sie die Geschichte gekannt, wäre das vielleicht nie passiert.«

»Hast du sie erreicht?«

»Wenn ich sie erreiche, werde ich es dir ganz bestimmt nicht erzählen«, fauchte sie wütend und ließ sich neben mir auf die Bank fallen.

Bei ihren Worten überkam mich ein ungutes Gefühl. Ich richtete mich kerzengerade auf und drehte mich so, dass ich sie ansehen konnte. »Du hast sie nicht erreicht?«

»Nein. Machst du dir etwa Sorgen?« Ihre Augen funkelten noch immer.

»Na klar!« Ich sprang auf. »Was denkst du von mir?«

Ich stapfte vor ihr auf und ab. Ich hatte mit mir einen Pakt geschlossen, einen, den ich unter keinen Umständen brechen durfte. Ich hatte es mir geschworen, niemals wollte ich jemanden so sehr lieben, um Alex nicht die Chance zu geben, mich auf diese Weise zu verletzen. Ich wusste, es war ein Spiel mit dem Feuer. Er hatte es geschafft, schlimmer denn je zuvor.

»Gut, dann bring ich dein Köpfchen noch einmal in die Gänge. Du behauptest ja von dir selbst, du hättest eine hohe Intelligenz. Die ich, nichts für ungut, im Moment stark anzweifle.«

Ich lachte bitter auf.

»Noch einmal die Fakten. Es war halb fünf, als wir das Café verlassen hatten. Um 18 Uhr stand Alex schon bei dir vor der Tür. Frage!« Sie machte eine theatralische Pause. »Wie soll das alles zeitlich gehen?« Sie sah mich auffordernd an, aber ich gab mir nicht die Mühe, ihr zu antworten. Ich hatte doch selbst keine Ahnung.

»Ich habe mir das noch einmal auf der Karte angesehen. Thea muss ungefähr fünfundvierzig Minuten in die falsche Richtung gelaufen sein, um überhaupt zu diesem Bäcker zu kommen. Der Weg von der Boulangerie New York bis zu dir dauert noch einmal vierzig Minuten. Mit der Metro!« Sie warf mir einen vielsagenden Blick zu. »Betrachten wir nun die Zeit, zu der Thea in der Wohnung eingetroffen ist … Egal. Im besten Fall verbleiben fünf Minuten. Diese reichen für den Kauf von Croissants, aber nicht für einen Quickie. Zwischen Hallo, Locationsuche und Tschüss also Zeit für einen Unter-drei-Minuten-Quickie.« Sarah hob den Finger und sah mich an, als müsste es spätestens jetzt bei mir klingeln.

»Drei Minuten«, brüllte sie. »Das geht doch nicht!« Der halbe Set drehte sich nach uns um. Ihre blauen Augen funkelten mich an.

»Doch, das geht.«

Sarah schnaubte wütend. »Klar, Thea ist ja auch genauso ein Typ.«

»Ja«, gab ich trocken zurück und verkniff mir beim Anblick von Sarahs entsetztem Blick ein Grinsen.

Sie hielt sich die Ohren zu und senkte ihre Stimme. »Paul! Das will ich gar nicht wissen. Bei dir vielleicht. Aber nicht bei Alex, den sie ja nicht einmal *mag*.« Dabei trällerte sie, das Wort mag lautstark.

»Sag mal … wessen Freundin bist du?«

Sie nahm die Hände von ihren Ohren und stampfte mit dem Fuß auf den Boden. »Darum geht es doch überhaupt nicht. Denk doch einfach mal nach und streng dein hübsches Köpfchen an.«

»Brauche ich nicht.«

»Du bist so ein Idiot. Du hast Thea doch gar nicht verdient.«

»Was?« Ich sah sie mit zusammengekniffenen Augen an.

»Du willst von mir nicht ernsthaft hören, dass ich das alles gutheiße?«, fragte sie schnippisch.

»Das nicht, aber ich erwarte, dass du mich als Freundin auffängst und mir zur Seite stehst.«

Sie sah mit neutraler Miene zu mir hoch. »Das tue ich. Ich stehe dir bei, indem ich dich wachrüttle und dir beharrlich erkläre, was für ein Idiot du bist.«

»Danke, die Freundlichkeit in Person. Willst du, dass ich sie anrufe und frage, was sie sich dabei gedacht hat mit Alex … Ach, vergiss es.«

Sie legte den Kopf schief und grinste mich an. »Nein, das will ich nicht. Ich will, dass du sie anrufst und sie nach ihrer Geschichte fragst.«

»Du willst, dass ich sie anrufe?«, wiederholte ich, schüttelte vehement den Kopf und rieb mir verzweifelt über den Nacken.

Sarah nickte triumphierend. »Das war nicht die Antwort, die du erwartet hattest, stimmt's?«

»Nein, aber ich sollte mich wohl mit dem Gedanken anfreunden, dass die Dinge nicht mehr so sind, wie sie einmal waren.«

»Das ist doch Quatsch, Paul. Ich zweifle nur langsam an deinem Verstand.« Kopfschüttelnd gab sie mir einen Klaps auf den Hinterkopf.

»Okay.« Ich stand auf und holte mein Handy aus der Hosentasche. »Sie geht ohnehin nicht ran, wenn sie meinen Namen sieht. Sie ist stur und bockig.« Ich unterdrückte meine Rufnummer und tippte auf Theas Nummer. »Der gewünschte Gesprächspartner ist vorübergehend nicht erreichbar.«

»Mmhh«, murmelte Sarah.

Drei Minuten hinter einer Bäckerei. Nein, das war nicht Thea. Sie hatte sich bemüht, mit Alex klarzukommen. Das war's. War er so raffiniert, sich solch eine Scheiße auszudenken, weil er anders bei ihr nicht weiterkam? Aber woher sollte er sonst von dem Muttermal gewusst haben? Ich war unfähig, klar zu denken, solange ich nicht begriff, was hier abging. Sie hatte nicht mit ihm getanzt, weil sie ihn sonderlich mochte, sondern da er ihr keine Wahl gelassen hatte. Und sie hatte definitiv null Orientierungssinn. Ich war eifersüchtig auf Daniel, auf Alex, aber nie hatte sie mir dafür einen Grund gegeben. Sie liebte mich. Mir wurde schlecht. Langsam zweifelte auch ich an meinem Verstand. Ich hatte versagt. *Shit!* Ich atmete tief durch und versuchte, die aufkommenden Gefühle zu kontrollieren. Aber eine leise Stimme in mir polterte beharrlich nach vorne. Gut möglich, dass ich der falschen Person geglaubt hatte. Vielleicht hatte Alex den Stein ins Rollen gebracht, aber dieses Mal war ich derjenige, der mein Glück mit den Füßen getreten hatte. Es hätte alles anders laufen können, wenn ich nicht gleich dunkelrot gesehen hätte. Ich war so ein verdammter Idiot.

41

THEA

Wie jeden Morgen um diese Zeit stand ich auf der Veranda und ging die wenigen Stufen zum Strand hinunter. Heute fiel kein Tropfen mehr vom Himmel, stattdessen strahlte mir die Sonne ins Gesicht. Die Wellen bewegten sich in einer seichten Bewegung auf und ab, ein süßer Gelbfuß-Regenpfeifer drehte seine Runden über dem Wasser und nur das Knirschen des Sandes unter meinen Turnschuhen war noch zu hören. In den vergangenen Tagen war ich morgens, mittags und abends am Strand laufen gewesen. Der Aus-Knopf für mein Gedankenkarussell. Wie immer, wenn mich meine Gedanken und das traurige Gefühl übermannten, schnürte ich meine Laufschuhe. Inzwischen kannte ich beinahe jeden Strandabschnitt im Umkreis des Strandhauses. Ich atmete tief aus und die frische Morgenluft wieder ein.

»Happy Birthday, Thea«, murmelte ich, steckte meine Kopfhörer ins Ohr und trabte langsam los. Genau vor einem Jahr hatte mir Paul das Flugticket geschenkt. Ich erhöhte mein Tempo. Schneller, damit ich ihn aus dem Kopf bekam.

Meine Familie hatte mir ein Geburtstagsvideo geschickt. Ich war seit über zwei Monaten hier, aber erst jetzt, nachdem ich die Stimmen gehört hatte, wurde mir klar, wie sehr ich sie alle vermisste. Außerdem hatte ich eine Sprachnachricht von Lotti und zwei verpasste Anrufe von Emma und Leonie auf meinem Handy. Sogar eine WhatsApp von Alex mischte sich dazwischen. Doch ich ignorierte die Mitteilungen und Telefonanrufe, mir war nicht nach Reden zumute. Tja, aber keine Nachricht von Paul. Seine eiskalte Miene blitzte vor meinem inneren Auge auf. Ich schob den Erinnerungsfetzen beiseite, der bittere Geschmack blieb. Ich hatte überhaupt kein Interesse, mit ihm zu sprechen. Noch nicht. Ich sprintete los. Die Geschwindigkeit knipste meine Traurigkeit aus und brachte das Durcheinander von Wut und Enttäuschung zum Schweigen. Die laute Musik in meinen Ohren sorgte dafür, dass ich meine Gedanken nicht mehr hörte. Ich erhöhte stetig das Tempo im Rhythmus der Musik und genoss die aufkommende Stille in meinem Kopf. Ich rannte, bis mir ein Wellenbrecher aus Felsen den Weg versperrte. Ich nahm die Kopfhörer aus den Ohren und hieß das Wellenrauschen willkommen. Dann drehte ich mich um und sprintete zurück.

»Hey du!«, hörte ich hinter mir jemanden rufen. »Rennsemmel! Bleib doch mal stehen.« Jemand rannte durch den Sand und holte zu mir auf. Ich verlangsamte mein Tempo. Der Junge, den ich eben überholt hatte, hielt neben mir Schritt. Aus grauen Augen betrachtete er mich neugierig. »Du bist das Mädchen, das gerade bei meiner Tante wohnt, richtig?«, sagte er nach einem Moment.

Ich nickte. »Dann musst du Joshua sein?«

»Ich bevorzuge Josh.«

Ich trabte langsam aus und blieb schließlich stehen.

»Meine Tante sagte, du bist den ganzen Tag nur am Rennen.«

Ich beugte mich nach vorne und stützte meine Hände auf den Oberschenkeln ab. »Ich glaube, sie übertreibt.«

»Wenn du willst, können wir auch gemeinsam was anderes machen. Du musst ja nicht immer rennen.«

»Das wäre?« Ich richtete mich wieder auf und dehnte die Vorderseiten meiner Oberschenkel.

»Schattenboxen, Kraftübungen, Surfen, Indiaca, Sandburgen bauen. Alles ist möglich. Such dir was aus. Hauptsache, du wirst mal deine überschüssige Energie los.«

Ich schnaubte und blies mir eine Haarsträhne aus dem Gesicht. »Überschüssige Energie? Gut, womit fangen wir an?«

»Nicht jetzt! Vielleicht morgen.«

»Heute Abend?«

Er runzelte die Stirn und kratzte sich nachdenklich am Kopf. »Okay, heute Abend.«

»Neunzehn Uhr, hier.« Ich deutete vor mir in den Sand. Er nickte knapp und folgte mir zum Haus.

»Guten Morgen, Tante Molly«, sagte Josh und drückte ihr einen Kuss auf die Wange.

»Nenn mich nicht Tante«, murmelte sie und holte ein Blech aus dem Ofen. Der gesamte Raum wurde von einem Duft nach frischen Muffins erfüllt.

»Guten Morgen, Molly«, trällerte ich und schlenderte an der Kücheninsel vorbei, auf der sich bereits Pancakes auf einem Teller stapelten, daneben Hefegebäck, Zimtschnecken, Milk Bread Rolls und Blueberry Cheesecake im Glas. Was hatte sie vor?

»Guten Morgen, Thea, es gibt Frühstück. Komm, iss mit uns!«, rief Molly mir hinterher.

Ich verdrehte kurz die Augen, drehte mich aber schließlich auf der untersten Treppenstufe zu ihr um und nickte. Sie wischte sich die mehligen Hände an ihrer Schürze ab und lächelte mir zufrieden zu. Molly liebte es zu backen und sie liebte es noch mehr, mich zu mästen. Zu anderen Zeiten wäre ich ihr wahrscheinlich nicht von der Seite gewichen und hätte schon das gesamte Gebäck direkt vom Backblech gefuttert. Aber nach Essen stand mir noch immer nicht der Sinn. Ich hüpfte kurz unter die Dusche und zog mir anschließend

Leggings und Tims Pulli an. Pauls Hoodie fristete sein Dasein in seiner Wohnung. Mein Handy brummte irgendwo in diesem Zimmer. Ich sah auf dem Nachttisch und auf dem Boden nach. Warf einen flüchtigen Blick ins Bad und schaute unter den Kissen auf dem Fensterbrett und schüttelte die Bettdecke aus. Mit einem lauten Knall fiel mein Handy auf den Holzboden. Ich hob es auf und setzte mich im Schneidersitz aufs Bett. Ich hatte einige neue verpasste Anrufe, darunter Daniels, Sarahs und eine unbekannte Nummer. Daniel hatte zudem zwei Nachrichten hinterlassen. In der ersten wünschte er mir alles Gute zum Geburtstag und in der zweiten bat er mich, ihn doch bitte zurückzurufen. Ich zuckte zusammen, als das Handy plötzlich laut klingelte, schaltete es hastig auf stumm und stöhnte genervt auf, als ich den Namen auf dem Display sah. Alex. Mordgelüste brodelten in mir hoch, während ich weiter auf das Display starrte. *Ganz bestimmt nicht. Soll er sich seine Glückwünsche sonst wo hinschieben.* Das Telefon verstummte. Ich tippte eine Nachricht mit einem Lebenszeichen an Daniel und warf mein Handy wieder aufs Bett. Dann stand ich auf und machte mich auf den Weg nach unten.

»Da ist sie ja endlich.« Molly schenkte dampfenden Tee in eine leere Tasse. »Setz dich. Joshua!« Sie klatschte ihm auf die Hände, als er sich mit vollem Mund das nächste Gebäckstück von der Platte schnappen wollte. »Thea, greif zu.«

Ich griff nach einem Pancake und hatte plötzlich alle Mühe, meine Tränen zurückzuhalten. Die letzten Tage waren die reinste Achterbahnfahrt der Gefühle gewesen. Paul hatte es bis jetzt nicht einmal für nötig gehalten, mir zum Geburtstag zu gratulieren, und Alex besaß die Frechheit dazu. Ich hatte keine Ahnung, was die zwei Brüder in der Vergangenheit für Probleme gehabt hatten. Aber eines stand fest: Ich wollte kein Teil davon sein.

»Alles in Ordnung, Thea?« Molly griff nach meiner Hand, drückte sie und sah mich skeptisch an.

»Klar.« Ich lächelte, schnappte mir die Sahne, dann die Schokoladensoße und Ahornsirup hinterher. Als Krönung setzte ich eine Scheibe Pfirsich obendrauf.

»Ich glaube nicht«, sagte Josh und sah angewidert auf meinen Teller.

Molly gab ihm einen Klaps auf den Oberarm. »Sei nicht so frech.« Sie rümpfte die Nase, als er mit dem Stuhl nach hinten schaukelte. »Geh lieber duschen, das ist ja nicht auszuhalten. Du schweißiges Stinktier.«

Josh stand auf, schnappte sich beim Vorbeigehen noch einen Muffin und rief mit vollem Mund: »Bis später!«

»Was ist los mit dir?«, fragte mich Molly besorgt und suchte meinen Blick.

»Nichts, wirklich«, sagte ich möglichst unbefangen. Aber ein dicker Kloß quetschte sich immer weiter an die Oberfläche.

»Okay.« Sie nickte knapp, umschloss ihre Teetasse mit beiden Händen und lehnte sich auf ihrem Stuhl zurück. Ich malte mit der Gabel ein Muster in die Soßen auf der Sahne und schob die Pfirsichscheibe wieder in die Mitte. Ich sah kurz auf. Molly beäugte mich noch immer über den Rand ihrer Tasse hinweg.

»Es ist nicht leicht«, sagte ich schließlich und faltete meine Hände im Schoß.

»Nein. Die Liebe ist nie leicht. Aber wenn es passt, seid ihr gemeinsam stärker als jeder für sich allein.«

Ich kämpfte erneut gegen die aufsteigenden Tränen an. »Aber das macht man doch nicht, wenn man sich liebt.«

»Oh, man macht so einige Dinge falsch, wenn man sich liebt.«

»Aber nicht so!« Ich schluchzte auf. »Ich wollte das nicht mehr. Nie wieder wollte ich das fühlen. Und will es auch noch immer nicht.«

»Niemand kommt durchs Leben, ohne verletzt zu werden«, Molly wartete kurz ab, ob ich etwas sagen wollte, aber ich wischte mir nur die Tränen von den Wangen. Dann fuhr sie fort: »Ich wurde in meinem Leben verletzt. Charles. Selbst Joshua. Ich kenne niemanden, der unverletzt durchs Leben geht. Das macht uns zu denen, die wir sind.«

Nachdenklich zupfte ich am Saum der Tischdecke. Molly beugte sich vor und reichte mir ein Taschentuch.

»Es kommt nur darauf an, was du daraus machst.«

Ich hatte doch keine Ahnung, was ich aus der Situation machen sollte. Solange ich nicht kapierte, was hier los war, war das schier unmöglich. Man muss die Dinge verstehen, um sie ändern zu können.

»Er hat sich nicht gemeldet«, sagte ich mehr zu mir selbst und schluckte den Kloß in meiner Kehle mit einem Schluck Tee hinunter. »Heute ist mein Geburtstag«, fügte ich leise hinzu.

»Was?« Molly sprang auf, umrundete den Tisch, zog mich vom Stuhl und in eine feste Umarmung.

»Herzlichen Glückwunsch, mein Kind.« Die Wärme der mütterlichen Zärtlichkeit brachte mich endgültig aus der Fassung. Ich konnte die erneut aufsteigenden Tränen nicht mehr zurückhalten und heulte mir an Mollys Schulter alles von der Seele. Nach gefühlten Minuten schob sie mich sanft eine Armeslänge von sich, wischte mir mit einem Tuch über die Wangen und lächelte mich aufmunternd an. »Jetzt wird gefeiert.« Sie ließ mich los, marschierte zielstrebig durch die Küche, öffnete den Kühlschrank und hielt triumphierend eine Champagnerflasche hoch.

Nachdem wir eine Flasche getrunken hatten, war mein Gehirn in Watte gebettet und an Sport nicht mehr zu denken. Josh machte den Eindruck, als würde ihn das nicht weiter stören. Er holte eine zweite aus der Vorratskammer, fläzte sich zu uns auf die Couch und ließ den Korken knallen.

Kaum hatte ich mich gestern Abend in das frisch bezogene Bett gelegt, war ich tief und fest eingeschlafen. Ich hatte so gut geschlafen wie schon seit Langem nicht mehr. Dafür kamen die vergangenen Erlebnisse heute Morgen mit voller Wucht zurück. Paul, der Abend, der alles veränderte, dessen Datum ich aus dem Kalender streichen würde. Jedes einzelne drängte sich schmerzhaft an die Oberfläche. Dazu kam: ein Jahr älter, kein bisschen schlauer, keinen besten Freund mehr und Single. Ich brauchte frische Luft, bevor ich noch an meinen eigenen Erinnerungen erstickte. Ich suchte meine Sportsachen zusammen, zog mich an, schnürte die Laufschuhe und schloss leise die Zimmertür hinter mir.

Meine Beine schmerzten schon nach wenigen Metern, aber ich behielt das Tempo bei. Ich sah die Wellenbrecher vor mir, erhöhte die Schrittfrequenz, bis ich sie erreichte. Sprang auf den ersten großen Stein, kletterte weiter hoch, stieg auf der anderen Seite wieder runter und sprang von dem letzten Steinbrocken in den Sand. Kurz kam ich ins Stolpern, dann lief ich weiter. Der Wind pfiff unter meine Kopfhörer und ich drehte die Musik lauter. Lauter, damit ich mein tobendes Gedankenkarussell nicht mehr hören konnte. Ich konzentrierte mich auf den Song, jeden einzelnen Ton, jeden Beat. Ignorierte jeglichen neu aufkommenden Gedanken und jeden noch so kleinen Erinnerungsfetzen. Bei dem nächsten Wellenbrecher blieb ich stehen, nahm meine Kopfhörer aus den Ohren und hörte für einen Moment dem

Wellenrauschen zu. Meine Muskeln zitterten vor Anstrengung. So war es besser. Dieses Gefühl war mir vertraut.

In den folgenden Tagen verbrachte ich viel Zeit mit Josh. Wir gingen zusammen laufen und er brachte mir bei, wie ich, ohne mich beim Sprinten bis zum bitteren Ende auszupowern, meine Gefühle unter Kontrolle bringen konnte. Er zeigte mir Schattenboxen und bei der Gelegenheit ein paar Tricks zur Selbstverteidigung. Er war ein cooler Typ. Lustig, ehrlich und er stellte keine Fragen. Wir bauten Sandburgen mit Wassergräben, während uns Molly von der Veranda aus beobachtete. Hätte mich jemand gefragt, wie es mir ging, wäre meine Antwort, ohne zu zögern, *gut* gewesen. Gut in diesem Moment. Wie es in den kommenden Tagen aussehen würde, konnte ich nicht mit Bestimmtheit sagen. Aber es ging von Tag zu Tag bergauf.

42

Ich wusste nicht, wo ich nach Thea suchen sollte, also zog ich durch die Straßen von New York, ziellos und ohne Plan. Hinter jeder Ecke lauerten Erinnerungen. Ich ging weiter, immer weiter, durch den Central Park, an Hotels vorbei und fragte, ob eine Thea Kaufmann eingecheckt hatte. Es war hoffnungslos. Ich hatte mit Daniel telefoniert, in der Hoffnung, sie wäre in der Zwischenzeit bei ihm untergekommen. Er bezeichnete mich als den größten Vollidioten, den er kannte, und seinem Tonfall und der Lautstärke seiner Stimme nach zu urteilen, hätte er mir am liebsten eine verpasst, hätte ich in diesem Moment vor ihm gestanden. Wahrscheinlich zu Recht. Es war ihm nicht zu verübeln, er machte sich Sorgen. Egal wie ich es drehte und wendete, ich hätte sie nicht vor die Tür setzen dürfen. Er versicherte mir mehrmals, dass Thea niemals etwas mit Alex gehabt hätte. Ebenso wie Lotti, die aus allen Wolken gefallen war, als ich ihr erzählt hatte, was passiert war. Auch sie hatte seit Tagen nichts von ihr gehört. Thea ging nicht an ihr Telefon, egal wer anrief. Nicht einmal an ihrem Geburtstag. Ich hatte es nicht erneut versucht. Ich war mir sicher, sie würde nicht rangehen, wenn sie meine Nummer sah. Ich konnte ihr das nicht einmal verübeln. Ich hatte eine kurze Nachricht mit Glückwünschen verfasst, löschte sie aber gleich wieder. Ich hatte lange bei einem Glas Whisky mit Charles geredet, wobei er unaufhörlich den Kopf geschüttelt hatte, begleitet von einem gemurmelten *Junge, Junge*. In seinen Augen spiegelte sich meine eigene Sorge um Thea wider, die sich in meinem gesamten

Körper ausgebreitet hatte. Er hatte viele Fragen gestellt, auf die ich keine Antwort hatte. Noch nicht.

Auch heute Nacht hatte ich das Gefühl, nicht mehr richtig atmen zu können. Unruhig wälzte ich mich hin und her, während meine Gedanken nur um eines kreisten. *Wo ist Thea?* Die Sorge um Thea wurde unerträglich und warf alles andere in den Hintergrund. Obwohl ich inzwischen völlig erledigt war und meine Fußsohlen noch immer pochten, stand ich auf und stellte mich unter die Dusche, bis meine Haut dunkelrot war. Ich drehte das heiße Wasser ab und ließ eiskaltes über mich rieseln. Mein Telefon vibrierte auf dem Fliesenboden. Ich trocknete meine Finger ab und nahm, ohne nachzusehen, den Anruf an.

»Ja?« Ich hielt den Atem an.

»Hey, Paul.«

Ich stieß hörbar die Luft aus, übersprang die Begrüßungsfloskel und kam direkt zur Sache. »Was willst du?«

»Können wir reden?«, fragte Alex am anderen Ende der Leitung.

»Nein, jetzt nicht«, blaffte ich ins Handy, legte auf und setzte mich auf den Rand der Badewanne. Wir würden reden, aber nicht am Telefon und nicht jetzt. Ich wollte ihm dabei in die Augen sehen und ich musste dafür in guter Verfassung sein, und das war ich heute definitiv nicht. Das war ich nicht seit dem Tag, an dem Thea durch die Tür ging und verschwand.

Ich musste erst mit ihr reden. Denn das ergab alles keinen Sinn. Sarah hatte recht. Egal, welche Matrix ich im Kopf aufstellte, es konnte nur ein kurzes, ein winziges Zeitfenster gewesen sein, in dem sich Thea und Alex begegnet waren. Das Muttermal? Woher wusste er davon? *Denk nach, Paul! Denk nach!* Es wäre gar nicht erst so weit gekommen, wenn sie die Vorgeschichte von Alex und mir gekannt hätte. Alex hätte nicht die Gelegenheit gehabt, mein Glück zu zerstören. Dieser Gedanke schob sich immer wieder neben die Frage, wo Thea steckte. Gedankenverloren strich ich über mein Tattoo. Hätte die Beziehung nicht funktioniert? Okay. Point taken. Aber das? Sollte das alles stimmen, könnte ich ihr nicht verzeihen. Niemals. Das wäre das Ende unserer Freundschaft. Ich musste die Wahrheit über diesen Tag herausfinden und das ging nur mit Theas Hilfe. Ich stützte meine Hände auf den Oberschenkeln ab und stand auf.

Ich zog mich an und ging langsam die Treppe hinunter in Theas Zimmer und sah mich um. Nur die Bilder an der Wand und ihre Einhornpantoffeln erinnerten daran, dass Thea einmal hier gewesen war. Ihr blumiger Duft war schon längst aus dem Raum verflogen. Ich griff nach meinem Pulli auf dem Bett und vergrub mein Gesicht darin. Tief atmete ich ein. *Nichts. Waschmittel. Keine Thea.* Ich zog mir den dunkelgrauen Hoodie über, dann schloss ich leise die Tür hinter mir. Ging ins Wohnzimmer und setzte mich in Theas Lieblingsecke auf der Couch, zog mir die Decke über die Füße und starrte an die Zimmerdecke. Ich hatte keine Ahnung, wie mein Leben ohne Thea aussehen sollte. Ich fühlte mich leer. Kraftlos. Sie fehlte mir unglaublich. Unsere gemeinsame Zeit lief wie ein Film vor meinen Augen ab. Bunt, lebendig, einzigartig. Ihr Lachen, ihre kühlen Finger auf meiner Haut, die zarten Linien ihres Profils, die Sommersprossen, das Gefühl ihrer Lippen auf meinen. Ihre Stimme hallte in meinen Kopf: *Ich liebe dich.* Es war nur ein zartes Flüstern. Die Erinnerung weckte ein warmes Kribbeln in meinem Bauch und meine Augen begannen zu brennen.

Das Klingeln an der Tür holte mich aus meinen Gedanken. Ich rieb mir energisch über das Gesicht und ging zur Tür. Nie zuvor hatte es eine Frau fertiggebracht, dass ich um sie weinte.

Als ich die Tür öffnete, sah ich geradewegs in die übelgelaunte Miene von Sarah. Sie musterte mich kurz kritisch von oben bis unten und schob sich mit zwei Pizzakartons auf dem Arm an mir vorbei. Ich schloss die Tür und folgte ihr ins Wohnzimmer.

»Willst du dich irgendwann mal wieder rasieren?«, fragte sie, während sie Besteck aus der Schublade holte und Gläser und Wasser auf den Tisch stellte. Ich strich mir über das Kinn und setzte mich auf einen Stuhl.

»Und deine Haare sehen aus, als hättest du sie dir nur mit den Fingern gekämmt. Wenn überhaupt.«

Ich kratzte mich am Kopf und wuschelte noch einmal durch. Sarah setzte sich mir gegenüber, lächelte kurz und schob mir einen Pizzakarton rüber.

»Essen. Jetzt. Sofort«, sagte sie im Befehlston. Ich öffnete den Karton und schnitt mir ein Stück ab. Sie kniff die Augen zusammen und sah mich prüfend an. »Wie lange hast du nicht mehr richtig geschlafen?«

Ich lachte verzweifelt auf. »Wonach sieht es denn aus?«

»Wenig.« Sie zuckte mit den Schultern. »Du könntest ja was an der Situation ändern.«

Frustriert schob ich mir das nächste Stück in den Mund und das nächste gleich hinterher, bis ich die gesamte Pizza verschlungen hatte. Sarah beobachtete das Schauspiel mit einem belustigten Funkeln in den Augen. Ich legte mein Besteck auf die Seite und rieb mir seufzend über die Stirn. »Ich hätte sie nicht auf die Straße setzen dürfen.«

Sie stimmte mir wild kopfnickend zu.

»Nicht meine klügste Entscheidung.«

Langsam schüttelte sie den Kopf und klappte ihren Pizzakarton zu. »Dass ich das noch mal erlebe. Dann ...« Sie verstummte, als es erneut an der Tür klingelte. »Erwartest du jemanden?«, fragte sie misstrauisch.

»Denkst du an Daniel?«

Entsetzt und kopfschüttelnd zugleich sah sie mich an. Zum ersten Mal seit Tagen konnte ich wieder lächeln. Mit der leisen Hoffnung, es könnte Thea sein, ging ich an die Tür.

»Alex«, sagte ich in abfälligem Tonfall und machte keine Anstalten, ihn hereinzubitten. Ich atmete tief durch, was in einem Knurren endete. »Du legst es wirklich darauf an, oder?«

Alex zögerte einen Moment. »Lass mich rein.«

Ich hob fragend eine Augenbraue. »Dich? In meine Wohnung? Nenn mir einen einzigen Grund, warum ich das tun sollte.«

»Habt ihr was von Thea gehört?«

»Nein!«, rief Sarah.

Plötzlich wirkte er aufgewühlt. Ich konnte mich nicht daran erinnern, ihn schon einmal so gesehen zu haben. »Hör mal«, murmelte er mehr zu seinen Schuhspitzen, bevor er mir wieder in die Augen sah. »Ich will reden …«

»Du willst reden?« Ich trat einen Schritt zur Seite. »Also gut, reden wir.« Ich machte eine einladende Handbewegung und ging zurück zu Sarah. Mit verschränkten Armen lehnte ich mich an den Küchentisch und sah ihn abwartend an. Er murmelte etwas Unverständliches in Sarahs Richtung, bevor er mich wieder ansah.

»Also, ich … ähm, ich habe mir da mal ein paar Gedanken gemacht.«

Sarah sah ihn verblüfft an.

Ich verschränkte die Beine an den Knöcheln und hob fragend eine Augenbraue. »Ich bin ganz Ohr.«

»Was willst du hier?«, schnauzte Sarah ihn an.

»Helfen … Thea zu finden.«

Sie schnaubte verächtlich. »Helfen? Du bist doch der Grund dafür, dass sie weg ist.«

Ich warf ihr einen warnenden Blick zu. Es hatte keinen Wert, ihn jetzt anzubrüllen.

»Sie fühlt sich zum Beispiel von Bänken magisch angezogen«, sagte er schließlich.

Sarah schnaubte erneut und verdrehte die Augen. »Bänke!« Ich ignorierte Sarah. »Welche Bank?«

»Na, Bänke eben. Wie sie im Park stehen.«

»Herrgott, welche Bank«, fauchte sie ihn an.

Er sah zu Sarah. »Keine Ahnung!« Und dann wieder zu mir. »Du, als ihr Freund«, er spuckte das letzte Wort förmlich aus, »hast ihr ja super zugehört. Hast du ihr jemals zugehört?«

»Über Fehler sollten wir zwei uns nicht unterhalten«, zischte ich zwischen zusammengebissenen Zähnen.

Ich erinnerte mich nur flüchtig … Es war am Starnberger See gewesen, Thea hatte mich zu einer Laufrunde überredet. Sie sagte hinterher, es sei der schlechteste Schnitt gewesen und die kürzeste Strecke, die sie je in ihrem Leben gelaufen sei. Das war definitiv Ansichtssache. Während sie neben mir joggte und wilde Geschichten erzählte, war ich bemüht, Luft zu bekommen. Mein Seitenstechen brachte mich fast um. Wir joggten durch einen Park, mit zahlreichen Holzbänken mit geschwungen Armlehnen aus Messing. Thea hatte damals gesagt, dass sie sich von Bänken angezogen fühlte. Nicht zum Ausruhen, sondern als schönem Platz, um zu träumen und zu reden.

Schön, dass Alex sich das merken konnte. Er lief in diesem Moment ja auch nicht keuchend neben ihr her.

Sarah funkelte ihn zornig an. »Und? Sollen wir jetzt jede Parkbank in New York absuchen?«

Seufzend rieb ich mir mit der Hand über den Nacken.

Alex ignorierte Sarah. »Und sie hatte eine kleine Pension entdeckt. In den Hamptons, glaube ich.«

»Ach wie gut, dass es dort nur eine einzige Pension gibt«, murmelte Sarah mit sarkastischem Unterton.

Ich lachte bitter auf. »Glaubst du?«

»Sie hatte einen Artikel in einer Zeitschrift gelesen. Es hätte ihr gutgetan, wenn sie dort ein bisschen Zeit verbracht hätte.«

Ich trat einen langen Schritt auf ihn zu.

»Sag du mir nicht, was Thea gutgetan hätte. Das steht *dir* definitiv nicht zu.«

»Hast du die Adresse?«, fragte Sarah.

»Nein.«

»In welcher Zeitschrift?«, bohrte sie weiter.

»Keine Ahnung. Sie sagte, sie kennt dort ein Haus. Von einer Schwester von einem, den sie kennt. Einem guten Freund.«

»Na, das war ja mal hilfreich.« Sarah schnaubte verzweifelt. »Also, es ändert sich nichts. Niemand weiß, wo Thea steckt«, stellte sie fest und ließ sich an die Stuhllehne zurückfallen.

»Niemand?«, fragte Alex.

»Nein«, sagten wir synchron.

Sarah sah mich an. »Hast du noch einmal versucht, sie telefonisch zu erreichen?«

»Nein«, murmelte ich.

»Ja«, sagte Alex. »Mehrmals.«

Ich sah ihn zornig mit zusammengekniffenen Augen an.

»Ich wollte mit ihr reden. Es ist nicht leicht, wenn man das Gefühl hat, alles falsch gemacht zu haben.«

Bildete ich mir das gerade ein oder hörte ich eine ungewohnte Nuance des Bedauerns in seiner Stimme?

»Was soll das heißen? Wenn man alles falsch gemacht hat?«, fragte Sarah, stand auf und stellte sich mit nach vorn gerecktem Kinn vor Alex. »Was hast du getan?«

484

»Nichts!«

»Warum hast du diesen Scheiß erzählt?«

Das bringt doch nichts. Sie standen sich gegenüber wie zwei Boxer, die ihren Gegner abcheckten. Ich nahm mein Glas vom Tisch, umrundete sie und setzte mich auf die Couch.

»Das war kein *Scheiß,* und dass Thea jetzt weg ist, ist allein Pauls Schuld.« Seinen arroganten Tonfall hatte ich schon vermisst.

»Super, wer nicht alles ständig an irgendetwas Schuld hat!«, rief ich ihm von der Couch aus zu. Er sah zornig zu mir rüber.

»Ja, Paul! Daran bist allein *du* schuld«, sagte er kalt.

Ich stellte das Glas ab, knetete meine Finger und lachte sarkastisch und belustigt zugleich auf.

Sarah blickte von mir zu Alex und schüttelte den Kopf. »Alex, vielleicht erzählst du jetzt einfach mal die Wahrheit.«

»Das habe ich.« Er kratze sich verlegen an der Nase.

»Schön! Dein Bruder mag dir vielleicht glauben, ich aber nicht. Weißt du, was eine Kneifzange ist?«

Alex schüttelte den Kopf.

»Das ist das Ding, mit dem man Nägel aus der Wand zieht. Thea hätte dich nicht mal mit der Kneifzange angefasst.«

»Aber doch nur wegen Paul.«

Was zum Teufel –? Ich sah zu Sarah. Sie erwiderte meinen Blick mit weit aufgerissenen Augen, als könnte sie auch nicht fassen, was er da eben gesagt hatte.

Ruckartig stand ich auf. »Wie bitte?«

Er sah mich nicht an und suchte Sarahs Blick.

»Wenn sie begriffen hätte, was sie an mir haben kann … was er ihr nicht geben kann …« Er deutete mit einem knappen Kopfnicken auf mich. »Dann … dann …«

»Dann was?«, unterbrach Sarah sein Gestotter mit eisiger Stimme. »Was dann?«

»Dann hätten wir eine Chance gehabt.«

Ich stieß ein boshaftes Lachen aus und fuhr mir energisch durch die Haare. *Das glaub ich jetzt nicht. Wie kann ein Mensch solch eine verschobene Wahrnehmung haben?*

»Gehabt? Du hattest aber keine, richtig?«, fauchte Sarah. Ich war mir ziemlich sicher, dass sie kurz davor war, den letzten Funken Beherrschung zu verlieren.

Alex wirbelte zu mir herum. »Hättest du mit offenen Karten gespielt, wären wir heute nicht an diesem Punkt.«

Schwachsinn. Dann wären wir schon viel früher an diesem Punkt gewesen. Für einen Moment schloss ich die Augen und atmete tief ein. »Ich, mit offenen Karten?« Ich schnaubte verächtlich. »Vielleicht solltest *du* jetzt einmal mit offenen Karten spielen?«

Alex presste seine Lippen aufeinander und sah zwischen mir und Sarah hin und her. *Das konnte nichts Gutes bedeuten.* Ich rieb mir den Nacken, als könnte mich das beruhigen.

»Sarah hat recht.«

Ich hielt in meiner Bewegung inne, selbst das Atmen stellte ich ein. Ich war mir nicht sicher, ob ich das soeben richtig verstanden hatte. Langsam senkte ich meine Hand und sah zu Sarah. Alle Farbe war aus ihrem Gesicht gewichen.

Alex räusperte sich kurz und vergrub seine Hände tief in den Hosentaschen. »Thea wollte mich nie und zwischen Thea und mir lief auch nichts.«

Für ein paar Sekunden konnte ich ihn nur anstarren. Ich rieb mir mit den Fingern über meine Schläfen. Ich wusste nicht, ob mir meine Sinne wieder einen Streich spielten. »Kannst du das noch einmal wiederholen?«, fragte ich ruhig.

»Paul, ich wollte mich ändern, aber es ist wie eine Sucht. Sie hat mich abgewiesen, damals im Club, auf dem Boot … Als wir tanzten, spürte ich, wie sie permanent deinen Blick suchte. Ich wollte mit ihr das Fest verlassen, aber sie stieß mich weg. Ich stand da wie ein Versager. Erneut. Ich hatte keine Chance bei ihr. Nie! Nicht einmal, als sie was getrunken hatte.«

Ich konnte ihn nach wie vor nur anstarren. Ich wusste ganz genau, auf was er hinauswollte. *Vivienne.*

»Und dann sah ich sie bei der Boulangerie. Ich hatte mir geschworen, das ist mein letzter Versuch. Und wieder hat sie mich abblitzen lassen, kälter denn je zuvor. Sie hat mich angefaucht, weggeschubst. Mir ins Gesicht gebrüllt, dass ich es endlich kapieren soll. Dass sie *dich* liebt. Nur *dich.* Dann hat sie sich umgedreht und ist gegangen. Ich war wütend, habe mir ein Taxi geschnappt und bin zu dir gefahren. Na, und den Rest der Geschichte kennst du ja.«

Ich ballte meine Hand zur Faust und öffnete sie wieder. »Du bist so krank.« Ich konnte ihn keine Sekunde länger ertragen, ich hatte genug gehört.

»Vor der Tür … Als du sie rausgeschmissen hast, habe ich versucht, sie zu überreden, mit zu mir zu kommen, aber sie war so wütend. Sie hat gebrüllt, dass sie mich nicht erträgt, dass sie dich liebt. Vielleicht tut sie es ja noch immer.«

Ich sprang auf und schlug ihm mit der Faust ins Gesicht. Alex taumelte, machte aber keine Anstalten, zurückzuschlagen.

»Nie wieder! Hast du mich verstanden! Nie wieder wirst du es wagen, meinem Glück in die Nähe zu kommen. Glaub mir, du wirst es dein Leben lang bereuen.«

»Nie wieder«, sagte Alex kleinlaut, hielt sich das Kinn und bewegte es auf und ab. Sarah sah ihn prüfend an.

»Verschwinde! Geh mir aus den Augen«, fauchte ich zwischen zusammengebissenen Zähnen.

Er hob abwehrend die Hände. »Ist gut. Ich gehe schon.«

Noch bevor er die Tür erreichte, rief ich ihm zu: »Woher wusstest du von dem Muttermal?«

Sarah sah fragend zwischen mir und Alex hin und her.

»Sie hat es mir erzählt. Als wir auf dem Boot waren. Sie hatte ein Stechen in der Leiste, lachte aber. Sie erzählte mir, ihre Brüder hätten an der gleichen Stelle ein Muttermal. Und ihre Mom sagte immer, das ist ein Knopf, wenn sie den drückt, wissen ihre Kinder, dass sie an sie denkt.«

Ich schüttelte ungläubig den Kopf. »Weißt du, dass du immer verschrobener wirst?«

Er antwortete nicht mehr und schloss leise die Tür hinter sich.

Erschöpft ließ ich mich auf den Stuhl fallen. Jetzt rückte alles in meiner Matrix an die richtige Stelle. Ich war so wütend auf mich und auf Alex. Am liebsten hätte ich irgendetwas zerstört. Vielleicht sollte ich Sarah bitten, mir auch eine reinzuhauen. Ich war der größte Vollidiot, gleichauf mit meinem Bruder.

Sarah warf mir ein zufriedenes Lächeln zu. »Ich hab's doch gewusst.«

Ich lächelte müde, aber immerhin.

»Also … wer könnte dieser ominöse Freund sein?«

Ich rieb mir über das Gesicht und schüttelte den Kopf. Ich hatte keine Ahnung. In mir herrschte das reinste Chaos. Ich hatte es versaut. Wie immer war es die Vergangenheit, sein verletzter Stolz, der uns so weit trieb. Theas entsetzter Gesichtsausdruck. Ihre Fassungslosigkeit. Alles ergab auf einmal einen Sinn. Sie hatte ihn abgewiesen, wieder und wieder. Und ich? Ich warf sie raus.

Ich schüttelte verzweifelt den Kopf. Wo konnte sie sein? Verdammt noch mal. Ein guter Freund. Das war ich. Einmal … vor zwei Wochen. Und ich hatte definitiv keine Schwester.

»Und wer zum Teufel ist Vivienne?«, fragte Sarah.

Ich schüttelte erneut den Kopf. »Der größte Fehler meines Lebens.« *Und der Anfang allen Übels.*

Die Hitze in der Stadt war inzwischen unerträglich. Normalerweise mied ich Supermärkte, aber heute hatte ich schon allein eine halbe Stunde nur vor dem Kühlregal gestanden.

Ich stieg die Stufen zum Haus hinauf und wappnete mich für die mehrmals täglich gestellte Frage von Charles, ob ich etwas von Thea gehört hätte, bevor ich die Eingangstür aufschloss. Ich schob mir das Cap tiefer in die Stirn in der Hoffnung, er würde mich gar nicht erst bemerken, und betrat die Eingangshalle. Als ich den Treppenabsatz erreichte, hatte er seine Frage noch nicht gestellt. Ich ging die Stufen rauf und hielt inne. *Ein Freund? Ein Freund, der plötzlich keine Fragen mehr stellt?* Ich drehte auf dem Absatz um, sprang die letzten Treppenstufen wieder runter und trat mit großen Schritten auf ihn zu. Er sah nicht einmal von seinem Kreuzworträtsel auf. Ich blieb vor seinem Tisch stehen. »Charles, sag mal. Du hast doch eine Schwester?«

Er sah über den Rand seiner Brille zu mir hoch. »Ja, Molly.«

»Und sie hat ein Haus am Strand?«

»Ja.«

»Geht es ein wenig genauer?«, fragte ich etwas ungeduldig.

Er sah mich stirnrunzelnd an und griff nach dem Telefonhörer. »Ich kann anrufen, wenn du nach einem freien Zimmer fragen möchtest. Eigentlich hat sie zu dieser Zeit geschlossen.«

Ich legte meine Hand auf den Hörer. »Nein, schreib mir die Adresse auf, ich fahre hin.«

»Paul!« Seine Stimme klang verzweifelt.

»Ist Thea dort?«

Er nickte kaum merklich.

43

Die letzten Tage verschwammen ineinander. Inzwischen konnte ich wieder ein paar Stunden am Stück schlafen und schreckte nur ab und an schweißgebadet auf. Die Gedanken an den Tag, dessen Datum ich aus dem Kalender gestrichen hatte, kamen nur noch flüchtig, am Morgen, nach dem Aufwachen drängten sie sich an vorderste Stelle. Dann stand ich auf, schnürte meine Laufschuhe und rannte, rannte, so schnell ich konnte. Am Ende blieb nur wohltuende Leere. Wenn ich zurückkam, duschte ich, ging nach unten zu Molly und frühstückte mit ihr. Ich wusste, dass ich nicht ewig so weitermachen konnte, aber für den Moment war es genau das Richtige. Sie gab sich alle Mühe, mich abzulenken, genauso wie Josh.

Mittags gingen wir gemeinsam laufen. Anschließend powerte er mich bei einer Runde Schattenboxen aus. Er war der typische Surfertyp, den man aus Filmen kannte. Er war braun gebrannt, und wenn er lächelte, funkelten mir schneeweiße Zähne entgegen. Den ganzen Tag lief er in seinen dunkelblauen Badeshorts und Flipflops oder in einem Neoprenanzug und barfuß herum. Abends zog er sich lediglich einen Zip-Hoodie über. Ich fragte mich oft, ob er wohl auch mit seinen Badeshorts ins Bett ging. Wann immer ich ihn suchte, war er entweder mit dem Brett auf dem Wasser, für Molly einkaufen oder klimperte auf der Veranda auf seiner Gitarre herum. Er war ein lausiger Gitarrenspieler, dennoch felsenfest davon überzeugt, dass er eines Tages auf den größten Bühnen der Welt spielen würde. Inzwischen drehte ich meine zusätzlichen Laufrunden bei Sonnenuntergang nur noch sporadisch. Dafür verbrachte ich die Abende draußen auf der Veranda zusammen mit Molly und Josh und fiel dann erschöpft ins Bett.

An diesem Nachmittag, als ich mit Molly, einer Tasse Tee und Cupcakes auf der Veranda saß, brachte sie mich mit einem einzigen Namen wieder zurück in die Vergangenheit.

»Ach, Thea. Ich soll dir Grüße von Charles ausrichten.«

Ich umschloss meine Teetasse mit beiden Händen und klammerte mich daran fest. »Danke.« Ich sank in mich zusammen. Zurück in meine Erinnerungen, zu meinen Fragen und meinen Gedanken. Zurück nach New York, zurück zu Charles, Paul, Sarah und Daniel. Jetzt drängten sich die Erlebnisse wieder in den Vordergrund und damit die Schwere, und das Drücken in meiner Brust nahm zu.

»Du sollst auf dich aufpassen.« Sie musterte mich von der Seite. »Du bist ihm wirklich sehr ans Herz gewachsen.«

Ich presste die Lippen aufeinander. »Er mir auch.«

»Und es tut ihm unglaublich leid, dass du in die Rivalität der Brüder hineingezogen wurdest.«

Ich sah auf. »Was meint er damit?«

»Thea, das weiß ich nicht.«

In Gedanken fing ich an, das wenige Wissen, das ich hatte, zu sortieren.

»Er hatte mich angerufen und gefragt, ob du vielleicht bei mir im Strandhaus aufgetaucht bist. Er machte sich solche Sorgen, weil er dich nicht erreichen konnte.«

Charles gehörte also die unbekannte Nummer, die an meinem Geburtstag angerufen hatte.

Molly strich mir über den Unterarm und drückte meine Hand. »Ich bin sehr froh, dass du zu mir gekommen bist. Bleib, solange du willst.«

Ich nickte und kämpfte gegen die aufkommenden Tränen an. Erfolglos. Sie sah mich abwartend an. Ich kannte diesen Blick. Von meiner Mutter. Wenn sie vor mir saß und mich mit einem geduldigen Augenaufschlag dazu brachte, meine Sorgen von der Seele zu reden, ohne dass sie fragen musste. Es funktionierte auch bei Molly. Ich holte tief Luft und redete. Ich erzählte ihr alles, was ich in unserem ersten Gespräch an dem Abend, als ich zu ihr ins Strandhaus gekommen war, geflissentlich ausgelassen hatte. Von Tim, von der Zeit mit Paul, von seinem Beschützerinstinkt, der ständigen Eifersucht und seiner eiskalten Art, mit der er mich vor die Tür gesetzt hatte.

Irgendwann verstummte ich. Sie hatte mich reden lassen, ohne ein einziges Mal zu unterbrechen. Der Strand hatte sich in der Zwischenzeit geleert und die Sonne tauchte bereits ins Meer.

»Ich will fürs Erste nur vergessen«, flüsterte ich. *Ich wollte alles vergessen – was war und was ist. Alles.*

Molly schüttelte den Kopf. »Liebe lässt sich nicht einfach vergessen.«

Danke für den Hinweis. Aber sie wurde mit der Zeit weniger, leichter. Bis man sie überhaupt nicht mehr spürte. Ich zog meine Beine auf den Stuhl und umklammerte sie.

»Wenn du die Uhr zurückdrehen könntest ... was würdest du anders machen?«, fragte Molly und sah aufs Meer hinaus.

»Mich nicht in meinen besten Freund verlieben.«

»Oh, dann gehörten dir jetzt nicht die vielen schönen Erinnerungen. Wäre es das wert gewesen?«

Die Vorstellung, Paul wäre nicht Teil meines Lebens, löste eine Übelkeit in mir aus. Ich schüttelte kaum merklich den Kopf. »Ich hätte Tim nichts verschwiegen und Paul dazu gedrängt, mir zu sagen, was los ist. Ich wäre nicht ohne seine

Erklärung über die Türschwelle gegangen. Ich hätte mich seiner Antwort gestellt, egal, ob sie mir gefällt oder nicht.«

Aber er hat mich nicht einmal angesehen.

»Liegt der Fehler dann allein bei Paul?«

Ich stutzte und drehte meinen Kopf zu ihr. Aber Molly sah mich nicht an und redete weiter. »Selten trägt einer die Schuld allein.« Sie schwieg für einen Moment. Im Stillen musste ich ihr recht geben. »Sieh es mal so …«, sagte sie dann. »Du hast nur die Tatsache vor Augen, dass er dich rausgeschmissen hat. Aber du kennst vielleicht seine Verletzungen, seine erlebten Enttäuschungen in der Vergangenheit nicht. Die Erfahrungen, die ihn zu dieser impulsiven Handlung getrieben haben.« Sie stand auf, verließ die Veranda und ließ mich für den Rest des Abends mit meinen Gedanken allein.

Es war erst acht Uhr morgens. Mein Lauftop klebte mir auf der Haut und Schweißtropfen brannten mir in den Augen. Ich ließ das drückende Gefühl in meiner Brust zu, versuchte nicht, dagegen anzukämpfen. Ich lief durch den Sand, kletterte über Steinaufschüttungen und rannte weiter. Wann hatte ich aufgehört, Antworten einzufordern? Sie hatten früher die Magie, meinen Gedanken-Tornado zum Stillstand zu bringen. Heute hatte ich Sorge, durch Antworten verletzt zu werden und nicht zu wissen, wie ich mit ihnen umgehen sollte. Unbeantwortete Fragen fraßen einen auf. Und zu welchem Zeitpunkt in meinem Leben hatte ich aus den Augen verloren, dass auch andere eine Vergangenheit hatten? Alles begann schleichend, damals nach Tims Unglück. Ich hatte mich verlaufen. Molly hatte recht. Wir hatten beide dazu beigetragen, dass wir heute an diesem Punkt angekommen waren. Dennoch wusste ich, tief in meinem Herzen, wir würden immer wieder an den gleichen Problemen scheitern, wenn wir jetzt so weitermachten.

Ich kletterte über den Wellenbrecher, sprang den letzten Felsen hinunter und rannte zurück Richtung Strandhaus.

»Hey, warte auf mich.«

Ich verlangsamte mein Tempo, damit Josh zu mir aufschließen konnte.

Lachend sprintete er an mir vorbei und drehte sich rückwärtslaufend zu mir um. »Hopp, hopp, da geht noch was.«

Mistkerl.

Kurz darauf hatte ich ihn wieder eingeholt.

PAUL

Das Haus lag direkt am Meer. Alles schien friedlich, nur vereinzelt spazierten Sommergäste am Strand. Es war noch früh, zu früh. Aber ich hatte es zu Hause nicht mehr ausgehalten. Seit Stunden hatte ich auf der Couch gelegen, ohne ein Auge zutun zu können, und hatte bedächtig den Zettel in meiner Hand gedreht, bis Charles geschwungene Handschrift vor meinen Augen verschwamm.

Die sanfte Meeresbrise blies mir wohltuend über das Gesicht. Tief atmete ich die salzige Meeresluft ein und stieß sie langsam wieder aus. Dann trat ich die Stufen zur Haustür hinauf und klopfte an. Eine attraktive Frau, eine weibliche und etwas jüngere Version von Charles, öffnete die Tür einen Spalt.

»Guten Morgen, wir haben geschlossen. Schauen Sie doch einmal zwei Häuser weiter, die haben vielleicht noch ein Zimmer frei.«

»Ich brauche kein Zimmer«, wiegelte ich ab. »Sie müssen Molly sein. Ich bin Paul. Ich wollte zu Thea.«

Die Frau nickte und zog die Tür auf. »Komm rein.«

Sie zeigte mir den Weg durchs Haus auf die Veranda und setzte sich kurz darauf mit zwei Teetassen zu mir auf die Rattan-Couch. Sie reichte mir eine Tasse. »Roibuschtee.«

Ich nickte dankend und sah sie an. »Ist sie da?«

»Ja, nur im Moment nicht. Sie ist beim Laufen, wie jeden Morgen, jeden Mittag und jeden Abend.« Molly seufzte.

Ich nippte an dem Tee, verbrannte mir die Lippen und setzte ihn gleich wieder ab. »Wie geht es ihr?«

»Gut!«

»Hat sie erzählt, warum sie hier ist?«

»Na klar hat sie das.«

»Hat es überhaupt noch einen Sinn, dass ich hier bin?« In dem Moment, in dem ich die Frage aussprach, bildete sich ein schwerer Kloß in meinem Hals.

Sie zuckte mit den Schultern. »Ich weiß es nicht.« Sie pustete in ihre Teetasse. »Als Außenstehender würde ich sagen, Alex trifft hier nicht allein die Schuld, ebenso dich nicht. Auch Thea hat Fehler gemacht ...« Sie sah mich nicht an, sondern starrte weiter hinaus aufs Meer und fuhr fort: »Sie hätte auf ihr Recht beharren müssen, zu erfahren, was los ist. Sie läuft gerne davon, wenn es unbequem wird ... habe ich den Eindruck.« Molly holte tief Luft, drehte sich zu mir und sah mich an.

»Und du, junger Mann, stehst dir selbst im Weg. Deine ewige Eifersucht hat dich doch erst dazu getrieben. Du vertraust haltlosen Behauptungen eines Menschen, dessen einziges Ziel es ist, alles, was du liebst, an sich zu ziehen, anstatt der Person zu vertrauen, die dich liebt. Deine schlimmsten Befürchtungen lassen dich blind werden.«

»Ich war nie ein eifersüchtiger Typ. Es war mir immer egal ...« Ich stockte. »Außer bei Thea«, fügte ich schließlich hinzu. Molly griff nach meiner Hand und drückte sie.

495

»Wenn es um die Liebe geht, macht der Mensch Dinge, die er sonst nicht tun würde.«

»Woher weißt du überhaupt von Alex und mir?«

»Charles.«

Ich verschluckte mich an meinem Tee.

»Er hat euer Geheimnis die ganzen Jahre für sich behalten, aber als das mit Thea passierte, brach es ihm fast das Herz.« Sie sah mich anklagend an. »Er musste mit jemandem reden.«

Ich nickte kaum merklich.

»Wenn du es auch Thea erzählt hättest, wäre es vielleicht nicht so weit gekommen. Nur wenn auch Thea deinen Feind gekannt hätte, hätte euch in diesem Moment nichts auseinanderbringen können.«

Ich massierte mir mit Daumen und Zeigefinger meinen Nasenrücken. »Ich hab's vermasselt.«

»Sieh es mal so …« Sie sah wieder hinaus aufs Meer. »Manch einer verpasst seine Chance, wenn er sie nicht rechtzeitig ergreift. Wie bei einem Schiff, das vom Hafen ablegt … Aber du bist hier und sie liebt dich. Ergreife deine Chance – jetzt, bevor sie abfliegt.«

Mein Puls begann zu rasen. Ich hatte das Gefühl, nicht ausreichend Luft zu bekommen. Ich hatte immer gedacht, unsere Zeit wäre endlos. Aber das war sie nicht.

Molly klopfte mir aufmunternd auf den Oberschenkel. »Da kommt sie«, sagte sie und stand auf.

Mein Herz blieb bei Theas Anblick für einen kurzen Augenblick stehen, um gleich darauf in doppelter Geschwindigkeit weiterzuhämmern. Ein Surfertyp tauchte hinter ihr auf, packte sie und schleuderte sie über seine Schultern. Ihr Lachen hallte über den Strand und in meinen Ohren nach. Wie sehr ich dieses Lachen vermisst hatte.

Molly legte ihre Hand auf meine Schulter. »Kein Grund zur Eifersucht. Das ist mein Neffe Joshua.«

Er ließ Thea nach hinten über seinen Rücken hinabgleiten, bis sie mit den Händen im Sand aufkam, dann ließ er ihre Beine los.

»Wenn du eine zweite Chance haben willst, musst du das in den Griff bekommen.« Ein letztes Mal drückte sie meine Schultern.

THEA

Ungeschickt landete ich im Sand. Josh sah auf mich hinunter und lachte. »Den Handstand solltest du langsam draufhaben.«

Ich rappelte mich lachend hoch, klopfte die Sandkörner von der Hose und stützte mich mit den Händen auf den Oberschenkeln ab. Auf den letzten Metern hatte ich Seitenstechen bekommen und ich war dankbar, dass wir vor dem Haus angekommen waren. Lange hätte ich Joshs Tempo nicht mehr durchhalten können. Allmählich kam ich wieder zu Atem.

»Morgenrunde abgeschlossen. Was machen wir heute Nachmittag? Laufen? Schattenboxen? Indiaca? Oder sollen wir lieber deine Oberarme trainieren?«, fragte er spöttisch.

Ich streckte mich, dehnte erst meine Arme und dann die Vorderseite meiner Oberschenkel. »Du darfst …« Ich erstarrte in meiner Bewegung, als ich die Gestalt neben Molly auf der Veranda entdeckte. Ich würde ihn auf einen Kilometer Entfernung erkennen. Ich zwang mich, nicht zu ihm zu schauen. Allein sein Anblick würde mich von einer Sekunde auf die andere alles vergessen lassen. Ich fühlte mich von ihm angezogen wie ein ausgetrockneter Schwamm. Ich senkte mein Bein und sah zu Josh. »Entscheide du.«

Er war meinen Blick gefolgt. »Ist das Paul?«

Ich nickte.

Josh tätschelte meine Schulter. »Na, dann lass es raus.«

Ich schnaubte und ging mit ihm zum Strandhaus. Das Knirschen des Sandes unter meinen Schuhsohlen vermischte sich mit dem Geräusch meines schneller werdenden Herzklopfens. Vor der Veranda blieb ich wie angewurzelt stehen und starrte hinauf zu Paul. Er sah müde aus und hielt eine Tasse Tee in der Hand.

»Ich brauche was zu trinken!«, rief Josh und sprintete die Stufen hoch.

»Ich lass euch mal allein«, sagte Molly und lächelte mich ermutigend an. Paul stellte seine Tasse ab und trat einen Schritt auf die Treppe zu. Ich ging die Stufen zur Veranda hinauf und blieb vor ihm stehen. Sekunden wurden zu Minuten, in denen wir einfach nur dastanden und uns anstarrten.

»Du?«, war das Erste, was ich rausbrachte.

»Hallo.« Er vergrub die Hände in den Hosentaschen. Das hätte ich auch am liebsten getan, wenn es so etwas an dieser dämlichen Lauftight geben würde. Stattdessen verschränkte ich meine Arme vor der Brust, um dem Drang zu widerstehen, meine Hände nach ihm auszustrecken.

»Hi! Woher wusstest du, dass ich hier bin?«

»Charles.«

Ich runzelte die Stirn.

»Er wollte es mir nicht sagen, aber ... na ja ...«, er atmete tief durch. »Können wir reden?«

»Wir?« Wir brauchten nicht zu reden. *Er* sollte endlich reden.

Er sah mich erwartungsvoll an. Ich warf die Arme in die Luft. »Gut, reden *wir*. Ich hol mir schnell einen Pulli.«

Krank zu werden, würde mir jetzt gerade noch fehlen. Ich ging ins Haus, an Josh und Molly vorbei, die so taten, als wären sie in ein Gespräch vertieft. Ich schnaubte und stapfte die Treppen zu meinem Zimmer hoch. Ich griff nach dem Pulli auf der Fensterbank – Tims Hoodie –, zog ihn mir über, ging wieder hinunter und schnappte im Vorbeigehen Josh die Wasserflasche aus der Hand.

»Hey!«

Ich winkte kurz über die Schulter und ging wieder hinaus auf die Veranda.

PAUL

Ich hatte schon befürchtet, sie würde nicht wieder zu mir rauskommen, als ich sie und Josh feixend im Haus hörte. Ich konnte es ihr nicht einmal verübeln. Als sie mich vorhin gesehen und abrupt in ihrer Bewegung innegehalten hatte, war alle Fröhlichkeit mit einem Schlag aus ihrem Gesicht gewichen. Jetzt stand sie vor mir – in Tims Hoodie. Der Anblick versetzte mir einen Stich. Thea deutete mir an, mich wieder hinzusetzen. Sie setzte sich neben mich und schaute hinaus aufs Meer.

»Du willst reden? Also reden wir. Ist schon lange überfällig.«

»Es tut mir leid«, sagte ich aufrichtig und hätte gerne nach ihrer Hand gegriffen, hielt mich jedoch zurück.

»Mmh«, murmelte sie.

Ich wollte, dass sie mich anschaute, damit sie sah, dass ich es ehrlich meinte. Aber diesen Gefallen tat sie mir nicht.

Sie presste ihre Lippen einen Moment aufeinander, dann platzte es aus ihr raus. »Du hast mir den Boden unter den Füßen weggerissen und das Einzige, was du dazu zu sagen hast, ist ›es tut dir leid‹?« Sie gab sich keine Mühe, ihre Wut zu unterdrücken.

Ich kannte sie so nicht, aber das war in Ordnung. Sie hatte jedes Recht der Welt, wütend auf mich zu sein. Ich widerstand dem Drang, mein Gesicht in den Händen zu vergraben. Kurz funkelte sie mich böse an. Immerhin. Das war besser, als mich gar nicht anzusehen.

»Vielleicht solltest du einmal von vorne anfangen. Zum Beispiel, warum du mich vor die Tür gesetzt hast?«

»Gut …« Ich erzählte ihr von dem Abend, als Alex vor ihr in der Wohnung aufgetaucht war, von seiner Behauptung und von meiner unermüdlichen Suche nach ihr. Von seinem Geständnis vor ein paar Tagen und seinem zunächst nutzlosen Tipp mit dem Strandhaus. Und wie ich an die Adresse gekommen war.

Thea sagte nichts, während sie an ihrer Wasserflasche nippte und sich das unangenehme Schweigen immer weiter in die Länge zog. Schließlich räusperte ich mich. Langsam drehte sie ihren Kopf und sah mich das erste Mal wieder richtig an.

»Warum? Warum hast du mich nicht gefragt, ob es stimmt? Warum hast du mich einfach rausgeworfen?«

»Das Muttermal. Ich habe nur noch dunkelrot gesehen. Mein einziger Gedanke war: Er hat es endgültig geschafft.«

»Was geschafft? Vielleicht ist es an der Zeit, dass du mir die ganze Wahrheit erzählst.«

»Gut …« Ich atmete tief ein und überlegte, wo ich anfangen sollte. »Als wir klein waren, hat Alex mich, seinen großen Bruder, angehimmelt. Er ist mir auf Schritt und Tritt gefolgt und war der stolzeste kleine Bruder, den du dir vorstellen kannst. Mir ging das mächtig auf den Keks, ständig hatte ich eine Rotznase am Bein. Aber hey, er war mein kleiner Bruder.« Ich lachte leise. »Ich war achtzehn. Alex hatte seine erste große Liebe kennengelernt. Vivienne. Ein hübsches Mädchen, aus reichem Haus. Blond, zierlich. Eine großformatige Barbie. Erfüllte alle Klischees. Nett anzuschauen, aber absolut nicht mein Typ. Er war über beide Ohren in sie verliebt. Er hat sie vergöttert. *Sie* war für ihn *sein* Leben. Ihretwegen lernte er mehr als je zuvor, trieb Sport, war zielstrebig und ehrgeizig. Sie brachte nur das Beste in meinem Bruder hervor. Sie ging bei uns zu Hause ein und aus.« Ich warf einen flüchtigen Blick zu Thea, aber sie sah mich nicht an. »Ich hingegen war damals der Typ, der sich nicht festlegen wollte. Ich konzentrierte mich in dieser Zeit auf Football, das Nachtleben und Frauen. Viele Frauen.« Theas Plastikflasche knackte unter ihren Fingern. Ich starrte weiter aufs Meer hinaus, denn ich konnte ihr nicht mehr ins Gesicht schauen. »Ich wollte nur meinen Spaß. Ich war ein Arsch.« Ich hielt inne. Aus dem Augenwinkel sah ich, wie sie regungslos neben mir saß und auf ihre Unterlippe biss.

»Dass du mal ein Frauenheld warst, hätte ich nicht gedacht. Wann haben du und Alex die Rollen getauscht?«, fragte sie zynisch.

Ihre Worte versetzten mir einen Magenhieb.

»Das Football-Team hatte eine Party am See organisiert. Super Location. Es kam die halbe Highschool. Der Einzige, der nicht dabei sein konnte, war Alex. Er lag mit Grippe und Fieber im Bett, bat mich, auf Vivienne aufzupassen. Bitte frag mich nicht, wie das passieren konnte.« Ich sah erst an die Holzdecke der Veranda und senkte dann meinen Blick auf meine Turnschuhe. »Ich hatte viel getrunken.« Ich fuhr mir energisch durch die Haare. »Das soll keine Entschuldigung sein. Sie stand vor mir, tanzte … Mir ist eine Sicherung durchgebrannt. Anders kann ich mir das nicht erklären. Auf jeden Fall fand ich mich kurz drauf mit ihr in meinem Wagen wieder und …«

»Den Rest kann ich mir denken«, fiel Thea mir ins Wort.

Ich suchte in ihrem Gesicht nach einer Gefühlsregung, aber sie gab sich alle Mühe, einen neutralen Gesichtsausdruck zu bewahren.

»Gut, überspringen wir das. Als wäre das nicht schon schlimm genug, hatte ich Vivienne nach der Party mit zu uns nach Hause genommen. Zu Fuß! Am Morgen verabschiedete ich sie an der Haustür mit einem Kuss. Als ich mich umdrehte, stand Alex auf dem Treppenabsatz. Na ja, was dann passierte, kannst du dir ja denken.«

»Das hat er dir nie verziehen?«

Endlich sah sie mich an. Ich schüttelte den Kopf. »Er schwor, mir alles heimzuzahlen, bis ich seinen Schmerz in meinem Knochenmark spüren würde. Das einzige Versprechen, das er seit jeher gehalten hat. Wirklich. Das Einzige. Seit damals.« Ich lachte bitter auf. »Seitdem hat er es sich zu seiner Lebensaufgabe gemacht, mir alles zu nehmen, was mir etwas bedeutet. Ich hatte keine Freundin, die er mir nicht ausgespannt hat. Bis auf Elly.« Ich seufzte und rieb mir mit der Hand über das Gesicht.

»Aber wenn er dich mit ihr in Ruhe gelassen hat, dann war das doch ein gutes Zeichen. Ein Anfang«, stellte sie fest. Ich lachte zwischen meinen Fingern gequält auf. »Thea! Nein.«

Sie starrte mich sprachlos an.

»Sie war definitiv nicht sein Typ, viel zu egozentrisch. Und er wusste immer, dass meinerseits Gefühle für Elly schlichtweg nicht existierten. Nie. Schließlich lernte ich dich kennen und hielt weiter an Elly fest, obwohl sie teilweise ein richtiger Drache war. Nur damit Alex keinen Wind davon bekommt, wie viel du mir bedeutest. Denn mit dir hätte er mich endgültig brechen können.« Ich suchte ihren Blick. »Es war nie meine Absicht, dich zu verletzen.«

»Das weiß ich. Aber es ist passiert.«

Ich schluckte schwer. »Ich wollte das mit uns so lange wie möglich für mich behalten. Ich hatte nicht vor, es ihm zu erzählen. Es war ein Fehler, dir nichts davon zu sagen.« Ich sank in mich zusammen.

Thea rutschte ein Stück auf und legte ihren Kopf auf meine Schulter. Ich widerstand dem aufkommenden Drang, einen Arm um sie zu legen und sie an mich zu ziehen.

»Danke, dass du es mir erzählt hast.«

»Das meinte ich damals damit, als ich sagte: Liebe ist das stärkste Gefühl und das macht sie so gefährlich.« Meine Stimme war brüchig geworden. Bevor sie dazu noch eine Regung in meinem Gesicht erkennen konnte, wandte ich den Blick ab und starrte raus aufs Meer.

THEA

Ich sah das feuchte Glitzern in seinen Augen, noch bevor seine Stimme brüchig wurde und er hinaus aufs Meer sah. Ich stand auf und ging die wenigen Schritte zur Balustrade. Jeder Mensch hatte seine Geheimnisse. Paul hatte einige. Ich kannte das Gefühl, das einen einholte, wenn man Dinge aussprach, an die man sich lieber nicht mehr erinnerte.

Paul, der Herzensbrecher. Ich wollte mir Paul nicht mit anderen Frauen vorstellen, und schon gar nicht die Paul-Variante, die er soeben beschrieben hatte. Ich biss mir auf die Unterlippe und zuckte kurz zusammen. Die Blase, die ich mir gebissen hatte, während ich versuchte, mir bei Pauls Worten keine Gefühlsregung anmerken zu lassen, brannte höllisch. Trotzdem musste ich sie immer wieder zwischen meine Zähne ziehen. Ich schüttelte den Kopf. Es war Eifersucht, die sich in jeder Zelle meines Körpers breitmachte.

Er hätte mir wirklich nicht alles erzählen müssen. Ein kleiner Hinweis – vollkommen ausreichend. Und ein paar Wochen früher. Dann wären wir heute nicht an diesem Punkt.

»Wie geht es jetzt mit uns weiter?«, fragte er.

Ich hatte keine Ahnung. Ich rührte mich nicht, drehte mich nicht zu ihm um, schwieg und sah weiter hinaus aufs Meer.

Warme Hände legten sich um meine Taille, drehten mich langsam um und schlossen mich in eine Umarmung. Sofort wurde ich von seiner Wärme und seinem vertrauten Duft nach Minze überwältigt. Ich wehrte mich nicht dagegen.

»Es tut mir so unendlich leid«, flüsterte er.

Ich hatte keine Ahnung, wie lange wir so dagestanden hatten, bis er mich eine Armeslänge von sich schob und ansah.

»Liebst du mich noch?«

Ich suchte in seinem Gesicht nach dem Paul, in den ich mich damals verliebt hatte. Alles war noch da.

»Liebst *du* mich?«, war das Einzige, was ich rausbrachte.

Seine Augen leuchteten. »Ja, das tue ich.«

Nichts dabei glich dem Ausdruck, den er damals gehabt hatte, als er mir sagte: *Ich liebe Elly.*

»Ich würde alles dafür tun, um es ungeschehen zu machen.«

Meine Augen füllten sich mit Tränen. Er nahm mein Gesicht in beide Hände und setzte mir vorsichtig einen zarten Kuss auf meine Lippen. Wie beim ersten Mal wurden meine Knie weich, während mein Herz mir bis zum Hals schlug. Dann vergrub er das Gesicht in meiner Halsbeuge und atmete zittrig ein. Er drückte mich so fest an sich, dass ich kaum Luft bekam. Ich erwiderte seine Umarmung und flüsterte: »Ich liebe dich auch.«

Ich spürte sein Lächeln auf meiner Haut.

»Kommst du wieder nach New York?« Seine Frage war nicht mehr als ein Flüstern.

»Ich weiß es nicht.«

44

Im Haus waren die gedämpften Stimmen von Josh und Molly und das Klappern von Geschirr zu hören. Als ich die Verandatür öffnete, verstummten sie. Josh lehnte sich lässig an die Wand und sah mit einem schiefen Grinsen erst zu mir und dann zu Paul.

»Na, sieh mal einer an! Paul, der Pacemaker.«

Molly gab Josh einen Klaps auf den Oberarm und lächelte mir aufmunternd zu. »Setzt euch. Wir wollten gerade essen.«

Paul trat hinter mir vor. »Danke, Molly. Ich werde dann gehen.«

Molly ging in die Küche und kam mit einem Teller voller Sandwiches zurück. »Auf keinen Fall. Es zieht ein Unwetter auf. Du solltest besser hierbleiben.«

Gleichzeitig drehten Josh und ich unsere Köpfe ruckartig zum Fenster. Wolkenloser Himmel. Die Sonne strahlte in der gleichen Intensität, wie sie es vor wenigen Minuten getan hatte. Wir warfen Molly einen verwunderten Blick zu. Sie zuckte nur mit den Schultern. »Soll heute noch kommen. Jetzt setzt euch.«

Josh und ich setzten uns an den Tisch, wohingegen Paul zögerte.

»Paul, bitte.« Sie schob ihn auf einen Stuhl. »Mach du mich nicht auch noch unglücklich«, sagte Molly mit einem erbarmungsvollen Gesichtsausdruck. Josh verkniff sich ein Lachen.

»Das ist nicht witzig«, zischte ich ihn an.

Ich schenkte erst Paul, dann mir Wasser ein und beugte mich über den Tisch, um auch Josh einzuschenken.

Josh rümpfte die Nase. »Du solltest duschen.«

»Joshua!«

»Was?« Er sah unschuldig zu Molly. »Zu mir sagst du das auch immer.«

»Ja, bei dir ist das was anderes.«

Josh schnaubte. Über den Rand meines Glases warf ich ihm einen vielsagenden Blick zu. Ich war froh um jede Ablenkung, die er mir zu bieten hatte. Nach außen hatte ich mich unter Kontrolle, aber innerlich sah die Sache völlig anders aus. Paul sagte kein Wort und verfolgte die Neckereien lediglich mit seinen Augen. Obwohl ich keinen Hunger hatte, griff ich nach einem Thunfischsandwich. Schon bald waren wir in einer belanglosen Unterhaltung über den Strand, das Meer und die Sommergäste vertieft. Als das Gespräch eine Richtung hinsichtlich meines schlechten Essverhaltens und der übertriebenen Aktivitäten von Josh und mir einschlug, klinkten sich Josh und ich aus und gingen hinunter an den Strand.

Die Verschnaufpause tat mir gut. Ich hatte bisher keine ruhige Minute gehabt, um darüber nachzudenken, wie es mit Paul und mir weitergehen sollte. In neun Tagen würde ich im Flugzeug nach München sitzen. Viertausend Meilen, jede Menge Wasser und die Zeitverschiebung würden dann wieder zwischen uns liegen. Die Monate in New York waren turbulent, aufregend und anstrengend gewesen – dennoch wundervoll. Die Zeit im Strandhaus bei Molly war ein großartiger Teil meiner Reise.

Josh vergrub neben mir seine Füße im kalten Sand. »Geht es dir gut?«

»Ich weiß nicht. Mal mehr, mal weniger.«

»Paul ist ein cooler Typ. Er ist extra hier rausgekommen. Deinetwegen. Sei nicht so hart zu ihm.« Josh schubste mich mit der Schulter von der Seite an und ich hatte Mühe, mich zu halten, um nicht wie ein Sack in den Sand zu kippen. Dann legte er seinen Arm um meine Schultern und drückte mich an sich.

»Mensch, Thea.« Er grinste. »Auch wenn das bei dir was anderes ist, glaub mir, du solltest aus diesem Pulli raus und endlich duschen.«

Ich legte meinen Kopf in den Nacken und lachte schallend. So laut wie schon lange nicht mehr. Er hatte recht, ich müffelte wie ein Puma.

Als wir zurück ins Haus traten, saßen Paul und Molly noch immer am Tisch.

»Ich geh duschen«, sagte ich im Vorbeigehen und rannte die schmale Treppe hinauf. Kaum hatte ich die Tür hinter mir geschlossen, wurde sie wieder geöffnet und Paul streckte seinen Kopf durch den Türspalt.

»Darf ich?«

Ich nickte knapp.

Er schloss die Tür hinter sich, schlenderte zur Fensterbank und setzte sich zwischen die Kissen.

»Ihr versteht euch gut? Du und Josh?«

Ich schnaubte und trat mit einem langen Schritt auf ihn zu. »Jetzt hör mir gut zu. Ich werde das nur ein einziges Mal sagen.« Ich drohte ihm mit dem Finger. »Wenn ich jemanden liebe, dann nur diesen einen Menschen. Da könnte Brad Pitt vor mir stehen und es würde mich nicht interessieren. Kapiert?«

Er hob abwehrend die Hände. »Verstanden.«

»Gut.« Ich blieb mit einem gesunden Abstand vor ihm stehen. »Ich dachte, du würdest mich besser kennen.«

»Es tut mir leid.«

Ich sah ihn nur an und betrachtete seine markanten Gesichtszüge. Er hatte sich seit Tagen nicht rasiert und dunkle Schatten lagen unter seinen Augen. Kurz verharrte mein Blick auf seinen Lippen. Ich wollte auf ihn zugehen, ihn küssen, seine warme Haut berühren, meine Finger unter sein T-Shirt über seine Bauchmuskeln wandern lassen und ich wollte so viel mehr. Ich liebte ihn so unendlich, dass es schmerzte. Ich trat einen Schritt auf ihn zu, überlegte es mir in letzter Sekunde jedoch anders, wich stattdessen einen Schritt zurück und sah ihm in die Augen. Ein amüsiertes Funkeln lag darin. Fragend legte er den Kopf schief. Das erneute Zucken seiner Mundwinkel gab mir den Rest. Schlagartig wurde mir heiß.

»Ich geh duschen.« Ich wirbelte herum, ging ins Bad und schloss die Tür hinter mir. Für einen Moment lehnte ich mich an die Holztür, atmete tief ein und langsam wieder aus. Es gab nur einen Mann in diesem Kosmos, der diese Wirkung auf mich hatte und mich dazu brachte, alles zu vergessen, sobald er in meiner Nähe war. Ich fluchte laut und hielt mir erschrocken die Hand vor den Mund. Hastig schlüpfte ich aus meinem Pullover, der Shorts und dem Top, quetschte mich aus dem verschwitzten Sportbustier, drehte das Wasser auf und stieg unter die Dusche. Warmes Wasser regnete über meine Haut. Wohin hatte sich meine Bockigkeit verkrochen, wenn ich sie brauchte? Ich wartete darauf, dass das Trommeln der Tropfen die gleiche Wirkung auf meine Bockigkeit hatten wie auf Regenwürmer. Es konnte nicht sein, dass er mit seiner puren Anwesenheit meinen Verstand ausknipste und alle meine Sinne außer Kontrolle gerieten. Als würde es nur ihn auf dieser Welt geben. Ich war sauer. Und wütend. Ich sollte ihn anschreien und mich ihm nicht bei der erstbesten Gelegenheit wieder an den Hals werfen wollen. Ich drehte das Wasser auf kalt, japste kurz auf, drehte es wieder auf warm, schloss meine Augen und legte den Kopf in den Nacken. Das Wasser prasselte laut über meine Ohren und mein Atem beruhigte sich wieder.

»Du gehst mir aus dem Weg.«

Erschrocken riss ich die Augen auf. Pauls Hände legten sich von hinten um meine Taille auf meinen Bauch und zogen mich an seine nackte Brust. Hörbar stieß ich die Luft aus.

»Nicht dir. Sondern deiner Anwesenheit, die mich wahnsinnig macht.«

Ich spürte seinen warmen Atem und sein Lächeln an meinen Hals. »Läuft das nicht aufs Gleiche hinaus?«, flüsterte er mir ins Ohr.

Ich drehte mich in seinen Armen um und sah ihn an. »Ich bin sauer auf dich. Wütend!«

»Warst du das nicht in den letzten Tagen schon genug?« Er zog mich behutsam an sich. Ich spürte sein Herz schlagen, ruhig und gleichmäßig. Genau das Gegenteil von meinem.

»Noch nicht genug«, zischte ich. Geduldig wartete er, bis ich mich in seinen Armen wieder entspannte.

»Sei alles, was du willst, solange ich dir nicht gleichgültig bin, komme ich damit erst mal klar.«

Ich wollte etwas erwidern, aber er trat einen kleinen Schritt zurück, legte seine Finger auf meine Lippen und strich sanft darüber. Er streichelte mit dem Daumen über meine Wangen und senkte wie in Zeitlupe seinen Mund auf meinen. Nur flüchtig. Dennoch genug, damit ich überhaupt keinen klaren Gedanken mehr fassen konnte.

Ich hielt den Atem an und sah ihn an. Sein Daumen lag noch immer an meinem Kinn, und ich widerstand dem Impuls, meine Wange in seine Handfläche zu schmiegen. Sein schiefes

Lächeln traf mich mit einer Wucht, die mich den letzten fahlen Gedanken vergessen ließ. Sein Lächeln verblasste und seine Augen wurden dunkel. Ich war verloren. Behutsam strich er mit seinen Lippen über meine. Ich schloss die Augen. Das Blut rauschte in meinen Ohren, während er mich küsste. Sein Kuss war nicht drängend, sondern zart, zögernd, als hätte er Sorge, ich würde zurückweichen. Sachte zog er mich näher. Warmes Wasser rieselte über meine Haut, gleichzeitig bescherte mir das Gefühl seines Körpers und seiner Hände auf meiner nackten Haut eine wohltuende Gänsehaut. Paul entwich ein zufriedenes Seufzen, als ich seinen Kuss endlich erwiderte.

Irgendwann unterbrach er ihn schwer atmend, löste sich von mir und lehnte seine Stirn an meine. Als ich schließlich die Augen öffnete, hatte er seine noch geschlossen.

Er stellte das Wasser aus, griff nach einem der weichen Handtücher und wickelte mich ein. Flach atmend und bewegungsunfähig starrte ich ihn an. »Tu das nie wieder.«

»Schade«, sagte er, gab mir einen flüchtigen Kuss, zog sich seine nassen Shorts aus und legte sich ein Handtuch um seine Hüften.

»Ich meinte, du sollst mich nie wieder vor die Tür setzen.«

Paul umfasste mein Gesicht mit beiden Händen. »Nie wieder. Das schwöre ich.«

Ich nickte stumm.

Im nächsten Moment fanden wir uns im Zimmer wieder. Die Badtür fiel ins Schloss, als Paul mich dagegen drückte. Er umfasste mit einer Hand meine Hände und hielt sie über meinem Kopf fest. Während er mich unnachgiebig küsste, öffnete er mein Handtuch und ließ es zu Boden fallen. Seine Küsse wurden intensiver, drängender. In dem Moment, als ich glaubte, meine Beine könnten mich nicht länger halten, hob er mich hoch und ging zum Bett. Behutsam legte er mich auf die Matratze, als wäre ich das Kostbarste, das er hatte. Das Rascheln der Bettdecke vermischte sich mit dem Meeresrauschen durch das offene Fenster. Langsam ließ er sich zwischen meine Beine sinken, verteilte Küsse über meinen Hals und küsste die Wassertropfen von meinem Schlüsselbein. Ich fühlte mich sicher, geborgen. Alles wonach ich mich in den letzten Wochen gesehnt hatte. Ich genoss das Spiel seiner Finger auf meiner Haut, wie er über meine Rippenbögen hinunter zu meinem Bauch strich, meinen Bauchnabel küsste und eine Spur weiter nach unten zog. Unerträglich langsam, als wollte er den Moment für immer festhalten. Ich vergaß zu atmen, nahm nichts anderes mehr wahr, als er seine Lippen auf meine legte und mich küsste. Erst behutsam, dann innig und voller Verlangen. Nur das Kratzen seiner Bartstoppeln erinnerte mich daran, dass ich nicht träumte. Ich fuhr mit der Hand durch sein nasses Haar und zupfte an seinem Frotteehandtuch. Die Hitze, die in der Luft flirrte, war nichts im Vergleich zu dem Glühen in mir, das zu explodieren schien, als er sein Handtuch bei Seite schob und seinen Oberkörper an meinen schmiegte. Ich schwang meine Beine um seine Hüften und drängte mich gegen ihn. Ein tiefer kehliger Laut entfuhr ihm.

»Thea«, raunte er mit rauer Stimme an meinen Lippen. »Warte.« Er löste sich von mir, stand auf und ging zu seiner Jeans. Ich wollte gerade protestieren, da spürte ich wieder seine Körperwärme auf mir. Tief atmete ich seinen vertrauten Geruch ein. Eine Mischung aus Minze, Sonne auf der Haut und salzigem Meer. Er verflocht seine Hände mit meinen, schob sein Knie zwischen meine Beine. Dann gab es keinen Halt mehr, als wären wir ausgehungert und hätten nur auf diesen Augenblick gewartet. Ich keuchte auf, mein Puls raste, während alles um mich herum nicht mehr zu existieren schien. Da gab es nur noch Paul und mich.

Noch immer schwer atmend suchte er meinen Blick. Ich grinste und gab ihm einen Kuss. Er drehte sich mit mir in den Armen auf den Rücken und zog mich wieder ein Stück näher. Ich lauschte seinem Herzschlag, der sich nur allmählich einer gesunden Frequenz näherte, und strich mit meinen Händen über seine Brust weiter entlang über seine Schultern bis zu den Muskeln seiner Arme.

Für einen Augenblick verharrte ich auf dem Tattoo, fuhr die zarten Linien nach und tippte auf jede der vier Himmelsrichtungen. Eine weitere unbekannte Gleichung. Er verfolgte meine Bewegung, dann drehte er sich um, zog die Bettdecke unter uns raus und deckte uns zu. Ich sah aus dem Fenster und musste lächeln. Die Sonne ging langsam unter und von einem Unwetter war weit und breit nichts zu sehen.

Paul lehnte sich an das Kopfende, zog mich in seine Arme und gab mir einen Kuss auf den Scheitel. Mit dem Finger zeichnete er Kreise und Linien auf meinen Rücken. Er schien in dem Moment gedanklich weit weg zu sein.

»Hast du dir schon Gedanken gemacht, was du nach deinem Studium machen willst?«

Ich wusste, wohin seine Frage führen würde. »Ja, ich würde am liebsten ins Verlagswesen.«

»Wo?«

Ich zuckte mit den Schultern. »Ich weiß es nicht.«

Ich wollte mich um alles kümmern, sobald ich wieder in München war. In eine andere Stadt zu ziehen, stand dabei nicht auf meiner To-do-Liste. Seine Arme spannten sich so stark an, dass ich fürchtete, er würde mich zerdrücken.

»Also, ich meine, es kommt drauf an …« Noch während ich sprach, beugte er sich über mich, schob mich ein Stück auf der Matratze nach unten, küsste mich und machte da weiter, wo wir vor eine Stunde aufgehört hatten.

Ich wachte von den ersten Sonnenstrahlen auf meinem Gesicht auf und spürte Pauls warmen Atem auf meiner Haut. Seite an Seite teilten wir uns ein schmales Kissen. Er hielt mich immer noch genauso fest umschlungen, wie wir vor ein paar Stunden eingeschlafen waren. Ich liebte diesen Moment im Halbschlaf, morgens nach dem Aufwachen, seine Nähe, wenn er dicht an meinem Rücken lag, seinen Arm über meinen Bauch gelegt. Es fühlte sich an wie in Deckchen gewickelt. Ein Schleier, der mich einhüllte. Ich fühlte mich in seinen Armen geborgen und liebte seine Hände auf meiner Haut. Und wie immer, wenn ich in seinen Armen schlief, hatte ich traumlose Nächte.

Ich versuchte, mich vorsichtig aus seiner Umarmung zu lösen. Er wachte auf, gab mir einen Kuss auf die Schulter, schlief aber weiter. Langsam zog ich ein Bein unter seinem hervor und wartete, dann das nächste. Ich griff nach dem Kissen auf dem Boden, schob es unter seinen Arm und krabbelte aus dem Bett. Für einen Moment blieb ich stehen und verharrte, doch er schlief weiter. Seine braune Haut hob sich von der weißen Bettwäsche ab und seine Haare zeigten die Spuren von gestern Nacht. Ich zog mir eine Shorts an und ein T-Shirt über, dann schnappte ich meine Flipflops und schlich aus dem Zimmer. Leise schloss ich die Tür hinter mir und atmete aus.

Ich tappte die Treppe runter, übersprang eine knarzende Stufe, hörte Molly in ihrem Schlafzimmer telefonieren und ging auf Zehenspitzen weiter durch das Wohnzimmer, hinaus auf die Veranda. Erst als ich von der Treppenstufe hinunter in den Sand trat, schlüpfte ich in meine Flipflops, um sie kurz darauf wieder auszuziehen. Die einzigen Geräusche an diesem

Morgen waren die Möwen und das gleichmäßige Rauschen der Wellen. Ich holte meinen Haargummi aus der Hosentasche, stellte mich in den Wind und band mir die Haare zu einem Knoten. Dann setzte ich mich in den Sand, vergrub meine Füße in den Sandkörnern und sah hinaus aufs Meer.

Ich war nicht länger wütend, auch nicht enttäuscht. Ich hatte ihm längst verziehen, aber dennoch hatte ich diese Dramen so satt. Vielleicht war mein Leben vorher weniger aufregend gewesen, möglicherweise ein bisschen langweilig. Trotz alledem in bester Ordnung. Das alles hier war meilenweit davon entfernt. Und das würde es bleiben, solange ... Es war, als würde der Wind die Tür zu meinem Verstand aufpusten. Ich war mir sicher, es war noch nicht vorbei. Paul würde alles dafür tun, um sich zu ändern. Zumindest bis zu dem Tag, an dem er wieder dunkelrot sah, denn Alex würde sich nie ändern. Ich brauchte Paul und ich hatte nicht vor, ihn für immer zu verlieren.

»Du bist hier«, stellte Paul überrascht fest und setzte sich hinter mich in den Sand. Ich nickte und wischte mir mit dem Handrücken die Tränen aus den Augen. Seine Hände hoben mich hoch und zogen mich in seinen Schneidersitz. Sanft strich er mir über das Haar und gab mir einen Kuss auf die Schläfe.

»Was denkst du?«

Egal wie unüberlegt meine Entscheidung sein mochte, es war Zeit, sie zu treffen – für mich, für Paul und am Ende vielleicht für uns.

»Ich ziehe die Option.« Die Worte kamen mir schneller über die Lippen, als ich den Gedanken zu Ende bringen konnte.

»Welche Option?«

Ich schloss die Augen und atmete ein letztes Mal tief durch. »Ich ziehe die Option, wieder zur Freundschaft zurückzukehren.«

Er schwieg einen Moment, dann hörte ich förmlich den Groschen fallen. Er schob mich sachte auf seinem Schoß ein Stück zur Seite und suchte meinen Blick. Er suchte mein Gesicht nach etwas ab, das ihm den Hinweis geben könnte, dass ich flunkerte. Ich erwiderte seinen Blick mit stoischer Ruhe.

»Moment. Diese Option galt für schlechten Sex. Und ich hätte sie niemals gezogen. Ich wäre geblieben, egal wie grauenvoll er gewesen wäre. Willst du etwa behaupten, er war schlecht? Nenne mir ein einziges Mal. Ich habe anscheinend etwas verpasst. War es gestern Nachmittag? Am Abend? Oder war es heute Nacht?«

Ich sah ihn nicht an. »Nein.«

»Was dann? Und sag mir jetzt nicht, das war ein Fehler.«

»Nein, das war es nicht. Ich werde jede Frau an deiner Seite beneiden. Aber mir ist unsere Freundschaft wichtiger als eine Beziehung.«

Er sah mich aus weit aufgerissenen Augen an, als könnte er nicht fassen, was er da eben gehört hatte. Ungläubig lachte er auf.

»Wir gehen wieder einen Schritt zurück«, versuchte ich das Gesagte zu bekräftigen. Warum musste er es mir so verdammt schwer machen?

Jede Farbe war aus seinem Gesicht gewichen. »Was soll das heißen?«

Ich zuckte knapp mit den Schultern. »Freunde.«

Er starrte mich nur fassungslos an. »Du sagst mir jetzt nicht ernsthaft, dass wir Freunde bleiben sollen?«

»Doch ja, so hört sich das an.« Ich rutschte von seinem Schoß und setzte mich neben ihn in den Sand.

»Das ist nicht dein Ernst. Das willst du nicht wirklich.«

»Rückblickend war unsere Freundschaft nicht so turbulent wie unsere Beziehung.«

Er nickte langsam, aber erwiderte nichts drauf. »Was ist mit deinen Gefühlen?«

Ich sah ihn an. »Wenn wir uns nicht sehen, werden sie weniger und wir können weitermachen, wo wir vor ein paar Monaten aufgehört haben.«

»Tolle Idee! Großartig. Da gibt es nur einen winzigen Haken. Ich habe einen Menschen noch nie so sehr geliebt wie dich. Und ich kann das nicht einfach abbestellen. Kannst du es?«, fragte er mit hitziger Stimme.

»Keine Ahnung. Aber im Moment fühlt sich für mich dieser Weg einfach richtig an.«

Paul fuhr sich verzweifelt durch das Haar.

»Warum musst du es mir so schwer machen. Es hat so einfach keinen Wert …«

»Keinen Wert?«, unterbrach er mich aufgebracht. »Das ist nicht dein Ernst.«

Für einen Moment schloss ich die Augen und atmete tief ein. Nein, das war es nicht. Aber ich sah nun mal keine andere Möglichkeit. »Doch«, sagte ich schließlich mit fester Stimme.

Paul schüttelte den Kopf. »Nein, da mache ich nicht mit.« Er griff nach meiner Hand. »Wir schaffen das schon.«

Würden wir nicht. Nicht heute und nicht in den nächsten Monaten. Am Ende würde er daran zerbrechen und ich mit ihm.

»Was ist Liebe ohne Vertrauen?«

»Ich habe mich entschuldigt. Ich weiß, das ist nicht genug. Du kannst dir nicht vorstellen, wie leid mir das alles tut. Wie kann ich dir das beweisen?«

»Du bist der Typ mit den Geheimnissen und mit Frauen, die Nacktfotos auf sein Profil stellen.« Ich redete mich um Kopf und Kragen und glaubte mir selbst nichts von dem, was ich in diesem Moment schwafelte.

Paul warf mir einen harten Blick zu. »Also ist es doch mein Job.«

»Nein, aber du bist nicht vertrauensvoll für eine Fernbeziehung.«

Er erwiderte meinen Blick aus verengten Augen. »Und das fällt dir jetzt ein.«

»Scheint so.«

»Nein, so leicht kommst du mir nicht davon.« Paul schüttelte verzweifelt den Kopf.

Ich kniff die Augen zusammen, versuchte das bisschen Kraft zu behalten, das ich noch hatte. Bevor ich mich ihm wieder an den Hals warf und ihn bitten würde, er solle den Schwachsinn, den ich in den letzten Minuten von mir gegeben hatte, vergessen.

»Spar dir die Mühe. Mein Visum läuft aus, in acht Tagen bin ich weg.«

»Und dann war's das?« Zwischen Pauls Augen erschien eine Zornesfalte.

»Nein. Nicht meinetwegen. Wir haben unsere Freundschaft.«

»Das reicht mir aber nicht mehr.« Nervös knetete er seine Finger. »Sag mir, um was es hier wirklich geht.«

»Bring die Sache mit Alex in Ordnung.«

»Du weichst mir aus.«

Ich schwieg und sah ihn nur an. Er wich meinem Blick nicht aus. Minuten vergingen, in denen wir uns nur anstarrten. In seiner Miene sah ich förmlich, wie sich die einzelnen Puzzleteile in seinem Kopf zu einem Gesamtbild zusammensetzten.

»Gut ...« Er schlug mit den Handflächen auf seine Oberschenkel und stand auf. »Ich bringe die Sache mit Alex in Ordnung. Und ...«, er zeigte mit dem Finger auf mich, »wir bringen unsere Sache in Ordnung. Jetzt.«

Nein, parallel ist keine Option.

Er marschierte vor mir im Sand auf und ab und rieb sich den Nacken. Dann wirbelte er wieder zu mir herum, kniete sich vor mich hin und legte seine Hände auf meine Oberschenkel.

»Ich liebe dich. Daran wird sich nichts ändern. Ich werde uns wegen Alex nicht aufgeben.«

»Ich liebe dich nicht.« Bei den Worten schnürte es mir meine Kehle zu. Paul starrte mich sprachlos an. Meine innere Stimme flehte mich an, gefälligst zur Besinnung zu kommen.

Skeptisch schüttelte er den Kopf. »Irgendwie glaube ich dir nicht.« Er stand wieder auf und fuhr sich mit beiden Händen durch die Haare. »So weitermachen wie vorher. Freundschaft!«, wiederholte er verzweifelt.

»Ja, das lief doch super.«

»Super.« Er lachte zynisch auf. »Ich will aber mehr! Du rennst wieder davon.«

»Nein, genau das tue ich dieses Mal eben nicht.« Tränen liefen mir über die Wangen, ehe ich es verhindern konnte. *Ich gehe einen Schritt zurück, damit ich vorwärtskomme.*

»Dann komm wieder mit mir nach New York«, sagte er viel sanfter.

»Nein. New York ist definitiv nicht der Ort, wo ich mich gerade zu Hause fühle. Ich bleibe die letzten Tage hier. Fern von etwaigen Dramen. Irgendwas ist doch immer. Ich weiß, das gehört zu deinem Leben, aber …«

»Oh nein! Die ganzen Dramen, die sich abgespielt haben, gehören definitiv nicht zu meinem Leben. Elly gehört nicht zu meinem Leben und Alex …« In seiner Stimme schwang Bitterkeit mit. Er ging vor mir auf die Knie. »Wenn ich könnte, würde ich alles rückgängig machen, aber das kann ich nun mal nicht. Thea, bitte! Lass es uns versuchen.« Er hob die Hand, als wollte er mir eine Haarsträhne hinter die Ohren streichen, ließ sie dann jedoch wieder sinken. »Das hier ist doch auch nicht dein Zuhause. Hier gehörst du doch noch weniger hin.« Er setzte sich neben mich in den Sand.

»Nein, aber hier fühle ich mich wohl und sicher.«

Vorsichtig wischte er mir mit dem Daumen die Tränen von den Wangen. »Was ist mit Charles?«

»Ich werde ihn anrufen.«

Eine Weile schwiegen wir. Schulter an Schulter hingen wir beiden unseren eigenen Gedanken nach. Während ich auf das Meer hinausstarrte und versuchte, die neuen Tränen zurück- zuhalten, ließ Paul Sand von einer Hand in die andere rieseln.

»Du könntest auch hierbleiben«, sagte ich und suchte seinen Blick.

Er sah mich nicht an und seufzte. »Das kann ich, aber nur zwei Nächte. Ich muss arbeiten und der Weg jeden Tag hier raus ist zu weit.« Er sah verzweifelt aus. »Du willst gar nicht, dass es funktioniert«, murmelte er und rieb sich über das Gesicht. »Ich schaffe das nicht mehr ohne dich.«

Ich wusste doch auch nicht, wie es gehen sollte. Aber in einem war ich mir sicher, es war der einzige Weg nach vorne.

»Ist es wegen diesem Josh? Willst du deshalb hierblei- ben?«

»Paul. Das muss aufhören. Wenn ich dir sage, ich liebe nur dich, dann meine ich das so. Du musst lernen, mir zu vertrauen. Ich habe keinen Grund, dich anzulügen.«

Er stützte sich auf seine Ellbogen ab und sah mich an. »Erwischt! Du liebst mich doch.«

Ich ignorierte seinen Einwand. Natürlich liebte ich ihn mehr, als ich fähig war auszuhalten.

»Du musst deine Eifersucht in den Griff bekommen, die Sache mit Alex klären und die Schlammschlacht mit Elly beenden. Erst einmal aufräumen. Und dann keine Geheimnisse mehr.«

»Du weißt doch schon alles.«

Ich sah auf seinen Oberarm und hob eine Augenbraue. Er richtete sich auf, holte Luft, um etwas zu sagen, aber weiter kam er nicht. »Das ist mir nicht wichtig«, kam ich ihm zuvor.

Er klappte seinen Mund zu und betrachtete mich nachdenklich von der Seite. Es hatte eine besondere Bedeutung für ihn, so viel stand fest. Wie auch immer, ich musste es nicht wissen. Mein kleiner Kopf und mein Herz hatte schon genug zu verarbeiten. Da war kein Platz mehr.

»Vielleicht eines Tages, aber nicht heute«, fügte ich leise hinzu.

Er senkte den Kopf und strich sich über die feinen Linien. »Es bedeutet mir alles.«

45

PAUL

»Ich verstehe nicht, wie du das zwei Tage lang aushalten konntest.« Sarah saß, noch immer kopfschüttelnd, neben mir, während ich der Länge nach auf der Couch lag.

»Und Nächte«, fügte ich hinzu.

Ich hatte keine Ahnung. Ich konnte Sarah nicht einmal sagen, wie ich mich dabei gefühlt hatte. Zwei Tage und Nächte neben einer Frau zu verbringen, die beschlossen hatte, einen Gang zurückzuschalten. Besser gesagt eine Vollbremsung einzulegen. Verzweifelt? Abwartend, dass sie in der nächsten Sekunde ihre Meinung änderte? Man funktionierte, klammerte sich an Strohhalme und versuchte, ein letztes Mal alles in sich aufzusaugen. Ihr Lachen, ihren Duft, die Farbe ihrer Augen, die Sommersprossen, jede Mimik, jede Gestik. Wie sie ihre Haare zusammenband, das übergroße *Snoopy*-T-Shirt anzog, das sie zum Schlafen trug. Wie sie nachdenklich auf der Unterlippe kaute. Das Einzige, was mir von ihr blieb, waren die Erinnerungen, ihre Einhornpantoffeln und ihre Polaroidfotos.

Sarah zog ihre Beine an und verschränkte sie zum Schneidersitz. »Nimmst du die Bilderrahmen ab?« Mit einem Kopfnicken deutete sie auf die Wand über der Kommode.

Ich schüttelte gedankenverloren den Kopf. Warum sollte ich, es waren noch immer die wundervollsten Momente in meinem Leben. Ich hatte mir darüber keine Gedanken gemacht, dass Theas Zeit hier befristet war. Aber denken gehörte in ihrer Gegenwart ohnehin nicht zu meinen Stärken. Wenn sie bei mir war, sah ich nur Thea, ich dachte nur Thea und ich wollte nur Thea. Dazwischen gab es nichts. Wenngleich ich versuchte, mir einzureden, dass die zwei letzten Tage bei Molly mühelos gewesen waren, waren sie eine Qual. Stundenlange Spaziergänge mit Thea, bei denen wir schweigend nebeneinander hergelaufen waren. Ständig hatte ich mich dabei ertappt, wie meine Finger den Weg zu ihr suchten. Sie hatte nicht einmal ihre Polaroidkamera mitgenommen. Es hätte mich auch gewundert, welchen wundervollen Moment sie mit diesen Bildern hätte einfangen wollen. Sie zog es durch. Wir schliefen nicht mehr miteinander und nachts lag sie zu weit von mir entfernt. Mit dem Wissen, dass ich in Zukunft ihre warme Haut nicht wieder an meiner spüren würde, hätte ich mir Zeit gelassen. Unendlich viel Zeit. Damit ich keinen Millimeter ihres Körpers jemals vergessen würde.

Morgens war Thea mit Josh laufen gegangen, während ich mit Molly die erste Tasse Tee getrunken hatte. In diesem Haus gab es einfach keinen Kaffee. Ich hatte die zwei schon von Weitem gehört, wenn sie sich dem Strandhaus genährt hatten und feixend die Stufen hinaufgegangen waren. Thea war verschwitzt vom Laufen gewesen, hatte eine enge Tight und ein Hauch von einem Tanktop getragen. Ihre Haare hatte sie zu einem Kranz geflochten. Ich hatte mir alle Mühe gegeben, Josh keinen bösen Blick zuzuwerfen. Aber mein Lächeln hatte jedes Mal in einer Grimasse geendet. Wofür ich einen missbilligenden Augenaufschlag von Thea kassiert hatte. Josh hingegen schien sich darüber köstlich zu amüsieren.

Eifersüchtig?, hatte er gefragt und hatte breit gegrinst. Ja, das war ich. Ich hatte jedes Mal leise geflucht, wenn die zwei den Raum verlassen hatten, um nach dem Sport duschen zu gehen. Es fiel mir schwer, Theas Zuneigung mit jemandem zu teilen. Ich hatte schließlich keine Ahnung, wie viel sie davon hatte. Ich kannte es nicht, dass mich eine Frau bedingungslos liebte.

Molly hatte beruhigend meinen Arm getätschelt und gesagt: *Sei nicht so streng mit dir. Du kannst die Vergangenheit nicht ändern, aber am Ende liegt es an dir, was du aus deiner Zukunft machst.*

Egal wie sich das alles entwickeln würde, eines stand fest: Ich würde nie aufhören, Thea zu lieben. Es war schier unmöglich, was sie von mir verlangte. Ich konnte nicht von einer Sekunde auf die andere auf Freundschaft umschalten und das würde ich nie können. Und sie konnte es ebenso wenig. Egal wie oft sie es sich einreden musste, egal wie viel Mühe sie sich gab, die Fassade aufrechtzuerhalten.

Der Abschied gestern Abend war der schlimmste Moment gewesen, auch wenn ich wusste, dass ich sie wiedersehen würde. In fünf Tagen, auf der Fahrt zum Flughafen. Fünf Tage, in denen ich nichts tun konnte, um sie vom Gegenteil zu überzeugen. Fünf lange Tage. Dann war es das letzte Mal für eine verdammt lange Zeit. Zeit, in der sie mich vergessen konnte. *Wenn wir uns nicht sehen, wird es weniger und wir können weitermachen, wo wir vor ein paar Monaten stehen geblieben sind.* Worte, die in Endlosschleife in meinem Kopf hallten. Ihr Blick strafte sie Lügen, als sie diese Worte aussprach. Sie wusste genauso gut wie ich, das würde es nie. Niemals würde es weniger werden. Ich würde nicht dort anknüpfen können, wo wir vor ein paar Monaten aufgehört hatten. Aber ich würde nicht mehr betteln. Sie hatte recht. Wir hatten keine Chance, wenn wir jetzt zusammenblieben. Wir würden immer mit einem Bein auf einer tickenden Zeitbombe stehen. Ein explosives, wackliges Fundament für eine Beziehung. Es war nie meine Absicht gewesen, sie in meinen Strudel zu ziehen. Molly hatte mich zum Abschied in eine feste Umarmung gezogen und hatte gemurmelt: *Ich hoffe, das Leben schenkt dir alles, was du dir wünschst, und dass du glücklich wirst.*

Das hoffte ich auch.

»Und du willst sie gehen lassen? Das war's?«

Ich sah zu Sarah und nickte.

»Na klar, wieder der alte Paul.« Sie schnaubte. »Der Paul, der aufgibt. Ein Typ, der den Schwanz einzieht. Gut, wenn es das ist, was er will. Was kümmert mich das.«

»Schimpfst du nur vor dich hin oder mit mir?«

»Mit dir, du Idiot.«

»Dann rede nicht in der dritten Person von mir.« Ich rieb mir mit den Händen energisch über das Gesicht. »Ich muss.«

»Ich hab's verstanden. Aus, Ende, vorbei.«

»Das habe ich nicht gesagt. Ich werde sie gehen lassen. Hier weg. Aus New York. Nach Hause.«

»Aber das ist doch hier«, stellte Sarah mit weicher Stimme fest.

»Noch nicht.«

»Oh doch, das weißt du ganz genau. Du hast nur eine Scheißangst.«

»Ja, eine Scheißangst, endgültig alles zu vermasseln.« Scheißangst war dabei die Untertreibung des Jahrhunderts. Das Wort, um diesen Zustand zu beschreiben, war überhaupt noch nicht erfunden. »Ich muss sie gehen lassen und mein Leben in Ordnung bringen. Vielleicht haben wir dann eine Zukunft.«

Und wenn nicht … Manchmal reichte es aus, zu spüren, dass der andere da war. Möglicherweise würde mir das eines Tages ausreichen. Ihr Lachen zu hören, ihre Stimme, die Ruhe, die sie in mein Leben brachte. Das würde mir reichen. Ich würde mich mit einer Freundschaft zufriedengeben, akzeptieren, falls sie einen anderen Mann liebte, und unter den Gästen sitzen, wenn sie vor dem Traualter stand. Bei diesem Gedanken wurde mir übel. Mein Brustkorb schnürte sich schmerzhaft zu und ich hatte das Gefühl, zu ertrinken.

»Ich liebe sie so sehr, Sarah.« Es war nicht mehr als ein Wimmern, das mir über die Lippen kam.

Sie sagte kein Wort, während sie mir beruhigend den Unterarm auf und ab strich.

»Ich weiß. Wir werden das durchstehen, gemeinsam«, flüsterte sie, griff mein Handgelenk und legte meinen Arm auf ihren Schoß. Sie wollte ihre Finger nach dem Tattoo ausstrecken, entschied sich aber dann doch dagegen. *Schlaues Mädchen! Nicht dass du dich verbrennst.* Der einzige und letzte Mensch, der diese Stelle berührte, war Thea. Und so sollte es bleiben.

»Bereust du dein Tattoo?«, fragte sie vorsichtig, während sie den Innenarm meines Oberarms studierte.

»Nein, keine Sekunde.«

»Du solltest sie nicht gehen lassen.«

»Ich habe keine Wahl.«

»Die hat man immer.«

Ich schüttelte den Kopf. »Nein. Anders funktioniert das nicht. Leg zehn Dollar ins Phrasenschwein.«

»Lass dir Flügel wachsen. Eine Hummel denkt auch nicht darüber nach, ob sie fliegen kann, sie tut es einfach.«

»Das tue ich. Auch wenn dein Vergleich hinkt. Hummeln können ihren Flügel knicken. Darum können sie fliegen, obwohl sie vermeintlich zu schwer dafür sind.«

»Dann eben Flügel mit Knick.«

THEA

Die letzten Tage bei Molly verflogen. Die Sonne, die mir vor wenigen Tagen auf der Haut brannte, wich dicken Wolken und es hörte nicht auf zu regnen. Es regnete in Strömen und alle verharrten in ihren Strandhäusern. Das Wetter spiegelte meine Stimmung wider. Die meiste Zeit verbrachten Molly, Josh und ich gemeinsam im Haus.

Während ich mit einem Kissen auf dem Schoß und einer Tasse Tee in der Hand dem Gespräch zwischen Molly und Josh gelauscht hatte, waren meine Gedanken immer wieder zu Paul gewandert. Niemals zuvor hatte ich leichtfertige Entscheidungen getroffen. Keine Ahnung, wie ich die Traurigkeit in seinen Augen jemals vergessen sollte.

An meinem letzten Tag im Strandhaus verschwanden auch die Wolken, und die Hitze wurde unerträglich. Nicht einmal ein seichter Wind blies über den Strand. Ich freute mich auf Paul und gleichzeitig legte sich eine nie dagewesene Schwere auf mich. Er hatte mich in den letzten Tagen nicht angerufen, hatte es sich allerdings nicht nehmen lassen, hier rauszufahren und mich zum Flughafen zu bringen.

Es war schon halb elf, aber wer nicht auftauchte, war Paul. Ungeduldig saß ich neben Molly am Frühstückstisch und warf einen verstohlenen Blick zur Verandatür. Obwohl mein Flug erst am frühen Abend ging, hatte er darauf bestanden, mich bereits um zehn Uhr morgens abzuholen.

Als er endlich durch die Tür kam, frisch rasiert, in Shorts und T-Shirt, und sich durch die Haare fuhr, musste ich mich zurückhalten, um nicht aufzuspringen und ihm um den Hals zu fallen. Minuten vergingen, in denen wir uns nur ansahen. Es erinnerte mich an den Moment, als ich unter der Ankunftstafel in Bari ungeduldig auf ihn wartete und er plötzlich hinter mir stand. Seitdem hatte sich einiges verändert.

»Willst du mich noch länger anstarren oder bekomme ich eine anständige Begrüßung?«

Ich fiel Paul um den Hals. Lachend kam er ins Straucheln, bevor er mich herumwirbelte.

»So ist es besser.«

»Paul, möchtest du noch einen Tee?«, fragte Molly und warf ihm mit der Teekanne in der Hand ein aufmunterndes Lächeln zu.

»Nein, danke, Molly. Ich denke, wir sollten los.«

»Gut«, brachte Molly leise hervor und drehte sich um. Sie zog verstohlen ein Stofftaschentuch aus ihrer Schürze und wischte sich über die Augen.

»Hey, da ist ja der Pacemaker«, rief Josh, als er in die Küche trat, klopfte Paul beim Vorbeigehen auf die Schulter und zwinkerte mir zu. Ich sah ihm kopfschüttelnd nach.

Paul nickte ihm zu. »Hi.« Dann wandte er sich an mich und hob einen Mundwinkel leicht nach oben, dabei konnte ich ihm ansehen, dass er Josh nach wie vor am liebsten in der Luft zerrissen hätte.

Während Paul meinen Koffer in den Kofferraum packte und meine Tasche zusammen mit der Polaroidkamera auf den Beifahrersitz legte, nahm mich Molly in eine liebevolle Umarmung.

»Mein Kind. Ich hoffe, du findest alles, was du dir wünschst, und dass du glücklich wirst.« Dann schob sie mich eine Armeslänge von sich und nickte zu Paul hinüber, der lässig am Wagen lehnte und auf mich wartete. »Sei nicht so streng mit ihm, er tut es aus Liebe.«

»Komm her.« Josh zog mich an sich. »Ich werde dich vermissen.«

»Ich dich auch.« Ich drückte ihn, so fest ich konnte.

»Ich glaube, du musst los«, sagte Josh. Schweren Herzens senkte ich die Arme und sah zu Paul.

»Kommst du?«, rief er mir zu und öffnete die Beifahrertür.

Ich stieg die Stufen der Veranda hinunter und drehte mich noch einmal zu Josh und Molly um. »Auf Wiedersehen.«

Ich ließ mich auf den Beifahrersitz fallen und schloss leise die Tür. Während Paul den Wagen umrundete, winkte er ein letztes Mal Molly und Josh zu. Ich sah aus dem Seitenfenster. Josh hatte Molly, die sich keine Mühe mehr gab, ihre Tränen länger zurückzuhalten, den Arm um die Schultern gelegt.

»Bereit?«, fragte Paul.

Nein. Ich nickte trotzdem.

Die ganze Fahrt entlang des Meers redeten wir nicht ein Wort miteinander. Während ich aus dem Fenster starrte, konzentrierte er sich auf den Verkehr. Von Zeit zu Zeit warf er mir einen Seitenblick zu. Wie konnte er das? Keine Spur mehr von dem Paul, der verzweifelt vor mir im Sand gesessen hatte. Wie weggeblasen. Es schien, als hätte er alle Körperfunktionen auf Freundschaft umgelegt. Er wirkte so stark, wohingegen ich innerlich drohte zu zerbrechen. Ständig musste ich mir selbst zureden, dass es die richtige Entscheidung war.

Er musterte mich mit gerunzelter Stirn. »Alles in Ordnung?« Seine Stimme klang besorgt, aber in seinen Augen war davon nichts zu erkennen. Ich nickte stumm und sah wieder aus dem Fenster. Wir hatten die Hamptons hinter uns gelassen, fuhren über den Highway. In der Ferne sah man bereits die Stadt.

»Hier.« Er reichte mir eine dunkelgraue Schachtel mit einem Gummiband. Auf dem Band hing ein Etikett mit der Aufschrift: *Meine Erinnerung an New York.* Vorsichtig schob ich den schwarzen Gummi runter und hob den Deckel an. Ich griff nach dem Stapel Polaroidbilder und sah mir eines nach dem anderen an. Daniel, *Olaf der Schneemann,* Sarah und Paul, Charles, Paul und noch mal Paul. Ich versuchte die Tränen wegzublinzeln. Vergebens. Ich legte die Fotos zurück in die Schachtel, kramte hektisch ein Taschentuch aus meiner Tasche und schnäuzte geräuschvoll. Die Erinnerungen konnte ich vielleicht irgendwann beiseiteschieben, nicht aber seine Küsse, seine Berührungen und schon gar nicht das Gefühl seiner Nähe. Von dem Pochen in meiner Brust ganz zu schweigen.

»Danke«, sagte ich leise. Er sah mich liebevoll an und strich mir mit dem Handrücken über die Wange. Das genügte bereits, dass eine Hitze in mir explodierte. Das machte die ganze Sache nicht leichter.

»Das ist aber nicht der direkte Weg zum Flughafen?«

»Nein«, sagte er knapp und fügte mit einem Lächeln hinzu: »In der ganzen Hektik habe ich deine Einhornpantoffeln vergessen, die müssen wir noch aus der Wohnung holen. Sie sollen ja nicht ihr restliches Leben ein Dasein im Exil fristen.«

Glucksend suchte ich seinen Blick. *Die Einhornpantoffeln im Exil, der schöne Schwan und Pauli-Schatzi im feinen Zwirn.*

Er bog in die schmale, von Bäumen gesäumte Straße ein, die mir inzwischen so vertraut war. Er stoppte den Wagen am Straßenrand und stellte den Motor aus. Wie an meinem ersten Tag hier in New York sah ich aus dem Autofenster auf das charmante Brownstone-Haus, mit seinen großen Fenstern und den modernen, anthrazitfarbenen Metallrahmen. Hinauf auf die Treppenstufen mit den bunt bepflanzten Blumenkübeln, um die sich Charles jeden Morgen liebevoll kümmerte.

»Kommst du mit?«, fragte er. Langsam schüttelte ich den Kopf und nagte an meiner Unterlippe. Ich konnte nicht durch diese schwarz lackierte Haustür gehen, die Eingangshalle mit dem schwarzen Marmorboden betreten und Charles an seinem antiken Tischchen sitzen sehen. Ich würde zusammenbrechen, die Menge an Taschentüchern, die ich brauchen würde, hatte ich überhaupt nicht dabei und es würde den Abschied nur schwerer machen, als er es ohnehin schon war. Ich schüttelte erneut den Kopf. Er warf mir einen kurzen Seitenblick zu, stieg aus, umrundete die Motorhaube und öffnete die Beifahrertür.

»Zick nicht rum«, sagte er zu meiner Überraschung, griff nach meiner Hand und zog mich vom Beifahrersitz.

Mit verschränkten Armen vor der Brust sah ich ihn an. Aber in seinen Augen lag ein Ausdruck, der keine Widerrede duldete. Ich warf ihm einen letzten vernichtenden Augenaufschlag zu, seufzte, stieg aus und trottete hinter ihm her. Mit Elan sprintete er die Stufen hoch und hielt mir die Tür auf. Er grinste schief, als ich genervt mit den Augen rollte. Ich trat durch die Tür und riss ungläubig die Augen auf. Vor mir stand Charles, dessen Miene sich aufhellte, als er mich erkannte. Sarah, die mich liebevoll ansah, daneben Daniel, der mich nachdenklich betrachtete, und mit etwas Abstand Alex, der angestrengt zu Boden starrte. Ich drehte mich zu Paul um. Seine Mundwinkel zuckten, aber er sah mich nur flüchtig an, während er an mir vorbeiging, Alex im Vorbeigehen kurz die Schulter drückte und im Fahrstuhl verschwand. Ich blieb wie angewurzelt stehen, wusste nicht, was ich sagen sollte. Sarah und Daniel tauschten einen Blick.

Dann hüpfte Sarah auf mich zu und schlang ihre Arme um mich. »Hast du gedacht, wir lassen dich einfach so gehen?«

Ich merkte kaum, wie Daniel mich sanft aus Sarahs Umarmung löste und mich an sich zog. Er hielt mich ganz fest in seinen Armen.

Noch immer sprachlos, sah ich zu Alex. Obwohl er es bemerkte, sah er beharrlich an mir vorbei.

»Komm schon, Sarah, guck nicht so zerknirscht«, sagte ich um einen leichten Tonfall bemüht.

»Ich will nicht, dass du gehst.« Sie schob schmollend ihre Unterlippe vor. »Bleib bei uns, bitte. Sei eine Hummel mit Knick im Flügel.«

Daniel gab ihr einen liebevollen Schubs mit der Schulter. »Hör schon auf, du siehst doch, dass ihr das auch nicht leichtfällt.«

Ich schüttelte den Kopf, kämpfte gegen die aufsteigenden Tränen an und sah zu Alex hinüber. Mit tief in den Hosentaschen vergrabenen Händen hatte er sich keinen Millimeter vom Fleck bewegt. Er warf mir ein entschuldigendes Lächeln zu, während er auf seinen Füßen vor und zurück wippte.

»Komm her, du verschobenes Schlitzohr«, rief Sarah ihm mit einem Lächeln in der Stimme zu. »Wir haben doch alle eine Schraube locker.«

Ihre Worte erlösten ihn, langsam kam er auf mich zu und blieb vor mir stehen. »Also, ich ...« Er kratzte sich am Kopf.

»Mach schon, Alex. Wir haben nicht ewig Zeit.« Es kam nicht so locker über Daniels Lippen, wie er es wohl beabsichtigt hatte.

»Also ...« Alex suchte meinen Blick. »Thea, es tut mir aufrichtig leid. Ich habe Fehler gemacht und mit Paul stundenlang gesprochen.«

Ein lautes Räuspern hallte durch die Halle. Alle Augen fielen auf Paul. Er stand nur ein paar Schritte von uns entfernt, lehnte an der Wand, runzelte die Stirn und kratzte sich ebenfalls am Kopf. Sarah und ich tauschten einen belustigten Blick.

»*Paul* hat viel mit mir geredet und ich ... *er* hat mir vorgeschlagen, vielleicht eine Therapie zu machen. Gemeinsam.« Er atmete hörbar aus. »Ich werde für ein paar Wochen zu unseren Eltern ziehen, raus aus der Stadt, mir ein paar Gedanken machen. Unsere Mom freut sich.«

Ich trat einen Schritt auf Alex zu und umarmte ihn. »Das ist ein guter Anfang.«

Er zögerte erst einen Moment, dann erwiderte er meine Umarmung. »Es tut mir leid, das wollte ich alles nicht.«

Paul stieß sich lässig von der Wand ab, kam zu uns rüber und wedelte mit meinen Einhornpantoffeln. »Können wir?«

»Moment!«, rief Charles. Er kam zu uns und zog mich

an seinen kugeligen Bauch. »Thea, meine Liebe. Ich werde dich sehr vermissen.«

»Ich dich auch, Charles. Danke für alles.«

Jetzt war es vorbei mit meiner Selbstbeherrschung. Ich sah zu Charles, Sarah, Daniel, Alex und Paul.

»Ich werde euch alle vermissen.«

Paul trat auf mich zu, legte einen Arm um mich und zog mich an sich. »Wir dich auch.«

Die Fahrt zum Flughafen verbrachten wir schweigend. Paul gab sich nicht einmal die Mühe, die Stimmung zu heben. Es wäre ohnehin vergebens gewesen. Wenn er nicht gedrängelt hätte, dass wir losmussten, um den Flieger nicht zu verpassen, wäre ich noch etwas länger geblieben. Die Wolkenkratzer von New York wurden weniger und schon bald hatten wir Manhattans Skyline hinter uns gelassen.

PAUL

Vierzig Minuten später erreichten wir den Flughafen und hatten Theas Koffer aufgegeben. Ich hasste Abschiede und diesen ganz speziell.

Thea gab sich weiterhin Mühe, ihre Gefühle vor mir zu verstecken. Aber alles an ihr verriet, wie sie sich fühlte. Ihre Augen glänzten, der Griff um ihre Tasche verkrampfte sich, sie tippelte von einem Fuß auf den anderen und hörte nicht auf, ihre Unterlippe immer wieder zwischen die Zähne zu ziehen. Keine Sekunde konnte ich das länger mit ansehen. Ich nahm sie in die Arme, legte mein Kinn auf ihren Scheitel und flüsterte: »Ich wollte eigentlich nur das Beste für dich und dass du glücklich bist. Vielleicht war ich nicht immer das

Beste für dich, aber ich hoffe, ich habe dich für eine Zeit ein bisschen glücklich gemacht.«

Thea löste sich sanft.

»Das hast du.« Das zweite Mal seit heute Morgen umspielte ein kleines Lächeln ihre Mundwinkel.

Seufzend fuhr ich mir durchs Haar. »Ich liebe dich, Thea.« Die Worte kamen mir so schnell über die Lippen, dass ich es erst merkte, als ich meine eigene Stimme hörte. Ich wollte diese Worte nicht mehr aussprechen, ich wollte es ihr nicht aufdrängen. »Ich hätte es dir schon vor langer Zeit sagen sollen. Aber jetzt kann ich es gar nicht oft genug sagen.«

Thea sah mich aus glasigen Augen an.

»Ich hoffe, du kannst mir eines Tages verzeihen«, setzte ich nach und zwang mich zu einem unbekümmerten Lächeln.

»Das habe ich schon längst«, flüsterte Thea kaum hörbar. Ich strich ihr eine Haarsträhne hinters Ohr und lehnte mich vor, bis meine Lippen ihren Nacken berührten. Ich gab ihr einen federleichten Kuss und lächelte an ihrer Haut, als ich die feine Gänsehaut auf ihrem Körper wahrnahm. Nein, so etwas konnte man nicht von heute auf morgen abstellen. Nicht einmal Thea, mit ihren Schubladen und der dicken Schale. Mit den Fingern fuhr sie meinen Oberarm hinauf und streifte mit ihrem Daumen über mein Tattoo. Für einen Augenblick lehnte ich meine Stirn an ihre und hörte sie tief einatmen. Dann trat sie einen Schritt zurück. Ihr Blick wanderte zu meinem Mund und verharrte einen Moment, während sie sich nervös in die Unterlippe biss. Ich versuchte, mir das Lächeln zu verkneifen, und lehnte mich so weit vor, bis meine Lippen fast ihre berührten. Ich wartete einen Atemzug, ob sie zurückwich, dann küsste ich sie. Einen Moment stockte sie, aber dann erwiderte sie den Kuss leidenschaftlich, hungrig, als hätte sie die ganze Zeit nur darauf gewartet. Für Minuten schien jemand die Pausetaste gedrückt zu haben, denn ich nahm die Menschen um uns nicht mehr wahr. Ich genoss die Wärme ihrer Lippen und das Spiel ihrer Zunge. Tief atmete ich Theas frischen Duft ein, der mir so vertraut war. Von dem ich niemals genug bekommen würde. Erst dann löste ich mich sanft von ihr und gab ihr einen letzten zarten Kuss. Benommen und schwer atmend blinzelte sie mich an.

»Das sollten wir nicht tun, wir sind Freunde«, murmelte ich.

Thea starrte mich nur an, während sich ihr Atem langsam beruhigte. »Genau«, sagte sie schließlich, aber es kam nicht locker über ihre Lippen. »Mistkerl«, schob sie leise hinterher.

Meine Mundwinkel zuckten. »Und du bist dir sicher?«

Sie schwieg.

»Du musst das nicht tun.«

Thea strich sich eine Strähne aus dem Gesicht. Ich ließ sie keine Sekunde aus den Augen, während sie nachdenklich auf ihrer Unterlippe kaute. Erst als ihr Blick wieder glasig wurde, gab ich auf. Ich ging einen Schritt auf sie zu, legte meine Hände an ihre Taille und zog sie sanft an mich.

»Egal. Hauptsache, wir bleiben Freunde.«

Ein letztes Mal drehte sich Thea um und ein letztes Mal hob ich meine Hand zum Abschied. Sie schulterte ihre Tasche, dann bog sie um die Ecke. Sie war weg und ich hatte keinen blassen Schimmer, für wie lange. Ich hatte das Gefühl, in diesem Moment das Beste verloren zu haben, was jemals Teil meines Lebens gewesen war. Ich konnte mir ein Leben ohne sie an meiner Seite einfach nicht mehr vorstellen.

Es hatte mich heute all meine Kraft gekostet, ihr vorzuführen, wie es war, wenn wir wieder einen Schritt zurückgingen. Und ich hatte all meine Gefühle für sie in meinen letzten Kuss gepackt, damit sie spürte, fühlte und sich erinnerte, wie es war und wie es sein könnte.

46

Ein heißer Sommertag. Ich sitze im hinteren Teil des Rosengartens unter einem Baum an einen Baumstamm gelehnt. Die Blätter im satten Grün, seine weißen Blüten legen sich wie eine tröstliche Decke über mich. Der üppige Duft der roten und gelben Rosen vermischt sich mit dem Geruch der violetten Lavendelsträucher. Das klare Wasser des kleinen Baches plätschert fröhlich vor sich hin. Ich bin allein, weit und breit ist niemand auf den Wiesen zu sehen.

Ein Astknacken.

Langsam drehe ich den Kopf zur Seite. Tim. Er ballt die Hände zu Fäusten und öffnete den Mund, um etwas zu sagen. Ich halte die Luft an. Ich habe Angst vor seinen Worten. Aber ich schaue nicht weg. Ich atme tief durch, richte mich auf und sehe ihm direkt in die Augen. Fragend. Er wendet seinen Blick ab, schaut zu Boden. Ich warte, ohne meinen Blick abzuwenden. Er löst langsam seine Faust, fährt sich mit den Fingern durch sein zottliges braunes Haar und sieht mich an. Ich lächle. Er vergräbt seine Hände tief in den Hosentaschen, legt seinen Kopf schief und lächelt zurück. Liebevoll, aufmunternd. Dann tritt er einen großen Schritt auf mich zu, reicht mir seine Hand, zieht mich hoch und in seine Arme. Seine Wärme und sein Duft hüllen mich ein. Sonne und das salzige Meer.

»Es tut mir leid«, murmele ich an seiner Schulter, ohne dabei meine Lippen zu bewegen.

»Es war nicht deine Schuld«, flüstert er an meinem Ohr und unterstreicht seine Worte mit einem zarten Kuss auf

meine Schläfe. Sekunden stehen wir nur da, sagen nichts,
halten uns nur fest. Die Farben verschwinden, der Duft
lässt nach. Er löst sich sanft aus meinen Armen. Behutsam
wischt er mir mit dem Daumen die Tränen unter den Augen
weg und lächelt. Das Lächeln, das mir so vertraut ist ...

»Thea. Thea, du must aufwachen.«

Nur langsam drangen die Worte zu mir durch.

»Thea!«

Schwerfällig öffnete ich die Augen.

»Na endlich.« Lotti beugte sich über mich. »Alles in Ordnung?«, fragte sie skeptisch und musterte mich stirnrunzelnd.

Ich wischte mir mit den Fingern die Tränen aus dem Gesicht.

»Ja.« Ich bekam Luft und mein T-Shirt war nicht klatschnass geschwitzt. Auch wenn meine Gewissensbisse weiterhin nagten, blieb der dumpfe Schmerz in meiner Brust aus.

Noch immer etwas verwirrt, schwang Lotti ihre Beine aus dem Bett und ging ins Bad. Ich schnaubte leise. Paul hatte wenigstens die Angewohnheit, mich zu beruhigen, ohne mich dabei gleich wachzurütteln. Ich schloss meine Augen, um wieder zurück in meinen Traum zu finden. Nur kurz, ein ganz kleines bisschen. Er war zauberhaft, lebendig, farbenfroh. Das satte Grün, der Lavendelduft – ein Hauch von Frankreich. Und Tims vertrauter Duft nach salzigem Meer. Er hatte seinen dunkelblauen Lieblingshoodie mit dem Surfer an, der jetzt bei mir auf dem Hocker dort drüben lag.

Egal wie sehr ich mich darauf konzentrierte, wollte sich der Schlaf nicht mehr einstellen. Ich drehte mich auf die Seite und sah aus dem Fenster. Das Wasser spiegelte sich darin, die ersten Sonnenstrahlen fielen ins Zimmer, und obwohl es bereits Mitte September war, versprach der Tag wieder ein heißer Spätsommertag zu werden, wie gestern. Ich lauschte den Chorstimmen aus dem Haus gegenüber, die von den

Klängen eines Klaviers begleitet wurden. Darunter mischte sich die Lautsprecherdurchsage aus dem Freibad und das Aufheulen eines Motors.

In meinem Traum lehnte ich heute am Baumstamm und saß nicht wie sonst ein Stück davon entfernt. Nur ein Stückchen hatte ich den Standort gewechselt und hatte eine gänzlich neue Sicht auf die Dinge. So einfach war es manchmal. Wenn ich nur schon früher einen winzigen Schritt von meinem Standpunkt abgerückt wäre und hingesehen hätte, womöglich wäre vieles unbekümmerter gewesen. Nicht nur in Bezug auf Tim, sondern ebenso mit Paul. Er fehlte mir. Egal wie verbissen ich mich bemühte, nicht an unsere gemeinsame Zeit zu denken, schaffte ich es nicht. Es war wie der Blick durch ein Kaleidoskop, in dem die Erinnerungen wie kleine Glassteinchen in den schillerndsten Farben glitzerten und ich nicht umhinkam, das Spiel immer wieder neugierig zu betrachten. Allein zu wissen, wie sich seine Lippen auf meinen anfühlten und seine Finger auf meiner Haut, machte mich verrückt. Ich verlor mich jedes Mal in den Erinnerungen, bis sich ein bleierner Vorhang drückend über meinen Brustkorb legte. Es war komisch, wieder zu Hause zu sein und so weit weg von Paul.

Ich stand ruckartig auf und tappte in die Küche.

»Irgendwann sortiere ich deine Nachthemden aus«, blaffte Lotti und sah mich kopfschüttelnd an.

»Guten Morgen, Morgenmuffel.« Ich streichelte über *Woodstock* und *Snoopy* auf meiner Brust, schwang mich auf meinen Stammplatz auf der Küchenarbeitsfläche, ließ die Beine baumeln und beobachtete Lotti, während sie Papier, Stifte und ihren Laptop für die Uni in die Tasche packte.

»Weißt du … Du bist so ein verdammter Hasenfuß, hat dir das schon einmal jemand gesagt?«, schnauzte mich Lotti an, schob meine Beine zur Seite und holte sich eine Trinkflasche aus dem Unterschrank. »New York, meine Güte, andere würden morden, um dort zu leben. Aber Thea ...« Sie warf die Hände in die Luft.

Ich überlegte kurz, ob ich sie vielleicht doch besser wieder in ihre WG schicken sollte. Sie war der Häuptling unter den Morgenmuffeln.

Bei dem Gedanken an New York und an Paul fühlte sich der ferne Ort mehr wie daheim an als hier. Es war mein Zuhause, weil Paul dort war.

Es verging kaum eine Minute am Tag, in der ich nicht an ihn dachte. Am Anfang waren unsere Telefonate seltener und die Gespräche steif gewesen. Inzwischen hatte sich wieder eine gewisse Routine eingependelt, aber an der Holprigkeit hatte sich nichts geändert. Wir planten keinen Urlaub, keinen Wochenendtrip und er erwähnte niemals einen Besuch in München. Wir führten belanglosen oberflächlichen Smalltalk über seinen Job, darüber, wie ich meine freie Zeit verbrachte und wie meine Bewerbungen liefen. Es schien, als wäre Paul einen ganzen Berg rückwärts hinuntergefahren, anstatt nur einen Gang runterzuschalten. Er war durch und durch auf Freundschaft programmiert und darin definitiv fähiger als ich. Ein Thema vermied ich beharrlich. Ich wollte nicht wissen, ob es eine neue Frau in seinem Leben gab. Schon allein der Gedanke daran versetzte mir jedes Mal einen schmerzlichen Stoß. Unwissenheit war in diesem Fall entschieden besser.

Lotti füllte ihre Trinkflasche mit Leitungswasser auf, griff hinter mich und fischte sich einen Pfirsich aus der Obstschale. »Vielleicht ... Ach, vergiss es!«

Lottis Wiedersehensfreude war von ausgesprochen kurzer Dauer gewesen. Kaum hatte ich ihr alles erzählt, zweifelte sie an meiner Zurechnungsfähigkeit.

In den letzten acht Wochen gab es zwei Phasen unterschiedlicher Bewandtnis, die sie zu dieser Annahme zwangen. Phase eins: Lotti war sauer auf Thea. Diese hatten wir drei Tage nach meiner Ankunft in München. Der Grund: Ich hatte ihre Geburtstagsanrufe ignoriert und sie nicht angerufen, als ich Kummer hatte. Eine Woche später Phase zwei: Ich hatte diese dämliche Option gezogen. Danach wechselten sich die Phasen ab, kamen sporadisch und aus heiterem Himmel. Wie jetzt.

Abgesehen von ihren Wutreden fand ich unser Zusammenleben wundervoll. Es war eng und man hatte kaum die Möglichkeit, sich aus dem Weg zu gehen. Sie hätte das Arbeitszimmer für sich haben können, aber sie wollte ja lieber bei mir im Zimmer schlafen. Es war jetzt unser Zuhause.

»Wie wäre es, wenn du deinen Arsch an den Tisch bewegen würdest und Bewerbungen abschickst?«, blaffte sie mich an und warf energisch einen Kugelschreiber in ihre Tasche. *Wie viele Stifte will sie denn noch einpacken?*

Ich zog eine Grimasse. Ich hatte meine Bewerbungsunterlagen längst abgeschickt und einen Termin für ein Vorstellungsgespräch hatte ich auch schon. Es war der absolute Traumjob, aber ich konnte mich nicht einmal annähernd darüber freuen.

»Paul abserviert«, murmelte sie kopfschüttelnd und schnalzte missbilligend mit der Zunge. *Okay, Phase zwei.*

Ich reagierte nicht mehr darauf. Sie wollte es einfach nicht verstehen. Während Lotti weiter unverständliches Zeug vor sich hin brummte, spielte ich mit dem Gedanken, mir einen Zettel und Bleistift zu holen, um mir eine Liste an Fragen für Paul aufzuschreiben. Vorausgesetzt, es gab in dieser Wohnung überhaupt noch einen Stift. Frage Nummer eins: Wann werden wir uns wiedersehen?

Während Lotti Nachrichten in ihr Handy klopfte und gleichzeitig vor sich hin schimpfend wahllos Bücher in ihre Tasche packte, entwich mir ein tiefer Seufzer.

Sie sah fragend zu mir hinüber.

»Nichts.« Ich schaute kurz unschuldig zurück. Dann starrte ich aus dem Fenster. Vereinzelt hatten sich die Blätter bereits in ein buntes Meer verwandelt.

»Was hast du heute vor?«, fragte Lotti schroff, ohne den Blick von ihrem Telefon zu heben.

»Ich gehe in den Rosengarten.«

Wow. Morgenmuffel lief zur neuen Höchstform auf. Ich war froh, dass ich gerade neben ihr saß und definitiv nicht der Empfänger der Nachrichten war, die sie soeben mit zusammengekniffenen Augen und einer Falte zwischen ihren Brauen ins Handy hackte. Ich sprang von der Arbeitsfläche.

»Dann viel Spaß.« Ohne sich noch einmal zu mir umzudrehen, öffnete sie die Wohnungstür und ließ sie mit einem lauten Knall ins Schloss fallen. Verdutzt sah ich ihr hinterher und murmelte: »Danke.« Ich packte eine Flasche Wasser, mein Buch und die Decke in meine Tasche und ging duschen.

Ich sperrte mein Fahrrad vor dem Garten ab und öffnete das Tor. Der Kies knirschte unter meinen Füßen und neben dem Gezwitscher der Vögel war das das einzige Geräusch weit und breit. Warum nicht mehr Menschen um diese Jahreszeit das sommerliche Wetter in diesem Garten genossen? Okay, nicht jeder hatte den Luxus, sich Freitagmittag in die Sonne legen zu können.

Ich breitete die Decke an meinem Lieblingsplatz aus und dachte unweigerlich an meinen farbenfrohen Traum heute Nacht. Andere Menschen sahen Träume als Wegweiser oder Anstoß, etwas in ihrem Leben zu verändern. Ich gehörte definitiv nicht zu dieser Sorte. Wieder hatte ich meinen besten Freund und die große Liebe in den Sand gesetzt. *Hasenfuß Thea*. Ich schnaubte, kickte meine Schuhe in die Wiese und ließ mich der Länge nach auf die Decke fallen.

Es war das erste Mal seit meiner Rückkehr, dass ich hierherkam, obwohl ich diesen Ort so liebte. Die letzten Wochen hatte ich außergewöhnlich penibel durchgeplant. Bewerbungen schreiben, Vorstellungsgespräche, Absagen, Stellenangebote suchen, meine Eltern besuchen, Freunde treffen.

Ich war dankbar für das ausgesprochen gute Septemberwetter, die Sonne hatte eine Kraft wie im Hochsommer. Nasskaltes Wetter wäre ein Desaster für meine desolate Gemütslage. Aber ich hätte nicht hierherkommen sollen. Mein Herz trommelte mir bis zum Hals. In den letzten Tagen war ich penibel darauf bedacht gewesen, jeden Gedanken an unsere Romanze auszublenden. Tiefe Atemzüge beruhigten mein aufgebrachtes Herz und ich spürte, wie die Ruhe meinen gesamten Körper erfüllte. Eine Übung, die ich weiter perfektioniert hatte und in der Zwischenzeit auch einsetzte, wenn mich meine Erinnerungen an Paul übermannten und sich Schwere über mein Herz legte. Das leise Plätschern des kleinen Baches brachte meine Gedanken endgültig zur Ruhe. Das allein war Grund genug, hier zu sein. Einfach nicht denken und das Pochen in meinem Herzen abschalten. Schließlich übermannte mich eine Müdigkeit, packte meinen Kopf in Styroporkügelchen, meine Gesichtszüge entspannten sich und meine Lider wurden schwer.

Jemand trat auf einen Ast. Reflexartig hielt ich die Luft an. Aber der Schmerz blieb aus. Wieder hörte ich ein Knacken. Ich konnte atmen, ruhig und frei. Ich kniff die Augen fest zusammen und atmete tief ein. Abgesehen vom Duft der Beetrosen umspielte noch etwas anderes meine Nase.

Ein Geruch, der genauso himmlisch und vertraut war, den ich aber an diesem Ort nicht benennen konnte. Kopfschüttelnd öffnete ich die Augen und blinzelte gegen die Sonne. Der knöchrige Ast, weiße Sneakers, dunkelblaue Jeans. Ich stützte mich auf den Ellbogen auf und schob mir die Sonnenbrille auf die Nase. Graues T-Shirt und eine Sonnenbrille im Ausschnitt.

Wie vom Donner gerührt starrte ich Paul an. Nervös rieb er sich den Nacken und lächelte zu mir herunter. Mein Herz trommelte so laut in meinen Ohren, dass ich nur noch den Kerl anstarren konnte, der dafür verantwortlich war.

»Du?«, war das Einzige, was mein Sprachzentrum in diesem Moment zustande brachte.

Langsam ging er vor mir auf die Knie. »Hi«, sagte er mit einem schiefen Grinsen.

»Hallo.«

»Darf ich?« Er deutete neben mich auf die Decke. Ich nickte, noch immer unfähig, etwas zu sagen, rutschte ein Stück zur Seite und zog meine Beine ran. Er setzte sich und sah mich an. Die Luft zwischen uns schien zu knistern. Eine Weile sagte er nichts und grinste nur. Je länger die Stille andauerte, desto unschlüssiger wurde ich, ob ich nicht doch träumte.

Dann räusperte er sich. »Wie geht es dir?«

»Gut«, stammelte ich. In meiner Brust klopfte es unkontrolliert. *Korrigiere: Mir geht es beschissen.*

Er griff nach meiner Hand. »Ich habe dich vermisst.«

Ich konnte ihn weiterhin nur anstarren. Jetzt, da er vor mir saß, lässig einen Arm auf seinen Knien abgelegt, wurde mir erst bewusst, wie gewaltig meine Sehnsucht gewesen war.

»Du mich auch?«, fragte er und schob fragend eine Augenbraue hoch. Ich nickte stumm. Seine Mundwinkel zuckten.

»Hat es dir die Sprache verschlagen?«

Thea an Sprachzentrum. Bitte wieder auf Position. Sekunden rauschten vorbei, in denen ich nichts sagen konnte. Meine Stimme und mein galoppierendes Herz schienen noch auszufechten, wer den nächsten Atemzug bekam.

»Seit wann bist du hier und woher wusstest du, wo ich bin?«, platzte es schließlich aus mir heraus. Mein Herz hatte dabei nur einen winzigen Gang zurückgeschaltet.

Er grinste schief. »Seit gestern und von Lotti.«

»War sie nett zu dir?«

Er lachte kurz auf und schüttelte gleichzeitig den Kopf. »Nicht wirklich.« *Mmh, er war der arme Kerl, der die angepissten Nachrichten erhalten hat.*

»Was machst du hier? Ich dachte, du musst arbeiten.«

Er nickte. »Ja, bis vorgestern. Und jetzt bin ich hier.«

»Das ist nicht zu übersehen.«

Er schüttelte lachend den Kopf und wurde schlagartig ernst. »Wir sollten reden.«

Beim Tonfall seiner Worte fühlte ich mich zittrig.

»Mmh«, murmelte ich zustimmend. Wenn er eine neue Freundin hatte, wäre es mir lieber gewesen, er hätte es mir am Telefon gesagt.

»Lass uns ehrlich sein. So funktioniert das nicht.«

Seine Worte legten sich drückend auf meine Brust, während die aufsteigende Panik meinen Puls beschleunigte. Vergebens versuchte ich, gleichmäßig weiterzuatmen.

»Ich habe deine Entscheidung respektiert und in meinem Leben haben sich in den letzten Wochen ein paar Dinge geändert und …«

In meinen Gedanken beendete ich bereits den Satz für ihn. Es wäre mir definitiv lieber, er würde jetzt nicht weitersprechen.

»Und um mir das zu sagen, hast du viertausend Meilen zurückgelegt?«

»Ja«, sagte er knapp. Als ich ihn nur mit offenem Mund angaffte, fügte er schließlich hinzu: »Mir war es wichtig, es dir persönlich zu sagen.«

»Okay.« Mehr brachte ich nicht raus, da sich ein dicker Kloß in meine Kehle schob.

»Ich habe gearbeitet, nicht nur an meinem Job, sondern auch an mir. An meiner Eifersucht. Dich nicht in meiner Nähe zu wissen, machte das verdammt schwer. Trotz alledem habe ich verstanden, gelernt, was es heißt, jemandem vertrauen zu können. Ich wusste schon damals, dass ich dir vertrauen konnte, aber es zu wissen und danach zu handeln, sind zwei verschiedene Dinge.«

Mein Herz blieb stehen und ich konnte nicht mit Gewissheit sagen, ob ich überhaupt atmete.

»Dann kann sich deine neue Flamme ja glücklich schätzen.«

Er sah mich mit großen Augen an. »Willst du mich damit fragen, ob ich eine Freundin habe?«

Bei dem Wort *Freundin* wurde mir übel, mein Herz klopfte in dreifacher Geschwindigkeit, überschlug sich fast und krampfte sich schmerzhaft zusammen. Kaum merklich zuckte ich zustimmend mit der Schulter.

»Thea, ich habe keine neue Freundin. Ich habe dir damals schon gesagt, dass ich meine Gefühle für dich nicht einfach so abstellen kann.« Er schnippte mit den Fingern in die Luft.

Mein Herz schien die Notbremse gezogen zu haben. Es hopste kurz und pochte dann in einem gleichmäßigen Rhythmus weiter.

Er wich meinem Blick aus und massierte sich den Nasenrücken. »Hast du einen neuen Freund?«

»Nein!«

Er gab sich nicht die Mühe, die Erleichterung in seinem Gesicht zu verstecken. »Ich bin hierhergekommen, weil ich wissen muss, wie es um uns steht. So wie jetzt im Moment kann ich das nicht mehr.« Er fuhr sich energisch mit beiden Händen durch die Haare und musterte mich von der Seite. Dann packte er mich und drehte mich so, dass ich ihn ansehen musste. Er sah mich an, als wollte er sich sicher sein, dass ich jedes folgende Wort verstand. »Thea, ich kann nicht aufhören, an dich zu denken, und ich kann es nicht lassen, dich zu lieben.«

Ich kaute nervös auf meiner Unterlippe herum. Er streckte seine Hand aus, griff nach meinem Kinn und zog sanft daran. Reflexartig ließ ich meine Lippe zwischen den Zähnen los.

»Liebst du mich denn noch?«, fragte er mit leiser Stimme.

»Na klar. Mehr als ich für möglich gehalten hätte.«

»Dann mach es rückgängig und gib uns bitte eine Chance.« Er griff nach meiner Hand und verschränkte seine Finger mit meinen. »Ich kann dir nicht garantieren, wie es mit Alex weitergeht. Er macht eine Therapie. Ich habe ihn ein paar Mal begleitet, um unsere Fehden zu beseitigen und um ein paar Dinge über mich herauszufinden. Nichtsdestotrotz habe ich keine Ahnung, ob und wie er sich verändern wird. Elly hat einen neuen Freund. Das ist gut. Aber ich kann dir nicht sagen, was als Nächstes kommen wird. Ich habe das alles nicht in der Hand. Ich weiß nur, dass wir es schaffen können.«

Ich klappte meinen Mund auf, um etwas zu sagen, und gleich wieder zu, weil Paul schon weiterredete.

»Vertrau mir bitte. Noch ein einziges Mal. Ich werde dir zeigen, dass du es kannst. Bitte Thea, spring. Ich lasse nicht zu, dass du fällst. Diesmal nicht.«

Ich hatte keine Ahnung, wie lange wir so dasaßen. Sekunden dehnten sich zu Minuten, in denen ich ihn nur anstarrte. Mein Gehirn konnte keinen Funken eines klaren Gedankens greifen, Erinnerungsfetzen zogen vor meinem inneren Auge vorbei, blockierten mein Sprachzentrum, während mein Herz in der Brust raste.

Er presste die Zähne so fest aufeinander, dass ich seinen Kiefer arbeiten sah. Plötzlich wandte er sich ab. »Gut. Dann nicht.« In seiner Stimme lag eine Spur von Frustration und er stieß einen lauten Fluch aus. Meine Kehle wurde eng und meine Augen brannten.

Er holte tief Luft. »Ich kann alles, was passiert ist, nicht ändern und ich kann nicht in die Zukunft sehen, aber ich möchte gerne Teil deines Lebens sein. Daran hat sich nichts geändert. Ich weiß nur einfach nicht wie.« Seine Stimme klang verzweifelt.

Spring, war der einzige Gedanke, den ich noch hatte. Ich packte Paul an seinem T-Shirt, zog ihn an mich und küsste ihn. Er stöhnte leise auf, umfasste meinen Hinterkopf, vergrub seine Hände in meinem Haar und erwiderte meinen Kuss, als wäre es das Letzte, das er in seinem Leben tun würde. Ich wollte, dass er nie mehr damit aufhörte, dennoch löste ich meine Lippen ein Stück von seinen. Sanft strich er mit dem Daumen über meine Wange und lehnte seine Stirn gegen meine.

»Ich liebe dich, Paul. Es ist mir egal, was passiert ist und was kommen wird.«

Er zog mich zwischen seine Beine und hielt mich fest. Seine Körperwärme und sein Minzgeruch tauchten mich unter eine Glocke und gaben mir das Gefühl, endlich wieder zu Hause zu sein. Es kam nicht darauf an, wo man war, sondern bei wem.

»Bist du dir sicher?«, flüsterte er mir ins Ohr.

»Ja, natürlich bin ich das.« Ich strich ihm über seinen Arm, spürte der Gänsehaut nach, die meine Berührung bei ihm verursachte, hinauf bis zu seinem Tattoo.

»Ich habe dich nie angelogen, aber ich hatte meine Geheimnisse. Eine gute Freundin, die wir beide kennen, sagte einmal zu mir, dass das keinen Unterschied macht.«

Ich nickte.

»Und eines gibt es da noch.« Er drehte seinen Arm, damit ich das Tattoo deutlich sehen konnte. Mit seinem Finger fuhr er andächtig, fast schon liebevoll, über die feinen Linien. »Als ich nach unserem Kennenlernen wieder in New York war, habe ich mir die Windrose stechen lassen. Sie war meine Zielvorgabe, niemals aus den Augen zu verlieren, was im Leben wirklich zählt. Nicht der Job, nicht was ich besitze, sondern das, was mich glücklich macht. Egal, welche Scheiße mit Alex hinter mir lag.«

»Der kaputte Winkelmesser?«, fragte ich.

Er nickte. »Aber es war nicht genug. Nach unserem Paris-Trip habe ich mir die Rose stechen lassen. Ich brauchte es deutlicher vor Augen. Diesen Ort hier, der mir zeigte, was ich wirklich vom Leben will. Die Rose sollte mich daran erinnern, dass es einen weiteren Ort gibt, an dem ich mich zu Hause fühle. Der Pfeil zeigt die Richtung von New York nach München.« Er drehte seinen Arm und deutete auf einen winzigen Schriftzug. »Siehst du das?«

Ich nickte. Er fügte sich ein, als gehörte er zu Teilen zur Blattstruktur und zu einem Ornament des Pfeils. »Das ist dein Name.«

Meine Kehle wurde trocken. »Du hast meinen Namen auf dem Arm?«

Er nickte.

»Du wolltest dir nie einen Frauennamen auf den Körper tätowieren lassen. Erinnerst du dich?«

Er lachte verzweifelt auf. »Ja, das tue ich. Sehr gut sogar. Du sagtest, dass ich dann nur Freundinnen haben könnte, die den gleichen Namen haben.« Er atmete tief aus, bevor er weitersprach. »Ich wollte mich jeden Tag an uns erinnern. An dich erinnern. Ich war mir einfach sicher: Entweder wirst du eines Tages meine Freundin oder wir bleiben ein Leben lang Freunde. Im Nachhinein war das etwas naiv von mir, denn ich könnte niemals wieder *nur* mit dir befreundet sein.«

Wie damals, als wir das erste Mal über sein Tattoo sprachen, nahm ich sein Gesicht in beide Hände, küsste ihn und versuchte in diesen Kuss alle meine Gefühle zu legen, die ich für ihn hatte.

Heute wie damals unterbrach er den Kuss für einen kurzen Moment. »Es tut mir leid, aber ich werde das Versprechen nicht halten können. Wenn das mit uns nicht klappt, kann ich nicht dafür garantieren, dass unsere Freundschaft bleibt. Egal, wie viel Zeit vergeht. Ich könnte es nicht ertragen.«

Das würde ich wahrscheinlich auch nicht, und ich hatte auch kein Interesse, es jemals herauszufinden.

Es waren ein paar ruhige Wochen in München. Der Spätsommer machte dem Herbst Platz. Bereits seit einem Monat teilte Paul mit mir und Lotti die Siebzig-Quadratmeter-Wohnung. Wann immer es ihm mit uns zu viel wurde, ging er an die Isar laufen. Auch wenn das nur selten vorkam. Er war hart im Nehmen. Lotti hatte sich das Arbeitszimmer eingerichtet, während Paul und ich das Schlafzimmer für uns hatten. Mein Vorstellungsgespräch hatte ich abgesagt und konzentrierte mich nun auf die Stellenausschreibungen in New York.

Während ich an diesem regnerischen Nachmittag erneut das Netz nach Lösungen durchforstete, wie ich nicht alle neunzig Tage wieder aus den USA ausreisen musste, saß Lotti am anderen Tischende vor ihren Büchern und kritzelte wild Notizen auf ihren Block und markierte Textstellen mit Leuchtmarker. Ich beneidete sie nicht. Einer der Vorteile, das Studium hinter sich zu haben, war die Tatsache, dass man nicht mehr lernen musste. Womit Paul hingegen anscheinend keine Probleme hatte. Tief versunken in ein Drehbuch, saß er mir schräg gegenüber und machte sich hin und wieder mit einem schwarzen Stift Anmerkungen an den Rand. Ich schnappte mir einen Bleistift von Lotti und drehte ihn in Schlangenlinien durch meine Finger. Ohne Job kein Visum. Ohne Visum keinen Job. Es war ein Teufelskreis. Unrhythmisch klopfte ich mit dem Stift auf die Tischkante und seufzte genervt auf. Lotti und Paul sahen gleichzeitig auf, warfen mir einen missbilligenden Blick zu und vergruben ihre Nasen wieder in ihre Lektüren.

Ich tippte mit dem Stift gegen meine Stirn. »Ich brauche einen Bürgen.«

»Ich bürge für dich«, sagte Paul beiläufig, ohne von seinen Seiten aufzusehen.

Ich drehte mit dem Bleistift meine Haare auf und steckte sie fest. »Klar, herrlich! Du mein Bürge. Geht's noch? Ich sage nur *Fort Knox*.«

Er lachte leise, sah kurz auf, zuckte flüchtig mit der Schulter und beendete seine Notiz. Dann lehnte er sich auf seinem Stuhl zurück und sah mich an. Seine Mundwinkel zuckten.

»Was?«, blaffte ich ihn an.

»Dann heirate mich«, sagte er so beiläufig, als würde er gerade fünf Semmeln beim Bäcker bestellen. Lotti sah mich mit weit aufgerissenen Augen an. Ich warf ihr einen vernichtenden Blick zu. Sie presste ihre Lippen fest aufeinander und sah mich weiter mit großen Augen an.

»Wir kennen uns doch fast gar nicht.«

Paul klappte das Manuskript zu. »Wir kennen uns jetzt seit vier Jahren.« Er beugte sich zu mir vor und verschränkte seine Arme vor sich auf dem Tisch. »Ich liebe dich, das wird sich nicht ändern. Also auf was warten?«

Lottis aufgerissene Augen huschten zwischen mir und Paul hin und her. Ich legte den Kopf in den Nacken und verfiel in ein schallendes Lachen. *Der Typ ist vollkommen verrückt.*

Als ich meinen Kopf wieder senkte, kniete Paul neben mir.

»Mach keinen Quatsch und steh sofort wieder auf.«

»Ich habe mir das auch anders vorgestellt, aber es scheint mir, als wäre jetzt ein guter Zeitpunkt.«

Ich schnaubte.

»Liebe Thea, möchtest du meine Frau werden und mit mir nach New York kommen?«

Ich schüttelte den Kopf. »Das ist jetzt nicht dein Ernst.«

»So ernst war mir noch nie etwas.«

Ich sah verdutzt auf ihn hinunter. *Der Kerl meint es wirklich ernst.*

»Jetzt wäre der Moment, wo du aufspringen, mir um den Hals fallen und Ja schreien solltest.«

Die Einzige, die in diesem Moment aufschrie, war Lotti. Ich zerrte an seinem Arm und versuchte vergebens, ihn hochzuziehen. »Dafür bin ich zu jung.«

Seine Mundwinkel zuckten, dann räusperte er sich. »Wann ist denn die magische Grenze?«

Ich sah zu Lotti, die fragend eine Augenbraue hochzog. *Ich? Heiraten? Ich? Jetzt? Paul? Heiraten? Nein! Ja. Später. Aber nicht jetzt.*

»Na ja … Nein.« Ich schüttelte den Kopf. Ich war vollkommen durcheinander.

»Du gibst mir einen Korb?«

Ich nickte, um gleich darauf wieder den Kopf zu schütteln. »Ich meine ja. Ja, ich will dich heiraten.«

»Aus dir soll einer schlau werden.«

Paul stand auf, streckte die Hand aus und zog mich auf die Füße. Vorsichtig legte er seine Lippen auf meine, während Lotti quiekend neben uns auf und ab hüpfte. Sein Kuss war sanft und zurückhaltend, als wäre er sich nicht sicher, ob ich zurückwich. Erst als ich meine Arme um seinen Hals schlang, wurde sein Kuss drängender.

Epilog

PAUL

Viele sagten, es würde sich durch eine Hochzeit nichts ändern. Für mich änderte sich alles. Es war das Gefühl, das ich damit verband. Wir trugen zwar nicht den gleichen Nachnamen, aber wir gehörten zusammen – offiziell. Erst jetzt fühlte sich alles vollständig an. Das Einzige, was ich bereute, war die Zeit, die wir bis dahin verloren hatten.

Wir hatten am Starnberger See geheiratet. Es passten nicht viele Gäste in die kleine Kapelle, die Thea ausgesucht hatte. Aber wir waren ohnehin nur eine kleine Hochzeitsgesellschaft. In der ersten Reihe saßen Lotti, Theas Trauzeugin, und Daniel, mein Trauzeuge. Dahinter unsere Eltern, Alex, Sarah, Theas Brüder und ihre Großeltern. Vor der Kapelle hatten uns Leonie, Emma und eine Reihe von Verwandten und Freunde von Thea, die ich nicht kannte, mit einem Sektempfang überrascht.

Drei Monate später flogen wir gemeinsam zurück nach New York. Charles traute seinen Augen nicht, als ich mit Thea das Haus betrat. Thea und ich hatten jede Menge Papierkram zu erledigen und wir mussten sogar ein zweites Mal heirateten – in New York. Ich hatte schon damals gewusst, selbst wenn wir heiraten sollten, würde uns ein Wust an Formalitäten bevorstehen.

Das große Fest, das sich Thea gewünscht hatte, war vor einer Woche gewesen. Morgen würde Lotti wieder zurück nach München fliegen und zum Abschied hatten wir Sarah, Daniel, Charles, Alex und Melissa, unsere Putzfee, zum Essen eingeladen. Ich sah auf den kleinen türkisschimmernden Pumo auf dem Balkon und zählte bereits die Minuten, bis ich wieder mit Thea allein sein konnte. Keine Ahnung, ob ich jemals genug von ihr bekommen würde. Womöglich brachte der kleine Glücksbringer tatsächlich Glück.

Sechs Augenpaare starrten mich an.

»Habe ich was verpasst?«

»Ja!«, riefen alle synchron.

»Wir möchten noch einmal den Männerteil deiner Rede von der Feier hören.«

Bei dem Gedanken daran schnaubte ich genervt. Während Thea liebevolle Glückwünsche entgegengenommen hatte, hatte ich den Eindruck, dass mir vornehmlich die Männer nur einen ernst gemeinten Rat mit auf den Weg geben wollten. Und dabei handelte es sich im Kern stets um die gleiche Aussage, mal mehr, mal weniger galant verpackt. Facettenreich schilderten sie mir, was passieren würde, wenn ich mich noch einmal wie ein Esel verhielt. Mein Fehlverhalten schien niemandem entgangen zu sein – Tims Vater, Theas Papa, ihren Brüdern und Freunden, die ich nie zuvor gesehen hatte. Das Ganze hatte ich anschließend in meine Rede eingebaut.

Ich trank einen Schluck von meinem Wein und stand auf. Sarah klatschte aufgeregt in die Hände.

»Ich danke den hier anwesenden Herren …«, wiederholte ich meine Worte von der Hochzeitsrede und sah in die kleine Runde, die heute an unserem Esstisch vor mir saß. Für einen Moment verweilte mein Blick auf Charles, der mir belustigt zulächelte. Er war auch einer dieser Kandidaten.

»Leute, das ist doch lächerlich«, sagte ich und setzte mich wieder.

»Jetzt mach schon«, rief Daniel.

»Oh Mann.« Ich massierte mir den Nasenrücken und atmete ein letztes Mal tief durch. »Okay, also …«, ich räusperte mich. »Ich danke den hier anwesenden Herren, die mir in den letzten Stunden anschaulich erklärt haben, was mit meinen einzelnen Körperteilen passiert, wenn ich Thea nicht wie meinen Augapfel hüte. Vielen Dank, jetzt weiß ich, wie sich die männliche Nation rund um Thea in den letzten Jahren gefühlt haben muss.« Ich sah zu Daniel.

Er grinste frech und forderte mich mit einem selbstzufriedenen Kopfnicken auf, weiterzusprechen.

»Der ich in der Vergangenheit ähnliche, wenn auch nicht so einfallsreiche und detailgetreue Drohungen an den Kopf geworfen habe. Etwas weniger anschaulich, aber im Ergebnis identisch. Ich werde auf Thea achten, wie ich es schon immer getan habe.«

Die meisten hatten es dabei auf meine Genitalien abgesehen. Nur Tims und Theas Vater waren sich einig gewesen, sie würden mich über eine lange Zeit Qualen aussetzen, mir jeden einzelnen Knochen brechen, angefangen bei meinen Fingern, und mich anschließend kopfüber an einen Baum hängen. Ein durchaus qualvoller Tod, wie sie mir bestätigt hatten.

Daniel und Charles sahen mich noch immer an. Abwartend.

»Ja, und ich werde sie nie wieder vor die Tür setzen.« Daniel und Charles hoben das Glas und prosteten sich zu.

Sarah sah verstohlen zu Daniel, dann hob auch sie das Glas. Ich hatte keine Ahnung, was zwischen ihnen lief. Sie waren wie Magnete, die sich anzogen, aber auch abstießen. In welcher Phase sie sich im Moment befanden, konnte ich nicht sagen. Die vernichtenden Blicke von Sarah, die sie ihm zu Beginn des Abends zugeworfen hatte, waren nach dem dritten Glas Wein sanftmütiger. Mir gegenüber war sie in Bezug auf Daniel äußerst wortkarg. Und er verschluckte sich jedes Mal an seinem Getränk, wenn ich ihn auf Sarah ansprach, sagte aber nichts.

Alex war heute ungewöhnlich still. Wir kamen miteinander aus. Fast so gut wie vor der Sache mit Vivienne. Trotz alledem konnte ich Thea verstehen, die mit allen Mitteln versuchte, Lotti meinen Bruder auszureden. Er hatte eine wundersame Wandlung durchgemacht, aber er war und blieb ein Frauenheld. Alex würde für sie den Untergang bedeuten, egal wie tough sie war. Charles war ganz der Alte, die stabile Konstante in meinem Leben.

Nachdem wir in New York angekommen waren, hatte Thea viele Nachmittage bei ihm auf der Heizung verbracht. Aber inzwischen hatte sie einen Job gefunden und nicht mehr die Zeit, die sie gerne für Charles gehabt hätte. Ich hatte den Eindruck, dass ihr die Arbeit Spaß machte, zumindest machte sie unzählige Überstunden. Aber die meiste Zeit verbrachten wir mit Daniel und Sarah oder allein. Und in ein paar Tagen würden wir zusammen mit Charles, Daniel und Sarah hinaus in die Hamptons, zu Molly und Josh, fahren.

»Damals war mein erster Gedanke, wie passt so viel Essen auf diesen Tisch? Aber das war eine super Ablenkung. Ich konnte ihm ja kaum in die Augen schauen. Er sah so verdammt gut aus«, sagte Thea.

Ich hatte nicht zugehört und sah sie fragend an. »Mir? Worüber redet ihr?« Ich griff nach ihrer Hand und drückte sie.

»Von unserem Frühstück. Erst als du von dir erzählt hast, habe ich mich getraut, dich genauer unter die Lupe zu nehmen.«

»Ach, und ich dachte, du bist eine geduldige Zuhörerin.«

»Nein.« Thea schüttelte den Kopf und lachte. »Ich hatte vor lauter Glotzen, Schmachten und Essen den Faden verloren.«

Der Tisch verfiel in Gelächter.

»Aber du hast zustimmend gelächelt.«

»Nur, weil ich dachte, ich hätte etwas Wichtiges verpasst.«

Ich schnaubte. »Toll, und ich dachte, ich hätte den mega Spannungsbogen eingebaut.«

Lotti und Sarah lachten lauthals.

»Und was war so lustig, als ich mir einen Milchkaffee bestellt habe?«, fragte Thea.

»Milchkaffee, mit der *Milch von der Kuh?*«

Jetzt lachte der gesamte Tisch.

»Ich dachte, du sagst gleich noch hinterher: Bitte drei Komma fünf Prozent Fett.«

»Wollte ich.« Thea grinste mich honigsüß an. »Das gibt den besseren Schaum.«

»Als du dann noch genussvoll in dein Schokocroissant gebissen hast, musste ich für eine Millisekunde an Elly denken. Ich glaube, das war der Moment, in dem ich mich in dich verliebt habe. Von da an war ich verloren.«

»Na, schönen Dank auch.«

»Doch nur, weil Elly dir spätestens jetzt die Kalorien vorgerechnet hätte. Und ich kann dir noch immer sagen, wie viele das sind. 368 Kilokalorien und 20 Gramm Zucker.«

Thea verdrehte die Augen. »Was ihr immer mit den Kalorien habt.« Sie rutschte mit dem Stuhl nach hinten und sah fragend in die Runde. »Will jemand Nachtisch?«

Ich schmunzelte beim Anblick ihrer Einhornpantoffeln. Der dunkelgraue Hoodie mit dem P auf der Brust war ihr drei Nummern zu groß. Lotti nickte heftig. Thea warf ihr einen belustigten Blick zu.

»Aber eure Kommunikation habt ihr inzwischen verbessert?«, fragte Daniel grinsend.

Thea und ich sahen uns an. »Ja, das haben wir.«

Ich packte Thea am Ärmel, zog sie auf meinen Schoß und gab ihr einen leidenschaftlichen Kuss. Ich entfernte meine Lippen nur für einen kurzen Moment und flüsterte die Worte, die ich nicht oft genug sagen konnte: »Ich liebe dich.«

In manchen Momenten hatte ich den Eindruck, sie kannte mich besser als ich mich selbst. Ich hatte keine Geheimnisse mehr vor ihr, davon hatte es in der Vergangenheit genug gegeben. Überraschungen zählten hier ja nicht dazu, wie zum Beispiel der Makler, der sich in diesem Moment um einen Wohnungskauf in München bemühte.

Danksagung

Beinahe drei Jahre ist es her, dass ich nicht einschlafen konnte, da Thea und Paul unentwegt in meinen Gedanken gequasselt hatten. Wohin ihre Reise gehen würde, wusste ich damals noch nicht. Ich schrieb ihre Geschichte auf, sie änderten ihre Meinung und heute – ich kneife mich kurz selbst – sind es die letzten Seiten, die ich für „Thea & Paul" schreibe.

»Du musst auch mal fertig werden und loslassen«, hatte mein Vater vor ein paar Wochen zu mir gesagt. Und wie so oft hat er recht. Aber ich fühle mich, als würden mich Thea und Paul gleich auf die Straße setzen. Nun gut, bevor ich loslasse, nehme ich mir noch die Zeit für die Menschen, die mich auf meiner Reise mit Thea und Paul begleitet haben: Diese Seiten sind für Euch.

Als ich mit dem Schreiben anfing, für mich alleine und keiner wusste davon, war ich davon überzeugt, alles alleine schaffen zu können, nein: zu müssen. Wenn ich heute die Jahre Revue passieren lasse, macht es mich noch immer glücklich und dankbar, an die Menschen zu denken, die mir zuhörten und mich am Ende angefeuert haben, nicht aufzugeben. Mich motivierten zu veröffentlichen und mir durch ihr Interesse und ihre Begeisterung niemals das Gefühl gegeben haben, es alleine schaffen zu müssen. Man kann es vielleicht alleine schaffen, aber man muss es nicht.

Allen voran danke ich meiner Lektorin Petra Krumme für ihren professionellen Blick, das Auffinden unschöner Formulierungen und den Einsatz ihres Rotstifts.

Danke an Loredana von LoreDana Arts für ihre Herzlichkeit und Geduld, mit der sie den Buchsatz finalisiert hat und versuchte, alle meine Wünsche zu erfüllen.

Meiner lieben Schwester, meiner ersten Testleserin. Danke für alles: deine ehrliche Meinung, deine Zeit, deine Ideen, deine Unterstützung, unseren Austausch. Ich bin unglaublich dankbar, dich als meine Schwester zu haben.

Danke an alle, die immer hinter mir stehen – allen voran meine Eltern. Danke Papa, dass du immer für mich da bist.

Felix, danke für dein Fachwissen und deine Zeit.

Ich möchte mich auch bei meinen Freunden bedanken, den wenigen, die von meiner Leidenschaft wussten: Sabine, Renate, Tine und Annabelle. Tine, danke für deine Power und deine Begeisterung für mein Projekt. Meine leidenschaftliche Testleserin Annabelle: Danke, dass du immer an diese Geschichte geglaubt hast. Ohne dich hätte es dieses Buch wohl nie gegeben. Danke auch an meine Testleserin Sina, die mit ihrem wertschätzenden Feedback zu jeder Zeit eine Bereicherung war. Bei dieser Gelegenheit möchte ich Frank nicht vergessen. Dein analytisches Denken hat mir sehr viel Freude bereitet. Wer hätte gedacht, dass du es in die Danksagung eines Liebesromans schaffst.

Auf meinem Weg habe ich vier bemerkenswerte Frauen kennengelernt: Hana, Christiane, Verena und Elke. Ich danke meinen Liebesroman-Mädels für die aufmunternden Worte, eure Leidenschaft und die Stütze, die ihr mir während der ganzen Zeit wart. Ich bin dankbar und glücklich, euch auf meinem Weg begegnet zu sein.

Wer in den letzten Jahren am meisten zurückstecken musste, ist wohl einer der wichtigsten Menschen in meinem Leben. Ich danke dir von ganzem Herzen für deine Geduld, für das Trocknen meiner Tränen, deine Inspiration und vor allem, dass du mir die Zeit geschenkt hast, um dieses Projekt zu verwirklichen.

Und ich bedanke mich bei meinen Leser*innen, die es bis hierher geschafft haben.

Für alle Theas auf dieser Welt: Seid mutig, die richtigen Fragen zu stellen. Und für alle anderen: Nehmt euch die Zeit, um das Leben hin und wieder auch aus einem anderen Blickwinkel zu betrachten. Ihr werdet erstaunt sein, wie sich eure Sicht auf die Dinge verändern kann.

Und noch eine kleine Randnotiz: Paul ist kein Peacemaker, er ist ein Pacemaker. Ein Pacemaker gibt das Tempo eines Läufers an und bestimmt eine gewisse Renngeschwindigkeit.

Über den Autor

Lina Magnus wurde in München geboren, ist dort heute zu Hause und arbeitet im Marketing.

Bereits mit zwölf Jahren wollte sie ihr erstes Buch schreiben, konzentrierte sich dann aber – auf Anraten ihrer Mutter – auf das ›Tagebuch schreiben‹. Sie hatte schon immer eine lebhafte Fantasie, die bis heute nicht weniger geworden ist. Wenn sie ihre Kreativität nicht gerade in ihrem Job auslebt, bringt sie diese an ihrem Schreibtisch zu Papier. Die gemeinsame Zeit mit Mann und Freunden beim Wandern in der Natur ist für sie die perfekte Abwechslung. Sie liebt Buntstifte, das Meer und die Berge, die Sonne und den Schnee.

„Thea & Paul. Darf ich dich lieben?" ist Lina Magnus erster veröffentlichter Roman und erscheint 2022. Um mehr über sie zu erfahren, folgt ihr auf Instagram unter magnus.lina oder Facebook unter Lina Magnus.